アナイス・ニンの日記

アナイス・ニン

アナイス・ニンの日記

矢口裕子編訳

水声社

目次

初期の日記　第二巻（一九二〇—二三）

一九二〇年　夏

リッチモンド・ヒル。遠くから見ると、わたしたちの家はクリスマス・カードに描かれた家のように見える。近づけばペンキが剥がれていたり、張り出し玄関《ポーチ》にがたがきていたり、入り口に続く手すりが腐っていたり、屋根が穴だらけだったりするのがわかる。それだから、リスたちは居心地のいいねぐらを作ることができるのだけど。

夜になると、一等見栄えがいい。窓からこぼれる光だけが見える。ブラインドも何もないから、いっそう輝いて見えるのだ。そうして、とんがり屋根の輪郭が空にくっきり映える。

わたしたちは昨夜《ゆうべ》引っ越してきたばかりだ。家具はまだ全部は届いていない。ろうそくの灯りで食事して、みんなで雑魚寝した。だって外は風がびゅーびゅー吹いて、大きな家のなかで迷子になったみたいな、不思議な気持ちになったのだもの。ろうそくは怖ろしい影を壁に投げかけ、まだ見慣れていないたくさんのドアがふいに開くと、真っ暗な部屋が姿を現した。わたしたちの声もうつろに、不気味に響いた。それでもわたしたちは待ちきれずに、「お母さん、これは誰の部屋になるの？」と尋ねるのだった。

「明日、昼の光のなかでよく見てから決めましょうね」

明日はなかなかやってきてくれなかった。わたしたちは一睡もしなかった。雨風の音や窓のがたがたいう音、そして最悪なことには、屋根から奇妙な足音が聞こえてきて、眠れなかったのだ。

あるとき、窓の所まで歩いていった。稲妻が光ると、ホアキンが眼をかっと見開いているのが見えた。弟もこわかったのだ。

「あの屋根の音、何？」彼は声をひそめた。

「わたしも一生懸命考えてるところ」

「あなたたち、窓の所で何してるの？」と母。

「屋根で物音がするんだもの」

「何でもありませんよ」母はそう言うと、眠りについた。

一方、ホアキンとわたしの頭のなかは、想像の物語でいっぱい。きっと男が屋根の穴から見下ろしているのにちがいない。あの古家を買ったのはどんな家族かと、確かめにきたのだ。わたしたちを見てどう思ったろう。どうして屋根の上を走り回っていたのだろう。いったい朝はやってくるのかしら。そしたらあの人は退散するだろうか。いいえ。彼は明けない夜と雨と、ひとけのない山に乗じていたのだ。

母が眠ってから、もう一度窓の所に行った。ホアキンが眼を大きく見開いてわたしを見ていた。男は夜通し屋根の上を走り回っていた。ものすごい勢いで、ひどく気ぜわしそうに。雨は一晩中降り続いた。ホアキンとわたしは朝を待った。朝になるや着替えて部屋を抜け出し、そっと階下《した》に下りると、外に出た。屋根をつぶさに調べた。たちまち眼に飛び込んできたのは、リスが走り回る姿だった。ひどく興奮して、とんがり屋根を上へ下への大騒ぎ、謎めいた穴を出たり入ったり、そうして屋根の端っこには――リスたちはリスたちで、わたしたちが到着したばかりに大慌て、落ちつかず、眠れずに、たぶん腹もたて、ねぐらを追い出されるのじゃないかと、気が気でなかったのだ。心配することなんて何にもなかったのに。餌をやると、屋根から下りてきて家のなかを覗き込み、新しい家具を見ていた。わたしたちには古い家具でも、リスたちにとっては新しい、という意味だけれど。

部屋が割りふられた。角部屋がわたしの部屋だ。なぜって、日光が一番必要なのはわたしだと、みんなわかってくれているから。暖炉があって、窓は四つ。ふたつの窓は木立ちに面している。もうふたつの窓は村に面しているが、人家の屋根はいくつか見えるくらいだ。ホアキンの部屋はわたしのより小さくて、わたしの部屋の隣だ。ひとつの窓からは木立ちが、もうひとつの窓からは駅が見える。このふたつの部屋の向かいにあって庭に面しているのが、母とトールヴォルドの部屋だ。

午前中いっぱいかけてトランクを開け、絵を掛け、カーテンを吊し、家具をあちこち引きずり回した。わたしの本は炉棚《マントルピース》の上に、日記と一緒に並べた。これでようやく、わたしの引っ越しがすんだ気がする。

一九二〇年七月九日

ささやかな一冊がある。夜、一日の仕事をすっかり片づけると、わたしはたいてい、優しく静かな共感を求めて、そこに向かう。わたしはそれを「わたしの日記」と呼んでいる。いつしかとても大切なものになり、わたし自身とわたしの人生をいつもたくさん注ぎ込んできたから、何冊も何冊も書きためたいまになっても、書いていて飽きるということがない。あなたも今日、その一冊に仲間入りしました。わたしのあなたへの接し方に何かちがう点があるとしたら、フランス語でなく英語を使っていることでしょう。とはいえ、ちがいなどないに等しいはず、何語を使うにせよ、心から語るならば、そうでしょう？　いつもはひとりさびしく、日々の記録をつけるというこのささやかな習慣を実行しているのだが、最近従弟のエドワルドも、学校で日記をつけ始めたという。だからいろいろなこと、数えきれないほどたくさんのことが、わたしたちを結びつける。それは人生を限りなく詩的に見ようとする傾向だったり、読書好きなところ、わたしたちの野望や理想だったりするのだけど。どういうわけかわたしたちは、自分たちの人生がつまらないものになるはずはないと信じ込んでいる……わたしたち自身にとっても……おたがいにとっても。エドワルドはわたしが英語を読むほど自由にはフランス語が読めないし、おたがいの日記の一部を見せあいたいと思っているのだ。

だから今日から、わたしはあなたに胸の内を打ち明けようと思います、わたしの日記さん。いまはわたしの人生で最良の時。だって希望があるから。頭のなかはムシのいい考えでいっぱい、希望や幻想もどっさり。そういうものがなくなったら、死んだ方がましだ。それまでは全身全霊をかけて、この輝かしい人生を生きようと思う。そこでは、単調な仕事と甘美な想いが奇妙に混ざりあい、時に凡庸さを免れるささやかなできごとが散りばめられて、甘く優しい白日夢が現実になることもある。

わたしがずっと夢に見てきたのは、わたしとどこか相通じる知性をもった人が現れて、すべてが狂っているわけではないと思えること、わたしが後ろめたさを感じつつも、人生を記録する真っ白い頁にしたためてきた想いや考えは、ほかの人も経験しているのだと知ることだった。そして、夢は叶った。エドワルドがふらりと訪ねてきて、ふたりでおしゃべりしていたら、わたしがどんなに想像の翼を広げても、彼はついてきてくれたのだ。

一九二〇年七月二十二日

大好きな、愛しいパパ《プティ・パパ・シェリ》*

英語を勉強してください。それに尽きます。だっていまこの瞬間にも、パパの手紙がどれだけうれしかったかお伝えしたいのに、わたしのフランス語はつまずいてしまうのです。英語なら（スペイン語でも）、いくらでも言葉が思い浮かぶのに。幸い、パパはきっとわかってくださいますね。想像してみてください。キンテロ夫人からお手紙をいただいたとき（まさに「書簡」の名にふさわしいものでした）、十二頁もスペイン語で、フランス語に比べたら顕微鏡的な数の間違えしかせずに、お返事が書けたのです。でも、がっかりしないでください。九月になって、神望みたまえば《シ・ディオス・キエレ》（そんなふうに責任逃れするのって好き）、九月になったらね、大好きなパパ、大まじめに、コロンビア大学の聴講生になるつもりなの——語学と文学と哲学の授業をとります。おばかさんのままでいるのはいやだし、そうならないって決めたのです。そうしたら、きっとパパみたいに、音楽のような手紙が書けるようになるでしょう。

マドモワゼル・リノットのこと、どうお思いになります？　英語の詩を雑誌に送ったら、採用されて、五フランいただきました。とても励みになって、また昔のような夢をいだき始めました。大学ではきっと、自分に伸ばすべき才能があるかどうか確認するつもりです。からかわないでね！

パパの手紙を読み返すと、最初に読んだときと同じところで立ち止まり、かなしくなります。死ぬ

---

*　この手紙はフランス語からの翻訳である。

だなんて、考えないでください、パパ、あなたの年齢《とし》で。パパはお母さんより若いのですから。お母さんはとても若々しく、元気いっぱいで疲れを知らず、にこにこしていて、きれいで、おまけに勇気に溢れています。こんなふうに考えてみてください。パパは全人生を、子どもにではなくひたすら芸術に捧げることを選んだのだと。そうしていま、芸術はすべてを求めるが、何も返してはくれないとおわかりになった、そうでしょう？　最大の犠牲とは、みずから望まぬことをすることです。わたしにはよく、とてもよくわかっています、どんなにパパがわたしたちにまた会いたいと思っているか。そしてもしその日が来たら、わたしたちもまったく同じようにうれしいと、おわかりですね。その日はきっとやってきます。第一、わたしたちの誰ひとりとして、アメリカで人生を送りたいとは思っていないし、それに、それはわたしの一生の願いでもあるからです。信じてください、パパ、お願いですから。

パパによろこんでいただきたくて、スナップ写真を撮り続けています。新しく撮ったものを何枚か同封しますね。同じものを二回以上送ってしまうこともあると思います。どれを選んだか忘れてしまうのです。すぐにアルバムがいっぱいになるでしょう。わたしの写真を気に入っていただけてうれしいです。わたしを知っている人は、あの写真のわたしは大人っぽく見えると言います。確かに、あの写真のわたしはとても知的に見えます。でも本当は、わたしのおつむはいまも羽のように軽い《テト・ド・リノット》のです。ときどき、誰かと話すために、あらかじめ練習することがあります。ひとりごとを言って、鏡や居間の椅子や、樹や壁に語りかけるのです。でも本番になると――こんばんは――自分が凡庸さその他もろもろの、怖ろしい罪を負っていることに気づくのです。

ホアキンはグノーの『アヴェ・マリア』に興味をもち、ずっと勉強しています。演奏もすばらしくて、聞く者を驚嘆させるタッチをもっています。近所でピアニストの演奏が聞こえてきたので、ホアキンを連れていって、彼女の前で弾かせました。それを聴いた女性ピアニスト曰く、「わたしがこの子に教えてあげられることがあるでしょうか」とのこと。それでもホアキンは、お母さんが新しい先生を見つけてくれるまではと、彼女のもとに足繁く通っています。ホアキンはいま休暇中なので、一日中弾きまくっています。トールヴォルドは、二週間ボーイ・スカウトのキャンプに出かけています。アウトドアが彼の最も得意とするところで、もちろん、すばらしい成果をあげています。

どういうわけか、毎日がそれはよろこばしく静かに過ぎていくので、数えるのを忘れてしまうほどです。日曜日が来るたび、日記にしたためます。ああ、日曜日。誰もが天使のように穏やかな表情……暖かい天気、淡い空、静かな樹々、静かな人々。ここから歩いて三十分ほどの所に小さい教会があり、お母さんが次の日曜日に歌うことになっています。わたしはいい子になるどころか、あれやこれやでますます夢見がちに、哲学的になりつつあります。テニスをしてもつまらないし、芝居もさほどおもしろいとは思いません。わたしにはひとりだけ、親友と呼べる女の子がいて、文学少女です。ロマンスへの道はあまりにあてにならないから、わたしは学問の道を選ぶだろうと思い始めています。間違いないのは、結婚しないままお婆さんになるだろうということです。そう考えるとおかしい。わたしがこの冬ハバナの社交界にデビューするという話は、もっとおかしいです。からかわないでください。その知性に大いなる軽蔑の念をいだく若き紳士たちと、踊らなければならないのです……

一九二〇年九月二十九日

ニン家の夕食《ディナー・ア・ラ・ニン》。全員着席。スープが運ばれてくる。

母「手は洗ったの、ホアキン」

ホアキンはぶつぶつ言って席を立ち、二階に手を洗いに行くが、腹いせまぎれにドアというドアをばんばん閉める。わたしたちがスープを飲み終わったころ戻ってくる。その間母とわたしは、エレオノラ・ドゥーゼ〔一八五八―一九二四。イタリアの女優〕とダンヌンツィオ〔一八六三―一九三八。イタリアの作家・劇作家〕について、興味深い会話を始めていた。

アナイス「彼女はそれは彼に尽くして……」

ホアキン（遮って）「トールヴォルド、ぼくのネクタイ、ひとつ盗っただろう」

トールヴォルド「ううん」

ホアキン「盗っただろうって」

トールヴォルド「盗らないよ、まぬけの〇〇〇!!　??　!!　この〇〇〇〇〇野郎!!」

ホアキン「盗ったね」

母「これが汗水たらして一日働いたご褒美なのかしらねぇ」

アナイス（内心かんかん）「ふたりとも静かになさい。もうたくさんよ」

肉と野菜がくる。

母「お皿を寄こしなさい、ホアキン」

ホアキン「肉はいらない」

母「どうして」

ホアキン（急に泣きだす）「男の子にぶたれたんだ」

母（御立腹）「男の子にぶたれたですって？　どこで、どうして、いつ？」

トールヴォルド（冷静に）「本当じゃないね」（ただしトールヴォルドはもっと強力な言葉を使う）

アナイス（やはり冷静に）「あなたはその子に何をしたの」

ホアキン「何もしてないよ、もちろん」

アナイス（皮肉っぽく）「あら、そうなの。その子がいきなりやってきてぶったというのね」

ホアキン「うん」

母（興奮して）「誰なの？　見てらっしゃい、懲らしめてやるから。どこに住んでる子だい？」

ホアキン（良心が咎め）「ああ、気にしなくていいよ、何でもないから」

母（怒って）「何でもないですって！　誰なんだい。質問に答えなさい」

ホアキン「ルーシーのお兄ちゃん」

トールヴォルド「あのでかい奴か」

ホアキン「うん」

母は席を立ち、怒り心頭で通りに出ていく。ホアキンが走って追いかけ、夕食のあとでいいからと言う。

母が戻ってくる。全員着席。食べ終わるが、何もかも冷えて硬くなっている。沈黙。

母「じゃがいもを食べなさい、ホアキン」

ホアキン「いらない」

トールヴォルド「ぼくは好きじゃなくてもみんな食べたよ」

ホアキン「うるさい。おまえに関係ないだろ」
トールヴォルド「きちがい」
ホアキン「おまえこそきちがい」
母「何てこと《モン・デュ》、何てこと《モン・デュ》でしょう。トールヴォルド、ドアを開けてちょうだい。ここは暑すぎるわ」
トールヴォルドは椅子に座ったままドアを開けようとする。アナイスが席を立ち、ドアを開けるが、トールヴォルドのものぐさぶりに腹をたてる。
母「おまえはどうするね、おまえがわたしにするように、わたしがおまえにしたら、トールヴォルド」
トールヴォルドはぶつぶつ言う。夕食が進む。時おりトールヴォルドが何か言い、ホアキンはちがうと言い返す。母は気分が悪くなり、口数が少なくなる。電話が鳴る。誰も動かない。
アナイス「トールヴォルド、出てくれる？」
トールヴァルド「やだね！」
仕方なくアナイスが出る。間違い電話だ。デザートがテーブルに運ばれる。ホアキンがコップの水をこぼす。沈黙。
母「誰々夫人に手紙は書いたの、アナイス？」
アナイス「あ、ごめんなさい。忘れてました……」
母「もちろんそうね。おまえはいつも忘れるんだから。台所の石鹸は買ったの？　いいえ。マッチは？　いいえ。八百屋さんに梨がだめだったっていうことは言ってくれた？　いいえ。わが家ながら、このうちの状態にはもううんざりだわ。どうやってわたしひとりで、一家の大黒柱から家政婦から母親役まで、一手に引き受けろっていうの。ああもうたくさん、たくさんよ！」

アナイス「マッチのことは憶えていたわ。石鹸も、だめになっていた果物のことも、ほかのこともみんな憶えています、お母さん。家事だってできるだけやっているし……」
母「おいで、わが娘《フイフイユ》、キスしておくれ。坊やたちがあんまり疲れさせるものだから、自分が何を言っているかわからなくなってしまったの。おまえが一生懸命やってくれているのはわかっています。でもね、おまえの評判が良くないのは知ってるね」
アナイス「はい、知っています。でもいまはちがうし、それに……」
ホアキン「そのナプキン・リングくれよ」
トールヴォルド「やだよ、ぼくんだもん」
ホアキン（大声で）「よこせって言ってるんだよ」
トールヴォルド「やだね」
ホアキン（さらに大声で）「よこせったら」
母「まったくもう《モン・デュ》、気が変になりそうだわ」
トールヴォルドとホアキン（声を合わせ）「ぼくたちが何をしたっていうの？」
アナイス（皮肉っぽく）「あら、何もしてなんかいないわ。大好きなお兄ちゃんとか、大切な弟とか、言いあってるだけよね」
トーヴォルドがフォークを落とす。皆、席を立つ。
母「あなた薬を飲まなきゃ、ホアキン。忘れるところだったわ。自分で考えられないの、もう十二歳だっていうのに」
ホアキン「お母さん、男が夜明けに撃たれることになっている、でも兵士たちはそのことを忘れてしまう。男が兵士たちに思い出させるなんてこと、期待しませんよね」
トールヴォルド「おお、なんてひどい……アー……アー」
アナイス「喩《メタファー》えって言いたいのよね」
トールヴォルド「もちろんさ、なんてひどい喩えだってね」
ホアキン「おまえには関係ないだろ」

ホアキンは薬を飲み、スプーンを落とす。それから走って遊びに出かける。母は読書のため席を立つ。トールヴォルドはレッスンに行く。さて、マドモワゼル・リノットはというと――まぁ、わたしの活動の秘密をお話しするのは恥ずかしいので、やめておきましょう。

一九二〇年九月三十日

月の終わり、そして、一冊の日記帳の終わり。きっと太陽は毎日、いくつもの終わりのもとに沈むのでしょう……人生の終わり、時には希望の、幻想の終わり……誰が知るでしょう。
わたしの涙という涙はあなたの頁に注がれ、微笑という微笑はあなたの上に輝き、ついにあなたはぱんぱんに膨らんで、ほかの本たちの仲間入り、そして一冊の本に溶けてゆく――わたしの人生へと！　あなたの強さは波となってわたしをさらい、わたしの人生に課された使命の頂点へと運んでいく――たとえそれが何であれ。
あなたを愛しています。あなたはわたしの大切なものたちの宝箱――もう二度と生きることのない誰かさんのイメージ――今日は少女、明日は少し大人。時は最大の盗人で、かけがえのないもの、二度と生まれてこないものを連れ去る。明日、わたしは何かを、今日いだいた想いを失っていることでしょう。でもその代わりにほかのことを学び、成長し、結晶化していくのです。

だから、ここにとっておいてください、わたしがあなたにあげたものをひとつ残らず――解けない謎、解けた魔法、嵐にさらわれた魂の思索、ひとりの少女の単純きわまりない外的生活と、複雑怪奇な内面生活をめぐる思索を。みんなもう、わたしの手を離れ、あなたのもの。あなたのなかの、それらのものたちを愛しています。だって創造者はいつでも、自分の創造物を愛するものだから――母が子を愛するように。でも、創造した物を愛するからこそ、あなたとお別れします。わたしの代わりに、あなたがとっておいてください、手つかずのまま。わたしは見知らぬ危険な土地を旅してきます。そして帰ったら、もし帰ることがあれば、わが子たちをとりもどし、わが「眠りの家」〔ウェルギリウスの叙事詩『アエネーイス』にある言葉〕へと連れていきましょう。

一九二〇年十月十一日

手紙が届かない。自分自身を理解できたら、どんなにいいでしょう。あなたはわかってくれるかしら。わたしが感じるのはかなしみだけじゃなくて――自分への怒りのようなものも、混ざっているみたい。こんなとき思い出すのは、ロリータ叔母さま*がおっしゃっていたこと――日記にすべてを書きつくすことはできないのよって。考えることや感じること、愛するものや憎むものについてなら、何だってあなたに言

* ドロレス・クルメル。ニンの叔父トールヴォルド・クルメルの最初の妻。

える。世界や自分の家、家族やわたし自身について書くこともできる。でも、自分自身を説明するということがわたしにはできない。わからないし、これからもわかることはないでしょう。なぜこんなにも手紙がほしいのか。エドワルドの欠点は知っている。わたしが年上だということも、彼がわたしの従弟であることも知っている。でもそんなことは全部、溶けてなくなってしまう――完璧な相手という完璧な夢を思い描き、たぶん創り上げ、すっかり想像してしまった、そのあとでは。だからいまはもう、まったくの夢まぼろしではありえない。エドワルドだって気づいていた。わたしたちがいかによくわかりあえるか、感じたのだ。家族全員に狂人呼ばわりされていること、でもわたしにだけは、突拍子もない夢や野望を語れると、知っていた。わたしたちがどんなにすばらしい手紙を交わしたか、あなたに知ってもらえたら！　この完璧な友情は、一生続くと思えたのに。夢を分かちあうことなく、夢見られる人は少ない。ことにエドワルドは、あらゆる意味で心を挫かれ、ひとりで夢見るほどには強くない人だから。いったい何が起きたというの？　何が彼を変えてしまったの？　彼は「従姉《キュイジーヌ》」のことをよくわかっているはずだから、わたしが傷ついていることも知っているはずなのに。それに、彼はさしたる理由もなく人を傷つけるような人じゃない。わたしにはふたつの理由しか思い浮かばない。ひとつは彼のせい、もうひとつはわたしのせいだ。キューバ人ほど皮肉屋で冷淡な人たちは、世界中探しても見つからない。わかっているのは、サンチェス家では寄ってたかって、エドワルドのわたしへの想いをばかにしたということ。彼はわたしの手紙や写真をポケットに入れていた。エドワルドには好きな人がいると、妹のグラジエラが友だちに言いふらしたという。彼女自身、いつかわたしたちふたりの前でそう言い放ち、わたしは必死で笑い飛ばそうとした。きっと彼はお母さんにも、わたしのことで叱られたのだろう。あの人たちはみんな、わたしのことをへんてこだと思っている、たぶん。だからきっとエドワルドも恥ずかしくなって、いまでは後悔しているのだ。友情のために苦労して、家族には高尚すぎ、理想主義にすぎるものをわからせようとしても、甲斐がないと思っている。でも、もしエドワルドがそんな人なら、もう二度と好きになんかならない。でも彼はそんな人じゃない、と信じてる。

もうひとつの理由は、もしそれが本当なら、わたしにはずっとつらい。だってそれは、わたしのせいでしょうから。

ハバナへの旅のあいだ、彼はわたしを理想化しすぎたのかもしれない。彼の日記を読んだら、あそこにもここにも……わたしだらけだった……あのころは。なのに再会してみたら、わたしは彼が思い描いていたような人じゃなかった。それだけのこと。

ああ、あなたには想像もつかないでしょう、わたしがどんなに深刻に思いつめているか。まるで、雲が永遠に消えてしまいませんようにと、必死でしがみついているみたい。

一九二〇年十一月九日

偉大なヴァイオリニストで、父の生涯の友であるマネン〔ファン・マネン。一八八三—一九七一。スペインのヴァイオリニスト〕のコンサートが、まもなく開かれる。母はいにしえのよしみで会いにいくという。彼が父と仲たがいしたわけを聞かせてもらえるだろう。マネンはわたしの人生の前半数幕に登場する役者だ——演劇用語でいえば。いつかあなたには、思い出せる限り昔に遡って、わたしの人生についてお話しましょう。きっとこの、一九二〇年の記録より気に入ってもらえるはず。一九二〇年て、へんてこな年ね。本当に、「生きていくこと、かなたを見ることは、最も美しきものたちをあとにすることなのかもしれない」〔『ユージェニー・ド・ゲランの日記』にある言葉〕ですね。

最も美しきものたち。人生はいつ始まるのだろう。人が世界の光に眼を開く、そのときだろうか。なぜかわたしには、それよりずっと前のような気がする……母と父の黄金時代。そこにはロマンスが関わっているはずだ。いわば〈不可視の存在〉がふたつの人生の離れた糸をたぐり寄せ、ふたりが結ばれたとき、三つの命が同じ営みから織りなされた。母と父がどんなふうに出逢い、愛しあい、結婚したかについては、以前も日記に書いたことがある。母のクローゼットに、古い手紙の入った箱があり、色褪せたリボンで結んである。それを見て夢想するのは、母がわたしと同じくらいの年で、わたしと同じ夢を見て、同じ未来を思い描き、わたしがいまようやく知り始めた想いや衝動や希望を、ひとつ残らず経験していたころのことだ。母から父への手紙には、優しさや女らしさや魅力がほとばしっていたことだろう。一方父の手紙には、いわば手に入れたい女への情熱、誓いの言葉、雄弁さがみなぎっていたはずだ。母は新婚の一年目を、カルチェラタンのまんなか、窯通《リュー・ド・フール》りで過ごした。詩人と狂人が棲まうパリの世界だ。きっとそのせいで、わたしは生まれながらの詩人なのだ。あの街の雰囲気と環境が、わたしの運命の最も重要な事実を形づくった。というのも、もしわたしが詩人でなければ、世界はいまと正反対の姿に見えているだろうから。

　さて、マドモワゼル・リノットが生まれたのは、ヌイィはアンリオン・ベルティエ通りに立つ白い石造りのアパートの一室、一九〇三年二月二十一日は午後八時のことだった。母にもう一度訊いてみたら、寒かったかもしれないが、よく晴れた日だったという。いずれにせよ、それはわたしの気質にさしたる影響を与えはしなかった。もし母から、あれは暗い嵐の日で、雷鳴が空を引き裂いていたなどと聞かされていたら、天候の役割をたいそう深刻に受けとめていたかもしれないが。実際のところ、暴風雨はわたしの誕生など気にもとめなかったようだ。かわいそうな父は、母によれば、ひどくがっかりしたらしい。男の子がほしかったのだ。泣き虫で癇の強い女の赤ちゃんなんていらなかった。男の子だったら、泣いたりしなかったろうに。幸い母は（母によれば）、最高にしあわせだったという。おそらく誰も、わたしがどちら似かという判断は下さなかったのだろう。かわいそうに、父はわたしの手を見て、ニン家のピアニストが現れたと思った。まさかその手が、おおかたの時間ペンを握ることになろうとは、思いもよらなかった。わたしの洗礼名は、ローザ・フアナ・アナイス・エデルミラ・アントリーナ・アンジェラ・ニンといいます！

当然ながら、トールヴォルドが生まれた日のことは憶えていない。わたしの物語を語ろうとして、母を質問攻めにしたことがある。なぜって、わたしの記憶は穴だらけなのだ。たまに、母の記憶に助けてもらえないときは、自分の想像力に頼らざるをえない。たとえば、母が言うには弟が生まれたのは三月十二日、ココ叔母さまの結婚式の証人になるため、キューバに行ったときのことだという。そう聞いて、残りは自分で推理する。わが家で一番貴族的なところのないトールヴォルドが、お城のような祖父の家で生まれたなんて！　トールヴォルドがとびきり怠け者で、眠るのが大好きなのも説明がつく。朝の五時に生まれたのだもの。そのときの早起きで、一生分のエネルギーを使ってしまったのだ。父は大よろこびだったにちがいない（想像）。待望の息子が生まれたのだから。トールヴォルドの祝福された揺り籠にかがみ込み、紅葉《もみじ》の手にキスしたことだろう。というのも、トールヴォルドは男の子だっただけでなく、青い眼、誇り高き父の青い眼をしていたのだから。以来、トールヴォルドが父のお気に入りなのはわかっている（想像）。それに、長いこと母のお気に入りでもあった。だが、あるときわたしは両親の眼の前で死にかけ、でも幸い親に先立つことはなかったから、ご褒美として同じように愛してもらえることになった。

（ここでトールヴォルドに邪魔された。靴下をかがってくれというのだ。最初は腹がたったが、彼について書くより、彼の靴下をかがる方が有益だと思い直した。）

サン・クルー〔パリ郊外の街〕。今日は、わたしが物や場所や人を記憶し始めたころのことをお話しましょう。サン・クルーの小さな家は、わたしたちがハバナから戻って、父が借りたものだ。古家で、塗装修理の必要が大いにあった。だが、母も父もほとんど意に介さなかった。なぜなら、裕福でない一家が住む家として、あれほど絵画的で詩的な家を想像することは難しい。蔦に覆われ、美しい樹々に囲まれて、外界から完全に遮断されていた。かすかに記憶に残る庭は、花と果実と木立に埋もれている。優しい代母のファナ叔母さまがそのころうちにいらして、当時の話をいろいろしてくださった。トールヴォルドはまだ赤ちゃんみたいなものだったから、後年のようにそういう話に登場してくることはなかった。わたしはそのころ元気いっぱいな女の子で、母やマリアンヌのあとを飽かず駆け回っていた。聞けば、往年の裾長の淑女よろしく、ドレスの端をつまんでは道を渡っていたという。いかに早くから、わたしがエレガントでありたいと思いうようになったか、おわかりいただけるでしょう。お気に入りのおもちゃは古い帽子と羽根飾り、ピンで留めてかぶっては家中を歩き回っていた。この事実を子細に検討すれば、わたしの性質の最も重大な瑕疵の兆しが見てとれる。すなわち、帽子やドレスや衣装への偏愛だ。何しろ洋服屋を真似して、母のドレスをピンだらけにしてしまったのだから。

　あるとき母がいなくなり、数カ月後に帰ってきたときは黒い服を着て、きれいな顔は黒く長いヴェールに隠れて見えなかった。祖父がハバナで亡くなったのだ。母がどれほど大きなかなしみに耐えねばならなかったか、当時のわたしには見当もつかなかった。とても不思議なのだが、あのころのことを思い返すと、父の記憶がない。ただ母と、母の感触、キス、まなざしがあるだけ。なぜかこの点で、わたしの記憶は当てにならない。ただ、思い出すのはスイスでの光景、母は真っ青な湖で水浴していて、トールヴォルドとわたしは、母が溺れてしまうと思って、しくしく泣いていた。

それからわたしたちはベルリンに移り、手入れのいき届いた美しいアパートで暮らした。窓辺にはゼラニウムが咲いていた。憶えているのは、こわい住み込みの女性家庭教師と、前より母に会えなくなったことだ。なぜかというと、母曰く、ベルリンの社交界に出入りするようになり、父とあちこちにお呼ばれしていたのだとか。母は褒めそやされ、もてはやされ、もてなされた。わたしたちはお金持ちだった。少なくともわたしにはそう思えたし、快適だった。太って優雅さに欠けるドイツ女性たちは、母の着こなしや踊り方を口々に褒めた。ベルリンで過ごした年月は、母の人生で最も幸福なものに含まれるだろう。とはいえ、わたしの知る限り父はそこでも、以前にも増して湯水のように浪費するのをやめなかった。あのころの父のことは、ぼんやりとしか憶えていない。いつも気むずかしく、厳格で、何かに熱中していたことは確かだ。白いマウスをケージに入れて実験していることもよくあった（医学やら何やら研究していたのだ）。マウスのことはとてもよく憶えている。

ある日、母が部屋から出てこなくなり、家はしんと静まりかえった。何日も母に会わせてもらえなかった。歩くのは爪先立ち、話すのはひそひそ声。かわいそうに、われらが文学的な父は、わたしたちをどう扱えばいいかわからないのだった。父は本の方を好み、わたしたちに手を焼いていたのは知っている。父に次男が生まれようとしていた。その一報がもたらされた日、わたしたちは新入りにお目通りを許された。トールヴォルドとふたり、小ねずみのようにそっと母の部屋に入り、母にキスして、ホアキンの揺り籠を覗き込んだ。新しい弟の第一印象は決して忘れないだろう。おそろしく色黒で、醜くて、恐怖の雄叫びをもってわたしたちを迎えた。その黒い顔と不機嫌な眼が夢に出て、長いことうなされた。これが、一九〇八年九月五日のことだ。その日以来、家中がホアキンの一挙手一投足に注目し、瓶を握るのがたいていの赤ん坊より早かったとか、笑ったとか眠ったとかいっては褒めそやした。子守のドイツ女性はホアキンの痼癪に怖れをなし、良いドイツ兵になるだろうと言った。

　ある日、腹立ちまぎれに家出を決意したのは、ベルリンでのことだった。同い年くらいの男の子に、道の角で待っていてもらった。クロワッサンとドレスを荷物に詰めた。母と父が見ていたのは気づかなかった。荷物をもって階段を下り、通りに出たが、遠くに行く前に父に連れ戻された。

　ブリュッセル。ホアキンが生まれてからの記憶は、ブリュッセルはイクル、ボー・セジュール通りの瀟洒な家に住んでいたころに飛んでしまう。四階建ての家の造りは細部に至るまではっきり憶えているが、いい思い出はひとつもない。この地で、父の性格がはっきりしてきたのだ。父の主な生活の場は、書斎かピアノのそばだった。書斎には天井まで本がびっしり並び、大きな重量感のある机が窓際に陣どっていた。父が出かけるとこっそり忍び込んでは、何が書いてあるかもわからない本を読んだものだ。梯子のてっぺんに座って本を読みながら、見つかるのではないかと思って震えていた。父は書斎からピアノのある居間に移動すると、わたしが思い出せる限り前からそうしていたように、何時間でも弾き続けた。

　母、ホアキン、トールヴォルドとわたしは、おおむね寝室か庭で生活していた。庭はニューヨークの家の裏庭より少し大きいくらいで、父が砂を敷きつめ、靴や靴下をはかなくても一日中遊べるようにしてくれた。このころホアキンは独特のきかん坊ぶりといたずら好きを発揮し始めたが、彼のそういうところはいまも変わらない。トールヴォルドとわたしが遊んでいるあいだ、ホアキンは物をこわし、父がつかまえて叩くまでやめなかった。いずれにせよ、父はわたしたちを叩くのが好きだったのだが。ホアキンは父をひどくこわがるようなったが、いたずらをやめることはなく、こっそり続けていた。たいていは、自分の部屋に鍵をかけられて、閉じ込められるはめになった。その部屋は、ホアキンにこわされないように家具も取り払われ、おもちゃはあったが、ホアキンはそれで遊ぶよりハンマーで叩きこわす方が好みだった。一方母は、トールヴォルドとわたしに読み書きと読譜、ヴァイオリンとピアノを教えた。トールヴォルドは熱心にヴァイオリンを習ったが、わたしはピアノが大嫌いで、レッスンの時間になると泣いて足をばたばたさせ、火がついたような騒ぎになるので、ついに母も諦めた。母を慰めようと、わたしは画家になることにしたわ、と言った。

あのころ、トールヴォルドとわたしは一心同体だった。当時の彼は羊のように優しくて、わたしのあとをどこでもついてきた。書斎の大テーブルの下でままごと遊びをした――わたしたちがどれだけ小さかったか、想像できて？　半分はトールヴォルドの家、半分はわたしの家で、床まで届く赤いテーブルクロスがドアと窓の役をした。床材の余り物はドアマットの代わりに。わたしたちの家から急に這い出して、話している母と父を驚かせることもよくあった。まだ幼くて、何が起きているのかわからなかったが、尋常ならざる争いごとなのはひしひしと感じたし、暴力沙汰は怖ろしかった。あるとき父母があまりに激しく言い争っているので、わたしはヒステリーを起こして床に身を投げ出し、彼らの意識を逸らそうとしたのを憶えている。父が母を殺してしまうのではないかと、こわくなったのだ。あのときばかりは、両親も怖れをなして黙り込んだ。

父は食事中も本を読み、読書を中断するのは、銀食器に黴菌がついていると叱るときだけだった。銀食器を使う前はアルコールランプにかざした。ビスケットを食べるとき、自分の指が触れたところは決して食べなかった。菜食主義の信奉者だった。濾過しない水は怖ろしい、とわたしたちは教えられた。

わたしたちにとっては、厳しい父だった。お仕置きを免れるには、大芝居を打つしかなかった。わたしは有能な女優だったから、父の心を動かすのはいともたやすいことだった。膝をついて手を組み、眼に涙をいっぱい溜めて「どうか、どうかお願いですからやめてください」と囁くのだ。父にドレスの裾をもちあげられ、叩かれないようにするためなら、どんなことでもした。ホアキンはお仕置きされることが一番多くて、母は彼が鞭打たれないよう、いつも腐心していた。父は猫を箒で殺したこともあるのだ。父のことは、ホアキンを通して学ぶことが多かった。ホアキンは衝動的で短気で、人を傷つける言葉を不用意に口にし、辛辣に人を裁き、自分の行動には子どもっぽいくらい無責任だった。

こういうごたごたを別にすれば、幸福な年月と思えた。仲のいい友だちがたくさんいて、楽しいクリスマスを何度も過ごしたし、父母の友人たちは家を音楽でいっぱいにしてくれた。偉大なヴァイオリニストのイザイ〔ウジェーヌ・イザイ。一八五六―一九三一。ベルギー出身〕もやってきた。母はコンサートの仕事のために歌を勉強していた。トールヴォルドとわたしはドイツ人学校に入れられた。わたしの一番のお気に入りは、いたずらっ子のアンリというそばかすの男の子で、同級生ではなくて、一緒に遊んではいけないと言われている子だった。アンリとわたしはある日教会のミサに行き、祭壇に跪いて「結婚」したつもりになった。

やがて、わたしが病気になり、多くのことが変わってしまった。長いこと、こわい思いをしながら伏せっていた。無知な医者に脊髄カリエスと言われたのだ。もう歩くことはできないだろうと言われたときは、どんな思いだったか！　父は突如、忙しくかまけていたこと、そのせいでわたしがかまってもらえずにいたことをすべて投げうち、わたしがよろこぶことだけを考えてくれるようになった。本やコンパスセットや画用鉛筆を買ってくれた。母はそれ以来見たことがないような心配顔で、昼も夜もなく看病してくれた。近所の人たちは本をもってお見舞いにきてくれた。わたしは猛烈に読書を始め、物語を書くようになった。容態は日に日に悪化した。一度か二度、母が一日家を空けなければならないことがあった。すると父はわたしの部屋に書きものをもちこみ、看病しながら仕事をしてくれた。あのときはとてもしあわせだった。薬が悪いものでないと教えようとして、父が全部一緒に飲んでくれたことも、決して忘れない。それは、父が愛情を見せてくれた唯一の時だった。こんなふうに、わたしが病気になったおかげで、両親は穏やかに心をひとつにして、愛情を注いでくれた。この大きな愛があったからこそ、いろいろなことも乗り越えてこられた。それが失われたいまとなっては、あれはもう手の届かない、完璧な夢だったのだと思いたい。父と母！　このふたつの言葉は、わたしにとってどれほど大切なものだったろう。何度、神さまに訊いたことか。なぜこれほど大きなかなしみをお与えになるのですか。わたしほど両親を愛していない少女たちにだって、父と母を両方お与えになっているというのに。

　わたしにとって父は神秘であり、幻であり、夢だ。どれほど際限もなく美しい物語を、その魔法の言葉のまわりに紡ぎ、わたしの家や心のいかなる場所を与えてきたことだろう！　父よ！　父よ！　わたしの人生は、あなたへの、ひたすらな思慕でした。それは、わたしがそうあってほしいと願うあなたへの思慕でした。かなしいかな、現実のあなたでも、ほかの人の眼に映るあなたでもなくて。ああ、大切な、愛しい影よ、あなたの不在は、どれほどの空虚をわたしの人生にもたらしたことでしょう。

　日記よ、あなたに子ども時代について語ることが、これほど難しいとは思いませんでした。忘れていたのです。ほかの子どもたちにとっては楽しいだけの日々が、わたしたちにとっては絶えず不幸の影につきまとわれていたことを。

　何カ月もひどく苦しんだのちのある晩、往診に来た医師は（父はこの医師を疑い始めていた）、いつもより言葉少なだった。彼だけが、わたしが危篤状態にあることを知っていたのだ。その夜も、父はそばにいてくれた。だがわたしは、妙に突き放したような気持ちで父を見ていた。生きることに疲れ果て、まもなく眠りにつこうとするかのように……永遠に。その後、父が階下に呼ばれていくと、お客さまだった。

わたしの遊び友だちのひとり、クレレットのお父さまだ。道で医師とすれ違ったら、「ニンさんのお嬢さんは今夜もたないでしょう」と言ったというのだ。オストレ氏は父に警告すべきだと考えた。数時間後、ブリュッセルに住むベルギーで最も優秀な医師三名が協議したところ、一時間以内に盲腸の手術をしなければ、わたしは死ぬだろうということになった。ひとりの医師がわたしの方に身をかがめ、しゃがれ声で言った。「こわいかい?」「あ、いいえ」そう答えると、わたしは眼を閉じた。苦しみに疲れていた。わたしは隣人の車に文字通り担ぎこまれた。夜中の一時だというのに、寝ていたところを起きて、病院まで送ってくれたのだ。幸い、病院は家から数分のところにあった。

真っ白いテーブルの上に乗せられた。尼僧の十字架に口づけた。マスクが顔にかけられ、わたしは眠りに落ちた。

手術のあと、さらに三カ月苦しんだ。ある日、快気祝いだといって、母がオレンジやチョコレートを何ダースも注文した。わたしは車椅子に乗り、病院の貧しい人々に果物やキャンディーを配って回った。それから、退院した。小さな通りに旗がひらめき、近所の人たちが窓から顔を見せてくれた。家中、花とプレゼントでいっぱいだった。

アルカション。廃墟の館《ヴィラ・レ・ルーアン》。わたしの療養のため、わたしたちはアルカションへ向かった。父は一足先に行っていた。着いたのは、わたしの十歳の誕生日だった。滅びた城のみごとなイミテーションで、暗く、重厚で、冷え冷えとしていた。不思議な虫の知らせか、着いた夜は堰を切ったように泣いてばかりいた。誰もわたしのことを理解できなかった。それでも、数カ月は楽しく過ごした。広大な美しい庭で遊んだり、ビーチで遊んだりした。「お城」の奇妙で陰鬱な感じも気に入った。「廃墟」という言葉が何を意味するのか、そのときは知らなかった。数カ月後、父が家を出た。またいつものコンサート・ツアーに出ると見せかけて、実は二度と戻らないつもりだったのだ。父がツアーに出るのはよくあることだったから、それまで泣いたことなどなかった。予感だったのか。本能か。このとき父は出かけようとしながら、何度も戻ってこざるをえなかった。わたしが激しくキスし、父を呼び、火がついたように泣いて、しがみついたからだ。その愁嘆場の意味がわかるのは、父ひとりだった。父はブリュッセルの家に行くと、自分にとって価値のある物をすべてもちだした。そのあとに母が行き、残り物を荷造りすることになった。わたしたちは裕福なキューバ人一家の、父の若い愛人の、世話になることになった。母が帰ってきて、わたしたちは三等の席でバルセロナへ、祖母の家に向かった。

バルセロナ。最初は祖父と暮らした。とても厳しく、冷たい人だった。誇り高く厳格な、この風変わりな男性を、わたしは決して忘れないだろう。そして、優しくて従順で、虐げられた祖母！ 祖父母と暮らしたのは、母がアパートを探しているあいだだけだった。バルセロナにいた一年間、母は歌を教えた。アントリーナ叔母さまが遊びにきて、母にニューヨークの話をしていった。この間わたしはずっと、おかしな詩や、見たり感じたりしたことを書きとめていた。ニューヨークに向けてバルセロナを発ったとき、この日記の一冊目をつけ始めた。

一九二〇年十一月十五日

明日はマネンのコンサートに行く。そこで父の友人のひとりと会うことになっている。数日前、母にくれた手紙によると、その人はパリから戻ったところで、わたしたちのもとを訪ねて様子を知らせてほしいと、父に頼まれたという。マーカス〔十七歳のアナイスが想いを寄せた少年〕の話をしていた女性（コネティカットのグリニッジにも家があり、彼を知っているとのこと）も来るし、エンリケ*とヴィセンテ（ド・ソラ）も、それから、ファナ叔母さまのお友だちで、わたしに会いたいというフランス人青年も来るという。

昔の生活に戻るのよ、と母は言う――知的な友人、音楽家、社交界。アメリカの生活とは何と対照的なことだろう！　母にはこういう人たちや芸術家、社交界が似合っている。そういう場での母には華があり、人を魅きつけずにおかない。母のまわりに人の輪ができ、母の意見が求められる。コスモポリタン的で芸術的な世界で、母がすばらしく映えることに気づく。

昔の生活に戻る！　母が子どものために世界の称賛を、歌手としてのキャリアを、そしてよろこびを犠牲にしたと思うと、いたたまれない気持ちになる。いま母を見ていると、いかにかつての生活を愛しているかがわかる。でも、これは数日しか続かない。マネンのコンサートが終わり、彼が帰国してしまえば、音楽的生活のいっさいはわたしたちのもとを離れ、ゆっくり沈んでいき、仕事と商売とアメリカン・ビジネスの雑音に埋もれ、かき消されてしまう。そうして、昔の生活はあとかたもなく消える。

このところ、父の噂を聞くことが多かった。父が昔の生活の一部であるのはいうまでもない。たまに、母をニン夫人として知っている友人に会うと、父はいつ帰ってくるのか、こちらにわたしたちと一緒にいるのか、または、どちらにいらっしゃるのですかと訊かれる。

そして、生きた現実世界への旅から帰るたび、わたしの胸は痛み、想いわずらう。外界に触れるのがこわくなり、静かな家を愛するようになる。一日世界に触れたあとは、貝殻に閉じこもり、かなしみとともにできごとをふり返る。すると、貝の静けさに癒され、再びしあわせになる――孤独・沈黙・本とともに、しあわせになる。外界のざわめきが聞こえても、どこか遠いことに思える。でも実はそれはすぐ近くにあり、時にわたしはそれを生きなければならない。現実に出ていっては、傷つき、絶望的な気持ちで貝殻に戻ってくる。

　あっという間にあなたとお別れすることになりそう。書き始めて二カ月足らずで、もう頁が残り少なくなってしまった。何冊もまとめて、図書館に納めることになりそうだ。「女の心には語るべきことが多い」とウジェニー〔ウジェニー・ド・ゲラン。一八〇五―四八。フランスの日記作家〕は言った。わたしはまだ本当の女ではないけれど、語ることが溢れてとまらない。

　ひどい話だ。わたしが死んだら、おしゃべり女のことを言うときのように、人は言うだろう。「ほんとにねぇ、あの女ときたら、書き始めたが最後、ペンを置くということを知らなかった。考えてもごらんよ、どれだけ紙を無駄使いしたことか」

　でも、あなたを燃やさなければならない日が来たら、それはかなしいでしょう。孫に読んでもらえたら、その方がうれしい。きっとみんな、わたしの考えが何でこんなに「古くさい」のかと思うだろう。「ずいぶんへんてこな時代に、おばあちゃんは生きてたんだねぇ」と言うだろう。「十八にもなって飛行機に乗ったこともないなんて、ほんとかな。ありえないよ」本当に、そんなことを言われたら、お墓のなかでくすくす笑ってしまうだろう。ちょうどわたしが、いったいどうしてお母さんは自動車なしで生きていけるのかしら、と思ったように。

　トールヴォルドはわたしが書いているのを見て、日記に書くのは一日一頁と決めて、前の日に書いたことは消してしまえ、と言う。「紙を節約しろよ！」ですって。

＊　一時ニン家に同居していた若きヴァイオリニスト。

一九二〇年十一月十六日

コンサートで、父の友人のヴェラスコ氏がわたしたちのそばに座っていらして、あとでお話した。彼からも質問されたし、わたしたちが父について訊いたことにも答えていただいた。マネンは明日食事にやってくるし、夕方にはキューバ人ピアニストのペピートと、エンリケが来る。

その後。はなやかな一日のできごとは、皆終わってしまった。改めて気づくのは、またもの想いに沈むことが、わたしにとっていかに幸福かということだ。いいえ、否定できないが、認めるには非常な痛みがともなう――わたしは母に似ていない。父に似ているのだ。今日は父に生き写しだと言われた。父はひとりさびしく暮らしているとも聞いた。なぜ？　そう、わたしにはわかる。高慢で、不遜だからだ。でも、わたしもまた父に似て、近寄りがたいところがある。血だ。わたしが奇妙なふるまいをしたり、人から距離を置いたりするのは、血のせいなのだ。母と比べたら、あの、はなやかでにぎやかな生活を愛し、能弁でよく笑う、話し好きの母と比べたら、わたしは……わたしは異質だ。でも、そんなはずはない。ああ、もし父に似ていたら、わたしが父の表情、言動、激しい気性、周囲への軽蔑を共有するなら、その表情は、父とはちがう人生観で和らげたい。言動は、母の人に尽くす心で穏やかにしたい。あの激しい気性を静め、軽蔑を抑えたい。きっと大丈夫、冒険とロマンスを愛するわたしだもの。だって、暴君みたいにふるまったりしたら、未来の旦那さまを見つけることなどできないでしょう。本当に、心から待ち焦がれている。どうやら、天はわたしから〈父〉という存在を奪うためにだけお与えになり、もうひとつの奇妙な夢でわたしを呪ったようだ――あまり見ないようにしている夢だけれど。わたしの願い――心が弱く折れそうになったとき、夫の肩に頭を預けたい、それがわたしの願いです。

この頁は破り捨ててしまおうか。いいえ、あなたには想いの丈のすべてを話すと約束したのだし、これも想いのひとつなのだから。恥ずかしい？　いいえ、不思議なのだ。きっと従弟のミゲルの言う通り、わたしは相容れない物質でできた、へんてこりんな混ぜものなのだ。

一九二〇年十一月二十六日

父の手紙に、スペイン語で返事を書く。父がそうしてほしいというのだ。スペイン語はわたしの言葉だから、と。確かに先祖の言葉ではある。でも、フランス語はわたしの心の言葉、英語は知性の言葉だ。

一九二一年三月十三日

ホアキンの即興演奏に合わせて、すばらしい冒険の物語をお話することにしましょう。この数日間というもの、時の経過はその痕跡をほとんどとどめていない。三月十二日という日の存在を前に、怖れをなして消えてしまったのだ。まず、その日はトールヴォルドの誕生日だった。彼に敬意を表して、夕食は特に念入りに計画され、最後は十六本のろうそくが載った誕生日ケーキが登場して、お開きとなった。わたしは急いで自分の部屋に駆け込むと、ガイラー家のダンスパーティーのため、こっそり準備を始めた。心臓は名づけようのない期待に脈打っている。しばしして鏡の前に立ち、まじまじと見つめた。美しい薔薇色のドレスに着替え、興奮でかすかに顔を火照らせて、準備完了。でも、どんなよろこびが待ち受けているのか、そのときは知るよしもなく、ガイラー氏の車にマーサやウィルヘルミナと乗り込んだのでした。昨夜のわたしは、何ておかしな気分に囚われていたのでしょう。きっと、どこか苔むしたような地味で臆病なところはすっかり脱ぎ捨て、ガイラー夫人宅に足を踏み入れたときは子鬼に、あるいはちょっとした悪魔にすら変身していたのかもしれない。わかっているのは、どういうわけかわたしが「わたし自身」でなかったということ、「わたしでない誰か」は羽より軽い心のもち主だったということだ。もしかしたら、本当に羽だったのかもしれない。だって確かに何かがわたしの喉をくすぐり、笑いがこみあげてきて仕方なかったのだもの。

　これがまた不思議なことに、その「誰か」は文学や音楽や詩を愛する心を失わず、しかもそれをほかの人々と分かちあえたのだ。

　ああ、昨夜その「誰か」を気に入ってくれた皆さんが、本当のわたし、何でもない普段のアナイスを、名づけえぬ輝きもなければ、はなやかでも快活でもなく、小悪魔めいた顔のもち主でもないわたしを好いてくれたら、どんなにいいでしょう。だってそんなもの、みんなどこかに消えてしまったし、もう二度と戻ってこないかもしれないのだから。

　具体的に言いましょう。会話というものは、改めて考えると不思議なものだ。流れが変わると、突然共感や興味が生まれる。幾多の困難をものともせず、無関心や内気さに打ち勝つ力がある。見知らぬ者同士をつなぐ橋だ。わたしが「洗練されたものたち」に寄せる愛は、イーディス・ガイラーの兄、ヒュー・ガイラー*やクラップ氏とは大いに、画家とも幾分は共有できることがわかった。昨夜はこういう方たちにお会いして、皆さんに親切にしていただいて、よろこびに沸きたつような思いだった。あの完璧なダンスパーティーを、すみずみまで憶えているかですって？　きれいな照明、音楽、笑い、輝く瞳、お褒めの言葉。ヒュー・ガイラー氏の夢を見て、わたしたちの「秘密」（彼は詩を書くので）の夢を見て、画家の夢も見た。つまり、あのダンスパーティを最初から最後まで夢に見たのだ。クラップ氏からは連絡がくることになっている。わたしをコンサートに連れていく許可をいただきたいと、願い出たのだ。そしてもちろん、ガイラー氏からも連絡があるだろう。昨夜わたしは彼のリードで最初に踊り、磨き込まれた床の上で、最後も彼と踊ったのだ。ほかの人たちは皆疲れて、うとうととしているような状態だったから。でも、ラストダンスを踊りながら、わたしたちはおしゃべりに夢中になり、踊るのを忘れそうになるほどだった。

一九二一年三月二十三日

作文の先生が、わたしの書いたものを「すこぶる優秀な作品」と褒めてくださった。「スティーヴンソンはかなり読んでるのかい？」と、好奇心いっぱいの笑顔で訊かれた。それから、いろいろなことを言ってくださった。決して忘れないだろう。そのうちのひとつが、最近の文章は簡潔で、直接的で、平明だというものだった。「きみの文体はとても美しい、だが……」先生は言い淀んだが、わたしにはわかった。

「古くさい、ですか、もしかしたら、セイツ先生」

先生は『アトランティック・マンスリー』とオーウェン・ウィスター〔一八六〇—一九三八。西部小説の祖と言われるアメリカの作家〕の『ヴァージニアン』、それから現代の短編小説を読みなさいとおっしゃった。研究室に毎日来なさい、とも言

＊　のちに「ヒューゴー」と呼ばれるようになる。父もヒューという名だったため、家族にはヒューゴーと呼ばれていた。

われた。わたしの読書の様子を見て、余分に指導してくださるという。興味をもっていただいて、とてもうれしかった。結局のところ、わたしが克服すべきは、ロマン主義と詩の影響だ。またもやリップ・ヴァン・ウィンクルになった気分。わたしが旅してきたのは、騎士道の、優雅で凝った言葉の、伝統と華麗さが支配する古い世界なのだ。

一九二一年五月十四日

矛盾だらけのわたしの性格をわかってくれる人など、どこにもいないだろう。ダンスパーティーでは、わたしのまじめさや学者風のところは、跡形もなく消える。そのわたしを観察して、驚き呆れ、あれはいったい誰なのかしら、と訝るわたしもまた、わたしのなかにいるのだけれど。ダンスパーティでのわたしは、誰の眼にもすばらしく感じのいい人間に映るだろう。でもその後、派手なドレスを脱ぎ、シンプルな服に着替えて机に向かい、ものを書き始めると、わたしは別人になる。殻に閉じこもり、何時間でも鬱々ともの想いに耽る。誰がそんなわたしを好きになってくれるだろう。でも、わたしの真の自己は、世界から遠く離れた所に座り、苦しい想いを胸に秘めた人間なのだ。心の奥底では、たとえば、わたしは男の子なんて好きじゃない。このところ、彼らのせいで心の平和を乱されることも多かった。同級生としていろいろ研究させてもらったが、あと数日で、もう会うこともない。わたしの聴講する講義が終わるからだ。本心から言うが、わたしはコロンビア大学で四つの科目を学んだ。作文、文法、フランス語、それに男の子だ。文法とも男の子とも、さよならできて、せいせいする。

一九二一年六月十九日

今日という日は、わたしにとって最も幸福で楽しいできごとのひとつとして記憶されるでしょう。あなたに話したくて仕方ないから、昨夜のことは省略しますね。ガイラー家のダンスパーティーがすごく楽しかったって、憶えている？　あなたの所に来たとき、わたしはすっかりヒューゴー・ガイラーに夢中で、ふたりの趣味が似ていることがおもしろくてならなかった。また会えると思っていたけれど、この国の習慣をうっかり忘れていて、会うためにあれこれ努力したりはしなかった。そのまま日は過ぎ、もう忘れられてしまったのだと思った。いま、彼のご家族がヨーロッパに行っていらして、彼は毎週末をパーカー夫妻*の家で過ごしている。ご夫妻はわが家の近くに美しい家をおもちなのだ。近くというのは、わが家との間に家が二軒と樹が何本かある、ということなのだけど。ゆえに、見よ（あなたの心の眼で）、わたしがベランダで本を読んでいると、ヒューゴー・ガイラーが時おり通り過ぎる。そのたびに言葉はわたしの喉にひっかかり、わたしは平静を失う。どもらなかったとしたら、わたしの口から出たのがせいぜい「ごきげんよう」くらいだったから。わたしのこと、どう思っているかしら、と考えたり、想像したりする勇気もなかった——あんまりばかみたいで、失礼なわたしだったから。でも、母が状況を救ってくれた。今日の午後、何が起きたのか気づく間もなく、ヒューゴー・ガイラーがわたしのそばに座り、わたしたちは語らっていた。マーサ・フォージーやほかのお客さまと歩いているところを、母が一網打尽に拉致してくれたのだ。でもわたしたちはおしゃべりに夢中で、ほかの人たちのことはすっかり忘れてしまった。ガイラ

＊　おじ、おば。

ー氏はポケットにエマソンを忍ばせ、スティーヴンソンを愛し、日記をつけている！　お話しながら、彼がわたしを気に入ってくれて、お友だちになれたらいいなと思った。あのね、まるで、エドワルドのなかにわたしが愛したすべてが、別人の姿で戻ってきたみたいなの。年上の、おまけにもっとまじめで賢い人になって。わたしがガイラー氏にいだく印象は、ものをよく知っていて、強くて頼りがいがあり、男らしく、しかも詩人の心と頭脳のもち主というものだ。ああ、この見知らぬ人に、この先何が待ち受けているのでしょう――詩と書物の名において、わたしの内なる世界のドアをノックした彼。ノックされて、わたしは心躍り、いまにも大きくドアを開けて、叫びたい。ようこそ！　ようこそ！　と。

一九二一年九月二日

ヒューゴーの名を口にすることと、わたしをからかうことを、わたしは家族に禁じた。「意志のあるところ道は開ける」と答えればいい、と母は言う。ヒューゴーとわたしでは、まるで人種がちがうと思われるかもしれない。ヒューゴーとわたし。彼はスコットランド系だから感情をまるで表に出さないのだ、と思われるかもしれない。一方、わたしが性急にすぎ、衝動的にすぎるのは、熱いスペインの血のせい。でも、わたしといるときのヒューゴーは、わたしと同じくらい情熱的なのだ。彼の瞳がきらきら光るのも見たし、頬が紅潮するのも目撃した。ものごしはいつも流れるように自然で、感情はわたしと同じくらい、いいえ、もっと強いかもしれない。開いた本を読むように、わたしといてよろこんでくれる彼の心が読めた。ならばなぜ、なぜ、どうして、いまだに何も言ってくれないのだろう。そのことに戸惑い、驚くあまり、自分の繊細さと性急さに腹がたつ。どんな状況でも岩のように動じず、冷血で冷淡な人間になれたらいいのに。辛辣な皮肉屋になれたら、何も期待しなくてすむでしょうに。でも、いいえ、わたしはまだ希望と信頼でいっぱい。ああ、性懲りもなく望み、信じることは、正しいことなのでしょうか。天はわたしに、幸福を人に求めてはいけないと教えようとするのか。友！　その言葉の響きそのもの、それが暗示し、意味するすべてが好き。親愛なる友よ！　わたしには、あなたのやり方は理解できません。でも、愛していいます。理解できないわたしがいけないのでしょう。望みを棄てる前に、あと一週間だけ、待つことにしましょう。

一九二一年十一月十六日

ノートを埋め、封筒に書きつけ、手に入る紙という紙を言葉でいっぱいにする。汽車で書き、路面電車で書き、母のオフィスで、キッチンで——ありとあらゆる場所で、いつでも、わたしは書く。理由なんていらない。いろいろなものやことが、巨大な雲となって頭のまわりに浮かび、居座り、わたしのすべての王国に侵入し、警告と混乱と快楽をまき散らし、掻きたて、火をつけ、霊感を与え、高揚させ、何より声高く叫ぶ、突き刺すように——インク、インク、インクを。われらにインクを！

インクとペンと紙がなければ、わたしは存在しないに等しい。食べ物がなくてもやっていけるし、友がいなくても、家や本がなくても平気だけれど、インクと紙がなければ、わたしは死んでしまう。

だから、わたしは書く。まわりに眼もくれず、時が過ぎるのも、義務も、やらなければならないことも忘れて。価値のあることが書けたらいいのだけど。ひとつ確かなのは、わたしの心に火をつけるものは書けるということ。いま取り組んでいる作品はどんなにつまらなくても、いつも幻の地平線に揺るぎなくあるのは、永遠の、説明しようのない〈信念〉だ。なぜか？　わからない。わたしはくじけない。全身全霊を傾けて、ささやかな作品に打ち込む。内心わかり始めたのは、わたしはいま修行中の身であり、練習と実験の最中なのだということ、そうやって、心から願ってやまない一生の仕事に近づきつつあるということだ。

この全能なる使命に応えるためなら、すべてを犠牲にしてもかまわない。その呼びかけをひとたび耳にすれば、炎の文字となって魂に刻印される。自分自身にしびれを切らさず、目的とゴールを見失わないようにしなければ。いまは間違いや経験不足のため、遙か彼方に思えても、いつかきっと手が届く。だから、努力が実を結ばなくてもがっかりせずに、およそ野望や欲望、〈理想〉を追いかける健全な活動につきものの兆候とみなさなければ。それはまた、〈若さ〉につきものの兆候でもあるのだけれど。

一九二二年二月十一日

成功！　成功！　かつて夢見たこともないような成功！　しあわせすぎて、言葉にならない。それは、老人が人生の終幕に感じる、申し分なく満ち足りた気持ちに似ている。人生に期待しうるすべてが叶い、あらゆる夢が実現したそのときに。感謝と、優しさ——それが、最初の途方もない高揚感のあとにわたしが感じたことだ。もう長く忘れていた、穏やかな心持ち。なぜしあわせなのかですって？　それは、母の力になれる仕事を見つけたからだし、ヒューゴーがわたしを想っていてくれるから。わたしの心は、このふたつのことでいっぱい。

ヒューゴーのわたしへの想いは、再び電話という形でわたしのもとに届けられた。一週間に二回。たくさん話した。そのたびにわたしたちは、「あなたとわたし」をより意識するようになり、文学のことは忘れた。彼への愛が大きくなっていくのを感じる。りっぱな、強い男性であって、なおかつ、それは優しくそれは繊細な、思いやりのある人だ。時にはシャイで、少年のような顔も見せる。少年らしい、騎士が女性に寄せる尊敬のようなものが、瞳に宿っているのがわかる。少年らしいさわやかな誠意と信頼——そして、大人の男にふさわしい包容力。あらゆる良きことを混ぜあわせ、男のなかの最良のものと、詩人の最も高貴な部分をとる——すると、今日わたしの眼に映るヒューゴーができあがる。でも、わたしには人の心が読めない。このわざにかけてはからきしなのだ。それでも、わたしがヒューゴーについて知っていることは、わたしのなかで生まれるもののようだ。謎めいた、女ならではの才であり賜である古き知、直観と呼ばれるものだ。

もうひとつのことは——木曜日、夢見たこともないスケールでやってきた。わたしは髪を後ろになでつけ、顔と頭と耳のあらゆるラインをさらけだした（耳なんて、現代の流行に従い、あれほど衆人環視の状態に置かれたことはなかった）。花とリボンで飾った平らなヴァトー・ハットを頭に載せ、ピンで留めると、わたしの装いは完成した。初めは、自分の表現するきわだったスタイルに圧倒されて、泣きたい気持ちになった。まさに本当の美を厳しく試されていたのだ。小さい銀のフラットシューズを履いたわたしは、震えていた。ぴったりした金の胴着《ボディス》の下で、心臓はどきどき。決定的瞬間が訪れた。ベアトリス、オランダ人の女の子、インド人の女の子、ペルシャ人の女の子、古風な感じの女の子が、わたしの前を過ぎた。続いてわたし——そして、憶えているのはただ拍手と、画家たちの好奇心と批判がないまぜになった視線。

でも最後には、何と画家たちがわたしのまわりに集まり、取り囲まれてしまった！　それぞれのモデルの醸し出す雰囲気によって、名前を書き留めていたのだ。わたしが幸運だったのは、わたしのタイプにぴったりの衣装があり、その独特のカテゴリーのなかできわだったことだ。画家たちはわたしをグルーズ〔ジャン＝バプティスト・グルーズ。一七二五—一八〇五。フランスの肖像画家〕その他の画家に喩えた。彼らがあんまり好き放題にしゃべるので、その状況のおかしさに圧倒されて、わたしは自分をオークションで売られる家具になぞらえた。そう考えれば、うぬぼれる心配もないというものだ。たとえ何があろうと、わたし自身の自己評価は変わらない。善意の人さまはいざ知らず、わたしは自分の欠点を知っている。だから、褒められれば褒められるほど謙虚な気持ちになる。ある少女が栄光の雲に包まれ、自分以外のすべてに感謝したとしたら、その少女こそあなたのリノット、あなたのモノ書きさん、あなたの哲学者だ。奇妙なことではないか。〈女〉の美に価値などないということを精査し、その力を試し、それがどれほど内的な自己とつりあうものか、自己にこそ永遠に変わらぬ価値があると知るすべを、わたしが手にしているなんて。世界にただひとり、そんなことと関係なくわたしを愛してくれる人がいる。その人はいつかこう言った。「わかっていると思うけど、ぼくは知性のともなわない美は愛せないんだ」おお、ヒューゴー、あなたこそわたしが信じ、頼れる人。あなたに褒められることだけが、わたしの誉れです。

一九二二年四月十五日

何としても、ユーモアのセンスを磨くと決めた。そのためには、わたしが選んだモデルという職業に勝るものはない。観察のための特等席を永遠に独占し、至高のパフォーマンスをまのあたりにできるのだから。

一九二二年六月十六日

婚約者の日記《ジュルナル・デユヌ・フィアンセー＊》

六月。ウッドストック〔美術モデルの仕事で滞在していた〕。いまも彼が砂の上で、わたしの隣に座っていた姿が見える。いまも波が足もとで崩れる音が聞こえ、夜がわたしたちのまわりに優しい魔法をかけるのを感じる。わたしたちは語りあった。ふたりとも、これまで経験したことのない、強く深い感情に奇妙な感動を覚えながら。ある力――見えざる、逆らえぬ、神聖な力――がわたしたちを近くへ、もっと近くへと引き寄せ、ついに唇が触れた。約束、願い、希望、すべてがわたしたちのなかから飛び出して、混ざりあった。

わたしたちのは、何という愛なのでしょう、おお神よ、それは初めての優しい恍惚の瞬間に、彼にわたしを傷つける勇気を与え、わたしには、彼の言葉を受けとめる強さをくれました。

あの夜、彼は愛していると言ってくれた。でもそれは、わたしにふさわしいと彼が考える愛ではなかった。彼のなかにはまだ、わたしに捧げようとする献身の高みに届いていない部分があるのだ。どうか待っていてほしい、と言った。彼は疲れていた。とても疲れていた。彼のなかのすべては静かだった。生涯に渡る抑制と慎みのために、抑えられていた。

家に帰ってきたときはぼんやりしてしまって、顔は青ざめ、眼だけはこれまでになく輝いていた。母に問いかけられても、夢のなかのようにしか聞こえなかった。「とうとう」とわたしは言った。「わたしたち、キスしたの……愛しあっているの」

＊　一九二二年六月から一九二三年一月までの日記にアナイス・ニンがつけたタイトル。

母によろこんでもらおうと、ヒューゴーのわたしへの想いを伝え、一番最初にわたしに興味をもってくれたときのことを話した。わたしをベランダで見かけたとき（一年前の六月）、ぞくっとしたと日記に書いたこと、わたしを「美しい人」と呼んだこと、わたしが思いもよらず想像もしないときから、わたしを愛するようになってくれたことを。それでも娘らしく、わたしは自分の苦しみや不安や勘違いを思って笑い、もっと早く彼の心を読めなかったことを笑った。でも、どうしてわかったでしょう。あのころのわたしは子どもだったし、彼も子どもだったのだから。わたしが臆病なら、彼も臆病だった。わたしがわけもわからずにいたのは、彼もわけがわかっていなかったから。

話し終わると、母はまさに母親らしい当を得た思慮深さで、お休みなさい、と言った。

一九二二年七月三日

三日間、母にここ、ウッドストックに来てもらった。ゆっくり休んでほしかったし、気分が変わって楽しいだろうと思ったのだ。ある一晩を除いては、一緒に楽しく散歩したり泳いだり、おしゃべりしたりからかいあったりして過ごした。そのある夜、真剣に話しあったときは、将来の問題に触れざるをえなかった。わたしはいつものようにおとぎ話でくるみ、可能性や妥当性というものに無頓着だったから、母の話にはぞっとしたが、母の人生の悲劇というものを、かつてなくはっきりと、一気に悟りもした。

母がすべてをふいにしたのは、娘時代、愛した男についていくと決めたときのことだった。だが、彼はだめな男だった。それから彼女は子どもたちにすがり、全勢力を注ぎ、どんな母親より奴隷のように尽くし、あたう限りの贈りものを雨と降らし、自分を犠牲にし、子どもたちのなかに唯一無二の償いを、勇気の源泉を、そしておそらくたったひとつの、彼女が人生と和解する理由を見いだした。

そしていまは？　母はもう若くはないし、疲れていて、子どもたちはひとりまたひとりと離れていく。それが自然の掟だ。だがまさにその掟に対して、母は猛然と刃向かう。お母さんをひとりぼっちにはしないし、離ればなれになるわけじゃないのだから、とわたしは言う。だが、母が求めるのは近しさの約束以上のものだ。みんなでひとつ屋根の下に暮らすこと、わたしを直接の監視と世話と指導のもとに置くことだ。そう言われたわたしは、母を深く愛しているし、わたしの過ちのために、母の人生で一番大切な夢が（夢なんてほとんどもたない母なのに）実現しないと思うと、こんなにかなしいことはないけれど、にもかかわらず、そう、はるかに強い何かに突き動かされ、信じられないほど残酷で自分勝手な態度をとってしまう。でもわたしにはどうしても、わたしの理想を母の計画に合わせることはできない。いくら努力しようとしても、わたしの全存在が拒否するのだ。ほとんどわたしの意志を超えた、大きく燃える絶対的な願い――目的でもあるような願いが、わたしを支配する。わたし自身の人生を決定したい、ヒューゴーと一緒になって、自分たちの家をもち、たとえ小さく貧しくとも、つましく、ふたりで暮らしたい。愛するものたちの近くにはいたいけれど、ひとつ屋根の下で暮らすというのはちがうと思う。

神聖なる法が女に強いるのは、結婚に際しすべてを捨て去ることだ。さらに神聖なる法がわたしを縛り、母をかなしませるくらいなら死ねという。ああ、時が問題を解決し、彼女に償いをもたらしてくれるだろう。わたしはただ心から待ち、祈るのみだ。わたしがいけないのだろうか。わたしの力ではどうすることもできない輪が回り、押しつぶされ、砕かれてしまうのだろうか。それは避けがたい変化、進化ではないのか。そうして絶えず破壊と別れと離間をくり返しては、新たな愛情関係を築き、古きを捨て、より高い務めに生命《いのち》を与える。過去の人間を踏みつけにして傷つけるように見えて、それは新たな建設のため、新しい存在を迎え入れるための破壊ではないのか。
何と不当なこと、おお、神よ、何と信じがたい残酷。しかもそれが、慈悲深く神聖な存在のはかりごととは！

母の人生の物語は、逆境への英雄的な闘いだ。母の年になって、ささやかな幸福の源が、〈愛〉という名の権利しかもたない者たちによって取り上げられようとする。その幸福の源とは母がたったひとりで、人に言えない犠牲と献身、労働と忍耐と絶えざる苦闘によって手にしたものだ。

わたしこそ、母のために奴隷のように働き、母のためだけに生き、母だけを愛して死ぬべきなのだ。それなのに、知りあって一年にしかならない人に、ありったけの愛と献身がどんどん深まっていくのを感じる。気が狂うような問題が次々と罠のように仕掛けられ、気がつけばわたしたちは誰もが犠牲者で、命の限り苦しむことになる。

それでも――ああ、どうかそうなりますように！――わたしの愛の輪を広げることで、母にもっと暖かい輝きをあげられるかもしれないし、母を愛し、励ますために、わたし以外の人の力も借りられるかもしれない。そう、願う。わたしは願う……そして、信じる！

母と話していて、最後は感情を抑えきれなくなり、母の腕のなかで泣きじゃくってしまった。そんなふうには考えたこともないし、どれも簡単に調整して計画できることだと思う、と言った。

「はい、はい、わかっていますよ」と母は言う。「本当に夢見る夢子さんなんだからねぇ、おまえときたら《フィフィュ》。だからわたしは心配なんですよ。おまえみたいな気性では、とんでもなく不幸になりかねないよ。人生のことなんて何ひとつ知らないんだから、びっくりすることばかりでしょうよ……」

そのあと。「お子さまだねぇ、おまえは《ケランファン・テュ・エ》！ 何にも知らない、うぶなかわいい子《リアン・キュヌ・トゥート・プティト・フィユ・ナイーヴ・エ・アンジェニュ》、わたしはおまえのこと《ジュ・エ・シ・ピュ》が本当に心配なんだよ。《ール・プル・トワ》苦労をおしだろうから、《ラ・ヴィ・スラ・ディフィシル》ママがそばにいてあげなくちゃねえ《テュ・オラ・ブゾワン・ド・タ・マモン》」

ひとりでは何もできない。人の力と人生の知恵を借りずにいられない、どうしようもない子どもっぽさ。現実に直面すると無力でうぶで、人生が予想外の展開を見せて困難にぶつかると、なすすべもなくうろたえる。これが母の見立てによるわたしの病だ。でも、わたしは心の奥で感じるのだ。彼女の考えは母親の眼が見せることにすぎず、わたしに欠けていると彼女が思うものは、それによってわたしをつなぎとめるはずのものなのではないか。母を愛しているから、そばを離れることはないだろう。でももうひとつの愛についてては、母にもいつかわかってほしいけれど、わたしは無力ではないし、できることは何でもするし、すべてに耐え、夢を実現性のある、穏当で実際的なものに近づける努力をするだろう。

不思議なくらいあっという間に、危機はわたしたちを通り過ぎていった。その強烈さは、嵐がまさにみずからの力によって猛威を蕩尽したようだった。こうして日記を書いているいま、母は休んでいて、ときどきわたしを見つめては、満足そうに微笑んでいる。母は明日ここを出て、わたしが帰宅するのはおそらく日曜になるだろう。ふたりで手紙が届くの待って、ヒューゴーの二通目の手紙を母に読んであげた。またしても、わたしを最高にしあわせにしてくれる手紙だった。

おお、人生よ、人生。誰に訊けばいいのでしょう、あなたの果てしない明暗は、わたしたちに何を教えようとしているのかと！

一九二二年九月十七日

親愛《シェール》なるパパ*

お返事を書くのを、ずいぶんためらいました。あなたを傷つけることを言わなければならないからです。まず知っていただきたいのは、あなたを愛していても、かなしい真実を書かざるをえないということです。

わたしたちに会いたいというあなたの願いが叶うことはないでしょう、少なくとも、あなたが思うような形では。お母さんは長年わたしたちのために苦労し、数々の責任や心配をかかえてきて、疲れ果てていますが、いまようやく報われようとしています。トールヴォルドとわたしが、力を合わせてお母さんを助けられる年になったので、お母さんと三人で働いて、一家を支えています。あなたが作り、支えるべきだった一家をです。あなたは考えてもみなかったのでしょうね。子どもたちがどれほどつらい思いをし、多くのものを奪われ、困難と犠牲と貧困に苛まれ、ぎりぎりの生を生きることになろうとは――あなたのため、あなたの過ちのために。わたしたちはただの一度も不平を言ったことはありません。ほかの子どもたちのお父さんを見ても、こう言いあったことなどないのです。どうしてわたしたちのお父さんは、わたしたちのために働いてくれないの？　どうしてわたしたちのお父さんは、お父さんなら子どもにくれるはずのものをくれないの？

いいえ。不平など言ったことはありません。だって、お母さんができる限りのことをしてくれて、それでしあわせになれると教えてくれたのですから。それにお母さんは、あなたがわたしたちの人生に残した大きな欠落を意識させることもありませんでした。その欠落とは、あなたが自分の子どもであるわたしたちに負うすべてを、わたしたちから奪うことによって生れたものです。お母さんにはすばらしい勇気、強さ、エネルギー、知性に裏づけられたあの優しさがあるから、生きるためになくてはならない励ましを、子どもたちはもらいました。あなたが負うべき義務、存在、影響を、お母さんが代わりに担ってくれたのです。

自分の家を支え、務めを果たすことをやめる男は、作品を放棄する創造者のようなもの……だから失うことになるのです。

トールヴォルドは青年になり、わたしも大人の女性になったので、負担を共有するつもりです。いまになってあなたは、わたしたちにあなたのもとに来てほしいと言う。母がわたしたちの支えとエネルギーを必要としているときに、置いていけるでしょうか。千回の否を！

あなたが果たさなかった使命を、わたしたちは引き受けています。若い力で、あなたが放り出した義務の対価を払っているのです。

あなたの息子は、一番大切な夢を諦めなければなりませんでした。最優秀の成績で卒業し、おまけに賞までいただいて、進学すれば工学を学び、キャリアに繋げることもできたはずです。でも弟は働いています。勉強も楽しみも諦め、すでに軛につながれて。青春を謳歌すべきときに、成人男性として生きている。あまりに早すぎます！

それから、娘は婚約しました。

ずいぶん厳しいことを言ったでしょうか。ああ、パパ！　わたしのかなしみを思ってください。あ

＊　この手紙はフランス語からの翻訳である。

なたがわたしたちに対して犯した過ちがいかにひどいものだったか、少しずつわかるようになったときのかなしみを。わたしたちの子ども時代はあなたのために暗い影を帯びました。わたしたちの青春がもっぱら困難で、厳しく、かなしいのも、あなたのせいです。

申し上げたいのはそれだけです。わかってくださるなら、結構です。そうでないなら、わたしが何を言っても無駄でしょう。〈正義〉の解釈に関わることですから。

あなたのために、あなたとともに苦しむ娘　　　アナイス

一九二二年十月七日

汽車のなか。夜。何もかも、何て奇妙で、何て現実離れしているのでしょう。心のなかは口にできない想いでいっぱい、頭をよぎるのはまとまりのない考えばかり。ここで横になり、眠りに落ちる前に夢想し、ペンをとる。そうすれば、何が起きているかわかるようになり、現実を確かめられるから。

わたしはいま、キューバに向かおうとしている。大好きな母の、暖かくかなしい記憶を胸に。母と別れ、涙に濡れて疲れた母の顔にキスしたとき感じた痛みは、これまで感じたことがないほど深いものだった。だから、いまははっきりとわかる。母への愛はヒューゴーへの愛より大きくて、母のためなら何でもできると。弟たちがわたしの代わりを務めてくれるといいのだけど……

それだけが、かなしいことだった。というのも、一日かけて長い旅をして、すてきなできごとのすぐ近くまで来ていたからだ。長い時間をかけ、心の眼でいろいろな光景を夢見て、想いめぐらせ、物語を紡い

だりおとぎ話を編んだりした。でもそれは抑制の効いた、なにがしか知恵を含んだ物語だ――いまわたしは自分の世界を、何とかしてより寛容で理解力に富んだ、幻想を抑えたものに形づくろうとしている。だから、汽車ががたごと揺れるたび、わたしの夢と希望も揺れるけれど、それはわたしの新しい人生が動き、進化するのと同じくらい、激しいものだった。

一九二二年十月九日

ハバナの街ルヤノにある、フィンカ・ラ・ジェネララにて*

ヒューゴーに

おとぎの国にいざなわれ、わたしはいま、魔法のお城に住んでいます。かなしみも不安も、ハバナを眼にした瞬間、消えてしまいました。船が港に近づくにつれ、言葉にできないほど胸が躍り、何て不思議なことがわが身に起きているのだろう、と思ったものです。あなたには想像もつかないでしょう。新しい街を見て、新しい言葉を聞く。まったく異なる人種の顔を見ながら、実はそれが自分の一部にほかならないと悟る。それが何かはわからないけれど、わたしのなかのスペイン的なものが、一気に表面に出てきたようです。大きな黒い瞳をちらりと見るだけで、気持ちが読みとれて、わたしの気持ちもそれに応え、人々の気質がわがことのように理解できるのです。南の魔法にかかってしまい

＊　カルデナス将軍の未亡人である、アントリーナ叔母の農園。

ました。柔らかく撫でる空気、暖かく息づく夕暮れの感触、わたしの想いは凪いで、夢のような無為のなかに沈んでいきます……

一九二二年十月三十一日

愛するひとへ。お手紙、頂戴致しました。ついに、愛していると言ってくださったのですね、あなたらしい誠実さの限りを尽くして。いつか妻になってほしい、とも言ってくださり、あなたの行いがわたしの愛を裏切ったことはなかったか、と案じてもくださった。

わたしがあなたを愛していることはご存じのはずです、わたしだけのヒューゴー。それを証明するために、できることはすべてしてしまいました。愛しています。あなたに望むのは、ただあなたのため、あなたの幸福のために生きてほしいということ。でも、あんなにも長く待ち望んだ言葉が届くのは、遅すぎました。お、愛しいひと、わたしはいま、自分自身の幸福を考えるべきではないし、考えるつもりもありません。天はわたしから強さを奪い、母のもとにとどまり、生きる苦闘を支える力になれないようにして、わたしに犠牲を求めるのです。その犠牲によって、わたしはみずからを償うのでしょう。わたしはいま、かつて経験したことのない難問と格闘しています。何とかして方法を見つけなければなりません。いずれ、最終的な決断をしなければならないのです。いつか、お話したことがありましたね。次のことを成し遂げるまでは、自分のことなど考えるつもりはないと。まず、母に余裕のある生活をさせてあげること——それが何とか叶ったと思ったら、母のからだもすっかり弱り、波瀾万丈の人生も終わりに近づきつつあります。それから、ホアキンに才能を伸ばす機会を与え、トールヴォルドに大学を卒業させること。そのうちのひとつは実現できませんでしたが、たぶん仕方ないことだったのです。でも、ほかのふたつは成功させたかった、誰の力も借りず、わたし自身の努力によって……わたしが望めば、こうしてここで、いたいだけ叔母の家にいることもできます。でもわたしにはプライドがあり、愛するものたちへの野心もあるから、前へ、常に前へと駆りたてられるのです。それに、こういうことをすべて脇に置いて、あなた自身の幸福についても、わたしは考えています。あなたの幸福がわたしの幸福に結びついていると確信したら、わたしの愛はわたしの勇気を犠牲にしてしまうかもしれません。でも、たぶんそうではないのです、愛するあなた。だからこそ、今日、申し上げなければなりません。あなたの妻になるとお約束することはできません。以前なら、誓えたのかもしれません。でも、いまは叶わないのです。どうか、あなた、責めないでください。わたしがあなたを信頼したように、わたしのこの闘いを信じて、あなたのために、できる限りのことをさせてください。たとえそのために、わたしのただひとつの希望、ただひとつのよろこびを諦めなければならないとしても。

ああ、これ以上は申し上げられません。愛してください。わたしを信じることによってだけ、助けてください。あなたがここにいれば、書けないことも皆お話しできるのですが。わたしにできる精一杯のことは、心から愛しています、と言うことだけ。この愛は、あらゆる落胆と失望を生きのびた、強くて深い愛です。わたしがあなたを追いやり、誤解しかねなかったときも、プライドを超えて、洞察力に満ちた愛——忍耐強く待ち、希望を捨てなかった愛、まるごと、永遠にあなたのものである愛……。

あなたの愛はわたしの愛に値しないと母が言ったとき、わたしの心はうちひしがれました。なぜって、あなたがそのとき見せた愛は、確かに母の言う通りだったから。でももうひとつの、わたしが夢見た愛は、そうではなかった——母が待っていてくれさえすれば……わたしの信頼はまったく予言的で、言葉で伝えようのないものでした。

心から愛しています、と言うことが、わたしができないお約束の代わりになると、言ってください。でも、愛するあなた、ふりをすることはできます。わたしにいろいろなことを訊いてください、いつの日か一緒になれると確信しているかのように。いつか、ささやかな家に大切な夢を残らずもちより、いまみたいに孤独じゃなくて、完璧な調和を見つけられるかのように。

　わたしの過去と現在の生活が対照的なことは、はっきり意識しています。昔は、愛するあなた、人生の無形の贈りものに恵まれているように思えたものです——愛、理解、絆、才能、知性……

　日々、神々に感謝するのは、わたしがどの国にも属していないこと、欠点が見えなくなるほどには、どの国も愛していないことです……

一九二二年十二月六日

　とうとう、ヒューゴーに結婚の約束をした。わたしのなかに革命を起こすような手紙をもらい、電報を打った。ありったけの寛容な気持ち、献身、最高の理解を、ついに示してくれた……その方が母も本当の意味でしあわせになれる、そんな未来が見えた。神よ助けたまえ！

初期の日記　第三巻　妻の日記（一九二三―二七）

一九二三年三月二十日

リッチモンド・ヒル。まさにこの部屋で、わたしは若き乙女の夢を紡ぎ、空想に薔薇色の光を投げるこの柔らかい光を浴び、娘らしい期待や問いや驚きをもって、この鏡に見入ったのだった。そしていまそこに、ヒューゴーが、わたしの夫が座っている。

ひと月と少し前、わたしはハバナにいた。そのときはまだ社交界の一員として、色鮮やかな羽を羽ばたかせる蝶としてふるまいながら、心のなかは、なかばヴェールを纏いつつ変化が近づいてくるのに気づき、震えていた。

何というか、実際的な判断とロマンチックな衝動と、状況が強いる決断がごちゃごちゃになったあげく、ヒューゴーとわたしは、ある朝、結婚するに至ったのだった……。

社交界の享楽、追従、贅沢、安逸、輝かしくも短い少女時代の、最後のかけらたち——何もかも溶けていくようだった。そして、わたしたちを乗せた船は外洋へと漕ぎ出した。何日もの航海を経てニューヨークに着いたときは、すべてが非現実感に浸され、何とも拭いようがなかった。いまわたしたちは、母のかなしむ心の影で生きている。人生はままならない。でも、ふたりなら強くなれる。

一九二三年三月二十六日

ひとつの部屋では、愛するひとと甘い甘い時を過ごす。若さはふたりのうちに脈打っている。胸の内を語りあい、おたがいをもっと知りあい、まばゆい優しさに浸されて、すべてはこの上なく甘美で不思議だ。

名残りを惜しみつつ天国の扉を閉めて、わたしはそっともうひとつの部屋に入る。そこには母が横たわり、泣いている。わたしは跪く——痛いほどのかなしみが心を突き刺し、ほかのいっさいの感情を消し去る。

母はわたしにしがみつく。かわいい娘を失ってしまったと、ぶつぶつつぶやく。人生はわたしにとって困難と苦労の連続だった、たったひとつの償いを求めても、それすら叶わない、と。自分の人生には何の意味もない、もう生きていても仕方ないと、涙ながらに訴える。母が信じてきたもの、勇気、健康、心まで砕かれてしまったのだ。その語りえぬほどの残酷さに打ちのめされる。ときどき、言葉にできないほど愛する母をかなしませているのがこわくて、わたしは気が狂っているのだと思う。

愛するひとが腕を広げてくれる。瞳はわたしへの愛、わたしを求める心で輝いている。背後には母のかなしみが、怖ろしいほど大きく聳えている。母の涙で濡れた顔、弱々しくやつれた姿が見える。わたしはふたつの選択のあいだで引き裂かれ、ぶつかりあう判断、抑えがたい気持ち、哀れみ、反抗心、憎しみと自責の念に引き裂かれる。

無力なわたしは、愛するものたちをかなしみから救うことができない。わたしがそのかなしみを癒すことは許されるのだろうか。なぜ神は、わたしを母のかなしみの道具にしたもうたのか。くる夜もくる夜も、母の代わりに苦しみをお与えください、と祈ったのに。

一九二三年四月十三日

ここ数日、わたしが何より欲するのは死だ。ヒューゴーへの愛さえ、絶望を紛らわすどころか深めるばかり。その愛の魅力にまるごと身をゆだねられないのだから——母のことが頭を離れず、母に感情を支配されている。

どうか感情をコントロールしてほしい、とヒューゴーは言う。それがただひとつの感情ならコントロールもできよう。だが、母の絶望が呼び覚ますのはありとあらゆる感情であり、何より深く、何よりしぶとく、何より胸を引き裂く感情なのだ。まず、母への愛がある。哀れみは、他人に対してさえわたしがつねに強く感じる想いだが、苦しんでいるのが自分の母ならなおさらのことだ。母がわたしを必要とするように、自分を必要とする人を支え、その人のために生きることには、無力感がつきまとう。人の苦しみのもとになることほど耐えがたい苦痛はない。母は、わたしたち母娘《おやこ》が別々の道を行くことが、母のあらゆる夢、希望、必要、人生そのものの破滅に繋がると思っている。

時には力をふりしぼり、自分の信じることを母に伝えもする。それができないときは、流れに呑まれ、母娘もろとも受難の道を進むことになる。思えば少し前、みずからの理想主義による無知と、夢に盲目になるあまり、こんなことを書いた。「その方が母も本当の意味でしあわせになれる、そんな未来が見えた。」母がただひたすらわたしを、あらゆる義務から解放されて、母のために身を捧げつくすことを求めているとは、そのときは知らなかった。

一九二三年四月二十日

ふざけてヒューゴーに、日記を書くというわたしの悪癖を断ち切ってちょうだい、と頼んだ。彼は反対した。書く習慣をもつことは特権である。さらに、とつけ加えて、それは練習にも予習にもなるという。いいえ。わたしは円のなかに閉じ込められている。最初はただ練習し、上達して、楽にすらすら書けるようになりたいと思った。でもいまとなっては、もうやめられない。あれほどたゆまず、一生懸命準備したあげくに、どんな種類の書きものにも適応できなくなってしまった。でもわたしは自分のすべてを、何にせよ書くことに捧げたい。日記を書くことは知的な作業だし、こまぎれの時間しかもてないわたしには向いている。

わたしたちがかかえる無数の問題を解決するには、何もかもすっかり変えてしまうのがいいのかもしれない。母の状態を見ていると、国や環境を変えることが救いになるのかもしれず、実際、事態はどうやらそちらの方向に進んでいる。ヒューゴーがパリに転勤になるかもしれないのだ。* パリはわたしが秘かに胸にいだき続けた夢の街、長く失ったものとばかり思っていた街だ。

一九二三年四月二十五日

わたしには統一性というものがない。全体性というものがない。断片でできているのって楽しい。そのうちのいくつかはどこかに行ってしまうだろう、という希望がつねにある。それにしても、わたしは純粋な女になりたいのだろうか、それとも純然たる作家、知性そのものでありたいのだろうか。

退屈するのじゃないかしら。少なくともいまわたしは、無限の多様性という魔法を経験できる――絶えざる葛藤の苦悩を忘れるというのではなくて――葛藤とは、誰かが言うように、退屈きわまりない完璧さから、わたしたちを救うためにも存在するのかもしれない。

一九二三年十月二十五日

母への責めが同時に、彼女が多くを成し遂げられなかったことの言い訳になるとしたら、彼女はまず女であり、次に芸術家であったということだ。わたしの人生はこれへの反証となることを心から願う。これは、わたしのかつての考え方と矛盾しないだろうか。

女はひたすら女であることを、愛さえあれば満ち足りて、愛だけに身を捧げることを求められる。一方、片隅に追いやられた芸術家は恥じ入って涙を流し、失敗が彼女の顔を覗き込む。

だが、この点についてヒューほど自分本位でない男はいない。わたしに書くことを促し、力になり、励まし、わたしが望むなら一日書いていられるようにしたい、と夢見る。でも、わたしにとっては知的活動こそ、この世ならぬ歓喜の源泉だと言うとしたら、彼は訊くだろう。「きみにとってそれは、ふたりの時間と同じくらい大きなよろこびなの?」　そうしたらわたしはきっと、彼にキスしてこう言うのだ。「いいえ、あなた、ふたりの時間に並ぶものなどないわ」

＊　彼はナショナル・シティ・バンクに勤めていて、パリ支店への転勤を要請された。

そう、わたしは女だ。だが、わたしのなかで芸術家が至高の存在として君臨し、創造の恍惚が信じがたい領域にわたしを連れ去るとき、わたしの魂は〈芸術〉のものであり、わたしは〈芸術〉を崇拝し、〈芸術〉のために生きるのだとわかる。書くことはわたしの全存在をその掌に収めている。

女性芸術家は、努力が報われる夜明けの訪れを感じる。と、愛する人に手をとられ、彼女はペンを落とす。彼は静かに彼女を導き、つぶやく。「ぼくと一緒に、星と青い月を見にいこう」

それが、男は芸術家になれて女は女であり続ける理由なのだ。

一九二四年二月二十一日

二十一歳の誕生日。もっとたくさん書けたらいいのに。早くこのノートを終しまいにして、愛するひとがくれた新しいノートに書きたい。

昨日《きのう》また小説に取りかかった。本気でやれば、怖ろしいペースで進む。ジョン・アースキンが読んでくれることになっている。ヒューの大学時代の恩師で、わたしたち夫婦は彼が書いたものの信奉者なのだ。彼に本を読んでもらう日のことを考えると、ひたすらこわい。純粋な英語を汚したといって、公の場で断罪されることになるのだろうか。

一九二四年六月十八日

あれこれいろんなことを訊いては、母をからかっている。蓄音機はもっていく？　きっとパリにはないわよ。向こうに耐熱性のお皿はあるかしら。コリー犬は？

認めたくはないが、本当のことを言うと、向こうに行くと思うと心底わくわくしているわたしがいる――バルザックとフローベールとアナトール・フランスのパリ、詩人たちとデュマとヴィクトル・ユーゴーのパリに。

わたしはかつて、愛国心とは狭量さの一形式であり、ある国を別の国より愛する理由はない、と書いた。愛国心をもちあわせないことは、わたしにとってよろこばしいことだった。わたしはこれまでも、いまも、国をもたない女なのだから。スペイン、フランス、スコットランド、イタリア、ベルギーを同じくらい強く、だがそれぞれにちがう想いで愛している。一方、この国の若者たちの現状、知的向上への苦闘を思うと、涙が出そうになることもあった。冷めた気分のときは、まったく批判的に、彼らを見下す気持ちになる。人間ゆえの不完全な意識がわたしにもあって、そんな気持ちになるのだ。それぞれの最良の部分を集めて、完璧な人間、完璧な国を作れたらすばらしいと思う。とはいえ、わたしの胸を説明しようのない感情と好奇心で躍らせたその名は、パリだった。

一九二四年六月十九日

理解できないことがひとつある――官能性に対するわたしの反応、文学作品における肉欲の表現、たとえばアナトール・フランスが『赤い百合』で成し遂げたようなものへの反応だ。

ウッドストックからの帰りに読んで、気分が悪くなった。ヒューに言った。「あんなものが書かれていたなんて、知らなかったわ。英文学にはなかったもの」

今日見つけた書評によると、フランスはみずからの資質を悟って以来、鋭敏な感覚を養っていったが、後期の作品ではそれがわかりやすい官能性に変質しているという。ほかの人がそう言っているのを読んで、ほっとした。というのも、自分のお上品さがいやだったのだ――そんなことはこれまでも百万回くらいあったけれど。このごろは平気になって、わたしの生来の性質が本能的に尻込みし、肉欲と愛のあいだに細い一線を引いても、よしとすることにしている。結局のところ、英文学がわたしの精神性を鍛え、強くしてくれたのはいいことだったと思う。そうして知性はフランス文学から、愛はヒューから習うのだ。初めての夜、わたしのために詩を朗読し、跪き、灯りを消す前は手で顔を覆った人。ヒューの優しさと繊細さは、人生で怖れていたことから日々わたしを守ってくれる。

一九二四年八月十六日

みんな行ってしまった。家はしんとして、からっぽだ。家族を見送った朝を、わたしは決して忘れないだろう。別れがつらかったからではない。四カ月後にはまた一緒になれると、わかっているのだから。そうではなくてむしろ、母がアメリカに到着してまさに十年後にヨーロッパに戻ることが不思議で、彼女がわたしたちに先だって新しい生活を味わうことになるのが、不思議に思えたのだ――新しい生活といっても、今度はまったくちがう見通しをもっていくわけだけれど。

翌朝、家中を掃除し、最後の塵払いをした。かなしくならないように、あえて忙しくした。何にでもかなしみを見てしまうわたしだから。

何もかも、現実と思えない。あの船はいま海を越え、上機嫌なホアキンと情緒不安定な母を乗せているのかしら。大きな家は一見したところ何も変わらず、陽は樹々を照らし、どこから見てものどかそのものだ。思えば、もうすぐ父に会うのだ。亡霊じみた、影のような父に、翳りのあるパリで。そう、現実とは思えない。なぜならこうした変化、移動、表面的な活動の下には意味があり、不可視のままに動く、わたしたちの理解を超えた何かがあるからだ。

たとえば、家はしんとしている。でもずっと見ていると、幽霊屋敷めいて、話し始め、動き始めるような気がする。枝の影が色褪せた壁の上で戯れる。少しこわいと思いながら、じっと見つめて耳を澄ませば、何か説明できそうな気がする。でも、ちがう。家はなお謎めいたまま。それは愛されて、棄てられた。わたしたちが人を愛しては、棄てるように。

一九二四年十二月二十四日

パリは初めわたしの耳に、カーニヴァルのトランペットのような音で飛び込んできた。タクシーの音だという。それから、灰色の建物と、道行く人のうらぶれた感じ。

「でも、パリって陰気だわ!」わたしは叫んだ。

「いいや、パリは年輪を重ねているんだよ」とヒューが訂正する。彼は二度目の訪問なのだ。

わたしは父を一瞬で理解した。会ったとき、父は眼に涙を浮かべていたが、素直に反応することはできなかった。わたしには共有できない感情をおおげさに話す。一年前に聞いていたら、とてつもない恐怖と不快を感じずにいなかったろう。だが、昨日は冷静に耳を傾けた。それでも、その非難しようのない悪の論理に答えを見つけることはできなかった。実をいえば、論理的には父に同意したのだ。ただ、わたしが父を赦し、慰め、欺いたのは、およそ非論理的な理由からだった——哀れみ！——かつて憎んだものへの、胸を引き裂かれるような哀れみだ。

そう、彼はパリだった——知的で、狡猾で、洗練されたパリ。だが、今度ばかりは彼もわたしを出し抜くことはできなかった。というのも、父がわたしを理解する以上に、わたしは彼を理解していたから有利なのはわたしの方だった。父はものをそれはよく、それはすばらしく知っていたし、何を言うべきか、いかに言うべきかもわきまえていた。でもわたしだって、父の娘なのだから、必要とあらば演じることくらいできる。で、実際、わたしは演じた——沈黙によって、父の言葉を測ることによって、冷静にふるまうことによって——本当は内心、驚きのあまり叫びだしたくて、疑いと怖れでいっぱいだったのだけれど。

この父という他者に対処し、彼を操縦することを余儀なくされたわたしは、一夜にして大人になった。以前は自分にことが降りかかると、泣き明かしたり子どもっぽく驚いたりして、ずいぶん時間を無駄にした。もう何が起きても相対し、向きあうことができる。

それに、トールヴォルドも力になってくれる。彼も大人になったのだ、まったくちがう形ではあるが。わたしたちは父について、きわめて理路整然と話しあった。父が聞いていたら、耳を疑っただろう。ふたりの子どもたちの方が役者が上で、父の気持ちもお見通しだったのだから。父がわたしたちの気持ちを見抜いたかどうかは、まだわからない。

問題はこうだ。父は母と離婚して、跡取り娘と結婚しようとしている。一見したところ、父がわたしたちを必要としているとは思えない。にもかかわらず、熱心にわたしたちの愛を得ようとし、ときどき会えないかと言ってくる。わたしたちには、彼の関心が父親らしい愛情に基づくものではない、と信じるに足る理由がある。ならばなぜ、わたしたちを求めるのか。愛していると言い募り、涙を流し、芝居がかったふるまいをする父のすべてが、わたしたちには嘘っぽく思えた。本音を突きとめなければ。

トールヴォルドの推測では、父はわたしたちを味方にすることで、以下のものを手に入れられるという。すなわち、社会的な立場――衆目を集める芸術家として、父には必要なものだ（わたしたちが父に会うことを拒んだら、それは人の知るところとなり、非は父にあったのだと結論づけられるだろう）。そして、自分を辱めた母を辱めること。

父が自分の嘘を本当だと信じ込んでいると考えたことはあるか、とトールヴォルドに訊いてみた。考えたことはない、と彼は率直に言った。そんなややこしいことは、彼の性格からして考えないだろう。だが、トールヴォルドは歩み寄ることを拒み、父にはもう会わないという選択をした。白黒をはっきりさせずにいられない性分ないのだ。わたしとはちがう。

一九二五年七月二十七日

世界中誰ひとり――とりわけヒューが――わかってくれないことがある。わたしが不潔さに対して感じる耐えがたい苦痛だ。パリはごみだらけ《パリ・エ・プラン・ド・サルテ》。それは嫌いなところだ。
あるパリジャンに昨日聞かされたのは、その人の人生にこそふさわしい類いのもので、わたしが敬愛してやまない男性、ウードロウ・ウィルソン〔一八五六―一九二四。第二十八代米大統領〕に関することだった。パリジャンは自分たちが汚らわしいだけでなく、アングロサクソンも汚穢のなかに引きずり下ろそうとする。純粋さへの嫉妬だ。聞かされた話はむかむかするようなものだったし、そもそもわたしは信じなかった。どういうわけか、ヒューとわたしが休む準備をしているときに、その話題になった。彼はその話を受け入れた。彼のなかで変化が起き始めていて、世界を知的に理解するとは、そうした尋常ならざることも可能性として認めることだということのだ。わたしは深く失望し、その話題は切りあげて、黙ってベッドに滑り込んだ。きっと疲れているから黙っているのだと思ってくれるだろう。

でもヒューは察知して、どうしたのかと訊くので、一時間に渡って空しい話しあいをもった。話しても何も変わらなかった。わたしたちはおたがいの腕のなかで眠った。からだを寄り添わせ、心もひとつになりたいと思ったが、少なくともわたしにはそれは感じられなかった。

話して何になるのだろう。ひとりであること、ほかのこと同様このことについても、わたしがひとりぼっちなのはわかっている。それを認めて、何も言わず、ヒューがわたしにくれるすべて、理解してくれるすべてのために彼を愛すればいい。かつてこう書いたことを思い出そう。ちがいがあるのは仕方ないし、それを嘆く権利はわたしにはない、と。

最終的に、わたしは書くことに回帰し、自己との交感に回帰し、希望のない自己の輪に回帰する。自己に関する答えは、そこにしかない。

一九二六年四月十一日

パリの伝説。パリには〈文学的伝統〉という怪物がいる。若きアメリカからやってきた者は、読書により培った尊敬を刻印されている。大学教授や、みずからの旅の見聞で人を圧倒しようとする者は、ヨーロッパには堂々たる芸術があり、それは畏怖と称賛に値する、と口を揃える。人はパリに〈畏敬〉の念に打たれてやってくる。文芸誌や新聞を読む。フランスの作家の生誕百年を祝っている。かつてない天才の喪失に涙している。その天才はとりわけフランス的な美質を備え、フランス的に優雅な文体の、フランス哲学の、フランス的機知の見本だという。いまひとりの偉大なフランス作家の世評（フランスの批評家が代表して述べるそれ）に感銘を受ける。みんな偉大で、みんなフランス人。次から次へと。ソルボンヌに行く。そこに響く声は深く厳《おごそ》かで、学者らしく、かつエレガントだ。その声の響きに加えて、非の打ちどころのない知性、非の打ちどころのないスタイルが、知性と叡智を約束する。そしてまたしても、フランス文学の怖るべき重厚さ、怖るべき神々しさに打たれることになる。

フランスの街をそぞろ歩くと、カフェがあるかと思うと本屋があり、本屋の隣にカフェが現れる。河べりをそぞろ歩いても、そこかしこに〈文学〉がある。一歩進むたび、〈怪物〉は膨れあがる。怖ろしいほど巨大になる。あなたはとるに足らないちっぽけな人間、言葉なき崇拝者となる。このフランスという〈国家〉全体が、あなたを欺こうとする。拙いなりにペンをとり、何か書こうとしても、伝説が邪魔をする。あなたの個性を呑み込んでしまう。さてついに、故郷の若きアメリカに手紙を出す段になり、あなたはしたためる。最も芸術的な街で、芸術を学んでいます。成長のためには理想的な環境です。何の成長？あなた自身の、ではない。おそらくはパリと、その〈伝説〉の成長だ。

ヒューとわたしは、ともに多くのことを発見する。パリでの負け戦について、わたしたちは語りあった。わたしの気持ちと、彼が仕事についてニューヨークで感じたそれを比べた。ニューヨークでは〈ビジネスマン〉たる者、成功のためには妥協しない。非情で、弱い者に非寛容で、他者に批判的だ。そこは戦場であり、弱いプレイヤーは容赦なく打ちのめされる。そういう世界で、ヒューは自分の弱さを感じた。だがパリに来ると、フランス人はビジネスに弱く、ヒューが優位に立つことになった。のびのびと、以前よりいい仕事ができた。一息つく余裕ができたことで、才能を伸ばし、自信をもつことに繋がった。批判や過酷な状況から逃れて、成長できたのだ。

わたしに起きたのは、まさに逆のことだった。フランスの側に権威があり、成功した者の不寛容さ、非情さがあった。〈怪物〉に睨まれたわたしは、息もできなくなってしまった。唯一息がつけたのは、逃げ出して、自分の声に耳を傾けたときだ。いまのわたしに必要なのは、呼吸できる場所で成長の機会を得ることだけ。働いたわけではないが、わたしが学んだことは測り知れない。〈怪物〉をじっくり観察した。何もかも素直に吸収した。そういう過酷な経験も、生きのびることさえできれば、有益なのだ。

一九二六年五月二十九日

昨夜は熱を出し、暗黒の危機をくぐり抜けた――朝には人生に明るい展望をもっていたというのに。充分に生きていないのではないかと思うと、こわくなり、家から逃げ、愛するひとからも逃げたくなった。だが、愛しくも厳しい束縛が、わたしを平和で貞淑な孤独に縛りつける。凡庸な人たちとつきあいたいとは思わない。でもこんなふうに、一日中ヒューの帰りを待ち、ほんの一時間だけ顔を見て、そのあと一緒に寝るだけの生活なんて、耐えられない。ただ漫然と待っているわけではない。家事や裁縫、執筆、行かなければいけない所もあれば、考えごともある。

でもまさにこの、考え、書くという作業が、生きることへの癒しがたい渇望を生むのだ。結婚さえしていなければ、どんなにちがうだろうと思う。家のことに煩わされずに、一日中仕事ができる。踊りや芝居もできる。昼間さびしくてしかたなければ、友だちを作ればいい。そしてその上に、ヒューをしあわせにすることだってできる。彼がわたしを必要とするのは、夕方と夜と週末だけなのだから。それなのになぜ、長く刺激的な日々を、数時間だけのために待ち続けなければならないのだろう——ただ立ちつくして。数少ない貴重な友人の存在も、彼を不機嫌にする。わたしたちふたりの人生を結びつけようと、ずっと大きな努力を払ってきたが、あまりにもちがいすぎる。昼間はわたし自身の生活を、彼とは別にもつ必要がある。にもかかわらずそれを彼に捧げ、彼を中心にしたさまざまな仕事で埋めてしまう。そうやってわたしは、彼のそばにいる。ずっとそばにいたい。でも、できない。数えきれないほど多くのことが、わたしを引き離す。わたしは放浪者になりたい。誰もわたしから幸福を求めないでほしい。本当のわたし自身に妻らしいところはないし、善良でもない。わがままで、不機嫌で、ひとつ所にとどまることを知らず、貪欲だ。自分を抑えているのは、愛しているから、それだけ——愛があるから、優しくもなり、よろこんでもらうために装い、ふるまう。執筆も、想像力も、残忍な率直さがこみあげてくるのも抑える。

わたしは何て自分勝手なのだろう。この大きな、騒々しく貪欲で情熱的な〈自己〉をかかえて、一見無害な殻のなかでのたうちまわる。ヒューはとてもいい人で、自分勝手じゃなくて、ふたりの愛のために一生懸命働いてくれる。彼が芸術的な天才じゃないからといって責めても仕方ないし、家でする仕事ならふたりの生活が一緒に流れていくのに、と嘆いても詮無いことだ。彼がここにいると、わたしはおとなしくなる。彼の妻でいることに満足していられる。彼の善良さがわたしを善良にする。ほかの人とつきあいたいとも思わない。心がやすらぐ。でも、彼はめったに家にいない。ああ、こんなにも生気に溢れ、こんなにも性急であることは、何という呪いなのだろう。わたしは多くに恵まれ、申し分ない伴侶と家庭もあるというのに。もっと、さらにもっともっと永遠《とわ》に望むのは、何という呪いであることか。幸福はわたしの手のなかにあるというのに。わたしは罰せられるだろう。

結婚とはそれ自身ひとつの〈運命〉であり、妻の人生の性質は夫のそれにより決定される。文明の進んだ時代にあっても、妻は夫に従わなければならない。わたしは自分で選択したのだ。

こういうすばらしい気分に対して、わたしの武器はただひとつ、最愛のひとへの完全にして情熱的な貞節だ――彼と、彼のあらゆる望み、どんな臆病な期待に対しても貞節であること。わたしの想像力だけが、わがままで不貞なのだ。つまり、想像力こそわたしの〈悪霊《ディーモン》〉だ。

わたしたちの隣人でもあるアパートの大家さんが、彼が通っている彫刻の学校に行ってみないか、と勧めてくれた。ヒューは何も言わなかったが、眉を曇らせるのがわかった。今回もまた、家にいることにするわ、と言った。ヒューはうれしそうだった。

だからわたしはここでこうして、七月に来る彼の家族に喜んでもらおうと、ドレスを作り、彼の夕食のために母と豆の殻をむき、彼のことを想う。わたしが書いているいま、彼はギターをつま弾いている。否応なく、結婚前にリッチモンド・ヒルで過ごした夜を思い出す。あのころ、彼との結婚は夢物語に思えたけれど、今日、彼から飛び去ろうとすることもまた夢物語に思えると、言ってしまおうか。

一九二六年五月三十一日

昨日の最後の言葉は、熱い涙を流した盲目状態で書きなぐったものだ。ヒューはわたしの苦しみと不安をいくぶんかは理解し、しばしコンラッドをかたわらに置いた。こんな妻をもって、彼がかわいそうだ。彼は優しくて繊細で、痛みのわかる人だけれど、想像力はいたってノーマルだ。

わたしの孤独という事実はなお存在する。だからといって、それだけで彼の仕事とわたしたちの家庭を破壊するわけにはいかない。状況はこれからも変わらないだろう。だっていまのままで、正しくてすこやかなのだから。わたしの不満や不安、欲望や焦燥感は、一種の狂気だ。ヒューも優しい言い方で、実質的にはその通りだと認めた。ふたりの人生は異質だから、一緒にやっていくのは無理だとわたしが言ったりするのは、気分が優れないからだろうと彼は考える。狂気と抵抗はどこかへいってしまう。わたしは〈妻〉を続けよう。わたしには日記がある。美術学校へも来週行くことになっている。踊りは彼のためだけにしよう。

わたしはたいていの女と同じように愛する。だから、たいていの女と同じように生きるだろう、罰として。

一九二六年七月十二日

昨夜、ヒューに言われたこと。わたしと旅をすると、いつも密輸品を運んでいるような気分になるという。なるほど、これはいままでに言われた、最も独創的な褒め言葉だ。わたしの価値をごく現実的に査定するには、ひとりのスコットランド男性が必要だったということだ。

一九二六年十月二日

彼でさえ、わたしを失望させる。最後は彼の肉欲がわたしたちを疎遠にするだろう。わたしも精一杯、彼のあとを追いかけてきた。深く感じやすくなり、肉体的に敏感になった。彼のために踊り、わたしなりのやり方で、物語や想像、人の恋物語とわたしたちの愛を混ぜあわせ、強烈で複雑なものに高めた。だから彼もいまは、ほかの男たちとはちがうだろうと思った。無論、そんなはずはない。もう何日も、ヒンドゥーの物語に興奮している。官能的な愛が信じられないほど美しく描かれた物語だ。洋服屋に行けば、レヴューの女たちの写真を、待ち時間にうれしそうに眺めている。あけすけで、詩的でない、劣情をそそる裸。数時間後にはわたしのからだと戯れたがった。おそらくほかの女を見て生まれた欲望だから、彼のなかでわたしは彼女たちとごっちゃになって、比べられているのだ。

いいえ、わたしにはわからない。受け入れられない。ほかのどんな男よりすばらしい人だと信じていたのに。失望したら、もう愛せない――彼の肉体も不快でしかなくなるだろう。わたしが必要とし、信じているのは、「セックスの詩」であるような愛だ――愛のないセックスはいや。

夜。あまり遠くないところで、彼が本を読んでいる。わたしは彼を赦し、安心させ、大したことはないと言い、優しく触れた。だが、わたしのなかで、何かが確実に変わってしまった。

初期の日記　第四巻（一九二七―三一）

一九二八年一月五日

家族に呪いあれ《サクレ・ファミーユ》！　非論理的で、激しやすく、感情的、好戦的で支配的――いままでわたしが認めようとしなかったのは、ホアキンも同族で、無意識の奴隷状態にあるということだ。昨日はついに悟らざるをえなかった。ホアキンはわかっていない。わたしが自分自身の人生を築こうとし始めてから、どれだけ母のことで苦しんできたか。彼にはわからないのだ。わたしが闘うとき、わたしはわたしの人生のため、思想のために闘い、わたしの家庭、習慣、夢、友人たちのために闘っているということを。しかもこれは、わたしひとりの闘いだ。なぜならヒューは、母と理解しあっているという美しい外観を保つため、決して逆らわないからだ。そしてホアキンは決して、彼のお友だちの命運がかかっているときでさえ、わたしの味方になってはくれない。何と苦しい闘いだろう。ヒューだけが知っている。わたしはいまも母の支配下にあり、母の意見を気にしてしまう。母があまりに理不尽で残酷なとき、わたしは自分が信じられなくなる。母は自分が何をしているかわかっていないのだ、と自分に言い聞かせて行動する。母を深く、時にはどうしようもなく哀れに思う。だが、それが危険なのだ。闘わなければ。母は何に対しても致命的な打撃を与えようとする。まず一撃を加えるのは、子どもたちの自己信頼の念だ。そうすれば、赤ん坊のように母の庇護を求めて帰ってこざるをえないだろう。子どもたちが外で、自分と離れたところで見つけたよろこびは、何としても息の根を止めようとする。母の嫉妬は愛より大きい。だが、母は夜も昼もなく働き、自分を殺して子どもたちを養い、病気になれば看病する。自己犠牲の人だ。自由以外は何でもくれる！

　こんな愚にもつかない不満から引き出せることが、ひとつだけある。苦しみ、怒るのをやめることだ。際限のない口論、相も変わらぬ不機嫌によって、わたしのなかの〈母〉を発達させてはならない。親とはすべからく人喰いだ。ただし、食べるのは肉でなく魂。〈家族〉をしてわたしのよろこびを粉砕させ、わたしのやることなすことに顔をしかめさせよ——かまうものか。全世界に呪いを——情だの娘の忠義だの、どうでもいい。神が法を定めたのは、そうした奴隷状態が人間にふさわしくないとご存じだったからだ。

一九二八年二月三日

モンテカルロで開かれるプライベートなレセプションで、ミラリェス〔ニンのスペイン舞踊の師匠。ファーストネームはパコ、愛称パキート〕が踊ることになった。こうして書いているいま、彼は旅の人だ。旅に備えて、彼の絹のイヴニング・スカーフをわが家で洗わせ、上等の葉巻を二本進呈した。いつかひどい安物を吸っているのを見たし、長旅で時間をつぶす必要があるのもわかっていたからだ。わたしの思いやりにいたく感激した彼は、思いがけず心からのキスを両頬と首にくれると、慌てて言った。「ぼくはあなたにとても興味がある。できれば、ときどき思うんだが、できれば、ぼくの踊りの知識をすべてあなたに伝えたい」

　一緒にスタジオを出た。せめて駅の途中まで一緒に来てほしいと言われたが、オペラ駅で降りることにした。だって腰に手を回されて、また見せびらかしが始まりそうな気がしたから。でも、最初のときもいやな気はしなかった。なぜかしら？

今日、日記を二重につけてみようか、と思った。一冊には本当のできごとを書き、一冊には想像上のできごとを書く。ちょっとした偶然のなりゆきで頭に浮かんだことを、潤色したり誇張したりして書くのだ。二重に生きる。二重に書く。

このところわたしは、奇妙な日々を送っている。自分の本に取り憑かれ、パキートのスタジオと家を往復するメトロのなかでも書いているし、毎日踊り、ミラリェスと生徒たちを観察し、わたし自身がふたりの女に分裂するのを感じる――ひとりは優しく貞淑、純心で思慮深い。もうひとりは落ち着きがなく、自堕落で、奇矯なふるまいをし、ふしだらで、さまよい歩き、生を求めてひるむことなく味わいつくし、罪の意識も自制心も、道義心のかけらもない悪魔。わたしはそれを、その呪いの根源である想像力《イマジネーション》にちなんで、「イマジー」と名づけよう。この悪魔に対して、わたしはいっさいの責任を負わない。愛してもいない。勝手気ままで、コントロール不能な存在だ。イマジーはおおむね、イメージと非現実のなかで生きている。彼女の行動を追いかけたい。なぜならそれこそが、わたしの書くものに取り憑いているからだ。

一九二八年三月二十一日

イマジーの日記より。わたしは「変身」を楽しむ。もの静かで貞淑に見えるわたしが何人の女を内にかかえているか、知る者は少ない。宴席での自分のことを考えると、思わず笑みが浮かぶ。わたしは男たちに「控えめで神秘的な」印象を与える。ところが、踊りだすといきいきしてコケティッシュで、ワイルドだ。わたしは変わる、内面も、外見も。舞台なんていらない。人を欺き、自分を欺く。それぞれの局面に身も心も没入し、滑るように楽し気に出入りをくり返して、どこ吹く風だ。いや、嘘だ。本当は心を動かされ、変容して、別の存在になるのだ。

同時に、現実のわたしはあのひとをしあわせにする。ボタンや靴下を整え、抱きしめ、楽しませ、彼のよろこびに心を砕き、わたしを誇りに思ってもらえることなら何でもする。何より、彼を愛する。彼は機嫌よく、忙しく、仕事も踊りも好きで、体重を増やそうとがんばっていて、ダンス・フェスティヴァルと芝居、音楽、メレシュコフスキー〔ディミトリー・メレシュコフスキー。一八六六―一九四一。ロシアの作家、思想家〕がエジプトについて書いた本、それから、自分の株の動向を新聞で読むのを楽しみにしている。

わたしは、わたしの日記とイマジーの日記しか書かないような気がする。でも――もしかしたら何かほかにも、年をとって生きることへの熱が静まり、飢えが満たされたときには、書くかもしれない。いまは、一瞬より長くは自分のなかに引きこもっていられない。リッチモンド・ヒルでは、もの想いに耽っては自分の想いを食べるばかりだった。わたしの運命はドラマチックな人生を生きることにあるのか、それとも物語ることにあるのだろうか。アースキンが来たとき見せるものといって、新しい女しかもちあわせがない。

一九二八年五月二十三日

その学問については何も知らなかったから、ニューヨークでエドワルドに会ったときは不意をつかれた。開口一番、いま精神分析を受けていて、ようやく自分の問題が何なのかわかったというのだ。

「あなたに問題があるなんて思ったことはないわ」とわたしは言い、少し考えてつけ加えた。「深刻な問題があるとはね。いつも夢見がちで、自分自身についても曖昧なところはあるけれど、それはきっと、極度の芸術家気質につきものの弱さだと思っていたの」

「曖昧っていうだけじゃない。いつも憂鬱で、エネルギーを集中することも、現実に近づくこともできたためしがない。深刻な問題はあったんだよ。ぼくの不幸であまりにはかないきみへの愛も、それで少しは説明がつくだろう」

「お願い、できるだけ詳しく話してちょうだい。その知識があなたに何をもたらしたか、何を意味しているのか」

「あまり多くは話せないんだ。まだ分析が終わったわけじゃないからね。毎日一時間、その女性に会いにいく。彼女はぼくをソファに寝かせると、ぼくからは見えない所に座り、ぼくに話をさせる。ぼくは憶えている限りのことを、最も早い子ども時代の記憶から話す。時にはこの学問に反発する日もある。すごくいやな気分になるからね。でも、最終的には自分のためになるっていうこともわかっている。これが終わるまでは、何の計画も立てられないな。医者は、ぼくの行動に影響を与えるようなことはいっさいしないんだ」

「自分のことを知りつくしたとき、あなたはあなた自身の主人でいられるのかしら」

「ああ、エネルギーを集中し、現実を理解できるようになるだろう」

彼は昼食のあいだしゃべり通しだった。わたしはいくつか質問したくらいで、聞き役に回った。聞くことのすべてが、初めはすごくショックだった。わたしだって、人生の何たるか、生命の何たるか、現実の何たるかは知っている。だから同性愛のことも知ってはいるが、こんなに身近な人間から聞くとは思わなかった。わたしのロマンチックな愛すべき従弟が、詩的な愛されし亡霊ではなくて、現実になってしまった。確かに、彼には人間としての核のようなものがなくて、わたしが結婚に見いだしたような、人生との暖かい結びつきもないことはわかっていた。でも、人の愛ではなく科学が彼を癒し、エネルギーを集中させ、強い意志をもつために必要だとは、思ってもみなかった。わたしの最初の反応は、どうしたらいいかわからないというものだった。理解しようと努めた。エドワルドに一度しか会っていなければ、つらい気持ちのままだったかもしれない。昨日まで健康そのものと思っていた人が、急に重病人だとわかったときのように。もう一度会っておいてよかった。四日したらその事実にも慣れて、対応することができた。まず本を読み、知識を身につけるべきだと思った。それから、彼の力になれる方法を考えた。

わたしたちふたりは、それぞれ別の理由から、かつておたがいに感じたはかない愛を憎んでいる。たぶん、そういう愛は不完全で、不毛で、弱いものと悟ったのだ。もしかしたら、わたしたちはおたがいを責めているのかもしれない。ヒューが数年後にそうしたように、彼がわたしを女にすることもありえたはずだ。きっとわたしも彼を男にできたろう、あのころのわたしが女だったら。

エドワルドはあの過去を捨て去りたいと思っていて、わたしも捨て去りたいと思っている。彼はそれについて書こうとしている。わたしはもう書いたが、さほど不愉快な経験ではなかった。彼を助けるより先に、わたしの強さと理性を総動員して、この新しい事態を理解しなければ。わたしは昨日まで、わたし自身の分析医だった。わたしの自慢は、自分のことを説明するのに人に依存したことがないということだ。このところ、特に去年実感したのだが、わたしは自分の夢をすべて叶えつつあり、意志がどんどん強くなって、きわめて意識的で明晰で、力強く、波に乗っている。心理学にわたしを驚かせるほどのものがあるだろうか。わたしが何らかの真実を避けてきたということはあるだろうか。臆病だったり、抑圧されていたり、怖れたり、何かに気づいていなかったりしたことはあったろうか。

一九二八年八月八日

イマジーの日記。人はフランスに来て、力を、肉体の否応ない力を学ぶのだろうか。感覚が驚くほど敏感になっている。でもそれはわたし自身とも、わたしの夢、魂、感情とも、まるで切り離されている。わたしがわたしのものでなくなる瞬間がある。この不思議、この怖ろしい分裂が存在する。だとしたら？　突然、見知らぬ愛を求め、突然、見知らぬ男に魅かれ、一気に肉体が夢に溶けて、わたしは身をゆだねる。こういうことが起きるのは、ぼんやりしているときではなくて、予期せぬとき、生活のただなかにいて、田舎をドライヴしているときや踊っているとき、店を歩いているときだ。現実世界はこなごなに砕け、わたしは別の女になる。情熱に溶け、誰のものでもなく誰のものでもありうる愛に征服される。それはわたしの外にあって、なおわたしをまるごとわしづかみにする。

わたしはヒューを心から慕い、崇拝している。でも、わたしの愛と情熱はありあまるほどあって、ヒューはそれをもてあましてしまうから、閉じこめておくしかない。わたしの呪わしく悪魔的な想像力がそれにつけこむ。余りものとして棄てられるはずだった種子が育って一本の樹になり、もうひとつの人生、もうひとつの愛、もう一冊の日記になる。

一九二八年十月三十一日

ともに、ヒューとわたしはこう考えるようになった。書かれたものとは、すべからく自己の延長である。最近わたしが書くものには奔放なところがあるといって、彼は心配している。日記を読んで聞かせてごらんと言われたが、断った。

ベッドに入る前、静かに服を脱ぎながら、この新しい問題、影響の問題が心を離れない――他者から、自分自身から受ける影響、無害でありえた種子の芽吹き。あら、まあ《エ・アロール》、従弟のグスタボの、あのセクシーな本のせいかしら？　もっとお上品な日記を書かなければいけないのだろうが、そんなことはしたくない。日記が自己の延長であるとは、結構なことだ。わたしが生きる人生より危険なことを書き続けてやろう。書くことを抑制すると、生きることも抑制される。自由に書けば、自由に生きることに繋がる。自由に生きすぎると、書くものもまた抑制せざるをえなくなるだろう。

一方、ヒューはかなしむ。「ぼくはきみのたったひとりの友でありたい。仕事なんて、ぼくには何の意味もないよ。きみだけが、意味のあることなんだ」

五年間、わたしは完璧な妻だった。いまのわたしは、何者？

一九二八年十一月三日

「無垢なんて、子どもにまかせておけばいいのよ。わたしたちより上手にやるでしょうから」とグスタボに言った。なぜ彼は、ひとつの考えに一途に向かっていくわたしが好きだと言いはるのだろう。いまわたしが求めるのは才気、軽さ、戯れ、複雑さ、脇道にそれ続けて逡巡することなのに。単一性はもうたくさん。ひとつの考えしかもたない者は、眼隠しされた馬のように前を見ることしかできない。これまでわたしは、感情を押し殺してひたすら前を見つめ、いろいろなものに躓いてきた。いまわたしは眼隠しをはずし、あらゆることを覗き込み、目的もなく語ることを覚え、一途さをユーモラスなフレーズにくるんで、何にでも誰にでも興味をもちながら無頓着を装い、洗練された情熱だけを表に出して、サロンの上品な皮肉にも適応しようとしている。それなのにいまごろになって、グスタボは古い炎を掻きたてる。

一九二八年十一月五日

ホアキンが責めるような眼で見る。「最近の姉さんは好きじゃないな。ひどく浮ついているし、賢《さか》しらで俗っぽくて、すごく軽薄だよ」

彼のわからずやかげんにはうんざりだ。説明を試みる。「これはひとつの局面にすぎないのよ。自分が何を経験しつつあるかということは、ちゃんとわかっています。終わりがあるということもわかっている。理想を失ったわけではないの。もう少し待っていてちょうだい」

弟はわたしより若い。わたしも彼の年にはあんなふうだった。弟と一緒にいたいからといって、あと戻りすることはできない。ひとりきりで、前に進まなければならない。自分に自信をもたなければ――わたしを突き動かす人生にも、わたしの開かれた心にも、わたしを駆りたてる想像力にも。

ハバナの社交界に出ていったときも、わたしは自分が何をしているかわかっていた。従弟のチャールズは、わたしの眼が眩んだと思ったようだけれど。わたしはかつて盲目だったことなどない。わたしは渦中に入り、すべてをくぐり抜けなければならない。遠くを渡る船を浜辺で見ているのはいや。海のなかに入って、波と格闘したい。叔父のギルバートはわたしのことを、表層的な世界に眼が眩んだと思っている。いまのわたしは無人島に本とインクをもって行こうとは思わないし、皺だらけの黄ばんだ顔にはなりそうもないからだ。わたしはすでに無人島の野蛮人だった（リッチモンド・ヒル）。本と生き、インクに身を浸し、内的生活を盲目的に崇拝した。わたしは世界の美の半分を拒絶した（わたしを求めた男たちの顔をひっぱたいたとき）。わたしは最も貞淑な女、最も救いがたい夢想家、最も無垢な子ども、最も無私の姉、最も従順な娘、最も徳高き主婦だった。傷つけること、迷惑をかけること、邪魔になることを怖れた。抵抗や反抗は声と態度の大きい人に任せた。愛されるのはもうたくさん。

いま、わたしは女だ。周囲の憎悪、批判、妬み、愕然とした顔など、何ものでもない。ホアキンの眼もわたしを止めることはできない。あの眼で見られると、つらいけれど。わたしにはわたしの夢がある。ひとりでそれを追いかける、いつだって、世界にあらがって。わたしはあまり自分に自信がない。踊りにしてもそうだ。ミラリェスはわたしをスターだと言う。カフェ・ド・パリから仕事のオファーがあった。でもわたしはコーラス・ガールから始めるつもりだったのだ。ようやくヒューーから舞台の仕事に挑戦するお許しが出た。ホアキンは賛成ではない。母は心配そうだ。

一九二九年一月二十三日

プリンセス・トルベツコイを訪ねた。画家であり、装飾家でもある。彼女の家具のことを聞いて、将来わが家の参考にしたいと思ったのだ。わたしが家具を褒めると、彼女はわたしを褒めてくれた。「うっとりと夢見るようなお顔ね。あなたの絵を描きたいわ。そんなふうにサファイア・ブルーのコートで、この椅子を背にして（彼女の手になる銅製の椅子で、プーシキンの物語の人物が描かれ、色石が埋め込まれている）。この椅子はお気に召して？　純然たるロシア式よ。いいえ——まるっきりロシア風ではあなたの背景としてはだめ、重たすぎるわ。ロシアン－オリエンタルね。そう、繊細な東洋趣味の。いつ来てくださる？　いますぐトワル《キャンバス》を買いにいくわ」

十時半に約束した。彼女が家を整える時間をとれるようにと。美しく、情熱的な女性だ。美しい微笑み、知的な青い瞳、スラブ的な頭部。卸売りタイプの現代女性を忌み嫌う。彼女のアトリエはわたしの夢だ。色石の輝く銅作品は、物語の意匠がゆっくり想像力のなかに広がっていく。王座のような椅子、サファイア・ブルーの木工品、金銀の掛け物、どれもすばらしい。ついに東洋がわたしの心をつかんだ——気づかぬうちに、ひそやかに、わたしの想像力や、色と豊かさへの愛に働きかけて。

一九二九年二月二十七日

二十六歳になったというのに、わたしはまだ何ひとつ成し遂げていない。一冊の本も書いていないし、舞台の仕事をしたわけでもない。満たされない欲望だけはあり余るほどあって、こうありたいと願う自分の半分にしかなれていない。でもわたしはひどく、しみじみとしあわせで、ひどく、しみじみとふしあわせだ——わたしは生きている、神に感謝を！

　家族はわたしに警告が必要だという点で一致し、よってたかって《アン・マス》責めたてる。「いろんな人のモデルばかりして、時間の無駄だ」と言って。わたしの答えは彼らを驚かせる。「わたしが彼らのためにポーズをとっているですって？　あはは。彼らがわたしの肖像を描いていると思ってるの？　大間違いよ。彼らがわたしのためにポーズをとり、わたしが彼らの肖像を描いているのよ。一瞬たりとも無駄になどしていません」

一九二九年五月十七日

ジョンとふたり、ソファに座り、午後中ずっと、おたがいの性格や秘めた想い、欲望や敗北を探りあったとき、あの心をかき乱す〈衝動〉を感じ、そのときはあらがったけれど、昨日、また正面から向きあうことになった。戯れに恋をしたとは認めたくなかった。まさか。彼がヒューゴーの妻と戯れるはずはないし、わたしがリリスの恋人と戯れるはずもない。でも、彼はこのところキスの機会を窺っていた。わたしは彼がわれを忘れるところを見たかった。そしてその通りになったとき、全世界は存在することをやめた。少なくとも、少しのあいだは。

だが、彼が行ってしまうと、何もかも真っ暗になった。力なく、みじめな気持ちでベッドに横たわり、自分に言い聞かせた。このキスを真剣に受けとめてはだめ。ただの「情熱的友情《アミティエ・パッシオネ》」なのだから。でも手は氷のように冷たく、心臓は早鐘のよう、こめかみは脈打ち、眼は霞み、わたしを捉えて放さない熱を追い払うのは、容易ではなかった。そう、これは彼とわたしのなかに溢れ出したものだった。一瞬の大きなよろこび、延々と続く苦痛と動揺《ブルヴェルスマン》。だってわたしはそういう人間だから。ならば、彼は？

次の日、彼は電話してくると、日曜日の朝みんなでテニスをしようと言う。気がつけばわたしは別人のような声、いつもよりずっと低い声で、こう言っていた。「今夜、お祭り《フォワール》にお連れしましょうか」ぜひとも、と彼は言った。でも結局、芝居を見にいった――ヒューと彼とわたしで。わたしたちは陽気だった。たくさん話した。彼の心を読もうとしたが、できなかった。彼はとても優しく、思慮深く、冷静だった。わたしもそうだった、外見上は。

今朝はテニスをしたが、あまりうまくできなかった。わからないのは、何ごともなかったかのようにものごとが進んでいくことだった。わたしの心はずたずたに引き裂かれているというのに。説明するのは簡単で、わたしが感じるすべてを感じられる人などいないからだ。まあ、いい遊び相手になろう（わたしらしくもない。とかく過敏で、感じやすく、触れるものすべて、放り出すことなどできないわたしなのに）。でも、ジョンに感傷的と思われるのはいやだった。

　ともあれ今回のことは、これまでに経験した最悪の危機だと思う。ジョンに助けてもらおうとして、最悪のやっかいな事態に陥ってしまったし、彼を理解するのはほかの人を理解するほど簡単ではなく、彼を忘れるのも簡単でないからだ。エンリケ〔エンリケ・マドリゲラ。一九〇四—七三。スペインのヴァイオリニスト〕やグスタボがわたしの心を支配したことはないが、ジョンには支配されている。その成熟、年齢、力強さ、偉大さによって。

　彼のキスを真剣に受けとめてはだめ。絶対に。気を確かにもって、感覚をはっきり保たなければ。わたしが欲し、求め、その気にさせた——それでいい。自制心に富み、たやすくわれを忘れず、そうしないだけの最良の理由がある人が、そうしたのだから。わたしはしあわせだった——愛されることを愛する女として。芸術家としても、彼に何度も「たぐいまれ」だと言われて。不埒にも、途方もなく、天上的なまでに、幸福だった。

一九二九年六月四日

　ヒューはたぶん、みずからの幸福に危険が忍び寄っていることを察知し、この上ない繊細さをもってわたしに求愛する。わたしの秘密と裏切りにもかかわらず、わたしたちは信じがたく強い絆で結ばれている。彼の愛と信頼は日ごとに大きくなる。もうひとつの愛は、わたしたちの人生の完全な外部にある気がする。

ジョンのためのわたしは別の女で、ヒューのためのわたしはまたもうひとりの女であるというように。もうひとつの愛のためにこの愛が小さくなったり、変質したりすることはありえない。心の奥で確信しているのは、この愛、ヒューとの愛こそ長くとこしえに続く愛で、誰にもこわせないし、この世のあらゆる破壊からも免れているということだ。それを思うと、気が狂いそうになる。どう説明したらいいのだろう。わたしはかつてなく優しく、情熱の瞬間には没入し、新しい美しさを身につけて彼を眩惑し、もっと愛される女になり、身も心も気高くあることを……一方で、嘘をつきながら。

　わたしの秘密がわたしを毒することはない！　わたしは輝かしく、強く、正しいと感じる。今日わたしは、わが奇妙な自己の真相を前に頭《こうべ》を垂れる――ひとつの生では満たされず、複数の生をいだいた女――人が長い時の流れのなかでいくつもの生を生きるように。だが、わたしに時の感覚はない。わたしを遮るものは何もない。わたしはいまこのときに複数の転生を生きる、ひとつの生のなかで。

一九二九年七月八日

　解放というこの考え方は、世紀毎にまるで異なる形をとってきたが、いまわたしたちに対し、みずから構築した結婚という制度に対し、みずから生み出した良心の圧政に対して、刃向かおうとしているようだ。わたしたちを縛る枷は、理想や貞節や道徳心同様、わたしたちの内面にある観念であり姿勢であると気づく。論理的に導き出される結論は、わたしたちの精神的姿勢こそ変わるべきだということだ。

　テニスの試合と宴会で三日も無駄にしたと思うとうんざりだが、ヒューはわたしの反抗心に腹をたててはいない。わたしが「本物」を、本物だけをますます求めていることを、わかってくれる。彼も以前よりは、銀行での地歩を築くためにわたしの服従を必要としなくなった。いまでも、わたしが副社長たちに褒めそやされ、受付から速記者に至るまで、銀行の皆さんに好かれることが、彼のためになる面はあるかもしれない。でも少なくとも前ほどではないから、わたしは逃げ道を探し始める。

ヒュー曰く、わたしにすまないと思うべきだが、それほどでもないのは、わたしがいつもそこから何かしらを得るからだという。わたしは反論した。「でもあなたはわかっていないわ。もし空想だけにかまけていられたら、わたしが人生からどれだけのものを得られるか」それに対する答えはないから、彼は眠りについたが、その前に、体重が減ってしまうからもう二度と大会には出ないと誓った。

一九二九年八月十八日

人が頭のなかの想いや夢や欲望を物理的・人間的に生きないとき、何が起きるだろう。

心理学者たちは、欲求不満がもたらす災厄の正体を突きとめようと悪戦苦闘してきた。バリー〔ジェイムズ・マシュー・バリー。一八六〇―一九三七。『ピーター・パン』で知られるスコットランドの作家〕やベンソン〔E・F・ベンソン。一八六七―一九四〇。イギリスの作家〕等が欲求不満だったわけではない。だが、彼らの想像が途方もなく膨れあがったのは、それが軽い会話のさわやかな空気に溶けて消えることも（ありえない。アングロサクソンは自分の気持ちと反対のことを言うか、ぶつぶつ不平を述べるかのどちらかだから）、行動に移されることもなかったからだ。行動に移していたら、純粋な文学的爆発は起きなかっただろう。

わたしたちは語る。わたしたちの夢は揮発していく。

わたしはこうして世界を、渇望するすべてを、空想を通して、眼隠しされ（ヒュー曰く、眼はトラブルのもとだから）、首輪をつけたまま（六時には家に帰らなきゃ）見るのだろうか。そうしたら、何が起きるだろう。

わたしはアングロサクソンの狂気を知り、広大な想像世界の恍惚に酔い痴れるだろう――煙草を吸うヒューのかたわらに、静かに座りながら。

わたしはただ、自分の肉体がこわい。

ヒューもちょっとした首輪をつけているから（銀行の仕事、お金の必要、わたしのためにもだ、ああ！）、家庭と文学のためにだけ時間を使うことを熱望している。でもそれは週末になれば叶う。月曜日になると、株の記事にロールパンより熱心にかじりつき、今日の格言に夢中になるのだ。

一九二九年九月二十四日

わたしは自分に罠を仕掛ける。まずは一人称を使い、他人《ひと》の物語など語りたくない、という気まぐれな〈自己〉の機嫌を損ねないようにする。

ほら、いい子ね、仔猫ちゃん、とわたしは毎日言う。いいこと、これからあなたに一人称でお話するわね。そしていつか、こう言えるようになるだろう。ほら、いい子ね、仔猫ちゃん、これからあなたに三人称でお話するわ。

そのころはきっと仔猫ちゃんも飼い慣らされて、ほかの作家のように、自分の考えにあまり直接的な責任をとろうとしなくなるだろう。

愛する日記よ、わたしはあなたをふるいにかける《ジュ・テ・プルシュ》！

でも、あなたもきっとよろこんでくれるはず、いつかきっと。もっと風通しのいい世界に——新しい姿に生まれ変わって——触れるチャンスをあげるのだから。いま、わたしにははっきり見える。あなたの抒情的な頁のなかから、詩集や物語の本が生まれてくるのが。クリスマスまでには終わらせましょう。

そして、〈生活〉というものが、避けがたい括弧つきの〈生活〉が、またしても始まる。つまり〈社交生活〉、わたしにとって最悪の問題、なぜっておおむね大嫌いなのに、それなしでは生きることも、書くこともできないのだから。毎日この種のショックが、いまはヒューからもたらされる。「おもてなししなきゃいけない副社長がいるんだ」それぞれの人が嫌いなわけではない。だが、またしても冷水を浴びせられる気分——仕事とそれにふさわしい孤独に埋没したあとでは。わたしにはおよそ向いていない。世間話は上手じゃない。ふいに発作的な羞恥心に襲われる。それも最悪の瞬間に。これまでは、最初に感じる衝動はいつも逃走——狩られる動物のように。次に考えるのはヒューの将来、またはジョンのような人を見つける幸福。最後に、最も卑しい考えが脳裏をよぎる——好かれるだろう、褒められるだろう、という。結局は、精一杯おしゃれして、ひとりひとりの皆さんから多くのものを得る——わけても、物語を。真の友情は、否。

ヒューには天賦の理解力があり、いつも変わらずわたしを励まし、ぬくもりをくれる。それがあるから生きていける。創造の才と並ぶべき、たぐいまれなる才能だ。わたしが書き、家のなかを装飾し、みずから装い、踊るのを、彼がいかに支え続けてくれているか、いまはわかる。どうしていつも、人を自分のイメージ通りに変えようとするのだろう。なぜヒューが表現や芸術の才に富み、才気煥発な、衆目を集める存在であってほしいと思うのか。彼の理解力は尽きることも、裏切ることもない。静かなる天才だ。攻撃性とも派手さとも無縁の彼は、穏やかで、堅実で、深みがある。

明晰さと機敏さにおいて、わたしたちはつりあわない。時に驚くほど、彼の幼年期や青年期の記憶は、霧に包まれたようにぼんやりしている。ほとんど自意識や欲望というものがない――ただぼんやり漂うのみ。努力の賜と頑固さ、知恵、注意深さ、人間的な魅力、そして人に信頼される能力があいまって奇跡を起こし、彼にこれほどの経済的な成功をもたらした。顔だちは上品だし、能弁で声もよく、教養がある。わたしと結婚していろいろな責任を引き受けたことで、彼のなかに突如、鋼のように強い性質が引き出された。意志の美しい強さ――肉体的には、彼はたいていの男より弱いけれど。

途方もない勇気をもって、彼はわたしと結婚した――わたしのために、家族も父の援助も失ったのだから。ただそれも緩慢な決断で、ほとんど遅きに失するところではあった。自分が何を求めているか、およそわかっていないので、何より欲するものを得られないことにもなりかねなかった。

いまも、食事とかネクタイとか、あらゆる些末なことにこれほど迷う人を見たことがない。穏やかでぼんやりした彼の流儀にとって、時は何ものでもない。彼がきっぱりと確信に満ち、決然としているのは、仕事のときだけだ。

一九二九年十一月十五日

純然たる「社交上の」コンサートのため、神経衰弱の発作を起こす。人、友人、知人の姿にひるみ、褒められてもいらいらするばかり。

書くことだ。わたしは書くことに閉じこもる。別の女になる。毎日ほんの一、二頁、『作家自身の小説』を書き進める。だが、どの頁も濃密で仮借ない思考に満ちている。ヒューはわたしの文体を不良っぽい《パンク》という。文章を練ることなどしない。書き続ける——立ち止まらず、名づけえぬものを名づけ、きわめて地下水脈的な想念を明らかにするために。想念を追うことに没頭するあまり、言語をずらし、意味をねじ曲げ、わたし自身の新しい意味を掘りあてようと、言葉をシャッフルする——新しい意味というのではなくて、教理問答のようにくり返され、手垢のついた言葉のなかに凍りついた意味を掘りあてたい。

書いていると、孤独を感じる——至高の精神と語りあうための孤独だ。自己の内面を掘り下げ、言わなければならないこと、だが魅力的でもなければ、誰もよろこばないようなことを言う——わたし自身の心を写した真実の作品——それは仮借なく、かわいげもなく、ひたすら正確さ、激烈さ、深みを追い求める。

眼が疲れると、クローゼットを片づけ、ヒューの下着を確認し、電気工に電話し、室内装飾家と打ちあわせをする（いけすかない男だ）。外に出て用事を片づける。地下鉄に乗る。わたしたちはシンプルな生活に戻りつつある。人に押されたりする感覚をすっかり忘れていた。用をすませながら、わたしの小説に出てくる男性作家について、また考え始める——彼の言葉の不吉な予言性は、その言葉が向けられる相手の一部にしか届かない。

家に直行すると、帽子やコートを脱ぐのももどかしく、一頁書く。

わたしの文体が頽廃的なのは充分承知している。難解なことを言おうとするあまり、英語ではどうにもならないのだ。それに、張りつめた瞬間、素の外国人がまたも顔を出し、フランス語の単語やスペイン語の構文を使ってしまう。わたしが一番好きな英単語は「畜生《ダム》」だ。それほど、絶望は深い。

一方、わたしたちの「資本」、わずかな貯金も底をついてきたので、ガイラーのお母さまにローンの保証人になってもらい、援助していただかなければならない。だが、株も手放し、損失が取り返しのつかないものになるまで、わたしは泣かない。たとえそうなっても、泣かない。そんな暇はない。東洋の御殿のようなアパートを売り払い、田舎に移らなければならないだろう。

きっとうまくいく。また株の値も上がるだろう。おかしなものだ。安逸と安寧の感覚のあとで、こんなふうにちょっとした貧しさと恐怖、不安を味わうというのも。

幸い、ヒューはいま勇気凜々だ。わたしの励ましが功を奏したようだ。彼が言うには、危機にはそれなりの意味があったのだ、なぜなら、おかげでわたしがどういう人間かわかり、より愛するようになったからだという。そしていつものように、世界にいい顔を見せたあとで、わたしはここに戻り、自分の本当の弱さと向きあう。

一九三〇年一月十一日

肖像――このアメリカ人女性は、二十年来パリで暮らし、外交の職に就く夫を通じて、フランス人女性のなかでもきわめて貴族的な階層と知己を得てきた。彼女たちの誰ひとりとして、貞淑な妻はいなかった――全員が愛人をもっていた。フランス人の「賢い」知恵は、B夫人によれば、もともとは離婚を禁じた教会が作ったものだという。フランスの旧家は皆カトリックだった。宗教のため、家のため、子どものために、彼らは離婚しなかった。B夫人曰く、彼女が実際に知る限り、こうした女性たちは不貞を働いたことを告白し、そして赦された。教会にしろ社会にしろ、法と秩序を守るため、内々にそうした状況を受け入れていたのだ。こうした女性たちの幸福、少なくとも人生の充実を知り、さらにあまたのフランス文学を読破したことは、B夫人の心に深い印象を残した。彼女は厳格な理想を疑うようになった――夫や妻が変化を望むたびに離婚しようとする、アメリカ的な実験を含めて。

　彼女が浮気していたのかどうか、わたしは知らない。ただ、彼女がその問題をいまも意識しているのはわかったし、わたしが半分しか生きていないといって、なぜあんなに同情してくれたのだろう。夫を愛しています、と言うと、彼女は答えた。「もちろん、そうでしょうとも。でも、ふたりの男性を愛することだってできると思うの。本当に、そう思うのよ」

　彼女は実質的に、わたしにこっそり愛人をもつことを勧めたのだった。彼女のあけすけさと人間としての率直さに、わたしは内心ひどく動揺した。だが、理論的には彼女の助言を受け入れた。そしてこう言った。「夫に見つかったらどうするのです？　あなたもおわかりでしょうし、わたしにもわかっていることですが、彼は決して赦さないでしょう。わたしたちの結婚は、二度と同じものではありえないでしょう」

「そうね」彼女は困ったように口ごもった。とても溌剌とした、きれいな老婦人で、最新のフランス小説を手もとに置いていた。好奇心旺盛でいろいろなことに興味をもち、じっとしていられないその様子が、わたしを傷つけた。わたしには、ある願いがあった――六十歳になったときには、せめて心やすらかでありたい、という。だがわたしはこのとき、自分の将来の姿を見た。若く愛すべき女性たちを深く哀れみ、自分がしなかったことを彼女たちがするのを見たいと切望し、彼女たちの問題に参加し、問題を共有するという、きわめて積極的で不穏な感情に囚われた姿だ。だとしたら、心やすらかなどということはありえないし、いまあえて直面していない問題も、わたしのなかで生き続けることになる。

　自分のなかで、わたしはある結論に達した。ヒューは待つに値するということ、彼がわたしをまるごと欲するなら、第一の選択権は彼にあるということ、別の男を愛するのは彼を裏切り騙すことになる、わたしには創造力があるから、ほかの愛に向かうエネルギーを書くことに向けられる、だから強い意志をもって、思いきり生きたいという望みを押しつぶして正しい道を選べるかどうか、様子をみようということだ。最悪の部分は、もしヒューに仕事がなければ、彼だって別の恋人を求めるだろうとわかっていることだ。いま彼がわたしに全身全霊を捧げてくれているのは、わたし以外のものに費やす時間もエネルギーもないからだ。知りたくもないことだけれど。それは彼が退職するまで証明しようもないが、そのときでは遅すぎる。

この最後の段落を、勇気を出してヒューに読んで聞かせたら、わたしは彼を深く誤解している、そんなことを仄めかすなんて愚かといってもいいし、反証しようのないことをいうとはひどい、と言われた。そしてすばらしいスコットランド的なお説教を聞かされて、そのあとで、愛してくれた。

一九三〇年九月八日

わたしはわたし自身の船に吹く風。わたしは、劇評家になりたい、とは言わない。だが、わたしは劇評家だ、そう口にした瞬間、自分の言葉にふさわしい道を見つけなければならなくなる。なりたいと思うことと、そうであることは、わたしにとって同じだ。だから、わたしはわたし自身の船に吹く風。

一九三〇年九月二十日

同一性という苦痛。差異という苦痛。エドワルドとわたしのような「双子の感覚」をもつことは、ほとんど耐えがたい。彼には耐えられないのだ。自分自身を愛するようだ、と彼は言う。彼の口をついて出てくる言葉を聞くと、驚きのあまり何も言えなくなる。わたしのひとりごとを聞いているようだ。ふたりの考えは渾然一体となり、時にどちらの考えだったかわからなくなる。彼はわたしの思考を最後の地点まで導いていく。クリストファー・モーリーの傑作『左側の嵐』の一節を思い出す。「ぼくらの心は婚約している。宣言しよう、ぼくらの心は婚約している、と」

だが、わたしの肉体は反発する。わたしたちは握手さえしない。ただふとした瞬間、彼は何かに突き動かされるようにわたしに近づいては、不器用に衝突——わたしたちはぶつかる、ぶざまに、ふたりの夢遊病者のように、肩つきあわせて。

わたしたちが街を歩くと、人は気づいて、しばし眼をふたりの顔に向け、わたしたちが「結ばれている」と感じる。それで欺きは完璧だ。いまはエドワルドもわたしの独特の装いに慣れ、気に入っているから、男みたいにわたしを見せびらかし、人がどう思うか想像して、悦に入っている。

そんな彼が憎めない。わたしは冷たい女、つれない女を演じられたためしがない。そうすべきだったときにも。情熱はいつも子どものような忌々しい自然さで、わたしの顔やしぐさを火照らせる。その点、わたしはだめな女優だ。わたしの気持ちに嘘偽りはない。わたしは征服され、打ち負かされる、ヒューに、ジョンに、エドワルドに。

一九三〇年十月八日

ルヴシエンヌ、ラフォン夫人邸《シエ・マダム・ラフォン》。考えは何も浮かばない。理屈で考えたり、細部にこだわる余裕はない。ひたすら仕事、仕事あるのみ。スシェ通り四十七番地のアパルトマンの三倍は働かないといけない。この家はとても古く、がたがきていて、快適というにはほど遠く、汚れや湿気もひどいし、問題や障害が山積みだ。十月三日に引っ越してきた。内心、わたしは勇気凛々というわけにはいかなかった。外見上は、世界がわたしの手を塞ぐのに任せ、後悔している時間などないようだった。以来ずっと、夢を見たりものを考えたりするわずかな時間もない。作業員に指示を出し、監督する合間に、母やヒューと庭掃除、ガレージはひとりで熊手で掃いて、ペンキを塗り、水洗いし、等々。

今日、初めてうれしい瞬間が訪れた。青いモザイクの暖炉が、書斎になるはずの部屋に仕上がり、初めて火を熾《おこ》したのだ。すると気持ちがくつろいで、雨で庭仕事もできないから、日記のことを考え、平和な瞬間に焦がれた。ポメラニアンのルビーがベッドの足もとにいて、ふわふわのからだで愛情をいっぱいに表現する。お茶目で、頭もいい。かわいくてたまらない。そうこうするうち、雪崩の向こうが見え始め、初めて疲労困憊を感じなかった。ここにいるとひどくおなかがすく。空気はひりひりするほど新鮮で、孤独と平和が心地よく、古い家並み、朽ちた壁、古い植生が興味深い。ルヴシエンヌが好きになりそうだ。もしかしたら、もう好きになっているのかもしれない。友人たちも遠くにいるから、かえって安心というものだ。

一九三〇年十二月二十六日

経済的な理由で節約してきたが、クリスマスでもあることだし、少し奮発して、何度か劇場に足を運んだ。ジョセフィン・ベイカー〔一九〇六―七五。「黒いヴィーナス」と呼ばれたアメリカ出身の歌手、女優〕には息を呑んだ。まさに貴族、みごとな曲線、豊満な、美しき種族《ド・ベル》――神経質さと優しさをあわせもち、悲劇的な感覚もある。

人が彼女を下品な野人などと言ったのは、驚ろくべきことだ。彼女はきわだった個性のもち主で、悠然としていて、自然で、美しく才能あふれる女性という印象を与える。あえて批判するなら、充分に踊っているといえず、「ミュージックホール」的な期待に妥協しすぎるところだ――羽をつけたり、飛んだり跳ねたり、これ見よがしな動きに終始しかねない。ジョセフィン・ベイカーの何がきわだっているといって、その歩き方、そして美しい脚をおいてない。

一九三一年一月一日

わたしが仕事をもつ可能性について、真剣に話しあった。そんなことになったら楽しみも生きがいもなくなってしまう、とヒューは言う。わたしが書くことが、彼にとって銀行勤めを補う役割を果たし、刺激を与えてきたのだし、彼が愛する知的世界との繋がりを保ってきたのもわたしなのだという。それこそが、彼によれば、わたしたちの真の財産なのだ。しかし、わたしたちはあらゆる意味で貧しく、先日買った備品の支払いもできず、貯金もできない。ふたつの仕事――書くことと、何かほかのこと――をするには、わたしには肉体的な限界があることはわかっている。書くことと踊ることをやってみようとしたが、うまくいかなかった。語の一般的な意味においてお金を稼がないわたしは、寄生しているように感じる。たとえヒューは、わたしが自分なりの責任を果たしていると思ってくれたとしても。まったく悪夢のような問題だが、今日はそれについてよくよく考えた。何の結論も出せなかった。わたしのやりたい仕事はほとんどお金にならない（シルヴィア・ビーチやタイタス〔エドワード・タイタス。一八七〇―一九五二。フランスで活躍したアメリカのジャーナリスト〕やジョラス〔ユージーン・ジョラス。一八九四―一九五二。アメリカの詩人。ニンが『近親相姦の家』の一部を寄稿した実験的文芸誌『トランジション』の編集者〕を手伝うこと）。やってもいいかなと思う仕事は、銀行の手前できない（写真や絵のモデル）。ダンスを教えるのは肉体的に過酷だ。その上に書けるだろうか。わたしの書くものが売れないのは、もはや公然の事実だ。

母とは大晦日に仲直りした。平和裏に暮らそうと、わたしたちは大いに努力している。さまざまな細い木材を切ることにかけて、わたしはいまや名人の域に達している。樹は尊いと思う。ヒューとさんざん庭仕事をして、泥だらけになるのが楽しい。同時に、むつかしいフロイトを初めて読んだ。何という知性！　彼の「症例」に魅了されるし、並はずれた誠実さが好ましいし、正しいことを言っていると思う、たいていの場合は。だが、フロイトの先にユングがいると知らなければ、フロイトを読むことはできなかっただろう。フロイトの言うことで、わたしを驚かせたものは何もない。つまり、彼の学問の的確さはあまりに明らかだ。だが、さまざまな問題が起きる年齢の早さには本当に驚かされる。ほんの四、五歳で、わたしたちの運命は形づくられ始める——偶然のできごと、夢、眼にした光景、まわりの人間の性質、すべてが、生涯続く逸脱の原因になりうる。心はそのままですでに深い地下世界であり、幻影と強迫観念、夢と欲望が蠢《うごめ》いている。もっとフロイトを読まなければ。だが、転位や昇華、肉体的・精神的諸要素の変形について、彼は充分に研究しているといえない、という気がすでにしている。医師として彼が強く求めるのは、どこで、いかにそうした要素がわたしたちを破壊するかを指摘することであり、それらをいかに知識によって手なずけるかだ。だが、芸術家がそれらをいかに利用するかというのは別の局面であり、それはユングが然るべき方法で敷衍したことだ。言い換えれば、わたしたちの幻影世界、神経症的な衝動を意識し、知るだけでは、治療には不充分なのかもしれない。少なくともエドワルドには不充分だった、とわたしには思える。彼はいわば自分を知ることに取り憑かれていて、意識を生きることのために精力的に使おうという気がないのだ。

わたしがいま信じているのは、個人的な経験の強度を増せば、普遍性——個人を超えた経験へと溢れ出していくということだ。それは強度のある段階に達する。個人の豊かな強度は、個人の殻と強迫観念を突き破る――そして、神秘的な全体性に到達する。

一九三一年一月十二日

夜。エドワルドとホアキンが魅かれあっているのを見るのは、何かとても奇妙な感覚だ。しかも、エドワルドはそのことをわたしに話すのだ。彼の愛が、ホアキンとわたしのあいだで引き裂かれているのがわかる。ある日、彼とホアキンが昼食をともにし、その後、エドワルドとわたしで午後を過ごすことになっている。そのとき、感情の波はわたしたち三人のあいだを交差して流れ、行きつ戻りつするだろう。想像力をどれだけ駆使しても、彼らの感情と同化することはできそうもない。だからわたしはひとり、わが聖なる全体性を再び求めて、孤独な旅に出る。

一九三一年二月十八日

暗い、灰色の日。何のおもしろみもないぼた雪が降っている。タイタスとの面談のため、入念に身支度。何時間もユングを精読し、何時間も技術的な訓練にいそしむ。そうやって、自主独立の思想家にたがをはめる必要がある。本当はいつも秘かに、教育を受けていないことをよろこんでいるのだけど。こんなことに、試験を受けるみたいにわたしは取り組んでいる。ヒューの車のホーンが駅に近い橋の下から響く。やがてそれは命令の合図のように鳴り響き、鉄格子が開く。砂利が車輪の下でぱちぱち音《クレピティト》をたてる。

犬のバンクォはのんびり伸びしてわぁーん《ヨール》と鳴いたかと思うと、車から出てきた包みの匂いをくんくんする。これってすばらしく非学問的じゃないかしら。「わぁーん」というのはわたしの造語で、「わん《ハウル》」と「あーん《ヨーン》」を合わせたもの。「ぱちぱち音をたてる《クレピテイト》」はラテン語源の言葉だ。

「いいですか、ジョージ・ムーア〔一八五二—一九三三。アイルランドのリアリズム作家〕のように書くことです。あなたは最上級を使いすぎる」

意識的に努力して無意識の結果を得ることを、大いに楽しんでいる。

一九三一年五月二十日

おかしいけれど、わたしは日記のなかに何ものかの存在を感じる。子どものころからそうだった。友だちの役割を果たしてくれる存在、応えてくれる仲間を、ありあまる想像力で創り上げたのだろうか。信じられないことだけれど、服を脱いでベッドに入る用意をしながら、これから向かうのは孤独ではなくおしゃべりであり、訪問であり、ギヴ・アンド・テイクだと、本当に感じていたのだ。おめにかけるのは、不機嫌で自信も落ち着きもない人物——母の友人たちの干渉に抵抗し、自分の怖るべき臆病さと闘いながら、臆病ゆえにタイタスにばかなことを言ってしまい、自分の欠点に取り憑かれている。

日記は待っていてくれる。オアシスだ。どんなにひどい、不毛な一日でも——ここにはわたしが創造した世界の現実がある。逃走。臆病。心が暗くなる瞬間には、わたしは自分に勇気がないと認めるだろう。何もかも耐えられない——列車で隣りあわせた職人の悪臭、冷たい突風、タイタスの気まずい沈黙（彼はわたしとまともに話ができないのだ、ほかの人たちとはできるのに）、地下鉄やバスのなかで移動しても意味がないこと、それが誰であれ、待つこと、老人たちの称賛。家に帰るとわたしはルース・ドレイパー〔一八八四―一九五六。独白劇で知られるアメリカの女優〕よろしく、誰もいない舞台で会話を交わし、登場人物を創造し、すべてに答えを出し、懸命に物語を考えるだろう。まるで、物語は街路、外界へとつながる静かで自由な街路だというように。

　わたしの憂鬱は、より深い知の領域へわたしを連れていく。旅の友は、わたしにとって何かしら霊的な存在である日記で、行ける限り深い所まで一緒に降りていってくれるだろう。そこでは、わたしは何も怖れない。

一九三一年七月二十一日

フロイトへの称賛は『快楽原則の彼岸』を読んで確かなものになった。深遠で、きわめて哲学的な書物だ。一読して、「死への迂回路」と「快楽への迂回路」という概念はつかんだ。あとは難解で歯が立たないから、もう一度最初から読み直さないといけない。でも強く心を捉えられ、これまでになく頑張って学びたいと思っている。

　いまはっきりわかるのは、わたしは日記にすべてをありのまま語ってきたわけではないということだ。だが、書かなかったことは二通りの形で正当化してきた。まず、起こってもわたしが認識せず、面と向きあわなかったこと、わたしを怖れさせ、当惑させたことがある。次に、わたしの人生において意味をなさないこと、言葉にできず、うまく説明もできないことだ。第一のものは、フロイトなら「自我にとって耐えがたい」と呼ぶようなものだ。当時のわたしは極端な理想主義者だったから、奇妙なことが起きると慌てしまい込み、わたしやわたしの現実の人生に起きたことではないと言いくるめて、オブラートに包んだのだった。

一九三一年七月二十四日

ヒューとわたしは、わたしが怖れていた結論に至った。わたしは漠然と、ヒューのせいで神経症になったのだと思うようになった。もとをたどれば結婚したとき、わたしは神経過敏などとはほど遠く、健康そのものだったが、彼は急性消化不良と極度の神経過敏状態で、結婚して二週間というもの、わたしに触れようともしなかった。ようやくことに至っても、神経過敏と恐怖のため、二、三回はインポテントだった。そのときは深いショックを受けた。愛されていないと思ったし、わたしたちの結婚は間違いだったと思った。だが、リッチモンド・ヒルにいたころ、完全にはひとつにならずに戯れるということを始めた。彼がわたしを愛撫し、わたしの脚のあいだで萎えると、彼はそれが交合だと思い込んだ。そうじゃないわ、と言ったのは、わたしがまず痛みを経験し、出血するはずだと知っていたからだ。わたしも処女ゆえに、最終的に身を任せることにためらいがあり、彼の臆病さと優しさもあって、そんな状態が一年も続いた。その間わたしたちは一緒にいくふりをしていた。そうこうするうち、ヒューは少しずつ自信をつけ、ある日ついに、一線を踏み越える強さと激しさをもつに至った。でもそのときですら、わたしが刺激してあげなければならなかった。わたしが快楽というものを知るのは、パリでのある夜を待たなければならないのだが、わたしはいつも愛をもって受け入れるつもりでいたし、愛撫されるのは大好きだった。

次に、わたしはヒューの健康を気遣うようになった。食事に気をつけても、彼は眠れぬ夜をくり返し、弱さと疲労を感じ続け、愛しすぎると彼がもっと弱くなってしまうのではないかと、秘かに怖れた。今朝はふたりとも同じことを考えているのがわかった。それどころか、ヒューが口にしたのは、わたしが彼の弱さを思いやるあまり、完全な性的満足を得られないのではないかということだった。確かにわたしはよく、本当によく、快楽を途中で断念し、放り出してしてしまう。ヒューはエネルギーをあっという間に消耗するし、回復するにも時間がかかる、などとぼんやり考えながら。

わたしが彼の状態や気分に敏感すぎるのは事実だ。それがすぎて、わたしも気が塞いでしまうことになる。

と、ヒューみずからこう言った。「ぼくがきみをこの一点で失望させなければ、きみがジョンに魅かれることもなかったろう……」確かにその通りだ。ジョンはわたしの感覚と肉体のなかで、バイタリティ、力、ぬくもり、正気を体現している。彼がわたしに及ぼす性的な威力について、自分に嘘をついたことは一度もない。この説明をわたしが受け入れるはずもなかったのは、ヒューのせいにしたくなかったからだが、彼みずからそう考えるようになったのだ。めざめて、秘かにこう思った怖ろしい朝のことを、わたしは忘れない。ヒューのもとを逃げ出せたら。彼の不健康さには死ぬほどうんざりだ。あの朝わたしが最後の力をふりしぼって、彼はようやく打ち明けてくれた。もう、精も根も尽きた。でも彼は毒をすっかり吐き出した。これからは自分で回復できるだろう。わたしを失うのではないかという大きな恐怖——彼が子ども時代にした性的ないたずらや、わたしのジョンへの欲望が引き起こす恐怖——それは一掃された。彼もジョンには何かしら脅威を感じていたはずだ。ヒューだってずっとわたしを肉体的に求めていたのだから。彼なりのやり方で、わたしを離すまいとしていたのだ。

もちろん、わたしが無理していたのは確かだ。ヒューの肉体的な問題だけでなく、エドワルドの心理的な問題まで面倒をみようとしたのだから。でもおかげで、何がわたしたちをだめにしているのかわかるようになった。だが、必要があってエドワルドのもとに行けば、彼のケアをすることまで求められ、ついにわたしの神経はこわれた。わたしの人生で今度という今度は、ヒューもかわいそうだが、自分で自分がかわいそうでならなかった。

ヒューとふざけて言ったのだが、これは現代的な三角関係で、彼とわたしともうひとりの男ではなくて、彼とわたしと彼のコンプレックスからなる三角関係だ。しかしヒューにとっては、別の男を撃つ方が易しかったろう。自分のコンプレックスでは、正確な住所もわからないのだから！

一九三一年八月二日

両親の不和は、わたしの子ども時代に甚大な影響を及ぼしたにちがいない。ヒューは正反対で、穏やかで優しく、思いやり深く、測り知れない信頼と誠実さ、理解を示してくれる。それなのにわたしは、彼が突然父のような男に変貌するのではないかと怖れるあまり、よくそんな夢を見る。いままでは、自分でもなぜそんな夢を見るのかわからなかった。わたしは母の苦しみに自分を重ねあわせていたのだ。ヒューの並はずれた優しさで、わたしは本当の幸福、本当の安心を知った。安心の方は、彼の健康への不安で台無しになってしまったけれど。

昨日はヒューに、これでもう三度目だが、心理学を学ぶのがいかに難しいか、やるなら生半可な気持ちではだめだ、ときつく言われた。わたしは怒りと驚きを表した。いままでずっと、彼はわたしが選んですることに全面的な信頼を寄せてくれたから、不意を打たれたのだ。すると彼は、誰でもするようなつまらないふるまいをしてしまった、それはわたしの非凡さを妬む気持ちがあったからだ、と白状した。さらに彼の考えでは、そういう妬みがあるからこそ、おおかたの高学歴の圧倒的な「インテリたち」は、わたしが気の向くままに学んで、こつこつ努力しないことを非難するのだという。わたしのように、努力を重ねて前進するというのでない人間は、確かに癪に障るのだろう。わが親愛なるスコットランド男性には気の毒だが、あれだけフロイトを精読しながら、いまだにわたしをやりこめることもできないのだ。あるときヒューに質問されて、それに対するフロイトの答えを憶えていなかったことがある。そこで、論理的と思われる答えを自分でひねり出した。調べてみたら、まさにそれがフロイトの答えだったのだ。これが真の知識というものだ。フロイトを十二分に消化したからこそ、学んだことを憶えていないようでも、フロイトのやり方で問題が解決できる。言い換えれば、わたしはフロイトを学んだのでなく、フロイトを理解したのだ。

一九三一年八月二十七日

パリ、オテル・ド・パヴィヨン。おお、日記よ、わたしに力をください。今日、ロレンスのように、わたしは死んだ。死ぬのは初めてではないが、今回の死はより深く、苦しみはかつてなく過酷だった。人生は耐えがたい。これまでは何とかもちこたえてきたが、今夜は力尽きた。死を、みずからの死を想う。死は甘美だろう。わけてもわたしの心が明晰さを失ったいまは。苦しみに耐えられない。わたしは沈む《ジュ・デサン》。穏やかに書こう《ジュ・ドワ・エクリール・ドゥースマン》、さもないと、わたしの感覚が病んでいることが誰の眼にも明らかになってしまう《カール・オートゥルマン・ル・デレグルマン・ド・メ・サンス・スラ・ヴィジブル・ア・トゥ》。わたしがそれほど生を崇拝し、しがみつくとは——この生、それはわたしのような者に、崩壊と死を求めさせる。

一九三一年九月二日

S・S・ラファイエット号船上にて。五日間、埋もれていた。眠って、食べて、休んで。何の感覚もない。苦痛に倦いている。読むのも、考えるのも、混沌のなか。ジョン、ジョン、ジョン。気が狂いそうでこわい。音楽がわたしをばらばらにしてしまった。ついに、完全な静止状態から出て、からだがざわついた（でもヒューに求められるのは耐えられない。ただ従っただけ）。今夜、わたしは日記を求めた。生の最初の兆し。ただ触れて、手にとるだけのつもりだった。何にも深く入り込みたくない。ニューヨークと向きあうには、生まれたての力が必要だ。勇気をもとう。そうすればきっと、すぐに終わるはず。早くおしまいにして、人生の歩みを先に進めたい。こんなふうにじっと立ちつくしていること、この混沌、この奴隷状態、この死は耐えられない。

ニューヨーク。ホテル・バルビゾンプラザ。ヒューが電話で話しているとき、ジョンの声が聞こえてきた。わたしは話す勇気がなかった。心臓がどきどきして、からだが震えた。埠頭まで迎えにきてはくれなかった。彼はみんな忘れてしまったのだ。いまはそうわかる。

一九三一年九月十日

ああ、勇気はもてなかった。彼に会って深く動揺し、また死にたくなった。わたしのジョン、わ、た、し、の夢のなかのジョンのように、肉体的にも精神的にも、信じられないほど変わっていた。わたしたちのホテルにリリスとやってきた。ラウンジに座る。階段を上りながらわたしの腕をとり、強く握った。わたしはよろめいたが、応えはしなかった。ひどく震えて、彼のライターで煙草に火をつけることもできなかった。彼は気づいただろうか。いろいろなことをくぐり抜けたあとで、こんな会い方をするなんて、耐えられなかった。リリスとヒューが一緒なのだもの。感情が揺さぶられただけでなく、ジョンが何を考え、見いだしてきたかを知って、知的にも大きな刺激を受けた。それこそわたしの望むすべて、聞きたいと思うすべてだった。

一九三一年十月二日

S・S・ラファイエット号船上にて。でもわたしは、三つのことを達成しないまま彼を諦めるつもりはない。彼にわたしたちの人生を理解させること、彼の知的好奇心と興味を掻きたてること、中途半端に終わってしまった経験を彼が悔いているかどうか、確かめることだ。これを悪魔的なやり方でなし遂げるため、恋人がいる、と言うことにした。水曜日の朝、わたしたちの船出の日に、彼はやってきた。わたしは言った。「幸運を祈ってちょうだい。わたし、二重生活を始めたの」

「恋人がいるということか」

「ええ」

「アナイス！」

彼は途方もなく驚き、動転し、動揺した。

「驚いた?」

「ああ、認めざるをえないね」わたしの手をとると、「ヒューはどうなるんだ?」

「ヒューも同じ経験を生きるでしょう、その時が来れば。それは彼にも言ってあるわ」そして、時が来たら生き抜くと決めた理論をわたしたちは実践しているのだ、と説明した。実はそうではないということは、どうでもよかった。ジョンは杓子定規の人だから、大げさにやらないとわからない。だから、劇的な印象を与えようと決めたのだ。心のなかでは、笑っていた。相手も選んでおいた。同じくらい才能と知性に溢れた男、オルダス・ハクスリーだ。レベルは高く設定しておいた。ジョンは幸運を祈ってくれた。わたしたちの生き方の理論は、肉体的衝動の合理化なのだと言った。彼はその事実を容易には呑み込めないようだった。わたしはこの道を邁進するつもりで、これはほんの始まりにすぎない、などと言ったものだから、なおさらだ。彼の提案は――アメリカ式に――ヒューと別れ、ハクスリーと生きるべきだというものだった。わたしはヒューを誰より愛しているし、一緒に生きたいと思うのは彼だけだと説明した。ことの複雑さは理解したようだが、自分はそんなふうに生きられない、と彼は言った。何ごとも百パーセント、白黒をはっきりさせないとだめなのだ。そんな混乱状態のなかでよくバランスを保っていられるね、と褒められた。わたしはもてる限りの複雑さを披露して、「一種類の愛では満たされない、われわれの性質の諸側面」などというロレンスの言葉を引用した。

オルダスがうらやましい、もし自分がこれほど(ヒューに対して)遠慮深くなければ、同じ立場に身を置いただろう、と彼は言い、わたしの膝に手を置いた(これは別の機会に会ったときはしなかったことだ)。彼が少しは後悔していること、大いに興味を唆られていること、わたしたちの生き方を理解してくれたのは見てとれた。「きみが退屈な人生を送ることはないだろう、いずれにしても」と彼は言った。

いろいろなことを三時間も語りあった、第二のリリスのことまで。「さよならを言うのがつらいね」と彼は言った。

わたしたちは立ち上がった。彼はすぐそばまで来ると、「きみがオルダスのものじゃなければ、キスするところなんだが」

「ヒューのことは忘れてしまったのね」

彼がほかの話題を見つけ、わたしたちはまた腰をおろした。彼はわたしの手をとり、「わかってるね、ぼくがきみをものすごく好きだってことは、アナイス」それから、これまで口にしたことがないことを言った。わたしは精神的にはとても成熟しているが、経験においては幼く、一方が他方に追いつく必要がある、と。わたしが恋人を作る前は、きみは完璧に貞淑であるべきだと言って、自分と同じ生き方をさせる責任を回避したのに、いまごろになって、わたしに不貞の手ほどきをしようというのだ。どうやら彼は、オルダス以降のわたしがとてつもなくおもしろい女になると思ったようだ。内心わたしは、大いに笑ったものだった……

わたしたちは三度《みたび》立ち上がった。彼がわたしの腰に手を回し、ふたりして少しよろけて――わたしは彼の手を振り払った。所有の境界線は厳密に守らなくては！

あとで、ふと思った。オルダス・ハクスリー[*]に会って、このことを洗いざらい話すべきだ。彼ならきっとよろこんでくれるだろう。

それにしても、何て楽しい、愉快な光景なんでしょう。わたしを失ったいまになって、ジョンがこんな

* 実際ニンは、一九五八年、ロサンジェルスでハクスリーと会っている。

にもわたしを意識し、意識するあまり、ヒューへの気遣いも忘れてしまうなんて。わたしはといえば、みずからの悪魔性にご満悦といったところ。わたしの得た認識としては、およそ人は嘘をつかれたがるものだし、想像力は人生を高めるもの、欠落やちょっと退屈な状況があれば、わたしはいつでもまた芝居を始められる。想像上の恋人ですら、理想主義のわたしにはなかった輝きをくれ、ジョンには興味深い三時間をもたらしたのだ。ニューヨークを出発したときは、高揚して楽しい気分だったが、同時に落ち込んでもいた。あんなにすてきなジョンをあとにするのが、残念でならなかった。

それはわたしにとって、芸術的画竜点睛というべきものだった。きわどい仕上がりだと言われるかもしれないが。何かしら彩りを添えるものがあるのは、わたしにとってよろこばしいことだった。それまでは少し、味気ない感じだったから。ジョンがあれほどわたしに好意を示してくれたことはなかった（パリで過ごしたひとときを除けば）。オルダスの名前をちらつかせたおかげだ。

夕方。ヒューとわたしに決定的な危機が訪れた。海を眺めて座っていた。わたしの経験が肉体的なものであればよかった、そうすればわたしがこんなに苦しむこともなかったろう、と彼は言った。肉体をともなっていたら耐えられなかったと言ったでしょう、とわたし。そのとき、すべてをありのままに話すべきだと悟った。おそるおそる話し始めたが、苦しくて、震えてしまった。肉体的な事実も洗いざらい話した。ジョンにキスされ、愛撫され、手で刺激されたこと。わたしも充分に反応し、胸を見たいと言われて、からだを見せたこと。それから、ジョンがいかに性的な衝動を手なずけられず、些末なあれこれやヒューへの思いに囚われていたか。「これでもう、嫌われてしまうわね。わたしは充分に反応したの。中途半端なやり方というのは、わたしにはできない。最後まで行くつもりだったわ」

ヒューはひどく震えていたが、それは哀れみのためだった。わたしをかわいそうだと思い、深く哀れんでくれたのだ。「ぼくらの部屋に行こう。いまの気持ちを話すよ」船室に戻ると、彼は言った。「憶えてるかい？　ぼくが女の子に性器を見せて、アニーおばさんにぶたれた話をしたとき、きみがどう感じたか。そう、ぼくもきみに対して同じように感じている。すごくかわいそうだと思うし、なおさらきみのことが愛おしい。いっそう愛しく感じられるんだ。ぼくに伝わってくるのは、きみの情熱的な性質と感じやすさだけだ。だからこそ好きなんだ、かわいそうなきみ。どれだけきみが苦しんだか、いまようやくわかったよ」

「話したら、わたしたちの肉体の愛が損なわれるのじゃないかって、心配だったの」

「損なわれるって？　ほら、ぼくの気持ちを見てごらん」わたしを求めている証拠を見せ、いつにない激しさでわたしのなかに入ってきた。わたしは感謝の気持ちでいっぱいになった。信じられなかった。彼の哀れみは、すばらしい力でわたしを癒した。わたしたちがともにしてきた人生のなかで、最高の瞬間のひとつだった。彼の哀れみと、賞賛と、信じがたい理解。それより先には行きようもなかった。心から安心した。これほどの愛がありうるとは知らなかった。情熱的に引きあい、一日に三度も、おたがいがおたがいのものになることを求めた。とことん語りあい、完璧で申し分のない理解に至った。ヒューはわたしの日記をすべて読んだ。わたしが愛しているのは彼ひとりだと、わかってくれた。

一九三一年十月十九日

しあわせ、しあわせ、しあわせ。朝から晩まで、歌って歌って、歌いどおし。美しい部屋に射す陽ざし、重厚なペルシャ風のベッドでとる朝食。エミリアの笑顔。大切な、かけがえのない家族――尊敬してやまないホアキン、大事にお世話するお母さん。何でもあれこれ話して、話はつきない。誰が予想したでしょう……。

ホアキンはこのところ体調をひどく崩して、まだ回復しているとはいえない。わたしの部屋の寝椅子《シェーズ・ロン》で休んでいる。わたしもたちの悪いインフルエンザで三日間伏せっていたが、わたしたちは最高にしあわせだ。エドワルドが遊びにきた。彼にもとても優しい気持ちになった。トランクを開けて、新しいレコードをかける。ウルワース〔アメリカにあった格安品の雑貨店〕のカーテン地を母に見せる。新しい本、アメリカ製のシルク・ストッキング、出発のお土産にもらったキャンディの箱を積み上げる。

一刻も早く仕事に取りかかりたい。どうか、どうかエミリア、急いで、わたしの机をもとの小部屋に戻してちょうだい。ああ、やっときた。早くわたしのタイプライターをもってきて。手帳に書き留める。「掃除機を直す。ドレスをクリーニングに出す。梯子にペンキを塗る。カーテンを作る。支払い。シーツを染める薔薇色の染料を入手。手紙を書く」庭仕事もどっさり。家のなかも少しペンキを塗らなければ。郵便配達夫にはもう興味をなくした。わたしはあとをふり返らない。「スウィート・アンド・ラヴリー」〔一九三一年、ガス・アーンハイム・オーケストラによるジャズのヒット曲〕を聞いても、考えるのはこれから書きたい物語のことと、払わなければいけないガス代のことだけ。屋根裏部屋で、きれいなイヴニング・ドレスになりそうなものを見つけた。何もかも新しい。わたしたちの愛も新しい。ヒューも新しい。人生はあまりに豊かだ。すばらしい冒険だ。鎮静剤の量を倍にしても、一向に効かない。新しい至福をいだいた心のなかで、わたしは踊っている。

アナイス・ニンの日記　第一巻（一九三一―三四）

一九三一—一九三四年　冬

ルヴシエンヌは、ボヴァリー夫人が生き、そして死んだ村に似ている。古びて、現代の生活に触れることもなければ、影響を受けることもない。セーヌ河を見おろす高台にあり、晴れた夜にはパリが見える。古い教会の聳《そび》える足もとに、小さな家が軒を連ねる石畳の路、大きい地所と領主館がいくつか、村外れには城がある。かつてデュ・バリー夫人〔一七四六—九三。ルイ十五世の愛妾。王の死後ルヴシエンヌに住んだ〕のものだった土地も。革命が起きて、彼女の愛人は断頭台の露と消え、その首は蔦の絡まる塀を越えて、彼女の庭に放り込まれたという。そこはいま、コティの所有地になっている。

あたり一面に広がる森は、かつて歴代のフランス王の狩り場だった。でっぷり太ったけちん坊の老人が、ルヴシエンヌの大地主だ。さしずめ、バルザックが描く守銭奴といったところ。どんなわずかな出費や修理代にも難癖をつけては、錆や雨、雑草や水漏れや冷気で、貸家をだめにしてしまうのだ。

村の家々の窓の向こうでは、老婆たちが腰をおろし、道ゆく人を眺めている。でこぼこの道を行くと、セーヌにたどりつく。河べりに宿屋とレストランが一軒ずつ。日曜日になると、パリから人がやってきてランチを食べ、セーヌで舟遊びに興じる——モーパッサンが好んだように。

夜には犬が遠吠えをする。庭は夏にはスイカズラの、冬には湿った葉の香りがする。ここととパリを往き来する小さい汽車の汽笛が聞こえる。ひどく古めかしい汽車だ。まるで、プルーストの小説の登場人物がいまも乗り込んで、田舎で食事を楽しもうとしているかのよう。

わたしの家は築二百年になる。壁の厚さは一メートル、広い庭、車用のとても大きな緑の門、その脇には人間用の小さい緑の門が。広い庭は家の裏手にある。正面には砂利の車道と、いまは泥が溜まって蔦の這う池。噴水は墓石のように、ぬっと顔を出す。呼び鈴は巨大なカウベルのように鳴り響く。紐を引くといつまでも揺れて、なかなか鳴りやまない。この音が聞こえると、スペイン人のメイド、エミリアが大きな門を開け、車は音をたてて砂利道をやってくる。

十一の窓が、蔦の絡まる木格子のあいだに並んでいる。中央の鎧戸はシンメトリーのためにだけ置かれているのだが、わたしはよく、閉じた扉の向こうに存在しない、その謎めいた部屋について夢想することがある。

裏手には、広大で人の手を入れていない、鬱蒼と樹の生い茂る庭がある。幾何学的に整えられた庭は好きになれたためしがない。奥まったところが緑深く、ささやかな小川にささやかな橋が架かり、蔦や苔やシダで覆われている。

一日はいつも、車が砂利を踏みしめる音で始まる。

エミリアが鎧戸を押し開けると、家に陽が射し込んでくる。

最初にタイヤが砂利を踏みしめる音がして、ジャーマン・シェパードのバンクォが吠え、教会の鐘が聞こえる。

窓から大きな緑の鉄門を眺めていると、何か牢獄の門のように思えてくる。筋違いな感情だ。だってそうしたければ、いつでもここから出ていけることはわかっている。人間はとかく物や人が障害になるといって責任を押しつけるけれど、障害はつねに自己の内側にあるということも、わかっているのだから。わかってはいても、わたしはよく窓辺に立ち、大きな閉じた鉄の門を眺める。そんなふうにじっと見つめていたら、満ちて開かれた人生を阻む、わが内なる障害が映し出されるとでもいうように。

どんなにたっぷり油を差しても、キーキーと軋《きし》む音が和らぐことはない。何せ二百年間蓄えた錆に、歴史的なプライドをもっているのだから。

でも、人間用の小さい門に蔦の絡まる様子は、走る子どもの額にくしゃくしゃの前髪がかかっているような、どこかけだるく、いたずらっぽい雰囲気がある。いつも少しだけ開いているような雰囲気が。

わたしがこの家を選んだ理由はいくつもある。

それはまるで大地から樹が伸びるように建ち、古い庭にすっぽり埋め込まれていたから。地下室がないので、部屋は地面のすぐ上にいだかれることになる。絨毯の下に大地がある、そう思った。わたしはここに根をおろし、家や庭とひとつになって、植物のように栄養を吸収できるだろう。

まずしたのは、水盤と噴水を掘り出して修理することだった。すると家が生き返った。噴水は陽気にぴちぴちと跳ねた。

愛がやってくるのに備える、そんな思いだった。天蓋を広げ、儀式用の絨毯を敷きつめるように、わたしもまずはすばらしい世界を創り上げて、愛というこの賓客を丁重にお迎えしなければ、というような。

そうやって、お客さまを迎えるつもりで家のなかを歩き回り、染みの出た壁を塗り替え、ランプを灯してバリの影絵芝居を映し、優雅なドレープのついたベッドカバーを掛けて、暖炉に薪をくべた。

ひとつひとつの部屋に、ちがう色のペンキを塗った。それぞれの気分にふさわしい部屋を用意するように。激情には朱、夢想にはくすんだ青緑《ターコイズ》、優しさには桃《ピーチ》、やすらぎは緑、タイプライターに向かうときはグレイ。

ありきたりの人生には興味がない。高揚の瞬間だけがほしい。シュルレアリストたちと同じく、わたしは驚嘆すべきものを追い求める。

こういう瞬間が存在することを、気づかせるような作家になりたい。無窮の空間、無限の意味、果てしない次元があることを示したい。

そうはいっても、わたしが恩寵の状態と呼ぶものは、いつもやってきてくれるわけではない。啓示を受け、熱を帯びる日もあれば、頭のなかの音楽が止まってしまう日もある。そういうときは靴下をかがり、樹を剪定し、果物を瓶に詰め、家具を磨く。でもそんなとき、わたしは生きている気がしない。

ボヴァリー夫人ではないから、わたしは毒をあおったりはしない。作家になればルヴシエンヌから逃げ出せるのかどうかも、よくわからない。『私のD・H・ロレンス論』という本を書き終えたところだ。十六日で書き上げた。パリに行ってエドワード・タイタスと出版の交渉をした。明日にも出版というわけにはいかないのだが、作家が望むのは、まさにオーヴンから出したての熱々の本を、自分のなかに息づいているうちに世に問うことだ。タイタスは校訂のため、わたしの本を助手にゆだねた。

パリに出ることが多くなると、母はたちまち不機嫌な顔を窓から覗かせ、行っておいでと手を振ってくれることもない。そんな母はときどき、わたしがバンクォの散歩に出かけると、カーテンを上げてじろじろと見る老婆のようだ。弟のホアキンは、家中の壁よ溶けよとばかりピアノを弾き続ける。

憂鬱な日は、線路沿いに散歩をする。でも、時刻表をちゃんと読めたためしのないわたしは、いつもちょうどいい時間に着けなくて、生きる困難から救い出してくれる汽車が来る前に疲れてしまい、結局歩いて帰ることになるのだ。事故に遭うかもしれないと思うとぞくぞくするのは、子どものころ九死に一生をの子どもへの贈り物のおもちゃが、ベッドからはみ出すように並んでいたのを、いまも憶えている。

かかえ、間一髪で救ってくれたのだった。その事件はわたしたちの脳裏に深く刻まれた。命の恩人の七人警手が気づいて、七人の子どもの父である彼は、命がけで飛び込んで乳母車を蹴飛ばすと、わたしを腕にた。弟とわたしを散歩に連れ出し、乳母車とわたしを線路のまんなかに置き去りにしたのだ。だが踏切のは生まれたばかりだった)。父はきっと彼女を誘惑して、棄てたのだ。いずれにせよ、彼女は復讐を試み得たトラウマと関係あるのだろうか。ヌイィの家にはメイドがいた(わたしは二歳、弟のトールヴォルド

リチャード・オズボーンは弁護士だ。D・H・ロレンス論の版権のことで相談する必要があった。彼はボヘミアンと大企業の顧問弁護士の両方をやろうとしている。ポケットにお金を入れて事務所を抜け出しては、モンパスナスに行くのが好きだ。誰彼なしに食事や酒をおごる。酔うと、これから書く小説の話をする。ろくに眠らず、翌朝スーツに染みや皺をつけたまま出勤することも珍しくない。そうしたディテールから注意を逸らそうとするように、いつにも増して饒舌かつ能弁に話しては、聞き手に口を挟んだり返事をしたりする隙を与えない。だからみんな、「リチャードは客をなくすぞ。話しだしたら止まらないんだから」と言っている。彼のふるまい方は、まるで観衆を見おろすことができない空中ブランコ乗りのようだ。下を見たら落ちてしまう。落ちるとしたら、弁護士事務所とモンパルナスのあいだのどこかだろう。どこに行けば彼が見つかるのか、誰も知らない。自分のふたつの顔を、誰にも見せようとしないのだから。事務所にいるべきときに知らない女と知らないホテルで眠っているかと思えば、友人たちがカフェ・ドームで待っているときは、事務所に残って働いていたりする。

彼がくり返し語る、ふたつの独白《モノローグ》がある。ひとつは盗作裁判の様相を呈している。どうやら、彼の小説

や芝居やアイディアを盗む連中が大勢いるらしい。彼らを訴えるべく、目下、長文の弁論趣意書を作成中だ。彼らは決まって彼のブリーフケースを盗む。盗まれた小説のひとつはすでに出版され、芝居はブロードウェイで上映中だ。そんなわけで、彼は現在執筆中の小説を、わたしにも誰にも、見せてくれないのだ。

もうひとつの独白は、ヘンリー・ミラーという友人についてのものだ。ヘンリー・ミラーは千頁もある本を執筆中で、そこには、これまでほかの小説に書かれていないあらゆることが書かれている。彼はいま、オズボーンのホテルの部屋に避難中だ。「毎朝出かけるとき、あいつはまだ寝てる。テーブルの上に十フラン置いていくんだ。で、帰るころには、また一丁書き上がっているというわけさ」

何日か前、ヘンリー・ミラーがブニュエルの映画『黄金時代』について書いたものを、リチャードがもってきてくれた。爆弾のように強烈だ。D・H・ロレンスの「私は人間爆弾」を思い出した。

その文章には、原始的で野性的なところがある。わたしがこれまで読んできた作家とは対照的で、まるでジャングルのようだ。ほんの短い原稿だが、言葉は鉞《まさかり》のように投げつけられ、憎悪が炸裂する。テュイルリー公園のまんなかで、激しいドラムの音を聞くようだった。

こんなふうに外界から守られ、上品な世界に住んで、生きたつもりになっている。そんなとき、本を読む(たとえば『チャタレイ夫人』)、あるいは旅に出る、あるいはリチャードと話す。そうして気づくのだ、自分は生きていない、冬眠しているのだ、と。冬眠の徴候はわかりやすい。第一に、不安。第二の兆候(冬眠が危険な段階を迎え、死に至りうる場合)は、快楽の欠如。それだけのことだ。どうということのない病にも思える。単調、退屈、死。そんなふうに生き(またはそんなふうに死に)、気づくことすらない者はいくらもいる。オフィスで働く。車を運転する。家族とピクニックに行く。子どもを育てる。すると何らかのショック療法が行われて——人とか、本とか、歌とか——彼らをめざめさせ、死から救い出すのだ。

めざめることのない者もいる。雪のなかで眠りにつき、決してめざめないい人のように。でも、わたしにその危険はない。なぜってわたしの家も、庭も、わが美しき人生も、わたしを寝かしつけてくれないのだから。わたしは美しい牢獄にいるのだと思う。そこから逃れるには、書くしかないのだ。だからわたしは、感謝の思いを込めてロレンス論を書いた。わたしをめざめさせてくれたのは彼だったのだから。それをリチャードの所へもっていくと、契約書を整えてくれ、ヘンリー・ミラーという友人の話をしてくれた。わたしの原稿を見せると、ミラーは言ったという。「これほど力強い真実が、これほどの繊細さをもって語られるのは、読んだことがない」

「あいつを夕食に連れていきたいんだが」とリチャードは言った。どうぞ、とわたしは答えた。

そういうわけで、繊細さと暴力とが出逢い、あいまみえることとなった。

そこでイメージとして思い浮かぶのは、錬金術師の仕事場だ。美しいクリスタル・ボトルの数々が、こわれやすいクリスタルの管でつながっている。透明な瓶に湛えられているのはただ、宝石のような色に染まる液体、煙る水、蒸気。それは、抽象的で審美的な快楽を外なる眼に与える。実はそれが危険な、死をもたらしうる混合物だという認識は、錬金術師だけが手にしている。

わたしはよく整えられた魂の実験室だと感じる——わたし自身も、わたしの家も、わたしの人生も——そこでは真に創造的な、または破壊的な、爆発的な実験は、まだ何ひとつ始まっていない。瓶の形や、化学物質のいろいろな色が好きだ。瓶を集めていて、錬金術師の瓶のように見えてくればくるほど、その雄弁な形が好きになる。

ドアの所に立って待っていると、ヘンリー・ミラーが歩いてくるのが見えた。わたしは一瞬瞼を閉じて、もうひとつの内なる眼で彼を見ようとした。彼は暖かくて、ほがらかで、ゆったりした、自然体の人だった。

彼が人混みのなかを通り過ぎても、誰の眼に留まることもないだろう。すっきりと痩せて、背は高くない。仏教の僧、薔薇色の肌をした僧のようだ。やや薄くなった頭をきれいな銀髪が光輪のように囲んで、唇はたっぷりして官能的だ。青い眼はクールに観察しているが、口もとに感じやすさと傷つきやすさが現れている。彼が笑うと、まわりもつられて笑ってしまう。声は黒人の声のように、どこかくすぐったくて暖かい。

会ってみたらそんなふうで、彼の書くものにある荒々しさ、暴力性、生命力、戯画性《カリカチュア》、ラブレー的な笑劇《ファルス》や誇張とは無縁の人だった。眼の端に宿る微笑は道化師を思わせ、甘く柔らかい声は喉を鳴らす猫のようだ。彼は人生に酔う男だ。酒など飲まずとも、みずから創り上げた至福の海を漂っている。

リチャードとホアキンが真剣に議論している最中に、ヘンリーが笑いだした。リチャードが困惑した表情を浮かべると、「きみのことを笑ってるんじゃないよ、リチャード、ただおかしくてさ。誰が正しいとかそんなことはどうでもいい。最高の気分なんだ。いまこの瞬間、ぼくはしあわせだ。いろんな色に囲まれて、暖炉は燃え、うまい食事、ワイン、この瞬間のすべてがただすばらしい、あまりにすばらしい……」自分の言葉を味わうように、ゆっくり話す。彼はまったき現在に身を置いていた。穏やかで、率直だった。うまい飯が食えるぞとリチャードに言われて来ただけだ、と白状した。それがいまや、わが家の隅から隅まで知りたがり、誰と誰が住んで何をしているのかと、気兼ねも遠慮もなく質問攻めだ。ヘンリー・ミラーはホアキンと音楽について、ホアキンの作曲した曲やコンサートについて話した。母と握手し、庭を歩き、蔵書を眺めた。好奇心の塊だ。そうして暖炉のそばに腰をおろすと、自分のことを語り始めた。

「昨夜は街の映画館《シネマ・ド・カルティエ》で夜明かしだ。ほかに行くとこがなくてね。リチャードは部屋で彼女とお楽しみってわけでさ。同じ映画を三回も見ちまった。女優が妻のジューンに似てたんだ。それからシートに潜り込んで眠った。朝になるまで掃除なんかしないし、朝になればなったで、掃除婦《ファム・ド・メナージュ》はぼくを見るなりぶつぶつ言って追い出しやがる。ひとけのないの映画館で過ごしたことがあるかい？　映画ってのは一服の麻薬みたいなものだ。だから観終わって街に出るとショックを受け、乱暴に夢から覚まされる。だが中にいる限り、めざめることはない。夢は作用し続ける。少しうとうとしては、スクリーンに浮かぶ映像を眺めた。すると、映画なのか夢なのか、区別がつかなくなってしまった。ぼくが見たのは、妻のジューンがある朝ニューヨークで、こう宣言したときの姿だった。「あなたいつも、パリに行って作家になりたいって言ってたでしょう。ほら、お金はあるわ。でもわたしは一緒に行けない。あとから行くわ」スクリーンに映し出されるのは嘘つき女の物語で、嘘をついては、チクショウ、そいつを現実にしてしまうんだ。女優になりたいからって、一等有名な役者との恋物語をでっちあげて吹聴する、それがあんまり巧みで、色鮮やかに話すもんだから、役者みずからやってきてご対面とあいなった。で、女はそんなことに及んだわけを説明したが、そうしながらも、ふたりのあいだに起きた「あれこれ」をいかにも魅力的に語るから、男はそのまま彼女の作り話を現実にしてしまったというわけさ、まるで予言だったかのようにね。妻のジューンも、そんなふうにぼくを混乱させるんだ。彼女はニューヨークに残ってぼくの渡航費を稼いだ。どうやって稼いだかなんて聞かないでくれよ。突きとめようとするたび、複雑怪奇な物語やたくらみ、奇跡的な取引の迷路に迷い込んで、もういいやってことになっちまう。彼女ときたら、やることなすことまるで手品なんだ。「パリに行きたいの、ヘンリー？　何とかするわ。家賃を払わなきゃ。大家に相談しましょう」

彼女を見てると、南フランスで会ったジプシーを思い出した。家に帰ってスカートをもちあげると、あら不思議、くすねた鳥が一、二羽現れるというわけさ。ジューンの話は嘘だと思ったが、証明することはできなかった。ただ書き続ければいいのよ、物や機知によるのでなく、彼女自身を与えることによるものだという気がした。彼女の駆け引きの才は、そんなこととみんな忘れておしまいなさい、と言うんだが、書くことなんかできやしない。彼女はみんなのように働きにいくでもなし、どうやっていろいろな問題を解決したのかと、ありったけの時間を使って考えた。単刀直入に聞いても答えてはくれない。真の知性は想いを隠すことのうちに宿ると信じる、アラブ人のようだった。でも、チクショウ、想いを隠すのは敵からであって、夫や恋人や友人からじゃないだろう。彼女のいつもの言い分はこうだ。何を考えているか言わないのは、何を言ってもぼくがねじ曲げて、カリカチュアにしてしまうからだ、と。だけど、ぼくがそうするのは怒っているときだけだ。彼女が本を読んだとする。と、いずれ判明するのは、その本は誰かにもらったもので、その本についての彼女の意見は贈り主のものだということだ。あげくの果てには、ぼくにドストエフスキーやプルーストを最初に読ませたのは自分だと言いはる始末さ。ぼくはどうして過去形で話してるんだろう。一、二週間もしたら彼女がやってくるというのに」

彼のふたつの面が同時に顔を見せた。人生への受容性・受動性と、自分にふりかかるいっさいのものへの反発と怒りだ。彼は耐えた。だから今度は報復しなければならない、おそらくは、書くことで。作家の反応は、遅れてやってくる。

ジューンは人を苦しめる。彼はくるりと背を向け、ややこしいこと抜きに楽しめる世界へ入っていく。

「娼婦はいいぞ。何の気どりもない。人の眼の前でビデを使うんだ」

ヘンリーは神話の動物のようだ。彼が書くものは燃えあがり、流れ落ち、混沌として捉えがたく、危険に満ちている。「ぼくらの時代は暴力を必要としているんだ」

彼の書くものには力があって、わたしは好きだ。醜悪で、破壊的で、怖れを知らぬカタルシスの強さ。彼のなかにはいろいろなものが奇妙に混ざりあっている――生命の崇拝、熱狂、あらゆることへの猛烈な興味、エネルギー、豊穣、笑い――かと思えば、急に破壊の嵐が吹き荒れて、わたしを戸惑わせる。何もかも吹き飛ばされてしまう――偽善、恐怖、こざかしさ、欺瞞。それは本能の申し立てだ。彼は一人称を、実名を使う。秩序も形式も、フィクションそのものも拒否する。滅茶苦茶と思わせるやり方で、一度にいくつものレベルで書く。

わたしはかねて、アンドレ・ブルトンの自由を信奉してきた。思うままに、感じ、考える秩序と無秩序において書き、感覚を追いかけ、できごととイメージの不条理な相関関係に従い、そうして導かれる新たな領域に身をゆだねる。「驚異的なるものの崇拝」また、無意識による導きの崇拝、神秘の崇拝、まやかしの論理の忌避。ランボーが宣言した無意識の崇拝。それは狂気とはちがう。硬直的なことどもや、合理精神が作る型を超越する試みだ。

ヘンリーのなかには、こうしたすべてが奇妙に混ざりあっている。一冊の本、ひとりの人間、ひとつのアイディアで、彼はたやすく足をすくわれる。楽器も弾くし、絵も描く。

彼は何ひとつ見逃さない。おなかの膨らんだワインボトルも、湿った薪が暖炉でたてる音も。あらゆるもののなかから、自分が楽しめるものだけを選びとる。エミリアのかすかな斜視さえ、彼には楽しい。ゴヤが描いた人物を思い出すのだという。壁の色も楽しい――いろいろなオレンジに、いろいろなブルー。

彼はあらゆることによろこびを見いだす――食べ物に、おしゃべりに、酒に、門の呼び鈴に、しっぽで家具を叩きながら駆けてくるバンクォの、元気いっぱいな様子に。

わたしは十六歳で美術モデルをしていたから、人生経験も豊富にちがいない、と彼は思っている。わたしの初心《うぶ》さ加減は彼には信じがたいだろう。彼の使う言葉をいくつか辞書で引いてみたが、載っていなかった。

彼が帰ってしまうと、楽しい気分はすっかりしぼみ、彼がわたしに興味をもってくれるはずなどないと思った。彼は過剰に、無頼に、まるごと生きて、ドストエフスキーが描く人物のような深みを生きてきた人なのだから、何も知らない女だと思われるのが関の山だ。ヘンリーがわたしのことをどう考えようと、それが何だというのだろう。わたしの正体など、あっという間に見抜かれてしまう。彼は何でもカリカチュアにしようとする。いずれわたしもそうなる運命だ。なぜわたしは素の自分をさらけだせないのだろう。それればかりか、いろいろな役割を演じたりもする。なぜあれこれ気に病むのか。でもそうせずにいられないのだ。感情に流されやすく、感じやすいために、足もとをすくわれる。ヘンリーとジューンの「逞しさ《タフネス》」に魅かれる。わたしには新しい世界だ。

戯画や風刺を描くには、相当の憎悪が必要だ。

わたしには憎悪というものがない。あるのは共感だ。わたしにあるのは崇拝と情熱、または共感と理解だ。憎むことは滅多にない。だが、ヘンリーの激しい反逆には感じるところがある。彼のとてつもない怒り。彼のよろこびと怒りのパラドクスは、わたしには測り知れない。わたしの反逆はどれも隠蔽され、抑制された、間接的なものだった。彼のは、あけっぴろげな革命だ。わたしがエミリアに気を遣うといって、ヘンリーは笑う。あいつの頭はからだ全体のバランスからいってでかすぎるよ、とヘンリーが笑い飛ばすのを、彼女に聞かせたくなかったのだ。わたしは強い憎悪からからかったり戯画にしたりすることはないし、嫌いなものについてあれこれ言うこともない。愛することの方に心を傾ける。ヘンリーのように、旧弊な小説家を罵ることもない。わたしはD・H・ロレンスを選び、彼に夢中になった。政治に悪態をつくこともない。無視するだけだ。わたしは自分が愛せるものを選びとり、それに心を傾ける。いまはヘンリーに——自分に自信がなくて、自己批判的で、誠実で、そして内に大きな力を秘めたあのひとに、心を奪われている。わたしは愛するのに忙しい。彼に必要なものは何？　何もかもだ。浮浪者みたいなものなのだから。寝るのも所かまわず、友人の家、駅の待合室、ベンチ、映画館、公園と、どこでもお構いなしだ。服だってほとんどもっていない。人の服を着ているのだ。

彼は最初の本（『クレイジー・コック』）を書き直しているところだ。その日その日を、人から借りたり、恵んでもらったり、たかったりして生きている。プルースト選集がほしいという。わたしはそれに往復切符を添えて送る。好きなときわたしに会いにこられるように。彼はタイプライターをもっていない。だからわたしのをあげる。彼は大食漢だ。だから豪勢な食事を作ってあげる。わたしは彼に家を、収入を、安心してものが書ける環境をあげたいのだ。

今日、ヘンリーが再びやってきた。二番目の妻、ジューンの話をしていった。ジューンは物語の宝庫だ。子ども時代や生まれ故郷、両親、人種的起源について、幾通りもの話を語って聞かせたという。最初のヴァージョンでは、母親はルーマニアのジプシーで、カフェで歌ったり占いをしたりしていたそうだ。父親はギター弾きだったという。アメリカに来て、ふたりは主にルーマニア人相手のナイトクラブを開いた。それはルーマニアでの生活の延長といってよかった。だが、そういう環境のなかで彼女は何をしていたのか、とヘンリーが訊くと——歌を歌っていたのか、占いをしたのか、踊りを習ったのか、長い三つ編みに白いブラウス姿だったのか――答えは返ってこなかった。イギリスの舞台俳優が話すような美しい英語を彼女がどこで身につけたのか、ヘンリーは知りたがった。そこで彼女をルーマニアレストランに連れていき、音楽や踊りや歌や、刃物のような視線を投げてよこす肌の浅黒い男たちに、彼女がどんな反応を示すか試してみた。ところがジューンはそのときはもう、自分が話したことなどすっかり忘れて、その場をぼんやり眺めているだけだった。本当のことを言ってくれ、とヘンリーが迫ると、また別の話を始めた。それによると、彼女は旅の途中で生まれた子で、両親は旅回りの芸人、父はサーカスのマジシャンで、母は空中ブランコ乗りだったとか。

また別の物語では、父親は女たらし《ドンファン》で、その不実さが彼女の幼年期に影を落とし、無常感や男性不信に繋がったのだという。「マジシャン」の父の話を聞かされたとき、ヘンリーは「ドンファアン」の話をしてみた。それでも彼女は動じなかった。「それも本当よ」と言うのだ。「不実なマジシャンだっているわ」

初めて会った日から、わたしにはわかっていた。ヘンリーはいつも陽気に、まさに外部に、光のなかを生きてきた人だったのに、われ知らずこの迷宮に、好奇心と事実を愛する心によってひきずり込まれたのだ、と。率直な写真家のように、彼は自分の眼で見たものしか信じなかった。だがいまや、反射と再反射を無限にくり返す、鏡の列に迷い込んだことに気づいたのだ。

ジューンはきっと、ヴェールを纏い、モロッコの街角を曲がる姿がちらりと目撃される人のようなのだ。頭の先から足の先まで白い木綿にすっぽりくるまり、底知れぬ深みを湛えた瞳から、きらりと光る一瞥を旅人に投げる。彼女こそ彼が追い求める女だったのだろうか。彼は彼女を追わずにいられなかった、物語から物語へ――旅の浮き草のような幼年期から、万華鏡さながらの思春期、さらに怒濤の、だが煙で霞んだように謎に包まれた成熟期へと。パスポートの役人さえ、彼女の身元を突きとめるのには手を焼くだろう。

ヘンリーには征服者の原始的な衝動がある。ジューンと出逢った日から、彼は現実と幻想の闘争とみずからみなすものの虜になった。迷宮を征服し、攻め入るのはたやすいことではなかった。人間の脳には、等高線のような小径や迷宮さながらの交差路がいっぱいに詰まっている。その曲がりくねった襞のなかに、幾多の映像が刻まれ、無数の言葉が記録されている。

東洋の都市には、複雑に入り組んだ街路で敵の眼を眩《くらま》すべく設計されたものがある。迷宮に身を潜める者にとって、その曲がりくねった道は身を守るすべとなり、侵略者の眼には怖るべき謎と映った。

ジューンはきっと、わが身を守るために迷宮を選んだのだ。

ヘンリーがジューンについて語ること、彼の憑かれたような好奇心を理解しようとしながら、彼女の気持ちがわかるわ、と言ったことがある。だが彼に言わせれば、「きみたちはまるでちがうよ」ということになる。

「きっと彼女は思ったのよ」とわたしは言った。「彼女の物語が終わってしまったら、あなたはもう興味をもってくれないだろうって」

「でもそれはまるで逆なんだ。ぼくが感じていたのは、彼女が真実を話してくれる日が来たら、そのときこそぼくは彼女を本当に愛し、自分のものにするだろう、ということだった。嘘こそがぼくの敵だったんだから」

彼女は何を隠そうとしていたのだろう。なぜ彼は探偵の役を引き受けたのか。

ヘンリーはいたって率直に見える。熟慮の末に話すなんていうこととは無縁で、自然体そのもの、直接的であけっぴろげで無防備だ。思考や感情を抑えるということがない。人を裁断するつもりも、裁断されるつもりもさらさらない。ただ、彼は風刺家だ。ジューンは彼の風刺のセンスを怖れたのかもしれない。彼の怒りが危険なものであるのはわたしにもわかる。自分が求めるもの——真実であれ、援助であれ——を与えてくれない者は、ひどい描き方をする。彼は詩や美を疑ってかかる。美なんて所詮つくりものさ、とでも言いたいみたいだ。真実は、審美性を剥ぎ落とされた人や物にのみ宿る。

彼はジューンの肉体を愛し、その本質を突きとめようとしながら、その本質の正体を知って失望したのだろうか。

彼の話を聞いていて、アラブ人は胸の内を明かす人間を尊敬しない、とどこかで読んだことを思い出した。アラブ人の知性は、直接的な質問を回避する能力によって測られる。それはインド人やメキシコ人にもいえることだ。問いかける者はつねに疑心暗鬼の状態に置かれる。ジューンはきっとそういう人種に属していたのだ。彼女は本当に、数千年前、顔も胸の内もヴェールで覆った民族の子孫なのだろうか。彼女はどこからやってきたのだろう。神秘への人種的献身とでもいうものを、あれほどまでに理解しているとは。

ヘンリーには、子どもじみた質問をしたり詮索したりする癖がある。好奇心が満たされてしまえば、「ほらね、何もなかったでしょ」とでも言いたげだ。彼はマジシャンの小道具の後ろに回る男、フーディニー〔一八七四―一九二六。ハンガリー出身、アメリカで活躍したマジシャン〕の正体を暴く男だ。

彼は詩を憎み、幻想を憎む。みずからの生々しい告白と同じものを他者にも求める。覆いを剥ぎとり、暴くことへのこの飽くなき情熱ゆえに、煙の立ちこめるジューンの世界へ、否応なく入っていったのだろう。

最初に聞いたときは、恋する者なら誰しも取り憑かれる想いのように見えた。彼女はぼくを愛しているだろうか。ぼくだけを愛しているだろうか。ぼくを愛するようにほかの男も愛するのだろうか。そもそも愛する男はいるのだろうか。

だが、それだけではなかった。彼がプルーストのどの一節に印をつけたかというと——アルベルティーヌは、わたしは愛する、わたしは欲するとは言わない。人が彼女を欲し、彼女を愛するばかりだ。そのようにして、彼女はあらゆる責任を逃れ、あらゆる関わりあいを回避したのだった。

彼が全世界を扱うやり方は、男が娼婦を扱うやり方とされるものと同じだ。欲望し、抱き、そして棄てる——知るのは飢えと、そののちの無関心ばかり。

彼は心優しい野蛮人だ。みずからの気まぐれ、気分、リズムのままに生きて、他人《ひと》の気分や必要などおかまいなしだ。

ヴァイキング・カフェにて。全体に木造りで、天井が低く、壁はヴァイキングの歴史を物語る絵で覆われている。ヘンリーの好きな強い酒が運ばれてくる。ほの暗い照明。古いガリオン船でノルディック海を渡っている気分だ。

ヘンリーはジューンの話をする。わたしは耳を傾け、理解しようとする。

彼はひどく傷ついた男だったのだろうか。傷ついた男は危険だ。ジャングルの手負いの獣のように。ジューンは彼のなかに自分の歪んだイメージを見るのがこわいのかもしれない。彼はすでに彼女について、わたしなら耐えられないようなことを書いている、情け容赦もなく。いろいろな人の歪んだイメージが彼の話から浮かびあがる。まるでみんなヒエロニムス・ボッシュだ。醜さだけが現れる。彼の話を聞いていると、東洋人が肖像画を描かれたり、写真を撮られたりするのを怖れる意味がわかる。

かわいそうなジューンはわたしとちがって、自分の肖像を描けない。どうやらヘンリーはすでに、わたしの頭の回転の速さ、爪先回転《ピルエット》でくるくる回るような機敏さを警戒しているようだ。彼の質問には率直に答えているというのに。

ジューンにほかの恋人がいるか、女を愛する女なのか、麻薬に手を染めているのか否かを知ろうとするあまり、ヘンリーは真の謎を見逃しているように思える。なぜ、そういう秘密を彼女が必要としたかということだ。

ジューンの謎に思いをめぐらせる、わたしたちの会話は真剣そのものだが、ヘンリーと会うのは、いつもお祭りの日のようだ。彼はある日は作業着で現れたかと思うと、リチャードのお下がりを着てくることもある。彼にはぶかぶかなのに。

彼はすべてを、化粧を落とし装飾を剥いだ姿で捉えようとする。髪を梳かす前の女、つくりものの笑顔とつくりもののボウタイを纏う前のウェイター。彼の自然主義への探求も、シャドウをべったり塗ったジューンの眼を前に立ち往生することになった。わたしの眼にも、彼の言う通りの彼女が、昼の光が触れえない女が見える。

「彼女は昼の光を忌み嫌う」

ヘンリーはぎらぎらと情け容赦なく外を照らす昼の光、彼女は夜を好む――わたしはそこに、ふたりの葛藤の核心を見る。

彼の小説を読んでもわかるが、ジューンと出逢うまで、女たちは彼のなかでごちゃ混ぜの、交換可能な存在だった。彼の欲望は、ひとりひとりの女を深く知りたいという欲望になったことがなく、彼女たちは顔もなくアイデンティティもない、性的対象物にすぎなかった。

彼は女たちのアイデンティティだの個性だのにかかずらったためしはない。だが、みずからの正体も個性も明らかにしないジューンを前に、ヘンリーの探求が始まったのだ。

なぜ彼女は彼の注目を引きつけておくことができたのか。ほかの女たちより豊満な肉体を、心に突き刺さる声を、あでやかな微笑をもっていたからだろうか。彼は彼女を小説のなかで色鮮やかに描く。

もしかしたら、ジューンがいろいろなことを彼から隠しているというより、そこにあるものをヘンリーが見損なっているのだろうか。そんなふうに思うのは、わたしをたじろがせないジューンの姿が見えるようになったからだ。いろんな人が自分に夢中だとそんなにも言うのは、彼女が彼らを愛しているかどうかを隠すためではなく、それが彼女の関心事だからだ。愛されることへの欲望。支離滅裂な告白、とりとめのないおしゃべり、一連の作り話のなかに、直接的な質問を避けてほかの手がかりを差し出すジューンが見える。

彼が彼女に最初に送った手紙は、熱に浮かされた譫言《うわごと》のようなものだった。彼女はそれを母親に見せた。ジューンはヘンリーが麻薬中毒かどうか知りたがったが、その質問はヘンリーを面食らわせた。彼の陶酔はイメージと言葉と色彩によってもたらされるものだからだ。自由奔放な想像力が彼女のなかで麻薬使用と結びつくとしたら、ジューンこそ麻薬の経験があるのではないか、と彼はふと思った。

どうしてそんなことを思いついたのか、と彼は彼女に訊いた。彼は芸術家としての自分にプライドをもっているから、あらゆるイメージは内発的な化学から生まれるもので、人工的な合成物とは無縁だと考えていた。

ジューンはゆるりと質問をかわした。「彼女はよく麻薬の話をするが、直接経験があるとは決して認めないんだ」これは、ヘンリーが解き明かすことを願ってやまない謎のひとつになった。

　ふたりが魅かれあったのは、幻想を曝く彼の必然があり、幻想を創る彼女の必然があったからにちがいない。悪魔的な契約。どちらか一方が勝者とならねばならない――現実主義者か、神話の創り手か。ヘンリーのなかの小説家は探偵となり、外見の裏に横たわるものを突きとめようとし、ジューンは女性性の自然な発露として神秘を創り上げる。

　ほかにどうしたら、彼の興味を千夜も保つことができよう。そうして彼はすでに、わたしをこの探求に巻き込もうとしているようだ。

　思考や感情を露わにされることに対して、彼女は象徴的な抵抗を試みる。それがヘンリーのなかに、ストリップ・ショーを見るようなサスペンスをもたらす――女は舞台で肉体の一部をさらしては、全裸を見られる寸前に消えていく。

　彼はノートを片手に迷宮に分け入る。彼女の立場なら、わたしも心を閉ざしたかもしれない。充分な数の事実に注釈をつければ、彼はついに真実を手にするだろう。彼の覚え書き――黒いストッキング、ぱんぱんに膨らんだバッグ、はずれたボタン、髪はいつもぼさぼさだったり、まとめたつもりでも崩れ落ちそうだったり、瞼にはいつも髪がかかり、せわしなく着替え、動き回り、息つく暇もない。学校はどこへ行ったか、子どものころどこで過ごしたかは、決して言おうとしない。ふたつの異なる作法を身につけている――ひとつは洗練されて優美、もうひとつ（癇癪を起こしたとき）は浮浪児のように下品だ。それぞれが服装への姿勢にも対応している。あるときは穴の開いた靴下に汚れたジーンズ、安全ピンであちこち留めていたりする。かと思えば、あるときは手袋や香水を買いに走る。だがどんな時も、眼には入念な化粧を怠らない――エジプトのフレスコ画に描かれる眼のような。

「彼女は幻想をほしがる、ほかの女が宝石をほしがるように」

ヘンリーにとって幻想と嘘は同義だ。芸術も幻想も嘘であることに変わりはない。装飾だ。この点については、彼と距離を感じる。まったく同意できない。でもわたしはあえて何も言わない。彼は苦しんでいるのだ。闘牛用の銛《バンデリヤ》を、毒矢をからだに刺されて、自分で引き抜くことのできない男が彼だ。時にこう叫ぶ。「きっと何もないんだ。きっと神秘とは、神秘など何もないってことだ。おそらく彼女はからっぽで、ジューンなんて女は存在しないのさ」

「でもね、ヘンリー、どうしてからっぽの女がそれほど強烈な存在感をもつのかしら。どうしてからっぽの女が不眠症を引き起こしたり、そんなに多くの人の好奇心を掻きたてるの？　どうしてからっぽの女の前から、ほかの女たちがしっぽを巻いて逃げ出したりするの？　あなたが言うように、女たちは彼女を見るとたちまち降参してしまうのだとしたら」

何てわかりきったことを訊くのかしら、という笑みをわたしが浮かべたのに気づくと、一瞬、彼の敵意はわたしに向けられた。

わたしは言った。「きっとあなたは、スフィンクスに正しい問いを投げなかったのよ」

「きみなら何と訊くというんだ」

「わたしなら、秘密や嘘、神秘や事実に拘泥したりしない。そもそもなぜそういうものが必要とされたのかに関心をもつわ。どんな怖れなのか」

これはヘンリーには理解できないことだろう。彼は事実の大収集家だが、ときに本質は彼の手をすり抜けていく。

一九三一年十二月三十日

ヘンリーがジューンとルヴシエンヌにやってきた。

ジューンがわたしの方へ、庭の暗がりからドアの明かりのなかへ歩いてくるのを見たとき、わたしは生まれて初めて、この世で最も美しい女性を見た。はっとするほど白い顔、燃えるような黒い瞳、その顔は生気に溢れ、眼の前で燃えつきてしまいそうな気がした。何年も前、本当に美しい女とはどういうものか、想像しようとしたことがある。わたしが胸に思い描いたのは、まさにああいう女《ひと》だった。彼女と会ったのは昨晩が初めてだ。でも、あの青白く光る肌の色、女狩人の横顔、美しい歯並びを、わたしはずっと前から知っていた。彼女は風変わりで気まぐれで神経質で、高熱に冒された人のようだ。わたしは彼女の美に溺れた。彼女の前に座っていると、彼女に望まれたら何でもしてしまいそうな気がした。ヘンリーは一気に霞んだ。彼女は色彩であり、輝きであり、不可思議だった。

だが夜が更けるころには、わたしは彼女の支配から抜け出していた。彼女が話すのを聞いたら、一気に熱が冷めた。巨大なエゴ――まやかしで、愚かで、わざとらしい。彼女はみずからの個性――官能と経験をたっぷり含んだその個性を、引き受ける度量に欠けている。役割に囚われているだけだ。彼女がこしらえるドラマのなかで、彼女はいつも主役だ。確かにまぎれもないドラマ、まぎれもない混沌と感情の渦を創り出すだろう。だが、そこで彼女が果たす役割はポーズにすぎないような気がする。あの夜、わたしが見せた反応にもかかわらず、彼女はわたしが望むであろうすべてになろうとした。一瞬一瞬、彼女は女優だ。わたしにはジューンの核がつかめない。ヘンリーが彼女について言ったことは、どれも真実だった。夜が更けるころには、わたしもヘンリーと同じ気持ちになっていた。あまりに多くを約束する彼女の顔と肉体に魅せられながら、彼女がでっちあげた、真の自己を隠す自己を憎んでいた。この偽の自己は他者の賞賛を掻きたて、彼女にまつわり彼女をめぐる言葉や行為を促す。彼女の顔と肉体をめぐって生まれたこれらの伝説と向きあうとき、彼女はなすすべがないのではないか。自分がそうしたものにふさわしいとは思えないのではないだろうか。

あの夜彼女は、「その本は読んでいない」とは決して言わなかった。明らかに、ヘンリーから聞いたことをくり返していた。彼女の言葉ではなかった。あるいは、イギリスの女優のような上品な言葉を話そうとしていた。

熱っぽい調子を抑え、静かな家の雰囲気に合わせようとしていたが、ひっきりなしに煙草を吸うことと、落ち着きのなさはいかんともしがたい。手袋をなくしたことをひどく気にしていた。まるでそれが装いの重大な瑕疵で、手袋をつけることがとてつもなく重要なことであるかのように。

奇妙なことだった。つねに誠実とはいえないこのわたしが、彼女の不誠実さに驚き呆れていた。「彼女は異常だと思う」というヘンリーの言葉を思い出した。彼女の虚偽の深さは怖ろしい。深淵のようだ。流れゆき、逃れゆく。ジューンはどこにいたのか。ジューンとは誰だったのか。他人の想像力を掻きたてる女がいた。それだけのこと。彼女はまさに演劇の本質だ。想像力を掻きたて、経験の強度と高揚を、豊穣を、あれほど期待させておきながら、彼女その人が立ち現われることはついになく、くだらないことをべらべらしゃべり続けて煙に巻くばかり。人は刺激され、心動かされ、彼女について書き、彼女を愛する。ヘンリーのように、われ知らず。でも、ジューンは？　彼女は何を感じているの？

ジューン。夜、彼女の夢を見た。現実の彼女のように堂々と人を圧する姿ではなく、とても小さくて、はかなげで、そんな彼女が愛おしかった。わたしが愛した小ささと傷つきやすさは、彼女の桁外れのプライドによって、能弁さによって偽装されていると思った。それは傷ついたプライドだ。自信がないからこそ、飽かず賞賛を渇望するのだ。彼女は他者の眼に映る自分の姿の上に生きている。彼女には自分自身であろうとする勇気がない。ジューンを捉え、知ろうとしても、そのジューンはいない。彼女もそれを知っている。愛されれば愛されるほど、わかってしまうのだ。あるたぐいまれな美女がいて、昨夜わたしの経験のなさに気づき、みずからの経験の深さを隠したことも、彼女は知っている。

　はっとするほど白い彼女の顔が庭の暗闇に浮かび上がると、わたしのためにポーズをとり、そして彼女は帰っていった。駆けよって、その現実離れした美しさにくちづけ、言いたかった。「ジューン、あなたはわたしの誠実さをも殺してしまった。もうわたしは自分が誰なのか、何なのか、何を愛し、何を欲するのか、二度と知ることはないでしょう。あなたの美しさがわたしを、わたしの核を呑み込んでしまったの。あなたのなかに映るわたしのかけらを、あなたはもち去る。あなたの美に打たれて、わたしは溶けてしまった。深いところでは、わたしはあなたと何ら変わらない。わたしはあなたを夢見て、あなたの存在のありようを望んだ。あなたはわたしがそうなりたいと願う女。あなたのなかに、あなたであるわたしのかけらが見える。かわいそうでならない。あなたの子どもっぽいプライドや、おどおどした自信のなさ、できごとを劇化し、自分に与えられる愛を美化するところ。わたしはわたしの誠実さを明け渡します。だって、わたしがあなたを愛するなら、わたしたちは同じ夢想、同じ狂気を共有するのだから」

　ヘンリーは彼女を傷つけるが、彼女の肉体と魂がばらばらにならないようにしているのも彼だ。彼への愛だけが、彼女をひとつに繋ぎとめている。

　ジューンとわたしは夢想を真に受けて、人生を芝居のように生き、好んで衣装や自己をとり替え、仮面と変装を愛することに対して、魂で代価を支払った。でもわたしはいつも、現実の何たるかを知っている。

ジューンは？

ジューンに、また会いたくなった。彼女が暗闇から再び現れたとき、この前よりいっそう美しく見えた。それに、この前よりくつろいだ様子だった。コートを置きに階段を上って寝室に行くとき、階段の途中でターコイズブルーの壁を背に、ライトが自分を照らす所で立ち止まってみせた。ブロンドの髪を高い位置で無造作にまとめ、青ざめた顔、鋭角的に引いた眉、悪そうな笑顔に、無邪気なえくぼ。信用できない、そう感じながら、どうしようもなく欲望を掻きたてられ、死に引き寄せられるように、彼女の方に引き寄せられる。階下《した》ではヘンリーが、ほがらかな大声で笑っている。あけっぴろげで単純で、ヘンリーには秘密や危険のかけらもない。少しして、彼女は背もたれの高い椅子に座った。後ろには本が並び、彼女の銀のイヤリングが揺れる。彼女はヘンリーに優しさも思いやりも感じられない口のきき方をして、からかい、情け容赦がない。ここへ来る前にしたという喧嘩や、ほかのいろいろな喧嘩の話をふたりはした。その怒り、激しさ、辛辣さをまのあたりにして、彼らが戦争状態にあることがわかった。

ホアキンは控えめで、激しさを好まず、醜いものや暴力を避ける人だから、ふたりの激情が爆発しないように仕向けた。彼がいなければ、激烈で非人間的な闘いが繰り広げられていただろう。

食事になると、おなかをすかせたヘンリーとジューンは食べるのに忙しくて、口数は少なかった。それからみんなでグランギニョルに行った。ジューンは初めて観るという。だが、あの喜劇と恐怖の極みも、彼女の心を動かすことはなかった。たぶん生ぬるかったのだ、彼女の人生と比べたら。彼女は低い声でわたしに語りかけた。

「ヘンリーは自分が何を求め、何を好み、好まないかもわかっていないのよ。わたしにはわかっている。

選びとり、棄てることができる。あのひとは判断するということができないの。人を判断するのに何年もかかるのよ」秘かに、わたしたちはヘンリーの鈍さを笑った。わたしたちの明晰さ、機敏さ、繊細さにおいて、不実な同盟を結びましょう、と彼女は主張した。

「ヘンリーがあなたの話をしたとき」とジューンは言った。「重要なことはすっかり抜け落ちていたわ。彼にはあなたという人がまるでわかっていなかったのよ」

そういうわけで、わたしたちは理解しあった――あらゆる細部、あらゆるニュアンスを。

劇場の椅子に座る彼女は、青ざめた仮面のような顔をして、そわそわと落ちつきがなかった。「劇場や映画館ではいつも落ちつかないの。本もほとんど読まないし。つまらない、水で薄めたものみたいに思えるの、それにひきかえ……」

「あなたの人生は？」

彼女は言葉を言い終えようとしなかった。

「わたしは何についても直接の知識がほしいの、フィクションじゃなくて、生《なま》の経験だけが。何が起きても、たとえば犯罪の話を読んだところで、興味はもてないわ、だってわたしはすでにその犯罪者を知っているんだから。バーで一晩語り明かし、犯行計画を打ち明けられていたかもしれない。ヘンリーがある女優の舞台を見にいかせたがったときも、彼女はわたしの学校時代の友だちだった。ある画家の家に住んでいたら、その画家が突然有名になってしまったこともある。わたしはいつも、最初にものごとが起きる内側にいるの。革命家を好きになって、その彼に棄てられた恋人を看病したこともあるわ。彼女はその後、自殺してしまったけれど。映画も新聞も、『ルポルタージュ』もラジオも好きじゃない。ものごとが生きられる、まさにその場にいたいの。わたしの言いたいことがわかる、アナイス？」

「ええ、わかるわ」

「ヘンリーは文学的なのよ」

その瞬間、彼女の人生がどういうものか、わたしは悟った。彼女が信じるのは、ただ直接的で近しいもの、暗い寝室で語られる告白、酒の上の喧嘩、街中へとへとになるまで歩き回った果てに生れる仲間意識だ。彼女が信じる言葉は、犯罪者が長期に渡る飢えと強烈な照明、尋問にさらされ、無理矢理仮面を剥がされて白状するような言葉だけだ。

旅の本を読む代わりに、彼女は神経をぴんと張りつめてカフェに座り、アビシニア人、ギリシャ人、イラン人、インド人とおぼしき者の姿を見逃さない。彼は家族の写真を見せ、故郷《くに》の香りのあれこれを直接届けてくれるだろう。

「ヘンリーはいつも小説の登場人物を作っている。わたしからもひとり作ったわ」

幕間。ジューンとわたしは煙草が吸いたくなった。ヘンリーとホアキンは吸いたくないという。わたしたちふたりが連れだって歩くと、あたりの空気がざわめく。石畳の路に立ち、夏の空気を吸い込んだ。向かいあう。

わたしは彼女に言う。「女はいかにあるべきかというわたしの幻想に応えてくれた女は、あなただけよ」

すると彼女は、「じきに消えていなくなるからよかった。あなたはやがて幻滅することになる。あなたはわたしの仮面を剥がすでしょう。女の前ではわたしは無力なの。女の人とは、どうやってつきあえばいいのかわからない」

本当かしら？　ちがうと思う。車のなかで、彼女は女性彫刻家で詩人の友人、ジーンについて話し通しだった。

「ジーンほど美しい顔の人っていないわ」そして慌ててつけ加えた。「普通の女の話じゃないのよ。ジーンの顔、彼女の美しさは、むしろ男の美しさのようだった」間があって、「ジーンの手ときたらそれはもう美しくて、とってもすべすべしてた。粘土をたくさん触るからね。指先はほっそりと長く、ちょっとあなたの手に似てるわ」

ジューンがジーンの手を褒めるのを聞いて、わたしのなかに泡だつ感情は何なのだろう。嫉妬？　数々の男性遍歴とか、女の前でどうふるまえばいいのかわからないとか。思わず、ヘンリーのようにぶっきらぼうに言ってみたくなる、「嘘でしょう」と。

強くじっと見つめて、彼女は言う。「あなたの眼、最初はブルーだと思ったわ。不思議で美しい、グレイとゴールド、黒くて長い睫。あなたほど気品のある女性には会ったことがないわ。まるで滑るように歩くのね」

わたしたちは好きな色の話をした。彼女は黒と紫しか身につけない。わたしは暖かみのある色が好きだ、赤やゴールドのような。

席に戻った。彼女は舞台などそっちのけで、わたしに囁き続ける。「ヘンリーはわたしが狂っていると思ってるの。わたしが炎だけを求めるから。わたしは客観性なんていらない、距離なんていらない、世界から切り離されるのはいや」

そう聞いて、わたしは彼女をとても近しく感じる。ヘンリーが書くものも、わたし自身が書くものも憎い。それはわたしたちを覚醒させ、記録者たらしめる。わたしはむしろ、ジューンとともに溺れたい。

劇場を出ながら、彼女の腕をとる。すると彼女は手をわたしの手に滑らせ、わたしたちは指を絡ませる。

胡桃の樹は小さい落下傘のように花粉を飛ばし、霧に立つ街灯は、聖人の頭を飾るような細い金の光輪を纏う。

わたしといると、彼女は緊張が溶けてやすらぐのだろうか。迷宮があまりに暗く、あまりに狭いとき、彼女もまた明るさを求めるのだろうか。

彼女の手に触れると、どうしようもなく胸がざわめく。彼女は言った。「この前の夜、モンパルナスで、タイタスみたいな男たちがあなたの名を呼ぶのが耐えられなかった。安っぽい男があなたの人生に入り込むのを見るのはいや。わたし、とても……あなたを守りたいの」

カフェで、彼女の青白さは灰に変わる。顔の皮膚の下から灰が透けて見える。彼女はひどく体調が悪いとヘンリーは言っていた。崩壊。彼女は死んでしまうのだろうか。心配でたまらない。彼女のからだに腕をまわしたい。彼女が死のなかへ後退していくのを感じる。よろこんであとを追い、死に分け入り、彼女を抱きしめたい。抱きしめてあげなければ、と思った。彼女はいまにも眼の前で死んでしまいそう。欲望を掻きたてる、陰鬱な彼女の美が死んでしまう。その奇妙な、男のような強さ。

わたしは彼女の眼に、口に、血色の悪い、へたくそに口紅を塗った唇に魅了されている。彼女は知っているのだろうか。わたしがわれを忘れ、もう彼女が何を言っているかもわからず、ただ彼女の言葉のぬくもりと鮮やかさを感じることしかできないと。

薄いヴェルヴェットのケープを着た彼女は、寒さに震えている。

「あなたが発つ前に、お昼でも一緒にいかが？」

「いなくなるのはうれしいくらいよ。ヘンリーはいびつで残酷な愛し方しかできないの。わたしのプライドを傷つける。醜くてつまらない女、受け身の女を求める。彼にはわたしの強さが耐えられないのよ」

「女の強さを怖れる男はいやね」

ジーンはジューンの強さを愛する。それは強さか、破壊性か。

「あなたの強さはね、アナイス、柔らかくて、直接的じゃなくて、繊細で優しくて女らしい。でも強さであることに変わりはないわ」

ジューンのたくましい首を見つめ、暗く重く擦れた声を聞く。見ると、彼女の手はたいていの女の手より大きく、ほとんど農婦の手のようだ。

ジューンがわたしのなかで触れるのは、男が触れるような、わたしの存在の性的中心ではない。彼女はそこに触れるのではない。では何を、彼女はわたしのなかで動かすのだろう。

ヘンリーが彼女の巨大で浅はかなプライドを傷つけるのは許せない。ヘンリーはわたしの地味なメイド、エミリアに興味の眼を向ける。ジューンの優越性は彼の憎悪を、復讐心すら掻きたてる。おばかさんでおとなしいエミリアをじろじろ見るヘンリー。その無礼さが、わたしにジューンを愛させる。

わたしがジューンを愛するのは、彼女があえて引き受けるもののため、その非情、冷酷、無慈悲、エゴイズム、プライド、破壊性のためだ。わたしはといえば、人を思いやりすぎて窒息寸前。彼女の人格は、ぎりぎりの限界まで押し広げられている。人を傷つける彼女の勇気を讃え、わたしはよろこんでこの身を捧げよう。彼女の崇拝者の列に加わろう。わたしが彼女のいうなりだと、彼女は自慢するだろう。彼女はジューンにわたしの存在のすべてを加えたもの、わたしが彼女に与えるすべてを加えたものになるだろう。この拡大された女、ほかの女たちより大きいこの女を、わたしは愛する。

彼女は話しながら、愛を交わすときに浮かべるであろうような、激しい表情を浮かべる。頭全体を前に突き出す様子は、船の舳先に立つ女を思わせる。茶褐色の瞳はくすんだ紫に変わる。

彼女は麻薬をやっているのだろうか。

ジューンの肉体は、夜ごとミュージックホールの舞台に立ち、衣装を一枚一枚脱いでいく女たちの肉体だ。それればかりか、彼女をそれ以外の雰囲気のなかに思い描くことはできなかった。豊満な肉体、その鮮やかな色つや、熱っぽい瞳、低く擦れた声は、ただちに官能的な愛と結びついた。ほかの女たちは、ダンスホールのホステス役を降りるやいなや、このエロティックな燐光を失ってしまう。だが、ジューンの夜の生活は内に宿り、内から光を発していた。それはひとつには、彼女があらゆる出逢いを親密なもの、さもなくば忘れ去るべきものとして扱うことによっていた。まるで、あらゆる男の前で内なる灯を点すかのようで、それは、一日の終わりに寄りそう愛人や妻のかざす灯にも似ていたが、その灯は彼女の瞳なのだった。そして彼女の顔は、薄明の光とヴェルヴェットのつづれ織りが敷きつめられた、詩の閨《ねや》と化した。それは彼女の内から射す光だから、およそ思いがけない場所にも現れた——早朝のひと気のないカフェ、公園のベンチ、雨の朝の病院や死体置き場の前、どこにでも。それはいつも、何世紀にも渡って快楽の瞬間のためにとっておかれた、柔らかい光だった。

会う約束をした、ジューンとわたし。彼女が遅れてくるのはわかっていたが、そんなことはどうでもよかった。時間より早く着いたわたしは、緊張とうれしさのあまり、気分が悪くなりそうだった。彼女が白昼、人混みのなかから歩いてくるなんて想像できなくて、そんなことがありうるのだろうかと思った。そんな夢まぼろしはありえないような気がした。きっとわたしは、ほかの場所で立ちつくしたようにそこで立ちつくし、ジューンが現れるはずなどないと知りながら、人混みを見つめるだろう。だってジューンはわたしの想像の産物なのだから。人々が入ってくると、醜くて冴えなくて、誰もかれも同じように見えてぞっとした。ジューンを待つことは奇跡を待ちのぞむのにも似て、それ以上ないほどの苦痛と期待で、胸彼女が通りをやってくるなんて、あの大通り《ブルヴァール》を渡り、暗く顔をもたない人々のなかから、あそこまで歩いてくるなんて。人の群れが足早に過ぎ、そして彼女が大股で、光り輝くような信じがたい姿で、わたしに向かって歩いてくるのを見るのは、何と深いよろこびだろう。信じられなかった。彼女の温かい手をとる。彼女は郵便をとりにきたのだ。あの男には彼女のすばらしさがわからなかったのだろうか。彼女のような人がアメリカン・エクスプレスに手紙をとりにくることなどない。みすぼらしい靴、みすぼらしい黒のドレスにみすぼらしい青のケープ、そしてくたびれた紫の帽子をあんなふうにかぶる女なんて、彼女のほかにいるだろうか。わたしは彼女の前でものが食べられなかった。でもうわべは平静を装った——例の、人を欺くヒンドゥー的に落ちついたものごしで。彼女は酒を飲み、煙草を吸った。彼女の前で、わたしはいたって平静だった。でもわたしは食べられなかった。緊張感に苛まれて、なすすべもなかった。彼女はまったく狂っている、ある意味では、とわたしは思った。恐怖と熱狂の虜。彼女はほぼ無意識のままに話す。咲き誇る想像力のなかにあるものこそ、彼女にとって現実なのだ。でも、何をそんなに周到に築こうとしているのだろう。みずからの人格が高まる感覚、自己賛美だろうか。わたしがあからさまに、暖かく包み込むように褒めたので、彼女ものびのびとふるまっていた。彼女は破壊的であると同時に、よるべなく見えた。守ってあげたいと思った。このわたしが、底知れぬ力をもつ彼女を守るなんて！　時に彼女はあまりに強力だから、あえて破壊しているのではないと言われて、信じてしまったほどだ。彼女はわたしを破壊しようとしたのだろうか。いや、彼女が家《うち》に歩いてきたとき、わたしは進んでその手にかかり、どんな痛みも耐えようとした。彼女に計算があるとしても、彼女の運命は彼女の支配を超えたところにあるのだし、計算はあとから、彼女が自分の力を意識し、それをどう使おうかと思案するとき初めて出てくるものだ。彼女が自分の力を操っているとは思わない。彼女すら、途方に暮れているのだ。

彼女はかわいそうな人、守ってあげなければいけない人だと思う。自分では理解することもコントロールすることもできない悲劇や倒錯に巻き込まれている。わたしは彼女の弱さを知っている。現実を前にすると弱い。彼女とジーンの関係が性的なものだとは思わない。それはヘンリーの仮借ない追求から逃れるための、空想の世界だ。

ジューンのとらえがたさ、空想への退却にふいに怒りを覚えるのは、それがわたしのものだからだ。自分の行為や感情と向きあおうとしない彼女に、新たな怒り、新たな力が呼び覚まされる。彼女を現実に引きずり込みたい（ヘンリーのように）。夢に、生きられることのない営みに沈み込んだこのわたしが。わたしはどうしたいのだろう。ジューンの両手をつかみ、女へのこの愛が本物かどうか確かめたい。なぜそうしたいのか？　わけのわからない、不可解な感情を明るみに出そうとしているのだろうか（ヘンリーが望み、絶えずそうするように）。彼女の自己欺瞞に腹がたつのは、それがわたしのようだから？　彼女の複雑さが、わたしに率直さを求めさせる。流砂のような彼女の言い逃れに、このわたしが初めて、明瞭さを欲する。時に彼女が感じるように、えたいの知れないいくつもの自己から逃れたいと思うことがあり、時にヘンリーが感じるように、そのいくつもの自己を白日のもとに曝したいと思うことがある。

でも、タクシーのなかで彼女の胸に手を押しつけられたとき、頭がぼおっとして、彼女の手をとりながら、彼女を讃え、自分を卑下することを恥ずかしいとは思わなかった。だって彼女は年上で、知識もあるのだから、わたしをリードして、手ほどきしてくれて、ぼんやりした空想だらけの世界から、経験へと導いてくれるべきなのだ。

初めて会った夜にわたしが着ていた薔薇色のドレスがほしい、と彼女は言った。お別れに贈り物がしたいわ、とわたしが言うと、あなたの家で香っていた香水を少しちょうだい、思い出にしたいから、と彼女は言った。それから、彼女には靴と靴下、手袋に暖かいコートも要る。感傷？　ロマンチシズム？　彼女がこういうことを言いたいのだとしたら……なぜ彼女を疑うのだろう。きっと彼女はとても繊細なのだ。繊細すぎる人は、疑われると嘘をつく。揺らいでしまう。だから不誠実と思われる。でもわたしは彼女を信じたい。同時に、彼女がわたしを愛しているかどうかなんて、大して重要なことじゃないとも思う。それは彼女の役割ではない。わたしは彼女への愛で、こんなにも満たされている。同時に、死に近づいているとも感じる。彼女はわたしのことをこう言った。「あなたってとても頽廃的《デカダン》で、なのにとてもいきいきしているのね」彼女もとてもデカダンで、とてもいきいきしている。わたしたちの愛は死だろう。

ヘンリーは嫉妬深く、狭量だった。ジューンは強くて激しいわたしだ。彼は求めるものをすべて手に入れながら、彼女が同じことをするとあしざまに言う。パーティーの席で、彼はほとんどジューンの眼の前で女を口説く。彼女は麻薬をやる。ジーンを愛する。地下世界の言葉で物語を語る。それなのに、あの信じがたく、時代遅れの、繊細なセンチメンタリズムを維持している。「あなたの家で香っていた香水をちょうだい。あなたの家に続く坂道を登りながら、あの夜、暗闇のなかで、わたしは天にも昇る思いだった。ヘンリーが好む女を好きになったことなんてないのに。でも今度に限っては、彼は充分に語っていないと思ったの」

いま話しながら、わたしは自分のなかにジューンの声を感じる。声は低くなり、笑顔が少なくなっているのを感じる。顔つきも変わったと思う。見知らぬ存在のために、歩き方まで変わってしまったようだ。

ジューンの人格には明確な形も、境界も、核もないように思える。ヘンリーはそれがこわいのだ。彼は彼女のすべてを知っているわけではない。

わたし自身の自己は、明確な、線を引いて形がたどれるようなものだろうか。境界のありかはわかっている。尻込みしてしまう経験がある。でも、わたしの好奇心と創造性はわたしを促し、これらの境界を越えて、わたしの人格の向こうへ行かせようとする。想像力は未知で未踏の危険な領域にわたしを押しやる。だが、わたし本来の根本的な性質はつねにあり、みずからの「知的」冒険や文学的達成に惑わされることはない。わたしは自己を拡大し、押し広げる。ただひとりのアナイス、過不足のない、おなじみのわたしに収まっているなんていや。誰かがわたしを定義づけようとするたび、わたしもジューンと同じことをする——定義の桎梏から逃走を図る。わたしは善良？　親切？　それなら、どれだけ親切じゃない方に行けるか（あまり遠くへは行けない）、冷酷な方に行けるか、探ってみる。でも、わたしはいつでも自分の本性に戻っていけるということは確信している。ジューンは彼女の本性に戻っていけるのだろうか。

それに、わたしの本性とは何だろう。ジューンのは？　わたしのは理想主義、精神性、詩、想像力、美意識、美の必要性、根源的でランボー的な無垢、何らかの純粋性だろうか。わたしには創造することが必要で、残酷さを憎む。でも、わたしが悪に深く入り込もうとすると、近づくにつれて、その悪が変化する。ヘンリーとジューンはわたしが近づくと変わる。そのなかに入っていきたいと思う世界を、わたしはこわしてしまう。ヘンリーの創造性、ジューンのロマンチシズムを喚起する。

ジューンはその豊満な肉体、官能的な顔、エロティックな声で、倒錯と官能を呼び覚ます。これを破壊的な経験にするものは何なのだろう。彼女には破壊する力があり、わたしには創造する力がある。わたしたちはふたつの相反するエネルギーだ。おたがいがおたがいに、どんな影響を及ぼしあうのだろう。ジューンはわたしを破壊するだろうと思った。

昼食をともにした日、わたしは彼女のあとを追い、どんな倒錯、どんな破壊のなかにも入っていくつもりだった。わたしが彼女に影響を与えられるとは思わなかった。彼女への愛で満たされ、自分が彼女に及ぼす影響には気づきもしなかった。

月曜日、ジューンが家に来た。数々の謎、サスペンスの極みをおしまいにしたかった。冷酷に、乱暴に訊いた——ヘンリーならそうしただろうように。「あなたは女を愛するの？　自分の女へ向かう衝動と向きあったことはあるの？」

彼女はいたって静かに答えた。「ジーンはあまりに男性的だった。自分の気持ちとは向きあったわ。充分に意識していた。でも、それをともに生き抜きたいと思う人とは出逢わなかったの、いままでのところはね。自分が何を生き抜きたいのかも、よくわからないけれど」

そうして彼女は質問をかわすと、わたしをじっと見つめてこう言った。「何て美しいのかしら、あなたの装い方。このドレス——薔薇色で、古風に裾がたっぷりしていて、小さな黒いヴェルヴェットのジャケット、レースの襟、そのレースが胸もとまで垂れて。何て完璧なの、本当に何て完璧なんでしょう。あなたがからだを見せないところも好きよ。ほとんど外に出ていない、首くらいね、本当に。トルコ石の指輪、珊瑚のイヤリングもすてき」彼女の手は震え、全身が震えていた。わたしは自分のあけすけさを恥じた。猛烈に緊張していた。レストランにいたとき、サンダル履きのわたしの裸足が見たかったけれど、見つめる勇気がなかった、と彼女は言った。わたしは彼女のからだを見るのがこわくて、でもそうしたくてたまらなかった、と言った。とぎれとぎれに、支離滅裂に、わたしたちは話した。今度はサンダル履きのわたしの足を見ると、彼女は言った。「非の打ちどころがないわ。こんなに非の打ちどころのない足って、見たことがない。それに、あなたの歩き方もすてき、インドの女の人みたい」

自分たちの緊張が耐えがたかった。

わたしは言った。「このサンダル、気に入った？」

「サンダルはずっと好きで履いていたけど、このところ余裕がなくて、もらい物の靴ばかりなの」

「わたしの部屋に来て、別のを履いてみてちょうだい。これとよく似たのがあるの」

彼女はわたしのベッドに腰かけ、靴を履いてみせた。彼女には小さすぎた。木綿の靴下をはいているのが見えて、そんなジューンを見るのはつらかった。わたしの黒いケープを見せると、きれいだと言った。着せてあげた。すると、わたしが見つめるのをためらった、彼女の肉体の美しさが見えた。豊満で、どっしりしているのがわかる。その豊かさに圧倒された。

なぜ彼女がそんなにぎこちなく、臆病にこわがっているのか、理解できなかった。わたしのに似たケープを作ってあげる、とわたしは言った。あるとき、彼女の腕に触れた。彼女は慌てて引っ込めた。こわがらせたかしら？　わたしより感じやすくて、こわがりの人がいるのだろうか。信じられなかった。その瞬間、わたしは怖れなかった。

彼女が階下でソファに座っていたとき、黒いぴったりしたドレスの開いたところから、豊かな胸もとが見えた。震えてしまった。ふたりの感情や欲望の曖昧さを、わたしは意識していた。彼女はとりとめのない話をしたが、もっと深い話を隠そうとして話し、わたしたちが表現できないことにあらがって話しているのだと、そのときわたしは知っていた。

彼女と駅まで歩いて戻ったときは、頭がぼおっとして、ぐったりし、うきうきして、しあわせで、ふしあわせだった。いろいろ質問したりしたことを、赦してほしいと思った。ひどくぶしつけなことばかり訊いたりして、わたしらしくもなかった。

次の日、アメリカン・エクスプレスで会った。わたしが好きだと言ったテイラードスーツを着ていた。わたしからほしいものといって、わたしがつけていた香水とワイン色のハンカチーフくらいしかないと、彼女は言っていた。でもサンダルを買わせてくれると言ったでしょう、とわたしは思い出させた。

まず、彼女をトイレに連れていった。バッグを開け、薄い黒のストッキングを取り出す。「はいて」と懇願するように、謝るようにわたしは言った。彼女は従った。その間《ま》にわたしは香水の瓶を開けた。「少しつけて」

ジューンの袖には穴が開いていた。

わたしはしあわせだったし、ジューンは高揚していた。わたしたちは同時に口を開いた。「昨夜、あなたに電話しようとしたの」「昨夜、あなたに電報を打とうとしたわ」ジューンは言った。「汽車のなかでどんなにみじめな気持ちだったか、伝えたかったの。ぎこちなく緊張して、要領を得ないことを言ってしまって、後悔したわ。たくさん、たくさん話したいことがあったのに」

ふたりとも、相手を不機嫌にしたらどうしよう、失望させたらどうしようと怖れていた。夜、彼女はヘンリーに会いにカフェへ行った。「麻薬をやったみたいだったわ。あなたのことで頭がいっぱいで。人の声も遠くに聞こえた。気持ちが高ぶっていた。夜も一睡もできなかった。あなたはわたしに何をしたのかしら?」

彼女はつけ加えた。「わたしはいつも冷静で、能弁だったのよ。人に圧倒されたことなんてないわ」

彼女が何を言おうとしているかに気づくと、わたしは天にも昇る気持ちだった。わたしが彼女を圧倒する? じゃあ、わたしのことを好きになってくれたの? ジューン! レストランでわたしの傍らに座る彼女は、小さくて臆病で、純心で慌てふためいていていて——わたしは感動していた、ほとんど耐えられないほど感動していた。ジューン、それまでとはちがい、動揺し、変わって、素直になった。それに、彼女のおかげでわたしも大きく変わり、衝動的で強くなった。

彼女は何か口にしては、その愚かさに赦しを請うた。彼女が謙遜するなんて、耐えられなかった。わたしは言った。「わたしたちはどちらも、自分を失ってしまった。でもそのときこそ、真の自己が最も明らかになるの。あなたは信じがたい繊細さを見せてくれた。とても感動したわ。あなたはわたしと同じように、あまりに完璧な瞬間を求め、それを台無しにすることを怖れる。わたしたちふたりとも、こんな事態への準備はできていなかった。でも、ずっと思い描いてきたことでもあるんだわ。呑み込まれてしまいましょう。とてもすてきなことよ。大好きよ、ジューン」

ほかにどう言えばいいかわからなくて、シートに座ったふたりのあいだに、彼女がほしがったワイン色のハンカチーフと珊瑚のイヤリング、トルコ石の指輪を置いた。ジューンの信じがたい謙遜を前に、わたしは彼女の足もとに血を捧げたかった。

すると、彼女は美しく、感情にまかせてではなく、深く語り始めた。

サンダル屋まで歩いていった。対応した店員は醜い女で、わたしたちとその明らかな幸福を憎んだ。わたしはジューンの手をしっかり握り、「これをもってきてちょうだい。あれをもってきてちょうだい」と指示を出した。断固たる態度で、あえてきつく店員に当たった。彼女がジューンの足幅のことを言ったときは、叱った。ジューンにはフランス女の言っていることはわからなかったが、感じが悪いことは察した。

わたしのに似たサンダルを、わたしたちは選んだ。それでなければいやだ、わたしを象徴し、表現するものでなければいやだ、と彼女は言った。わたしが身につけたものなら、何でも身につけるだろう。以前は他人を模倣したいと思ったことなどないというけれど。

連れだって道を歩く。ぴったり寄り添い、腕を組み、手をからめて。うっとりして、口もきけなかった。街は姿を消した。人もまた。ふたりでパリの灰色の道を歩いた、あの痛いほどのよろこびを、わたしは決して忘れないだろう。だが、それを言葉で言い表すことも決してできないだろう。わたしたちは世界の上に、現実の上に浮かび、純粋な、純粋なエクスタシーのなかへ歩いていった。

わたしはジューンの純粋さを発見した。わたしが所有することを許されたジューンの純粋さ、それは彼女がほかの誰にも与えなかったものだ。彼女がわたしにくれたのは、みずからの存在の秘密――その顔と肉体がどれだけ周囲の衝動を掻きたてても、彼女自身は何ら変わることなく、それゆえに怖れる女。わたしが感じた通り、彼女の破壊性は無意識のものだ。彼女はそのなかに囚われながら、自分のことでないように当惑している。わたしと出逢って、彼女は無垢な自己を見せてくれた。彼女が住むのは空想のなかであって、ヘンリーの住む世界ではない。

ヘンリーは危険と毒に満ちた女を描いた。彼女がわたしに打ち明けたのは、ヘンリーの世界の現実とかけ離れたみずからの空想と狂気の世界に、彼女がすっかり呑み込まれているということだった。

実に多くの人がジューンの本性に至る道を探しながら、彼女の想像世界の強さと豊かさ、彼女の孤独、象徴に生き粗暴を嫌うジューンに思い至ることはなかった。わたしはジューンをわたしの世界に招き入れた。ジューンが暴力的で荒々しい世界にわたしを連れていかなかったのは、それが彼女の世界ではないからだ。彼女がわたしのもとへやってきたのは、夢見たいからなのだ。

いま、ジューンが際限もなく逸話を語るとき、それは逃走経路であり、あの煙幕のようなおしゃべりの陰に潜む、自己の変装だとわかる。

彼女のことばかり考えている――昼も、夜も。昨日、別れた途端に、痛いほど空虚を感じ、寒さに震えた。彼女の過剰さも、謙遜も、失望させるのを怖れるところも愛おしい。

　表現を求める葛藤は、ジューンと出逢うまでのわたしにとって、これほど激しいものではなかった。彼女が話すことは、わたしの秘密の書きもののようだ。時に支離滅裂で、時に抽象的、時に盲目的だ。ならば、支離滅裂でいい。

　わたしたちの出逢いは、あまりに感情を揺さぶるものだった。わたしたちふたりには、決して与えたことのない、無傷の自己があった。それは、わたしたちの夢見る自己だった。いまわたしたちは、おたがいのこの世界に侵入してしまった。彼女はあまりに豊かだから、数日で知り尽くすことなど到底できない。わたしも彼女にとって豊かすぎると彼女は言う。距離を置いて、自分の明晰さを回復したいとわたしたちは思っている。

　でも、わたしは彼女ほど怖れていない。わたしが望んで彼女から離れることはないだろう。わたしはみずからを明け渡し、自分を失いたいのだ。

　彼女を前にして、わたしはこれまでしきたことのすべて、わたしという存在のすべてを否定する。さらなる高みを目指す。自分が書くものも恥ずかしい。何もかも投げ出して、新しく始めたい。彼女を失望させるのがこわい。彼女の理想主義はあまりに多くを要求する。それがわたしを畏れさせる。彼女といると、無時間の時を感じる。わたしたちの話は、半ば話でない話だ。彼女が表面をなぞるようにしか話さないとしたら、それは、わたしたちのあいだの豊かな沈黙を怖れているからだ。その沈黙のなかで、わたしの穏やかな身ぶりが彼女の興奮を静める。昨日もし彼女が望めば、わたしは彼女の足もとに座り、その膝に頭を乗せただろう。でも彼女はそうさせてくれなかった。だが、駅で汽車を待つあいだ、わたしの手をとろうとしたのは彼女だった。わたしは身をかわし、走った――パニックでも起こしたように。駅長に呼び止められ、慈善寄付のチケットを勧められたから、買って彼にあげてしまった、くじが当たりますようにと言って。ジューンに与えたいと思うわたしの気持ちの恩恵に、彼は浴したことになる――ジューンに何かを与えることなど、できはしないのに。

それでも、わたしは彼女に生命《いのち》を与えた。彼女はパリで死んだ。ヘンリーの本（『北回帰線』の原稿）を読み、そのあまりにひどい書きように、死んだのだ。彼女は泣いて、何度も何度もくり返した。「こんなのわたしじゃない、あのひとが書いているのはわたしじゃないわ。歪んだ姿よ。わたしが妄想のなかで生きているというけど、あのひとこそ、あのひとこそわたしを、誰のことも、あるがままのわたし、あるがままの人の姿で見ていない。あのひとは何もかも醜くしてしまう」

何というひそやかな言葉を、わたしたちは話すのだろう。言外に語り、ひそやかに語り、陰影、抽象、象徴で語る。そうしてヘンリーのもとに戻ると、わたしたちの放射する熱が、彼を怖れさせる。ヘンリーは心中穏やかでない。わたしたちがともに創造し、夢中になるこの強力な魔法は何なのだろう。天才であるヘンリーが仲間はずれにされるとはどういうことか。ジューンとわたしが追い求めるもの、だがヘンリーが信じないものとは何だろう。不思議、不思議、不思議。

初めわたしは、詩にあらがい、反発した。みずからの詩的世界を否定しようとした。わが幻想の数々に分析と科学の大鉈をふるい、ヘンリーの言葉を学び、ヘンリーの世界に入っていこうとした。暴力と獣性によって、わたしのちっぽけな空想や幻想、過敏さをこわしたかった。一種の自殺。その恥ずべき行為が、わたしをめざめさせた。するとジューンが現れ、わたしの想像力が渇望するものに応え、わたしを救ってくれた。あるいは彼女はわたしを殺したのかもしれない。なぜなら、わたしはいま狂気の道を歩き始めたのだから。

ジューンは象徴を飲み、喰らう。ヘンリーは象徴になど用はない。彼が食べるのはパンで、ウェハースではない。ジューンはマデイラ・ワインを好んだわけではないのに、わたしが家で出すので飲むようになり、カフェでも注文する。わたしの味。わたしの家の味と香り。彼女は暖炉のあるカフェを見つけた。薪が燃えると、わたしの家と同じ香りがする。

わたしが彼女を見上げると、子どものように見えると彼女は言う。俯《うつむ》いたわたしは、ひどくかなしそう。あまりの激しさに、ふたりとも粉々になりそう。もうすぐいなくなることを、彼女はよろこんでいる。彼女はいつも逃走中だ。ヘンリーから逃れようとしている。でもわたしは、物理的に別れることが耐えられない。彼女の存在が必要だ。彼女はヘンリーから逃れたいのだ。

今日三十分会って、ヘンリーの将来について話したとき、彼の面倒をみてあげてちょうだいと言って、銀のブレスレット――彼女の一部――をわたしにくれた。猫眼石《キャッツアイ》がついていて、彼女をよく象徴している。最初は断った。ほとんど物をもっていない人なのだから。でもやはり、彼女のブレスレットを身につけるうれしさで、いっぱいになってしまった。シンボルのように、身につけている。わたしにとってかけがえのない物だ。

わたしが彼女に背を向けるようヘンリーが仕向けるのではないかと、彼女は心配していた。「どうやって?」とわたしは言った。「あれこれ暴露して」何を怖れているのだろう。わたしは言った。「あなたについて、わたしにはわたしの知識があるわ。ヘンリーの知識はわたしのものじゃない」

その後、偶然ヘンリーに会うと、敵意を感じてはっとした。ジューンによると、彼は不安で気もそぞろ、彼は男より女に嫉妬するから、心配させないようなことしか伝えていないという。わたしをたぐいまれな人物と思ってくれたヘンリーが、いまはわたしを疑う。ジューン、狂気の種をまく人。

　ジューンはわたしを、わたしの彼女への信頼を打ち砕くかもしれない。今日彼女から聞いて、ぞっとしたことがある。ヘンリーにわたしのことを話したとき、特別なことは何もないと思わせるよう、なるべく自然に、率直に話したという。「アナイスは自分の人生に退屈していただけ、だからわたしたちに眼をつけたのよ」それはちがうと思った。ジューンがそんな醜いことを言うのを初めて聞いた。わたしは美しいジューンを見てきた。ヘンリーが描くのはジューンの醜い姿だ。

　ヘンリーがどれだけふたりの情熱を描こうと、ジューンとヘンリーが本当にひとつになり、たがいに身を任せ、たがいを所有しあったことはないのではないか。ふたりの個性は強烈すぎる。ふたりは戦争状態にあり、愛は闘争であり、嘘をつきあい、不信感をいだきあっている。

　ジューンはニューヨークに戻って何かを成し遂げ、わたしのために美しくなり、女優になって、服もほしいと思っている。でも、わたしはそんなことはどうでもいい。「ありのままのあなたが好きよ」とわたしは言う。


　地獄とはひとりひとりにとってちがう場所、または、人はそれぞれ自分だけの地獄をもっている。わたしの地獄への失墜は、実存の不合理なレベルへの失墜だった。そこでは本能と盲目の感情が解き放たれ、人はまったき衝動、まったき空想、よってまったき狂気によって生きる。いや、それは地獄ではない。そこにいながら、わたしは酔っぱらいほどにもみじめさを意識しない。というよりむしろ、みじめさが大きなよろこびなのだ。意識を取り戻して初めて、いいようのない苦痛を感じる。

昨日、わたしは夢から覚め始めた。

ジューンとお昼を食べた。薄紫《モーヴ》の柔らかい光がその場を満たし、ヴェルヴェットのようなきめ細かさに、わたしたちはみっしりと包まれた。シャンペンを飲み、牡蠣を食べた。わたしたちは半音や四分音、わたしたちだけにわかる音程で語った。ヘンリーが彼女を論理で捉え、彼女について知ろうといくらあがいても、彼女がどんなふうにすり抜けていくかがわかった。彼女は流動性を、逃れる意志を露わにした。それはほかの人が率直さや自己表出に示すのと同じくらい、執拗で激しいものだった。彼女はエレオノーラ・ドゥーゼを偉大と讃える。「ダンヌンツィオはドゥーゼの凡庸な筆記者にすぎない」とジューンは言う。「彼の芝居のなかには、ドゥーゼから生まれ、彼女がいなければ決して書かれなかっただろうものもあるわ」彼女は何が言いたかったのだろう。ヘンリーがダンヌンツィオで、自分がドゥーゼだと?「でも」とわたしは皮肉を込めて同意した。「ドゥーゼは死んでいるし、書いたのはダンヌンツィオ、有名なのは彼であって、ドゥーゼではないでしょう」

彼女は作家であるわたしに、自分を有名にしてほしかったのだろうか。彼女について書くことで? わたしが彼女の肖像を描けば、ヘンリーの描く肖像を人が信じなくなるとでも?

わたしは詩人として彼女を見る。詩人として、ジューンの存在なしには決して書かれることのなかったことを書く。だがわたしは、わたしが書くものから自立した存在でもある。

ジューンはシャンペンに満たされて座っていた。わたしにはそんなものはいらない。彼女はハシシュの効果について語った。わたしは言った。「ハシシュなどなくても、わたしはそういう状態を知っているわ。麻薬なんていらない。そういうのはみんな、自分のなかにあるもの」そう言われて、彼女は気分を害した。彼女にはわかってもらえないが、わたしは芸術家として、意識を損なわずに保ちながら、そうしたエクスタシーや幻視の状態を得たいのだ。わたしは詩人だから、感じなければならないし、見なければならない。麻酔状態に陥るのはいやだ。わたしはジューンの美に酔っている。だが、そのことに意識的でもある。

彼女のブレスレットが、彼女の指そのもののようにわたしの手首をとらえて放さず、わたしはあなたの奴隷みたいね、とわたしは言った。彼女はわたしのケープをからだに巻きたがった。そうしてわたしたちは外を歩いた。

彼女はニューヨーク行きの切符を買わなければならない。

蒸気船の代理店をいくつか回った。ジューンはニューヨーク行きの三等切符を買うお金もなくて、まけてもらおうとしていた。そのときわたしは、夢のなかのように彼女を見つめていた。ひっきりなしに煙草を吸ったのは、ジューンがそうするから。彼女はわたしの眼の前でカウンターにもたれ、両手で頬づえをつき、気を引こうとしていた。男の顔のすぐ近くだから、男は思うさま眼で彼女を貪った。そして彼女は優しくかき口説き、蠱惑的に、そっと彼に、彼のために微笑みかけた。わたしは彼女を見ていた。

耐えがたい苦痛。彼女が物乞いするのをまのあたりにしたのだ。わたしは自分の嫉妬心に気づいてはいたが、彼女が感じた屈辱には無頓着だった。そばに立ち、フランス男が彼女を誘うのを見た。「明日、ぼくとカクテルでもいかがですか?」ジューンが彼と握手していたときだ。「三時?」「ううん、六時に」と彼女は答え、甘えるように、親しげに、誘うように微笑みかけた。外に出ると、慌てて言い訳する。「すごく助かったし、とっても良くしてくれたんだもの。いろいろやってもらえそうよ。最後の最後にファーストクラスに潜り込ませてくれるかもしれないし。いやとは言えなかった。行くつもりなんてないけど、いやとは言えなかったの」

「行かなきゃだめよ、行くって言ったんだから」ばかみたいにそう言いながら、自分が腹をたてているばかばかしさに吐き気がした。泣きそうになった。ジューンの腕をとり、「耐えられない、耐えられないわ」と言った。何が耐えられないのか、自分でもわからなかった。ただ見境もなく怒っていた。何に？ジューンに、ではない。彼女の美しさにだ。それが人に及ぼす効果は、彼女にも防ぎようがない。だが、わたしの怒りは定義しようのないものに向けられていた。彼女が物乞いするさまにだろうか。娼婦のことを思った。金と引き換えに肉体を与えるのだから、正直だ。ジューンが与えるのは約束、偽りの約束だけ。そして、じらすのだ。

ジューン！　羽毛にくるまれていたのに、大きな亀裂が！　彼女にもわかっていた。だからわたしの手をとり、自分の温かい胸にあてた。わたしをなだめ、慰めるために。

彼女は話した――わたしの気持ちと関係ないことを話すのだった。「いやと言えばよかったの、冷酷に、あの男に？　わたしが時に冷酷なのはあなたも知っての通りだけど、でも、あなたの前でそんなことできなかった。彼の気持ちを傷つけたくなかったの」

そうして、自分がなぜ怒っているかわからなかったから、わたしは黙っていた。カクテルの誘いを受けるか断るかという問題ではなかった。そもそもなぜ彼女があの男の助けを必要としたか、という点に立ち返る必要があった。彼女がよく言う台詞のひとつが蘇ってきた。「どんなに事態が悪い方向に向かっても、わたしはいつもシャンペンを奢ってくれる人を見つけられるの」

そうでしょうとも！　彼女は正直な娼婦とちがって、払うつもりなどさらさらない借金を増やしていく女だ。そしてあとから、自分がいかに性的に隙がないかを自慢する。彼女は金めあての女《ゴールド・ディガー》だ。己の肉体を所有することに大きな誇りをもつ。だが、蒸気船会社のカウンター越しに、娼婦の眼をして自分を貶めるのを潔しとしないほどには、誇り高くない。

バターを買うかどうかで、ヘンリーと揉めたという。お金が全然なくて……

「お金が全然ない？　でも土曜日に、ひと月はやっていけるくらいあげたでしょう。今日は月曜日よ」

「借金を返さなきゃいけなかったの」とジューンは言った。ホテル代だと思った。と、ふいに香水のことを思い出した。「土曜日に香水と手袋と靴下を買ったの」と、なぜ彼女は言わなかったのだろう。借金があると仄めかしたとき、彼女はわたしの眼を見なかった。すると、別の台詞を思い出した。「わたしに一財産あったら一日で使い果たして、使い道をあてられる者はいないだろうって言われるの。わたしの金使いときたら、とんでもないんだから」

これが、彼女の夢想のもうひとつの顔だった。

ふたりで街を歩きながら、彼女の柔らかい胸も、わたしの痛みを和らげることはなかった。


アメリカン・エクスプレスに行った。太ったドアマンが迎えてくれた。「お友だちが今朝いらして、もう帰ってこないみたいに、さよならを言っていらっしゃいましたよ」

「でも、ここで会う約束をしたのよ！」

ひどい不安に襲われた。わたしの方に向かって歩いてくるジューンを、もう二度と見られないとしたら！　死ぬようなものだと思った。所詮、昨日わたしが考えたことなど何だというのだろう。でも、彼女は気を悪くしたのかもしれない。彼女に倫理感も責任感もあったものではないが、わたしのお金へのプライドも、ばかばかしく時代錯誤的なものだった。彼女の性質をどうこうしようなどとすべきではなかったのだ。彼女がわたしのように几帳面で誇り高くあってほしいなどと、考えるべきではなかった。彼女だけは、足枷から自由なのだ。わたしは枷をはめられた、倫理的な生き物だ。ヘンリーを空腹のまま放っておけない。彼女を丸ごと受け入れるべきだった。たとえ三十分でも、一瞬でもいい、彼女が会いにきてくれたら。彼女のために、儀式にふさわしい装いで来たのに。来てくれさえしたら、二度と彼女のふるまいをあげつらったりしない。

そうして、ジューンはやってきた。黒いヴェルヴェットに身を包み、黒いケープ、羽のついた帽子が瞳に影を落とし、顔はいつもよりさらに青白く透きとおっていた。驚くべき顔と微笑に、微笑まない瞳。ジューンは死に向かってまっしぐらに進んでいく——微笑みを顔に浮かべて。ヘンリーは大地にしがみつく人だから、彼女の性急さについていけないのだ。彼が求めるのは笑い、食べ物、単純なよろこびだ。だから彼女にブレーキをかける。だが、ジューンとわたしが求めるのは高揚であり、ランボーの狂気だ。わたしはいつも、狂気に神聖で詩的な価値、神秘的な価値を与えてきた。それは凡庸な生を否定し、超越し、拡大し、『人間の条件』《ラ・コンディシオン・ユメーヌ》〔南京事件を描いたアンドレ・マルローの小説（一九三三年）〕をはるかに超えたところへ行こうとする努力に思えた。ジューンの狂気は、いまこの瞬間、美しく見えた。もし彼女がこのまま、高みで燃えあがる生のありように溶けていくなら、わたしは彼女の望むところ、どこへでもついていくだろう。

別れる時がきた。彼女をタクシーに乗せた。彼女はそこに座り、いまにもわたしから離れていこうとしている。わたしは身を裂かれる思いで立ちつくしていた。「キスしたい、あなたにキスしたいわ」とジューンは言った。そうして差し出された唇を、わたしは長くくちづけた。

ジューンと別れたあと、わたしは何日でも眠り、夢見ていたいと思った。でもわたしにはなお相対すべき、ヘンリーとの友情があった。苦しんでいるのがわかっていたから、ルヴシエンヌに来てもらった。平和とやすらげる家をあげたかったのだ。でも無論、ジューンの話をすることになるのもわかっていた。

森を歩き回り、歩くことで不安を追い払おうとして、わたしたちは話した。わたしたちはともに、ジューンを理解したいという強迫観念に取り憑かれている。彼はわたしを嫉妬してはいなかった。「きみはジューンからすばらしいものを引き出した。ジューンが価値のある女性に魅かれるなんて、初めてのことだよ」と言った。わたしがジューンの人生に影響を与えることを期待しているようだ。わたしが彼女を理解していること、彼にありのまま話すつもりだとわかってくれたので、わたしたちは率直に話しあった。

一度だけ、わたしが言い淀み、ためらい、ヘンリーに打ち明けることはジューンへの裏切りだろうか、と思ったことがある。ヘンリーはためらいの気配に気づいた。彼がわたしに同意したのは、ジューンは空想と幻想の世界に生きているのだから、「真実」はおよそ度外視しなければならないということだった。だが、その真実こそ、わたしたちの友情の唯一の基盤になりうるものだ。

そのあと暖炉のそばに腰をおろしたわたしたちは、ある理解を共有していた。わたしたちはともに真実を渇望する。それはわたしたちにとって、なくてはならないものだった。力を合わせ、わたしたちふたりの知性でもって、ジューンを理解しなければならない。ジューンとは何だったのだろう。ジューンの価値とは？ ヘンリーは彼女を激しく愛し、ジューンという際限もなく変装し続ける女を知りたいと願う。ジューン、強力な、虚構化された人格。彼女を愛しながら、彼はあまりに多くの苦痛に耐えてきたから、恋人は作家のなかに避難したのだ。作家は探偵に似ている。だが、夫、嫉妬深い裏切られた夫こそが、彼女とジーンについて、彼女のレズビアニズムを明らかにしようという不毛な試みについて、仮借なく書いてきたのだ。

わたしは言った。「その謎を説明するなら、こういうことよ。女同士の愛は避難所であり、葛藤ではなく、調和とナルシシズムへの逃避である。男と女の愛には抵抗があり、葛藤がある。ふたりの女はおたがいを裁いたりしない。同盟を結ぶ。それはある意味で、自己愛です。わたしがジューンを愛するのは、彼女はわたしがそうなりたいと思う女だから。ジューンがなぜわたしを愛するのかは、わからない」

わたしが彼に与えた、ジューンが与えられないひとつのもの、それは正直さだ。わたしのなかには、奇妙に自我《エゴ》を超越したところがある。自己中心的な女なら決して認めないようなことを認めるのも、やぶさかではない。つまり、ジューンはすばらしく霊感を与える存在だから、ほかの女は皆つまらなく見えてしまうということ、思いやりと良心が邪魔しなければ、わたしも彼女の人生を生きたいということだ。彼女は人間としてのヘンリーを破壊するかもしれないが、作家としてのヘンリーを魅了する。そして、彼は幸福より、彼女が課す試練によってこそ豊かになるのだ。

でもジューンのように、わたしもあらゆる経験に対して無限の可能性をもっているし、ジューンのように炎と燃え、あらゆる経験に臆せず、頽廃、非道徳性、死に参入する力がある。わたしにとっては白痴とナスターシアの方が、アベラールとエロイーズの自己否定より重要だ。ひとりの男、またはひとりの女だけを愛することには限界がつきまとう。充分生きるとは、無意識にまた衝動的に、あらゆる方向に生きることだ——ヘンリーとジューンがそうするように。観念主義は肉体と想像力の死だ。自由、まったき自由以外は死だ。

わたしがジューンと出逢う。すると、娼婦同然の彼女が純粋になる。ヘンリーを惑わす純粋さ、顔と存在に宿る純粋さは、畏怖の念を起こさせる。ある午後に見た、長椅子《ディヴァン》の隅にいる彼女のように、青白く、透きとおって、無邪気な姿。ジューンの真のディーモンは生への飽くなき貪欲であり、生に取り憑かれ、その最も苦い風味まで味わうことにある。もって生まれた性質に突き動かされて生きる彼女は、ヘンリーやわたしが彼女を理解しようとして払う努力を、引き受けることはできない。ヘンリーが彼女に強いようとする意識を彼女が受け入れたら、夢想や曖昧な衝動というこの流れは塞がれてしまう。彼がかろうじて彼女に意識させうるのは、彼女が全体性によっては生きられないということだ。

　わたしはヘンリーに言った。「ジューンは現実を破壊する。彼女の嘘は嘘じゃなくて、彼女が生きたいと思う役割なの。みずからの幻想を生き抜くために、彼女はわたしたちの誰より大きな努力を払った。母は死んだとか、父を知らないとか、自分は私生児だとかあなたに言ったのは、どこでもない場所から根無し草として出発し、虚構のなかに飛び込みたかったから。誰でも彼女の父になりえた。彼女はサスペンスを、ありうべき驚きを愛した。分類されることを好まず、いかなる人種、国籍、背景に結びつけられることも嫌った。青ざめた顔、ぐっと上に引いた眉、ケープ、宝石、不規則な食事、夜と昼の境界を破り、昼の光を憎むこと、どれも、窮屈な型からの逃走よ」

　ヘンリーは言った。「ジューンに向かって、『聞け、深く、注意深く聞くんだ』と言える奴なんていない。ぼくはたまに、力ずくでやったりしたけどね。きみはどうやって彼女に耳を傾けさせたんだ。どうやって、神経質に喋り続けるのをやめさせたんだ。きみの話をするときは、彼女も謙虚だった」

　わたしが何をしたかですって？　なんにも。彼女を見つめ、共感をもって、驚嘆すべきことへの探求に寄り添う。彼女の混沌を男の理性で整理しようとするのでなく、受け入れる、あらゆる経験へ下りていく彼女の勇気を受け入れたように。彼女にはその勇気があるのだ。飲みたいと思えば飲み、麻薬がやりたいと思えばやり、放浪者《ヴァガボンド》になり、貧困や屈辱という代償を払っても、自由を求めるあらゆる衝動に従った。

「わたしには彼女がわかるわ。彼女をひとつの全体として捉えることはできない。彼女は断片からできている。情熱だけが彼女に全体性の瞬間をもたらすの。もしかしたら、彼女は彼女であることによって、人間としてのあなたの愛を失うかもしれない。でも、ジューンというキャラクターへのあなたの賞賛を得たのよ」

「ジューンと比べたら、どんな女も退屈に思えるんだ。あいつ、きみの寛容さについて話しながら、眼に涙を浮かべてたよ。『あのひとは女以上の存在よ、女をはるかに超えた存在だわ』って、何度も言ってた」

「彼女はあなたを侮辱し、飢えさせ、見棄て、苦しめる。それでもあなたは豊かになる。彼女についての本を書いてね。わたしには彼女のように、人を傷つける勇気はないわ、たとえ正当な理由があっても――傷つけながら、傷つけることに意識的であり、その究極の必然性を知っている」

「で、レズビアニズムは？」

「それには答えられないわ。わからない。わたしたちのは、そんなのじゃなかった」

ヘンリーはわたしを信じてくれる。

「彼女の官能性は、あなたのよりはるかに複雑よ。もっとずっと入り組んでいるの」

ジューンはいつも物語を語っていた。ジューン、麻薬をやったような眼と、掠れた声をして。

彼女が溺れる麻薬とは、みずからの虚構と物語《ロマンス》なのだ。彼女は説明を嫌う。わたしはなぜか本当ではないと感じる。この物語の紡ぎ手を前に、わたしは頭《こうべ》を垂れる。わたしならもっといいお話を作ってあげられたかしら、と思いながら。

時として、彼女は人間でないように思える。自分の行いにあまりにも無頓着で、道徳観念もなく、人間が囚われがちな思慮や躊躇に縛られていないから。ヘンリーをパリにやっておいて、送ると言った金も送らず、文無しの状態で放り出しておいて平然としている。ふたりの生活をジーンと共有することをヘンリーに強いたりもした。夢のなかのように生き、その場限りの衝動や気まぐれに任せて、いろいろな関係に飛び込んでは、悪意はなくとも激しいそのやり方で破壊する。彼女のために自殺した男がいる。彼女はただひたすら存在し、しゃべり、歩き、セックスし、酒を飲むことに忙しくて、ほかに何もやり遂げることができない。一度は女優になろうとしたが、稽古やリハーサルをし、締め切りを守り、人と会う約束をし、髪や衣装に気を配る等のことができなかった。ヘンリーを守るといっても、それも気まぐれで、そうすることもあれば、しないこともある。ヘンリーを満足させられずに、どうしてなのかと途方に暮れる。彼は彼女の強迫観念、常軌を逸したやり方、分別のないふるまいがいやなのだ。「取り憑かれた」人生のなかで、立ち止まって考えるということが彼女にはできない。自分の人生の意味や方向性を深く考えようとしない。混沌のなかで生きている。

わたしならあれこれ考えて、同情や他者への配慮、愛するものたちへの気遣い、守りたいという思い、献身、義務感や責任感のために、立ち止まり、思いとどまるかもしれない。だが、ジッドも言う通り、思考は行動と存在の邪魔をする。だから、ジューンとはまったき〈存在〉なのだ。何ものも彼女をコントロールすることはできない。彼女は世界に解き放たれたわたしたちの夢想だ。彼女は人が夢のなかでしかしないことをする。理性なき、コントロールなき無意識の生。ここにあるのは、法もなく、軛もなく、結果を思い煩うこともなく生きる、途方もない勇気だ。

何という悪魔的な物語を、ジューンは蓄えているのだろう。ただの人間にすぎないヘンリーとわたしは、その衝動性と無謀さを、畏れをもって見つめる。だが、ほかの人たちの優しい献身、抑制された愛、思慮深い慎重さなどより、それはわたしたちを豊かにする。

ジューンのもう一面、ジューンという人の誇大妄想的な面を見る。わたしはヘンリーのように彼女をぼろぼろにはしない。彼女を愛し、豊かにするだろう。

ジューンの狂気がはらむ不思議と神秘。わたしにも二面性があるから、ヘンリーの泥臭い単純さより、彼女に近しさを感じる。いつの日かわたしは、彼女の旅を果ての果てまでついていくだろう。

ヘンリーの娼家など、ジューンには笑止千万だろう。あまりに安易、あまりに直接的、あまりに素のままだ。彼女の行いはそれほど簡単に定義づけられるものではなく、より複雑で官能的なのにちがいない。彼女のまわりにはエロティックな光が輝いている。わたしなら理解するものと、ヘンリーは当てにしている。わたしなら知っているはずと思うのだ。わたしには明らかなのにちがいない、と。ヘンリーはひどく驚いて、わたしの言うこととジューンの言ったことが似ているという。「同じではないのよ」ヘンリーには閉ざされた世界、陰影や濃淡、いわく言い難いニュアンスの世界がある。彼は天才だが、わかりやすい。ジューンは彼の指のあいだをすり抜けていく。愛することなしに、所有することなどできない。

一九三二年二月

ヘンリーからもらった、豊かで重たい手紙の束をかかえて歩く。雪崩。書斎の壁に、大きな紙を二枚留めた。ヘンリーの言葉、彼の人生のパノラマ、友人たち、愛人たち、書かれていない小説に書いた小説、行ったことのある場所と訪ねてみたい場所。未来の小説のための覚え書きで埋めつくされている。

わたしはジューンとヘンリーのあいだに立っている――ヘンリーがそのなかにいて安心できる原始的な強さ（これが現実だ）と、ジューンの幻想や妄想のあいだに。ヘンリーのこの上ない豊かさに、わたしは感謝している。同じくらいの豊潤と横溢で応えたい。でもわたし自身、秘密をかかえているのに気づく。ジューンと同じだ。嘲りがこわいのだろうか？　わたしはものごとをすぐには明かさない。ジューンがわたしを誘惑したと、彼が思っているのは知っている。わたしを通して、彼はそれをついに突きとめるだろう。

わたしはいつも、自己の複数性のイメージに苦しめられてきた。それを豊かさと呼ぶ日もあれば、病、癌のように危険な増殖とみなす日もある。わたしが周りの人間に最初にいだいた思いは、みんなひとつの全体にまとまっているのに、わたしはいくつもの自己の破片《かけら》からできている、というものだった。子どものころ、人生がひとつしかないと知ったときは動揺したものだ。おそらくはそれを補うために、わたしは経験を複数化しようとした。あるいは、あらゆる衝動に従い、さまざまな方向に導かれていくと、そんなふうに思えるものなのかもしれない。いずれにせよ、幸福なとき、愛の始まりの至福に包まれると決まって、わたしはいくつもの生を豊かに生きる才に恵まれていると思った。(ジューン?)トラブルに見舞われ、迷路に迷い込み、ややこしい状況やパラドクスで窒息しそうになって初めて、思い悩み、みずからの「狂気」を語った。だがそれは、詩人の狂気という意味なのだった。

ヘンリーがジューンを不実な女と言うのは単純すぎる。わたしたちはともに、ひとつの愛にではなく、生きている瞬間に、生に忠実なのかもしれない。ヘンリーが描くジューンの肖像は、いつもこなごなに砕けた破片の寄せ集めで、再びひとつにまとめあげようにも、そのすべがない。

「情熱に身を任せていると、全体性を感じる瞬間があるの」

きっとわたしたちは、全体性について誤った観念を築いたのだ。そうして人工的な統一体というプレッシャーのもと、ジューンのような人は爆発し、ばらばらになってしまう。

いつかわたしたちも、より真の全体性に、再びまとめあげられることがあるかもしれない。

わたしはジューンに「あなたは嘘をついている」と言ったことはない。そうではなくて、「あなたは想像した、創り上げた」と言う。それはかつてわたしが、街なかでジャングルの動物に出くわしたというような話をこしらえたとき、両親に言ってほしかったことだ。

尋常ならざる飢餓感から生まれる、複数の人格、複数の生。かわいそうなジューンが愛を増量していったのは、哀れな中毒患者が薬を増量するのと同じだ。

ジューンはただひたすら存在する。自分自身の思想もなければ、夢想もない。それらは他者から、彼女の顔と肉体に霊感を得た者たちから与えられる。そうやって手に入れたものだ。ヘンリーは腹立ちまぎれに「彼女はからっぽの箱だよ」と言う。そして「きみは中身のぎっしり詰まった箱だ」とつけ加える。昼間、彼女のことを考えるだけで、凡庸な暮らしから浮上できる。誰が思想だの夢想だの中身だのを求めるだろう、箱が美しく、霊感に満ちているなら。わたしはジューンというからっぽの箱から霊感を受ける。彼女を知って以来、世界はかつてなくからっぽだ。なぜならまさに、思想や才能や幻想でいっぱいの世界が、満ちた世界というわけではないからだ。ジューンが提供するのは、美しく白熱した肉体、くらくらするような声、深淵を思わせる眼、麻薬で酔ったような身ぶり、肉体の存在感、わたしたちの夢と創造の化身だ。わたしたちは何者？　創造者にすぎない。彼女は存在するのだ。ジューンのいない世界などつまらない。美もなく、声もなく、存在感もない。すべての詩が書かれ、すべてのエロティックな想像、すべての強迫観念、幻想、悪夢、熱狂があったとしても、ジューンという暖かい生き物が歩き、わたしたちに触れてくれなければ、何だというのか。不毛だ、わたしたちの叫びという叫びも、たどたどしい言葉も、物語ることの熱い情熱も、不毛だ、わたしたちの創造物など、もしジューンが通り過ぎるのでなければ——あたかもそれらすべての至高の体現者であるかのように——人間界の秩序、人間的な限界や制約に、悪魔のような無関心の一瞥を投げて。

昨夜は、ヘンリーの小説を読んだあと、眠れなくなってしまった。真夜中。起きて書斎に行き、ヘンリーの最初の本について、彼に手紙を書こうと思った。それにはドアをふたつ開けなければいけなくて、どちらもキーキーと軋《きし》む。じっと横になり、無理に眠ろうとしたが、言葉が頭のなかを小型サイクロンのように駆けめぐった。その場にいあわせたかのように、恋人たちが破滅的な芝居を始めるのを理解し、まのあたりにした。ヘンリーとジューンのは、真実と非‐真実、幻想と現実というテーマをめぐるものだった。嚙みあうのはただ、欲望が絡まりあうときだけ。唐突に、荒々しく起こる欲望。ベッドカバーを剥がす間もなく、窓を閉め、明かりを消す間もない。壁際で、カーペットで、椅子やソファ、タクシーやエレベーター、公園や河岸、ボートの上で、森のなかで、バルコニーで、夜の玄関で、からだとからだ、息と息、舌と舌をまさぐりあう――まるで別のときにすり抜けていった香りや臭い、風味を永遠《とわ》に閉じ込め、網にかけ、幽閉しようとするかのように。

わたしがヘンリーから学んだのは、メモをとること、広がりをもつこと、人知れずもの想いに耽るのでなく、動くこと、毎日書くこと、行動すること、瞑想するのでなく言葉にすること、感情に押し潰されて自分がこわれても、それを隠さないことだ。彼はわたしのとてつもない強さを呼び覚ます。わたしは彼にあらがって書き、彼とともに書く。彼にあらがって生き、彼とともに生きる。彼の人生を意識する。それがわたしを豊かにしてくれる。彼の手紙とその裏に書かれたメモ、旺盛な活動が、ぬくもりと熱の感覚をくれるのが好きだ――広がり、豊かさ、満ちてある感覚。あれ以上、からっぽの世界で生きることはできなかった。たくさん愛し、たくさん憎み、たくさん格闘しなければ。いまは心からしあわせだ。もう、自分のまわりに空虚さを感じることもない。

わたしの存在はヘンリーとジューンによってふたつに引き裂かれ、完全な不和と深い矛盾をかかえこんだ。ひとつの方向を追いかけ、一方向にだけ成長することは、わたしにはできない。

ジューンは言った。「どうしてわたしがヘンリーに忠実になれるというの。あのひとはわたしを丸ごと愛してくれず、あれこれ審判を下し、憎んでさえいるというのに」

「そうね」わたしは頷いた。「本当に不実なのは、あなたの一部だけを抱いて、残りを否定する人の方ね」

ヘンリーはわたしに打ち明ける。ジューンとは彼の脳が創り出したものにすぎないのではないか、という恐怖がつきまとって離れない、と。「彼女は人からもらった財産でいっぱいなんだ。ただほかの女とちがうのは、毛皮やら宝石やらの代わりに、絵画や詩、小説、曲、彫刻、賞賛や賛美を好むことだ」

「だとしたら、選択のなかにこそ彼女は存在するのよ」とわたしはヘンリーに言った。「あなたを選んだこと、わたしを選んだことのなかに、彼女は存在するんじゃないかしら。どんな確証を、あなたは求めているの？　彼女は言葉を信じない。感覚で、直観で生きている。わたしたちは感覚を表現する言葉をもたない。感情はイメージだし、感覚は楽音のようなもの。あなたなら、どのように言い表すのかしら」

彼女の努力はおおむね、彼女自身の存在をみずからのうちに経験することでなく、その証を外部に、彼女の美や力、才能などの証を外部に求めることに向けられていると感じる。

この必要性（わたしにもあるが、ヘンリーには言わない）は、中毒患者が麻薬をほしがるように増えていく。ジューンには友情や賛美者、尽くし、愛してくれる人を増量する必要があったのだ。

「あなたは何を求めているの、ヘンリー？　束縛されて苛立っているの？　ジューンが複数の人を愛せるとわかったら、あなたは何を得るというの？　あなたは何を求めているの？　解放されること？　ひとつ以上の自己をもつ者は狂っていると人はいうけど、でもね、あなたにしても、あなたのなかに何人のヘンリーがいるのかしら？　そのくせ、自分は誰より正気な男だと思うなんて！」

「ぼくは鍵がほしいんだよ、嘘を解く鍵が」

「激情や暴力が人間を開いたためしはないのよ」

「何が人間を開くというんだ」

「共感よ」

　ヘンリーは笑った。「共感とジューンはまるで相容れないね。まったくばかげてるよ。金星やら月やら、彫刻や女王や雌虎にでも共感した方がましさ」

「不思議な皮肉だけど、スペイン語で共感とは、情熱を込めて、という意味なの。あなたの情熱には共感が欠けている。共感はわたしがこれまでに見つけた、誰にでも合う唯一の鍵よ」


　男が女を怖れるのは、女をまず母として、人間の創造者として見たことによるような気がする。確かに、人類を産む者に共感を覚えるのは難しい。


　ヘンリーとの友情を保ちつつ、ジューンとの友情を保つのは難しい。

　昨日カフェで、彼はわたしたちの物語を少しばかりもぎとった。ヘンリーのためにジューンへの愛が弱まることはないが、彼のせいで彼女が非現実的に見えるということはある。ジューンなど存在しないし、幻影にすぎない、わたしたちが創り上げたイメージで、人の贈り物の詰まった宝石箱だと証明してやると、言い張って聞かないのだ。ジューンがいかに影響を受けやすいか、と彼は言う。ジーンというニューヨークの男っぽい女が、いかに彼女の話し方や語彙、習慣に影響を与えたか、と。

　ジューンの美とヘンリーの才能のあいだで、わたしは身動きがとれない。ちがうやり方で、わたしはどちらにも身を捧げ、わたしの一部はそれぞれに向かっている。わたしのなかの作家はヘンリーに関心がある。ヘンリーはわたしにものを書く世界を、ジューンは危険をくれる。選ばなくてはいけなくて、でも選べない。ジューンへの想いをヘンリーに洗いざらい打ち明けるのは、彼女を、そしてわたし自身の秘密の部分を裏切るようなものだ。

　ヘンリーの猥褻表現、「糞《シット》、まんこ《カント》、ちんこ《プリック》、野郎《バスタード》、股《クロッチ》、尼《ビッチ》」の世界にはうんざりだ。でもきっと、おおかたの人はそんなふうに話し、暮らしているのだろう。今日、交響曲のコンサートを聴き、詩と音楽の宿るプルーストを読み、わたしの気分が現実とかけ離れていることに改めて気づく。何度もリアリズムに参入しては、殺伐たる限界を感じた。何度でも、わたしは詩に回帰する。ジューンに手紙を書く。いまどんなふうに暮らしているのか、想像しようとする。でも、詩がわたしを生活から切り離したから、ヘンリーの世界で生きなければならないのだろう。家に帰るとエミリアが「マダムにお手紙が届いています」と言う。二階へ駆けあがりながら、ヘンリーからの手紙だといいと思う。

　わたしは強い詩人になりたい――ヘンリーとジューンがリアリズムの世界で強いくらいに。ヘンリーにかなわないと思うのは、創造力の閃き、洞察の閃き、夢の閃きだ。閃光のようだ。しかも深みがある。ドイツのリアリスト、人の言う「糞を表現する」男を削ぎ落とすと、活力に満ちたイマジストが現れる。時に彼はきわめて繊細で深遠なことを言う。だがこの優しさが油断ならないのは、いざ腰を落ち着けて書くという段になると、彼はこれを否定するからだ。彼は愛によってでなく、怒りによって書く。攻撃するため、嘲笑するため、破壊するために書く。いつも何かに刃向かう。怒りが彼を駆りたて、焚きつける。怒りはわたしにとっては毒なのだけれど。

ヘンリーはジューンを小説のなかで捉えきれなかったと感じている。彼には閉ざされた世界がある。それは微妙な感情とエクスタシーの、曖昧で捉えがたい世界だ。それは物理的な形や、単純で物理的な行いとなって現れることはない。ぼくはその世界に頭を打ち続けることになるだろう、と彼は言う。「リアリズムによっては捉えられず、詩によって捉えるしかないものがある。それは言葉の問題よ」とわたしは言った。

ヘンリーが彼の言葉でジューンを描くたび、ジューンの肖像は描かれえない。捉えがたく、艶めかしく、謎めいたジューン。彼の原稿を読んでいると、過剰な自然主義を感じることがある。それはいろいろな気分や感情、心理状態を見えなくしてしまう。

わたしたちが語るとき、彼はストリートの言葉で、わたしはわたしの言葉で語る。わたしは決して彼の言葉を使わない。彼の用心深さと、わたしの率直な衝動性。わたしの「表現」はより無意識で直観的で、本能的なものだと思う。彼のそれのようには、表面に現れない。

すばしこく機敏なわたしの知性が、彼の仮借ない解体にあらがう。わたしは不可思議なものの価値を信じ、彼の露骨でリアリスティックな細部にあらがう。彼がわたしの本質をつかんでくれたときはうれしい。

「きみの眼は奇跡を待ち望んでいるようだ」

彼は奇跡を起こしてくれるのだろうか。

「あなたに真実を話すのはうれしいことなのよ、ヘンリー。わたしがジューンについて知っていることは、残らずあなたに話したわ」

「ああ、わかってる」とヘンリー。「そうだろうと思うよ」

書くことについて話した。ヘンリー「書き始める前に、机をきちんと整理する方なんだ。メモだけをまわりにおいて——山のようなメモをね」

「わたしのやり方も同じよ。日記がわたしのノートね。小説に使えそうなものは端から放り込むの」技術について話すのがうれしい——わたしたちの技巧。

みずからの仮借ない率直さが、彼を苦しめることはあるのだろうか。侵すべからざる親密さを踏みにじっていると、感じる瞬間はないのだろうか。わたしには細やかな気遣いを見せる彼なのに。

「わたしたちが共有するのは、客観的な真実への情熱ね」とわたしは言った。「でも、あなたの情け容赦ないジューンの分析は、何かをとりこぼしてしまうと感じることがあるの。あなたのやり方は、メスをもった外科医みたい。切れば、切られたものは殺される。ジューンについて、暴けるだけのことを暴いたあとで、あなたはどうしようというの？　真実。すさまじいほど苛烈な探求。ときどき、あなたはきっと盲目的な崇拝、盲目性を再び手にしたいんだと思うことがあるの。何かしら奇妙な形で、わたしはあなたと立場を異にし、対立している。わたしたちはふたつの真実をいだく運命にある。カリカチュアにして、ずたずたに切り裂くときのあなたは嫌い。あなたのリアリズムに対して、わたしはありったけの詩の魔力で闘うわ」

ヘンリーが言った。「ブロンデル通り32番地に連れていってあげようか」

「そこで何が見られるの」

「娼婦さ」

ヘンリーの娼婦たち。ヘンリーの娼婦には好奇心と親しみを覚える。

タクシーはわたしたちを狭い路地で降ろした。32と書かれた赤い灯が戸口に。スウィングドアを押す。男女でごったがえすカフェのようだが、女たちは裸だ。煙が朦々と立ち籠め、ざわざわして、女主人《パトロンヌ》がわたしたちをテーブルに案内するより先に、女たちはしきりに気を引こうとする。ヘンリーが微笑む。ひときわはなやかで丸々と太った、スペイン人らしい女がわたしたちについて、もうひとり、わたしたちが気づかなかった、小柄で女性的な、臆病そうな女を呼んだ。

「選ばなきゃいけないんだけど」とヘンリーは言った。「ぼくはこの娘《こ》たちでいいな」

飲み物が運ばれてくる。小柄な女は感じがよくて素直だ。マニキュアの話をした。ふたりとも、わたしのパールのマニキュアをしげしげ見て、何というのかと訊く。女たちは踊った。器量よしもいれば、すっかり干からびてくたびれた、大儀そうなのもいる。それはたくさんの肉体がいっせいに、大きな腰、お尻、胸。「このふたりが芸をいたしますので」と女主人は言った。

男がセックスの四十八手を見せるのかと思った。ヘンリーは値段の交渉だ。女たちは微笑む。大柄の女は目鼻立ちがはっきりして、漆黒の巻き毛で顔が隠れそうだ。小柄な方は色白のブロンド。母と娘のよう。ハイヒールに黒のストッキングを太腿で留めて、キモノをゆったり羽織っている。わたしたちを二階に案内する。彼女たちが前を歩くと、お尻が揺れる。

ヘンリーは彼女たちと冗談を言いあう。ふたりがドアを開けると、現れた部屋はヴェルヴェットを敷きつめた宝石箱のよう。壁は赤いヴェルヴェットで覆われている。ベッドは低く、天蓋の裏に鏡が仕込まれている。薔薇色の、薄暗い照明。女たちはくつろいだ様子で、ほがらかだ。部屋にあるビデでからだを洗っている。あんまり何気なく、あっけらかんとすべてが進むので、これでどうやって興味を掻きたてるのかと思う。大柄な女が腰にゴムのペニスを装着する。ありえないようなピンク。靴を脱ぎ、だが黒いストッキングはつけたまま、ベッドに横になる。

すると、ポーズをとり始めた。

「タクシーのなかの愛《ラムール・ダン・ザン・タクシ》」
「スペイン風の愛《ラムール・ア・レスパニョール》」
「ホテル代がないときの愛《ラムール》」（これは壁際に立って）
「ひとりが眠いときの愛《ラムール》」

小柄な女は眠っているふりをした。大柄な女が後ろから、そっと優しく襲いかかった。見せながら、ふたりでおかしなことを言う。ただ愛を冷やかして、ふざけているだけだった。と……小柄な女は足を開いて俯せに寝ていた。大柄な女はペニスをはずすと、小柄な女のクリトリスにくちづけた。舌を震わせ、なぞり、くちづけた。小柄な女は眼を閉じ、楽しんでいるのがわかる。快楽に呻き、震え始めた。わたしたちの眼の前でからだを震わせ、少しもちあげて、大柄な女の貪欲な口を迎え入れようとした。やがてクライマックスが訪れ、彼女は歓喜の叫びをあげた。そして、じっと動かなくなった。息は荒い。少しすると、ふたりとも立ち上がり、冗談を言って、気分は過ぎ去った。

わたしと話すとき、ヘンリーはもうひとつの言葉を探しているような気がする。たやすく口をついて出てくる言葉を避け、より微妙なトーンを探しているのを感じる。わたしは彼を新しい世界に連れていったのだと思う。彼はそのなかに注意深く、優しく、入っていく。

彼に言った。「ジューンについて、わたしが美だの詩だのと言いすぎるからって、ただロマンチックになって、ひたすら純で理想的に見せようとしているなんて思わないでね。いわく言いがたい感情を言葉にしようとしているだけなの。あなたにとっては、性的な行為がすべてでしょう。でも時には、手が少し触れただけで五感が震えるようなこともあるわ」

ヘンリーは言った。「ぼくはこれまで、頭のいい女と友だちになったことはないんだ。ほかの女はみんな、ぼくより劣っていた。きみはぼくと対等だと思うよ」

「ジューンとは、すぐ喧嘩になってしまうんだ」と彼。

文学は崩れ落ちた。わたしたちはおたがいに対し、まったく誠実だ。

ホアキンは、なぜわたしがヘンリーに与えるのかと問う。なぜヘンリーにカーテンを？　なぜヘンリーに靴を？　なぜヘンリーに書く紙と本を？　それで、姉さんは？　姉さんは？　わたしがどんなに甘やかされているか、ホアキンにはわからないのだ。ヘンリーはわたしに世界をくれる。ジューンは狂気をくれた。彼らはわたしに、わたしがあこがれるふたつのものをくれたのだ。わたしの興味を掻きたててやまないふたりに出逢えたことを、どんなに感謝しているか。ホアキンには説明できないが、彼らはある意味でわたしに寛容なのだ。ヘンリーは彼が描いた水彩画を、ジューンはひとつしかないブレスレットをくれると、ホアキンに説明すればいいのだろうか。

一九三二年四月

ヘンリーがジューンから手紙をもらった。鉛筆書きのぐちゃぐちゃの字で、愛していると、子どものように胸を打つ、単純な叫びをあげている。「こういう手紙は何もかもぶちこわしてしまう」わたしが知っているジューンを明らかにし、彼にジューンを与えるべき時が来たと思った。「そうすれば、あなたは彼女をもっと愛するようになるでしょう。それは美しいジューンです。わたしの描く肖像をあなたは笑い、ナイーヴだと嘲るだろうと思う日もあった。いまなら、そんなことはないと思うの」

わたしがジューンについて書いたものを、すべて読んでもらった。

何が起きているの？　彼は深く感動し、動揺している。彼は信じてくれる。

「こんなふうにこそ、ジューンについて書くべきだったんだ」と彼は言う。「ぼくのは不完全で、表面的だ。きみは彼女をつかまえたんだ」

わたしは彼に、深遠なヘンリーに、何もかも洗いざらい打ち明ける。彼は説き伏せられる。「こういう愛はすばらしい。憎んだり軽蔑したりなんかしないさ。きみたちが何を与えあっているのか、わかるよ。よくわかる。もっと読ませてくれ。これはぼくにとって啓示だ」彼が読むあいだ、わたしは震えている。彼はみごとに理解する。ふいに言う。「アナイス、よくわかったよ、ぼくが与えるのは、これに比べたら粗野でつまらないものだって。わかったんだ、ジューンが戻ったら……」

わたしは遮る。「あなたがわたしに何をくれたか、あなたは知らない。それは粗野でもつまらなくもないわ」そしてつけ加える。「いまはあなたにも、美しいジューンが見えるでしょう」

「いや、彼女が憎いよ」

「憎い?」

「ああ、憎いね。だってきみが書いたものを読んだら、ぼくたちふたりとも、彼女のいいかもだよ。きみもいいかもだ。彼女の嘘には、底知れず破壊的なところがある。知らず知らずのうちに、きみの眼にぼくを、ぼくの眼にきみを、歪めようとする。ジューンが戻ってきたら、ぼくらをおたがいに対して毒するだろう。それがこわいんだ」

「わたしたちのあいだには友情があるわ、ヘンリー、それはジューンには理解できないものよ」

「だからこそ、彼女はぼくらを憎むだろう。そして、彼女自身の武器でぼくらと闘うだろう」

「理解しあっているわたしたちに対して、彼女が何を使えるというの」

「嘘さ」とヘンリーは言った。

彼女がわたしたちふたりに及ぼす力、ヘンリーとわたしをつなぐ友情、わたしをジューンにつなぐ友情を、わたしたちはともに意識していた。ヘンリーを理解するからこそ、わたしが彼を信頼したのだとわかって、彼は言った。「何という洞察力だ、アナイス、何て賢明なんだ」

フレッドがヘンリーに言ったことに対して、ジューンを擁護したのはわたしだった。

「ジューンは悪だ」とフレッドは言ったのだ。「きみのためにならないよ」

「あなたのためにならないことはないわ」とわたしは言った。「彼女の嘘、あなたの言う不要な複雑化が、あなたのなかの作家に興味をいだかせた。小説は葛藤のなかから生まれるものよ。彼女は生きるのに忙しくて、あなたの話を聞いたり、理解したりする余裕はなかった。ジューンはあなたの小説のためになり、わたしはあなたのためになるでしょう」

ヘンリーは神妙な心もちになっていた。

「もしわたしに、ジューンをパリに連れ戻す手だてがあれば、そうしてほしい？」

ヘンリーは顔を歪めた。

「訊かないでくれ、アナイス、訊かないでくれよ」彼は苦しんでいた。「心底自分に正直になれば、ジューンから離れていたい。離れているときこそ、ぼくは彼女を最も感受できるんだ。彼女がここにいたら、ぼくは憂鬱で、抑圧されて、絶望的な気分になってしまう。経験と苦痛でいっぱいになってしまうんだ」

ヘンリーはジューンの言いなりだから、書くことで復讐し続けて、バランスをとっているのだと思う。ジューンを殴るなどといっても、それは口だけ、または書くことで果たすのだ。彼は彼女の前では弱い。それに、女を守る能力にまったく欠けている。いつも守られて、それをよしとしてきたのだから。「わたしは彼を子どものように愛してきた」と彼女が言うわけだ。ヘンリーはこれからも、ただ破壊と怒りによって男らしさを主張し、そうしてジューンが現れると頭を垂れ、耐えるだけなのだろうか。


わたしは己を完全に無にして、母に捧げた。何年もの間、母への愛に埋もれていた。無批判に、信仰するように、従順に母を愛した。わたし自身を与えた。わたしは弱く、人格というものをもたなかった。意志もなかった。母がわたしの着る服を選び、わたしの読む本を選んだ。父への手紙も母に言われた通りに書くか、少なくとも母が読み、検閲し、書き直した。わたしが初めて反抗し、自分を主張したのは、十六歳で働き始めたときのことだ。わたしはほかの女の子たちのように、男の子とデートもできなかった。わたしはカトリック信仰、キリスト教を拒否した。わたしが憎んだのは自分の弱さであり、母の圧倒的な支配ではなかった。

冷酷さを怖れることが、わたしの人生で最大の葛藤だった。父の母への冷酷さをまのあたりにし、弟たちとわたしへのサディスティックな打擲を経験し、動物への残酷な仕打ちを目撃した（猫を杖で打ち殺したのだ)。

両親が喧嘩すると、母への同情でヒステリー状態になった。両親の諍いや怒りへの恐怖が大きくなりすぎて、やがて心が麻痺し、わたし自身、怒りや冷酷さへの能力を失った。冷酷さを身に帯びることができないように育ってしまい、それはほとんど異常といっていい。


今日初めて、アランディ博士の家の呼び鈴を鳴らした。メイドに案内され、暗い廊下から暗いサロンに入る。焦げ茶の壁、茶のヴェルヴェットの椅子、臙脂《えんじ》の絨毯に、静かな墓のように迎えられ、わたしは思わず身震いした。部屋は温室に面していて、そこからだけ光が射してくる。温室には熱帯植物が茂り、金魚が泳ぐ小さい池をぐるりと囲んでいる。池の周りには玉砂利を敷いた小道が伸びる。緑の葉群れをくぐり抜けた木漏れ陽が、穏やかな緑を帯びた光となって注ぎ、まるで海底にいるようだった。意識下のさまざまな世界を探索するにあたり、ありふれた昼の陽をあとにするのは、ふさわしいことと思えた。

アランディ博士のオフィスには、音が外に漏れないよう、パピルスの枝を金糸で刺繍した黒い緞帳が下りている。時間がきてドアが開き、緞帳が上がると、立っていたのは長身の、顔のなかでもことに眼がいきいきした、賢者の眼をもつ人だった。歯は真っ白で小さく整っており、目鼻だちもはっきりしている。どっしりした体格、顎鬚をたくわえた風貌は、いかにも家父長を思わせる。ほとんど驚きといっていいことに、ほどなく彼はわたしの座るリクライニング・チェアの後ろで、さらさらと紙に鉛筆を滑らせ、穏やかな口調で話していた。彼はむしろ天宮図《ホロスコープ》を読んだり、錬金術の数式を整えたり、水晶玉を覗いたりしている方が似合いそうだった。医師というより、魔術師のように見えた。

わたしたちはまず、彼の著書と講演について、そしてわたしの感想について語りあった。

わたしは自分の仕事と生活全般について話した。わたしはこれまでずっと自立してきたし、誰にも依存したことはない、と言った。

アランディ博士「にもかかわらず、あなたは自信がないように見える」

痛いところを突かれた。自信！

アランディ博士は椅子から立ち上がると、にっこり微笑んでこう言った。「まあ、あなたが誰の助けも借りずに、ご自分の足で立っていられるのは何よりですが」

涙がこぼれた。泣いてしまった。彼はまた腰を下ろした。

自信。

父は娘を望んでいなかった。父はあまりに批判的な人だった。決して満足せず、決してよろこばなかった。褒められたり、抱きしめられたりした記憶はない。家はもめごとや喧嘩、暴力が絶えなかった。父は冷徹な青い眼をわたしたちの上に注ぎ、あら探しに余念がなかった。わたしがチフスで死にかけたときも、「醜くなり果てたもんだ、みっともない」と言い放つだけだった。父はいつも演奏旅行《ツアー》に出ていて、女性たちにちやほやされていた。母はやきもちを焼き、大騒ぎをした。わたしが九歳のとき、盲腸の発見が遅れて死にかけたことがある。父が休暇中のアルカションにわたしたちが着くと、父はあからさまにいやな顔をした。父が母に向けた思いは、自分にも向けられたものとわたしは考えた。だが、父が最終的にわたしたちを棄てたとき、わたしは身も世もないかなしみに暮れた。父の冷酷さ、批判がましさを、いつも怖れていた。また父に会おうという気にはなれなかった。

「それで」とアランディ博士は言った。「あなたは自分のなかに引きこもり、自立したというわけですね。あなたが誇り高く、自足した方だというのはわかる。年上の男の残酷さを怖れている。だから誰に対しても、残酷さの兆しに触れただけで、硬直してしまうのです」

「子どもの自信というものは、ひとたび揺さぶられ、打ち砕かれてしまうと、生涯に渡って影響を及ぼすものなのでしょうか。父に充分愛されなかったことが、なぜいまもわたしの心から消えないのでしょう。父が去ってから受けたすべての愛をもってしても、なぜ消し去ることができなかったのでしょう」

「あなたはとてもよくバランスがとれているように見える。わたしなど、必要ないでしょう」

突然、激しい苦痛を覚えた。またひとりになって、数々の難問を解決しなければならないのだろうか。

また伺ってもよろしいでしょうか、と訊いた。


アランディ博士は言った。「女性は精神分析に何ら貢献していません。女性の反応はいまもって謎であり、男性の知識だけに基づいて仮説を立てている限り、精神分析は不完全といわざるをえません。われわれは女性も男性と同じ反応をするものとみなしているが、実際のところはわからないのです。男の虚栄心は女の虚栄心より大きい——全人生が男性的征服信仰の上に成り立っているのですからね。狩猟能力を欠いた弱者が死んでいった暗黒時代から、それは何ひとつ変わっていない。男の虚栄心はとてつもないもので、そこを傷つけられると、命とりにもなりかねないのです」

精神分析は人に正直になることを強いる。すでにわたしも、これまで意識していなかった感情があることに気づいた——たとえば、傷つくことへの恐怖のような。

わたしは自分の過剰な繊細さを軽蔑する。それは何度でも、おまえは大丈夫だと言ってもらいたがる。そんなにも愛されたい、理解されたいと願ってやまないのは、確かに異常だ。

ヘンリーは言った。「もしロレンスが生きていて、きみと出逢ったら、きみを愛しただろう」

一九三二年五月四日

アランディ博士のオフィス。大きな机に、大きなシェイドのついたランプ。壁には通りに面した窓があり、わたしはアームチェアに座ってそちらを眺めている。椅子のアームには小さい灰皿。アランディ博士はこの椅子の背後にいるから姿は見えず、ただメモをとる紙と鉛筆のさらさらいう音だけが聞こえる。

博士の質問はアームチェアの後ろから、肉体から切り離されて聞こえてくるので、言葉だけに集中できる。ほかのこと——彼の顔、服、しぐさ——は気づきようもない。話の内容に集中することになる。

アランディ博士「先日初めて話してみて、いかがでしたか」

アナイス「わたしには先生が必要だと思いました。またひとりになって、人生のいろいろな問題と向きあわなければならないのはつらい、と」

アランディ博士「あなたの話の全体からはっきりわかるのは、あなたがお父さまを献身的に、異常なほど愛していたということ、お父さまがあなたを棄てるに至った性的な理由が、あなたには耐えられなかったということです。彼が愛人を作ったのも、あなたを置いて遠くを旅していたのも（コンサート・ツアーという言い訳があったにせよ）、お母さまの不機嫌も癇癪も、お父さまが最終的にいなくなってしまったことも、理由は性的なものだとあなたは感じた。もしかするとそれで、あなたのなかに何か漠然とした性への反発が生まれたのかもしれませんね」

アナイス「反発ではありません。ただ、性を通して、性によって、性のために傷つくのではないか思うと、こわかったのです」
彼は探り、問い、時に特定の理論の検討を断念し、支配のテーマを捨てて、求愛と、愛による苦しみへの恐怖というテーマを優先する。
アナイス「男性が愛するのは、ふくよかで健康的で、胸も豊かな女性だけのような気がしたのです。子どものころ、母はわたしが痩せているのを心配して、『骨は犬も喰わぬ』というスペインの諺をもち出しました。わたしには人を満足させることも、大きな愛を得ることもできないと思いました。だから、与えられたものをありがたく受けることにしたのです。それを忘れるために、わたしは芸術家となり、作家となって、興味深くて魅力的な、洗練された女になろうとしました。自分が美しいといえるのかどうかも自信がなかったし……」
ときどき、アランディ博士はわたしが言うことやその言い方を笑った。博士はわたしにユーモアのセンスがあるという。だが、彼がわたしの夢から読みとるのは、懲罰され、遺棄されることを求めてやまない心だ。残忍なヘンリーを夢に見る。わたしにとって男はサディストなのだ。
アランディ博士「それは、父を愛しすぎたことへの罪悪感によるものです。おそらくそれを埋めあわせるために、あなたはのちにお母さまの方をずっと愛したはずだ」
アナイス「おっしゃる通りです。わたしは母に盲目的に尽くして、とてつもなく愛していました」
アランディ博士「そうしていまあなたは、罰されることを求め、苦しむことを楽しんでいる。なぜならそれが、お父さまとのことで耐えた苦しみを思い出させるからです。あなたは幼い娘時代、ひどく嫉妬していた、彼が愛する女性たちのことをね」
アランディ博士のもの言いはぶしつけだ。いじめられている気がする。彼の質問は刃のよう、わたしは裁きを受ける罪人のようだ。精神分析はわたしを助けてくれない。苦しいだけだ。恐怖と猜疑心を掻きたてられる。生きるつらさなど、こんなふうに追求されるつらさに比べたら、何でもない。

アナイス「わたしが男を怖れていたとは思えません。肉体的には、わたしはいつもとても敏感でした。ただ、わたしのロマンチシズム、本当の愛を求める気持ちがあって、いろいろな誘惑にも屈することがなかったのです」

気持ちを楽にして、心に浮かぶことを言ってください、とアランディ博士は言う。

アナイス「わたしはいま、先生のおっしゃったことを分析しています。先生の解釈には同意できません」

アランディ博士「あなたはわたしの仕事をしている。分析医になって、わたしに同一化しようとしているのです。これまで、仕事で男を超え、より大きな成功を手にしたいと思ったことはありますか」

アナイス「とんでもない。わたしは弟の音楽的キャリアを守り、可能にするために、多くの犠牲を払いました。いまはヘンリーを助け、あげられるものは何でもあげて、彼に仕事をしてもらいたいと思っています。この点については、先生のおっしゃることはまったくちがうと思います」

アランディ博士「きっとあなたは、男の敵でなく友人であるような、そんな女性のひとりなのでしょうね」

アナイス「それ以上です。わたしは自分が芸術家になるより、芸術家の妻になって共同作業がしたいと思っていたのです」

アランディ博士が考えを取り下げることもある。だが、自信の問題に触れられるたび、わたしが動揺と苦痛を感じるのを彼は見逃さない。わたしは椅子にもたれ、苦痛と絶望と敗北感が押し寄せるのを感じる。アランディ博士に傷つけられて、わたしは泣く。心が弱くなる。もう帰る時間だ。立ち上がり、彼と向きあう。彼の眼は海のように青く、あくまで優しい。わたしをかわいそうに思って、「ずいぶん苦しんでこられたのですね」と言ってくれる。だが、わたしがほしかったのは同情ではない。わたしを褒めたたえ、たぐいまれな女性と思ってほしかったのだ。

彼のもとを去るとき、わたしは夢のなかにいる。黒い緞帳の陰にいる彼が強力な魔術師に見えるとしたら、昼の陽ざしを浴びて玄関にたたずむ彼は、心優しく患者を守る、ふるまいも紳士的な医師に見える。彼の家に入り、暗い広間で待ち、暗い書斎に腰をおろし、そして暗く夢幻的な怖ろしい場所をくぐり抜けて、陽ざしのなかへ、手入れの行き届いた庭へ、閑静な通りに出ていくことは、象徴的にいかにもふさわしいことと思える。

アランディ博士「この前はどうして泣いたのですか」

アナイス「先生がおっしゃったことのなかには、真実も含まれていると思います」

分析を受けるのは、わたしにとって愉快なことではない。むしろ、ヘンリーやフレッドと過ごした一日のことを、ありのままアランディ博士に話してしまいたい。ヘンリーのことはわたしに任せて、と言ったとき、フレッドが泣いたこと。

初めはおとなしくしていても、あれこれ詮索されると、反抗心が頭をもたげてくる。

アランディ博士「泣かせたわたしが憎かったですか」

アナイス「いいえ、悪い気分ではありませんでした。先生はわたしより強いんだと思えましたから」

時間が進むにつれ、忘れようとすれば忘れられる障害や困難を意識させられ、ただ寝た子を起こすように、恐怖や疑念を呼び覚まされているだけだと感じる。ですが、と彼に釘を刺される。ヘンリーがちょっと冷酷さの兆しを見せただけで、あなたは友情自体を諦めようとしたではないですか。

眼を閉じて、気持ちを楽にしてくださいとアランディ博士に言われるたび、わたしはわたし自身の分析を始める。

いま彼が思索をめぐらせているのは、人格の分裂について、一方に創造的で詩的な書きものがあり、他方に日記という、現実に基づいた書きものがあることについてだ。わたしの作品の重要性に気づき始めている。それでもわたしはひとりごちる。彼の言うことで、わたしの知らないこと、わたしがすでに書いていないことはないに等しい、と。だが、そうとばかりもいえないのだ。罪の観念、罪と罰の観念をはっきり意識させてくれたのは、彼なのだから。

アランディ博士がさらに突っ込んだ質問をすると、わたしは逃げる。彼は躓く。明確なものは何も見つからない。彼はいくつもの仮説を提示する。でも、わたしは降参するつもりでやってきたのだ、昨夜の疲れでくたくたの状態で、あえて（セッションを延期することもできたのだから）。もう少し警戒心を解いて、もう少し素直になり、斜に構えるのはよそうと思った。それに、わたしのことをどう思いますかと訊かれて、先生の本に興味がありますと答えたとき、興味をもってほしいのだなと、ちょっといたずらっぽい気分になったけれど、戯れと知りつつ戯れる気にはなれなかった。でも、彼の本に興味があるというのは本心だった。先生の注意を引いて賞賛されたいという気持ちは消えました、とも言った。わたしには先生が必要だと認めます、とも。

アナイス「こんなに自分に自信がもてないことは、いまだかつてありませんでした。とても耐えられません」

「ぼくはジューンの残酷さ、ジューンの悪を引き出したんだ」とヘンリーは言う。「なぜなら悪に興味があったからさ。善なんてものはあるべくしてあるものだろう。でもまさにそこが問題なんだ。この世に真の悪人なんていないからね。ジューンだって本当に悪いわけじゃない。フレッドの言う通りさ、なあフレッド。ジューンは必死で悪女を演じようとしている。出逢った夜、彼女が言ったことのひとつは、運命の女《ファム・ファタール》と思ってほしいということだった。ぼくは悪に触発される。ドストエフスキーがそうだったように、悪に取り憑かれているんだ」

ジューンがヘンリーのために払った犠牲。それは犠牲であり、己を棄て、無にする行為だったのだろうか。それとも、彼女の人格をきわだたせるための、ロマンチックな身ぶりだったのだろうか。それを追求してくれよ、とヘンリーはわたしを唆す。ジューンはありふれた妻の務めを果たすことを拒否した。その代わり、眼の覚めるような派手なやり方で尽くしたのだ。眼も彩な献身。ヘンリーのために「金を掘りあてに」行ったり、人脈を作ったり。ヘンリーを守るのは気が向いたときだけ。その間、彼はおなかをすかせることもある。彼女はヘンリーが働くのをいやがった。自分が養いたかったのだ。

わたしはヘンリーに言った。「でもどうしてあなたはそんなに彼女の欠点をあげつらうの？　彼女のドラマチックな性質、すばらしい大胆さ、みごとなほどの寛容さには、あまり触れないくせに」

「ジューンにもまったく同じことを言われたよ。よく言ってたな、『このことも、あのことも、あなたは忘れてしまう。悪いことしか憶えてないんだからって』」

「確かに、わたしにも言っていたわ。あなたは悪に魅せられている、だから悪の人生を創り出して、あなたに興味をもってもらおうとしたんだって」

アナイス「今日は率直に先生が嫌いです。反抗心でいっぱいです」

アランディ博士「また、どうしたのです」

アナイス「わたしにもささやかな自信はあったのに、先生にそれまで取り上げられてしまったような気がするのです。告白なんかしてしまって、恥ずかしい。告白なんてほとんどしたことがないのに」
アランディ博士「なぜ告白しないのです？　伺うところ、あなたは自分を表に出さず、たいていは告白される側に回るという。人はあなたに怖れや疑問を打ち明ける。でも、あなたは滅多にそうすることがない。なぜなのです。打ち明けたら愛されなくなるとでも思うのですか」
アナイス「はい。おっしゃる通りです。わたしは貝殻のようなものを身に纏う、それは愛されたいからです。本当のアナイスをさらけだしてしまったら、愛してもらえないかもしれませんもの」
アランディ博士「人に心を打ち明けられたらどんな気持ちになるか、考えてごらんなさい。それで愛情が減ったりしますか」
アナイス「いいえ、逆です。彼らを思いやり、同じ気持ちになって、もっと理解できるようになるし、より近しく感じます」
アランディ博士「誰に対しても完全に心を開き、自然にふるまえたら、どんなにほっとするだろう、と思ったことはありませんか」
アナイス「はい、人間関係って、ひどくつらいこともありますから」
アランディ博士「つまるところ、何をそんなに怖れているのです。さあ、言ってごらんなさい。はっきり直視しようじゃありませんか。一番こわいものは何ですか」
アナイス「何よりこわいのは、人にわたしの弱さを悟られること、肉体的にも成熟していないし、感情的にももろくて、胸も少女みたいに小さいと気づかれることです。だからこうしたもろもろを隠すために、理解・知恵・他者への興味・聡明さを身につけて、ものを書いたり読んだりするのです。女の部分はすっかり覆い隠して、芸術家・告解師・友人・母・姉の姿だけを見せる。さらに不幸なことに、わたしの理想の女である女性、ジューンと出逢ってしまいました。暗くハスキーな声、豊満で強い肉体、活力も持久力もあって、徹夜で飲み明かしても平気な人です」

アランディ博士「いったい何人の女性が、あなたのスタイルをうらやんでいると思いますか。少女の面影をもつ女性に魅かれてやまない男が、どれだけいることか」

（こんなふうに直接断言してもらったことも何度もあるが、それでも確信がもてない。そうでなければ、とっくに納得していたはずだ。美術モデルとしてひっぱりだこで、指名が多すぎてこなしきれないほどだったときに。こなごなになったわたしの自信を回復させるには、彼はもっと深遠な方法を見つけださねばならないのだ。）

アランディ博士はわたしの自信のなさ加減に驚きを隠せない。

アランディ博士「もちろん、分析医の眼には明らかなことで、それはあなたの外見にも現れています」

アナイス「わたしの外見？」

アランディ博士「そう、あなたが身につけるものすべて、あなたが歩き、座り、立ち上がるふるまいのすべてが誘惑的であり、そんなふうに絶えず誘惑的にふるまい、人を魅きつけようとして装うのは、自信のない人のすることと決まっています」

これには、ふたりして笑ってしまった。

わたしの気持ちも和らいで、ほぐれた。

父が写真好きで、いつもわたしの写真を撮っていたという話をした。お風呂に入っていると、写真を撮りたがった。いつも裸の写真を撮りたがるのだ。父がわたしを褒めるのは、もっぱらカメラを通してだった。父の眼は分厚い眼鏡に（彼は近視だった）、そしてカメラのレンズに、隠れていた。美しい。美しい。幾度、いくつの場所で、父がわたしたちのもとを去るまで、父のためにポーズをとり、数えきれないほど写真を撮られただろう。そしてそれは、わたしたちがともに過ごす唯一の時間だった。

のちに、パリでスペイン舞踊のコンサートを開いたとき、観客のなかに父の顔を見たような気がした。青ざめて、こわばった顔。踊りの最中に立ちつくし、凍りついたわたしは、一瞬、もう続けられないと思った。後ろで演奏していたギタリストは、わたしがあがってしまったのだと思い、叫んだり手を叩いたりして、励まそうとしてくれた。その後、父と再会したとき、あのコンサート会場にいたか、と訊いてみた。

父は答えた。「いいや、いなかった。だがもしその場にいたら、そんなものは断固認めなかっただろう。レディがダンサーになるなぞもってのほかだ。ダンスは娼婦の、玄人《プロ》のものだ。わたしはおまえが舞台に立つことなど認めなかったろう。そもそもおまえは楽譜が読めないいじゃないか」

わたしは素晴らしく耳がいいから、何でも耳で聴いて覚えてしまうのです、と言った。

アランディ博士が示唆するところ、わたしは父がそこにいることを望んだ、それがわたしの意志だったのだという。

アランディ博士「お父さまのために、彼を魅了し、誘惑するために踊りたいと、無意識に思ったのかもしれませんね。そうして、踊りが誘惑の行為だと意識するようになると、罪悪感を感じた。罪悪感があったから、職業として踊ることは諦めたのです。踊ることは父を誘惑することと同義になった。子どものころお父さまに褒められて、あなたは罪悪感を感じたはずだ。褒められたあなたのなかに、父をよろこばせ、愛人たちの手から取り戻したいという、女性としての欲望がめざめたのかもしれません」

だとすれば、わたしが望んだ人生を、罪悪感が断ち切ったことになる。というのも、コンサートのあと、スペイン・オペラ舞踊団から契約をもちかけられたのだ。受けていたら、旅に生き、褒めそやされ、アヴァンチュールと肉体の快楽と色彩に満ちた人生を送っていただろう。

では、アランディ博士は本当にわたしを救うことができたのだろうか。父の〈眼〉から、わたしがいつも曝されることを怖れ、嫌ったカメラの眼から、解放してくれたのだろうか。何を曝されるというのか。魅了したいという欲望を、媚態《コケティッシュネス》を、虚栄心を、誘惑的であることを?

アランディ博士によれば、わたしは父にそこにいてほしかったし、父を幻惑したかったのだという。そしていまわたしが誰かを魅了し、幻惑し、あるいは獲得するときも、本当は獲得などしたくないのだという。わたしには罪悪感がありすぎる。

アナイス「では、書くこと、書くことはわたしも怖れなかったと?」

アランディ博士「そうですね。男を魅きつけるために、あなたは自分を前面に出すのでなく、作品や創作物といった、自分から切り離されたものを使うようだ。それはあなたがひとりで行うこと、だが公の場で行うことではない。距離と客観性がある。しかし、もしその世界で成功を収めたら、あなたは必ずやそれも諦めようとするでしょう」

ふと、父ものを書いていたことを思い出した——職業にしていたわけではないが。著書が二冊あり、ひとつは『芸術のために』、もうひとつは『思想と批評』といって、どちらも芸術の美に関するものだった。執筆中の父の姿を見た記憶がある。タイプするのは母の役目だった。

そのあと話したことは、何も憶えていない。

アランディ博士に打ち明ける。子どものころのことを、とめどなく話す。当時書いたもののなかから、父についてはっきり述べたところを引用する。いま読めば明らかな、わたしの父への愛。そして、それに伴う罪悪感。十一歳のわたしは書いている、「わたしにはクリスマスプレゼントをもらう資格なんてありません」と。わたしが信仰を棄てたのは、十三歳の誕生日に、神さまが奇跡を起こして父を連れてきてくれなかったからだ。お祈りしたのに、ついに叶えられなかった。日記を書き始めたのはアメリカへ向かう船の上、十一歳のときだった。父のために、遙かな土地を彷徨うわたしの物語を語るためだった。日記をまとめて父に送ろうとしたが、紛失するかもしれない、と母に止められた。ミサの正餐式では、キリストでなく父が、部屋の形をしたこの心を訪ねてくることを想像した。

アランディ博士と金銭面の話をしたとき、費用の点から週一度以上通うのは難しい、と伝えた。博士は料金を半額にしてくれたうえ、彼の仕事を手伝うことで支払いに替えてもいいとまで言ってくれた。図書館での調べものや、論文の校訂だ。とても光栄に思う。書き手としての能力には絶対の自信がある。アランディ博士はジューンについてのわたしの話に耳を傾ける。

アナイス「ジューンは、女はかくあるべしというわたしの理想なのです。わたしは痩せています。あと二、三キロあったら、もっと自信がもてるのに。思春期の娘みたいで。心理療法だけでなく、お薬も出してくださいます？　わたし、胸がとても小さいのです」

アランディ博士「まったく発達していないのですか」

アナイス「いいえ」説明に困って、「先生はお医者さまですから、お見せするのが一番簡単ですわね」で、そうする。すると、アランディ博士はわたしの怖れを笑い飛ばした。

アランディ博士「完璧に女性らしい。小さくても、形がいい。あなたのからだ全体のなかで、よくバランスがとれている。まったく美しいスタイルだ。惜しむらくはもう少し肉があれば、というところですね。

あなたは実に美しい。からだの動きにも何ともいえない気品と魅力がある。すばらしい立ち居ふるまい、繊細なからだの線」それを聞いて、わたしも笑ってしまう。でも手は冷たく、心臓はどきどきして、顔は火照ってる。つらい試練のためだ。わたしの度はずれた自己批判に、博士は驚いている。どうしてこんなに疑り深くなってしまったのだろう。

　わたしのD・H・ロレンス論を博士に進呈した。博士からは、二冊の著書――『運命の問題』と『資本主義と性』――をいただいた。

　アランディ博士の観察によれば、わたしの人格には不自然なところがあるという。霧に包まれ、ヴェールに覆われているような。わたしにはふたつの声があるという。ひとつは、初めての正餐式を前にした子どものように、おどおどして、ほとんど聞きとれないくらいの声。もうひとつは、低く張りのある声。こちらが現れるのは、わたしが自信に溢れているときだ。そういうときのわたしは、黒人歌手ダイナ〔ダイナ・ワシントン。一九二四―一九六三〕を真似て歌うことだってできる。アランディ博士の考えでは、わたしは完全に人工的な人格を創り上げたのだ、盾のように。わたしは身を隠す。人当たりがよく、ほがらかで、魅力的な話し方、ふるまい方を築き上げ、そのなかに隠れてしまう。

　九歳でとてつもないかなしみを刻印されて（父とはなやかなヨーロッパ生活の喪失）、わたしの人生は、明るくかろやかな軌道から永遠に逸れてしまう。優雅さと魅力が背景に退き、表層的なものが消えると、それに代わるものを求め始める。父が去ったのは、わたしを愛していなかったからにちがいない、そしてもしそうなら、わたしに愛される資格がなかったからだ。ほかの方法で父の気を引かなければ。興味をもたれる人間になるのだ。深いかなしみと自信喪失のなかで、わたしは育った。高級娼婦としてのわたしは、九歳にしてすでに敗北を味わった。だから別のやり方で、男の興味を引かなければならない。でも、だとしたら、これまで達成してきたことで満足できないのはなぜだろう。そもそもわたしが本当に求めていたのが、快楽、豪奢、旅、賞賛、冒険に満ちた人生だったからだ。

わたしはアランディ博士に医師として助けを求めた。それは本当に誠実な行為だっただろうか。胸を見せる必要があったのだろうか。自分の魅力を試したかったのか。彼の反応が好意的で、褒められて、うれしかったのではないか。おまけに本までいただいて。

アランディ博士は、本当にわたしを治療してくれているのだろうか。

一九三二年五月二十日

最初に受けたショックのために、わたしの全体性は砕かれ、わたしは自分がこなごなになった鏡のような気がする。ひとつひとつのかけらは独立し、それぞれの生命をはぐくんだ。ショックのあまり死んだわけではなくて(わたしが見たケースのなかには、裏切りが死をもたらすものもあった。そのとき女は喪に服し、あらゆる愛を拒み、再び男と新たな関係を築こうとしない)、いくつかの自己に分裂し、ひとつひとつが独自の生をはぐくんだのだ。

自分をひとつに繋ぎあわせ、単一の生に身をゆだねることがこわいわけではない。ただ、ばらばらのかけらをひとつにまとめられず、献身的に愛しながら、なお孤独と分裂に苛まれるアナイスがいる。

アランディ博士はわかっているのだろうか。ひとりのアナイスは、ルヴシエンヌの家庭生活で采配をふるい、多くの仕事をこなし、母と弟と過去に身を捧げている。だがもうひとりのアナイスはカフェの生活を生き、芸術家の人生を時を越えて生きていること、それは父から逃れるためでなく、わたしが芸術の価値を何より重んじるからだということを。なぜなら、書くことはわたしにとって拡大された世界、無限の世界で、すべてを含むものだからということを。

きっとわたしは母に似ているのだ、父ではなくて。

母が父に初めて会ったのは、キューバのハバナにある楽器店でのことだった。父は十九歳。兵役を逃れるためにバルセロナからやってきた。楽器店主の好意で、店の奥のピアノで練習させてもらっていた。ハンサムで、黒い髪に青い瞳、透きとおるような白い肌、鼻筋も通り、すばらしく整った顔だち、美しい歯と美しい身のこなしをもっていた。

母は社交界の娘だった。彼女の父はハバナのデンマーク領事だった。彼女の母はかつて、ニューオリンズで最も美しいフランス娘のひとりだった。一家は海沿いの大通り、マレコンで暮らしていた。母は二十七歳という年齢で、まだ独身だった。祖母が出奔したあと、三人の弟と三人の妹の母親代わりを務めてきたのだ。わたしの母ローズは——ローザと呼ばれていたが——美声のもち主で、声楽を学んでいた。音楽が大好きだった。彼女のドレスは、のちにトランクにどっさり入っているのを見たが、総レースで、長いレースの袖、顎まで届くレースの襟、小さく白い骨状《ボーン》の支えが仕組まれていた。肩パッドがついていて、ウエストは極端に細い（娘たちはおたがいのコルセットの紐を、息ができなくなるまで引っぱった。舞踏会ともなれば、コルセットの紐をこれでもかとばかり締めつけるので、食べる物も食べられず、だから彼女たちはあんなに簡単に失神したのだ）。母は白いレースの傘を携えていた。豊満でふっくらしたからだ、ほがらかな性格。生気に溢れた、快活な女性だった。母は恋をしたことがなかった。金持ち、肩書きのある男、外交官や軍人との結婚は拒んできたのだ……

母が楽譜を買おうとしていると、ピアノの音が聞こえてきた。楽器店の主《あるじ》が母と妹を奥の部屋に通してくれた。父がベートーヴェンの「月光」を弾いていた。父のショパンはことのほか繊細で、ロマンチックだった。母にとって、それは一目惚れだった。父にとってどうだったのかはわからない。いつか父はこう言っていた。「ローザの妹の方が美人だった。でもローザには強さ、勇気、決断力があり、それこそわたしが必要としているものだったんだ」

ろくな服ももちあわせていない父が、母の家に招待された。母によると、父によく歌のレッスンをつけてもらったという。ふたりの交際は一家の猛反対に遭った。祖父は絶望的に不機嫌だった。母はあらゆる反対を果敢にはねのけ、一文無しの音楽家と結婚、パリに駆け落ちして、そして生まれたのがこのわたしだ。芸術家は、当時のキューバでは名声と無縁の存在だった。ブルジョアの一家にとって、両親の結婚は不名誉なことだった。祖父はふたりに金を送り、結婚祝いとしてピアノも送った。

両親がキューバに戻ることは、祖父が癌で倒れるまでなかった。ちょうど弟が生まれたばかりのころだ。母は弟とわたしを連れて、マレコン通りの実家に帰った。父は遅れてやってきて、母の妹を誘惑するのに忙しかった。わたしはチフスにかかり、死にかけた。母だけが勇気をもって、耐えがたい苦痛から祖父を解放する注射を打つ許可を、医師に与えた。母の愛は、勇敢で雄々しいものだった。

一九三二年五月二十五日

ヘンリーはわたしの家を魂の実験室と呼んだ。

魂の実験室へようこそ。ここではあらゆる感情はアランディ博士によってX線をかけられ、生の流れを遮る障害、捻れ、歪みや傷が露わになる。魂の実験室へようこそ。ここではさまざまなできごとは日記に回収され、解析されて、そして明らかになるのは、わたしたちは皆、物の形を歪ませる鏡をかかえていて、そこに映る自分の姿は小さすぎたり大きすぎたり、太っていたり痩せていたりするということだ。自分は自由で闊達で、傷つくことなどないと信じるヘンリーでさえ。ここで人は、運命の流れは変えられるし、子ども時代の感受性に最初に刻印された封蝋に縛られることはない、ということを見いだす。最初の型によって焼きごてを押される必要はないのだ。物の形を歪ませる鏡がひとたび打ち砕かれれば、まるごとの自分を取り戻す可能性があり、よろこびの可能性がある。

男は女の知る孤独を知らない。男は女の子宮にやすらい、力を得るだけだ。この結合によって栄養を得た男は、世界に向かい、仕事に向かい、闘争に向かい、芸術に向かって出ていく。彼は孤独ではない。忙しいのだ。羊水の海をたゆたった記憶は彼にエネルギーを、充足を与える。女も忙しいだろうが、空虚を感じざるをえない。女にとって官能とは、快楽の波に浸り、他者と交わり、電気が走るようなよろこびに満たされることでは終わらない。男が子宮のなかにいるあいだは、満ち足りている。そのたびごとに、愛の行為は男をみずからの内に受け入れることであり、出産と再出産、子を生み男を生む行為だ。男は女の子宮にやすらい、そのたびごとに、行動と〈存在〉への欲望を新たに生まれ変わる。だが、女にとっての絶頂は出産にではなく、男がみずからの内に宿る瞬間にある。

わたしは嘘で身をくるんでいるが、それらの嘘に魂を射貫かれることはない。わたしの嘘は他者の不安を鎮める「生の嘘《マンソンジュ・ヴィタル》」であり、わたしの一部になることはないというように。衣装のようなものだ。

書きながら、絶望的な気分になった。気づいてしまったのだ。ジューンをめぐるわたしの洞察のすべてをヘンリーにあげてしまったこと、彼がそれを利用していることを。ジューンの肖像を描くためのスケッチは、みんな彼にとられてしまった。わたしの手もとにはもう何も残っていないと感じる。ヘンリーもわかっているのだ。「まるでこそ泥だな」と手紙に書いてくるのだから。では、わたしには書くべき何が残っているだろう。わたしがあげた真実のすべてを使って、ヘンリーはジューンの肖像を深めている。

わたしにできることは何か。ヘンリーの行けない場所へ行くこと――〈神話〉のなかへ、ジューンの夢と幻想のなかへ、ジューンの詩のなかへ。女として、女としてだけ書くこと。わたしは夢から、彼女とわたしの夢から始める。それは象徴的な形をとり、小説というより、ランボーに近いものになりつつある。

一九三二年七月

このところ書き進めてきた作品は、三十頁に及ぶ詩的散文として結実する。徹頭徹尾想像的なスタイルで書いたもので、抒情が炸裂している。*

ヘンリーは狐につままれている。ただの豪奢な織物じゃないのか、美しい言葉以上のものがあるのか、と尋ねる。理解してもらえずに、わたしはうろたえた。説明し始めると、彼は言った。「ううむ、手がか

* 『近親相姦の家』の冒頭。

りをくれないと。ふいに奇妙な世界に放り込まれてしまう。百遍も読まなきゃわからないよ」

ヘンリーがジューンを書くやり方はひどくリアリスティックで、あまりに直接的だ。ああいうやり方では彼女に到達できない気がした。わたしはシュルレアリスティックに書いた。ジューンの夢、神話、空想を取り上げた。だが、神話は摩訶不思議なものでも読解不能なものでもない。

わたしが話を続けると、ヘンリーは興奮してきた。まさにその調子でいくべきだ、きみがやっているのはきみにしかできないことだ、シュルレアリスムの書き手がいるとしたらきみこそがそうだ、と言いだした。その後いくら考えても、彼はわたしの作品を分類することができなかった。シュルレリスムではない。より深い意図、方向性、確固たる姿勢がある。手がかりだの伏線だのという考えを、彼は棄ててしまった。わたしはわたしにしかできないことをするだろう、と彼は悟った。


アランディは客観性を失ってしまった。ヘンリーをあれこれ批判し始める。わたしとしては、ヘンリーの二つの面がいかにちがうかを説明しようとした——酔って赤ら顔の、戦闘的で押しが強く、破壊的で残忍な、本能と動物的活力に満ちたヘンリーと、彼のもうひとつの自己、ほとんど宗教的といえるようなところがあり、暗くもの想いに沈みがちの、感傷的で子どものような、弱々しいヘンリー。まったくの、驚くべき変容。だがアランディはこれに別の名を、医学的な名称をつけた。彼に言わせるとヘンリーは二重人格で、分裂病の可能性もあるという。

わたしはヘンリーの言葉を引いた。「不思議だ、ぼくはこれまで何と盲目的に生きてきたのだろう」

「そんな環境からあなたを救い出さなければ」とアランディは言った。「あなたにふさわしい環境ではありませんよ、ぼくのかわいい《マ・プティット》アナイス」

微笑を浮かべているのを見られないように、わたしは顔を伏せる。

わたしに火をつけて、ジューンのことを書き始めるきっかけになったのは、「夢から歩み出でて外へ……」というユングの言葉だった。

一九三二年十月

昨夜、ジューンが着いた。

ヘンリーから電話。声は重く、戸惑いが伝わってくる。「ジューンはまともな心理状態でやってきたよ。落ちついているし、分別もある」

ヘンリーは胸を撫でおろしている。このまま続くだろうか。

ジューンから電話。明日の夜、会いにきたいという。

ヘンリーの仕事はどうなってしまうのだろう。ジューンは彼に何をするのだろうか。

「わけがわからないよ……」弱々しく、途方に暮れている。ジューンはまた彼を傷つけるのだろうか。

散歩に出る。アメリカヅタ《ヴァン・ヴィエルジュ》が血のように赤く、フェンスや壁を染めている。風に逆らって歩くと、犬がわたしの手を舐める。

どんなに遠く、わたしはジューンから離れてしまったことだろう。わたしがヘンリーにしてあげたことに彼女が嫉妬していると感じて、「みんなあなたのためにしたことよ」と言った。ジューンも嘘をついて、「ヘンリーと出逢う前にあなたと出逢いたかったわ」と言う。

そして、彼女が来ると狂気も一緒に戻ってきた。彼女は言った。「アナイス、あなたといるとしあわせ」さっそく、ヘンリーが「彼女を殺した」という話を始める。彼が彼女について書いたものを残らず読んだのだ。「裏切られるまでは、ヘンリーを愛していたし、信じていたわ。あのひとは女でわたしを裏切っただけじゃなく、わたしの人格を歪めてしまった。わたしじゃない、冷酷なわたしを創り上げてね。わたしがどんなに誠実さを、愛を、理解を求めているか。自分を守るには、嘘の弾幕を張らなきゃならなかったの。本当の自分をヘンリーから守らなければ。それに、いまはあなた、あなたが強さをくれる。あなたは冷静で強くて、本当のわたしを知っていてくれる」

暗い小道を歩いて坂を登りながら、混乱し、苦悩し、保護を求めるジューンが見えた。

「ヘンリーには想像力が足りないし、偽ものよ。充分に単純でもない。わたしを複雑にして、生気を奪い、殺したのはヘンリーなの。文学をもちこんで、彼を苦しませたり憎悪を掻きたてたりする、虚構の人物を創り上げた。だってあのひとは、憎悪で自分を鞭打たなければ書けないのだから。作家としてのあのひとに価値があるとは思わない。人間らしい面を見せる瞬間はあるわ、もちろんね。でも、嘘つきで不誠実で粗野で、役者なの。ドラマを求め、異形の者たちを創り出すのはあのひとなのよ。単純明快なものは好まない。インテリなのよ。単純なものを求めておいて、それを歪め、怪物やら苦痛やらをでっちあげ始める。すべて偽もの、偽もの、偽ものよ」

愕然とした。新しい真実が見えた。もつれた糸が途方もない大きさになっているのが見えた。当惑しながらも、奇妙に澄み渡った気持ちだ。わたしはヘンリーとジューンのあいだで揺れ動いているのでなく、この眼にはっきり見える、ふたつの真実のあいだで揺れ動いているのだ。人間としてのヘンリーを信じながら、彼が文学的怪物であることも重々承知している。ジューンを信じながら、その破壊的な力もよくわかっている。

彼女がまず口にしたのは、わたしがいま、彼女の性格をヘンリーのヴァージョンで信じているのではないか、という懸念だった。パリでなくロンドンに着いて、そこでわたしと落ちあいたかったという。わたしの眼を一目見て、また信じてくれた。ヘンリーが信じてくれるように。ふたりとも、わたしの誠意を必要としている。わたしがどんなにヘンリーをかばっても、彼女はあしざまに言う。「あなたの努力は何にもならなかったわ。ヘンリーはわかったようなふりをして、あとでくるりと背を向け、破壊するだけよ」

わたしといるときのヘンリーは、もっと人間的ではなかったろうか。ジューンはもっと誠実だったのではないか？ ふたりの性質をあわせもつわたしは、彼らのポーズをこわし、真の本質に届くことはできないのだろうか。

「アナイス、あなたはわたしに生命《いのち》をくれる。ヘンリーが奪っていったものをくれるの」

わたしたちは手を絡める。彼女に愛を込めた言葉を返しながら、どうやってヘンリーを救おうかと思案する。

嘘つきなのは誰？ 人間は誰？ 最も賢いのは誰？ 最も強いのは誰？ 一番わがままじゃないのは誰？ 最も献身的なのは？ それとも、こうした要素はわたしたちひとりひとりのなかに混ざりあっているのだろうか。わたしが一番人間的だという気がするのは、ふたりのことがどちらも心配で、守りたいと思うから。

ジューンはわたしより年上だが、わたしを『制服の処女』*の先生のように見ている。自分自身のことは、

＊　一九三一年制作のドイツ映画。

わたしの穏やかさのなかに避難するマヌエラだと。

ふたりとも、わたしのなかにみずからの無傷なイメージ、可能性としての自己を見つけたのだ。ヘンリーはわたしのなかに、可能性としての偉大な男を見ているし、ジューンはすばらしい人物を見ている。どちらも、わたしのなかにあるこのイメージにしがみつく。生を求め、強さを求めて。

ジューンには強さの核となるものがないから、人を破壊する力によってそれを証明するしかない。わたしと出逢う前のヘンリーは、ジューンを攻撃することで強さを主張するしかなかった。彼は彼女を戯画化し、彼女は彼を守ることで弱くした。ふたりはたがいを貪りあった。そして、首尾よく殺しあうと泣くのだ。ジューンはヘンリーがドストエフスキーになることを望みながら、それを不可能にするためのありとあらゆることをした。本当に望んでいたのは、彼が彼女を褒めそやし、すばらしい人物として描くことだった。だからヘンリーの本は失敗だと彼女は言う。ジューンを美化し損なっているからだ。

だが、ジューンの不満は自分が詩的に描かれていないことだと思っていたが、わたしの散文詩での描き方にも異を唱えたのだ！　その強さと美を見損ない、正確な肖像ではないという。作家は肖像画家ではないと、ジューンには言えなかった。だが、このことからわかったのは、彼女にはほかの誰とも共有できない自分自身のイメージがあること、書かれたものを客観的に判断する能力がないということだった。

わたしたちは黄金の魚《ポワソン・ドール》にいた。

ジューンはヘンリーに、あなたは作家として失敗であり、子どもであり、女に依存している、と言ったという。女がいなければ何もできない、と。

わたしたちは飲んでいた。

ヘンリーは強力な作家だと思う、とわたしは言った。

「あなたは偉大よって、彼に言いにいきましょうよ。アナイス、あなたはわたしに彼を信じさせてくれる」

「信じたいのね。ヘンリーが信じられなくなったら、あなたは何のために生きるの？」

「あなたよ、アナイス」

「でも、わたしを愛することはあなた自身を愛することでしかないわ。わたしたちは姉妹だもの」

「あなたはヘンリーを信じているのね、アナイス？」

「ええ、そうよ」

「それなら、優れた人なのね。それだけの価値があるんでしょう」

わたしはヘンリーとジューンをそれぞれに与えている。自己をもたずして、他者の姿を明らかにする。


美しいジューン、彼女と三時間話した。時に賢く、時に退屈でからっぽ。彼女の不安な自己、ヘンリーのことが不安、信じるのはただ眩暈《めまい》の瞬間、エクスタシー、闘争、熱。

少し前、彼女は言った。「あなたのなかにわたし自身が見える、ヘンリー以前のわたしが。あなたもわたしと同じね、まったくの女性性と男性性が奇妙に混ざりあっている」

わたしは言った。「それはちがうわ、ジューン。女が想像力や創造力をもち、人生で能動的な役割を果たすと、人は男性性と言う。アランディはそんなふうには言わないわ。あなたは能動的で、ヘンリーは受動的でしょう」

雨の滴がタクシーの窓を伝っていた。ジューンの青ざめた顔がガラス越しに、溺れゆく女のように見えた。たまらなくかわいそうになった。どうしたら救ってあげられるだろう。

あのふたりの矛盾するイメージがわたしを苦しめる。どちらも相手の歪んだ姿を見ている。彼らにはわたしの姿も歪んで見えるのだろうか。彼らがおたがいを歪みのない姿で見るよう、再び愛しあうように、わたしはしてあげられるのだろうか。

一九三二年十一月

昨夜、クリシーに行った。ヘンリーとジューンはわたしを喧嘩のレフェリーにしようというのだ。わたしは黙って座っていた。言うべきことがあれば、その人と個別に話します、と静かに言った。ヘンリーはジューンの洪水のようなおしゃべりに苛立っていた。一方ジューンが言うには、「彼はまるで鋼鉄の壁よ」

ジューンとわたしはヘンリーのベッドに腰かけている。ヘンリーは紙と本とノートに埋もれたテーブルに。彼の本の出版をめぐる金銭問題を話しあっていた。カヘイン〔ジャック・カヘイン。一八八七—一九三九。ミラー『北回帰線』ニン『人工の冬』ダレル『黒い本』を出版したオベリスク・プレスの創立者〕は支払いを要求している。お金は工面します、とわたしは約束する。ジューンは要点をえない、非論理的なことを言う。話は滅茶苦茶になり、つじつまが合わなくなり、混乱してくる。わたしがヘンリーの本に尽力することをジューンは嫉妬しているのかもしれないと思い、あなたもニューヨークでお金を工面してみてはどうかしら、と言った。ヘンリーは忍耐強く切り出した。「いいか、ジューン、聞いてくれ。この件について、きみは混乱しているよ」

ジューンは言う。「混乱してるのはあなたの方よ」

ふたりがおたがいを極限まで苛立たせたところで、わたしたちはその話題を打ち切った。そのあと、ヘンリーはあくまで静かに、優しく問いかけた。「ジューン、ここでは仕事にならないんだ。何日かルヴシエンヌに行こうと思う。わかってくれるね。いまは作家として、ぼくの人生で一番大事な時なんだよ」「行かなくていいわよ、ヘンリー、わたしが出ていくから。お金ができ次第、ニューヨークに帰るわ。今夜は友だちの所に泊めてもらう」彼女は眼に涙を浮かべていた。

ヘンリーは言った。「そういう問題じゃないんだ。出ていってくれというんじゃない。ただ、ひとりにしてほしいんだ。きみがいると仕事ができない。仕事にならないんだよ、ジューン。いまだけは、何としても自分を守らなきゃならない。この本を書き上げるためなら、ぼくは犯罪だって犯しかねないんだ」

このあとまた、筋道がわからなくなった。ジューンはヒステリックに泣き、全身を震わせて、ヘンリーなんて人間じゃない、自分を守るために彼と闘わなければならない、このままいたら自殺するか、何か気狂いじみたことをしてしまう、と泣き喚いている。

わたしはジューンを慰める。腕をさする。ヘンリーも感傷的になって泣いている。突然、怖ろしく鋭いジューンの直観が閃く。「ヘンリー、わたしの理解を超えたところであなたは優れているけど、でもわたしが影響を受けてしまうのは、あなたの劣ったところなの。あなたのなかには、わたしにはつかめないものがある。わたしはあなたの観念の奴隷にはなれない。あなたは精神の勝ちすぎた人よ。わたしはあなたにふさわしい女じゃない」

彼女は身も世もなく泣き崩れている。彼女が部屋を出ていくと、わたしはあとを追う。暗い、窓のないトイレで、彼女は身悶えして泣きじゃくる。わたしは彼女を抱きしめる。子どものように髪を撫でる。彼女の涙がわたしの喉を伝う。かわいそうで、胸が締めつけられる。彼女はわたしにしがみつく。おとなしくなるまで撫でていてあげる。彼女が顔を洗いにいくと、わたしはヘンリーの所に戻り、彼の仕事の話をする。ジューンが戻ってくる。落ちついている。わたしは帰り支度をする。ジューンはヘンリーに、食べ物を買いにいき、わたしをタクシー乗り場まで送るように言う。ヘンリーとわたしは十ブロックほど歩きながら、ジューンという子どもについて、彼女をいかに守るべきかについて話す。ヘンリーに平和を与えるため、なるべく彼女を外に連れ出すようにするわ、と申し出る。ジューンの話はわたしには退屈だと、ヘンリーにももうわかっている。ジューンが従順になり、彼の愛を請うさまを聞き、見るために、かつてなら命も投げ出したろうが、いまの彼には何の意味もない、と彼は言う。彼の気を引くために彼女が何を言っても、彼女自身が彼の重要性や価値についていかに混乱しているか、彼を褒めているのか呪っているのかもわからないのが明らかになるだけだ。この前の夜は帰宅するなり、「あなたはこの世で一番誠実な男だと思う」と言ったという。

ブロンドの髪を肩に垂らし、ヘンリーのベッドに腰かけるジューンがどんなに美しく見えたか、忘れることはできない。それほど美しい人の言葉が、ヘンリーにこんなことを言わせるとは、呪わしいことだと思った。「きみはばかだな。そう、だからまともに受けとれないんだよ」

落ち葉がかさこそ紙のような音をたてるのを踏みしめて、ジューンと歩いた。

歩くうち、彼女はほがらかになり、苦しみから少し抜け出したようだった。「あなたといると、とても調和を感じるの、アナイス」まさにヘンリーの言葉を使って、彼女は言った。わたしは明晰さと調和の媒体にすぎないのだろうか。それによって他者が自分自身を、可能性としての自己を、みずからのヴィジョンを見いだすための。ジューンはつけ加えた。「抜け目ないのはわたしじゃなくて、ヘンリーなのよ。わたしのことを抜け目ないってあのひとは言うけど、抜け目のなさで人を圧倒するのはあのひとの方よ」

それを聞いて、ヘンリーが生んだ文学的虚像の数々が、ジューンのかわいそうな揺れる心をずたずたにしたのがわかった。彼が書くこと、言うことのすべてが彼女を歪め、誇張し、混乱させ、彼女の人格と彼女自身の誠実さを崩壊させたのだ。彼女はいま、ヘンリーが山のように書いたものの前に立ちつくし、自分が娼婦なのか女神なのか、犯罪者なのか聖人なのか、わからなくなっている。

わたしたちはおたがいを必要としている。ときどきわからなくなるのは、どちらが子どもで、どちらが母か、どちらが妹で、どちらが年上の賢い友か、どちらが頼っていて、どちらが守っているのかということだ。わたしたちは気が狂うほど揺れ動き続け、おたがいが相手に何を求めているのかわからない。今夜はジューンが、「あなたと踊りたい」と言う。ジューンがわたしをリードする。ヘヴィーな彼女と、柳のように軽いわたし。墜ち、喘ぎ、息絶えるジャズ・ナンバーの、最後のビートに乗って滑る。堅苦しいイヴニング・シャツを着た男たちは、椅子の上でさらに硬くなる。女たちは唇をきゅっと閉じる。ミュージシャンたちは優しさと悪意を込めて微笑み、尊大な食事客の横っ面をひっぱたく見せ物に大喜び。ふたりとも美人だなと、思わず声をあげる。ジューン、黒い瞳をグレタ・ガルボ風のフェルト帽のつばに隠し、ずっしり重いケープを纏い、悲劇的なまでに青白い。そして、あらゆる意味で対照的なわたし。ミュージシャンたちはにやりと笑う。男たちは侮辱されたと感じる。テーブルに戻るとウェイターが待ち構えていて、もう踊ることはまかりならぬという。ならばとわたしは、大貴族《グラン・セニョール》よろしく勘定を求め、わたしたちは立ち去る。唇に刺すような抵抗の味を感じる。キャバレー・フェティーシュへ行く。そこでは男も女も仮面を脱いでくつろいでいる。わたしたちも排除されていない。男はわたしたちの気を引こうとし、ジューンは反応する。わたしは嫉妬でぴりぴりする。ジューンが話す。どれもヘンリーが話していたことばかりだ。ただ、裏返しの話になっている。どこをとってもぴったり合うところがない。どの場面も、ちがう形に再構築されている。彼女を下品な性悪女に仕立てているのはヘンリーだ。彼女は傷つきやすく、繊細なのだ。裏切ったのは、彼女の眼の前で女を口説いたヘンリーだ。彼女をファム・ファタールと思いたがり、最悪のことをするように仕向けたのがヘンリーなら、彼女にスラングの話し方を教えたのもヘンリーだ。「ヘンリーは人間的な人生を望んでいないのよ、アナイス、人間らしい幸福も。そんなこと望んじゃいないって、知ってるもの。彼が望むのはパフォーマンス、放縦、熱、興奮。彼に勇気がなくてできないことを、わたしが全部やらなきゃいけなかった。彼は臆病だった。弱虫だったの。彼のドストエフスキー的登場人物は、わたしが連れてきたのよ。でも、彼はドストエフスキーじゃない。彼らを見抜くことができなかった。ヘンリーは人間の屑よ。不誠実で。あのひとがわたしを憎むのは、わたしにさんざん借りがあるから。わたしがあげたものみんな、ろくでもない使い方をしてくれたわ。彼は充分リアリスティックでもなければ、充分空想的でもないの」

彼女の、女占い師の眼、あの前のめりの、喝望するように突き出した横顔。

彼女は文学の登場人物として、その崇高、豊穣、激情もそのままに復元されることを望んだのだ。

「わたしなら、あなたからすばらしい人物を造形するわ、ジューン、あなたに気に入ってもらえる肖像をね」

「でも、あの詩、『近親相姦の家』みたいなのはいやよ。あれはわからなかった。わたしじゃなかった」

ヘンリーはわたしを型に嵌めることはできない。型は自分で作るし、自分の肖像も自分で描く。

クリシー。ジューン、フレッド、ヘンリーとわたし、キッチンで食事。おしゃべりは洒落や冗談、からかいや警句やほのめかしを散りばめて、果たしあいのように延々と続いた。抽象的な酒。ジューンは足場を失い始め、だから、ペルノーのボトルを傾けるピッチがさらに上がった。

彼女は喚いた。「アナイス、大好きよ。残酷で賢い人。あなたたち、揃いも揃って残酷で賢い。だから酔っぱらっちゃった。ひどく酔ったわ」彼女は前に、わたしの方によろめき、わたしの上に倒れかけた。抱き起こす。彼女は眼に涙を浮かべていた。ベッドに連れていく。わたしには重すぎた（ああ、笑える構図、ジューンがわたしにもたれかかるなんて）。よろけながらヘンリーの部屋へ。彼は眼を覚まし、ジューンをベッドに寝かせるのを手伝ってくれた。彼女は笑う。かと思うと泣く。そして吐き始める。額に濡れタオルをおいてあげる。彼女はそれを剥ぎとり、わたしに投げつける。「ああ、ヘンリー、アナイス、あなたたちはふたりとも、残酷で賢くて、賢くて残酷。ふたりともこわい。すごく気分が悪い、わたし、臭うわね。ひとりにして。アナイス、そばに来ないで。つらい、ものすごく気分が悪くて、疲れてる。休みたい。やすらぎをちょうだい。やすらぎがほしいの。アナイス。好きよ。顔を拭いて。冷たく冷えたタオルをちょうだい。離れていて。くさい。ひどい臭い」

ジューンはわたしの真剣さを非難と思い、道徳的判断と考える。だが、そうではない。醜さがいやなのだ。黒いサテンのドレスを着たジューンが、吐瀉物にまみれていることが。醜さと、空しさ。空しさがかなしい。嘔吐するのはジューンだが、わたしは全人生を嘔吐したような気がしている。

彼女を慰める。わたしは残酷なんかじゃないわ、大好きよ、ジューン、と言って。ジューンは高いびき。彼女の隣に、コートも何も着たまま横になる。ヘンリーがコーヒーをもってくる。ジューンはゆっくり飲む。夜明けだ。彼女はわたしに訊く。「今夜また来てくれる？」

わたしはわたしの孤独、平和、わたしの家の美しさがほしい。わたしのかろやかさとよろこびを、もう一度見つけたい。宿酔のない、嘔吐のないエクスタシー。ジューンは駅まで送ってくれ、菫を買ってくれる。汽車の椅子の下に棄ててしまったけれど。

夜また来る元気はないわ、と言うと、ジューンはわたしをなじった。家に帰って日記をつけるの、あなたとふたり、サンダル履きで、同じリズムで、駅まで歩いた最後のイメージを書きつけるの、と説明することはできなかった。別れを、わたしのなかで気持ちが退いてしまったと、説明することはできなかった。

ジューンが行動するのを眺め、ジューンが大騒ぎすれば逃げる、受動的なヘンリーのイメージは、彼女が彼にいだくイメージと一致する。わたしは自分の人生に彼らがほしいと思った。だが、彼らの人生を生きたいとは思わない。

ジューンが力説するのは、ヘンリーは彼女を子ども・女・娼婦として見たがり、彼女の知性を認めようとしなかったということだ。彼の傍若無人なセックス・トークや娼婦買いから逃れようとして、空想と冒険の物語に入り込んだということであり、彼のリアリズムと散文性、下品な描写から逃れようと、作り話に走ったということだ。ジューンによれば、彼は彼女から奪うばかりで、決して彼女の影響を認めようとしない。確かに、彼らのヴィレッジでの暮らしや安酒場、友人たち、ジューンのさまざまな物語をヘンリーが描くとき、それはもっぱら外部からの記録にすぎない。ヘンリーはそれらの意義を探ろうとはしなかった。だがいままさに、彼はそれを行っているところなのだが。一方、わたしが長い散文詩でジューンを詩的に描いたとき、彼女が理解しなかったことも事実だ。また、彼女にはヘンリーも、彼女自身も理解することはできないし、彼らはふたりとも無意識の存在で、本能のまま、盲目的に行動しているだけだということも。彼らには通訳が必要なのだ！

クリシーでヘンリーのベッドに座り、わたしがしていたのはまさにそれ、ヘンリーとジューンを通訳することだった。ヘンリーがジューンを歪めたのは、母への神経症的な愛と憎悪、女を求めながら拒絶せざるをえない心理のためだった。作品による自己救済は、彼にありうるのだろうか。ジョイス、ロレンス、プルースト同様に彼の作品も、エゴの怪物的な肥大という究極の弱さから逃れえないのか。わたしはすべてを批判したが、ここに書いているより巧みに行った。ヘンリーに対してアランディの役割を演じ、彼が他者の批評や意見に依存していること、つねに内面からでなく、何かに対して自己を測っていることを指摘した。

その後、ヘンリーは夕食のために席を外し、ジューンとわたしがふたりきりになった。ジューンはわたしに、すばらしかった、人がヘンリーに対して、高からず低からず、的を得た話をするのを初めて聞いた、と言った。

「アナイス、わたしは性的に死んでいるのよ。ある偉大な信仰と偉大な幻想に情熱を注ぎ込んだあげく、燃えつきてしまったの。ヘンリーは男ですらなくなりつつあるわ。抱きしめられればわかる。わたしを求めていないんじゃなくて、女を求めていないのだと思う」

と、彼女の話が特別な雰囲気を帯びているのに気づいた。何か遺言のようにも、身を引こうとしているようにも聞こえた。なぜ？　ヘンリーのためにすべきこと、すべきでないことをわたしに伝えていた。わたしがヘンリーと話すのを見て、どんな直観に達したのだろう。彼女は言う。「今夜あなたは、ヘンリーに勝る賢さを見せてくれたわ。あのひとにあなたの知性と作品を破壊させてはだめ。あなたの作品が第一だということを忘れないでね」

女への忠誠だろうか？　予言だったのか？　ヘンリーが彼女を破壊したと言いたかったのか。

「でも、あのひとは作家としてのあなたを傷つけるかもしれない。女としてのわたしを傷つけたように。奪うばかりで、与えないことによって」

あの夜起きたことのすべて、わたしたちが交わした言葉のすべてを書き記すことは、到底できないだろう。ジューンは個人を超えた領域に昇っていこうとしているように思えた。個人としての嫉妬心を消して、わたしのヘンリーへの友情、ヘンリーのわたしへの友情を受け入れているように見えた。

「どうしてわたしのからだはこんなに無骨で泥臭いのかしら、アナイス、わたしは泥臭くも無骨でもないのに」

「でもね、ジューン、ヘンリーはあなたのどっしりしたからだが好きなのよ。わたしもありのままのあなたが好き。わたしはあなたのようになりたいの」

わたしが彼女の肉体に棲まい、彼女になりたいと思うように、彼女は自分自身から逃げたいと思っていた。わたしたちはともにみずからの自己を否定し、相手になることを願っていた。

ヘンリーが過去を回想するとき、プルーストとは対照的に、それは動きのなかで行われる。娼婦を抱きながら最初の妻を思い出すかもしれないし、街を歩きながら、または友に会いにいく道すがら、初恋の人を思い出すかもしれない。そして、思い出すあいだも人生は止まることはない。動きながら分析する。静的な生体解剖ではない。ヘンリーの日々続く人生の流れ、性的活動、みんなとの語らい、カフェの生活、街の人々との会話――かつては書くことの妨げだと思っていたが、いまではそれこそが、ほかの作家にないヘンリーのきわだった資質だと思う。冷徹に書くなどということは、彼には無縁だ。つねに白熱状態で書く。

わたしが日記でするのもそういうことだ。どこにでももっていき、友人を待つカフェのテーブルで、汽車で、バスで、駅の待合室で、髪を洗ってもらいながら、ソルボンヌの講義が退屈になったら、旅や移動の途中、人がおしゃべりしているあいだにも書く。

子どものころを思い出すのは、料理をしたり庭いじりをしたり、歩いたり愛を交わしたりしているときであって、フロイトの「少女の日記への序文」を読んでいるときではない。

一九三二年十二月

カフェでヘンリーに会うと、堰を切ったようにジューンのことを話しだした。「ジューンの卑しさを見つけてしまった。彼女の怒りが浮き彫りにしたのは、途方もない自己中心主義だ。それより悪いな。安っぽいんだ。出ていくとき、戸口で振り返ると、こう言ったんだ。『これであなたの本の最終章ができたわね！』」

ヘンリーは眼に涙を浮かべ、この最後の場面を語った。安っぽい。何という予想外の言葉が、ジューンに烙印を押すことになったのだろう。

その瞬間、ヘンリーは悩み疲れ、深いかなしみに沈んでいるようだった。

ヘンリーの言う通りなのだろうか。もう日記を書くなと言う。彼の考えでは、それは病気であり、孤独の副産物だという。わからない。

殻を這い出したカタツムリのような気持ちになるだろう。誰もがいつも、日記の邪魔をした。母はいつも外に遊びにいきなさいと言った。弟たちにはからかわれたり、盗まれたり、茶化されたりした。学校の女友だちには秘密にしていた。誰も皆、いつか卒業するだろうと言った。ハバナでは叔母に、眼が悪くなるし男の子が寄りつかないわよ、と言われた。

一九三三年一月

アランディの所を出て、ヘンリーと彼の友人たちと、カフェで会った。席に着くと、どこへ行ってもまとわりついてくる、街のアコーディオン弾きの音楽が聞こえた。

ヘンリーは『ビュビュ・ド・モンパルナス』〔一九〇一年、娼婦を描いたシャルル・ルイ・フィリップの小説〕について、彼自身のビュビュ暮らし、乞食暮らし、娼婦との関係、飢えその他もろもろについて語りだした。くたびれた靴や、にっちもさっちもいかない状況について。

わたしはそういう生活に馴染みはないが、理解はする。アランディの世界とわたし自身のあいだに距離があり、ヘンリーの生活とわたしの生活のあいだでは距離が縮まるとすれば、その後行かなければならなかった、豪邸でのフォーマル・ディナーとわたしのあいだにあったのは？　惑星間の距離にも似た隔たり。

わたしにはアランディが必要だ。アランディがもはや客観的でいられないことに、人として心を動かされた。

アランディは言った。「いまだからお話ししますが、弟さんのコンサートでヘンリーを見たときは、怪物に見えましたよ。あなたは神経症だから、ジューンやヘンリーやその友人たちとつきあったりするのです。あなたのようなたぐいまれな女性が……掃き溜めに花《フルール・シュル・デュ・フミエ》だ……」

わたしは笑った。神経症がわたしのボヘミア生活の原因だという考えに笑ったのだと、アランディは思った。ああ、そうではないのに。アランディが使った「掃き溜めに花」というフレーズは、お手使いの娘が読むような三文小説の常套句だから、詩人としてのわたしはうんざりしたのだ。別の女なら、葉巻を咥え、帽子をかぶった男にうんざりするのかもしれないが。

そのイメージとフレーズのばかばかしさのために、アランディの発言のばかばかしさが見えなくなってしまった。何しろ大層心を込めて、献身的な様子で言ってくれたので。でも、出るなり思ったものだ。

「恋する分析医って、どこにでもいる恋人と同じくらい盲目なのね!」

だがとりあえず、アランディへの嘘を終わりにしなくては。「彼は暴力的でしたか?」と訊かれた。「いいえ、もちろんそんなことはありません」と答えながら、ヘンリーの暴力という考えにまた笑いたくなった。「アランディ博士、先生は文学にしてやられていらっしゃいますわ。ヘンリーの暴力的な書きものに騙されたのです」

「あなたはジューンを想像したように、ヘンリーも想像したのです」とアランディ。

「あら、ちがいます。ヘンリーのことはよく知っていましたもの」(気をつけて、アナイス、つねに過去形を使うこと)

「運のいい男だな。彼はもう二度と、あなたのような友人をもつことはないでしょう」

わたしとヘンリーの友情をめぐるアランディの事後分析の、愉快なことといったらなかった。心から信じているのだ、ヘンリーは幻想だったと。(だった!)

蜘蛛の巣のように嘘を張りめぐらせたのち、わたしはいい気分でアランディのもとをあとにした。アランディはすばらしい人物だと思った。一瞬自分でも、ボヘミアンたちの生き方が受け入れられずに、本当に彼らの世界と袂を分かったような気がして、心も軽く身も軽く歩いていった。あとになって初めて、嘘を悔やんだ。なぜなら嘘は孤独を生むものだから。わたしには心を開いて話す相手が必要だった。そうしてアランディに嘘をついて、またひどい孤独を引き受けることになった。アランディが真実を知っていたら、彼は何をしてくれただろう。

アランディが泣かせるのは、何と言っても「ぼくのかわいい子《モン・プティ》」だ。

彼は詩人ではない。残念。それこそわたしが必要とするものなのに。彼が提供する比喩や象徴は限られている。わたしが求めるものは何？　文学。文学、わがパンにしてワイン。

でも、わたしが子どもたちに囲まれていること、アランディの所に行くのは、子どもたちの世話を手助けしてくれる人が必要だから、ということもまた、わたしにはよくわかっている。

ふいに、分析医の人生の悲劇が身に沁みた。つまり、分析医は人生をコントロールする立場にあるから、他人の人生に入り込み、秘密やプライバシーを共有し、夫や恋人や親も知りえないことを知り、まさに患者の心とからだのなかにまで招き入れられるという、人もうらやむ力を手にすることになる。だが、彼に許されるのはただ見ること、「窃視者」になることであり、触れることも、愛され、欲望されることも、憎まれることもない。わたしは全人生を彼に差し出したが、それは彼のものではないのだ。

アランディがいなくなったら、わたしは舵を失ってしまうだろう。

果たして誰が、分析医も患者と同じくらいに、愛の幻の犠牲者なのかと言うだろう。

誰が言うだろう。患者が分析医を愛するのは、理解されたと思うから、ゆえにわかってもらえたと、ゆえに愛されたと思うからだとしたら、医者が患者と恋に落ちるのは、一人の人間の、人目を憚るようなことも知りうるからだ、と。セックスする肉体を覗き見し、ベッドにもぐり込み、発作的な涙を流すのを、飢餓感の、恐怖の、かなしみの叫び声をあげるのを、覗き見ることを許される。分析医は他者の生を生き、他者を救い、その罪悪感と告白の重みを感じ、欲求を知りうる立場にある。求められ、かけがえのない存在となり、他者と混ざりあい、結ばれていると感じる。その震えと鼓動のひとつひとつを知りうる肉体に、触れようと思えば触れられるのだ。

この愛が幻影なら、およそ幻影でない愛などあるだろうか。

セッションの初めに、まずアランディを患者用のアームチェアに座らせ、彼の症候は、人生と愛に自信がもてないことの表われである、と分析した。彼は内面に敗北の投影《プロジエクシヨン》をかかえていて、それが敗北を生むのだ、と指摘した。彼は笑った。

彼のいつものやり方、お得意の学術用語を、そのまま彼に適用した。彼がわたしを治療するのでなく、わたしが彼を治療していた。

ヘンリーは作品[*]のことで頭がいっぱいだ。もう娼婦買いも、放浪もしようとしない。小説の前半にはできごとだけが書かれている。後半はひたすらエクスタシー、数々の冒険と探求から、詩とシュルレアリスムが河のように流れ、みごとな完成に至る。彼の書くものに宿る爆発的な力を褒める

＊　のちに『黒い春』と呼ばれることになる自伝的作品。

と、わたしが書くものにも同じことを感じる、と彼は言う。女性的な革命。

わたしたちはおたがいの作品に大いに影響を与えあっている。わたしは芸術性と洞察、リアリズムを超えることについて、彼はわたしの作品の内容、主題、力強さについて。わたしは彼に深みを与えたし、彼はわたしに明確さを与えてくれる。

一九三三年二月

わたしは恍惚だけを求めて生きたい。少量の薬とか、ほどほどの愛とか、光と影のあわいとか、そんなものはしらけるばかりだ。わたしは過剰なものが好きだ。郵便配達夫が腰を痛めるほどずっしり重たい手紙の束、表紙から溢れ出す書物、温度計がこわれるほどのセクシュアリティ。わたしはジューンになりつつあるのだと思う。

アランディに、国立図書館《ビブリオテク・ナシオナル》での調べものを頼まれた。「あなたはすべてを詩人の眼で見るのですね」と彼は言う。あれは非難だったのだろうか。「あなたを見ていると、アントナン・アルトーを思い出す。ただ、彼は激情と怒りに取り憑かれていて、わたしにはどうしてあげることもできないのですが」

一九三三年三月

訪問客は帰った。わたしはひとり、部屋に座っている。アランディ夫妻がアントナン・アルトーとやってきたのだ。アントナンはクリスタルを見ていた。わたしたちは月の光を浴びて庭を歩き、アントナンはいたく感動して、ロマンチックな気分に浸っていた。「この世から失われてしまったはずの美がここにある。この家は魔法、この庭も魔法だ。まさにおとぎ話だ」

アルトー。痩せて、神経が張りつめている。骨と皮のように痩せこけた顔に、幻視者のまなざし。冷笑的な態度。いま疲れ果てていたかと思うと、次の瞬間には激しい悪意を露わにする。

演劇は彼にとって、苦痛と怒りと憎悪を叫ぶ場であり、わたしたちのなかの暴力を行使する場だ。最も暴力的な生は、恐怖と死から噴出する。

彼は古代の血の儀式について語った。伝染の力。いかにわたしたちが伝染性の魔術を失ってしまったか。古代宗教は信仰と恍惚を伝染させる儀式を執り行った。儀式の力は失われた。彼はそれを演劇にもたらそうとした。いまや誰も、他者と感情を分かちあうことができない。だからアントナン・アルトーは、演劇を使ってこれを達成しようとしたのだ。演劇を中心に据えて、わたしたちすべてをめざめさせる儀式を行うこと。彼が叫ばなければならなかったのは、人々を再び熱情に、恍惚にめざめさせるためだ。語ることではなく、分析でもない。恍惚の境地を演じることによる伝染。客観的な演劇ではなく、観客の中心にある儀式。

彼の話を聞きながら、わたしたちが失ったのが儀式だというのは本当だろうか、と考えた。それとも、人は感じる力を失ってしまい、いかなる儀式によってもそれをもたらすことはできないということか。

アルトーはシュルレアリストから拒まれたシュルレアリストだ。痩せこけた亡霊のような姿でカフェを徘徊するが、カウンターで飲んだり、人に囲まれて談笑したりする姿を見ることはない。麻薬中毒の、歪んだ人間で、いつもひとりで歩き、拷問の場面さながらの芝居を作ろうとしている。

眼は鬱々として青く、苦痛のために黒い隈ができている。全身これ神経といったところだ。だが、カール・ドライヤーの映画〔一九二八年公開の『裁かるるジャンヌ』〕で、ジャンヌ・ダルクを愛する僧を演じた彼は美しかった。洞窟の奥から光を放つような、神秘家の窪んだ眼。深く窪んで翳り、謎めいている。

アルトーにとっては、書くことも苦痛以外の何ものでもない。それは発作的に、大きな緊張とともにやってくる。金もない。世界に嘲けられ、脅迫されていると思い込み、世界と折りあいをつけられずにいる。彼の激しさは陰鬱で、ひどく怖ろしい。

庭で、わたしたちが人の後ろに立っていたとき、彼は幻覚を呪い、わたしは言った。「わたしの幻覚の世界で、わたしはしあわせよ」

「そんなこと、ぼくにはとても言えない。ぼくにとっては拷問だ。超人的な努力を払って、ようやくそこからめざめるんだ」

アランディは、アルトーを蝕む麻薬の習慣をやめさせようとしたという。あの夜わたしにも、彼が解釈に反発していることはわかった。解釈というものがあること自体、耐えられないのだ——精神の高揚が妨げられるというように。カバラ、魔術、神話、伝説について、彼は熱く語った。

アランディによると、アルトーは彼のもとに何度か通ったが、単なる形式にすぎないといって、最終的には分析を受けつけなかった。だが、分析に助けられたことは認めたという。

アランディは初めてルヴシエンヌに来たとき、「ここにいると、まるで遠い国に来たようだ」と言った。だがアルトーは、「いいや全然、ぼくにはここがなつかしい」

一九三三年三月

アルトーは、みずからの怖るべき孤独について書いた。彼の『芸術と死《ラール・エ・ル・モール》』を読み、『近親相姦の家』を贈って、こう書き添えた。

親愛なるアントナン・アルトー

神経の言語と神経の知覚を用いたあなたなら、御存知のはずです。横たわるとき、そこに横たわるのが肉体——肉・血・筋肉——でなく、宙に浮かび幻覚の蠢くハンモックだと感じるのがどういうことか。あなたがここに見いだすであろうものは、あなたの言葉が創り上げる星座群への、あなたの感情の断片化への返答です。あざなわれ、並び、寄り添い、こだまし、同じ速度で眩暈する響きあいです。あなたの「思考の熱狂《グランド・フェルヴュール・パンサント》」に、「世の始めよりある疲労《ファティーグ・デュ・コマンスマン・デュ・モンド》」に響きあうものです。何より大事なのは、言葉が空無のなかへ落ちていくなどと思わないことです。あなたが『芸術と死』に書きつけた言葉は、どれひとつとして、空無に落ちていきはしなかった。それに、この本の頁をめくれば、きっとおわかりいただけるでしょう、あなたを受けとめるために、わたしがひとつの世界を用意したことを——壁の不在、光を吸収する光、水晶に映る絵、麻薬漬けの神経、幻視する眼、夢見る熱によって。この本はあなたと出逢う前に書いたものですが、あなたの世界観と同期《シンクロナイズ》するように書かれています。

アルトーからの返信。

御恵贈いただいた本について、長い手紙を差し上げるつもりでした。あそこに描かれた魂の緊張、厳密な語の選択と表現は、私の考え方と相通じるものを感じます。ですがこのところ、文字通り取り憑かれて頭を離れず、ほかにないくらい夢中になっていることがあり、それは、木曜日に予定されている「演劇とペスト」という講演です。まったく手ごわい、捉えがたいテーマで、私のいつもの思考形式と正反対の方向に思いをめぐらせねばならず、参っています。それに、私の英語力はひどいもので、およそ読めないといっていいのですが、あなたの書く英語はとりわけ難解で複雑、選び抜いた言葉で書かれています。そういうわけで、私のかかえる問題は二倍にも三倍にもなってしまうのです。もっときちんとお返事しなければならないところですが、どうかお許しください。講演が終わり次第、改めてご連絡いたします。それまでは、私の演劇プロジェクトにお寄せいただいた御支援に対し、心からの御礼を申し上げます。どうか積極的に、「女性演出家《リアリザトリス》」として見守ってくださいますよう、お願い申し上げます。

ソルボンヌ大学の教室。

アランディとアルトーが大きい机の前に座っている。アランディがアルトーを紹介した。部屋は満員だ。黒板は奇妙な背景幕と化した。あらゆる年齢の人々、アランディの「新思想」の講義の支持者たちだ。ライトが煌々とついていた。アルトーが眩しさに眼を細めると、深く窪んだその眼は闇のなかに消える。そのため、かえって彼の身ぶりの激しさが浮き彫りになる。苦悶の表情。髪はかなり長く、時おり額にかかる。彼には役者の機敏さがあり、動作もすばやい。顔は痩せこけて、高熱に冒されているかのよう。その眼は人を見ている眼ではない。幻視者の眼だ。長い手、細い指。

彼と並ぶと、アランディは無骨で鈍長で、霞んでしまう――机にどっかり腰を下ろし、もの想いに沈んでいる。アルトーは壇上に歩み出ると、「演劇とペスト」について語りだした。

彼はわたしに最前列に座ってほしいと言った。彼はひたすら強度を求め、感じるため、そして生きるための、より高度な形式を求めているように見える。彼はわたしたちに思い出させようとするのだろうか。ペストが大流行をみた時代にすばらしい美術や演劇が生まれたのは、死の恐怖に駆られてこそ人は永遠を求め、あるいは逃れ、あるいは自己を超えようとするからだ、と。しかしその後、ほとんど気づかぬうちに、アルトーはわたしたちがたどっていた糸を手放し、ペストによる死を演じ始めた。それがいつ始まったのか、誰にもよくわからなかった。講演の内容を眼に見えるようにするため、断末魔の苦しみを演じてみせたのだ。フランス語の「疫病《ペスト》」は、英語の「疫病《プレイグ》」よりはるかに怖ろしい。だがどんな言葉をもってしても、ソルボンヌの教壇でアルトーが演じたものを言い表すことはできない。もはや彼の心からは講演のことも、演劇、みずからの思想、傍らに座るアランディ博士、聴衆、若い学生たち、妻、教授や演出家たちのことも消えていた。

顔は苦痛に歪み、髪が汗でべっとり濡れているのがわかる。眼は見開かれ、筋肉はひきつり、指もがちがちに固まろうとしている。その姿を見ていると、焼けつくような喉、苦痛、熱、はらわたが燃えているのを感じる。彼はもがき、苦しんでいた。叫んでいた。錯乱状態だった。彼はみずからの死を、みずからの磔刑を演じてみせたのだ。

初め、人々は息を呑んだ。やがて、笑い始めた。誰もが笑っていた！　ひそひそ声。そして、ひとりまたひとりと、席を立ち始めた——物音をたて、しゃべり、ぶつぶつ言いながら。ドアをばたんと閉めて出ていった。その場を動かなかったのはアランディ、その妻、ラルー夫妻、マルグリットだけだ。抗議する者の方が多かった。野次を言う者の方が多かった。それでもアルトーは続けた——息絶えるまで。そしてそのまま、フロアに横たわっていた。ついに数少ない友人を残して会場から人がいなくなると、まっすぐわたしの所に来て、手にくちづけた。カフェに行きましょう、と言った。

　ほかの人は何かしら用事があった。一行とはソルボンヌの入り口で別れ、アルトーとわたしは、しっとりした霧のなかを歩いていった、薄暗い通りを、どこまでもどこまでも。彼は傷つき、心砕かれ、野次に当惑していた。怒りをぶちまけた。「連中はいつも何かについて聞きたがる。『演劇とペスト』についての客観的な講演を聞きたがるんだ。でもぼくは彼らに経験そのもの、ペストそのものを与えたい、彼らが怖れおののいてめざめるように。眼を覚ましてやりたいんだ。奴ら、自分が死んでるってことにも気づいちゃいない。彼らの死は全面的なものだ。耳が聞こえないとか眼が見えないっていうのと同じさ。これがぼくの表現した苦悩だ。そう、ぼくのものであり、生きとし生けるものすべての苦悩でもある」

　霧が顔にかかり、彼は額から髪を払う。ぴりぴりして取り憑かれているように見えたが、ようやく静かに語り始めた。わたしたちはカフェ・クーポールにいた。講演のことはもはや彼の脳裏になかった。「ぼくと同じ感覚をもつ人と出逢ったのは初めてです。というのも、十五年来、ぼくは麻薬中毒に苦しめられてきました。最初はずっと若いころ、ひどい頭痛を和らげるために処方されたのです。ときどき思うのは、ぼくは書いているのでなく、書くことの困難を、生みの苦しみを書き綴っているのじゃないかということです」

　彼は詩を読んでくれた。わたしたちは形式、演劇、自分たちの作品について語りあった。

「あなたの眼は緑で、ときどき紫に変わるのですね」

彼は次第に落ち着きを取り戻し、穏やかになった。わたしたちはまた雨のなかを歩いた。

彼にとってペストとは、凡庸さによる死、商業主義による死、わたしたちを取り囲む腐敗による死と同義だ。彼は人々が死に向かいつつあることを自覚させたい。力づくで、詩の状態に追いやりたいのだ。

「敵意を示されたということは、あなたが彼らの心をかき乱したということでしょう」

それにしても、繊細な詩人が敵意を露わにした聴衆と相対するのを見るのは、何というショックだろう。何と野蛮で、何と醜い聴衆だったことか！


父の手紙。「わが娘、アナイス、愛しいおまえ……」芝居がかった、ダンヌンツィオばりの台詞。笑ってしまう。わが演劇的な父。


しかし、アランディを失ったことはとてもさびしい。彼はわたしの人生を導き、判断を下し、バランスをとってくれた。頼っていられたあいだは甘美だった。彼は神にして良心、赦しを与える者、司祭であり、賢者だった。わたしを罪悪感と恐怖から自由にしてくれた。だが、ひとたび人間になると、権力を行使してわたしを芸術家の生活から切り離し、狭く息苦しいブルジョワの生活に押し戻そうとした。

いま彼は、アルトーについてわたしに警告を発する。アルトーは麻薬中毒でホモセクシュアルだと言って。

わたしにはガイドがいない。父？　父のことは、同い年の人間のように思う。ほかは皆わたしの子どもだ。また自立した女になってしまったのがかなしい。アランディの洞察と導きに頼るのは、深いよろこびだった。

アルトー、苦悩の人。苛立つ。時おりどもる。いつも人目につかない部屋の隅に陣どり、とりわけ背の低い椅子に沈み込んでいる――洞窟に潜み、身を守ろうとするように。

話すうち徐々にリラックスして、淀みなく語り始めた。何を言いたいのかよくわからない。思考や感情が生まれる瞬間に立ち会っているような、奇妙な感覚に襲われる。形も定まらない星雲状の固まりが蠢き、形をとろうとしてもがく。不用意な一言が意味を裏切らないよう、注意深く厳密にして、細心かつ周到な努力が払われる。アルトーはおよそ明白なものを疑ってかかる。思考は捉えがたいものとして包囲され、精査され、捕捉されなければならない。

「考える通りに話せたためしはないんだ、誰に対しても。大方の人とは、せいぜい観念について話すくらいで、そうした観念がたどる水路、観念が身を浸す雰囲気、衣でくるむと捉えきれない、微妙な本質について語ることはできない」

わたしは言った。「それは観念なんかじゃない、感覚よ。誰も言葉で言い表すことのできない感覚、五感が感じとるものだわ」

書くためのアルトーの困難と苦闘、過剰な繊細さ、感じやすさ、およそ楽しむことができないと聞いて、ひどく胸を打たれた。すべては苦痛の、ささくれだった神経のフィルターにかけられる。それは無気力や死や無神経ではなくて、あらゆる能力とあらゆる感覚の過剰だ。重しをもちあげ、霧を、気むずかしい霧を通して朝日を臨む。絶対的なものの壁に、彼の頭は打ち砕かれる。相対的なもの、日常的なもののなかで生きることはできない。つねに極限なるもの、存在の引き裂かれわたしが彼のとてつもない苦脳を理解しているかどうかは、おぼつかない。

「自分で創り上げた夢や悪夢や幻覚の世界で、わたしはくつろげるわ」とわたしは言った。「その世界にいるのはよろこびよ。どんなに怖ろしいイメージに取り憑かれても、ひとたび書いてしまえば、こわくなくなるの」

「そんな慰めも、ぼくには許されていない」とアルトーは言った。「あなたの言う領域にはぼくも到達するが、それで満たされることはない。ただひたすらな責め苦だ。超人的な努力をもって、ぼくはめざめる……」

「でも、なぜめざめるの？」とわたしは訊いた。「どうして？　わたしは現実より、わたしの夢見る世界、わたしの悪夢の方が好きよ。あの、河のなかに崩れ落ちる家を愛するの」

「確かに」とアルトー。「あなたはあなたの世界のなかで自足していると思った。あれはたぐいまれな作品だ。『近親相姦の家』には、偉大な抽象性、書くことの管弦楽法《オーケストレーション》、力、強度を感じる。何カ所か選んで、ぼくのために訳してくれないか。英語はあまり読めないんだ」

わたしたちはみずからの恐怖について語り、怖れるものをあげていった。彼が怖れるのは狂気、書けないこと、語れないこと、他者と意思疎通できないことだった（言葉の無力を自分ほど痛感した者はない、と彼は書いている）。彼の言いたいことが難解すぎるのか。それとも、彼には書くことそのものへの障害があるのだろうか。あるいは、語りえたときもその自覚がもてないということか。でも、それはあらゆる作家がかかえる困難だ、とわたしは言った。あらゆる作家は秩序も形もない塊と格闘し、自分が最も重要と感じる部分は言えずに終わるのだ。

彼は共感を強く求めている。

わたしたちは同じ星座のもとに生まれた。
彼はわたしと別れると、水曜日恒例のアランディ夫妻との会食に向かっていった。

『芸術と芸術家』について、オットー・ランク博士は述べている。

神経症患者の根源的な苦しみは、生産的な人であれ閉鎖的な人であれ、自分自身とその個性、人格を受け入れられず、受け入れるつもりもないという点にある。

自分自身を受け入れられず、受け入れるつもりもない。わたしのなかにあらゆる可能性を感じるというのに、限られた定義可能な自己など、どうして受け入れられるだろう。アランディなら「これが核だ」と言ったかもしれない。しかし、わたしは自己の本質なり核なりが四方の壁で囲まれていると感じたことはない。ただ空間を感じるだけだ。限りない空間を。分析の効果は、このように摩耗しつつある。わたしが自己にいだいた明確で明瞭なヴィジョンは再び失われ、自分で信じると決めた想像力による生に、わたしは従おうとしている。ヴェールは引きちぎれ、そしてまもなく、わたしは再び真実を覆った。幻影の潮が、再び現実を呑み込む。わたしは無際限の自己を受け入れた。わたしが想像することは、現実そのものと同様に真実なのだ。もう一度、神秘のなかで道に迷いたい。生に呑み込まれた叡智。
芸術家は神経症的なものを超越する。みずからの人格を高める。ヘンリーが行ったことがそれだ。わたしは『近親相姦の家』でジューンを描くことで、それを行った。
ヘンリーはこのことを直観的に知っている。彼は言った。「初めてきみに会った日、きみのことを倒錯的でデカダンだと感じたし、そう考えた、ジューンがそうだったようにね。いまもきみには無限の柔軟性を感じる。きみには限界なんてない気がするんだ、きみのありようにも、きみがすることにも。境界の不在と、経験における無限の柔軟性だ」

だが、なぜ倒錯と呼ぶのだろう。ヘンリーにもそれはあるというのに。

わたしが興味をもつのは核ではなく、その核が増殖し、無限に広がる可能性だ。核の拡散。しなやかに跳ね、跳ね返り、分裂する。広がり、覆い、空間を貪り、星をまたいで旅する――いっさいは核のまわりとあわいに。

父から美しい手紙をもらう。

きみの手紙、美しい手紙、そして子ども時代の日記（すばらしい贈り物だ）を読むことは、わたしにとって啓示ではなく、わたしがきみに寄せた信頼、希望と幻想、愛情が間違っていなかったことの証しだった。しかもこれは、きみがクリスマス・ツリーのまわりでわたしの不在を嘆いたころに書かれたものだ。きみはわたしの娘であるにとどまらない。二重にわたしの娘なのだ、肉体によって、また、魂によって。

父は調和、美、愛を強調する。もうすぐ会えると思うと、うれしくてたまらない。わたしが分身と、双子と呼んだ人に会えるのだ。この場合はどちらが、他方の良心、満たされない理想の、つきまとって離れない分身なのだろう。わたしは父を再び見いだした。ずいぶん前、父方の祖父母の家に、母に連れられて初めて行って以来、失っていた父を。

果たして、去ることを望んだのは母だったのか、父の影響の遠く及ばない所へわたしたちを連れていきたかったのか、わたしには知る由もなかった。聞かされていたのはこういうことだ。叔母たちが来て、キューバ的偏見でスペインをやり玉に挙げ、アメリカの方がいい暮らしができる、自分たちも後ろ盾になるし、母も姉妹が近くにいた方がいいだろう、と言ったのだという。女手ひとつで三人の子どもを育てるには、アメリカはいい国だ。教育も無料で受けられる。そういうわけで、わたしたちはまもなく出発し、わたしの好きな場所、友だち、家族、学校、太陽と海と音楽と、夜通し開《あ》いたカフェのある、幸福な微笑みの街から根こそぎにされた。

日記は、何から何まで父に記録しておくための、旅の日記として始まったのだった。父のために書いたものだから、父に送るつもりだった。手紙だったのだ。父がわたしたちを追って見知らぬ国までたどりつき、わたしたちの様子を知ることができるように。それはまた島、異国のなかの避難所であり、フランス語を書き、わが想いを想い、わたしの魂とわたし自身を手放さないための場所ともなった。

父を再び見いだすとき、わたしは女になっている。わたしの幼年時代に深い傷を残した父がやってくるとき、わたしは成熟した女になっている。人間として、父を理解する。彼はまたしても、子どもでもある男だ。

冷酷で強い英雄、高名な音楽家、女たちの恋人、得意満面だったはずの男は、優しく女性的な、傷つきやすい、不完全な人だった。わたしは恐怖と苦痛を失った。再会のとき、結ばれるのは父と娘でなく、男と女でしかありえない、とわたしは知っている。

これでわたしは神との和解を果たすことになるだろう、とヘンリーは言う。

わたしがもはや父を必要としないときに、父はやってくる。

コニーアイランドのビックリハウスに入っていく。足もとの地面が崩れる。地面を呑み込み、人に眩暈を起こさせ、途方に暮れさせる、皮肉なめぐりあわせ。いつも決まってタイミングがずれる、愛のアイロニー、悲劇であってはならない悲劇の、盲人によって狙い定められたように出逢えない情熱の、盲目な残酷とさらに盲目な愛の、不一致と偽りの充足のアイロニー。そのたびに実現するのは、成就ではなく眩惑。このパターンもそろそろ終わりそうだ。そしてまたひとつ、結ぼれができるだけ。

わたしが父を乗り越えたあとに、彼はやってくる。もう父などいらないし、父から自由になったそのあとで、わたしに与えられる。何かが達成されるときはいつも、嘲りが一陣の風のように、わたしの前を走る、決まってわたしの前を。父がやってくるとき、わたしにはともに書く芸術家仲間がいて、泣いて求めた導き手をアランディに見いだし、守ってくれる人、兄弟、象徴的な子どもや友人もいて、ある世界を創造し、本も何冊か書いた。それでもわたしのなかの子どもは、死ぬべきだったのに死ねずにいたのだ。なぜなら、伝説によればその子は父との再会を果たさねばならないからだ。古い伝説は知っていたのかもしれない。不在の父は美化され、神格化され、エロス化されもするが、父なる神へのこの暴虐は、贖われなければならないことを。人間の父と対峙し、人間であると認めなければならない。子をなしてのち不在によって子から父を奪い、神をも奪った男であると、認めなければならない。時は不条理で無秩序なものだ、必要に答えるにせよ、必要を満たすにせよ。それを人間に明かすのは、この本のなかだけにしなければならない。隠しおおさなければ――過剰な期待があるのに、人生が要求を満たすやり方は回り道ばかりで、もたもたしていて、致命的にタイミングが悪いから、子どもが死んでしまう、そんな夜には。

わたしの人生は、創造し、自分を興味深い人間にし、才能を伸ばし、父に誇ってもらうための、長い道のりだった。必死に、懸命に上昇し、父が去ったのはわたしに失望したから、わたしを愛していなかったからで、父が愛した女はマルーカだったのだという確信のため、心につきまとって離れない不安を消し去ろうとしてきた。つねに高みをめざし、いくつも愛を集めては、最初の喪失を埋めあわせようとした。いくつもの愛、本、創造物。昨日の女を脱ぎ捨て、新しいヴィジョンを求めて。

一九三三年五月

父がやってきた。

思い描いていたのは写真の男、もっと透明感のある顔だった。あれほど深い皺は刻まれておらず、あれほど彫りが深いわけでも、仮面のようでもない顔。でも同時に、わたしは新しい顔が好きになった。深い皺、しっかりした顎の線、女性的で魅力的な笑顔。日に焼けて、ほとんど羊皮紙のような色の肌に、笑顔がいっそうひきたつ。笑顔には深いえくぼが刻まれているが、それは実はえくぼではなく傷で、子どものころ階段の手すりを滑って遊んでいて、装飾の部分に頬を突いてできたのだという。すっきりした小柄な体格、気品、溌剌とした身のこなし。ゆったりしていて若々しい。一陣の風のようなかろやかな魅力。究極の、開けっぴろげの自己中心主義。網の目のように入り組んだ話をして、口にされない非難の言葉に弁明し、自分の人生を正当化し、太陽と南仏と贅沢を愛し、人の意見を気にして批判を怖れ、感じやすく、絶えず役割を演じ、機知に富み能弁、強烈なイメージの数々、スペイン語の豊かで鮮やかな比喩をフランス語に置き換える。

父はフランスに来て、ヴァンサン・ダンディ〔一八五一—一九三一。フランスの作曲家。音楽学校スコラ・カントルム創立者〕と学び、スコラ・カントルムで最年少の教授になった。そのころ、わたしが生まれたのだった。子どものような人なつこい笑顔。いつも魅力に溢れている。圧倒的な魅力に。その底を流れる幼児性、非現実性。自分を甘やかし（女たちに甘やかされ？）、生の深い苦しみから身を守るように、贅沢やサロンの生活、美学を纏い、それでもなお破壊性を怖れ、拡大することに取り憑かれ、官能と快楽を追いかけ、欺瞞によってしか欲望の対象を得られない。美と創造への情熱。コンサート、作曲、書物、論文。失われた稀少な音楽を研究し、才能ある人々を発掘し、一般に紹介する（アギラル・カルテット〔アギラル家の四人によるスペインのリュート・カルテット〕、ラ・アルヘンティーナ〔一八九〇—一九三六。アルゼンチン生まれのスペイン舞踏家〕）。

見せかけと役割演技、自己中心主義のため、感情の源泉は枯渇してしまったのだろうか。わたしの分身は悪の分身か。彼が体現していたのは、わたしの偽りの生活がはらむあらゆる危険、状況のでっちあげ、欺瞞と過ちだった。それはどこか、わたしのカリカチュアのようにも思える。なぜなら、わたしの動機は深い想いに基づいているが、彼のはもっと浅薄で通俗的なもくろみによるからだ。公的なものが父の人生で果たしてきた役割は大きい。コンサートの舞台、批評家、ファッショナブルで斜に構えた友人たち、サロン、マナー。わたしのなかにあるとても人間的で暖かいもの（母かしら？）は、人々のより誠実な価値によって生きてきた。父がかかずらうのは見せびらかし、衣装、金だ。他者への意識の欠如。ほとんど冷笑的感覚《シニシズム》だ。

「いまきみが書いたり話したりする言葉は、わたしにはわからない。アメリカでの生活はきみに何をもたらしたのだろう。きみの母親は実に賢明だったことになるな。きみを遥か彼方へ連れ去り、わたしたちを引き裂いたのだから。彼女はわたしがアメリカ嫌いで、怖れてさえいることを知っていた。英語がわからないこともね。はったりの国《ル・ペイ・ドゥ・ブラフ》さ」

「でも、わたしたちに会いにきてくださってもよかったはずです。コンサート・ツアーのついでに。招待されているって、いろんな方から伺いましたもの」

「それはその通りだ。きみたちがまだ子どものころに、行くこともできた。アメリカがこわかったんだ。わたしが愛するものと、あまりにかけ離れているからね」

　父がわたしたちの似ているところを探しているのがわかる。

「おしゃれは好きかい？」

「自分らしく装うのが好きです、わたしに似合うものを、流行を追うんじゃなくて」

「庭いじりは好きかね？」

「手袋をはめてね！」わたしたちは笑った。

　父が自分のことを話すとき、理想像を描いているのがわかる。自分は親切で利他的で、慈悲深く寛容な人間と思いたいのだ。だが実に多くの人の評によれば、父はわがままで、スペインにいる母に金も送らなかったし、余裕がないと言いながら金口の煙草を吸い、絹のシャツを着て、アメリカ製の高級車を乗り回し、パリの瀟洒な地区の一戸建てに住んでいる。

　血のつながった双子の像を見ようとして、わたしたちはともに鏡を覗き込む。

　わたしたちが時間に正確なのは、強くきわだった性質だ。身のまわりに、家のなかに、人生に、秩序が必要なのだ。一方で、抵抗しがたい衝動によっても、わたしたちは生きているのだが。まるで、クローゼットや書類、蔵書や写真、土産物や衣類がきちんと整理されていれば、感情や恋愛や仕事も、混沌を免れるというように。

食べ物に関心がなく、酒を飲まない——でもこれは、わたしたち自身認めるように、怖ろしくからだが弱いことへの抵抗でもある。

「意志だよ」父はそう言って背筋を伸ばした。唐突な衝動に身をゆだねたり、感情の飛躍や空想の渦に呑まれたりすることのないよう、意志の力で抑制する。父もまた、ロマンチシズム、ドン・キホーテ的な性格、皮肉癖、子どもっぽさ、残酷さ、精神分裂、自己の複数性、二重性《デ・ドゥブルマン》に苦しみ、いかに統一を保つべきか途方に暮れている。

わたしたちは、共感を込めて微笑みあう。

スペインの男らしく、父が女に求めるのはひたすら盲目的な献身、服従、ぬくもり、愛、保護だから、女のなかに自分と似た精神——冒険好きで反抗的、探求心に富み、因習に囚われない——を発見して驚いている。驚いて、まずはよろこんだ。あらゆるナルシストは、双子を夢見るものだから。絵のなかのドリアン・グレイではなく、わたしのような父、わたしのような娘。問いかければ答える分身。きみはこんなふうに、あるいはあんなふうに感じるか。あなたも？　じゃあ、わたしたちはそんなに変わっているわけでも、それほど孤独というわけでもない。わたしたちはふたりなのだから。わたしたちは自分の人生の断片のうち、望ましいイメージにそぐわないものは捨てる。でも、わたしはそういうかけらも日記に摘みとって、忘れることはない。父は忘れてしまう。

父を信じきることで父をひとつにつなぎとめている女、無邪気で一途なマルーカに、父はしがみつく。だが、父も後ろめたくないわけではないのだ。一時間もかけて、なぜ南仏に四カ月行かなければならなかったかと説明するのだから。旅行の言い訳など求めたことはないのに。自分の健康状態、パリの冬の厳しさ、疲労困憊していたと、縷々説明してくれる。南仏に行きたければ、行っていけないわけがあるだろうか。このことの裏に、父が隠している別のことがあるにちがいない。おそらく愛人に会いにいったのだ。

話しながら、笑いながらわたしの方へ歩いてくる父は、父親に見えない。限りない魅力と魅惑を湛え、迷宮的で流動的な、水のように捉えがたい、若々しい男に見える。

「わたしたちはいつも、本当のことを言いあわなきゃいけないよ」

何て変わったリクエストですこと、親愛なるお父さま。

「わたしたちはともに、きわめて誇り高い」と父は言う。

わたしたちは陽気にはしゃぐ。不安や恐怖や弱さは見せない。

「会う前は、きみのなかのどちらが勝ったかな、と思っていたんだ。フランス的なものか、スペイン的なものか。いまきみは、これまでになくスペイン的に見える」

子どもだったわたしの眼に、なぜ父はあれほど厳しく映ったのだろう。彼が家で子どもたちに見せたのは、過剰に批判的で、満足することを知らない姿だった。不機嫌で、不満足。思いやりを感じたり、優しさを見せてもらったりしたことなどない。こんなふうに微笑んで、輝くばかりに魅力的な父は、お客さまのためのものだった。だから、わたしはいまお客さまなのだ。欠点や間違いや弱さを探しだし、あげつらおうと待ち構える批判がましさは微塵も感じられない。

わたしはずっと、父のようになるまいとして生きてきた。

長年かけて、父の肖像を描き、みずからの内なるそれを破壊しようとしてきた。似たところが少しでもあると、どこもかしこも似ているような気がする。わたしは父になりたくなかった。だからより誠実な人生と本当の価値を求め、外形に囚われず、社交界や金持ちや、貴族的な人々から逃げてきたのかもしれない。

わたしたちは音楽を愛する。

わたしたちは海を愛する。

わたしたちはみすぼらしさを怖れる（でもわたしは、みすぼらしさを避けるためにお金を追い求めたことはない）。わたしは貧乏のどん底を何度も経験している。大きな犠牲を払うことも厭わない。損得勘定で生きたことはない。とてつもない献身もできる。自分のなかに嗅ぎつけると、しらみつぶしにこわしにかかるのは、贅沢や美への執着、軽佻浮薄さ、高級ホテル、車、サロン。

父はダンディだ。わたしたちが子どものころ、父のコロンや高級シャツは、わたしたちのおもちゃや母の服より大事なものだった。

父が去ると、決してそうなりたくないアナイスを見たような気がした。


座って、父を待つ。父の軽薄さをいやというほど知りながら。スイスの牧場のような門のベルが鳴る。大きな緑の鉄門をエミリアが開ける。父がずっとほしがっていたアメリカ車が滑り込んでくる。父は顔が隠れるほど大きい花束と、ラリックの花瓶を入れた箱をかかえている。誠実な気持ちになっている。もはや演じてはいない。

父はいまもわたしたちの同一性を見つけようとしている。わたしたちは調和を、安心を、避難所を、くつろげる場を創り上げ、そののちに冒険を求める。じっとしていられない虎のように。じっとしていられず、活力に溢れ、人を傷つけ損なうことを怖れながら、なお生命を、再生を、進化を求める。人の善意や誠意を前にすると臆病になる。わたしたちは暴君と思われているが、父もわたしも、自分がいかに人の優しさや献身、同情や善意に囚われているか知っている。鎖に繋がれるように。再生は、と父は言った。誰からでも、とるに足らない人間からでももたらされる。

室内ゲームの質問ごっこのよう——好きな花は？　好きな曲は？　赤いタイル張りの部屋の、長いフロアを行きつ戻りつしながら、父は質問をぶつけてくる。宗教についてはどうだ？　政治は？　きみの道徳観念は？　父が望む通りに答えたので、大よろこびだった。まるで父がわたしを教育したようだ。父は言う。「わたしたちは嘘をつきあう必要がない。いつも同じことを願うからね」いつも同じ願い、嘘をつく必要はない。でも、嘘はつくでしょう、もちろん。危険、傷つきやすさ、嫉妬、別れの兆しが最初に見えたときに。わたしたちは嘘をつくだろう、幻の関係——完璧な、非の打ちどころのない関係——を築くために。

父は言う。「きれいになったね。実に美しい——その黒い髪、緑の瞳、赤い唇。きみが苦しんだことは見てとれる。だが面差しは穏やかで、落ち着いている。苦しむことで、美しくなったんだね」わたしはマントルピースにもたれて立っていた。父はわたしの手を見つめ、「その長くほっそりした指は、お祖母さんと同じだ。うちの家系にはそういう指のもち主がいる。先祖のひとりは宮廷画家で、王侯貴族や著名人の肖像画を描いていた。あるとき美しい手のモデルが必要になり、描いたのがきみの曾お祖母さんの手だった」わたしが手をさっと引くと、クリスタルの魚や石の入ったボウルにぶつかり、水はマントルピースを伝って床にこぼれた。

そのとき父は、こんなことを言っていた。「六月になったら、一緒にリヴィエラに行こう。人はきみをわたしの愛人と思うだろう。愉快じゃないか。言ってやるんだ、『これはわたしの娘です』とね。きっと誰も信じないぞ」

わたしは父をからかい、わたしの「樫の老木さん」と呼ぶ。きみは樫の老木に降りそそぐ太陽だ、なんてセンチメンタルな手紙を寄こすから、茶化してあげるのだ。こんなに若々しい父親がいるなんてスキャンダラスですわ、と言って。齢《よわい》五十にして、父は三十九か四十にしか見えない。髪はふさふさ（染めている）、体型はすっきり、身のこなしも颯爽とさわやかだ。時には優しく賢明な、公正で論理的な人にも見える。

父の唯一の悪癖は、ラヴ・メイキングだ。

父のなかに、芸術家特有の、自分本位に保護を求める気持ちがあるのはわかる。それはちょうど、女が子どもを育てるために男の保護を求めるのに似ている。妊娠中の女は無力だ。創作中の芸術家も無力なのだ。だから巣を求める。父もヘンリーと同じように、依存、刺激、情事《ラヴ・アフェア》を必要としているのがわかる。

わたしがこう言うと、ヘンリーは理解してくれる。「母であるとはどういうことか、わたしは知っているわ。子を生み宿すことも経験している。生物学的な母性を超えた母性を知っているの——芸術家を、生を、希望と創造を生み宿すことを」ロレンスは言った。「子どもを生むのはやめて、すでに生まれている者たちへの希望と愛と献身を生みなさい」

今朝めざめると、父からの手紙。

アナイス、愛しいひと《シエリ》、わが最高の友よ《マ・プリユ・グランタミ》！　わたしの人生で最も美しく、深遠で、何ひとつ欠けるところのない一日は、きみのおかげでもたらされました。きみの家をあとにしたわたしは、心から感動し、きみで満たされていました。すこやかで、繊細で、いきいきと息づくきみを、再び見いだしたのです。昨日、長い年月に重く垂れ込めていたヴェールを引き上げ、きみの輝きを再び見つけました。その輝きを見て、感じ、探りあてる――その輝きはひそやかだが、力強く、鋭く、人間的で、魅力に溢れている。ありがとう、アナイス。わたしたちは親友の契りを交わした。すべての想いと、熱情を送ります。

幸福のあまり、心がこなごなに砕けてしまった。

すると、父から電話。「何としても会いにいくよ、たとえ一時間でもね」

そして、父はやってくる、まぶしいほど輝いて。わたしたちは奇跡のように理解しあう。父は両極性を信奉する――男は男性性の極みにあり、女は女性性の極みにあるような。父は暴力を憎む、わたしと同じように。善と悪、両方の可能性を大いにもちながら、よくコントロールされている。わたしたちが生活を型にはめるのは、洪水を避けるためだ。秩序を求めながら、それをいつも進んで人生の流れにゆだねようとする。車のブレーキのようなもので、わたしたちにとっては健康がブレーキの役割を果たす。みずからの気質に逆らい、わたしたちはブレーキを踏む。父は言った。「部屋だって、一定の方法で整えておけば、ある種のことが発生するのを防ぐんだ」

父の話を聞いていると、わたしたちの性質の根本には、平衡を求める心があるのがわかる。だが、わたしが父の対極でなく、悪い分身になる可能性はあるだろうか。どちらがもう一方の抑制をかき乱すことになるのか。わたしがたがをはずすのを父が邪魔するなら、わたしも彼を傷つけるだろう。父は倒錯も同性愛も認めないだろう。わたしがこの上なく従順に見えるときも、実は厳しい取捨選択を行っているのを父は知っている。わたしが精神分析のために危機的な状況にあると、父は友人から聞かされた――精神分析はあらゆるたがをはずすものだから。わたしが何でも探求せずにいられないのは強さの徴だと、父は知っている。弱い者こそ偏見をもつ。偏見によって身を守るのだ。わたしたちの意見はこの点で一致した。

父とわたしは心を尽くして語りあい、おたがいを発見することに熱中した。父は本棚のデザインを褒めてくれたが、門には油を差した方がいいと忠告するのを忘れなかった（錆びた掛け金が、フルートが長く歌うような音をたてるのを、わたしは気に入っていた）。父は何ごとにも完璧を求める。子どものころはそれがこわかった。父の要求に応えることは到底できないと思った。

父はわたしの強さを理解している。そしてわたしは、父に頼れることを知っている。わたしは父ほど潔癖症ではない。父ときたら、銀食器を消毒し、十分おきに手を洗うのだ（父のなかの医師がそうさせるのかもしれない）。わたしの方が人間的だし、神経症的だ。でもわたしたちはともに、感情の渦に呑まれてしまう。溺れずに脱け出すことは、わたしたちにとって奇跡だ。ある種の知恵が足りないのは、すばらしく賢いことなのではないかしら……わたしは父より計画性がない。父はガイドしたがり、教師役を演じたがり、喧嘩の仲裁をしたがる。人の人生に形を与えたがるのだ。父もまた、わたしの日記に嫉妬している。「わたしの唯一のライバル」だと言って（彼らは皆、できることなら日記を扼殺したいのだろう）。

父はわたしが英語を使うといって嘆く。父は英語が読めないのだ。英語を使うことは、父に言わせれば、わたし自身の性質——スペイン的な激しさとフランス的な鋭さ——への暴力だという。だが、わたしは父に言う。わたしは英語にそういう性質を与えることができる、型を破ってわたしなりの使い方をして、ひとつの言語を超えることができる、と。それに、わたしは英語が大好きだ。豊かで、創造力に富み、微妙で、空気のようにかろやかで、水のように流動的——表現にもってこいだ。

よろこびと、いきいき生きることに、再びめざめる。太陽。ぬくもり。えもいわれぬ幸福感。お風呂に入る。水に触れるよろこび。白粉《パウダー》。香水。イタリア製のドレス。そこにいるのは誰？　ドアを開けてちょうだい。家中がお祭り気分、歌っている。モックオレンジとスイカズラの香りがいっぱい。ただ静かに座り、よろこびに浸る。そう、わたしは父に愛されているし、父を愛することができる。父はわたしを必要としている。わたしには父に贈るべきものがある。そうして、いままでずっと引きずってきた想い、わたしは父に愛されていないし、それはわたしが悪いのだという想いは、一日にして消えた。父は皆の前で言った。「誰ひとり、これまで誰ひとり、アナイスのような気持ちにしてくれた者はいなかった」深い口調。その男《ひと》が虚飾を脱ぎ棄てたことは、誰の眼にも明らかだ。本当の感情。かわいそうな父。わたしは一瞬で多くを悟り、打ちのめされた。わたしは信頼を語り、信頼が奇跡を生む。


幾たび、歩んできた道のりを、始まりの地点まで辿ったことだろう。どこが始まり？　記憶の始まり、それとも苦痛の始まり？

記憶。サン・クルーの、フランス式の家。庭。おめかしして通りに出ては、誰彼となくお茶に呼ぶのが好きだった。母がしていたのを真似て、馬車を止めた。これは薔薇色でぷくぷくした、ほがらかなアナイス。キューバでチフスにかかる前のことだ。だが悲劇はすでに始まっている。両親の諍い。

父が陽気で愛想がいいのは、お客さまに対してだけ。家のなかは、ひたすら、いつも、戦争状態。大喧嘩。食事時の喧嘩。夜、わたしたちがベッドに入っていると、頭の上の方で。遊んでいるときは、別の部屋で。絶えず揉めごとを意識している。でも理解はできない。

閉ざされた書斎のなかでは、謎めいた活動が盛んに行われていた。たくさんの音楽、四重奏、五重奏。

父はパブロ・カザルスと共演した。ヴァイオリニストはマネンとイザイ〔ウジェーヌ・イザイ。一八八三―一九七一。ベルギーのヴァイオリニスト〕。カザルスは年長なのに、両親がコンサートに出かけている間、わたしの子守をしてくれた。わたしは室内楽を子守歌に眠ったものだった。

訪問客。笑い声。父はいつも動き回り、アンテナを張りめぐらせ、神経を張りつめて、激しく笑っているか、激しく怒っているかのどちらかだった。扉が開いて父が現れると、光り輝いていた。まぶしいほどだった。生命力に溢れた道ができる――ほんの一瞬、部屋から部屋に移動するだけでも。突風。神秘。わたしたち三人の子どもは、父の怒りの一因になっていると感じていた。戦争状態が暗雲のように垂れ込めていた。やすらぎはなく、優しく撫でてもらうことも、抱きしめてもらうこともなかった。いつもぴりぴりしていた。不和によって張りつめ、引き裂かれた生活。遊んでいても聞こえたし、感じた。傷ついた。不安、謎、愁嘆場。平和はない。水面下に意識せざるをえないことがあるから、純粋なよろこびはない。ある日、暴力のあまりの激しさに、恐ろしくなった。とてつもない、理屈で説明のつかない恐怖。何もかも崩壊してしまうのではないかという恐怖。父と母が殺しあうのではないかという恐怖。母の顔は真っ赤、父は蒼白だった。憎悪。わたしは大声をあげて叫びだした。あまりに激しい感情の爆発に、両親の方が怖れをなして黙ってしまった。静寂。または見せかけの静寂。思い煩い。疑惑。近所の女の人が手紙に童話を書いて、わが家の小さい庭の垣根越しに渡してくれた。それは父に宛てた手紙、父を魅きつけるための手紙のように思えた。疑惑。嫉妬。

ニューヨーク沖で嵐があった。船上のスペイン人は怖れおののき、デッキに跪いて祈った。雷が舳先に落ちる。そんなふうにして、わたしたちはニューヨークに着いた。籐のトランクに鳥籠、ヴァイオリンケース、そしてお金はまるでなし。叔父叔母と従弟妹たちがデッキで迎えてくれた。黒人のポーターがわたしたちの荷物に飛びつく。わたしは弟のヴァイオリンケースをひしとつかんだ。わ、た、し、は芸、術、家、な、のよ、と皆に知らしめたかったのだ。

不思議な国だ、アメリカという国は。階段が上にいったり下にいったりして、人間はじっとしている。何もかも加速する。地下鉄では、百の口がもぐもぐもぐもぐ。トールヴォルドは尋ねる、「あの人たち反芻動物なの?」とてつもなく背の高い建物がたくさんある。

わたしは父に報告するためにメモをとる。アメリカ人は朝食にオートミールとベーコンを食べる。五セントと十セントで何でも買えるすばらしい雑貨屋さんがあり、本をただで借りられる図書館もある。男の人はエレベーターを待ちながら手のひらに唾を吐き、その手を擦りあわせる。エレベーターはものすごい速さで動くから、落っこちているみたい。父のような着こなしをする人は見かけない。父はコートの襟にヴェルヴェットの裏地をつけ、黒ビーヴァーの毛皮を着ていた。きちんとアイロンをあてた服。ゲランのコロン。

新しい生活にはなじめなかった。粗野な風土、学校に行っても言葉がわからない。

時おり、かつての生活の名残りが蘇ることもあった。知人の音楽家が演奏旅行でニューヨークに来ると、著名人と並んで饗応に預かることがあった。ボックス席に招待され、コンサートのあとは応接室に呼ばれた。語らい、笑い、才気の閃き。もうひとつの生活の名残り。ニューヨークでの母の苦闘は英雄的なものだった。母はいかなる職業的な訓練も受けておらず、ただクラシック音楽を歌っていたにすぎない。ほどなく母は、コンサート歌手になるという考えは棄てた。貧しさと、それにともなう冴えないことども。たくさん働いて。宿題もして。母が働いているあいだは弟たちの世話。食事は台所で。毎日、地味でつまらない友だち。母の友人は父の友人より面白味に欠ける。でも、わたしは別の世界を創るのだ——本を読み、日記を綴って。物語を書いて弟たちを楽しませる。続き物のお話や、パズルやイラストのついた雑誌を毎月発行する。

母は、父を責める言葉をわたしたちに直接聞かせはしない。でも、わたしたちが癇癪を起こりたり、嘘をついたり、芝居がかった態度に出たり、おおげさにしたり、強情なそぶりを見せたりすると、そのたびに母から「おまえはまったく父親にそっくりだよ」と責められる。ホアキンの短気、破壊性、トールヴォルドの秘密主義、またはわたしの空想癖。

それでもわたしは、母が大変な重荷を背負っているとわかるようになり、献身的に母を助けた。わたしは弟たちのふたり目の母親になった。

母はわたしを頼りにし、心配を分かちあった。

父の顔や姿や声は、次第にぼんやりしていった。そのイメージはわたしの存在の奥深くに埋められた。恋しさも尽き果てた。わたしたちは手紙をやりとりした。父は本を送ってくれ、わたしに手紙でフランス語を教えようとした。わたしはあまりいい生徒ではなかった。ある手紙など、アクセント記号なしで二頁書き、一番下に記号を百も添えて、「どうぞ適宜おつけください」と書いた。

一九三三年六月

結局のところ、この前の夜アルトーに何が起きたのか、わたしにはわからなかった。昨日やってきて説明するには、スティール〔バーナード・スティール。一九〇二―七九。アルトーの本の出版者〕にからかわれたからよそよそしい態度をとったのではなく、わたしに不信感をいだいたからだという。わたしに反発し、わたしの共感を疑わしく思ったのだ。

彼は怖れていた。

「わからないわ」とわたしは言った。

わたしたちは庭に座っていた。テーブルに本を並べ、アルトーは自分の原稿の一部を読んでくれた。この話題の直前には、著書『ヘリオガバルス』や彼の人生について話してくれた。彼はトルコで生まれたのだという。不意に黙り込むと、「あなたは本当にぼくの人生に興味があるのですか」と訊き、つけ加えた。「あなたにぼくの本を捧げたい。でも、それがどういう意味をもつかわかりますか。それは型通りの献辞じゃない。ぼくたちのあいだの、繊細な理解を示すものになるでしょう」

「確かに、わたしたちのあいだには繊細な理解がありますものね」とわたしは言った。

「だが、それははかないものなのだろうか。あなたにとってはただの気まぐれか、それとも、本質的で根源的な結びつきなのか。ぼくの見るところ、あなたという女《ひと》は男をもてあそぶ。あなたはあまりに暖かく、共感に満ちているから、人は惑わされる。誰のことも好きだというように、あなたは愛情をふりまく。移り気で、変わりやすい人なんじゃないかな。今日ぼくに興味をもってくれたとしても、明日には棄てられそうな気がするんだ」

「自分の直観を信じるべきよ。わたしの人当たりのよさなんて表面的なもの。本当は、限られた何人かの人をとても深く、とことん、末長く大事にするの。そんなにたやすくは変わらない結びつきというものがある。わたしがあなたに興味をもったのは、現実の世界であなたに出逢ったこととは何の関係もありません。あなたの作品を注意深く、隅から隅まで読んで、あなたを理解したと思った、それだけのこと。それは包み隠さずお話ししたはずです」

「でも、あなたはよくあんな手紙を作家に送るのですか。習い性だとでも？」

わたしは笑った。「いいえ、そんなにたくさんの作家に手紙を書いたわけではないわ。習い性でもないし。わたし、とても好き嫌いが激しいの。あなた以外に手紙を書いた作家といって、思い浮かぶのはふたりだけ――ジューナ・バーンズとヘンリー・ミラーです。あなたに手紙を書いたのは、あなたの作品とわたしの作品に相通じるところがあると思ったから。わたしはある地平から出発して、この地平であなたと出逢った。それは、戯れに浮ついたゲームをするような地平ではないわ」

「あなたはすばらしく型破りなことをした。そんなことがありうるなんて信じられなかった。そんなふうに現世的な思惑なしに、あなたが言うように衝動的にしたことだとしたら、信じがたく美しい」

「バーナード・スティールにあんな手紙は書かないわ。わたしの行為をあなたが誤解したなら、つまり、作品のなかに立ち現れるアントナン・アルトーに向けて書いたということを誤解して、ありきたりの地平で返事を書いたのだとしたら、あなたはアルトーではありません。わたしがいつも住んでいる世界では、ものごとはたとえば、スティールの世界とはまるでちがう形で起こる。スティールなら、わたしの手紙にちがう解釈をしたでしょう。でも、あなたはそんな人ではないはずよ」

「そんなことがありうるなんて、信じられなかった」アルトーは言った。「この世界にあんな心のもちようがありうるとは、到底信じがたかった。理解するのがこわかったんだ。自分を欺くのがこわかった。何もかも、きっと結局はよくある話で、あなたは作家に手紙を書いたり、親身になったふりをしたりするのが好きな、社交的な女にちがいない、とかね。わかってくれるでしょう、ぼくはものごとを本当に真剣に受けとめるのです」

「それはわたしも同じです」もはやアルトーにも誤解しようのない重々しい調子で、わたしは言った。「わたしは人に対して温かく、優しく親切にふるまうけれど、それは表面的なこと。根本にある感情や意味ということになると、人と繋がるなんてめったにあることではないし、あなたのなかの真剣さ、神秘的な詩人に対してこそ、わたしは直接、型破りなやり方で呼びかけたのです。なぜなら、わたしにはものを見る眼があるし、それを信じているから。ものごとを心底真剣に受けとめるのは、わたしも同じです。言ったでしょう、わたしはもうひとつの世界の住人だって。あなたにはその世界を見抜く力があると思った、わたしがあなたの世界を見抜いたように」

アルトーはつけ加えた。「この前の夜、汽車のなかで、あなたはあんなに優しく話してくれたのに、ぼくが内向的になっていて、あなたを傷つけたような気がしたんだ」

「いいえ、お仕事のせいだろうと思ったわ。わたしにもわかります。想像力で作品を創っているときは、完全に没入するから、現実の世界に出てきて参加することは難しい。それが浮ついた世界なら、なおさらのこと」

「あまりにすばらしかった。こわいくらいだ。ぼくはあまりに長く、完全な精神的孤独、魂の孤独を生きてきた。自分ひとりの世界に住むことはたやすいが、それでは満たされないんだ」

アルトーはわたしの膝に手を置いた。びくっとした。彼が身体的な身ぶりを示すとは思いもよらなかった。身じろぎもしないで、わたしは言った。「あなたはもう、そんな魂の孤独を感じることはないでしょう」その言葉の意味を説明したら、彼の瞳に宿る問いを先延ばしにできるだろうと思った。その問いはわたしたちの上を漂い、わたしたちの結びつきの性質について謎をかける。アルトーは手を引いた。わたしたちはじっと静かに座っていた。彼の瞳はとても美しく、真剣そのもので、神秘と驚きに満ちていた。ほんの一瞬地獄を抜け出した、呪われた詩人《ポエト・モーディ》のよう。あなたの本の一節を読んで聞かせて、と頼んだ。

アルトーによると、スティールはわたしたちを自宅に招いたとき、アルトーが無粋な間抜けに見えるよう、嫉妬心から画策したという。それはその通りだと思う。わたしがアルトーに興味を膨らませていくのを、おもしろくなさそうに見ていたのも気づいていた。ここでも明らかなのは、わたしに至る唯一の道は想像力によるものだということだ。スティールはハンサムで人の気を逸らさないが、凡庸だ。アルトーは苦脳と霊感に満ちている。

彼はわたしの名前の意味を敷衍してくれた。アナイス、アナヒータ、ペルシャの月の女神。アナイス、外に現れる、ギリシャ風のわたし、美しく、輝かしい。憂鬱なわたしではなくて。アルトーの絶望とお似合いの、憂鬱なわたしはどこに？　日記のなかに。秘密。

アルトーが来た次の夜、アルトーに抱かれた夢を見て、彼の激しさに驚いた。でもめざめると、わたしとアルトーの結びつきはそういう性質のものではないと感じた。夢のなかで、わたしは誰とでも寝る。夢の十二室？　過去、現在、未来？　夢の雰囲気を捉えることにおいて、わたしは誰にも引けをとらないはずだ。こんなにも夢に生き、感覚・印象・直観を追いかけて、それらを信じる。

熱帯の気候。至福。幸福。

アルトーと語りあって感じた高揚は、うまく言葉にすることができなかった。感情が溢れ、ありのままに心を開き、広げ、気持ちが高まるすばらしい瞬間。アルトー自身の激しさが露わになり、瞳は啓示の光を帯びる。わたしが夢中になる瞬間は、とても親密なものだから、人はそれを愛と間違えるかもしれない。でも実は、それはある種の情熱的な友情なのだ。過剰なほどの暖かさ。

愛して、愛して、愛する。芸術家が愛するように。詩人は世界と恋に落ちる。あらゆる感覚を駆使して、生きとし生けるものを讃え、歌と踊りと詩と音楽で、全世界に求愛する。生への途方もない情熱——生のあらゆる顔、相、内実、局面への情熱。男、女、太陽、神経、苦痛、神経の苦悶ゆえアルトーの顔に浮かぶ汗への情熱。アルトーは雲の船を見つめ、若き日の詩を、頼りなげにつぶやく。

アルトーへの怖れ。昼間じらした男たちをなだめ、慰めることを夢見る。創造された作品を愛し、詩を、男たちの夢を……愛する。


カフェで、アルトーに会う。わたしを迎えるアルトーの顔は苦痛に歪んでいる。「ぼくは千里眼なんだ。この前あなたが言ったことは、何ひとつ本気なんかじゃなかったろう。庭で話したあと、あなたは急によそよそしくなって、何を考えているかわからない顔になった。ぼくが触れたら避けた。逃げたんだ」

「でも、人として愛するという問題ではありえなくて……話してすぐ、あなたがわたしの言葉を人間として解釈したのに気づいたけれど」

「じゃあ何の問題だったんだ？」

「相似性、友情、理解、想像的な結びつきの」

「でもぼくらは人間じゃないか！」

話の順番がどうだったかは憶えていない。ただわかっていたのは、わたしはアルトーとの肉体的な結びつきを求めてはいないということ。わたしたちは歩いた。「ぼくら、足並みが揃っているね。同じリズムで歩く人と一緒に歩くって、何てしあわせなんだろう……歩いているだけで、天にも昇るような想いだ」

すると、何もかも現実ではないような気がしてきた。わたしはもう、自分のからだのなかにいなかった。わたし自身の外に歩み出した。アルトーがうれしそうに見つめているのを感じたし、その姿を見た。わたしのサンダルを見ていた。軽いサマードレスが揺れて、風が吹くたびそよぐのが見えた。わたしの裸の腕と、その上に置かれたアルトーの手。一瞬、彼の顔によろこびが浮かぶのがわかり、この病んだ苦悩する狂人、陰鬱で過敏な人が、かわいそうに思えてならなかった。

クーポールで、くちづけた。わたしは彼のために物語をこしらえ、わたしは人格が分裂しているから、人間的に愛し、同時に想像的に愛することはできないのだと言った。自己分裂の物語を誇張したのだ。「わたしはあなたのなかの詩人を愛しているの」

この言葉は彼の心を打ち、プライドを傷つけずにすんだ。「ぼくのことのようだ、ぼくみたいだ」と言った。「人間はぼくの眼に亡霊のように映る。人生は疑わしく、怖ろしい。すべて現実と思えない。生のなかに入り、その一部であろうとするんだが。でもあなたは、あなたという人は、ぼくより地に足のついた人だと思ったんだ。滑るように動き、生気に満ちて。あなたほど、何かの精のような女性《ひと》には会ったことがない。なのにあなたは暖かい。あなたのすべてがぼくを怖れさせた。その大きな瞳、大きすぎるほど大きな瞳、ありえないような瞳、およそありえないくらいに澄んで、透きとおっている。そのなかに神秘などありようがないと思った。ずっと奥まで、あなたの奥までじかに覗き込めるような気がした。でも、その澄んだ明るさの下に、その無防備でおとぎ話のような瞳の背後に、無数の神秘が潜んでいる……」

心を揺さぶられた。アルトーは迫った。「あなたは誰を愛しているの？　アランディがあなたを愛しているのは知っている。スティールも、ほかにもいろんな奴が。でもあなたが愛しているのは誰なんだ」

「優しくて、はかなげで、そして信用ならない」とアルトー。「みんな、ぼくを狂人だと思っている。あなたもそうなのか？　それがあなたを怖れさせるのですか」

その瞬間、彼の眼を見れば、狂っているとわかった。そして、わたしが彼の狂気を愛していることも。口もとを見ると、アヘンチンキで端が黒ずんでいる。あの口にくちづけるのはいや。アルトーにくちづけされるのは、死に、狂気に引きずり込まれることだった。彼は女を愛することで生に帰還し、生まれ変わり、再生し、ぬくもりを得たいのだ。だが、彼の生の非現実性は、人間としての愛を不可能にする。彼を傷つけないために、わたしの愛は分裂していて、魂と肉体がひとつになることはないという神話をこしらえた。彼は言った。「あなたのなかに、ぼくの狂気を発見するとは思わなかった」

アルトーはクーポールに座り、詩を吟じ、魔術を語る。「われこそはヘリオガバルス、狂えるローマ皇帝なり」彼は自分が書くもののすべてになるのだから。タクシーで、やつれた顔にかかる髪をかきあげる。美しい夏の日も、彼の心に触れることはない。タクシーのなかで立ち上がり、腕を広げ、人の行き交う街を指さす。「やがて革命が起きるだろう。こんなものは何もかも破壊される。世界は破壊されねばならない。腐りきって、あまりに醜い。ミイラだらけだ、いいか。ローマの頽廃。死。ぼくはショック療法のような演劇を求めたのだ、人々に電流を流し、ショックを与え、感情を蘇らせるような」

そのとき初めてわかった。アルトーはあまりに空想世界を生きているから、自分自身のためにこそ暴力的なショックを求め、そのリアリティを感じ、大きく激しい想いが形となって現れる、その力を感じたいのだ。だが彼が立ち上がり、叫び、怒りのあまり唾を吐くと、群衆は彼をじろじろ見て、タクシーの運転手は苛立った。きっと彼はわたしたちがどこにいるかも、これからサンラザール駅に向かい、わたしは汽車に乗って家に帰ろうとしていることも忘れ、荒れ狂うだろうと思った。彼が革命を、破滅を、みずからの耐えがたい生に終止符を打つ災厄を求めているのがわかった。

アルトーに会う。彼は気高く、誇り高く立ち、眼に狂わんばかりのよろこびを湛えている。狂信者、狂人の眼だ。勝ち誇った顔、よろこびと誇りが電光のようにきらめく。わたしが来たからだ。重々しく人の心をわしづかみにする身ぶりは、暴君のような不可思議な力に満ちている。両手をわたしの上に、肩の上に漂わせるだけで、磁石に引きつけられるような重みを感じる。

戦士のように、黒と赤と鋼色の服に身を包み、わたしはやってきた——所有から身を守るためだ。彼の部屋は僧侶の独房のようにがらんとしている。ベッドと机と椅子。彼の驚くべき顔の写真を見る。変幻自在の役者の顔——苦々しく陰鬱かと思えば、精神的恍惚にまばゆいほど輝くこともある。中世から抜け出してきた人のような、張りつめた厳粛さがある。

彼は異教の本を燃やし、快楽を燃やすサヴォナローラ〔一四五二—九八。イタリアのドミニコ会修道士。美術品を広場で焼く「虚栄の焼却」を行った〕だ。彼のユーモアはほとんど悪魔的で、明るいよろこびではなく、まさに悪魔の浮かれ騒ぎだ。強烈な存在感。張りつめた緊張感と白熱。動きには断固たるものがあり、強く、激しく、熱は汗となって顔に噴き出す。

わたしに原稿を見せ、計画を語る。鬱々と語り、わたしを口説き、わたしの前に跪く。わたしは前に言ったことをそのままくり返す。すべてがわたしたちのまわりをぐるぐる回る。彼は立ち上がる。顔は歪み、こわばって石のようだ。

「アランディはぼくがアヘンをやりすぎると言ったのでしょう……だからいずれ、あなたはぼくを軽蔑するだろう。ぼくという人間は、肉体的な愛には向いていないんだ。だがこれは、女性にとってはきわめて重大なことだ」

「わたしにとってはそうではないわ」

「あなたを失いたくなかった」

「失うことなどありません」

「麻薬がぼくをだめにする。だから、あなたに愛されるなんて到底無理だ……あなたを抱くことも。あなたは人間だ。欠けるところのない愛を求める」

「からだが表すことには何の意味もないわ。あなたとはそういう繋がりを求めたんじゃない。別の繋がりを、別の次元で求めたのです」

「ぼくから逃げない？　消えてしまったりしない？　あなたはぼくにとってすべてだ。あなたのような女性には会ったことがない。たぐいまれな人だ。信じられない。夢にちがいないと思うとこわいんだ。あなたが消えてしまうんじゃないかって」そう言うと、こわばった腕で、溺れる男のようにわたしをつかんだ。

「あなたは翼ある蛇だ」と彼は言った。「大地を滑るように歩く。だが、あなたの翼は空気を、精神を揺り動かす。あのささやかな細部、あなたが火星の衣装でやってくるということ、女がそんなふうにシンボルを纏って生きるということ、それだけでぼくには驚きだ。それに、あなたのエクスタシーも奇妙で異質だ。断続的に来るんじゃなくて、続いていく。あなたはずっとある地平で生き、語り口も一定で、そこから離れることがない。あなたの話は現実と思えない」

彼はヘリオガバルス、狂気の王子に自分をなぞらえる。だが彼の方が美しく、痛ましく、追いつめられて、悲劇的だ。冷笑的でもないし、倒錯した人間でもない。

「あなたの沈黙が好きだ」と彼は言った。「ぼくの沈黙と似ている。あなたは自己破壊をホロコーストとして語る。では、あなたは神を熱望していたのですか」

「絶対的なものを。絶対を求める者は死なざるをえないのです」

「ぼくはプライドが高く、虚栄心が強いんだ」

「創造者とはそういうものです。プライドや自己愛のない人間に、創造することはできないわ」

そうして彼は、ほかのいっさいをわたしのために燃やし、みずからをわたしに捧げると言った。わたしはホロコーストに値するのだ。アルトーはわたしのために何を燃やしてくれるのだろう。尋ねはしなかっ

アナイスの母，ローザ・クルメル・ド・ニン。1902 年。

アナイスの父，ホアキン・ニン。パリ，1933 年。

従弟エドワルド・サンチェス。

コニーアイランドで母，弟ホアキンらと。バスケットのなかには日記。

弟トールヴォルド（右）と従弟たち。

弟ホアキン，1928 年。

ヴァトー・ハットをかぶったモデル姿，1922 年。

チャールズ・ターナー・ウィルソンのイラストで「ギブソン・ガール」になったアナイス。

ナターシャ・トルベツコイによるニンの肖像画の前で。

ハバナで結婚したばかりのアナイスとヒュー・ガイラー。

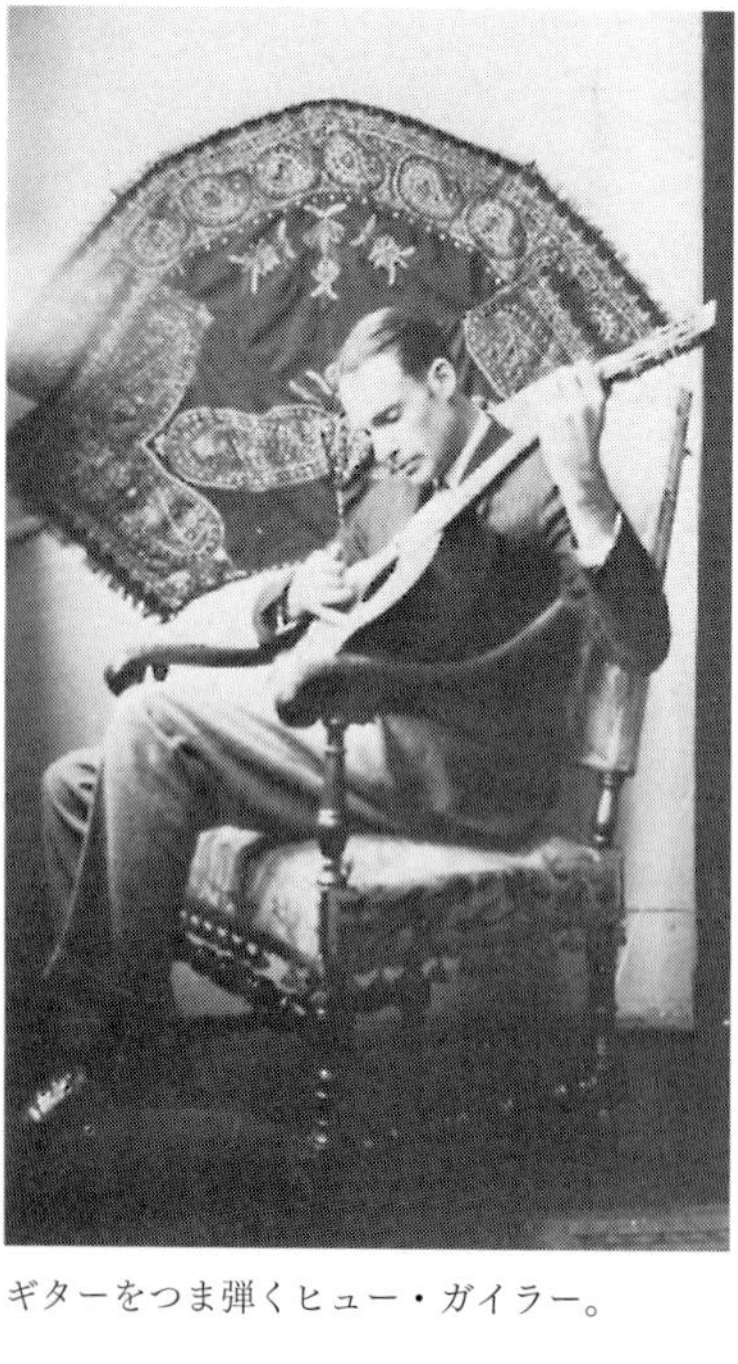

ギターをつま弾くヒュー・ガイラー。

夫婦はスパニッシュ・ダンスのパートナーでもあった。

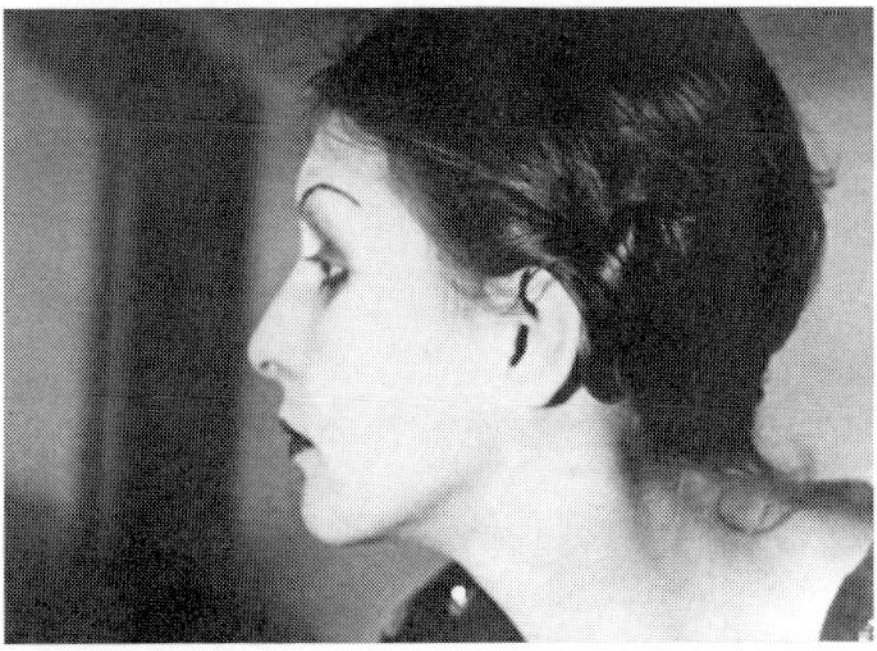

ジューン・ミラー,「女狩人の横顔」。

『D・H・ロレンス論』を出版したころのアナイス。「俯いたわたしは,ひどくかなしそう」。

ヘンリー・ミラー,ルヴシエンヌの庭で。「彼は人生に酔う男だ」。

アントナン・アルトー。カール・ドライヤーの映画『裁かるるジャンヌ』から。

ロレンス・ダレル。ミラー, ニンとともに「三銃士」を自称した。

精神分析医，オットー・ランク。

精神分析医，ルネ・アランディ。

ゴア・ヴィダルと。ニューヨーク，1946年。

ゴンザロ・モレ。

女優，ルイーゼ・ライナー。

エドマンド・ウィルソン。

1966年には日本を訪れた。

ロサンジェルス，シルヴァーレイクの自宅で学生たちと語らう。

愛犬ピッコリーノと。

た。わかっていたから。アランディの魔術があまりに白いように、アルトーの魔術は黒く有毒で、危険だ。
「手紙をください。毎日待ち続けるのは拷問だ。ぼくを拷問にかけないでくれ。ぼくはすばらしく貞節で、怖ろしくまじめなのです。あなたに忘れられて、棄てられるのがこわい」

アルトーの手紙。

これまで、男女を問わず多くの人を連れて、あのすばらしい絵（「ロトとその娘」）を見にいきました。ですが、芸術への反応がひとつの存在を動かし、愛のように振動させるのを見たのは、初めてのことでした。あなたの感覚は震え、あなたのなかで肉体と魂が完全にひとつになっているのがわかりました。純粋に霊的な感動が、あなたのなかであれほどの嵐を巻き起こすとは。しかし、このちぐはぐな結婚において、肉体を導き支配するのは魂であり、それは魂のまったき支配のうちに終わらなければなりません。ぼくはあなたのなかに、生まれることを待ち、みずからの悪魔払いを見つけようとしている世界があるのを感じます。あなた自身そのことに気づいていない。だが、あなたのあらゆる感覚、女性的な感覚——それもあなたの魂です——をもって、あなたはそれを請い求めているのです。

あなたがあなたであるために、この出逢いがぼくにもたらす苦痛に満ちた大きなよろこびを、よろこびと驚きを、理解していただかなければなりません。ぼくは満たされていると思う、あらゆる面で。ぼくの無限の孤独が、怖ろしいような形で満たされる。運命はぼくに、およそ求めることを夢見た以上のものを与えてくれた。そして、運命によってもたらされるすべて、必然的なもののすべて、天の計らいのすべてがそうであるように、それはいきなり、期せずしてやってくる。あまりに美しくて、こわいほどだ。ぼくに奇跡を信じさせる——まるで、奇跡がこの世に起こりうるというように。しかし、あなたもぼくも、どこかこの世のものならぬところがあると思います。まさにそれゆえに、このあまりに完璧な出逢いゆえに、ぼくはかなしみに似た想いに襲われるのです。

ぼく自身の魂と人生は啓示と暗転によってあざなわれ、そのふたつは絶えずぼくの内部で、よってぼくの周囲で、ぼくが愛するものたちすべての上で戯れるのです。ぼくを愛してくれる人たちにとって、ぼくは失望の連続以外の何ものでもありません。すでにあなたもお気づきの通り、ぼくは時に直観も叡智も冴え渡るかと思えば、完全な盲目状態に陥いることもある。そういうときは、ごく単純な真実も捉えられなくなる。たぐいまれな理解力と並はずれた繊細さを備えた人でなければ、この闇と光の混合物を受け入れることはできません。わけてもこの混合物は、人がぼくに求めて然るべき感情に影響を及ぼすのですから。

もうひとつ、ぼくたちを近しく結びつけるものがあります。それはあなたの沈黙です。あなたの沈黙はぼくの沈黙と似ている。あなたの前でだけ、ぼくは沈黙を恥じなくていいと思う。あなたの沈黙は強力です。精気に満ちているようで、奇妙にいきいきしている。まるで、深淵の上に開かれた弁があり、そこから大地そのものの秘かなつぶやきが漏れ聞こえてくるかのようです。詩的なもの言いをでっちあげているわけではありません。それはよくおわかりのことと思います。ぼくが受けた強い感銘、真の感動をお伝えしたいのです。駅に立っていたとき、あなたに言いましたね、「ぼくらは無限の宇宙を彷徨う、ふたりの迷い子みたいだね」と。まさにいま述べた沈黙、感動せずにいられない沈黙が語りかけてくるのを感じて、うれしさに泣きたい気持ちでした。

あなたという人は、ぼくのなかの最良のものと最悪なものにぼくを対峙させる。それでも、あなたの前では恥じる必要などないと感じられる。あなたはぼくと同じ領域に住みながら、ぼくにないすべてを与えてくれる。あなたはぼくの相補物だ。なるほど、ぼくたちの想像力は同じイメージを愛し、同じ形式、同じ創造物を欲する。でも肉体的・器質的には、あなたは暖かく、ぼくは冷たい。あなたはしなやかで官能的で流動的だが、ぼくは燧石《すいせき》のように硬く、石灰化している。ぼくたちの思惑を超えた運命が、ぼくたちを引きあわせたのです。あなたにもわかったはずだ。ぼくたちは似た者同士で、おたがいがおたがいのためになりうると感じたことでしょう。

何より怖れるのは、あなたもまた運命によって盲目になり、こうした真実が見えなくなってしまうことです。心配なのは、ぼくの半分がもう半分から切り離されてしまう時期に、あなたがひどく失望し、ぼくがどういう人間かわからなくなり、そしてぼくはあなたを失うのではないかということです。驚くべきことはたったいま始まったばかりで、それは全人生を満たしてくれるかもしれないのです。わが魂の誠実を尽くし、あたう限り真剣に、深く、ぼくはあなたを受けとめます。八日間で、ぼくの人生は一変してしまいました。ぼくには、四歳のとき母がつけてくれた名前があります。本当に近しい人だけが、ぼくをその名で呼ぶのです。ナナキ。

父とわたしは、ヴァレスキュールで会うことに同意した。でもわたしは先に発って、数日間の静かな瞑想の時をもった。

海沿いのホテルで、父の肖像に少し手を入れる。ホテルの支配人は「陽気な方ですよ」と言う。美容師は、「大変な見栄っ張りですね。髪を染めて、白髪を隠していますよ」マニキュア師は、「美人がお好きです」やることが大げさだ。電報と花束でわたしを出迎え、電話であれこれ注文し、自分の到着に際しては、特別な部屋と特別なベッドを用意させ、騒音を遮断する。ひどい腰痛で出発を遅らせたが、ともあれ汽車には乗った。「老骨は鞭打たんとな」駅に着いたときはからだもこわばり、足を引きずっていた。わたしに荷ほどきをさせてくれない。プライドが許さないのだ。到着するなり、特別なフルーツ、特別なビスケット、特別な飲料水を注文する。ギャルソンに殺虫剤をもってこさせ、一匹残らず蝿退治。「蝿がいると眠れないんだ」身のまわり、自分の一日、健康管理を体系化する。医者を呼ぶ。自分の世界を統御し、どんな犠牲を払っても、すべてを即座に手に入れなければ気がすまない。

わたしたちは父の部屋で食事をとり、語りあう。父は言う。「わたしたちは独自の生きるシステムを築いてきた。わたしたちが忠実になれるのは人間に対してでなく、自分に対してだけだ。わたしたちは文明的な野蛮人のように生きてきた。つまりわたしたちは原始的なんだ。おまけに、高度に文明的でもある」

そのあと。「世界に最大の害をなしたふたりの男がいる。キリストとコロンブスだ。キリストは罪悪感と犠牲を教え、彼岸で生きることのみを説いた。コロンブスはアメリカと物質主義を発見した」

さらにそのあと。「きみはきみ自身を創造した、みずからの努力によってね。わたしがあげた血球を自分で育てたんだ。きみがわたしに負うものは、何もないと思うよ」

青白い顔。初めは冷たく、堅苦しい印象を受ける。その顔は仮面だ。わたしたちはゆっくり散歩する。父は言う。「わたしたちにはわたしたちだけの世界がある。独自のものの見方がある。現在の基準からすれば道徳を逸脱しているが、みずからの内なる発達に忠実なだけだ」

さらに「わたしは完全な人間になることに取り憑かれていた。ダ・ヴィンチが理想としたものだ。つまり、文明的でありながら原始的であり、強くかつ繊細であること。きわめてアンバランスな要素のバランスをとって、優れた均衡状態に至ることを学ばねばならなかった」父は年齢を重ねている。この矛盾に満ちた性質のバランスをとる方法を見いだしたのだ。わたしはまだそこには至っていない。

　昼食のとき、父は大まじめで医師の役割を演じ、あくまで一定の食べ物にこだわった。わたしにパンやトマトを食べさせてくれなかった。またしても、冷たく見える。わたしのことをホテルの女主人《メートル・ドテル》に「フィアンセ」だと言った。この「仮面」をわたしがいかに怖れていたかわかった。堅固な意志、批判がましさ、厳格さ。ウェイターを観察し、水を数滴テーブルクロスにこぼしても顔をしかめた。子ども心にぼんやり、この男は決して満足しないだろうと思ったものだ。

　病気にも、威厳と気品をもって対した。動くと極度に痛むのに、風呂に入り、髭を剃り、爪の手入れもぬかりなく、着るものにも気を配った。

　昼食を済ませると、父は休みをとった。その後会うと、一点の隙もない、繊細でエレガントな装いだった。杖をついて歩き方はぎこちないが、頭はすっと伸ばして、自分の病気を冗談の種にした。ホテルの人たちはわれ先に父にサービスし、父を褒めたたえ、どんな気まぐれにも応じた。父はわたしを美しい車に乗せて連れ出した。わたしは父のなかに、はるかに厳密な型を見た。わたしの方がずっと柔軟だし、適当だ。海まで飛ばして、乳白色の揺らめき、移ろう光、ヒースや花の香りを楽しんだ。海に向いた岩の上に腰をおろした。

　そうして父は、数々の女遊びの話をしたが、それは伝説が語るほど気軽で無頓着なものではなかった。征服した翌日には姿をくらますドンファンではない。彼は快楽を創造と混ぜあわせた。人間を創造することに興味があったのだ。誰にも注目されたことのない、地味で不器量な女家庭教師の話をしてくれた。

「わたしがいなければ、あの娘《こ》は愛を知ることもなかったろう。彼女を抱けるように、あの不器量なお顔を隠したものさ。それが彼女を変身させたんだ。美しいといっていいくらいになった」

父は言った。「わたしが女を棄てたのは、その女がわたしにとって意味をもたなくなったときだ。もしくは惚れる危険性があったときだな。たいていは、三日目か四日目の夜に大きな赤い薔薇の花束を送ると、察してくれたものさ」

翌朝、父はベッドから動けなかった。打ちひしがれていた。わたしは明るさと優しさで父を包んだ。ついに、話を聞きながら父の荷物をほどいた。そして、父は彼の人生の物語を語り続けた。食事は部屋に運ばれた。わたしも父に物語を、わたしの全人生を語った。

「きみはわたしが愛してきたすべての女を統合した存在だ。きみがわたしの娘とは、何とも残念だ！」

地中海風《ミストラル》が吹いていた。これが吹くと、夏の日はぐったりするような熱を帯びる。

父は体調を回復しつつあった。ダイニングルームまで昼食を食べにいけるようになった。隙のない装いに身を包み、石膏のような肌とすっきりした体型、ソフト帽をかぶった父は、スペインの大公のように見えた。熱帯の陽ざしを浴びてゆっくり歩きながら、父はわたしに昆虫のことや鳥の名前、鳴き方のちがいを教えてくれた。だから世界は新しい音に満ちて、いまわたしはどこに行っても、それまでは意識することもなかった鳥の声が聞こえる。

父は母との生活について語った。ふたりが対立した最大の原因は、父の美への情熱と、母がそれを共有しなかったことにある。母はドレスや身繕い、幻想には無頓着だった。結婚式の当日に喧嘩して、そこから父の幻滅が始まった。母は気性が激しく、嫉妬深く、所有欲が強かった。素朴で素のままで、「幻想」を嫌った。それは母には「嘘」と結びついていた。父がたわいない作り話をして、たとえばマロングラッセを作ったのは母だと言ったりすると、母はその嘘の重大さを父に突きつけ、人前で認めさせた。父が絵を壁に掛けると、母は別の壁に動かした。

父は下品な話もした。スペイン的な泥臭さが、彼のなかでロマンチックな幻想主義者と混ざりあってい た。父はわたしに千の顔、千の面を見せた。この下品で野卑なもの言いを、わたしは子どものころ父から聞かされていたのだろうか。だからヘンリーがそういう言葉を使ってもさほど驚かず、慣れっこになっていたのだろうか。

わたしたちはともに、深く愛したいという想いから出発した。完全で、人間的な、気高い誠実さをみずからに望んだ。だがわたしたちの情熱が堰を切って、わたしたちは嘘をつかざるをえなくなった。わたしたちはみずからの裏切りや衝動性、進化や変化と和解できず、だから信頼できない人間になってしまった。D・H・ロレンスは言った。「すべての人間はすべての他者を裏切る。なぜなら、人はみずからの魂に忠実でなければならないからだ」

それでもわたしたちは、誠実な結びつきを夢見る。

ある夜、月明かりの照らすホテルのベランダに出た。父は二十五歳の青年のようで、ホアキンのように見えた。

黒人のサンバが銀のトレイに手紙を載せてくると、父は言った。「下げろ。わたしたちはこの世界の誰も必要としないんだ」

するとわたしは、立ち去らなければ、と思った。いつでもそう思う、立ち去らなければ、と。だめになってしまうのがこわいのか。父を幻滅させるのがこわいのか。わたしたちの不一致を発見するのがこわいのか。調和にほころびを見つけることが。父は調和を強調した。だが、とどまれば、対照性を発見することになるかもしれない。飛びたつこと。わたしはいつも出口を探す。九日ののちに……

わたしが父を愛する以上に、父がわたしを愛しているなどということがあるだろうか。完璧さを前にすると、わたしは立ちすくむ。

ヴァレスキュールでわたしたちが新しい関係性を見つけたとき、それはちょうどサン・フアンの日だった。スペインでは、サン・フアンの祭りの日、人は屋根裏から古い家具やら何やら、燃えるものなら何でも引っ張り出し、古いベッドや古いマットレスも山積みにして、街で焚き火をする。その儀式の意味は知らないが、父とわたしにはふさわしいことに思えた。過去や記憶、何もかも焚き火にして、新しく始めるということが。わたしは父をあとにして、旅を続けた。

一九三三年八月

アルトーとの喧嘩。「あなたが口を開く前に、言っておかなければならない。あなたの手紙を読んで感じたんだ、あなたはもうぼくを愛していない、というより、あなたはぼくを愛したことなどなかったんだ。別の愛があなたを捉えた。そう、ぼくは知っている。おそらくは、父上だ。つまり、ぼくがあなたを疑わしく思ったことは、すべて当たっていたのだ。あなたの気持ちは不安定で変わりやすい。それに、このあなたの父への愛ってやつは、まったく禍々しいといわざるをえない」

悪意と憎悪に満ちたアルトー、激しい怒りと怨嗟。わたしは彼をかなしみに満ちた優しさで受けとめたというのに、彼の心に触れることはなかったのだ。「あなたは誰に対しても、最高の愛という幻想を与える。それに、あなたが騙したのがぼくだけとは思わない。何人もの男を愛しているんだろう。あなたはアランディを傷つけ、ほかにもきっと傷つけたはずだ」

わたしは何も言わず、何も否定しなかった。でも、あらかじめたくらんでいたことのような解釈はちがうと思った。彼はあらゆるところに汚《けが》れを見る。

「あなたは徹底的に汚れていると思うよ」

神々や純・不純を説く僧のようだ。そんなふうに非難されても、わたしは動揺しなかった。説教壇で叫ぶ司祭を思い出した。わたしのことを、彼を愛するふりをした女でなく、むしろベアトリス・チェンチのような女と思ってほしかった。ベアトリスを芝居にするほど愛した彼なのに、実人生においては、かがり火をたいて彼女を焼くだろう。詩人らしいふるまいとはいえない。ポケットに銃を忍ばせた、卑しい愛人のようだ。黙示録的な断罪の数々。彼の怒りはおよそ美しいものではなかった。わたしは彼の誤解を楽しんでいたのかもしれない。なぜって、「あなたを恋人としてほしいとは思わない」と言おうとしても信じてくれなかったのに、いまになってわたしの弱さを責めるのだから。甘んじて受けた。彼に彼自身やわたしを理解させようとはしなかった。わたしのことを「暗黒の振動」と言わせておいた。神罰よ下れという祈りや、呪いの言葉、災いをもたらす危険な者だの黒魔術だのと、言わせておいた。すると彼はますます、怒り狂う去勢された僧のように見えた。

文学的な生を生きているといって、彼はわたしを責めた。わたしにはこれがいつも愉快なことに思えた。男は文学の登場人物、詩や神話の登場人物と恋に落ちる。だが、アルテミス、ヴィーナス、誰でもいい、男を愛の女神と引きあわせてみれば、道徳的裁断の言葉を投げつけ始めるのだ。

一九三三年十月

ひとりで立つことを覚えなければ。わたしの行く道を本当に最後まで追いかけて、わたしを完全に理解してくれる人はいない。父は限定された生き方を推奨する。マルーカの母親を車で連れ回している。映画やら何やら、ブルジョワ的な生活、ブルジョワ的な理想。ヘンリーは自己中心的な芸術家だ。彼の方がましな例だけれど。

親愛なる日記よ、あなたは芸術家としてのわたしの妨げになってきた。でも同時に、わたしを人間として生きさせてもくれた。あなたを創造したのは、友だちが必要だったから。そしてこの友だちに語りかけるうち、わたしはたぶん、人生を空費してしまったのだ。

今日、仕事を始める。悪意に満ちた世界のためにどれだけ書いても、落胆するばかりだった。あなたのために書くことで、たとえ幻でも、わたしが花開くために必要な、暖かい環境が得られた。でも、あなたをわたしの仕事から切り離さなければなりません。見棄てるのではありません。いいえ、わたしにはあなたがそばにいてくれることが必要です。仕事を終えたあとも、ふとあたりを見まわしてしまう。無理解を怖れず、わたしの魂が語りかけられる人がいるだろうか。ここで、平和を愛するわたしの心は呼吸し、ここで、わたしは平和を呼吸する。

日記をわきに置き、ジューンの物語の冒頭二十頁を客観的に書いた。* 順番を意識し、不要な細部を削りとる。

どういうわけか、わたしはいつも、山登りの途中でガイドを見失ってしまう。そして、ガイドはわたしの子どもになる。父でさえも。

わたしは男を探しているのではなく、神を探しているのだと思う。空虚を感じ始めている。それは神の不在にちがいない。父、ガイド、リーダー、保護者、友人、恋人を求めてきたが、まだ何かが足りない。それは神にちがいない。でも、わたしがほしいのは肉体を備えた神だ。抽象的な概念ではなく、肉体と強さ、二本の腕、そしてセックスを備えた神だ。

一九三三年十一月

ある霧の深い午後、ランク博士に会いにいこう、と思いたった。彼の家にほど近い地下鉄の駅に、小さい公園があり、ベンチがいくつか置かれている。そのひとつに腰をおろし、訪問の準備を整えた。豊かすぎる人生のなかから、彼の興味を引きそうなトピックを選ばなければ、と思った。彼の専門は「芸術家」なのだ。芸術家に興味がある。自分が書いたすべてのテーマを生き抜いてきた女に、興味をもってくれるだろうか。分身、幻想と現実、文学における近親相姦的な愛、創造と戯れ。あらゆる神話（多くの冒険や困難を経たのちの、父への帰還）、あらゆる夢。わたしは彼の深遠な研究テーマのすべてを生きることに夢中で、その研究を理解し、精査する時間はなかった。混乱し、途方に暮れていた。わたしのすべての自己を生き抜こうとして……

わたしのなかには、少なくともふたりの女がいた。ひとりの女は絶望し、困惑し、溺れかけていると感

＊『人工の冬』の一部として構想されたこれらの頁は、のちに削られた。

じている。もうひとりの女は、美と気品、いきいきした面だけを人に見せ、舞台に立つようにできごとのなかに飛び込み、本当に感じているのは弱さ、無力、絶望でしかないのはひた隠しにして、世界には笑顔と熱意、好奇心、情熱、興味だけを提示する。

わたしは行って言うべきだろうか。ランク博士、わたしはこなごなになった鏡のような気がするのです、と。それとも、D・H・ロレンス論や現在執筆中の本について語るべきだろうか。

ランクは神経症を失敗した芸術作品と、神経症患者を失敗した芸術家とみなした。神経症とは想像力やエネルギーの誤った発露である、と彼は書いている。果実や花の代わりに、わたしは強迫観念と不安を生んだ。わたしが魅かれたのはこういう考え方であり、彼がそれを病気と呼ばなかったことだ。そうではなくて、自然界におけるように、庶子もまた美と魅力においては、法に叶った高貴な類縁に劣らないということだ。神経症とは樹に着床するスパニッシュ・モス〔米南東部に見られるパイナップル科の植物。樹上に着床し、葉は唐草模様のように下垂する〕なのだ。

どちらの自己をランクのもとに届けるべきだろうか。人の行きかう道のまんなかで足もとをすくわれ、感情の高揚を経験するアナイスか。街、人、できごと、言葉――すべてが詩的な乱反射を起こし、障害、宿命、結晶化、限定的な結論という感覚を溶かす。それは抽象的な酒に酔い、麻薬に溺れることだった――詩人たちが啓示を経験するように。

それとも、わたしの不時着について語るべきだろうか。

わたしには中間的なありようというものがない。ただ飛翔、流動性、至福。さもなくば絶望、憂鬱、失望、麻痺、ショック、そして、こなごなに砕けた鏡。

「わたしは先生がお書きになっている芸術家のひとりなのです、ランク博士」

そのランク博士が、ドアを開けてくれた。

「はい？」と彼は言った。きついウィーン訛り。鋭利で明晰なフランス語を、ドイツ語がばりばり砕いて包む。いうなれば、言葉は鳥が籠から飛びたつように口もとから放たれるのでなく、葉巻の端っこのように噛まれるのだ。フランス語は伝書鳩のように宙に放たれた。だがランク博士は言葉を噛んで、吐き出した。

小柄で浅黒い肌、丸い顔。しかし特徴的なのは眼だ。大きく燃えるような黒い瞳。この眼に注目すれば、背の低いカリガリ博士のような体軀も、歯並びが悪いことも気にならない。

「どうぞ」にっこり笑ってそう言うと、オフィスに案内してくれた。そこは書斎で、天井まで届く本棚が並び、公園に面して大きな窓があった。

本に囲まれたら、安心した。わたしは背の低い椅子を選び、博士ははす向かいに座った。

「では」と彼は言った。「ヘンリー・ミラーをわたしの所に寄こしたのはあなただったのですね。もしや、ご自分がいらしたかったのかな」

「そうかもしれません。アランディ博士の理論は、わたしの人生とは合わないと感じました。先生の本はすべて拝読しました。父とわたしの関係には、母に勝ちたいという欲求以上のものがあると感じたのです」

博士の微笑みを見れば、以上のものと、わたしの単純化への反発を、理解してくれたのがわかった。

これまであなたがどういう人生を送り、どんな作品を書いてきたか、わかりやすく詳細にまとめて下さい、と言われ、お話した。

「芸術家はみずからの葛藤を糧にしうるということはわかっています。でもいまのままでは、欲望の混乱状態を何とかしようとして解決できないまま、あまりに多くのエネルギーを空費している気がします。先生のお力が必要なのです」

たちまち、わたしたちが同じ言葉を話すことがわかった。彼は言った。「わたしは精神分析的なものを超えたところに行きます。精神分析は人の類似性を強調するが、わたしが強調するのは差異です。精神分析は、あらゆる人を一定の正常なレベルにもっていこうとする。わたしはひとりひとりの人を、その人独自の宇宙に適応させようとします。創造的本能とは、人それぞれに異なるものです」

「わたしが詩人だからかもしれませんが、レズビアニズムやナルシシズム、マゾヒズムなどを超えた何かがあると、ずっと感じてきました」

「そう、創造がある」とランク博士は言った。

わたしが精神分析の定理を概観すると、博士はまた皮肉っぽく微笑んだ。理論の不十分さについて、わたしに同意してくれたようだ。博士の思想は医学を超え、形而上学的・哲学的な宇宙にまで広がっていくものと思えた。わたしたちはあっという間に理解しあった。

「わたしが知りたいのは、極度の神経症の時期にあなたが何を創造したかということです。興味を唆られますね。あなたが子どものころ書いた物語は、決まって『わたしはみなしごだ』という書き出しで始まる。これを説明するには、アランディのように父への嫉妬ゆえ、尋常ならざる父への愛ゆえに母を排除しようとする、犯罪的な欲望だというだけでは無理です。あなたはまさにみずからを創造しようとした。人間の親から生まれることを望まなかったのです」

彼はいかめしいというのとも、物静かというのともちがっていた。溌剌として俊敏、まるで、わたしの発する一言ひとことが彼の掘り出した貴重な品で、その発見がうれしくて仕方ないようだった。わたしはかけがえのない存在であり、これはかけがえのない冒険であって、分類可能な現象ではないというように。

「あなたは人生を神話のように生きようとした。夢見たり空想したりしたことを、あなたは残らずやり遂げた。あなたは神話の作り手だ」

「嘘や歪曲はもうたくさんです。わたしには赦しが必要なのです。先生と話す前にわたしがどんな気分でいたか、白状しなくてはいけません。汽車のなかでこんなことを書き留めました。『ランク博士に会いに行く道すがら、どんなふうに騙し、欺き、たくらもうかと計画を練る。真実を並べ替えたり整えたりするのでなく、博士に話すことを創作し始める。台詞、態度、しぐさ、口調、表情をリハーサルし始める。話しているわたしの姿が見える。わたしは判断を下すランクの内部に座っている。これこれこういう効果を生むには、どう言えばいいかしら？　どんな告白をしようかと人が思案するところを、どんな嘘をつこうかと思案する。それでもわたしはランクのもとへ行き、告白し、助けを求めるだろう。数えきれないほどの葛藤、書くことによっては収めきれない葛藤を解決するために。偽りの喜劇を演じる準備を整える――アランディとそうしたように。歪曲の準備。すべてはランクの興味を引くために』」

「あなたの作り話も、またあなたなのです」とランク博士。「すべてあなたから生まれるものだ」

「もしかしたら、わたしは何ひとつ解決するために来たのではなく、もうひとつの冒険を求め、芝居に仕立てあげ、みずからの葛藤を縷々申し述べて、そこにあるものを残らず発見し、まるごとつかみとろうとしているのかもしれません。アランディとの経験は、わたしの人生にまたひとつの葛藤を、古い葛藤の上につけ加えただけでした。もしかしたら、ずっとジャグリングをしていたいのかもしれません。またしても袋小路にはまってしまった。だからもち場を移して、目標を入れ換える。葛藤を解決することなどできない。だからせいぜい、先生とお話しして楽しもうというわけなのです」

心配だったのは、ランクが一気に定義や定型に向かうのではないかということだった。だが、まるでちがっていた。きわだっていたのは彼の好奇心であり、分類への衝動ではなかった。彼は人間を理論に当てはめようとする科学者ではなかった。精神の外科手術を施すのでもない。直観に基づき、わたしたちふたりのどちらも知らない女を発見しようとしていた。新しい女。彼は即興的にふるまい、考えた。わたしの失われたアイデンティティは、彼がわたしに示す認識と洞察力によって、すでに再構築されつつある気がした。彼はわたしを一般性の曖昧な海に、無数にある細胞のひとつに還元しようとはしなかった。

「あなたが嘘と呼ぶものは、虚構であり、神話なのです。偽装を創造するわざは、絵画の創造と同じくらい美しいものでありえます」

「つまり、先生がおっしゃるのはこういうことでしょうか。わたしは芸術家として生きるために、大胆で明るく、勇気があって度量もあり、怖れを知らない女を創造し、父の気に入るようにはもうひとりの女、美と調和を愛し、自分に厳しく、批評眼と選択眼のある聡明な女を、そしてさらにもうひとり、混沌を生き、弱い者・頼りない者・混乱した者を抱きしめる女を創造したと?」

ランク博士は裁断を下さない。

「なぜここにいらしたのです?」

「こなごなになった鏡のような気がしたからです」

「なぜ鏡なのでしょう。他者のための鏡? 他者を映し出すための、それとも、鏡の背後に生きて現実に触れられない、あなたを映す鏡でしょうか」

「アランディはわたしを文学少女《プティト・フィユ・リテレール》と呼びました。でもそんなことで片づけられないのは、わたしの書くことへの情熱、方向づけ〔心理学用語で、自己と現在の環境及び過去との関係を正しく認識する精神作用。定位・見当識ともいう〕への徹底したこだわり、わたしの創造的本能がはらむ逸脱への自覚です。でも楽しかったし、彼には救われました。不安から気持ちを逸らすことが、わたしには必要なのです」

「知的冒険を求めて、何の悪いことがあるでしょう」

「でもいま、ここにこうして座り、日記に対するのと同じくらい、正直な気持ちになっています」

「混乱は芸術を生む。だが、過剰な混乱はアンバランスをもたらします」

創造を愛し、創造力を愛する彼は、わたしが夢から刺激を受けていることも理解したようだ。父の話をすると即座に、夢に基づくさまざまな神話的文学と結びつけた。彼は言った。

「おとぎ話として語り継がれてきた民話のなかに、あるタイプの物語があり、それは世界中どこでも似ていて、同じ要素をはらんでいます。それらの神話的モチーフがいまあなたの人生を導いているのを、わたしたちはまのあたりにしている。こうした物語では、父は二十年間行方知れずになり、戻ってきて、大人の女になった娘と再会する。文学における父娘の愛を論じたわたしの初期の著作では、これらの物語を集め、神話的モチーフの古典的表現を詳細に分析しました。そのうちのひとつが有名なペリクリーズ伝説で、中世に人気を博し、シェイクスピアが芝居にしたものです。

この普遍的な伝説の細部は時代や風習により異なりますが、基本となる筋はつねに同じです。娘は幼いころ棄てられるが、奇跡的に救い出され、多くの冒険を経て父と再会する。だがそのときは父と知らず、気づかない。この再会は、伝説ではおよそ二十年後に起きることになっている。時の経過が必要とされる理由は、簡単に説明がつきます。つまりそのころには娘も成長し、大人の女になる準備が整っているというわけです。父はかつて棄てた娘とも知らず、恋に落ちる。だが伝統的な物語では、近親相姦が起きる前に親子関係に気づくことになっています。

これら、夢のような性質を帯びた精緻な物語がどのように説明されてきたかというと、つまり神話学的にということですが、宇宙的なサイクルの表現とみなされたのです。出逢いと別れをくり返す太陽と月の神話のように。確かにそういう宇宙的な説明の方が、天文学の細部に立ち入りさえしなければ、こうした冒険的なできごとにはよほどなじみやすい、精神分析のリアリスティックな解釈よりもね。精神分析家の主張によれば、こうした物語が証明するのは、親子の近親相姦的結合に人間がいだく欲望だということになる。伝説では、再会した親子がおたがいを知らず、認識しないということも、こうした心理学的解釈を妨げることはない。そのモチーフが反映するのは近親相姦願望の抑圧であり、それは無意識の、自分さえあずかり知らぬ欲望であり続けねばならない、とみられるからです。

問題は、文学的な意味で、これらの物語が創られ、書かれるのは娘の視点からか、父の視点からかということです。なぜなら、これに対応する英雄伝説は（別の論文で研究したことですが、男性主人公《ヒーロー》／英雄は幼いころ遺棄され、奇跡的に救われて、多くは母親と結婚します――ギリシャの英雄物語《サーガ》で有名なエディプスのように）、明らかに息子の視点から描かれています。従って当然、彼の物語は英雄としての自己の超人間的行いを讃える。一方、別種の伝統に属する女性主人公《フェミニン・ヒロイン》は、父の眼を通して見られ、父の望むように描かれていると思えるのです。

宇宙的ヒーローと宇宙的ヒロインのもうひとつの差異として伝説の原典が伝えることも、同様に不可解です。英雄神話はまさに神のごとき偉業を讃えますが、どうもわたしには、娘がたどる人生の冒険と比べて、より人間的であって宇宙的でないように思えるのです。娘が主に成し遂げるのは、愛のインスピレーションを追いかけ、生き別れになっていた父という男を見いだすことです。だが、この人間的なあまりに人間的なモチーフが、豊かな宇宙的シンボリズムをもって表現される。それは、ヒーローの人生や偉業が地上的性質をもって描かれるときにはないものです。

これは一見逆説のようだが、もしかすると、男は文化的創造によって野望の一部を現実にできる、ということによるのかもしれません。一方、女は宇宙的な力とより近しいため、人間的なモチーフさえ宇宙的シンボルを用いて表現しなければならない。たとえば『アラビアンナイト』です。古い神話的伝統から生まれたその物語において、女は絶えず月と比べられる。のみならず、まさに月そのものであり、月のようにふるまう。一定の期間、姿を消しては、真の恋人に追跡され、見いだされる。いつもそうなのです。ちょうど昼と夜が夜明けに出逢い、ただ一度くちづけては、また別れるように。

この「近親相姦的な」サイクルを人間に当てはめて描く伝統は古今東西の文学に見られますが、おそらくは男によって書かれてきたものだ。男はつねに、あらゆる創造をわがものとすることに躍起になってきましたからね。一方、いわゆる女の受動性というものがあり、彼女はつねに待つ者、追われる者であるようです。だからこそ、男は自分の望むように女を描き、男による女の人生の物語を語れるのかもしれません」

初めて会って、わたしたちはおおむねこのようなことを話した。話しながら、博士は書棚の本をいくつか見せてくれた。そして帰ろうとすると、わたしがもっていた日記に眼を留め、「ここに置いていきなさい」と言った。

はっとした。確かにわたしは日記をかかえていった。よくもち歩いては、あちこちの待ち時間に日記を書くことがある。でもそのなかには、ランク博士に話そうとして考えた作り話も書いてあるのだ。それをいきなり見られてしまうのはこわかった。どう思うだろう。わたしへの興味を失うだろうか。ショックを受け、仰天するだろうか。一本とられた。彼の解釈では、もっていったのは共有したいからだということになる。彼はわたしの「申し出」にあえて挑んだ。わたしはためらったのち、ふたつのアームチェアのあいだの低いテーブルに日記を置いた。そして、部屋を出た。

二度目の対話。ランク博士は言った。

「われわれは女性について、何も知らないに等しい。そもそも、『精神』を創りだしたのは男です。男は哲学者であり、心理学者であり、歴史家、伝記作家でもあった。女性は男による分類や解釈を受け入れるしかなかった。重要な役割を果たした女性たちは、男のように考え、男のように書いた。

潜在意識の探求によってようやく理解できるようになったことですが、女性的な行動の仕方や女性の動機づけを促すのは、直観、本能、個人的経験、あらゆるものごとへの個人的関係の総体です。だがその個人性こそ、男が否定するものだ。われわれが心理学を通じて発見したのは、男が自分の客観性についていだく幻想はフィクションだということ、男にとって信じる必要のあるフィクションだということです。いかに客観的な思想体系といえども、主観に基づくものであることが明らかになります。ところで、女性の感性は三つの生のありように近い。すなわち子ども、芸術家、原始的な者です。彼らは瞬時の洞察、感情、衝動によって行動します。われわれがいま押し広げようとしているあの神秘的領域に、彼らはいまも触れているのです。彼らが雄弁たりうるとしたら、それは象徴によって、夢や神話を通してにほかなりません」

聞きながら、わたしが書くときに直面する困難、たやすく表現できない感情を言葉にしようとする苦闘を思った。本来捉えがたく、微妙にして言葉をもたない直観や感情や衝動を表す言葉を見つけようとする苦闘を。

女たちがいかに男のパターンを使い、男がでっちあげたものにみずから進んでなろうとするか、と書いたのはD・H・ロレンスではなかったろうか。女を直接見据える洞察力を発揮した作家はきわめて少ない。自分自身に対する洞察力を獲得した女もきわめて少ない。みずからを見据えた女は、眼にしたものに嫌悪感を覚えた。フロイトが露わにしたものを人が嫌悪したように。

女がアダムの肋骨から生まれるのでなく、みずからを創造しようとする努力を、男は怖れるのにちがいない。依存は愛を生まないということ、自然を支配するのも女を支配するのも偉業とはいいがたいということを、男は忘れてしまう。本能の反乱、地震、津波は常に起こる。支配により、自然と女性の豊かな資源はともに殺されてしまった。産業や機械による人間の非人間化に反発したのは女だ。男は暴動を起こし、犯罪を犯すことで反応した。女は別の道を探った。暴動は女に似合わない。

ランク博士は言った。「だらだら時間をかけて精神分析を行うことがいいとは思えません。過去を探り、探求することに時間をかけすぎるのも考えものだ。思うに、神経症とは悪性腫瘍、または伝染病のようなものです。現在において強力に攻撃すべきなのです。無論、病の起源は過去にあるでしょう。だが、伝染病の危機はダイナミックに対処する必要がある。病巣は現在の症状に応じて素早く、直接攻撃すべきだと思います。過去は迷宮だ。分け入って、一歩一歩歩みを進め、すべての曲折をたどる必要はない。今日の発熱や魂の腫瘍という形をとって、過去は一瞬にして姿を現すのです。

精神分析は魂の最悪の敵になってしまったと思います。分析対象を殺してしまったのです。フロイトとその弟子たちの精神分析が、司教の教義となり果てるのを目撃してきました。それでわたしは、精神分析の創始者たちと袂を分かつことになったのです。わたしは芸術家に興味をもつようになった。文学に、言葉の魔術に興味をもったのです。医学用語は好きになれなかった。無味乾燥でね。わたしは神話、考古学、演劇、絵画、彫刻、歴史を研究しました。科学的な現象に生命を吹き込むのは芸術です」

二度目に話したのは、このようなことだった。

日記を置いていくように言われてわたしがショックを受けたことは、博士もわかっていた。

「でも、なぜもってきたのですか。わたしに差し出すため、誰かに読んでもらうためでないとしたら。もともとは誰のために書いたものですか」

「父です」

「お父さまは読まれましたか」

「最初の数巻だけは。フランス語でしたから。父は英語が読めないのです」

「あなたの日記にあるのは女性自身の手で書かれた物語ですが、それは伝説が語る物語と本質的に同じです。お父さまがいなくなったとき、あなたは自分のせいだと思ったのでしょう。お母さまがそうしたように、何らかの形でお父さまを失望させ、裏切ったのだと。だからお父さまの気を引き、よろこばせるような「お話」をして取り戻そうとした（シェヘラザード）。それは、彼のイメージにあなたが忠誠を尽くそうとした物語です。お父さまに対して自分をさらけだすことで、彼があなたを知り、愛してくれるようになると思った。あなたは彼にすべてを語った、しかも、魅力とユーモアをもって。そのように、お父さまと再会するはるか以前から、あなたは彼と再びめぐりあっていたのです。実際には、日記を書き始めた瞬間からです。おそらくはお父さまと繋がり、橋を架けたいというやむにやまれぬ動機によって」

「でもそれなら、最初に再会したとき、なぜわたしは父を棄てたのでしょう」

「まずは棄てる必要があった、円環を閉じるためにね。父との再会という強迫観念を実現することも必要だったが、あなたの人生の宿命的決定論、つまり棄てられた者であることからも、自由になる必要があった。あなたは子どものころお父さまを失ったとき、彼のなかにある理想の自己の化身を失ったのです。彼は芸術家、音楽家、作家、建設者であり、つきあうにも魅力的な人物だった。彼と再会したとき、あなたは真の自己を追い求める若い女性になっていた。だがそれは、お父さまがあなたに与えることのできないものだ。なぜならこの関係は過去の、子と父の愛の反映にすぎないからです。それを打ち破り、このイメージから独立した男性を見つける必要があった。お父さまは、わたしの見るところ、いまもあなたを自分のイメージに合わせて創ろうとしているようだ」

少しして、博士はつけ加えた。「男はいつも、自分の必要を満たしてくれる女を創り上げようとします。それは女性本来の姿に反するものだ。あなたが演じる多くの『役割』も、男の必要を満たそうとする、この欲求からきているのです」

とても人間的でシンプルで誠実な小説〔『人工の冬』パリ版所収の「ジューナ」〕を十頁書き、わが地獄の季節こと辛辣きわまりない『近親相姦の家』を十頁、さらに緻密な苦心の作「ダブル」〔『人工の冬』パリ版の「リリス」、ニューヨーク版では「人工の冬」〕を十頁書き終えて、それでも満足できない。まだ言い足りないことがある。

そして、わたしが言わなければならないことは、芸術家や芸術とは一線を画している。女が語らなければならないのだ。それに、アナイスという女が語らなければならないだけでなく、多くの女たちのために語らなければならない。わたし自身を発見するとともに、わたしは多くのなかのひとり、シンボルに過ぎないと感じる。ジューンやジーン、ほかにも多くの女たちを理解するようになる。ジョルジュ・サンド、ジョルジェット・ルブラン〔一八六九—一九四一。フランスのオペラ歌手、女優、作家〕、エレオノーラ・ドゥーゼ、昨日の、そして明日の女たち。過去の女たちは口籠もり、語らず、言葉なき直観の背後に逃げ込んだ。片や今日の女たちは、ひたすら行動あるのみ、男たちのコピー。そしてわたしは、中間にいる。この日記のなかには人間として溢れ出すものがあり、個人的で女性的な横溢がある。本やフィクションや芸術のためでない感情。変形したりせずに、そのまま感受したいすべて。わたしの人生は長い一連の努力、自己訓練、意志だった。ここでわたしはスケッチし、即興し、自由になれる、わたし自身になれる。

芸術家といっても、悪性腫瘍のような人工的なできもののような、自分の人間的真実と無関係の作品しか生まない不誠実な芸術家は、誠実な芸術家より偉大だといえるのでしょうか、とランクに問うた。それはわたし自身、まだ答えが出せずにいる問題です、とランクは言った。「あなたのために本を一冊書かないといけませんね、その質問に答えられるように」

そう言われて、心からうれしかった。わたしは言った。「もしそうしてくださったら、自分の小説を書き上げるよりうれしいと思います」

「ほら、あなたのなかの女が話している」とランク博士。「神経症の女性が治癒すると女になり、神経症の男性が治癒すると芸術家になるのです。さて、女が勝つか、芸術家が勝つか。さしあたり、あなたは女になる必要がある」

一九三四年二月

何もかも日記に書かなければ気がすまず、小説が一向にはかどらない状態から、ランクは救い出してくれようとした。何から何まで書かなければいけないと思わず、ときどきノートに書くくらいがいいのではないか、と言って。でも、わたしが彼について書いたところを見せると、うれしそうだった。ヘンリーと同じだ。日記を殺せ。小説を書け、と彼らは言う。でも彼らの肖像を見せると、「これはすばらしい」と言うのだ。

　父を傷つけることなく、いかに離れるか。ランクは言った。「傷つけなさい。子どものころあなたを棄てたという罪悪感から解放してあげることにもなりますよ。罰せられることによって、救われたと感じるのです。今度はあなたが棄てる番だ、お父さまがあなたを棄てたようにね。復讐は必要です。感情生活の平衡を取り戻すために。それはわれわれを深いところで支配しています。ギリシャ悲劇の根っこにあるものだ」

「でも、わたしにはわたしのやり方があるのです」

　わたしのやり方とは、いつもきわめて緩慢に、一歩一歩離れていくことだ。相手が棄てられたと気づかぬほどに。アランディのときもそうだった。父の態度はこうだ。「いまはこのうわべだけの生活を生きよう。そして来年の夏ヴァレスキュールで、心から親密な、語らいの宴をもとう」

　ランクは訊いた。「お父さまとはどのように話されたのです？」

　わたしは答えた。「先生がわたしに話すようにです。父をこと細かく分析しました。先生を模倣したのです」

　だが父はこの真実から逃げた。ありとあらゆる決定的に重要な問題から、すべての詮索や追求から彼が逃れるように。わたしたちは会うときは陽気に、洗練されて文明的な、浅薄な領域で会うばかり。ウィット、くだらないおしゃべり《ラコンタージュ》、サロンの会話《コンヴェルサシオン・ド・サロン》、秘話の数々。繋がりあうことはない。みんなまやかし、うわべだけ。父はその能弁、機知、洗練でもって煙幕を張る。深みのある男はいるのか。涙を流す男はいる。でもそれは感じやすさであって、深みではない。父は鬼火、ゆらめき、ニュアンス、メヌエット〔十七世紀フランスで生まれた三拍子の優雅な舞踊〕だ。でも、父もわたしのことを同じように考えている。わたしが立ち去ろうとすると、父がじっと見ているのがわかる。そう、わたしはいつでも立ち去る準備ができている。非現実。逃走。幻惑。くちづけでないくちづけ。語らいでない語らい。父とわたしは、生きて会おうとすべきではなかったのだ。夢のように凍りついた、ある奇妙な領域でのみ会うべきだった。神話に形を与えようとして、わたしたちは罰せられた。

　わたしは父に言いたい。「わたしたちは年をとりすぎ、分別がありすぎて、これ以上偽り続けることはできません。おたがいせいぜい大人になって、ロマンスごっこはやめにしましょう。あなたは死ぬまでドンファンでしょう。征服の泡沫《あぶく》こそ、あなたの活力の源なのだから。あなたは動き続け、流れ続けるほかない。絶対的ものはあなたに似合わない。わたしたちのあいだにあるのはナルシシズムだけ。でも、わたしはもうそれは卒業しました。わたしはボヘミアンの生活を続けます。おたがいに敬意をもって、嘘をつくのはやめにしましょう」

　だが、父がわたしほど勇敢でないことはわかっている。父は自分を讃え続けたいのだ。

　千人斬りを誇る男が、娘のために人生を棄てる。娘は父のためにすべての友人を諦める。伝説！　こんなこと、わたしはもう卒業した。父の家に行くと、マルーカが泣きながら言う。メイドと洗濯物を数えていたら、口紅の跡だらけのシャツが出てきた、と。

　テーマの発展については、『人工の冬』を参照のこと。

ある夜、ヒステリー状態に陥った。部屋のまんなかに立ちヒステリックに泣き叫ぶか、さもなくば書くかの二者択一。自分の人生への、男の支配への、行き場のない怒りに満ちた反抗心が、猛然と頭をもたげてきた。自由な芸術家として生きたいという欲求、そのための肉体的な強さに欠けているのではないかという恐怖、自制心を棄ててしまいたいという欲求、自分の人を見る眼・信頼や信念・衝動への不信感。自分の熱狂や絶望の激しさと過剰なメランコリーへの恐怖。その後、タイプライターの前に座り、自分に言い聞かせた。「書きなさい、神経症のおまえ、弱虫のおまえ、おまえよ！　反逆はネガティヴな生き方だ。書くこと！」

小説（『人工の冬』）を書き終えた。

ヘンリーは途中まで読んで、とてつもなく人間的だ、人間的という以上のものだ、と言った。深く、誠実である、と。余分なものを削ぎ落として裸にし、本質を抽出するわたしの書き方――これもまた大変な凝縮に由来する、ある種の様式化――を受け入れた。彼がかつて読んだどんな本より、女を、女性的な姿勢を明らかにしていると言った。

一九三四年三月

父の家に車を走らせながら、わたしはきっと爆発するだろう、と思った。でも、マルーカを騙すようにわたしを騙しおおせたと思ったまま、スペインに行かせはしない。偶然が重なり、父の最新のアヴァンチュールについて耳にした。処女のヴァイオリニストをツアーに連れていき、マネージャーやチェリストとは移動せずに、彼女とふたりきりになれるよう手配したのだという。

対決の場面を、わたしは日記でなく、直接小説に書いた。

「わたしたちのあいだには真実があってほしかったと思います、お父さま」

だが父は、嘘をついたと認めようとはしなかった。怒りで青ざめていた。これまで自分を疑った者などいない、と言った。疑われたことで、怒りのために盲目になっていた。状況の虚妄性などどうでもいいのだ。父にとって問題なのは、彼を疑うことでわたしが負った罪、わたしが彼を傷つけ、侮辱したということだった。

「おまえは何もかも台無しにしようとしている」

「わたしが台無しにしようとしているものは、そもそも堅固ではなかったのです」とわたしは言った。「新しく始めましょう。わたしたちがともに創り上げたものといえば、見せかけの砂の山だけ。ときどきふたりして、不信感とともに沈み込んだりしたけれど。わたしは子どもではありません。あなたの話を信じることなどできないわ。わたしたちはともに、本当のことを話せるたったひとりの人間を必要としていました。もしわたしたちが本当の友で、おたがいの胸の内を打ち明けられていたら、わたしはランク博士を必要としなかったでしょう」

父はますます青ざめ、怒りを露わにした。彼の眼に光っていたのは、自分の物語へのプライド、理想の自己像へのプライド、みずからの妄想へのプライドだった。彼はまた、観客を納得させられなかった役者が腹をたてるように、腹をたてていた。立ち止まり、娘の言い分にも理はあるだろうか、と自問する余裕はなかった。わたしが正しいわけはないのだった。ほんの一瞬でも、わたしに話したことを父が盲目的に信じているのがわかった。そうでもしなければ、自分が下手なコメディアン、自分の娘も騙せない男とわかり、恥ずかしくていられなかったのだろう。

「憤慨なさることはないわ」とわたしは言った。「娘を騙せないからといって、不名誉なことではありません。わたしだってあなたにたくさん嘘をついてきたから、嘘を見破れるんですもの」

「わたしをドンファンだといって責めるんだな」

「責めてなどいません。ただ、真実を話してくださいとお願いしているのです」

「何の真実だね。わたしは道徳的な生きものだよ」

「それは残念ですこと。わたしたちは善悪の問題など超越していると思ってましたのに。あなたが悪いと言っているのではないわ。そんなことはどうでもいいの。ただ、あなたがわたしを偽っていると言っているのです。わたし、怖ろしく勘が鋭いのです」

「続けたまえ」と父。「さあ、わたしには才能がないと言うがいい。愛するすべを知らないと、身勝手だと、おまえの母親がよくわたしに言った、ありとあらゆることを言うがいいさ」

「そんなこと、考えたこともないわ」

だが、ふいに言葉が続かなくなった。父はもうわたしを見ているのではなく、いつも彼を裁き、居心地の悪い思いをさせる過去を見ているのだとわかった。わたしはもはや自分が自分でなくなって母になり、与え、仕えることに疲れ、父のわがままと無責任に反発する肉体が乗り移ったような気がした。母の怒りと絶望を感じた。このとき初めて、わたしが父にいだいていたイメージが、がらがらと崩れた。母が見ていたイメージが見えた。父のなかに、ありったけの愛を要求しながら愛し返すすべを知らない子どもが見えた。相手を守り、自分を抑えるということができない子どもが見えた。母の勇気の影に隠れる子ども、いまはマルーカに守られ、隠れている子どもが見えた。わたしは母になり、あなたは人間として、父として、夫として失格だと告げていた。母はまたこうも言ったかもしれない。音楽家としての父も、人間としての限界を相殺するほどことはなかった、と。父は生涯、人や愛と戯れ、愛するふり、コンサート・ピアニストのふり、作曲するふりをして、戯れていたにすぎない。なぜなら誰に対しても、何に対しても、魂をまるごと与えるということができないからだ。

「さぁ、わたしをうわべだけの人間と言うがいい」

「いまこの瞬間は、その通りです。わたしと面と向かって向きあい、本当のことを言ってほしかったのです」

父はわたしとでなく、自分の過去と争っているようであり、母への隠れた罪悪感が明るみに出ようとしていた。彼がいまわたしのなかに復讐者を見るとしたら、それは、娘にも責められるのではないかと怖れているからにほかならない。わたしの審判に対して、父は巨大な防壁を築いた——わたし以外の世界からの賞賛という。だが彼自身のなかで、何が正しくて何が間違っているかという問題が解決されたことはなかった。いま彼もまた、言うつもりのなかったことを口にし、わたしを懲罰者のシンボルにせざるをえない思いに駆られていた——彼の欺瞞を暴き、彼には何の価値もないと思い知らせるためにやってきた者のシンボルに。だが、こうしたことがわたしと父との葛藤の本質だったわけではない。わたしは彼を裁くために来たのでなく、欺瞞を明らかにするために来たのだ。彼が心底怖れていたのは、「あなたがあなた自身の人生を生きるため、自分を救うために棄てた四人の人間は、かたわになりました」とわたしに言われることだった。だから、わたしの本当の言葉を聞こうともしなかった。

わたしたちは理解しあえなかった。宙を舞う身ぶり。絶望と怒りの身ぶり。父は行ったり来たりをくり返す。わたしに疑われて、怒り心頭なのだ。

もはや暖かく流れるものはない。通いあっていたすべてを、偽りが麻痺させてしまった。そして、わたしは考えていた。たぶんとうの昔に、わたしは父を愛することなどやめていた、残ったのはただ、パターンへの隷属だけだった、と。

一九三四年六月

わたしは裏返しにされ、感覚も精神も感情も、極限まで開花しつつある人のようだ。奇妙な新しい花が、森のように密集して咲き乱れているのを発見する。イデオロギーではない。純粋な感覚の領域。女は裏返しにされ、かつて秘匿されていた富が一気に溢れ出す。わたしはこんなにも生に飢えている。同時に多くの場所にいたい。旅をし、動き回り、放浪したい。書きたい。南のどこかで踊りたい。チューリッヒに行ってユングを誘惑したい。全世界と、一度に出逢いたい。

この日記はわたしのキーフ、ハシシュ、阿片のパイプだ。これはわたしの麻薬、わたしの悪だ。小説を書く代わりに、わたしはこの日記とペンをかかえて寝ころがり、夢を見て、想いをめぐらせる。現実に背を向け、現実が投射する映像や夢に見入る。すると、わたしを駆りたて、追いたてるこの熱、昼のあいだわたしを緊張させ、覚醒させる熱は、即興と瞑想のなかに溶けていく。わたしは人生を夢で生き直さなければならない。夢こそわが人生。共鳴や反響のなかで変容が起きるからこそ、驚異が純粋に保たれる。さもないと、すべての魔法は失われてしまう。さもないと、人生はいびつな姿を見せ、素朴さは鈍重さに変わる。わたしの麻薬。夜がするように、あらゆるものを霧の煙幕で覆い、変形し、変容させる。あらゆることはわが悪のレンズを通して、このように溶解させなければならない。さもないと、人生の錆がわたしのリズムを鈍くして、すすり泣きに変えてしまうから。

父に手紙を書こうとして、涙で手が止まってしまった。挫折感と絶望。あのひとは父ではない。わたしは存在しない父のイメージを愛したのだ。父がいなくなると、このイメージに取り憑かれ始める。わたしのなかに入り込み、わたしはまたそれを信じてしまう。父に会うたび、それはこわれる。父に手紙を書こうとするとき、いったい誰に宛てて書いているのかわからなくなる。想像の父か、現実の父か。

ランクから打診を受けた。わたしが数カ月ニューヨークに行けば、彼は新生活を始める勇気が得られるし、わたしは彼から分析医になるトレーニングを集中的に受けて、経済的に自立できる。

一九三四年八月

からだが重い。子宮のなかで蠢くものがある。

胸にお乳が張ってくる。

わたしの人生に、この子の入り込む余地はない。世話しなければならない人は、多すぎるほどいる。わたしにはすでに子どもがたくさんいるのだ。かつてロレンスは言った、「これ以上世界に子どもをもたらすな、世界に希望をもたらせ」と。世界は希望も信頼もなく生きる人で溢れている。すべき仕事は多く、身を尽くして愛すべき人は多い。すでにわたしは能力以上のものをかかえ込んでいる。

部屋に座り、暗闇のなか、わが子に語りかける。「あなたはこの暗黒の世界に生まれてくるべきではありません。そこでは最高のよろこびも痛みをともない、わたしたちは物質的な力の奴隷なのです」

子どもはおなかを蹴って動き回った。

「ずいぶん元気な赤ちゃんだこと。この世界から遠い所で、誰にも知られず、無意識のまま、非‐在の楽園にとどまる方がどんなにかいいでしょう。まだ生まれぬわが子よ、あなたは未来です。わたしは男たちと現在に生きることを選びます。わたし自身を未来に繰り延べるあなたとではなく。

あなたの小さな足がおなかを蹴るのを感じる。わたしたちのいるこの部屋はとても暗い。きっとわたしのなかにいるあなたも、同じように暗い所にいるのね。でも、ぬくもりのなかを漂うあなたの方がしあわせなのよ。わたしみたいにこの暗い部屋のなかで、知らず、感じず、見ないよろこびを、ただぬくもりと暗闇のなかで静かに横たわるよろこびを求めるよりも。わたしたちは皆、そのぬくもりと暗闇に再びたどりつくことを、その痛みのない生を、その不安とも恐怖とも孤独とも無縁の生を、永遠に求め続けるのです。

あなたは生きたくて仕方がなくて、小さいあんよでわたしを蹴るのね、まだ生まれぬわたしの赤ちゃん。あなたはぬくもりと暗闇なかで死んだ方がいい。死んだ方がいいのです、だってこの世界に本当の父はいないのだから、天国にも、地上にも」

ドイツ人の医師が来た。診察してもらいながら、ベルリンのユダヤ人迫害について話した。

人生は恐怖と驚異に満ちている。

「あなたのからだでは子どもは産めませんよ」

暗い部屋に座り、子どもに語りかける。「いま世界で起きていることを見れば、わたしたちを世話してくれる父などいないと、あなたにもわかるでしょう。わたしたちは皆孤児なのです。あなたは父のない子になるでしょう、わたしが父のない子だったように。だからわたしは、世話ばかり焼いてきた。全世界を養った。戦争や迫害があれば、すべての傷のために泣き、不正があれば、生命を取り戻し希望を再生しようと努めた。愛しすぎ、世話を焼きすぎる女だったのです。

でもこの女のなかには、いまもひとりの子どもがいるの。父親がいなくなって泣いている、いつまでも泣きやまない女の子の亡霊が。あなたはわたしがしたように、人の家の窓を叩き、子どもたちが優しくされ、大切に守られるのを見て回るつもりなの？　というのは、あなたが生まれるやいなや、わたしが生まれたときそうだったように、夫であり恋人であり友人である男はいなくなってしまうでしょう――わたしの父がいなくなったように。

男は子どもで、父になることを怖れている。男は子どもであって、父ではないのです。男は芸術家で、自分だけが世話を焼かれ、優しくしてもらわなければ気がすまない――わたしの父がそうだったように。男のおねだりには際限がないの。信じて、甘やかして、ご機嫌をとってあげないといけない。褒めたたえ、おいしい料理を作り、靴下を繕い、用を足してあげなければいけない。彼には女主人、愛人、母、姉妹、秘書、友人が必要なの。男は自分が世界でただひとりの存在でなければ気がすまないのよ。

あなたが泣き叫んだりめそめそしたり病気になったりしたら、彼はひどく不機嫌になるでしょう。わたしが彼の仕事や創造でなくあなたを育てることも気に入らないでしょう。自分の仕事を愛するあまり、あなたを押しのけようとするかもしれないわ。彼に賞賛と権力をもたらすのは、仕事なのだから。逃げ出してしまうかもしれない、わたしの父が妻子をおいて逃げたように。そしてあなたは、わたしのように棄てられるのです。

棄てられるくらいなら、死んだ方がいい。なぜってあなたはこの失われた父、あなたの肉体と魂のかけら、あなた自身のこの失われたかけらを求めて、一生世界をさまようことになるでしょうから。

この地上に父はいない。世界に投じられた父なる神のこの影、人間より大きな影に、わたしたちは惑わされたのです。この影を崇拝し、触れようとし、昼も夜もそのぬくもりと偉大さを夢見て、この影に包まれて眠ることを夢見る。ハンモックより大きく、空と同じくらい大きくて、あなたの魂も恐怖も全部抱きとめてくれるくらいに大きい、男より女より、教会よりも家よりも大きい、どこにも見つからない、魔法のお父さまの影。それは父なる神の影。あなたはわたしのなかで、静かにそっと、ぬくもりと暗闇のなかで、死んだ方がいいのです」


医師は子どもの呼吸が聞こえないという。すぐクリニックに行くように言われる。覚悟を決める。でも内心は麻酔がこわい。気分が重い。前に麻酔されたときのことを思い出す。不安。出産外傷のよう〔ランクに『出産外傷』（独語版一九二四、英語版一九二九年）という著書がある〕。子どもは六カ月だ。救えるかもしれない。不安。死の恐怖。永遠の眠りに身をゆだねる恐怖。でもわたしは横になって微笑み、冗談を言う。手術室に台車で運ばれる。足を縛られ、もちあげられる。冷たく白い手術室で、愛のポーズ、器具がカチャカチャいう音と防腐剤の臭い、医師の声、そしてわたしは寒さに震え、寒さと不安で青ざめる。

エーテルの臭い。冷たく麻痺していく感覚が血管を走る。重さ、麻痺、でも頭はまだはっきりしていて、死の観念と闘い、死にあらがい、眠りにあらがう。人の声が次第に遠のく。もう答える力がない。ため息をつきたい、泣きたい、つぶやきたい。「大丈夫です《サヴァ》か、マダム、大丈夫です《サヴァ》か、マダム、だ・い・じょ・

う・ぶ・で・す・か・ま・だ・む、だいじょぶだいじょぶだいじょぶ…………」

心臓が早鐘のように打つ。どくどくと大きな音をたて、破裂しそうだ。と、眠る、落ちる、転がる、夢見る、夢見る、夢見る、こわくなる。ドリルで脚のあいだを削られる夢、でも感覚はない。ドリル。人の声がして、眼が覚める。声が大きくなる。「大丈夫ですか《サヴァ》マダム、もう一度やった方がいいかな《フォティル・ルイ・アン・ドネ・アンコール》、いや《ノン》、もうおしまいだ《セ・フィニ》」わたしは泣く。心、心は押し潰され、疲れ果てている。呼吸がつらい。まず思ったのは、医師を安心させることだったから、「大丈夫《セ・トレ・ビアン》、大丈夫《トレ・ビアン》、大丈夫です《トレ・ビアン》」と言った。

ベッドに横になる。死、闇、生の不在からの帰還。コロンをもってきてくれるように言う。医師は自然分娩にもっていこうとした。だが何も起こらない。起こるはずの腹痛も、痙攣も。十時に検査を受け、消耗する。夜は一晩中、末期癌の女性の呻く声が聞こえる。長く痛ましい呻き、絶望的な苦痛の叫び……沈黙……そしてまた、呻き。

翌朝、医師はもう一度手術しなければならなかった。また台車が運び込まれた。通勤定期がいるわね、と冗談を言った。麻酔と闘おうとするのでなく、身を任せ、死ではなく忘却だと思おうとした。いつも忘れ薬がほしいと思っていたでしょう？　眠りに身をゆだねた。死を覚悟した。すると不安が和らいだ。自分を解き放った。

一瞬、不安になった。手術が始まったのはわかったが、「まだ眠っていません……」と言えるほど覚醒しているかどうか、心もとなかった。でも医師の耳には届いて、大丈夫ですよと言ってくれた。医師が少し待つと、わたしは眠りについた。滑稽な夢を見た。今度は短かった。

八時近く、何度か痛みが走った。医師はいよいよ始まると思い、ナースを呼んだ。わたしは髪を梳かし、白粉をはたいて香水をふりかけ、マスカラをつけた。八時になり、手術室に運ばれた。

手術台にからだを伸ばし、横になる。脚を置く場所がない。もちあげておくしかなかった。ナースがふたり、わたしの上に身をかがめた。正面にはドイツ人の医師、女性的な顔だちで、眼は『M』のピーター・ローレのように飛び出している。二時間、歯を食いしばってがんばった。おなかの子どもは六カ月、それでもわたしには大きすぎた。わたしは疲れ果て、力むので血管は膨らんだ。全身全霊を込めていきんだ。この子をからだの外に出し、別の世界に放り出したいというように、いきんだ。「いきんでいきんで、全身の力を込めて」わたしは全身の力を込めていきんでいただろうか。全身の力？　いや、わたしの一部は子どもを押し出したくないと思っていた。医師も知っていた。だから怒っていた、不可解にも、怒っていた。知っていたのだ。

わたしの一部は受動的に横たわり、誰も押し出したくない、この死んだわたしのかけらさえ、寒い外界に押し出したくないと思っていた。自分のものにして、あやし、寝かしつけ、いだき、愛することを選んだわたしのすべて、宿し、保ち、守ったわたしのすべて、全世界を圧倒的な優しさの内に閉じ込めたいと願ったわたしのすべて――わたしのこの部分は、子どもも、わたしのなかで死んだ過去も、押し出そうとしなかった。そのために死にかけたにもかかわらず、破壊し、切り裂き、別れ、譲り渡し、開き、広げ、明け渡すことができなかった、この命のかけら、過去のかけらに似たものを、わたしのなかのこの部分が、子どもを、誰をも、押し出し、他人の手で取り上げられ、見知らぬ土地に葬られ、失われ、失われ、失われてしまうことにあらがった。

医師は知っていた。ほんの数時間前までわたしを褒めそやしていた彼が、いまは怒っていた。わたしも怒っていた、どす黒い怒りをもって――いきみ、殺し、別れ、失うまいとするわたしの一部に対して。「いきんでいきんで、全力でいきむんだ！」わたしは怒りと絶望をもって、狂ったようにいきんだ、いきんで死ぬのだろうと思いながら、最後の息を吐くように、わたしのなかのすべてを押し出し、血まみれの魂を、筋肉にくるまれた心臓を吐き出し、わたしのからだそのものが開いて煙が立ちのぼり、究極の死の切開を味わうのだろう、と思いながら。

わたしが一休みすると、ナースはわたしの上にかがみこんでおしゃべりしていた。それから、骨にひびが入る音が聞こえるまで、血管が膨れるまでいきんだ。眼をきつく閉じると、稲光や赤と紫の波が見えた。耳のなかを衝撃が走り、鼓膜が破れたかと思うほど、どくどく脈打った。唇をきつく噛んだら血が滲んだ。舌を噛んだのだろう。脚がぐったり重い。大理石の柱のよう、巨大な大理石の柱に押し潰されそう。誰か脚を支えていて、と頼んだ。ナースはわたしのおなかに膝を乗せて叫ぶ。「いきんでいきんでいきんでいきんで！」彼女の汗がわたしの上に落ちた。医師は怒って苛立たしげに、行ったり来たりをくり返す。「これは徹夜になるな。もう三時間だ」頭が見えてきた。でもわたしは気を失った。すべてが青くなり、次に真っ黒になった。閉じた眼の前で器具が光るのが見えるような気がした。耳のなかでナイフが研がれる。氷と沈黙。

と、声が聞こえた。最初は早口で何を言っているかわからなかった。カーテンが開いた。声はまだぶつかりあい、滝のように火花のようにすばやく落ちて、耳が痛かった。手術台が動いた、ゆっくり、そろそろと。女たちが宙に浮かんでいる。頭。頭がいくつもぶら下がっているところに、ランプの巨大な電球もぶら下がっていた。医師はまだ歩いている。ランプが動き、頭が近づいて、とても間近になると、言葉がゆっくり聞こえてきた。

彼らは笑っていた。ひとりのナースが言った。「最初の子を産んだときは、ずたずたに裂けちゃって、縫合しなきゃいけなかったの。それでまた次の子が生まれて縫合し、また次の子が生まれたわけ」別のナース、「わたしのは、ポストに封筒を入れるみたいにするっと出てきたわよ。でもそのあと胎盤が出てこなくてね。何としても出てこないの。出て、出て、出て」どうして同じ言葉をくり返すのだろう。それにどうしてランプはくるくる回るのだろう。どうして医師はそんなにとても速く、速く、速く歩くの？「これ以上分娩は無理だよ。六カ月にもなったら、自然の助けは期待できない。もう一度注射を打とう」針が刺さるのを感じた。ランプは動かない。氷とランプのまわりの青が血管に入ってきた。心臓がどくどく打った。

ナースたちのおしゃべり。「ほら先週、ミセスLのあの赤ちゃん。自分は小柄だと思ってたみたいだけど、あんな大女がね」言葉は蓄音機のレコードのように回り続けた。同じことを何度も何度も、胎盤が出てこなくて、子どもはポストの手紙みたいにするっと出てきて、何時間も働かされてくたくたで。医師が何か言うと笑った。もう包帯がないという。こんなに遅くては調達できない。彼らは器具を洗い、おしゃべり、おしゃべり、おしゃべり、おしゃべりを続けた。

脚を押さえて！　どうかわたしの脚を！　お願いだから脚を押さえていて！　もう一度、準備ができた。首を反らすと時計が見える。かれこれ何時間も格闘している。死んだ方がましだ。わたしはなぜ生きて、こんなに絶望的に格闘しているのだろう。なぜ生きたいのかも思い出せない。なぜ生きる？　何も思い出せなかった。飛び出した眼が見える、女たちのおしゃべりが聞こえる、血。何もかも血と痛みだけ。生きるって一体何だったかしら。人はなぜ生きようなんて思えるの？

いいいきまなきゃ。いいいいいきまなきゃ。それは黒い点、永遠のなかの定点。暗いトンネルの出口。いきまなければ。いきんでいるのか、死んでいるのか。声が聞こえる。「いきんでいきんでいきんで！」おなかの上には膝、脚は大理石、頭が大きすぎる、いきまなきゃ。ライトは上にあり、巨大で丸くぎらぎら光る白色光がわたしを呑もうとする。わたしを呑む。わたしをゆっくり呑んで、宇宙に吸い込む。眼を開いていたら、すっかり呑まれてしまう。わたしは上の方に広がっていく、長い氷の糸になって、軽々と。でもわたしのなかには炎もあり、神経はねじれ、わたしを引きずるこのトンネルからの休息はない。あるいはわたしは、わたし自身をトンネルからいきみ出そうとしているのだろうか。それともわたしは子どもをいきみ出し、ライトはわたしを呑もうとしているのか？　眼を開いていたらライトがわたしを呑み込み、わたしはトンネルから自分をいきみ出すこともできないだろう。

死ぬのだろうか。血管には氷、骨には亀裂、こんなふうに暗黒のなかでいきんで、眼にはナイフの切っ先のような閃光、ナイフが肉を切る感覚、肉がどこかではじける、炎に焼きつくされたかのように。どこかでわたしの肉は裂け、血が溢れる。いきむ、闇のなか、真っ暗闇のなかでいきむ、いきむ、そして眼を開けると、医師が長い器具をもち、すばやくわたしのなかに差し込むと、あまりの痛さにわたしは泣き叫ぶ。長い、動物の咆哮。

「これでいきむだろう」医師はナースに言う。だがそうはならない。痛くて力が入らないのだ。もう一度やろうとしている。わたしは激怒して身を起こし、叫ぶ。「もう一度やってごらんなさい、もう一度！」わたしは怒りの熱で火照り、氷と痛みは激怒の内に溶ける。直観的に、彼がしたのは必要のないことで、激怒しているから、時計の針が回り続けるからしたのだとわかる。夜は明けようとしていて、子どもは出てこない。わたしは精根尽き果て、注射をしても痙攣は起こらない。肉体は——神経も、筋肉も、頑として子どもを外に出そうとしない。わたしの意志と強さしかない。わたしの怒りの激しさに怖れをなした医師は、遠巻きにしている。

よろこびに向かって開いたこの脚、よろこびのために溢れた蜜——いまその脚は痛みにねじれ、蜜は血にまみれる。同じポーズ、同じ激情に濡れても、これは死ぬことであって、愛することではない。

見れば医師は行ったり来たり、あるいはかがみこみ、かすかに見える子どもの頭を見ている。鋏のように開かれた脚、かすかに見える頭。医師は困惑しているようだ。野生の神秘を前にしたかのように、この死闘に困惑している。彼は器具をもって介入しようとし、わたしは格闘する――自然と、わたし自身と、わが子と、わたしがそのすべてに込める意味と、与えまたわがものにしようとする欲望、保ちまた失おうとする欲望、生きそして死のうとする欲望と。器具など役に立たない。彼の眼は怒りに燃えている。メスをとろうとするが、見守り、待つしかない。

わたしはずっと、自分がなぜ生きたいのか思い出したいと思っている。だが何も思い出せない。ランプはもうわたしを呑み込もうとしない。わたしは疲れ果て、ライトの方に動くことも、振り向いて時計を見ることもできない。からだのなかに炎があり、傷があり、肉体は苦痛に呻いている。この子は子どもではなく悪魔だ。わたしの脚のあいだで半ば窒息し、わたしを生きさせてくれず、窒息させ、自分は頭だけ見せて、その頭を挟んだままわたしが死ぬのを待っている。悪魔は子宮の入り口でぐったりしたまま、生を遮断し、でもわたしはそれをわが身から切り離せない。

ナースはまたおしゃべりを始めた。「ひとりにして」とわたしは言った。両手をおなかに載せ、ゆっくり、とてもゆっくり、指先でおなかにトン、トン、トン、と円を描く。くるり、くるり、ゆっくりと、澄みきった想いで眼を開く。医師が近づいてきて、驚いたように見つめる。ナースは何も言わない。トン、トン、トン、トン、トン、ゆっくり円を、ゆっくり静かに円を描く。「野蛮人みたい」囁く声がする。神秘。

眼を開け、神経を静め、優しく長く、おなかを叩く。神経が震え始め、不思議な動揺が走る。時計の音が聞こえる。正確に、ちく、たく、と。小さな細胞がめざめ、ざわつく。わたしは言う。「いまならいきめる《》わ！」そして猛烈にいきむ。彼らは叫んでいる。「もうちょっと！　あとほんのちょっと！」

氷は、闇は、わたしが終わる前に来るだろうか。暗いトンネルの終わりにナイフが光る。時計と心臓の音が聞こえる。「やめて！」わたしは言う。医師は器具をもって身構える。わたしは起き上がり、彼に叫ぶと、また彼を怖れさせる。「ひとりにしてちょうだい、あなたたちみんな！」

そっと静かに横たわる。時計の音が聞こえる。優しく、トン、トン、トン。子宮が震え、広がるのを感じる。手が痺れてちぎれそう。手はちぎれ、わたしは暗闇に横たわる。子宮は震え、広がっていく。トン、トン、トン、トン、トン。「いいわ！」ナースは膝をおなかに乗せる。わたしの眼は充血している。トンネル。このトンネルに向かっていきむ。唇を噛んで、いきむ。炎、肉は裂け、空気はない。トンネルの外へ！　血という血が流れ出す。「いきんでいきんで！　出てくる！　出てくるわ！」するっとした感じがあり、一気に分娩。重みはなくなった。闇。

人の声がする。眼を開ける。「女の子だった。見せない方がいい」と言っている。全身の力が戻ってくる。起き上がる。医師は叫ぶ。「おいおい、起きちゃだめだよ、動くんじゃない！」

「子どもを見せて」わたしは言う。

「見せちゃだめよ」とナース。「彼女のためにならないわ」

ナースたちはわたしを寝かせようとする。心臓がどくどくとものすごい音をたて、自分がくり返す声もほとんど聞こえない。「見せなさい！」医師がもちあげてみせる。黒くて、小さくて、小人みたい。でも、小さい女の子だ。長い睫が閉じた瞼にかかり、何ひとつ欠けたところのない全身が、羊水に濡れて光っている。人形か、ミニチュアのインディアンみたい、三十センチくらい、骨のすぐ上に皮膚があり、肉はない。でも完璧に形づくられている。わたしにそっくりの手足をしていたと、あとで医師が教えてくれた。

頭は平均より大きかった。死んだ子どもを見たとき、さんざん痛い思いをさせられたので、一瞬、憎いと思った。のちに、この憎しみの炎は大きなかなしみに変わった。

悔い。あの娘《こ》が生きていたらどんなふうになっただろうと、長い夢を見た。死んだ創造物、わたしの初めての、死んだ創造物だ。すべての死と破壊がもたらす深い痛み。わたしの母性の失敗、少なくともそれを具体化することの。現実の、人間としての、単純で直接的な母性は死んで横たわり、わたしに残されたのはただ、ロレンスのいう象徴的な母性、世界にもっと希望をもたらすことだ。だが、単純に人間として、花が咲くように成熟することは、わたしには拒まれた。

わたしはきっと、別の形の創造のためにデザインされたのだ。自然はわたしを男のための女とし、母にはしないと、子どもたちの母でなく、男たちの母にするとたくらんだのだ。自然はわたしのからだを、子どもではなく男を愛するように形づくった。大地との根源的な繋がりであり、わたし自身の延長でもあったこの子は、いま、わたしに拒まれた、あたかも、わたしの運命を別の領域に向けようとするかのように。

わたしは創造者、恋人、夫、友人としての男は愛するが、父としての男は信用しない。父としての男を信じない。父としての男を信用しない。わたしがこの子の死を願ったのは、この子も同じ欠落を経験すると思ったからだ。

医師とナースたちは、わたしが元気で好奇心旺盛なのに驚いた。泣くと思ったのだ。化粧のマスカラはまだ落ちていなかった。だがあとで横になると、わたしは気を失った。そして、ベッドでひとり涙を流した。鏡を見ると、顔の血管が割れていた。わたしは眠りに落ち、昏々と眠った。

朝の身仕度。香水に白粉。顔もよし。見舞客。マルグリット、オットー・ランク、ヘンリー。疲れ果てた。もう一日休む。だが三日目には、新たな不安材料が生れた。胸が痛みだしたのだ。

南仏出身のかわいいナースが、ほかの患者をほったらかしにして、わたしの髪をきれいに梳かしてくれる。ナースは皆わたしにキスして、優しくからだを撫でる。わたしは愛を全身に浴びて、ゆったりと落ちついた、晴れ晴れした気分だった。と、胸がお乳で、たくさんのお乳で張ってきた。こんなに小柄な体格にしては、びっくりするほどたくさんのお乳だ。ひどく張って、痛い。その夜、また悪夢が始まった。

末期癌の女性はまだ呻いていた。眠れない。宗教について、苦痛について考え始めた。わたしの苦痛はまだ終わっていなかったのだ。聖体拝領であれほど熱烈に受け入れた神、わたしが父と混同した神を思った。カトリシズムについて考えた。どうなのだろう。九歳のとき聖テレジアに命を救われたことを思い出した。神を、子どものころ絵本で見た髭の男を思った。いや、カトリシズムではない、ミサでも告解でも、司祭でもない。でも神は、神はどこにいたのだろう。わたしが子どものとき感じた熱狂は、どこにあったのだろう。

考え疲れた。死ぬときのように、胸の上に手を組んで眠った。そして、わたしは再び死んだ、これまでも何度か死んだように。呼吸は別の呼吸、内なる呼吸だった。わたしは死んで、朝、窓の向かいの壁に陽が射したとき、再び生まれたのだった。

青空と、壁を照らす陽ざし。ナースがわたしに新しい一日を見せようと、起こしにきてくれた。わたしはそこで横になり、空を感じ、空とひとつになり、太陽を感じ、太陽とひとつになるのを感じ、無限と神にわたし自身を投げ出した。神がわたしの全身を貫いた。わたしは歓喜に震え、おののいた。冷気、そして熱と光、啓示、神の訪れ、全身を貫く、霊の震え。光と空が肉体に宿り、神が肉体に宿り、わたしは神に溶ける。わたしは神のなかに溶けていった。イメージではなく、感じたのだ——空間、黄金、純粋、エクスタシー、無限、深々と避けようのない、神との交わりを。よろこびのあまり、わたしは泣いた。わたしがしたことは何ひとつ間違っていないとわかった。神と心を通わせるのにドグマはいらない、ただ生き、愛し、苦しめばいいのだとわかった。神と心を通わせるのに、男も司祭もいらない。わたしの人生と情熱と創造をぎりぎりまで生きることで、わたしは空や光と、そして神と交わった。わたしは血と肉による浸透を信じた。肉体を通し、血を通して、わたしは無限と出逢った。肉体と血と愛を通して、わたしは何ひとつ欠けたところのない存在となった。もう何も言えない。これ以上、言うべきことはない。最も偉大なる交感は、いともたやすく訪れる。

診察にきた医師は、眼を疑っていた。わたしはどこにも、何の問題もなかった。まるで何ごとも起きなかったかのように。クリニックを退院した。いたってすこやかに、皆の見守るなか、歩み去った。穏やかな夏の日。死の大口を逃れたよろこびとともに、わたしは歩いた。よろこびと感謝の気持ちが溢れて、涙がこぼれた。

果物。花束。見舞い客。その夜、わたしは神を思い、天の東屋《あずまや》で眠ることを思いながら、眠りについた。大きな腕にいだかれ、守られる不思議な感覚に身をゆだねて。月明かりが部屋を照らす。天は東屋であり、ハンモックだった。世界の向こうにある無限の宇宙空間で、わたしはゆらゆら揺れた。神の内部で眠った。五時、ルヴシエンヌに向けて出発。穏やかな、優しい日。庭のデッキチェアに腰かける。マルグリットが世話してくれる。夢を見て、休んだ。わたしたちは庭でディナーをとった。

わたしのリズムはゆっくりしている。再び人生に、苦痛、活動、葛藤に入っていくことにあらがっている。何もかも新しく始まろうとしている。日は穏やかだがはかなくて、ため息のよう、夏の最後のため息、日盛りと葉群れ。穏やかでかなしい夏の終わり、樹々の葉は落ちてゆく。

一九三四年九月

ヘンリーとふたり、トンブ・イソワール通りを抜けて、配管屋と枕のクリーニング屋に向かおうとしている。ヘンリーはヴィラ・スーラの部屋に引っ越すのだ。みんなで手伝ってペンキを塗り、釘を打ち、絵を壁に掛け、掃除する。部屋は広々して、天窓があるおかげで空間と高さが生れる。バルコニーの下にクローゼット式の小さなキッチンがあり、絵や何かの収納場所になっている。そこには梯子で登っていく。窓を開けると屋上にテラス、隣の部屋のテラスとつながっている。寝室は入り口を入って右側、バスルームがついている。バルコニーはヴィラ・スーラに面している。樹々と、向かいの家並みのピンクや緑、黄や黄土《オークル》の小さい入り口が見える。

クローゼットを掃除していたら、何とかつてそこにいたアントナン・アルトーの写真が出てきた。ドライヤーの『裁かるるジャンヌ』で僧を演じた彼の、美しい写真だった。頬は窪み、眼は狂信的な予言者を思わせる。アントナン・アルトーは自分の写真を決して人に渡さなかった。ヴードゥーの呪いを怖れ(魔力《アンヴトウマン》、と彼は言った)、悪霊に取り憑かれた者の手で写真に針を打たれたら、災いがふりかかると信じていたのだ。さて、美しい僧はここ、わたしの手のなかに。画鋲ひとつも刺しはしない。大切にしまっておいた。

ヘンリーが家と呼びうるものを初めて手に入れた日に、『北回帰線』は出版された。四年前、まさに同じ建物にあるフランケルの部屋で書き始められた本だ。完全なる円環。
わたしたちはみんなで座って彼の本を包装し、宛名を書き、郵送した。

そんなわけで、目下わたしは三つの自己に分裂している。ひとつの自己はルヴシエンヌに住み、スペイン人のメイドがいて、朝食はベッドで、ラニとルイのアンダール夫妻がしとめた雉を食べ、勘定を小切手で払い、暖炉に座り、日記を書き写し、日記の第二巻をフランス語から英語に訳し、窓辺で夢想し、強烈な生を生きたいという想いに、いてもたってもいられずにいる。

ヴィラ・スーラではヘンリーとフレッドが一緒で、人の流れはひきもきらさず、歩ききては歩きさる。じゃがいもの皮を剝き、コーヒーをフランス式に碾いて、本を包装し、ルヴシエンヌで用済みにした欠け茶碗やコップを使い、ルヴシエンヌで使い古したタオルで手を拭き、石畳の路を歩いて市場に向かい、蓄音機を直し（ヘンリーは実際的なことがからきしだめなのだ）、バスに乗り、カフェに座り、本や映画、作家や作品について大いに語り、大いに煙草を吸い、雪崩のように歩ききては歩きさる人々を眺める。

第三の自己は、職業を身につけたいと思っている。そうすれば、いつも自分が信じるように書けるからだ。ランクが新しい人生を歩む手助けがしたいと思っている。わたしが新しい人生を歩むのを助けてくれたのは、ランクだったから。そして、未知のもの、異質なものを求めている。とうとう、二カ月間ニューヨークに行くと約束した。二カ月など、永遠の時のなかではあっという間だろう。

『近親相姦の家』の原稿、日記、『人工の冬』の原稿を荷物に詰めた。

父との葛藤を解決しようとして、わたしはランクのもとへ向かい、結局は人生にもうひとりの父を、もうひとつの喪失をかかえることになった。

本当の父はカンヌから戻ってきた。病気のせいか、ひどく優しい。わたしたちは静かに、穏やかに語りあった。湿疹だらけの父の手を見て、幻想が消えてもなお深く父を愛していると実感した。父はわたしのニューヨーク行きを嘆いている。

ルヴシエンヌを他人《ひと》に貸すのはつらい。家をからにして、何もかも物置に入れなければならなかった。最後の夜となった昨夜、窓にはカーテンもない。月光が雪明かりのように輝き、その向こうには黒いむきだしの枝、信じられないほどドラマチックだった。そして、夜明けも見た──『ペレアスとメリサンド』の月と夜明けだ。おとぎの世界から飛び出そうとしているのだと思った。わたしの貝、巣、ハンモック、避難所を明け渡して。ペルシャ風のベッドに横たわり、庭を眺めていると、いろいろな想い出がこみあげてくる。オレンジ色の枕、中国の赤い櫃《ひつ》、ペルシャ簞笥が運び出されるのを見なければならなかった。家具が道に出され、大きな緑の門が開き、家はからっぽになる。がらんとして、骸《むくろ》のようだ。引っ越し屋の男たちは、美しい品々をぼろ毛布で包んだ。

一九三四年十一月

ランクの絶望的な手紙が何通もニューヨークから届き、きみが必要だ、きみが入院したときは、重要な公務をすべてキャンセルして、ロンドンから駆けつけたではないか、と言い募る。「そう」と手紙は続く。「死にそうなんだ。助けにきてくれ」

精神分析に救われたことは確かだ。本当のわたしの誕生を促してくれたのだから。それは女にとってきわめて危険な、痛みをともなう自己だ。危険に満ちているのは、人は自由奔放な男を好んでも、自由奔放な女を好むことはないからだ。本当のわたしの誕生は、生まれなかったわたしの子どもと同じ道をたどることもありえた。わたしは聖人にはならないかもしれないが、とても満ち足りていて、とても豊かだ。まだどこにも居場所を見つけられずにいる。眼も眩むような高みをめざす。でもわたしはいまも、絶対的なものではなく、関係性を愛している。キャベツ、暖炉のぬくもり、蓄音機から流れるバッハ、笑い声、カフェのおしゃべり、荷造りを終えたトランク、『北回帰線』も何冊か入れた。そしてランクからは最後のＳＯＳ、一日中鳴りやまない電話、さようなら、さようなら、さようなら……

アナイス・ニンの日記　第二巻（一九三四—三九）

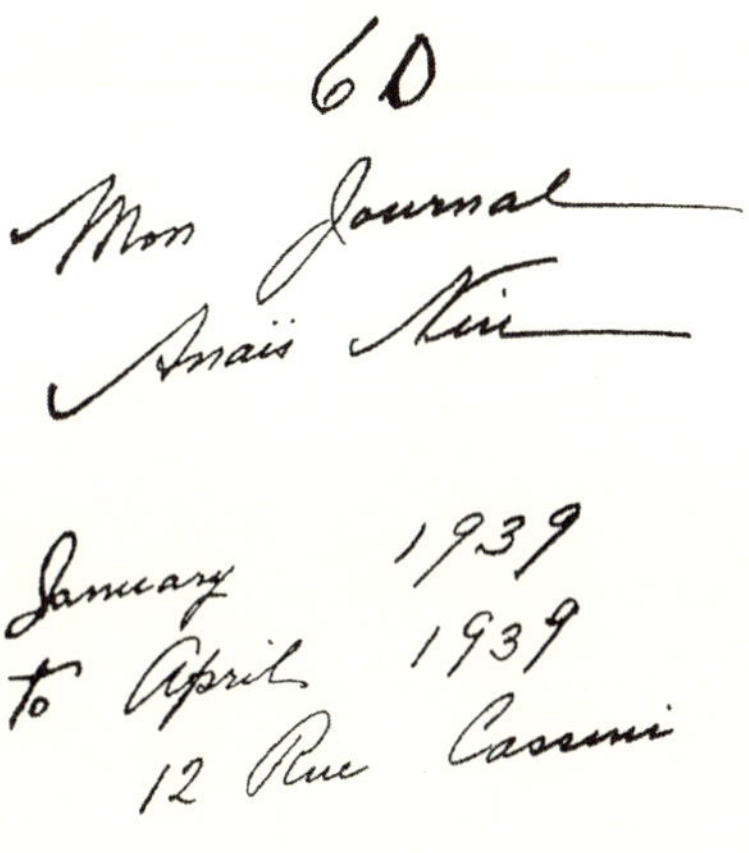

一九三四年十一月

わたしを乗せた船は、いかにもそれにふさわしくあらゆる速度記録を破り、ニューヨークへと向かった。到着したのは夜だった。楽隊が演奏し、摩天楼は百万の瞳で輝いていた。埠頭にオットー・ランク博士の姿を探して、バビロンの都、はりつめた表情の人々を眺めた。ニューヨークは、霧と潮《しお》の香に包まれた夢。ランクがいた。強力な患者の影響を受けてか、堅苦しい挨拶もそこそこに、荷物もろともわたしを連れ去り、タクシーで向かったのは、わたしのために用意されたホテルの一室だった。わたしは早速そのホテルを「ホテル混沌《ケイオテイカ》」と名づけた。

わたしたちはバーに腰をおろした。彼のポケットは芝居のチケットでぱんぱんに膨れあがり、腕にはわたしのための本を何冊もかかえていた。その週の夜の予定はすっかり組まれていた。ジョージ・バランシン〔一九〇四―八三。アメリカ生まれのロシアの振り付け家〕と会う約束も取りつけてくれた。またダンスを始めたいわ、といつかしみじみ言ったことがあるからだ。

わたしたちの席からはニューヨークが一望できた。高みをめざし、上へ、未来へ、歓喜へと。なめらかに油を差した蝶番、プラスチックな輝き、鋼鉄の表面、きらめき、ノイズ、ニューヨークはざらざらして先鋭的な、風の吹く街、あらゆる面でパリと対照的だ。

ランクにとっては新しい生活だ。彼の毎日はすでに予定がぎっしり詰まっている。

翌朝わたしはもう、ランクがオフィスを構えるホテル、アダムズにいた。学び、ランクを手伝うためだ。著名人が待合室に座っていた。患者の親からは御礼の品々、芝居の初日やオペラのチケット、新しいレストラン、新しい学校への招待状が届く。この街の生活を掌握したというように、彼はそれらのものを誇らしげに見せてくれた。たちまちわたしもあらゆる活動の中心に、内部に、まさにわたしが望む場所にいると感じた。

夕方になると、ペンシルヴェニア・ステーションの自動ドアを見に連れていってくれた。それはまるで人の心が読めるように、近づくと開くのだ。それから、風に揺れるようなエンパイア・ステート・ビルの展望台で、ニューヨークを一望した。美しく、力強く、デザイン全体が宇宙に向かって突き出し、傲慢で鋭利に尖った矢が空を突き刺して、地球からほかの惑星《ほし》に逃げ出そうとしているようだった。

ニューヨークの音響は笑いに適している。なぜなら生活はひたすら外部に、行動にあり、思考も瞑想も、夢見も熟慮もなく、行動だけが溢れているからだ。過去の記憶、振り返ること、疑いや問いはない。

観にいった芝居は、どれも平板で散文的だった。ランクとわたしはふざけて、こう書かれるべきだったという想像上の書き直しを試みた。合間に彼は、マーク・トウェインへの愛を語った。とりわけ『ハックルベリー・フィン』の、黒人を自由にするというテーマについて、冒険心に焦点を当てて。マーク・トウェインが文学をパロディするさま、ハックがものごとを複雑にし、つけ加え、迂回路を求める姿勢を讃えた。「いや、それでは単純すぎる。本ではそうなっていないぞ」

ランクのオフィスはイーストサイドにあり、セントラルパークにほど近い、三部屋のアパートメントだ。わたしは患者ひとりひとりと親しくなり、彼らのカルテをランクと検討した。ランクはそれぞれの症例にいかに対処すべきかを教えてくれた。動的攻撃という彼の手法、いまある葛藤を把握すること、即時性、いまある葛藤からすばやく前進することについて説明した。あらゆるステップ、あらゆるパターンを開示した。どきどきするような話ばかりだった。彼の信じるところによれば、神経症患者は感情が麻痺しているようなもので、そういう人は、立ち止まってみずからの不能に思いを馳せるべきではないのだ。

おそらくはニューヨークの生活が猛烈に活動的なため、できごとは加速するらしく、状況は日々変化した。だが、ランクのダイナミックな分析の性質もまた、患者を加速させるらしかった。

突如としてわたしは、政治的権謀術数の渦中にいるかと思えば、オペラや演劇、百万長者や映画スターの人生、財団や基金の核心に触れていた。名前は明かせないが（倫理に反するだろう）、彼らの物語は、小説家としてのわたしを魅了した。

幕が上がり、どんな芝居や映画よりずっと深く、はるかに怖ろしい芝居が始まる。大きな権力の背後にある悲劇、挫折、恐怖、苦渋。自殺による死、心理的殺人による死。一日中、閉ざされたオフィスで、彼らの囁きに耳を傾ける。小さい方の部屋に座り、よく考えてメモをとる。交響曲。ドアを開けると、その手にオペラの命運を握る男、ホテル・チェーンを築く男、ウォールストリートの株に影響力をもつ男が立っている。千の物語。

ランクはここの生活を愛し始めている。だがそれは彼も言うように、わたしが小説家として彼の仕事を眺め、そのドラマや驚異に反応するからこそという面がある。彼の探求は新しい筋書き、登場人物の新たな側面を露わにする。

彼を通してそうした登場人物の人生に入り込むほどに、それらの人生は外からは――街にあってもレストランにあっても――総合的交響曲のように見えるのだった。

透明な輝きがすべてを覆う――ショーウィンドウから車から、ライトに至るまで。現実的でも人間的でもない質感。きらきらでつやつやの日々。毎日、新鮮な感覚がある。詩はなめらかな動きに宿り、迅速なサービスに、踊るような身のこなしに、カウンターに、地下鉄に乗るための両替に宿る。リズム、リズム、リズム。人々の内に沸きたつものを知ったあとでは、彼らをまじまじと見られなくなる。どこか人工的でロボットのよう、電気ワイヤでつないだコンクリートの部品のような気がして。百万の窓、ヴォルテージの高さ、プレッシャー、ビタミン充填、明日の都市、もはや人間ではない明日の人々、彼らはそれを知るからこそ、ランク博士のもとを訪れ、これを最後と泣き、嘆く――なぜなら彼らもまた、消えゆく種族なのかもしれないから。ヨーロッパで貴族が消えゆく種族であるように、たぶんここでは、これこそ自分の世界だと思った人間は、何か別のものの犠牲にならなければならないのだ。このランク博士のオフィスで、わたしは抗議と反逆とかなしみの声を聞く。だが一歩外に出ると、それらは白い塗料の無機質なビルに塗り込められてしまう。

バランシンのクラスで踊りのレッスンを受けるのは諦めた。この新しい芸術《アート》、人間をより深いレベルで理解する技術《アート》、魂の考古学に打ち込むためだ。

アナイスは秘書助手として、あまり有能ではない。それでもランクが大目に見てくれるのは、ランクの思想へのわたしの理解がそれを補うからだ。事実、わたしがよくわかっているというので、ランクは自著の翻訳を改訂し、わかりやすくする仕事を頼みたいという。ドイツ語からの荒削りな直訳には冗長なものもあり、ランクの思想が伝わりにくいのだ。

わたしの小さい机には、ドイツ語タイトルの分厚い本が山積みになっている。一生かかる仕事だ。毎日翻訳者はその日訳した分をもち込み、わたしがわかりやすく書き直すのだ。

六時にはすべての仕事が終わる。わたしたちはレストランへ繰り出す。患者について話しあう。ランクはどんなときも教えずにいられない。ものごとを解釈しようとする彼の精神が、活動をやめないのだ。わたしはしばらくすると抽象的な思考に疲れ、ハーレムに行きましょう、と提案する。

ハーレム。サヴォィイ。音楽が床を揺らす。巨大な店、クリーミィな酒、仄暗い照明、はじける陽気さ。黒人たちは酔い痴れたように踊る。フロアに立つと、リズムが誰をも解き放つ。

ランクは踊れないと言った。「新しい世界、新しい世界だ」とつぶやいて、驚きと戸惑いを隠せない。踊れないとは思いもよらなかった。まじめ一方の人生を送ってきて、踊ることもできないなんて。「一緒に踊りましょう」とわたしは言った。初め、彼はぎこちなく、躓いたり、混乱してふらふらしたりしていた。でも最初のダンスが終わるころには、われを忘れて踊り始めた。楽しんでいた。まわりでは黒人たちが激しく優雅に踊っている。歩くことを覚えようとするかのように、ランクはぽくぽくと歩いた。わたしが踊ると、彼もわたしについて踊った。わたしは本当は、のびやかにエレガントに踊る黒人たちと踊りたかった。でも、わたしの感情を自由にしてくれたランクに、今度はわたしから、からだを動かす自由を発見するよろこびをあげたい、と思ったのだ。快楽と音楽と忘我を、彼がくれたすべてへの御礼として。

帰りのタクシーでも、ラジオはジャズの気分を続けた。ニューヨークはジャズが指揮し、活気づけているようだ。本質的に、リズムの街だ。

ランクはハーレムが忘れられず、しきりにまた行きたがった。一日のきつい仕事が終わるのを待ちきれない様子だった。彼は言った。「患者に処方したいくらいだよ。ハーレムに行けってね。だけど、きみと一緒じゃなきゃだめなんだ」

一九三五年一月

ヘンリーと、彼が少年時代に遊んだ「若きかなしみの街」へ行った。雪の夜のブルックリン。小さな赤レンガの家並みが、ドイツの小さい町を思わせる。ヘンリーが通った学校。彼の部屋の窓、何の飾りもなく、ただ古いブラインドがついている。『黒い春』に描かれた鋳物工場。フェリー乗り場への道、彼が母と歩いた道だ。母は毛皮のマフ〔筒状の防寒具〕をしていた。冷たい手を暖かい毛皮に滑り込ませる心地よさを、彼は決して忘れなかった。彼の話から察すると、おそらくそれは彼が母からもらった唯一のぬくもりだったのだろう。雪と寒さから身を守るのに、人のぬくもりではなく、動物の毛皮とは。いま、そうした場所や記憶をまのあたりにするのは、とても不思議な気分だった——ルヴシエンヌで、わたしの関心というぬくもりのなか生命を宿し、『黒い春』の詩情となって結実した、それらの場所や記憶を。

それからわたしたちは、ヘンリーがジューンやジーンと暮らした、ブルックリンの地下アパートに向かった。いまではチャプスイ〔米国式中国料理〕の店になっている。味気なく殺伐とした、美や魅力と無縁の場所だ。とはいえ、パリで友人の芸術家たちが住んでいた街や家にしても、似たようなものだった。暖房も明かりもない、暗く湿った場所。

わたしは長いこと、ヘンリーの怒り、敵意、復讐心はどうしたら説明できるのだろうと考えてきた。それは尋常ならざる苦しみへの反応なのだろうと思った。きわめて多くのアメリカの作家に見られるのが、こうした辛辣さと憎悪だ。

だが、彼らの人生や苦難をヨーロッパの作家（ドストエフスキーやカフカ）の人生と比べてみると、ヨーロッパの作家の苦しみ、貧しさ、みじめさの方がはるかにひどいことがわかる。それでも彼らは、エドワード・ダールバーグ〔一九〇〇―七七。アメリカの作家。幼児期を孤児院で過ごした〕やヘンリーのような、怒りと敵意に満ちた人間にはならなかった。苦しみは文学作品へと、共感へと変容した。プルーストの喘息もドストエフスキーのシベリアも、彼らが人間性への共感をはぐくむことに寄与した。アメリカの作家のなかには、あらゆる喪失や苦しみを反逆に、犯罪的な怒りや他者への復讐に変える者がいる。感情のかけらもないに等しい。社会に責任を転嫁し、書くことは復讐の行為となる。

答えは、苦しみに対する姿勢にあるように思う。アメリカの作家のある者たちは、楽園以外には受けつけないのだ。ヨーロッパ人にとって、苦しみとは人間の条件の一部であり、ほかの人間たちと分かちあうべきものだ。

一九三五年六月

ルヴシエンヌ。わたしの家。記憶が押し寄せる。眠れない。ニューヨークの動物的な活力、動物的な生命力が恋しい。意味や深みなどなくてもよかった。ここでは気が急いて仕方がない。ペルシャ風のベッド。時計はちくたく時を刻む。時はゆっくり流れる。犬は月に吠える。テレサは朝食を運んでくる。電球がひとつもない。借家人があれこれもっていってしまったのだ。本は埃をかぶっている。ニューヨークの鮮やかで派手な色彩と比べると、わたしの色つき瓶たちも輝きを失ったようだ。いろいろな色に塗り分けた部屋も、以前より穏やかで落ち着いて見える。敷物はすり切れている。ジャズのリズム、ニューヨークの神経質なエネルギーはどこに？　過去。鏡台の鏡は割れている。カーテンレールが見あたらない。庭の椅子はどこにいってしまったの？　フランスは古い。趣、味わい、芳香、古いものならではの風格はある。人間らしさはある。それはニューヨークにはないものだ。

ルヴシエンヌは古く、静かだ。かつてはその古さや風格が好きだった。いまでは、過去の黴《かび》臭い臭《にお》いを放っているように思える。ニューヨークはまさに新しかった。

　庭の塀は蔦の重みに耐えかね、崩れかけている。

　母はそれが美しいという。

　でも、わたしはかなしい。ここにはもう、わたしの居場所はないと感じる。それともわたしは、熱狂的な活動、激しさ、興奮に恋しているのだろうか。ルヴシエンヌの静けさ。窓の向こうには無表情な農民たちの顔。やすらぎ。やすらぎの家。村の鐘の音が響く。スイカズラが窓から香る。新しいわたしは、もうここには属していない。新しいわたしは冒険者で、放浪者《ノマド》なのだ。まわりの人たちはわたしのように変わらないし、新しい枝葉を伸ばしもしない。帰ってくることは、円のなかに閉じ込められるのに似ていた。わたしは単調さと反復にあらがう。

　ニューヨークのお土産をベッドに広げる。青い縁に星座のシンボルが描かれた木皿のセット。ディナー・パーティーを開いて、アントナン・アルトーとルネ・アランディを招待しよう。

　何もかも同じだから、自分が一歩も動かなかったような気がする。だから冒険家たちは船に乗り、アフリカへ向かい、チベットを歩き、ヒマラヤに登り、駱駝に乗ってアラブの砂漠を越えるのだ。新しい何かを見るために。

　上品で小さなパリと向きあう。魅力と知性に溢れている。新しいアナイスは思う、でもそれはもう知っている。慣れ親しんでいる。わたしが恋しているのは、新しくて未完成な世界、鮮やかな色彩、大きなスケール、巨大さ、豊富さ、未来の人工巨大都市だ。

なんてシュルレアリスティックだったのだろう。弾丸の速さでエンパイア・ステート・ビルの頂上に登り、飛行機から見るようにニューヨークを見おろし、カナリアが鳥籠で歌うのを見るのは。まるでちぐはぐ。ニューヨークでは足もとに地面がなくて、宙に浮かんで生きているみたいだ。

ルヴシエンヌでは、シーツが黴臭い。落ち葉をたくさん掃いて集めて、燃やさないといけない。アナイス、落ち葉を集めて。もうおうちに帰ってきたんだから、冒険はおしまい。

期待しすぎたのだ。大きな展開、内面の変化につりあう、めざましい外的な変化。インド、スペイン、中国への旅、新しい友情、新しい感覚、新しいリズム。

わたしは軟着陸を試みる。アメリカの生活のあらゆるレベルを巡る空想的な旅、ランクの広大な宇宙的精神を探求、自由の陶酔感、精神分析の冒険から、ルヴシエンヌの孤独ともの憂さへ。

ちがうやり方で成長しなければ。距離ではなく、深さを渡って。冒険好きの魂を昇華させなければ。

父は南でリューマチの治療中、ホアキンはパリ国立高等音楽院でしのぎを削っている。

印刷機を、出版を夢見る。

家の隣に納屋がある。かつて上の階は小麦貯蔵庫として、地階は馬と馬車を置く場所として使われていたものだ。そこに印刷機を置いて出版社から独立するという考えに、みんなで夢中になっている。

中国再び、とヘンリーは言う——芸術家の中国だ。家は再びめざめ、魔力を発揮し始める。訪ねてくる人は、アラン・フールニエ〔一八八六—一九一四。フランスの小説家〕の『グラン・モーヌ』に出てくる家みたいだという。

ヘンリーは嬉々として仕事をしている。人が訪ねてくる。庭で時間をかけて食事をとる。わたしの内面には渦が湧きあがる。

ニューヨークの電気的なリズムが恋しい。火と燃える競走馬に乗っているようだった。わたしは自由に酔い、空間とダイナミズムに酔った。まばゆい光、飛行機の轟音、霧笛、飛ばす車、狂ったようなテンポはどこに？　そわそわして落ち着かない。冒険がわたしを外にひっぱり出そうとしている。男がこういう気分になっても罪ではないが、女がこういう気分になると大騒ぎになる。どこを見渡しても、わたしは男が好きなように作った世界に生きているし、わたしは男が望むように存在している。

自己をもたないころの方がしあわせだった。だが、ひとたびこの成長と拡大が始まると、もう止めることはできない。

ひどく不思議な解放感がある。わたしのなかに境界も、壁も、怖れも感じない。わたしを冒険から引き止めるものはない。動き、流れていくのを感じる。

ランクに会いたいとは思わない。ついに父を求める心を征服したのだと思う。彼は父の役割を惜しみなく果たしてくれた。だが一方、わたしを支配し、自分の仕事に利用しようともした。わたしが彼の著作の改訂に人生を捧げることを望んだのだ。それは一生がかりの仕事で、引き受ければ、わたしのなかの芸術家は殺されていただろう。わたしがパリに戻ったことを、ランクは決して許さないだろう。

一九三六年四月

モロッコへの旅。短かったけれど、鮮烈な旅。わたしはフェズと恋に落ちた。

道と家は分かちがたく編み込まれ、複雑に織りなされている。家と家は橋で繋がり、格子の通路で結ばれて、格子の影が地面に落ちる。通路は家のなかで交差しているようで、いつ街路に出るのか、中庭《パテイオ》にいるのか通路にいるのかも判然としない。家々の半数は通りに開け放たれているので、たちまち道に迷ってしまう。モスクかと思えば商人の家、店かと思えばモスク、いま薔薇の蔓で覆われた格子屋根の下にいるかと思えば、いまは真っ暗なトンネルのなかを歩き、はたまた鞭打たれ痛々しく血を流す驢馬の背後に、次にはポルトガル人が建てた橋の上に立っている。アンダルシア人の手になる精巧な格子細工に眼を見張ったかと思えば、モスクの隣の広場で、貧者が許されてマットに寝るのをまのあたりにする。

フェズ。人はいつも、遅かれ早かれ、みずからの内なる都市と似た街に出逢う。フェズはわたしの内なる自己の似姿《イメージ》だ。だからこんなに魅かれるのかもしれない。ヴェールを纏い、満ちて汲みつくしがたく、迷宮のよう、あまりに豊かで変幻自在だから、わたし自身、途方に暮れてしまう。不思議、未知なるもの、無限、地図にない場所への情熱。

フェズは麻薬。人を捉えて放さない。

公衆浴場へ向かうアラブ女性たちと会った。彼女たちはいつも連れだって、着替えの入った籠を頭に載せて浴場へ向かった。ヴェールを纏った彼女たちが、笑いながら歩いていく、見えるのは眼と、ヴェールをもつヘナで染めた手の先だけ。大きな白いスカートと重厚な刺繍のついたベルトのせいで、どっしりと豊満に見える、ちょうど、彼女たちが好んでその上に腰を下ろす枕のように。白いローブを着て動く重いからだは、甘いお菓子と無気力を食べ、格子窓の向こうで外を眺めるだけの、受動的な生活で肥えたものだ。これは彼女たちにとって数少ない自由の瞬間、彼女たちが街に出る数少ない機会のひとつなのだ。

彼女たちについていった。モスクに近いモザイクで覆われた建物に入ったので、わたしもあとに続いた。最初の部屋はとても広い正方形で、すべて石造り、石のベンチがいくつか、床には敷物が敷かれていた。ここで女たちは荷物を下ろし、服を脱ぎ始めた。これは時間のかかる儀式だった。何しろスカートを何重にもはき、ブラウスも重ね着して、ベルトでぐるぐる巻きにしているのだ。白いモスリンや麻や木綿をくるくるほどいては、またベンチの上に畳んでいく。それからブレスレット、イヤリング、アンクレットをはずし、黒髪に編み込んだリボンをほどく。それはたくさんの白い木綿が床に散らばったさまは、一面の白い花びらや葉やレースが、ふくよかな女性たちから剥がれ落ちたようで、それを見ながら、彼女たちが本当に裸になることはないのだろう、彼女たちの衣装はすべて永遠に彼女たちにまとわりつき、その肉体とともに成長するのだろう、と思った。もう服を脱いだわたしは、石のベンチに裸で座るのは抵抗があったので、立って待っていた。彼女たちはアフリカ人のメイドが子どもの服を脱がせ、メイドも服を脱ぐのを待っていた。

しわくちゃの片眼の老婆が、スチームルームのドアを開けてくれた。すべて灰色の石造りで、やはりとても広い正方形の部屋、だがここにはベンチはなかった。女たちは皆床に座っていた。老婆は噴水から出るお湯で桶を満たすと、からだを洗い終わった女たちの頭から時おりかけた。蒸気がたちこめる。女たちは床に座り、子どもを膝のあいだに挟んでごしごし洗った。すると老婆が桶のお湯をかける。このお湯があたり一面に流れるのだが、これが汚い。わたしたちは汚れた石けん水のなかに座っていた。女たちはたっぷり時間をかけた。石鹸で洗ったあとは軽石を使い、しかるのち、細心の注意と集中力をもって脱毛剤を使い始めた。みんな巨体だ。肉がうねり、くねり、巨大な大波の襞となって畳み込まれる。北アラブの白い肌からアフリカまで、彼女たちはあらゆる色の肉の枕に座っているようだった。あんなに重い腕をもちあげて長い髪を梳くのに驚嘆した。わたしは彼女たちを見るために来たのだ。彼女たちの美貌は伝説と化していたし、それはまったく誇張でないことがわかった。完璧に美しい顔、巨大な宝石のような瞳、まっすぐ通った上品な鼻、眼と眼のあいだは離れていて、たっぷりした官能的な唇、しみひとつない肌、そしてつねに威厳に満ちた身のこなし。絵画的というより彫刻的な顔だちと思えるのは、輪郭が実にはっきりしていて明確だからだ。彼女たちの顔に見惚れていると、彼女たちがわたしを見ているのに気づいた。いくつかのグループになって座り、わたしを見て微笑んでいる。身ぶり手ぶりで、わたしに顔と髪を洗えという。黒ずんだお湯のなかに座っていたくないから、早く儀式を切り上げたいのだとは言えなかった。自分たちの巨体を隅々まで磨きあげた軽石を渡してくれた。やってみたら、顔を擦りむいた。アラブの女性は皮膚が丈夫なのだった。女たちは自分や子どものからだを洗いながら、輪になっておしゃべりしていた。彼女たち全員の足や脇の下を洗った石鹸で、顔を洗う勇気はなかった。清潔さのルールを知らないヨーロッパ女と思われたのだろう、彼女たちに笑われた。

彼女たちはわたしにも余分な眉や脇毛を抜かせたがり、陰毛を剃らせたがった。ようやく逃げ出して次の部屋に滑り込むと、冷水を何杯もかけられた。

アラブの女たちが再び服を着て、何メートルもある白い木綿に隠れてしまうところが見たかった。かくも美しい頭部が、肉の山から立ち上がる。信じがたい完璧さをもつ頭部、重い睫で縁どられたあでやかな瞳、官能的な顔だち。時に暗い褐色の肌にモスグリーンの瞳があるかと思えば、月光に照らされたような白い肌に漆黒の瞳もあるが、髪はつねに黒く長く、波打っている。だが、その頭部が立ち上がってくるところは形をなさない肉の塊で、海の植物のように隆起し、膨らみ、揺れ、崩れ落ちる。胸はいそぎんちゃくのように漂い、おなかは永遠に妊娠中の女のよう、足は枕で背中はクッション、腰にはマットレスのような溝が刻まれている。

みんなわたしを見て、親し気にうなずき、わたしの体型について何か言っている。指を折って数え、十代なのかと訊く。脂肪がまるでついていないから、少女にちがいない。彼女たちがわたしのまわりに来て、わたしたちは肌の色を比べあった。わたしのウェストに驚いたようだった。彼女たちの両手で挟めてしまうのだ。彼女たちはわたしの髪を洗いたがった。わたしの顔を優しく石鹸で洗ってくれた。わたしに触り、饒舌に話した。老婆は桶をふたつもってきて、わたしにお湯をかけた。そろそろ帰ろうとすると、アラブの女たちは眼と笑顔とおしゃべりで、あらゆるメッセージを送ってきた。老婆に三つ目の部屋に連れていかれると、そこはひんやりしていて、老婆に水をかけられ、その後また更衣室に連れ戻されたのだった。

帰途、カディス〔スペイン、アンダルシア州カディス県の県都〕に寄り、十一歳のときアメリカへ向かう途上で注意深く観察した、みすぼらしい椰子の樹々を眺めた。子ども時代の日記に詳細に綴ったカテドラルを見た。女があまり外出しない街、わたしは自立を好むから、決して住もうとは思わない、と書いた街を見た。

　カディスに降りたったわたしは、椰子の樹やカテドラルは見つけたが、子ども時代のわたしはそこにいなかった。わたしの過去の最後の痕跡は、フェズの街でなくしたのだ。その街の造りはわたし自身の人生に酷似して、道は曲がりくねり、沈黙と秘密と迷宮によって形づくられ、人は顔を隠す。フェズの街でわたしは気づいた。二十年わたしを貪ってきた小さい悪魔、二十年闘ってきた憂鬱という小さい悪魔が、わたしを喰らうのをやめた、と。穏やかな気持ちで、わたしはフェズの街を歩き回った。わたし自身の外部にある世界、わたしの過去ではない過去に心奪われ、癩や梅毒のように、手で触れ名ざしうる病のかたわらを。

　アラブの人々と歩き、歌い、受容の定めを説く神に祈った。アラブの人々とともに、静かに身を伏せた。わたしが願う街のように、さまざまな問題のない街。問題は忘れて、土色の壁の下に身を横たえ、銅を打つ音を聞き、染物屋が絹をオレンジのバケツに浸すのを眺める。わたし自身の迷宮の街を、いまようやく心穏やかに歩く――わたし自身を、わたしの強さと弱さを受け入れて。

一九三六年六月

ゴンザロは抜きん出て長身だった。夢見る虎《ル・ティグル・キ・レーヴ》、炭のように黒い眼をした、ぼさぼさの黒髪のインカ人。その暗い激しさは衝撃的だが、時おり、きらきらした子どものような笑顔が覗く。神秘家、夢想家、気品と深みに満ちて、神秘性がある。踊りながら、彼は囁いた。「きみはとても強い。とても強くて、ひどく脆い。きみは何て力をぼくに及ぼすんだ。きみがこわい。きみの声、すごく不思議だ。きみは繊細さそのもの、あらゆるものの花、様式と化した美、あらゆるものの香気にして精油だ」

声は低く、擦れていた。スペイン語で話した。スペイン語を聞くとき、わたしは知性でなく肉体・感覚・血で聞く。それは、隔世遺伝的な記憶の地下水路を通ってわたしに届く。わたし自身も知らない、異質なアナイスに触れる。

彼の眼は夜、月のない夜のようだ。彼がわたしを怖れるように、わたしも彼を怖れる。それは、わたしが夢を怖れるから。

スペイン内戦が人の口にのぼり始めている。ゴンザロはわたしの問いに答えるために現れたかのようだ。「それはどういうこと、わたしに何ができるの、芸術家として」彼ならきっと答えてくれるだろう。それがどういうことか、どうするべきか、彼にはわかっているのだから。

ゴンザロが、アレホ・カルペンティエールというキューバ人作家のパーティーに連れていってくれた。広々とした部屋は、セーヌを見おろすようにある。タヒチ人が踊り、歌っている。ゴンザロの妻、エルバはソファに腰かけて美術書をめくり、もの想いに沈んでいる。彼女は耳が聞こえないから、というのが理由ではない。だって聞こえることもあるのだから。ゴンザロは誰よりも背が高く、金茶色の腕を出して、わたしの耳もとで囁き続ける。「アナイス、何という人だ、きみは霊的な力と生命力をあわせもつ。神話と伝説に包まれながら、ぼくを鞭打つ。初めて会ったとき、衝撃を受けた。きみはぼくの自尊心を搔きたてた。いま初めて、ぼくは酒の毒気を抜こうとしている。ぼくは存在したいんだよ、アナイス」

彼は語る。ペルー、実家の大農場《ハシエンダ》、インディアン女性と結婚したスコットランド人の父、インカの文化、伝説、大農場と大農場を隔てる長い距離、圧倒的に広大な自然、狩り、彼を育てたイエズス会士たち、父の葉巻入れの匂い、ヒマラヤ杉の家具の匂いを。馬上の日々、狭い小道を通って大峡谷を行く、インカ人を眠らせしばしば死をもたらす滝に沿って。高地で必要なコカを噛むこと、インカ人の乳母、彼の初恋は十四世紀の聖母像で、その顔に似た人を見つけると誓った日、そしていまそれがわたしの顔であることを。

詩、神話、物語を吟ずるインディアンのように彼は語る。

「冷酷に、冷酷に、ぼくを鞭打って行動を起こさせてくれ。ぼくらインカ人はあまりに老いて、食べ物に手を伸ばすこともできない。七つの神秘の円のことは知っていた？　七つの円を打ち破り、中心にたどりつかなければならないんだ」

くせのある黒髪には白いものがちらほら混じっている。彼の眼はアラブ人のそれより輝き、額は秀でている。威厳と気品がある。

誇り高く、頑固だ。喉が渇いていても、眼の前に水の入ったコップを置いたきり、口にしようともしない。

(イエズス会の自己懲罰の教え？)

脈絡のない話を熱っぽく語る、ジューンのように。

凡庸な生き方をするには年をとりすぎている、と彼は言う。年をとりすぎ、繊細にすぎて、ものに直接手を伸ばすことができないのだ、と。

彼の話はわたしを中世のペルーに連れていく。でも同時に、カール・マルクスを読むようにと本をくれ、ストライキの意味を説明してくれる。

これから起きようとしていることからわたしを救うためにこそ、彼はやってきたのだという。全世界が爆発しようとしている。フランスには革命が起こるだろう。わたしが芸術と芸術家の世界だけに生きて、政治の世界を知らないといって責めた。「変革の時が来たら、ぼくがきみを救ってあげよう」

一九三六年七月

手もとに残っている『近親相姦の家』を、ニューヨークの書店、ゴサム・ブック・マートのフランシス・ステロフにまとめて送った。万一フランスを出なければならないときのためだ。彼女からは、暖かい承諾の手紙が届いた。

一九三七年二月

エルバは言った。「あなたを嫌いなわけがないでしょう、アナイス。あたしたちは姉妹よ。あなたはあたしの命を救ってくれた。あなたと出逢ったとき、あたしは死にたい気分だったの。あなたは命の恩人よ。あたしはゴンザロを男として愛しているわけじゃない。あのひとは子どもよ。ずいぶんひどいめに遭わされたわ。骨の髄までインディアンで、飲んだくれては友だちとしゃべっているだけ。あのひとのためにあたしはお裁縫ばかり。何にでも穴を開けてしまうの。ポケットにワインボトルを突っこむから、いつも破れてる。あたしに何かしてくれたことなんてないわ。突拍子もないアイディアだけはどっさりもって、一本気な人だけど、明日のことは考えられない。ただの子どもよ。あなたがあのひとを好いてくれるならうれしいわ。だってあなたみたいな人、すばらしい女性で、芸術家だもの」

わたしたちはキスをした。

一九三七年三月

子どものころ、鏡のなかに何を見たのだろう。思い出せない。たぶん、子どもは鏡など見ないのだ。たぶん子どもは猫のように、自分のなかに深く入り込み、鏡に自分の姿を見ることはない。見えるのは子どもだ。自分がどう見えるかなど、子どもは憶えていない。あとになって、どんなふうに見えたか思い出した。でも、一歳、二歳、三歳、四歳、五歳のときの写真を見ても、それが自分とはわからない。子どもはいい、ひとつなのだ。自分自身とひとつになっている。自分の外に出ることはない。何をしたかは憶えているが、自分がしたことについてどう考えたかは憶えていない。内省の欠如。六歳。七歳。八歳。九。十。十一。イメージは浮かばない。内省はない。

スペインの中庭に響く音、歌声、わたしに生涯つきまとうことになる陽気さの記憶、アメリカにはまるでないものだ。メイドのラモーナの顔、街で聞こえてくる音楽、歩道で踊る子どもたち。さまざまな声。人々の風貌、グラナダ男の長くて黒い口髭、修道女の抱擁、引き寄せられるとヴェールに埋もれてしまう。

自分が何を着ていたか、心の眼に絵は浮かばない。写真で見た、スペインの子どもたちの黒い長靴下。はっきり憶えているのは、一セントの「びっくり箱」が大好きだったこと。驚きへの情熱。でも六歳のときは、青い髪飾りの蝶結びを完璧な形にしたくて、代母《ゴッドマザー》に結んでもらうといってきかなかった。彼女は誰より結ぶのが上手だったから。そのときは、この髪飾りを鏡で見たにちがいない。憶えていない。この髪飾り、白いレースの縁どりのとても短いミニドレスの少女、あるいはハバナで撮った写真、従弟妹《いとこ》たちみんなと背の順に並び、全員大きなリボンをつけて、白いミニドレスを着ていた。鏡のなかに子どもが現れることはなかった。最初の鏡は、白木の額に収められていた。そこにいるのはアナイス・ニンではなく、マリー・アントワネット、白いレースのキャップに黒いロングドレス、積みあげた椅子の上に立つ。四輪馬車は彼女を断頭台に連れ去る。アナイス・ニンではない。フランス史に残るすべての登場人物を演じる女優。わたしは暴君マラーにナイフを突き刺すシャルロット・コルデー〔一七六八—九三。仏革命でマラーを暗殺した美貌の女性〕。わたしは、もちろん、ジャンヌ・ダルク。十四歳のころ、ジャンヌが火炙りの刑に遭う話は、弟お気に入りのホラー・ストーリーだった。

　自己が映し出される最初の鏡はとても大きくて、褐色砂岩《ブラウンストーン》の家の部屋の、茶色い木の壁に埋め込まれている。隣の窓から強烈な陽が射してくるので、部屋のほかの部分は鏡に映らない。近づいてくる少女の姿だけが鮮明に浮かびあがる。ぼんやりした暗がりのなか、十五の少女は怯えた眼で立ちつくしている。見つめているのは自分のドレス、くたびれててらてらになった青いウールのドレス、従妹のお下がりを直したものだ。彼女には似合わない。みすぼらしい。貧乏くさい。少女は恥ずかしいと思いながら、くたびれててらてらの、紺のウールのドレスを見ている。それは学校で、彼女に文才があると言われた日のことだった。授業中、わざわざ言いにきてくれたのだ。外国人であるにもかかわらず、辞書を使わなければならないにもかかわらず、クラスで一番優秀な作文を書いたのだ。いつもおとなしくて目立たない女の子が、全員の見守るなか、英語の先生の前に来るように言われ、お褒めの言葉をいただいた。でもそのよろこび、初め彼女を捉えた眼も眩むようなよろこびは、ドレスのことを考えると、一瞬でしぼんだ。立ち上がって注目されたくなかった。このみすぼらしい、てらてらのドレスが恥ずかしい。そのくたびれた感じ、みなしごの感じ、お下がりの感じが。

　もうひとつ、茶色い木のフレームに収められた鏡がある。少女は、自分を別人に変える新しいドレスを見つめている。何と驚くべき変化。間近に身を寄せて見つめると、潤んだ瞳、しっとりした唇、その潤いも輝きも、服を変えただけでもたらされたのだ。そろそろと鏡に近づく、そろりそろりと、鏡に映るものがこわがって逃げてしまわないように。十五の彼女は、何度か鏡の方へ、ゆっくり歩いていった。十五の少女なら、誰しも鏡に向かって同じ質問をしたことがあるだろう。「わたし、きれい？」その顔は能面のよう。にこりともしない。鏡を魅了しようとか、騙そうとか、鏡と戯れて偽りの答えを得ようとはしない。少女は茫然としている。鏡に映るものをこわがらせ、逃げ出させたくないのだ。誰かに顔色が悪いと言われた。鏡に近づき、彫像のように立ちつくす。身じろぎもしない。蝋人形のよう。ぴくりとも動かない。驚き。夢遊病？　動いたらそのときは、誰かほかの人になる。サラ・ベルナール、メリサンド、椿姫、ボヴァリー夫人、タイス〔アナトール・フランスの同名小説のヒロイン〕になりかわる。だが断じて、学校に通い、裏庭で野菜や花を育てるアナイス・ニンではない。身じろぎもしない。幽霊か、夢に出てくる人のよう。鏡の前で百の人物に分裂しては、また青白く身じろぎもしない姿に戻る。沈黙。魂を露わにする表情が現れるのを、彼女は待っている。いきいきした顔、笑っている顔、愛に満ちた顔はつかまえられない。十六歳、鏡を見つめる彼女は、初めて髪をアップにしている。いつも同じ問い。鏡は答えてくれない。彼女がその答えを探すのは、ダンス相手の少年たち、やがては男たち、そして何より、画家たちの眼や顔のなかだろう。

ロレンス・ダレルからの手紙。

あなたに手紙を書いて、あなたは何とすばらしい作家かとお伝えしなければ、ぼくは自分をブタ野郎と思うでしょう。無論、ぼくが伝えるまでもなく、あなたは先刻ご存じでしょうが。先日お送りいただいた、あのディオニソス的な誕生の場面〔『ガラスの鐘の下で』所収の「誕生」を参照〕。これはすごい、と息を呑みました。ご存じの通り、本当に力のある作家にしか引き出せない反応です。何がぼくをそんなに興奮させたのか、お話ししましょう。いつの日か女性作家が芸術において到達するであろう、仮説的なゴールのようなものを、ぼくはずっと夢見てきました。それはとても肯定的な性質をもっていて、男の基準による批判など受けつけないでしょう。むしろそれは新たな基準を設定することになるのではないか、男と女を混ぜあわせたものというか、いま通用している単位を新たな単位で置き換えるようなことになるのではないか、と考えていました。ただ、その肯定性とは何か、どのように、いつ出現するかについては想像がつかなかった。でもいま、あなたが書いたものを前にして、あなたこそそれをやり遂げる女性なのではないか、という予感がしています。ぼくはこれまで、女性が書いたものに感心したためしはありません。彼女たちの物差しは男の物差しだと感じたし、男と比べられることは、彼女たちのためにもならなかった。思うに、あなたがなさっていること（なさってきたであろうこと）は、新たな〈芸術〉の創造です。新しい感受性といってもいい。それは男が――男として――全面的に受け入れられるものだが、男の基準によっては限定できないものだ。新しい経験、そこでも唯一の絆となるのは――真の芸術家と時代のあいだにあるような――信頼です。これが、あなたの誕生の物語が投げかける影です。でもぼくはうれしい、なぜならそれはまったく新しいことだから。あなたはまったく新しい作家であり、あなたの作品はあなたを通して全体性の位相に達する。それはぼくにとって、もはや男が女と出逢うということではなく、男がみずからの創造者と出逢うことを意味します。実によろこばしい。それはぼくらすべてが待ち望んでいた感情的な自由を、新たな存在のありようをもたらすことになるのですから。乾杯!! うまく表現できていなければ、お詫びします――謝るというのもまぬけな話ですが。あなたならきっとわかってくださるでしょう――ただのインクの向こう、いくつもの宇宙を越えたところにある、その意味を。だから、乾杯です! 四百の銃で祝砲を。

追伸

親愛なるアナイス・ニン

ぼく自身のため、妻ナンシーのため、詩人のパトリック・エヴァンズのため、弟レスリーのため、二匹の犬、ロジャーとピュークのために申し上げます。すばらしい。まったくもって、すばらしい。燦然と輝いている。百万の「祝歌」と「ゼロ」と『黒い本』に値します。ぼくらは痛みを、物理的な痛みを感じて呻きました。読むことによる誕生。脱帽です。ぼくの最高に暴力的な祝福と称賛を。実のところ、大いなる嫉妬を。

一九三七年八月

ダレル、ヘンリー、ナンシーとわたしのあいだには、美しいものが流れている。語りあっていると、おたがいがおたがいをはぐくみ、刺激しあっているのがわかる。わたしは芸術家としての強さを発見する。なぜって、ヘンリーとダレルは何かというと組になって、わたしに対抗するのだから。一方、ダレルのわたしへの称賛が、ヘンリーの尊敬を再び呼び覚ますこともある。わたしもナンシーが口籠もったり言い淀んだりすると、女が充分に語れないことへの思いが高まる。女を裏切らず、女のために語ろうとするわたしに、ナンシーは信頼を寄せてくれる。すばらしい語りあいのなかで、ヘンリーはダレルとわたしの仮面を剥がす。「じゃあ、今度はぼくらがヘンリーの仮面を剥がさなきゃね」ダレルが言うと、わたしは答える。「それは無理よ。だって彼は自分で自分の仮面を剥がしたんだから」ヘンリーが一番強いのは、孤独を怖れないからだ。ラリーは怖れるし、わたしも怖れる。わたしたちもそれを認めている。

彼らは突然、わたしが観念をも人間化し、あらゆるものとひとりの人間として関わることを攻撃した。関係をもつことは生きるための行為だと言って、わたしは自分を擁護した。歴史や心理学に生命を吹き込むため、わたしはそれが人間であるかのように対する。それに、すべては人として関わる関係の質によって決定される。わたしの自己はプルーストの自己に似ている。それは人生と神話を繋ぐ装置だ。

わたしの日記の問題を議論するとき、彼らは芸術理論を総動員した。時を経ることで地質学的な変化が起こり、この変化の産物を芸術と呼ぶのだ、と彼らは言った。そのプロセスは一瞬にして起こりうる、とわたしは主張した。

ヘンリーは言った。「でもそれじゃあ、すべての芸術理論は覆されてしまうよ」

わたしは言った。「例をあげましょう。今夜の議論の可能性をわたしが感じるのは、それがまさに起きているときでも、六カ月後でも、同じことなの。「誕生」の物語を見てちょうだい。手を入れて磨きあげた形も、それが起きた直後に日記に書いたものも、ほとんど変わらない。小説は三年後に書いたものよ。客観性が加わればより洗練されたものになるかもしれないけど、客観性がないところでは、むしろ共感し、感情移入し、入り込むことによって、何か違う繋がりが生まれるのかもしれない」

ヘンリーは訊いた。「でもそれなら、なぜ書き直す必要があったんだい」

「さらなる技術的な完成を求めて。創り直すのではなくて」

ラリーはかつて、わたしが女として書くこと、臍帯を絶ち切らずにいることを褒めてくれたのに、こんなことを言うのだった。「きみは『ハムレット』を書き直すべきだよ」

「いったいどうして？　それがわたしのめざす書き方でないとしたら」

ラリー「子宮の外に跳び出して、繋がりを断つんだ」

「わかるわ」とわたし。「これが重要な議論であること、そしてまさにこの瞬間、わたしたちの道は分かれるのだということが。きっと、ヘンリーとラリーは同じ道を行くのでしょう。でもわたしは別の道を、女がたどる道を行かなければならないの」

話が終わるころには、ふたりともこう言った。「ぼくらはいま本物の女性芸術家を前にしている。最初の女性芸術家だ、貶めるようなことがあっちゃいけない」

わたしにわかるのは、わたしは間違っていない、わたしにとっては間違っていない、ということだけだ。もし今日、わたしが女と男の言葉を両方話せるとしたら、女を男に、男を女に通訳できるとしたら、それはわたしが男の客観性を信じていないからだ。およそ男の思想、体系、哲学、芸術は、男は認めたがらないが、個人的な源から生まれるものだ。ヘンリーとラリーは個人を超越したふりをしている。かわいそうな女よ、直観的な知を明確なものにするのは、いかに難しいことか！

「黙れ」とラリーはナンシーに言う。彼女はわたしを何とも言えない表情で見る。わたしに弁護してほしい、自分の言い分を説明してほしい、というように。ナンシー、わたしは決して黙らない。わたしには言いたいことが山ほどあるのだから。ジューンのため、あなたのため、女たちのために。

ヘンリーとラリーのばかげた議論。創造するためには「われは神なり」が必要だとか（きっと「われは神なり、女にあらず」と言いたいのだろう）。いずれ、女は神と直接コミュニケートしたことはなく、司祭という男を通して行うしかなかったのだ。女が直接創造することもなく、男を介して創造するだけであり、女として創造することはできなかった。だが、ラリーもヘンリーもわかっていないのは、女の創造は男のとはまるでちがい、まさに子どもを創造するようなものでなければならないということ、つまり彼女自身の血から生まれ、子宮にいだかれ、乳で養われなければならないということだ。人間らしい、肉体と繋がった創造、それは男の抽象的な創造物とは別のものにちがいない。例の「われは神なり」についていえば、それは創造を孤独と驕りの行為にするものであり、神がひとりで空と大地と海を作ったというこのイメージ、このイメージこそ、女を混乱させてきたのだ。（男をも混乱させてきた。神がたったひとりで行ったと考え、男は自分ひとりで行ったと考えるのだから。そして、あらゆる功績の背後には女がいる。神さまだって助けてもらったにちがいないが、決して認めようとしなかったのだ。）

今日の男は、根腐れした樹のようなものだ。そして、女の美術や文学はおおむねファルスの模倣でしかなかった。世界はファルスで満ちていた、トーテムポールのように。子宮はどこにも見あたらなかった。

わたしが行くべきなのは、創造に永遠の瞬間を見いだしたプルーストとは逆の道だ。人生のなかに永遠を見つけること。わたしの作品は、生命の流れに最も近いものでなければならない。

創造における女の役割は、生命における女の役割に対応するものであるべきだ。良き大地、という意味ではない。それは悪しき大地、悪魔、本能、自然の猛威をも意味する。悲劇、葛藤、神秘は、ひとりひとりの人間に訪れるものだ。男は超然とした姿勢をでっちあげ、それが命とりになった。女は同じことをすべきではない。本当の子宮のなかに下りていき、その秘密と迷宮を暴き出さなければならない。それをフェズの街のように描かなければならない——アラビアンナイト的な優しさと、静けさと神秘をはらむ街のように。数々の激情と欲望、細胞のひとつひとつが内包する、いくつもの世界を描かなければならない。なぜなら、子宮も夢を見るのだから。良き大地というような単純なものではない。ときどき思うのだが、男が芸術を創造したのは、女を探求することへの恐怖ゆえだったのではないか。女が自分について口籠もったのは、みずから語るべきことを怖れたからだと思う。女はみずからをタブーとヴェールで覆った。男は自分の必要に合わせて女を創り上げた。そしてどう扱ったかというと、まずは女を自然と同一視し、次に傲慢な自然支配を誇示した。だが、女は自然であるにとどまらない。

女は尾を無意識に浸した人魚だ。女の創造は、男を支配するこの仄暗い世界を、明確に表現するものとなるだろう。男は支配されていることを否定するが、世界は破壊的な存在証明、すなわち狂気において、その支配を表明する。

親愛なるジューナ・バーンズ
あなたの作品『夜の森』の偉大なる深い美について、申し上げずにはいられません。とりわけ後半には深く心を動かされ、お手紙を書くのがこわいほどでした。あなたのなかの真の詩人は、意味で充満した世界にドクターとノラとロビンを孤立させ、鋭い洞察と人間性をもって語らせました。それはかつて見たことのない深みに達して、心から感動しました。ノラとロビンの関係を描くとき、あなたは現実の、眼に見える世界——道、家、街、カフェ——において描くだけでなく、きわめて神秘的なやり方でそのなかに参入し、そのいわく捉えがたく、えもいわれず詩的で、この上なく象徴的かつ人間的な意義を明らかにしました。眼も眩むようです。読みながら感じたのは、彼女は知りすぎている、見えすぎている、耐えられない、ということでした。耐えられませんでした。忘れられませんでした。あの言葉、認識、美、悲劇性、深みに触れる透明な力……女について、そして愛しあう女たちについて、わたしがこれまでに読んだ、最も美しい作品です。お手紙を差し上げるのは、とてもこわいのです。理由はおわかりいただけるでしょう。あなたの作品が何に触れ、何を照らしだし、めざめさせたかをお伝えしたいのです。でもそれは手紙で、創造の世界でしか知らない方に申し上げるようなことではありません。あなたが創造した世界、痛いほど共感を覚えるその世界に、わたし自身をインストールし、そこからあなたに呼びかけたいのです。外的なあなたというバリアを打ち破りたい。不思議なことに、数年前、わたしたちの名前が同じ頁に載り、あなたについて聞いたことがあります。御著書のひとつとわたしのD・H・ロレンス論が、ドレイクという「批評屋」に取り上げられたのです。カフェで、あなたのことを指さして教えてくれた人もいました。そこには美しい女性《ひと》がいた。でももしあのとき、あなたが『夜の森』の女性《かた》だと知っていたら……わたしは『夜の森』にまさに取り憑かれています。感情を揺さぶる力、情熱的な表現に、本当に取り憑かれているのです。女として、女の感覚を書く女は滅多にいません。でも、あなたはそれをなさったのです。

人生の内部に深く入り込んでいるいまも、近所から音楽や明るい声が聞こえてくると、外に閉め出されたようなかなしみを覚えずにいられない。内部にいるか、外部にいるか、それがわたしの悪夢だった。永遠に逃れゆく世界の際《きわ》に、わたしは生まれたような気がする。

一九三七年　秋

ゴンザロにとってどうでもいいことの意味を考えあぐね、ヘンリーの知らない感情に苛まれ、ランクもアランディも答えられない問いに苦しみ、部屋の壁に大きな釘で打ちつけて永遠に黙らせろ、とヘンリーが言った日記のなかにだけ、想いを綴る。それは男の恐怖心なのだろうか、と自問する。女が彼女自身の真実を明らかにすることへの、怖れなのだろうか。誰もが日記に反対する理由がほかにあるだろうか、純粋にイデオロギー的でない理由が。

一九三七年十月

ヘンリーが執筆中の『南回帰線』をぱらぱらと読んでみた。すると案の定、偉大にして名をもたぬ、非人格化された性《セックス》の世界が広がっていた。ひとりひとりの女に顔を纏わせるのでなく、すべての女を生物学的な開口部に還元して悦に入っている。愉快な光景とは言い難い。彼の非人間化は、性そのものへの脅迫観念と化しつつある。女をベッドに連れていくだけでは足りず、男はさまざまな表現や関係の形を得た。

唯一、ヘンリーが人として、個として向きあった経験がジューンだった。なぜなら彼女は彼を苦しめたから、そうやってついに、女たちの海から自分を切り離せたのだ。彼がセックスに焦点を当てるやり方は、強迫観念以外の何物でもない。彼は群衆のなかの「自我《エゴ》」になる危険性がある（自我が知覚しうるのは群衆だけだ。対等な人間を知覚することはできない）。群衆は御しやすく、支配することも眩惑することもできる。顔のない人間の群れ。これは関係の対極にあるものだ。

ヘンリーを他者の意識にめざめさせることができればいいのだが。人の人としての人生は、群衆との関係においてあるのではない。友人、恋人、子どもとの関係においてあるのだ。

彼は言う。「自分にとってどうでもいい連中とだって、ぼくは楽しくやれるんだ」だがそれでは、わたしたちの内奥の生は豊かにならない。

一九三八年三月

ヒットラーがオーストリアに侵攻。フランコはバルセロナを包囲している。フランスは戦争に怖れをなし、援軍に行こうともしない。ゴンザロはハウスボートにやってくると、ぶちまけた。「ファシストの世界で生きるくらいなら自殺してやる。ファシストを十人殺すのと引き替えに死んでやるよ」ゴンザロはエルバとわたしを殺して自殺し、ファシストの世界から逃れようという。彼の狂信とこの解決策を受け入れることはできなかった。自殺？

ならばなぜ、彼はスペインに行って闘おうとしないのか。

一九三九年一月

一九三八年の日記に鏡と変身《メタモルフォシス》について書いたが、チベットの『死者の書』によく似た記述を見つけた。その本のなかでは「バルドー」の諸段階と呼ばれ、転生、第二の誕生につながるのだが、雰囲気やイメージ、啓示や幻覚については同じだ。また、わたしの迷宮の物語*とも類似性がある。「十一歳のとき、わたしは日記という迷宮に足を踏み入れた」等、わたしはその作品で時間の感覚を消滅させ、迷宮の終わりに同じ少女として再び登場する。

つまり、これはすべて形而上学的に存在するものなのだ。わたしの書くものは主観的だとか、誰にも意味をもちえないなどと、ダレルやヘンリーからさんざん攻撃されてきた。だから、わたしは空想の翼を広げすぎるからわかってもらえないのだろうか、と思うこともあった。いまでは、自分の作品には形而上学的な真実があるとわかる。『近親相姦の家』を始めとする幻想的作品群によって、わたしが愛されることはないだろう。だがそこには、わたしが表現したいことの純粋な本質が含まれている。それは経験を精製することによって生まれたものであり、チベット人が理解した諸段階を描いている。

人間としては、わたしはおよそ孤独と縁のない女だ。家族や友人、多くの愛するものに囲まれて生きている。だが、わたしがたったひとりで入っていく世界がある――チベットの砂漠。

一九三九年九月

宣戦布告。

人間として過ちを共有し、世界の苦しみを共有するほかない。

わたしは今日こう言うことのできる、数少ない人間のひとりだ。「わたしは一日一日、愛してきた——愛するものがもうすぐ死んでしまうかのように。自分が明日死んでしまうかのように」わたしは精一杯愛し、生きてきた。友人たちは皆カフェに座り、暗い道を歩きながら、しなかったこと、愛さなかったこと、与えなかったことへの後悔を口にする。この数日、彼らはこれまであえてしなかったことを埋めあわせるかのようだった。生き、楽しみ、ぎりぎりまで味わわなかった日々への、後悔の叫びが聞こえる。

情事に走る者がいる。さよならはもつれた関係になり、見知った生活との別れが、土壇場での熱烈な結婚に繋がる。友情は激しく、はっきり表現される。人は贈り物や約束、感謝の言葉を送りあう。一方は他方に、その人がどれだけ多くを意味し、大切であるかと言い、美質を数えあげ、賞賛を積みあげる。それが最後になるかもしれないからだ。

外国人はフランスの負担にならないよう、国外撤去を求められた。夫はアメリカへの帰国を命じられた。ニューヨークへ戻る時がやってきた。わたしひとりなら、残ってフランスと戦争をともにすることを選んだかもしれない。悲劇から逃れるのをよろこぶ気にはなれなかった。涙を流し、さようならを言い、悔いる間もなく荷造りに追われた。

エルバとゴンザロにはニューヨークで着る冬のコートが要るし、日記のために超過荷物料金を払う余裕

＊『ガラスの鐘の下で』を参照。

はない。半分は銀行の金庫に預けざるをえなかった。最近の数冊だけを、ふたつのブリーフケースに入れた。着る物も最小限に。本、トランク、家庭用品、絵画は、ルヴシエンヌの物置に置いてきた。

わたしたちは皆知っていた、もう二度と見ることのない生活の形、もう二度と会えないかもしれない友に別れを告げるのだと。

わたしは知っていた、これがわたしたちのロマンチックな生活の終わりだと。

アナイス・ニンの日記　第三巻（一九三九—四四）

一九三九年　冬

わたしがあとにしたパリは、礼拝堂《カテドラル》の内部のような穏やかな光に照らされ、影の射す窪みや暗い片隅があちこちにあり、石油ランプが揺れていた。半ば霧に覆われたその街に紫や青や緑の光がともると、しっとり濡れてキャンドルの灯に映えるステンドグラスのようだった。別れてゆく人々の顔も見分けがつかないほどだった。わたしの荷物をもってくれたのは、ぶかぶかの靴を履いた兵士だ。身を切られるような、深い別れの苦しみ。すべての細胞、わたしとフランスを繋ぐすべての腱が、ぱちぱちと音をたてて切れていく。わたしが愛した生活の形、豊かで創造的で人間的な雰囲気、人や街との親密な関係からの別れ。わたしのなかに深く根づいたリズムからの、神秘に包まれた夜からの、生活の隅々にまで苦く生々しい味を添える戦争への盲執からの、高射砲や飛行機が飛び去る音からの、嵐の夜に海で鳴る、かなしい霧笛のようなサイレンからの別れ。

世界のどこにも、戦争の悪夢が存在しない空間や空気があるとは思えなかった。

イルーン〔スペイン、バスク地方の町〕へ向かう汽車のなか。そこからさらに、ポルトガルで水中翼船に乗る。フランスからこの身を切り離すことはとてもできそうにない。移動する一キロごと、ひとつひとつの風景、小さな駅、ひとりひとりの顔が、別れをつらくする。わたしの荷物は、最近の日記を詰めたブリーフケースふたつだけ。いよいよ最後というときになって、パリの銀行の金庫に預けていた日記をスーツケースふたつに入れてみると、超過料金はわたしの所持金をはるかに越えていた。そこで、大量の日記は再び金庫行きということになった。そしていま、こうして汽車に揺られながら、暗澹たる思いに囚われている。自分はカタストロフィを免れて、どうなるとも知れぬ運命に友たちをゆだねることが恥ずかしい。

　わたしの人生で、アメリカが避難所になったのはこれが二度目だ。心は時を遡って旅する。マーリーの森のなか、ルヴシエンヌの近くを横切るマジノ要塞線のことを思う。ある日ハイキングしていて、偶然見つけたのだ。若い兵士が一部を案内してくれた。それは誇らしげだった。砲身用の口だけがいくつも開いた、セメントの迷宮。兵士は巨大なからのプールを見せると、酸を流して死体を溶かすのだと説明した。わたしの管理人は第一次世界大戦で夫を失い、いままた第二次大戦で息子を失うかもしれないことを思った。ユダヤ人として危険に曝されているピエール・シャロー〔一八八三—一九五〇。フランスの建築家〕一家、ドイツから逃れてなお命の不安をかかえている人々のことを思った。

　日記を全部もってくれればよかった。そうすれば、わたしたちが沈めば日記も沈み、誰も真実によって傷つくことはないのだから。

　エルバとゴンザロはパリに残してこざるをえなかった。領事が来るのを待って、本国に送還される。万一のとき売るようにと、プルーストの初版本をゴンザロに託した。家具と蔵書は物置に入れてきた。

　税関検査官は日記を読むだろうか。国境では調べられなかった。わたしがアメリカに着いたら、彼らは何と言うだろう。密輸品？

「生命の植物」と呼ばれる植物を見た。それは根がなくとも生きていける。葉っぱからふわふわの毛が伸びている。この植物の一部が落ちた所からは、どこでも豊かな花が咲く。葉を一枚もらって、何度も根こぎにされてきた人生の記念とした。

人生へのカムバックを果たすため、超人的な努力を払う。(ゴサム・ブック・マートの)フランシス・ステロフを訪ねた。わたしたちにとって、シルヴィア・ビーチがパリで果たしたのと同じ役割を果たしてくれた人だ。わたしたちの本のために尽力してくれた彼女が、優しく暖かい笑顔で迎えてくれる。本に囲まれて忙しそうだが、彼女の自慢は本から多くを学ぶということより、本を愛する心だ。何時間も立ち読みする人も歓迎するし、無名の雑誌、無名の詩人も歓迎する。ジェイムズ・ジョイス協会は彼女の店で会合を開く。一時くらいになると、本の出版を祝うティー・パーティーが開かれる。店にはたくさんの写真が飾られている。ヴァージニア・ウルフ、ジェイムズ・ジョイス、ホイットマン、ドライサー、ヘミングウェイ、オニール、D・H・ロレンス、エズラ・パウンド。

彼女は健康食品の信奉者で、わたしを神智学協会に誘ってくれる。

ヘンリーは十二月二十七日に船でギリシャを出た。ゴンザロとエルバは一月五日にマルセイユを船出した。

ロバート・ダンカンがヴァージニア・アドミラルと連れだってやってきた。彼女は画家で、ハンス・ホフマン〔一八八〇—一九六七。ドイツ出身の画家〕と一緒に仕事をしている。ロバートはシャイだ。からだを傾げて入ってくる様子は、衝突を避けようとしているみたいだ。催眠術にかかっているように話す。『儀式《リチュアル》』という雑誌に寄稿するようにと誘ってくれ、こう言った。「あなたの『近親相姦の家』を読んで、詩人の幻視体験、儀式の感覚を書く勇気が湧いてきました。去年の秋に読んで、それから「北極」を書いたのです。あなたの「誕生」の物語とすばらしい『近親相姦の家』を繋ぐものがあるとしたら、行為とすべての経験における、深い儀式の感覚です」

ふたりとも『恐るべき子どもたち《アンファン・テリブル》』から出てきたような子どもたちだ。でも子どもなのだ。彼女は言う。「『近親相姦の家』を読んで想像していたより、ずっと親切で優しい方ですね」

一九四〇年二月

オットー・ランク博士のことを考えた。どうしていらっしゃるだろう。消息を聞かなくなって久しい。今朝電話して、喉の感染症で亡くなったと告げる声を、信じることができなかった。わたしがアメリカに着く少し前のことだという。ランクの死は信じがたかった。まだ五十代だったし、バイタリティーと人生を愛する心に満ちていたのに。

カリフォルニアで生活するという望みを叶えようとしていた矢先のことだった。新しい妻がカリフォルニアに牧場をもっていたのだ。彼女は彼が求める協力者の役割を果たし、彼の著作を訳し、共同作業をした。彼は幸福だった。個人診療からは足を洗おうとしていた。新しい本も書きあげたところだった。

花も、告知も、お悔やみの手紙もない。空虚。それでも記憶は面影を蘇らせる。いきいきした姿がくっきりと、鮮明に浮かびあがる。穏やかでいて鋭い眼、好奇心と興味、豊かなアイディアと創造力。彼にも数々のかなしみや深い憂鬱、失望、挫折はあったが、辛辣になり冷笑的になることは、決してなかった。彼の信念は死ななかったし、感じ、応じる能力が息絶えることはなかった。かたくなになり、感受性が鈍くなることもなかった。わたしは彼の思想を信頼して受け入れたが、それが枝分かれしていく先まで理解したとはいえない。

やすらかに、苦しむことなく亡くなったのかどうか、知りたかった。死期が迫っていることを知っていたのだろうか。誰に訊くこともできなかった。おそらくは守秘義務という職業的・倫理的習慣のせいか、ランクは友人を混ぜることも、友人の話をすることも滅多になかった。用心深く、自身の生活についても秘密主義で、多くは語らなかった。子ども時代のささやかだが強烈なよろこびは、自然からもたらされた。唯一の度し難い悲嘆は、彼がフロイトと袂を分かったあとの、仲間たちの態度によるものだった。最初の結婚で味わったかなしみ。精神分析や心理療法は、彼が人間として求めるものを満たしてはくれず、むしろ彼を人生から遠ざけたと感じていたのは知っている。分析は愛情の錯覚を生む。彼は人並み以上に愛の幻に囚われたのに違いない。精神的に豊かだからこそ、食いものにされ、利用されもした。カリフォルニアの太陽のもとで、どんな余生を過ごそうとしていたのだろう。彼がかつてそうであった作家・詩人・劇作家になることを果たそうとしたのだろうか。彼を本当に親しく、よく知っている人は誰だったのだろう。

死を前にすると、人は自問せざるをえない。わたしは充分に見、充分に聞き、充分に観察し、充分に愛しただろうか。熱心に耳を傾け、理解し、その人の命を支えたろうか。もしかしたらランクは、自分の才能がいかに豊かで深かったか、人間としていかにいきいきした存在感を放っていたかを、知らぬままに亡くなったのだろうか。

一九四〇年五月

ワシントン・スクウェアの西に、家具つきのアパートを借りた。ヴィレッジには独特の雰囲気がある。家は古いし、店は狭い。ワシントン・スクウェアでは、年とったイタリア人が石のテーブルでチェスをしている。緑豊かで、中庭や裏庭がある。歴史がある。ニューヨーク大学はオランダ人が建てたものだ。わたしが好きなのは銀杏の樹、アパートの窓、小さい劇場、ブリーカー・ストリートには八百屋の屋台や魚屋、チーズ屋が並ぶ。人間味がある。人はぶらぶらと街をそぞろ歩く。公園に座る。

わたしのベッドは折り畳み式だ。ということは、クローゼットにしまうと、影も形もなくなってしまうのだ。寝ているときにそんなことが起きたらどうしようと思うと、気が気でない。

一九四〇年九月

あちこち探し回って、ようやく手頃なアパートを見つけた。月六十ドル、天窓つきの部屋、十三丁目西二一五番地の最上階だ。階段を五つ上る。広々した天井の高い部屋で、天井の半分はそのまま斜めに傾いだ天窓になり、窓は全部で十二ある。キッチンは狭く、コンロと冷蔵庫がやっと入るくらい。小さいバスルーム。ドアを開けるとすぐ、三、四メートル四方のベランダがあり、裏庭と工場の裏が眼に飛び込んでくる。でも、風があるときはハドソン河の香りがする。

シンプルな白木の家具とベッド、大きい作業机を買った。前の借り手が床に敷いた茶のカーペットが残っている。わたしはそれをアメリカインディアンのショール、セラーペで覆った。

美しい秋の日々。ヴィレッジは大好きだ。手作りのスパゲティやフレッシュチーズを売るイタリア人の店、大味の巨大野菜じゃなくて、小ぶりの果物と野菜を売る屋台の八百屋が好きだ。マクドゥガル・ストリートは色鮮やかだ。ミューズやマクドゥガル・アレーには、別の時代の面影を残す小さな美しい家が並び、石畳の路に古い街灯が灯る。マクドゥガル・ストリートのナイトクラブでは、繊細で抑制されたジャズが演奏されるが、時おり不意をついて音が炸裂する。

ワシントン・スクウェアのベンチに座り、アルトーの物語を書いた。日記からじかにとった断片と、想像上の会話を合わせたものだ。

引っ越して、最初の夜は嵐だった。激しい雷雨。悪い兆しだと思った。戦争がここまでやってくるのだろうか。いま世界で起きていることは怖ろしい。人がガスマスクの使い方を覚えるように、わたしは酸素を吐き出す夢のマスクを装着し、荒廃にあらがう創造の細胞をいきいきと保たなければ、と思う。まわりの人たちのように心を固く閉ざし、冷淡にはなれない。彼らは肩をすくめ、無関心の層をもう一枚纏うだけ。ヘンリーはアメリカ横断旅行の準備を進めている。彼のすばらしいギリシャ紀行（『マルーシの巨像』）に人は関心を示そうとしない。

ドロシー・ノーマン〔一九〇五―九七。アメリカの写真家、作家〕の家でディナー。例によって抑制され、堅苦しく、北極圏的な雰囲気。だがディナーのあと、ルイーゼ・ライナー〔一九一〇―二〇一四。ドイツ出身の女優〕が現れた。白く流れるロングドレス、ふんわりした髪、かろやかで優雅なしぐさも流れるようだ。変わりやすく流れゆくものの性質と輝き。

顔は表情が豊かでいきいきしていて、映画のなかでそうだったように、役が要求する以上のかなしみを湛えている。子どものように衝動的な面もあり、優しさと唐突な速断のあいだを揺れ動いている。

小さい顔、いたずらっぽい黒い瞳、あんまり首が細くて、すぐにも守ってあげたくなる。囁くような声、ためらうように控えめな笑い方。口調は静かだが能弁で、人を魅きつけずにおかない。

映画『フルー・フルー』で見せた女性的媚態の極みにも、『グレート・ワルツ』における自己犠牲の極みにも達することができる。この堅苦しい部屋にいても、演じるときのように自分をさらけだし、優しさ、傷つきやすさ、女性的挑発、情熱を露わにする。演じるときの彼女は、自分を与えながらも自分に忠実であり続けるが、あの夜の彼女もまさにそうだった。化粧っ気もない。スター女優であることをひけらかしたくないのだ。彼女のことはずっと、映画俳優のなかでも最も力のあるひとりと思っていた。そしていまここにいる彼女は、柔らかくてしなやか、傲慢かと思えば従順で、まわりの誰より深い感情のもち主と思える。まわりの者たちはみな急に生彩を失い、服のなかに閉じ込められて身動きできないように見える。彼女の悲劇的な顔だちは、あらゆる役に深みを与える。そしていま彼女が瞼を上げると、物語は失われ、世界より古いかなしみを帯びた女が現れる。

彼女が独裁者のようにふるまうのは、子どもと同じことだ。わたしはそれに応えて、たちまち彼女が好きになった。

一九四〇年十二月

ヘンリーから本のコレクターの話を聞いた。彼らはときどきお昼を一緒に食べているのだ。

その男はヘンリーの原稿を買いとり、その後、金持ちの老人の顧客のために書く気はないか、ともちかけてきた。その顧客について多くを明かすことはできないが、ただ、エロティカに興味があるのだという。ヘンリーは大よろこびで、冷やかし半分に始めた。彼が奇想天外な物語をひねり出すと、わたしたちは笑いあった。

ヘンリーは実験として始めて、最初は簡単に思えたが、そのうち嫌気がさしてきた。本当の作品で扱う素材に手をつける気はさらさらないから、無理やり気分を盛りあげて、話をでっちあげなければならなかった。

ヘンリーはこの謎のパトロンから感謝の言葉を受けとったことはない。自分の正体を明かしたくないのはもっともなことだ。だが、ヘンリーはコレクターを茶化し始めた。このパトロンっていう奴は実在するのか？　この原稿はコレクター自身のため、彼の憂鬱な日々を高揚させるためのものか？　同じひとりの人間なのだろうか？

ヘンリーとわたしは、これについて延々と議論を交わした——不可解に思いながらも、おもしろがって。この時点で、近く顧客がニューヨークに来るからヘンリーに会わせよう、とコレクターは宣言した。だがどういうわけか、この会合が実現することはなかった。

どうやって原稿をエアメールで送ったか、いくらかかったかと、コレクターはこと細かく教えてくれた。それがあまり微に入り細に入っているので、顧客は実在するという彼の主張の信憑性が増すことになった。

ある日、顧客が『黒い春』を一冊、献辞つきでほしいという。

ヘンリーは言った。「でもぼくの本はすでに全冊、サイン入りのをおもちだと言ってましたよね」

「『黒い春』をなくされたんだ」

「献辞は誰に？」ヘンリーは無邪気に言った。

「ただ、よき友に、とだけ。それで、きみの名前をサインしてくれ」

ヘンリーは言った。「これは本物だな」

数週間後、ヘンリーは『黒い春』が一冊必要になったのだが、もちあわせがない。コレクターの一冊を借りることにした。オフィスに行くと、秘書に待つように言われた。ヘンリーが本棚の本を眺めると、『黒い春』がある。取り出した。まさに「よき友」に捧げた一冊だった。

コレクターが入ってくると、ヘンリーは笑いながらこの話をもちだした。コレクターも上機嫌に説明した。「ああ、そうそう、じいさんが急かすもんだから、ぼくのを送ったんだよ。こっちをきみにサインしてもらって、あとで彼がまたニューヨークに来たら、交換するつもりだったんだ」

わたしに会うとヘンリーは言った。「いよいよもって不可解だね」

ヘンリーが書いたものへのパトロンの反応を尋ねると、コレクターは言った。「ああ、すべてお気に召してるよ。何もかもすばらしい。だがどちらかというと、物語、話だけで、分析だの哲学だのは抜きの方がお好みだな」

ヘンリーは旅行代が必要になると、わたしにもちょっと書いてみたないか、と言った。本当の文学の素材を提供する気はなかったので、伝聞と作り話を混ぜて、ある女の日記からとったということにした。


パリから電報。日記を詰めた箱の行方を調べたところ、フランスの小さな駅にあるのが見つかった。戦争もその傍らを通り過ぎていったのだ。再び銀行に送られ、金庫に保管された。

電話。「老人は満足しておられる。セックスに集中するんだ。詩は削ること」

この一言で、エロティックな「日記」の流行が始まった。誰もが自分の性的経験を誇張して書いた。創作、伝聞、クラフト・エビングや医学書から調べたもの。わたしたちは滑稽な会話を交わした。誰かが話を披露すると、残りの者はそれが真実か作り話か当てなければならない。または信憑性があるかどうか。これはありそうな話だろうか。ロバートはすすんで実験し、わたしたちが創作したものを吟味し、わたしたちの幻想に承認を与えたり、だめ出しをしたりした。

わたしたちはみんな、お金が必要だった。だから物語を貯めていった。わたしは右から左へすいすい書いていくようなことはできないから、ロバートやヴァージニアやジョージ・バーカー〔一九一三―九一。イギリスの詩人〕のものを少しずつ中に差し込んだ。

きっと老人は、性的な出逢いの至福、恍惚、眼も眩むような響きあいを、何ひとつ知らないのだ。詩を削れ、それが彼のメッセージだった。臨床的なセックス、およそ愛のぬくもりもなければ、あらゆる感覚のオーケストレーション、触覚、聴覚、視覚、味覚、気分を高揚させる仕掛けの数々、バックグラウンド・ミュージック、さまざまな気分、雰囲気、ヴァリエーションもない。だから、文学的媚薬に頼らざるをえないのだ。

もっとすばらしい秘密を詰めて差し上げることもできたが、そんな秘密には聞く耳をもたないだろう。でもいつか、彼がもう充分堪能したという日が来たら、教えてあげよう。感情を伴わない肉体行為への妄執により、わたしたちがいかに性的情熱への興味を失いかけたか、どんなに彼を罵倒したかを。彼のせいで、わたしたちは貞節の誓いを立てそうになったほどだ。彼が削りとらせようとしたものこそ、わたしたちの媚薬――詩というものなのだった。

一九四一年一月

ロバートの誕生日は一月七日、ジューンと同じだ。

ロバートはエドガー・ヴァレーズ〔一八八三―一九六五。フランスの前衛音楽家〕のレコードをもってきて、音楽に合わせて踊った。それは創造だった。彼は人間性を捨象した抽象的なダンスを発明した。元素は衝突し、引き裂かれ、また結合する。ヴァレーズのパーカッション・サウンドに、パーカッション的な身ぶり。顔は能面のよう。彼は孤絶したフォルムとなった。

わたしは彼のユーモア、たくらみ、そして言葉が好きだ。彼の言葉もまた創造力に富む迷宮であり、たくさんの部屋、細胞、振動、パーカッションに次ぐパーカッションだ。不思議なことに、人の眼にわたしたちは変わり、移ろうと見えて、その変転についてこられない者は、人生におけるわたしたちの変わり身の早さ、変容、流動性をほとんど怪しむ。でもおたがいにとっては、この自己の複数性はまさに華麗なスペクタクル、楽しいゲームであって、困惑するようなことは何もない。たとえ彼がガラス玉の眼をして無表情に踊り、エジプトのフレスコ画のように見えたとしても、たとえ彼が愚者を演じ、わたしが誰かわからなくなっても、はたまた顔を歪め、サン・ジョン・ペルス〔一八八七―一九七五。フランスの詩人〕やコクトーの詩をつぶやく野獣となってわたしの前に聳えても、わたしたちは笑う。

ありとあらゆる変容を含めて、わたしには彼がよくわかる。彼もわたしをわかってくれる。ボヘミア的な生活のさなか、わたしが突如ドレスアップして、シックでスノッブなレディを演じ、シックでスノッブな世界に出ていっても、彼は笑って、それが仮装舞踏会《マスカレード》だとわかってくれる。

ポールがやってきた。わたしの眼の前でロバートが変わり、女に、誘惑的に、じらすように、コケティッシュになるのがわかった。ロバートのからだが欲望に波打つのがわかった。まるで、ホモセクシュアルの秘密の間に通され、そんなことでもなければ知りえないロバートを眼の前にするようだった。

ポールは言った。「きみたちふたり、似てるね」

「ロバートのほうが誠実よ」とわたし。

「彼のほうが愛し方が足りないな。ナルシストだからね」

暖かい空気。ジェ・アレというスパニッシュ・レストラン。サフランの香りと、張りのあるスペイン人の声。ロバートとわたしのあいだにあるタブー、そのために、おたがいにひどくよそよそしく、ほとんど夢遊病者のようにふるまってしまうタブーが、一瞬、消える。

わたしはポールの眼で、ロバートの均整のとれたからだ、細いウェストを見た。でも彼の顔は溶けたようになって、あまりにあからさまなので、露出症のふるまいを思わせた。彼の感じていることが、急にありありと裸の眼に映し出されたのは、そこに男がいたからだった。

パンドラの箱とは、女の官能性をめぐる神秘のことだと思う。それは男とまるでちがうものだから、男の言葉で表現することはできない。セックスの言語はまだ発明されていない。感覚の言語はまだ探求されていない。D・H・ロレンスは本能に言葉を与えることを始めた。彼が臨床的・科学的な言語から逃れようとしたのは、それでは肉体が感じるものを捉えられないからだ。

一九四一年四月

ロバートが去っていった。

イサク・ディーネセンの『七つのゴシック物語』という美しい贈り物を残して。「夢見る人びと」という物語。

もしわたしがひとりの女の身の上に起こったことを深刻に考えすぎるようになったら、すぐにその場を立ち去ってしまって、また誰かほかの人になるの。いろんな女になれそうよ。わたしはこれから先、ひとりの人間でいることをやめるのよ。いつでも複数の人間でいるつもり。自分の心と人生を、ひとりの女に縛りつけられて、そのあげくこんなに苦しむのはもう御免こうむるわ。あなたもこれから先は、一度にひとり以上の人間でいるのよ。思いつけるだけたくさんの数を揃える方がいいわ。

この物語には深い感銘を受けた。わたし自身の人生の困難に対して、ひとつの解決策を示してくれているように思う。それがわたしのなかに引き起こした興奮と高揚を静めようと、散歩に出た。読んだあと、わたし自身の翼がまた広がっていくような、また高く舞いあがれるような、魔法のような変身と変装の力を、また手に入れられそうな気がした。

ノグチの美しさに打たれた。日本人のからだ、すっきりと整い、背筋が伸びている。だが不意を突く緑の瞳、曖昧な微笑、ことを明らかにしない語り口、とらえどころのない言葉は、あとかたもなく溶けて消える。きれいな小作りの鼻と優しい口もとはあるメッセージを伝え、現代美術家は別のメッセージを告げる。スコットランドの血が混じっているとは、そのときは知らなかった。彼は日本の詩人の息子だ。わたしには日本的な繊細さが見てとれるが、それは隠されている。マクドゥガル・アレーの美しい家のひとつに、彼は住んでいる。ニューヨークに残る数少ない貴重な通りのひとつで、二階から三階建ての似たような造りの家が並び、ヨーロッパの村を思わせる。車は乗り入れられない。角かどに古い角燈《ランタン》が灯っている。緑が多く、おもしろい古風な形の窓があり、外国のような雰囲気がある。

ノグチはスポーツカーで家に連れていってくれた。彼の作る巨大な彫刻はなかったが、大きなテーブルに、作品の五、六センチ大のミニチュアがたくさん置かれていた。ずらりと並んだそのさまはさながら未来都市、新世界、フォルムの宇宙で、それをわたしも初めは捉えそこねたのだった。

夜中にホアキンから電話があり、母が車から降りるときに転んで、たいしたことはないが、打撲したという。ウィリアムズタウンに向かう。母の世話をし、髪を結い、ベッドを整え、励まし、何くれとなく面倒をみる。心配するほどのことはなかった。

その夜、質素な、ほとんど修道院を思わせる家で眠りにつきながら、母のわたしへの愛が死んだのはいつのことだったろう、と考えた。それはわたしが結婚し、家を出て、母の子どもであることをやめたときだ。病気のために、いつもなら優しさをはねつける戦闘的な性格が、円くなっていた。座ってまた製本の作業を始めようとする姿に、生まれて初めて、優しく、無邪気で、小さな母を見た。からだは小さくなり、髪も細くなったようだ。あたりを圧するような雰囲気はもうない。激しさは消えていた。一瞬、わたしも愛情を表現できた。偉大なる諍い女《ラ・グランド・バタイユーズ》。帰るわたしに窓から手を振る母は、もう一度健康な、子どもを永遠に子どもと思わせる、母獅子になっていた。

タンギーとヴァレーズ、両夫妻との夕べ。わたしはアメリカの出版社からの拒絶を忘れたかった。だが、ヴァレーズの反抗心がわたしの挫折感を再びめざめさせた。出版を拒まれることは、わたしにとって存在を拒まれること、再び孤独に追いやられ、人生から切り離されることだ。出版が実現していれば、わたし自身とアメリカ生活とのあいだに橋が架けられただろう。それがないということは、人生が縮み、世界は小さくなり、広がりも、世界との接触も限られるということだ。ルイーズ・ヴァレーズに「あなたは「遙かなる姫君《プランセス・ロワンタン》」〔十二世紀、仏詩人が憧れたという伯爵夫人〕のようね」と言われた。

わたしは答えた。「でも、そんなものになりたいわけじゃないわ。自分が超然としているとも思わない。わたしは人間よ」

ケイ・タンギーはわたしがもっといろいろな出版者と会えるよう、力添えしてくれるという。頭にこびりついて離れないメロディのように、世界は言っていた。アナイス、あなたの作品はほかの人たちにとって必要じゃない、世界はあなたを求めていない、あなたはヘンリーのように他者と語ることができない、あなたは空無を運命づけられている。

ヘンリーやヴァレーズは語ることができる。わたしにはできない。わたしは書いたものを通してしか語れない。実人生において、わたしは言葉を発しない。書かなければだめなのだ。書くことで他者と語り、他者に触れる。わたしの本を出版してほしい。出版されなければ、口を封じられ、墓に入れられ、存在を否定されるのと同じだ。わたしは世界を愛している。だから、小さなわたしだけの世界に連れ戻さないで。

不思議な気分だった。友人たち、愛情深い友人たちに囲まれながら、あの夜、作家としての表現を奪われたら、生きていけないと思った。橋。それはわたしの最初の橋だった。父と繋がるための。ヨーロッパと繋がるための。愛する人たちが消えてしまわないように。喪失にあらがい、根を断たれることにあらがい、破壊にあらがって書く。消滅にあらがって書く。時は消し去る。記憶の傷、記憶の歪みにあらがって書く。死に、別離にあらがって書く。なのにいまは沈黙を強いられている。本がわたしの世界を創造したというのに、本なしでどうやって世界を創造できるだろう。本がなければ、わたしの世界は小さく、言葉を発することもできない。閉じ込められて。遠くに追いやられて。

ヴァージニア・ウルフが海に入水した。これは彼女が夫に宛てた遺書だ。

この怖ろしい時代のなかでは、気が狂ってもう生きていけないと感じます。頭のなかで声が聞こえてきて、仕事に集中できないのです。ずっと闘ってきましたが、もうこれ以上闘えません。わたしの幸福は、すべてあなたのおかげです。あなたは申し分なくいい人でした。これ以上生きて、あなたの人生をだめにすることはできません。

驚くほどまっすぐで、率直な言葉だ。これが、英語という言語の多義性を探究しつくし、きわめて抽象的・神秘的・迷宮的な作品を書いた作家の言葉だろうか。率直でまっすぐなのは、すべての真の苦しみがそうであるからだ。このとき初めて、彼女は人間として語ったのだ。

一九四一年九月

ルイーゼとの夜。華奢なルイーゼがアイヴォリー・ホワイトのサテンのベッドに横たわり、まわりには鏡や特大の香水瓶がずらりと並んでいる。彼女のからだと顔はあまりに表情が豊かだから、肉体ではなく、ふるふると震える触覚、息、神経、振動でできているようだ。疲れ果てているのは彼女なのに、使用人の手を煩わせまいと、自分で階下へ下りていく。疲れた子どものように仰向けになって休む彼女は、洗練された白いふんわりしたナイトガウンを着ている。でもそれは、どこか彼女にそぐわない。彼女の声は消え入るような囁きに変わり、彼女自身が消えてしまいそうだ。わたしは息をつめて聞きとろうとする。頭がからだとつながっていないみたいに自由自在に動くところは、バリのダンサーを思わせる。両の手はそれぞれに雄弁で、巧みで正確な糸に操られる人形、みずからのドラマを語る、ふたつの小さい人形のようだ。

クリフォード・オデッツとの結婚で、彼女はぼろぼろになってしまった。最初は、それはロマンチックな結婚と思えた。彼女は主演女優賞をとったばかりだったし、彼もブロードウェイで最も優れた劇作家に贈られる賞を受賞したところだった。彼はブルックリン出で、旅行もしたことがないような、粗野で狭量な男だった。ふたりは恋に落ち、結婚した。惨憺たる結婚だった。天国と地獄、どちらかといえば地獄の方が多かった。彼はおよそ人の気持ちというものがわからない人で、機転がきかず、無骨だった。彼女が感情に走りがちなのを馬鹿にした。彼女は彼の野心と実利的な価値観を共有できなかった。ふたりのちがいはたちまち衝突を引き起こした。「ふたりともキャリアをきわめたのだから、世界を旅して愛を満喫しましょう」

彼は答えた。「いまが稼ぎ時なんだよ。忘れられてしまうかもしれないじゃないか」ルイーゼには表向きの口実としか思えなかった。心の奥で彼女が感じたのは、彼が自分自身の世界でしか気分良く過ごせない、どうしようもない男だということだった。ヨーロッパを始め、アメリカ以外の場所は未知の世界、馴染みのない世界であり、従って近寄るべきではないのだった。冒険したい、探求したい、広がりをもちたいなどという気持ちはさらさらなかった。馴染みの場所に小さくまとまって、古い友人に囲まれていればいい。彼はロマンチシズムを嫌い、外国人を嫌った。田舎者の実利主義者だ。なぜ彼はルイーゼと結婚したのだろう。うまくいくはずのない結婚だ。だが、性的に魅きつけるものがあった。まさに彼の泥臭さが、ルイーゼを女としてめざめさせたのだ。そのころ彼女は、ハリウッドのルールを必死で拒もうとしていた。自分にふさわしくないと思える役は断った。オデッツは彼らの側に立ったのだ。彼女は罰せられ、排斥され、仕事を奪われた。

わたしたちが話していると、彼女の様子を見に彼が入ってきた。彼女の形のいいエレガントなお尻をぴしゃりと叩くと、病気なんてたいしたことないというように、明日帰ってくるよ、と言った。鉛筆みたいに尖った鼻で、鼻にかかったブルックリン訛りを話す。なぜ彼女が魅かれたのか、わたしにはわからなかった。

彼が出かけたあと、彼女は誕生日プレゼントの話をした。彼の誕生日に、彼女は美しい銀の煙草入れを贈った。そして、ウィーン風の詩的な趣を添えようと、中に薔薇の花びらをいっぱいに敷き詰めた。彼はすぐさま中身をゴミ箱に入れると、「こんなくずは捨てちまおう」と言った。

一九四一年十月

病院から暗い気持ちで疲れ果てて帰ると、ルイーゼから消え入るような声で電話。「ちょっとお邪魔していいかしら？　会いたいわ。ひどい一日だったの」

わたしたちは細かい霧雨のなかを歩いた。彼女の話というのは、三つの問題に関することだった。演技――ハリウッドからの出演依頼を受けるべきか。オデッツ――きっぱり別れるべきか。健康――自分が不摂生で、不規則な時間に、気まぐれに、いい加減に食べているのはわかっている。わたしは聞き役だった。

ルイーゼは言った。「家《うち》であなたに聞いてほしいことがあるの」

アパートまで車を出してくれた。居間から寝室まで、弧を描いて伸びる階段がある。途中、石英《クオーツ》の大きな窓があり、ダイヤモンドの粉のような光が射してくる。ルイーゼはレコードをかけ、灯りを消した。わたしたちは階段に腰をおろした。音楽を聴いていると、何度か電話のベルが鳴った。ルイーゼは出なかった。「オデッツよ。会いたくない」と囁いた。彼女が二度と屈することのないよう、音楽とわたしが力になれるとでも思っているようだった。一瞬、音楽のなかで、繊細なメロディーにトロンボーンの派手で居丈高な大音量が絡んでくるところがあった。「オデッツよ！」ルイーゼは言って、わたしたちは笑った。

わたしたちは階段のてっぺんに座っていた。そうしてオデッツの力から逃れようとしながら、トロンボーンが繊細なヴァイオリンを圧倒するのを聴いていた。

電話は四度鳴った。そして、鳴りやんだ。ルイーゼとしては大勝利の気分だった。彼に屈するたび、彼女の苦しみは募る。希望のない関係に思えた。

「あなたが忙しいときは」とルイーゼ。「わたしに会っちゃだめよ。重荷になりたくないの」

「でもルイーゼ、わたしたち、姉妹みたいじゃないの。わたしたちにはおたがいが必要よ」

「あなたはいつも、起きることのすべてが本当にすばらしい物語だって、思い出させてくれる。わたし、起きることのすべてを魅惑的なドラマ、ほかの誰かに起きているお話みたいに眺めるようになったわ」

ディーネセンの「夢見る人びと」を読むように、と彼女にあげる。ガラス窓からこぼれる光、螺旋階段、わたしたちがいる所までのぼってくる音楽――どれも、人間関係の苦痛にあらがう塔のようだった。あの、執拗に要求がましく鳴り響く電話の音さえ。そして、電話が鳴るたびルイーゼは、逃がれようとするように、階段を一段のぼるのだった。


ルイーゼは、舞台を離れた女としてのルイーゼより、舞台の上の女優ルイーゼの方が魅力的だと感じている。あの、高められた自己に嫉妬している。舞台を離れた彼女は、自分が小柄なのを気にしている。女優ルイーゼだけが誘惑的で魅惑的で、それは幻想だと思っている。人が女優を愛するときは幻想を愛するのであり、彼女をよく、親しく知るようになれば、男たちは幻滅するだろう、と。化粧を直した方がいいと誰かに言われたら、欠点を見つけられたように落ち込んでしまう。女優は詐欺師だと思っている。舞台の上の高揚した人物は、彼女が自信を、女優として自信をもつ瞬間に生成する女だ。だが個人の生活に戻れば、この自信は彼女を見棄てる。彼女には衣装が、照明が、舞台装置が、別の人格に挑むことが必要なのだ。「舞台の上ではいつもより魅力的になれる。でも、そんなふうにして誰かを魅きつけるのって、ペテンみたいな気がするの」

「でもそれは、あなたがふたりの女を何としても区別しようとするからよ。あなたは舞台で演じる役を高めながら、日常生活では対極を求めて、おしゃれもしない、化粧もしない、マニキュアも塗らない、中間色を選んで、自分の魅力を抑えている。ちがいをきわだたせるかのように。ふたりの女はひとつになれるかもしれないのに、きっぱり分けてしまう。わたしに言わせれば、同じ女よ。でも、あなたは差異を創り出す。忘れないで、無意識から生まれる演技もあるということ、舞台のあなたに自信と主張をもたらす衝動を、人生のなかから引き出すこともできるということを。あなたはふたつのあいだに差異や矛盾を創るけれど」

「それはわたしが、誰もあのもうひとりの女と恋に落ちてほしくないと思っているから。ありのままのわたしを愛してほしいの、あの高揚したイメージではなくて」

同時に、彼女が脚本や戯曲を読むのを見ていると、自分が同一化できる人物、何らかの類似性があり、彼女自身の延長であるような役を探しているのがわかる。演技とは分裂した自己を劇化することだが、同時にそれを通して彼女が求めているのは、魔術的な統合、役を通してふたりの女がひとつになることだ。

家に帰って、日記に書いたものの一部を彼女のために書き写し、この言葉を添えて送った。

親愛なるルイーゼ、わたしはあなたの鏡になりましょう。あなたの魅力は残らず日記に書き留めてあります。この鏡をあなたに差し出します。不安になり、自分が信じられず、自分には深い愛を呼び覚ます力がないと感じるとき、あなたの美と魅力を疑ってしまうときは、いつでもこの鏡を使ってください。

ルイーゼはかなしみに暮れていた。オデッツを驚かせようと、予告なしにアパートを訪ねてみると、もぬけの殻だった。乱痴気騒ぎ《オージー》の名残りだけが散らかっていた。シャンペングラス、ボトル、乱れたベッド、櫛、ナイトガウン。

彼女はオデッツから離れられないのだ。

ベッドには小さいランプがひとつだけ灯っている。わたしたちは影のなかに座っていた。ルイーゼは囁くような声で訊いた。

「アナイス、わたしのこと、マ・ゾ・ヒ・ス・トだと思う?」

「もうありもしない愛にしがみつくのだとしたら、そうね」

「わたし、どうしたらいいの?」

「一緒にいらっしゃい。女のことを理解し、女にとっての別れ、離脱、愛着を断ち切ることの難しさについて、本を何冊も書いている女性と話してごらんなさい。エスター・ハーディングというお医者さまよ。友情は鎮痛剤にしかならないわ。あなたを慰めることはわたしにもできるけれど。オデッツがあなたにとってどんな意味をもつのか、わたしにはわからないもの。さあ、着替えて」

ハーディング博士に電話した。ルイーゼを診ると言ってくださった。ルイーゼを連れて、ハーディング博士のオフィスに向かう。ベルを鳴らす間際、ルイーゼが振り返ってわたしを見ると、顔から苦悶の表情が忽然と、すっかり消えていた。ひどくいたずらっぽい、子どものような、おどけた表情を見た瞬間、ハーディング博士は彼女の力になれないだろうと思った。分析など何するものかと身構えている。だから、これからもわたしが彼女の力にならなければならないだろう——愛と、甘くて役にたたない言葉薬でもって。

翌朝電話すると、彼女は勝ち誇っていた。勝利を手にしたのだ。

「どうだった?」

「あのひと、はなから間違ったことを言ったわよ。わたしが自己紹介したら、こう言うの。『ええ、あなたのことは知っていますよ。『フルー・フルー』の演技を見たら、あんまり女性的だから、はたいてやりたくなったわ』」

ハーディング博士がそんなことを言うとは到底信じられないが、ルイーゼにそう聞こえたのなら、それが彼女の聞きたいことだったのだ。

オデッツと結婚した翌朝のことを、ルイーゼは話してくれた。よろこびに胸を高鳴らせ、彼女は海辺に走っていった。まだ眠たい彼は、あとから行くと約束した。ようやく彼がやってくると、彼女は駆けより、その腕に飛び込もうとした。彼はすっと身をよけ、彼女は転んでしまった。彼は彼女の激しさに怖れをなしたのだ。

「いま思えば、このできごとはわたしたちの結婚生活全体を象徴しているわね。わたしが必要とするとき、そばにいてほしいと強く願うとき、あのひとは決してそこにいてくれなかった」

わたしがルイーゼのために芝居を書かないといって、彼女は失望している。彼女はオデッツにも同じことを求めた。彼は約束しながら、果たすことはなかった。それでも、彼は劇作家だが、わたしは小説家だ。わたしに芝居は書けないと、彼女に説明しようとする。

わたしが医者に連れていったことで、彼女は傷ついている。「あなた自身がそうしたように、仕事で自分を救いなさいと、どうして言ってくれなかったの」

「でも、最初はわたしも精神分析に従ったのよ。だからいまでは、どうすれば自分を救えるかわかるの」

「わたしは仕事で自分を救えるわ」

あなたの神経症は仕事にも障っていると思う、とは言えなかった。彼女は芝居を芝居としてでなく、彼女自身のドラマから救ってくれる役として読んでいる。

「ルイーゼ、仕事ができるなら、芝居を選びなさい。そうやって自分を救うのよ。神経症から抜け出すには、ふたつの方法しかないわ。ひとつは創造によるもの、もうひとつは客観性、つまり精神分析によるものよ。あなたの個人生活は、いまは演技の妨げになっている。だからわたしはあなたのために、第二の道を選んだの。オデッツの喪失を嘆くことで、エネルギーを無駄にしてほしくなかったから」

「わたしは自我《エゴ》から、個人的なものから逃れたいの。分析は自己《セルフ》への興味に屈することだわ」

「自己は問題をかかえていると、注目されたがる、熱が出るときと同じね。自己が苦しんでいる限り、自己を忘れることはできないわ。分析は耽溺ではなく、過酷な修練であり、厳しい対決です。自己を忘れるふりをするのは、現実から眼を背けることよ」

「わたしはわたしなりのやり方でやっているわ。自分に課題を課して、歌やからだの動かし方や語学を学んでいるもの」

「それは自己から逃げていることであって、対峙ではありません。それこそがあなたに必要なものなのに。それができなければ、あなたはもうひとりのオデッツと恋に落ち、同じ経験をくり返すだけでしょう」

「あなたの間違いはね、アナイス、わたしがオデッツに裏切られてショックを受けているときに、医者に連れていったことよ」

「それがあなたを医者に連れていった理由ではないわ。連れていったのは、話していて、あなたが悪循環に陥っているように思えたから。オデッツから離れることも、ほかの人を愛することも、仕事をすることもできない。それは停滞の瞬間よ」

「わたしは強い、あなたが助けてきた人たちより強いのよ」

「プライドと強さを混同しないで。いまこの瞬間、最大の強さは負けを認めること、導かれるのをよしとすることでしょう。あなた、いつか言っていたわね、これまで読んできた芝居は、あなたにとって何の意味もなかったって。あなたがあなた自身を演じられる、あなたがあなたでいられる芝居を書いてほしいって。それはつまり芝居を通して、作家であるわたしを通して、あなた個人のドラマの意味を、解決を求めていたということ。そうやって、問題を明らかにしようとしたのね」

次の日、ルイーゼはわたしを傷つける方法を見つけた。「あなたがジューンについて書いたものを読んでいるの。わたしはジューンのような気がする。そしてわたしは彼女の側に立ち、あなたに反旗を翻したのよ」

これは復讐だったのか。直接世話され、助けてもらうことを求めていたのに、わたしがその役を医者に代わってもらおうとしたことへの。

何日か会わなかった。わたしにとって破壊的な友情から身を引くことを考え始めた。もはやわたしたちが共有するのは彼女の苦しみだけで、よろこびをわかちあうことはなくなっていたから。彼女から電話。さらなる死闘の始まり。ほかの人が書いた戯曲を改訂してほしいという。それはわたしの考え方にもスタイルにも到底なじまないし、できることではなかった。「きっとぼろが出るわ」と軽く言った。

「じゃあわたしのために芝居を書いて」

「それはもう、ジューンとヘンリーについて書いたときにやってしまったわ」

「でも、ジューンが勝たなければだめよ」
「愛に勝者はないのよ、ルイーゼ」
以前はわたしに優しさしか見せなかったのに、いまや何としても、自分の意志の力を示したいようだ。わたしが彼女の別の面を見ていない、と警告されたことがあった。それでようやく、彼女の人間関係のパターンがわかった。初めは全面的に身をゆだね、共感し、共に生きる。次いで、完全に自己を与えることを、不可能な絶対を求める。求めるものが得られないとなると、関係は破壊されなければならない。彼女が求めるすべての時間と世話を捧げることは、わたしにはできなかった。

ロバートがまたやってきた。アルヴィンを映画に連れていくからと二ドルせびられて、「ノー」と言わざるをえなかった。「ノー」と言うと気持ちが落ち込む。誰の望みも断ることは耐えがたい。かつてロバートは「ぼくがきみに『ノー』の言い方を教えてあげよう」と言った。でも、わたしがその知識を彼に対して使うとは、思ってもみなかったろう。

一九四一年十一月

ルイーゼから、彼女の一番優しい声で電話。「好きよ、アナイス。このところ、あなたのお父さまについて読んでいたの。わたしを分析医に診せようとしたことは許してあげる。わたしはジューンみたいじゃない。わたしはあなたに似ている。わたしたち、そっくりよ。そう、あなたはわたしのことを書いているの。それに、ヘンリー・ミラーはオデッツにそっくり。それから、あなたが頼れる父をどうしようもなく求めているときに、お父さまがあなたにもたれかかろうとするところ」

「また仲よくなれてうれしいわ。もう誤解はいや。わたしたちにはおたがいが必要なんだから」

「あなたにはわたしが必要？」

「もちろん、必要よ。あなたが好きだし、わたしには感じる人が必要だから。感じない人たちといるとさびしくなるの。ロレンスと同じで、わたしには頭でっかちの人は愛せない。そういう人とばかり、会っているような気がするけど」

次の日、またルイーゼから電話。「ヘンリーがジューンに『出ていってくれ。きみがここにいると仕事にならないんだ』と言うところで、あなたを殺したくなったわ。だってそれは、オデッツがわたしに言ったことなんだもの。最後の混乱ぶりのひどいこと、ジューンのね。混乱すると、わたしは逃げる。あなたは明確になるまで混乱を生き抜くのね」

「ええ、混乱は生き抜かなければ。そうして初めて自分が何者であるかわかり、そうして初めてものごとは明確になり、自分が誰を愛しているかがわかる。逃げてはだめ。台無しになってしまうから」

ルイーゼはいまも、自分がジューンに似ているのか、わたしに似ているのか、決めかねている。彼女がジューンのときはわたしにあらがい、わたしのときは、わたしの影響を怖れる。「第三の女について書いて。ルイーゼについて書いてちょうだい」

「あなたのこと、書いているわよ、日記のなかで」とは決して言えない。それは誰をも不安にする。

ルイーゼ・ライナーは、自分がジューンであってわたしではないという結論に達した。（ふたりの誕生日は同じだ！）だが、彼女がジューンの人格に入り込んだのは、わたしを裁くためだった。不毛な議論のなかで、ルイーゼは「良い」とか「悪い」とかいう言葉を使ったが、わたしはそういうものは信じない。善か悪かの問題ではなく、破壊的か建設的か、コントロールされていないかコントロールされているかの問題だ。

「わたしのなかにも悪魔はいるのよ、かわいいルイーゼ。わたしは聖人なんかじゃない、善人でも悪人でもないし、あなただって善人でも悪人でもない、ジューンにしたって、善人でも悪人でもないのよ。わたしたちのなかには悪魔がいる。その悪魔に破滅させられるか、手なずけるかという問題なの。みずからの悪魔をコントロールできなければ、その悪魔が誰であれ、何であれ、人を傷つけることになる。わたしは自分の悪魔を籠に閉じ込める方法を見つけた、それだけのこと。怒り、嫉妬、ねたみ、復讐心、虚栄心。みんな日記のなかに入れて、鍵をかけてしまったの。

まさに動物園に鍵をかけたようなものよ。そこにはわたしのありとあらゆる人間的な弱さが詰まっている。ジューンの悪魔は放たれていた。わたしがジューンのなかに描いたのは本能的な力で、それは彼女自身も、彼女が愛するものたちをも傷つけた。制御不能なもので、意図的・意識的な悪ではない。わたしたちが仲よくなったのは、似た者同士だからだと思っていたけど、間違いだったようね。あなたがあらゆる関係をこわしてしまうと言ったときは、信じられなかったわ。わたしは難しい関係をさんざん経験してきたから、平和で穏やかな関係を夢見ていたの。あなたとわたしが傷つけあい、闘い、言い争うなんて、思いもよらなかった。なのに突然、あなたの地獄に引きずり込まれるような気がした――わたしがあなたを、わたしの仕事の世界に引き寄せるのではなくて。仕事をし、創造し、行動し、愛し、書く能力。内に葛藤をかかえているから、あなたはジューンになりたかったり、わたしになりたかったりして、揺れ動く。わたしがあなたの混乱に光を当てようとしたから、プライドが傷ついたのね。でも、わたし自身の葛藤や混乱も見せたはずよ。それであなたは、わたしのあら探しをして仕返しをした。もちろん、わたしの人生は欠陥だらけよ。確かにわたしには、粗暴さを嫌って子どもたちの――たとえばロバートの――世界に逃げ込む傾向がある。なぜって若者は創造の始まり、世界の始まり、愛の始まりにいて、まだ腐っていないと思ったからだし、敵意のない世界に入っていく希望があると思ったから。でも間違いだった。子どもたちのなかにも残酷さや敵意はある。無垢のなかにも危険は潜んでいるの」

不意に、ルイーゼのしたがっているゲームが何なのかわかった。医師や分析医と話す代わりに、混乱したときはいつも、芝居にしてしまうのだ。

「あなた、アナイスは、わたしがそうありたいと願う、明晰な人を演じてちょうだい。わたしはジューンの役を演るわ、それがわたしの一部なのはわかっているから。そうしてふたりが向きあって議論すれば、わたしが何者かわかると思うの」

魂のサンドバッグ。それもこれも、ルイーゼにはいいかもしれないが、わたしはどこで、このゲームを演じきる強さと客観性を手に入れるのだろう？　わたしが最後に見たルイーゼのイメージは、階段のてっぺんに立ち、神経を尖らせ、小さいからだをいっぱいに広げて、怒りのあまり居丈高に、自分が三人のうちで一番大きいというように叫んでいる。「さあ、わたし、ルイーゼがあなたであり、ジューンでもあるような本を書きなさい。まったくちがう本をね」

一九四一年十二月

日米開戦。ニューヨークに初の空襲。誤認警報。ショック。

ゴンザロにできて、彼が好きになれる仕事を、わたしたちは探した。がっかりすることの多い探しもので、ゴンザロはどんどん自暴自棄になっていった。唯一、彼が反応した仕事が印刷だった。リマで兄の新聞を手伝ったとき、携わったことがあるからだ。初版本、良質な印刷、それにまつわるすべてが好きだった。でも経験がなかったので、職にはつながらなかった。

話すうち、わたしたちのプレスがあれば、とまた思い始めた。わたしの本や、彼の政治理念、ラテンの詩人の友人たちのものをやってもらえばいい。

七十五ドルと百ドルの、中古の印刷機を見た。そのうちのひとつは、旧式のミシンのように足ペダルで動くものだった。インクは手差しで入れなければならない。店の人が言うには、クリスマスカードならいざ知らず、ちゃんとした本は印刷できないという。できるはずだ、とゴンザロは確信した。活字とトレイを買うのに、百ドル工面しなければならない。

フランシス・ステロフとじっくり話した。わたしが残りを工面すれば、七十五ドルは貸してくれるという。

スレマ・ソコル〔南米出身のハープ奏者〕は百ドル貸してくれた。

何日も屋根裏部屋を探して歩いた。そんなある午後の終わり、ワシントン・スクウェアの不動産屋を訪ねた。連れていかれたのはマクドゥガル・ストリート、プロヴィンスタウン・シアターの向かいにある古い家だ。玄関の階段を上がり、さらに三階上ると、一番上の階にたどりつく。不動産屋がドアを開けた途端、ここだ、と思った。天窓のある部屋で、印刷の仕事に最適だ。屋根裏部屋の天井は、マクドゥガル・ストリートに面した窓に向かって斜めに下りてくる。古くて、傾いていて、材木そのままの床に黒いペンキが塗られ、壁は黄色。本当に小さいキチネットがついている。何もかも少し傾いでいて、雰囲気があって、ハウスボートみたい。暖炉もある。前の借り手が大きな机とソファを置いていった。月三十五ドル。即決した。ゴンザロはご機嫌だった。ハウスボートみたいだ！　いままで見た場所はどれも気に入らなかった。埃っぽいし、おもしろみも表情もないし、みすぼらしくて、窓は牢屋みたいに狭くて、冷たく湿気っていた。

ドアはがたぴしいっていた。家が古すぎて傾いでしまったのだ。通りに面した窓は、フランスの開き窓のように外に開いた。向かいの家並みも小さくて親しみが感じられ、少しモンマルトルのよう。どこを見ても、気どらない芸術家の生活がある。開いた窓からは絵が、陶器が、機《はた》が顔を覗かせる。ゴンザロも自分の絵を何枚か壁に掛けた。

一九四二年一月

マクドゥガル・ストリート一四四番地に印刷機が運ばれてくる。わたしたちは紙を探しにいった。見返しのこと、大きい出版社では使えないが、わたしたちには理想的な小さい製造数のことを学んだ。良質の紙。活字を買った。ゴンザロはよろこんで手仕事に精を出している。機械が好きなのだ。

印刷機が運び込まれた。図書館から印刷の本を借りてきた。ゴンザロが印刷機を回し、わたしは活字を組む。植字の勉強を始めた。一時間半かけて、半頁の植字をするのがやっとだ。わたしたちは『人工の冬』から始めることにした。

個人の世界の創造、自立のための行為——プレスの仕事のような——は怒りと挫折感へのすばらしい癒しになる。出版社から受けた屈辱も、拒絶も無視も、すべて忘れる。あの仕事場が好きだ。眼が覚めると、好奇心が俄然頭をもたげてくる。印刷の仕事は難しい。いろいろと間違えることもある。

一度、説明書を眼で追っていて、ローラーそのものに油を差してしまい、何日もまったく印刷できなかったこともある。インクは手で入れるので、ゴンザロがペダルを踏むあいだ、わたしはインクと雑巾をもってスタンバイしている。イアン・ヒューゴーの銅版画を使うことにした。ウィリアム・ブレイクの手法をウィリアム・ヘイター〔一九〇一―一八八。イギリスの画家、版画家〕から学んだものだ。三百枚の銅版画。ゆっくり時間をかけて植字すると、ひとつひとつの言葉を分析することになり、文体が引き締まる。

『人工の冬』の初稿ゲラはわたしが手組みして、ゴンザロが印刷した。足ペダルを押すには彼の体力が必要だ。

四苦八苦して、経験から、誰にも教わらずに、わたしたちは学んだ。試し、工夫し、探り、もがきながら。

一頁まるまる組み直した。あまりにも雑だった。一日七、八時間働いた。印刷機とともに夢見て、食べて、話して、眠った。インクの味のするサンドイッチを食べた。髪も爪もインクだらけだった。

一九四二年、冬

こう感じたのは、何日のことだっただろう――もう耐えられない《ノ・プエド・マス》、と。だが、それはあまりに激しく襲いかかってきたので、わたしはこわれてしまった。最初の徴候は、極度の衰弱。あんまり弱ってしまって、自宅までの階段も上れないほどだった。山に登るような覚悟で、一段上るごとに休まなければならなかった。次なる徴候は、泣いてしまうこと。泣けて泣けて、仕方なかった。わたしはもう永遠にこわれてしまったのだと思った、肉体的にも、精神的にも。

恐怖、不信、混乱。印刷の仕事は過酷だ。重圧。耐えがたい緊張。つらく苦しい緊張。限界を越えて、自分を追い詰めてしまった。

フランシスの分析医、マーサ・イェガーに電話した。

美しく、思いやり深い顔。わたしは子どものようにすがり、泣き、胸の内を打ち明けた。

彼女はこう言って、たちどころに緊張を和らげてくれた。「ずいぶんたくさん、かかえ込んでしまいましたね。肉体について、肉体の限界についての現実的な感覚をおもちでないのです」

話を聞いてもらい、彼女のケアに身をゆだねていると、痛みも混乱も和らぐような気がした。

罪を赦されて、休み、くつろぎ、重荷を下ろしてもいいと言ってもらったようだった。わたしが引き受けていたもろもろのことに、彼女は驚いていた。

二度目に彼女のもとを訪れた帰り、わたしは地下鉄で眠ってしまった。家に帰ると、昏々と眠った、初めて眠るかのように。何も考えずに。わが身に引き受けていた世話や責任を、すべて投げ出した。子どものようになって、自分の弱さ、力を完全に失ってしまったことを認めた。緊張がほぐれた。休めるようになった。あなたには休む権利があるのですよ、と彼女は言った。何でもかんでも、できる以上のことをやりすぎたのだ。

三度目、わたしを超人的な努力に駆りたてた衝動について、彼女は説明してくれた。「女は宇宙と、宇宙的なものと、大地を通して、みずからの母性的自己を通して繋がります。だから、あなたはまったき母になり、際限もなく与え続けた。すべての人の面倒をみようとした。人間のからだには限界があるのに、際限のないことをやろうとしたのです」

　彼女にそう言われるたび、いくつもの巨大な愛が途方もなく大きくなり、ついにわたしを押し潰すのが見える。この途方もない努力が小さく、単純になっていく。わたしは裸になり、とてつもない努力から解放されて子どもに返り、ゆったりくつろぐ。

　それは、難行苦行の英雄譚からの初めての解放だった。回復期の患者になったような気がした。弱ってはいたが、心は穏やかだった。悪夢は終わった。

　これは新しいドラマだ。このドラマに父はいない。これは母の、女のドラマだ。このところわたしは、あらゆる女に引き寄せられ、女特有の悲劇を意識するようになった。意識の三段階について書かれたものを読んだ。女はようやく個人の意識にめざめつつある。だが、イェガーが言っていたような、女ならではの宇宙との関わり方も意識し始めている。女が宇宙と繋がるのは、困難で深い問題であり、そこに至るには、普遍的な母性によるか、女司祭－娼婦の道によるしかないのだ、と。

　とてつもない重荷に、わたしはくずおれた。それにしても、そのためにわたしが使った感情的な資産と、霊的・感情的な消耗。というのも、わたしが取り憑かれていたのは守ることだけでなく、強さと精神的・霊的な栄養を与えることだったからだ。イェガーはそれをすべて明らかにしてくれた。

　理解するために、わたしが女に、母に依拠するとは不思議なものだ。わたしは男とのあらゆる関係、ありとあらゆる種類の関係を経験してきた。そしていまわたしのドラマは、女と女自身の関係をめぐるドラマ――利己性と個人性の葛藤、女が感じる宇宙意識をいかに表明するか、ということにかかっている。

　わたしがいまだ足を踏み入れていない深みがある。それはわたしがヘンリーやダレルと議論し、女の創造について書いたとき表現しようともがいたことだ。今夜読み直して、ようやくわかり始めた気がする。

イェガーが底流となる女の宇宙的生命について話してくれたおかげだ。不思議なことに、くり返し見る夢のように、彼女はいつも河のそばに住んでいる。またしても、流れ。彼女がいま住んでいるのは、ハドソン河が豊かに美しく流れる所だ。だが、彼女のは穏やかな船だ。それは安息大通り《ヘイヴン・アヴェニュー》に面している。わたしたちが宇宙的な母の話を始める前、彼女は夫のシャツを洗っていた。胸を打たれる、女の世界。

一九四三年一月

グリニッチ・アヴェニューのアンティーク・ショップの窓で、小さいオルガンを食い入るように眺めた。わたしのなかで、ときどきこんなふうに、音楽への大きな回帰が起こる。わたしは音楽から書くことの秘法を盗みたい。はかなく消え、流れ、流れ、流れながら浸透する、その秘密を搾りとりたい。

わたしが言わなければならないことは、雪のようにはかなくて、でも洪水ほどに強力なのだ。わたしは明日の声をもてるだろうか。それはわたしの感情の力となり、セメントとコンクリートでできた明日の都市に溢れ、なくてはならない豊穣の水、羊水、涙、感情の流れる音となって満ちるだろうか。

わたしは一包みのイースト菌。神秘の水路で秘かに作用する。人はわたしが達成したものを眼にすることもできない。わたしを認識できないのだ。わたしの呪文を前に、彼らは押し黙る。わたしの姿はいつも眼に見えない。なぜならわたしは無意識の声だから。わたしは存在の中心に狙いを定める。

彼女たちがわたしを通して語ろうとするのを感じる。女が語るのに男より時間がかかったのは、女の内に沸き起こるものを明らかにするには、男の言葉ではだめで、おそらくは音楽の言葉で語らねばならないからだ――この音楽を空中で凍らせ、それが形づくる言葉をつかまえられるものなら。

巫女、巫女的なもの。いつの日かわたしは、祝祭《フィエスタ》で踊っているだろう。だが、わたしが書くものは重みに満ちているだろう。死んで初めて、わたしの姿は眼に見えるようになる。そうしたら、どこぞの出版者がわたしの原稿の上に身をかがめ、値段をつけたりするのかもしれない。だが、命あるあいだに彼がわたしの生を長らえさせ、作品を世に知らしめようとしてくれたことは、ついぞない。

わたしは男の創造を盗み、出し抜くことがいやだった。

創造と女性性は相容れないものと思えた。創造という攻撃的な行為。

「攻撃的なのでなく、積極的なのですよ」とイェガーは言った。

男性的なキャリア・ウーマンへの恐怖があった。

創造することは、わたしの最も強い部分を表明する行為であり、そうしたら愛するものたちに、彼らのほうが強いという感覚を与えられず、いままでのように愛してもらえなくなるだろう。

自立の行為は遺棄によって罰せられる。わたしは愛するものたちすべてに見棄てられるだろう。

男は女の強さを怖れる。わたしは男の弱さを深く意識し、わたしの強さから彼らを守らなければならないと思ってきた。

自分の強さを押し殺し、力を隠してきたのだ。

プレスについても、それを発見したのがゴンザロなら、あの改良を示唆したのもゴンザロで、彼のほうが賢くて強いのだと思わせてきた。自分の能力は他者を圧倒し、傷つけ、弱くする悪の力であるかのように、隠蔽してきた。

わたしはみずからを不具にしてきたのだ。

纏足にされた中国の女の夢。

わたしはみずからを精神的な纏足にした。

創造性を、冷酷さや無神経さ、ヘンリーに見られるような、ことのなりゆきへの無関心さと結びつけてきた（彼の父母についての物語、残酷なカリカチュア）。

強力に創造的な女たちが、男を圧倒するのを眼にする。これを怖れる。あらゆる攻撃性、あらゆる攻撃の行為、あらゆる破壊を怖れた。わけても、自己主張を。

イェガーは言った。「あなたは自分に課された母親役割を放り出そうとしています。ギヴ・アンド・テイクの関係を求めているのです」

イェガーは女性性に対して誠実で、わたしのなかの女を創造し、女としての直観により、アランディもランクも観察しえなかった真実に到達した。わたしのなかにある創造者の罪悪感は、わたしの女性性や男への従属と関わりがある。

また、わたしの創造的な自己と葛藤状態にある、母性的な自己とも関わりがある。創造の否定的な形。

また、わたしの作品の内容はわたしのなかの悪魔と、冒険好きの心と関係があり、この冒険心が、わたしが愛するものたちへの脅威になりうると感じる。

父を暴くことへの罪悪感。

秘密。

偽装の必要。

ことのなりゆきへの怖れ。

大きな葛藤がここに。分裂。

一九四四年一月

エドマンド・ウィルソンが『ニューヨーカー』に寄せた、『ガラスの鐘の下で』の書評。

ここに収められた作品群は、時に、いまは亡きヴァージニア・ウルフが開拓した特殊なジャンルに属している。短編のようであり、夢のようでもあり、時に精妙な詩情と、お馴染みのリアリスティックな観察が混ぜあわされる。それは特別な世界、女性的な知覚と空想の世界で繰り広げられる。無邪気な国際性に満ちているところも、その不思議な魅力をいっそう高めている。

ミス・ニンはスペインの音楽家の娘ながら、人生の大半をフランスとアメリカで過ごした。英語で書くが、たいていはパリについて、時に他の国々を舞台にすることもある。

彼女の文章の難点を言うなら、幻覚を思わせる記述が少々鼻につくところだろうか。シュルレアリストが過剰に押し進めたこの手法は、ただイメージを次々に繰り出すというもので、個々には驚くべきところがあったとしても、束になると疲労困憊するばかりだ。ミス・ニンの場合はしかしながら、イメージは確かに何かを伝えるし、つねに適切に用いられている。ガラス細工は生気に溢れてもいる。そこに住むのは秘密の生き物だ。半ば女、半ば子どもらしい妖精のような彼女は、買い物をし、使用人を雇い、ドレスを纏い、出産の痛みに耐えながら、なおいまにも揮発して、われわれの感じえぬことを感じる地球外生物になりそうな気配だ。

だがおそらく重要なことは、ミス・ニンがきわめて優れた芸術家だということ、おそらくはシュルレアリスム文学者の誰より優れた芸術家だということだ。「ねずみ」「ガラスの鐘の下で」「ラグタイム」「誕生」は実に美しい短編である。

一九四四年四月

ハイチの人々と託宣者《オラクル・アナリスト》のおかげで、本来のわたしとよろこびの源を取り戻した。ハイチの人々が思い出させてくれたのは、物語ることは唯一の香油、唯一の麻薬であり、ただひとつ変わらず、滅びず、ゆるぎない、いつでも住むことのできる島だということだ。ずるずる引き延ばしてきたヘンリーとの別れ、彼は桃源郷《シャングリラ》を求めてカリフォルニアへ、おたがいを自由にすることの困難、パリで小さな友愛の輪のなかに住んでいたわたしたち、ゴンザロを屈辱から解放し、救えなかった者たちを手放し、出版事業《プレス》を立ちあげて書くことを諦めず、苦い想いはすべて迂回、自給自足すなわち冒険を語りかつ印刷し、想像し、行動し、ヴィジョンを実現する細胞と核、時おり休息してバランスをとりながら、物語ることは喪失と別れと痛みを和らげるという認識に達する。

夜明かしするには及ばなかった。ハイチの子どもたちは、夜に動くマパウの樹をつかまえようと、一晩中眠らないというけれど。動くマパウの樹は物語る人のゲームで、記憶のアルバムを使い、登場人物たちをあらゆる角度から眺めるため、彼らのあいだを動き回って行う。ほんの一瞬、世界への扉と窓を閉め、音楽的な記述に満ちた日記に向かい、また小説を書き始めよう。

アナイス・ニンの日記　第四巻（一九四四—四七）

一九四四年四月

『ガラスの鐘の下で』の初版が三週間で売り切れたので、増刷の計画を立てなければならない。

ゴンザロは出版事業をよりビジネスらしい一般向けのものにし、作家の私的出版という趣を減らしたがっていたので、それにふさわしい場所を見つける必要があった。ちょうど『ヴィレジャー』誌が十三丁目東十七番地から引っ越したところだった。小さな二階建ての建物だ。セメントの床の一階部分は、印刷機を置くのにちょうどいい。狭く曲がった階段をのぼると二階で、そこは銅版印刷機を置くのに最適だ。家賃は月六十五ドル、マクドゥガル・ストリートの古い部屋の二倍近くになる。でもゴンザロは、移れば仕事が増えると期待している。

小さな家は緑に塗られている。正面の大きい窓はディスプレイに使えそうだから、手を入れてわたしたちの美しい本を飾ろう。

隣には職人の集まる喫茶店がある。向かいはレストランのシュラフツ（有望な顧客がランチに誘ってくれたときのため）。

プレスはゴンザロ・モレのイニシャルをとって、「ジーモア・プレス」と名づけた。ウィリアム・ヘイター〔一九〇一―八八年。イギリスの画家〕が印刷の仕事をもってきてくれた。ゴンザロの友人たちも仕事を携えてやってきた。

ゴンザロは意欲的で、楽しそうで、別人のようだ。彼のプレスなのだ。うれしそうな彼を見ると、わたしもうれしい。彼は早起きするようになった。約束も守る。わたしは執筆の時間がとれる。でも当面はふたりとも、『ガラスの鐘の下で』の増刷に集中しなければならない。初版三百部はあっという間に売り切れた。パーティーで会った出版関係者に「三百部の本一冊で、あなたはどうしてそんなに有名になったのですか」と言われた。

印刷機の搬入は大仕事だった。電気技師、窓掃除の人、引っ越し業者とのやりとり。荷造りをして、荷ほどきをする。活字の入ったトレイを活字ケースに移す。紙を数え、銅版の作業を始める。二版では銅版画の数を十七から九に減らすつもりだ。手組みをやめてライノタイプ〔行単位に活字を移植する印刷法〕にすれば、五ドルかかっていたところが三ドルですむ。紙、本、版、道具類の詰まった十二の箱を荷ほどきした。ゴンザロの仕事のサンプルをスクラップブックに張り、ブックデザイナーとしての彼の才能が眼に見えるようにした。

すべて一週間で終えた。

ゴンザロはリーダーシップを発揮している。自分の立場、機械、自立を誇りに思っている。わたしは疲れ果てたが、満足だ。ひとりの人間を創造したことを誇らしく思う。

一九四四年五月

分析を受けるべき時があり、分析を受けずに生きるべき時があるというわたしの信念を、マーサはわかってくれない。それは、情熱的に生きるべき時があり、記録し、解釈すべき時があると考えるのと同じことだ。

わたしにとって分析とは、薬のように、必要なときだけ用いるものだ。方向性が定まったら、わたしは分析に背を向け、生きること、書くことに戻った。マーサはグループ・ディスカッションを続けさせたがった。わたしにはそんなディスカッションは不毛に思えて、説明を試みた。「マーサ、わたしは芸術家よ。分析は自分を方向づけるために使うけれど、ひとたび方向が定まれば、また潜水艦に乗り込んで深海へ向かい、分析や言葉や議論のレベルより深い場所へ潜っていく。わたしはいままさにその領域にいて、そこには生きることと書くことの源泉があるの」

マーサは自説を曲げず、わたしは抵抗した。わたしは彼女の女王のごとき怒りに触れた。あなたにはこの種の客観性がつねに必要だ、と彼女は主張した。それは誤った種類の客観性だ、とわたしは言い募った。内なる世界から外界へのオデッセイ。

魂の内なる部屋は写真家の暗室のようなもの、実験室のようなものだ。そこにずっと居続けることはできない。さもないと、神経症患者の独房になってしまう。全エネルギーを内に向け、巻き貝のようになる人もいる。すると、すべての感覚——耳、眼、触覚——が麻痺し、縮み込んでしまう。

ハイチの友人に聞いた話だが、別れた嫉妬深い恋人に取り憑かれたカップルがいたという。その霊はカップルと同居し、彼らを監視して、危害を加える瞬間を待っている、とふたりは信じていた。呪医が複雑なヴゥードゥー教の儀式を行い、嫉妬深い恋人の霊を追い払った。

だが、分析医はそのはるか先まで行く。分析医が開示するのは、嫉妬深い恋人はわたしたちの心のなかにいるということ、彼を棄てた罪悪感こそ、別れた恋人に取り憑かれる原因であり、この良心の呵責が元恋人の姿となって現れ、責められ復讐されるのではないかという恐怖を生むことだ。

わたしたちこそ亡霊の作者なのだ。だから、いまわたしたちの生活を脅かすこの存在を雲散霧消させる力もまた、わたしたちに備わっているはずだ。

これは洞察に基づく自己決定であり、運命論の対極にあるものだ。気質やものの考え方、感情的な反応は変えられる。これは、自分自身の船のキャプテンになるための、より繊細で深い方法だ。

マーサはわたしを救済者の役割から解放してくれた。それは、わたしの人間的・現実的な限界を指摘するという単純な方法で行われた。つまり、わたしに何ができて何ができないかを明らかにしてくれたのだ。カトリック信仰の遺産である奇跡の概念により、わたしは本当に誰でも救えるし、あらゆる問題を解決できると信じ込んでいたのだ。

ディスカッション・グループに加わるよう説得できないとなると、マーサは「追放と破門」の儀式に訴え、わたしはついに彼女への信頼を失った。彼女は筆跡観相家を使い、現在および将来問題となりうる、わたしの性格の危険な傾向を指摘して、わたしを怯えさせた。

これにより、彼女は分析医としての力を台無しにしてしまった。

また、わたしたちが彼女を信頼できなくなったのは、彼女の心理学的洞察と個人生活がまったく矛盾していることを、すっかり明かされたためでもあった。彼女本来の性質と違う方向に人生の流れを変えようとして、彼女自身の生活や生き方を探そうとするのでなく、わたしたちの生活と生き方に倣おうとしたこともまた、彼女を間違いを犯しうる人間にした。そんな彼女をわたしたちは愛したけれど、頼りにすることはできなかった。

一九四四年六月

マーサが夫と過ごす山荘を訪ねた。山の静けさ、静物画のようなふたりの暮らし、重たい食事、ふたりの苦悩に閉じ込められて、拷問だった。抑圧を感じた。それぞれの打ち明け話に耳を傾けた。マーサは夫の力になってほしいと言い、彼は彼女を助けてくれと言う。だが、不和に至ったプロセスをもとに戻すには、何年もかかるだろう。「マーサは肉体とともに生きていないんだ。ぼくは肉体的な飢餓状態にある」と彼は言う。そしてマーサは心痛のあまり、夫をわたしにゆだねたいと言う。「彼はあなたから影響を受けるでしょう。あなたを信頼するわ」彼は冬に自殺を図っていた。

「マーサ、わたしは問題をかかえていたとき、医師のもとへ行ったのよ。あなたたち御夫婦もそうしたらどうかしら。友人では力になれないわ」

一九四四年八月

フランスの解放！

うれしい。うれしい。うれしい。うれしい。うれしい。うれしい。うれしい。うれしい。うれしい。

戦争が終わると思うと、何というよろこび、何というしあわせ。世界中が幸福を感じている。幸福に沸きたっている。

こういうときわたしたちは、集合的な歓喜に圧倒される。叫び声をあげ、街頭でデモンストレーションをしたくなる。全世界と分かちあうよろこびは、ひとりの人間が受けとめるには大きすぎるほどだ。人はカタストロフィを前にしても茫然とするが、幸福や平和、おびただしい数の人が苦痛と死から解放されると知ることによっても、茫然とするのだ。

一九四五年六月

マヤ・デレンの映画を観た。まさに無意識の夢の素材、いくつかの点で、初期のシュルレアリスム映画より優れている。それは人工的な効果を使わず、幻想の糸をひたすら追いかけるからだ。緻密なカメラワークもすばらしい。フランシスやトムと見にいった。

『午後の網目』――この映画が描くのは個人の内的現実であり、下意識が一見何気ないできごとを決定的な感情経験に発展させるさまだ。

『陸地にて』――内面のオデッセイというべき映画で、そこでは宇宙が運動を導き出し、個人を絶えざる流動性と対峙させる。個人は不変のアイデンティティとしての流動性と関わろうとする。

わたしにはコクトーの影響が感じられる。ただし彼女は、象徴主義や技巧に依拠して夢を提示しようとはしない。その夢は現実に似ている。物体は変容しないし、神秘は起こらない。夢や自由連想を暗示するものもない。奇妙に散文的な性質が、想像力に賦課されている。

一九四五年八月

原子爆弾がヒロシマに落とされた。世界に恐怖と衝撃が走る。信じがたい野蛮。

二つめの爆弾が長崎に。これほど大規模な蛮行は信じられない。

エドマンド・ウィルソンがヨーロッパから帰ってきた。メアリー・マッカーシーとは別れた。さびしそうだ。自分がさんざん苦労したのは、頭のいい女が好きで、「頭のいい女は救いがたく神経症的」だからだという。

一九四五年九月

愛の悲劇的な側面は、無限の愛をひとりの人間に限定しようとするからこそ現れる。わたしの周囲を見ると、誰もひとつの愛では足りない、ふたつの愛でも足りない。わたしの知る女たちは愛の足し算を続け、それでも求めるものが得られないとなると、世界の恋人《グランタムールーズ》になる。

いまわたしたちは、女の生の夜、女の混沌と神秘に足を踏み入れる。何より深く、隠された領域、知られざる領野に足を踏み入れる。そこではすべての女がひとつになる。ただひとつの完全な愛から自由になろうとする、絶望的な苦闘の瞬間にこそ、すべての女はひとつになる。

ウィルソンは自分の結婚について語った。

「メアリーとは、戦争だった。セックスさえ喧嘩みたいなものだ。ことは自然に、楽しくリラックスした雰囲気で起こることはない。何かしら演技が必要になる。闘いが必要になるんだ」

わたしをしげしげと見て、つけ加えた。「きみは男の友人だろう？　男をずたずたに打ちのめすような女じゃないね？」

「男を打ちのめしたりしたら、恋人を失ってしまいますもの」とわたしは言った。

「きみはひどく若い男に囲まれているそうじゃないか」

「あちらからやってくるのです。わたしは若い人たちの世界が好き、ええ、彼らはまだ無防備で、開かれていますから。硬く閉じた、厳しく過酷な世界から救ってくれるのです。なかにはあなたと同じ、五月八日生まれの人もいます」

エドマンド・ウィルソンとレナード〔ウィリアム・ピンカード（一九二七—八九）の仮名。連作中編『内面の都市』にはポールの名で、無削除版日記『ミラージュ』には実名で登場〕があまりに対照的なのがおかしかった。

エドマンド・ウィルソンは「若い作家は好かん。まったく好かんね」と言った。ふとレナードの姿が眼に浮かぶ。背が高く、ほっそりして、透きとおるほど痩せていて、貝殻のように白く、かすかに薔薇色の差した肌、輝くような笑顔。まだ図太さや堅さ、自己主張、後退、退行的な逃避とは無縁だ。ウィルソンは尊大な自信家だ。誰もいない彼の家にいてさえ、彼が文学のイギリス的伝統のなかで生まれ、図書館、伝統的方法、古典的学問によって育ったことが感じられた。

わたしは逃げ出した。また会う約束をした唯一の理由は、わたしが外に出ると走ってきてタクシーを止めてくれたこと、わたしがあまり急に去ったので、棄てられると思った彼が、柄にもなくこう叫んだからだ。「棄てないでくれ。ぼくをひとりぼっちにしないでくれ」

次の日、風邪をひいた。エドマンド・ウィルソンは花とジェイン・オースティンを一式、メモを添えて送ってきた。彼女の本を読んで、小説の書き方を学んでほしいというのだ！

でも、わたしは過去のスタイルの模倣などしない。

その間『人工の冬』を読み直した彼は、わたしの風邪が治るとやってきた。

天気のせいか、酒のせいか、顔が紅潮している。階段を五つ上ってくるのは彼にはきついはずだが、前置きの言葉もなかった。本の影響をまともに受けた彼は、部屋の中央に立つと、いきなり言い放った。

「わかっていると思うが、無論、父親のほうが正しい。『人工の冬』において、娘は完全にまちがっている」

「ええ、もちろん、あなたはそう感じるでしょう。あなたはあの父、古典主義者に自分をなぞらえる。そうして、わたしたちのあいだにも同じ葛藤があると想像なさるのね」

「ぜひ、きみと結婚したいものだ。そうしたら、きみに書き方を教えてあげよう」

この数日、若者の世界のはかなさ、頼りなさに思い至り、気が滅入っていたが、エドマンド・ウィルソンにあるのは父の専横、無理解の壁であり、一方で父の直観の欠如であることが一気にわかった。

彼は抑圧的な人物に見えた。何と答えたか、憶えていない。敵と議論することに意味を見いだせたためしはないのだ。

だが、若者の世界がわたしを満足させてくれるという幻想は消えた。わたしの飢えは深く、若者にそれを満たすことはできない。せいぜい、深刻な問題から眼を逸らすのに一役買ってくれるだけだ。

ゴンザロは、本の印刷代として受けとったお金をもう使ってしまった。最後の三百ドルをセールスマンに渡して、わたしたちには必要もなければ買う余裕もない、大型で高品質の印刷機を買ったのだ。領収書ももらわずに代金を払ってしまった。機械は工場から直接送られてくるという。そんなもの、送られてきはしなかった。ゴンザロは決して現実に対処できないし、借金にまみれて最後にはプレスをだめにするだろう、という認識に直面せざるをえなかった。

この飢餓感をわたしはフランシスにも感じるし、それについて書いたこともある。わたしたちはともに、その飢餓感を錬金術のように変容させ、自分が強く求めるものを他者に与える——無条件の深い愛、情熱、創造の手助け、信頼、忠誠を。

一九四五年十月

男——エドマンド・ウィルソン——の世界を逃れるために、わたしのなかの女を偽り、詩人・夢想家・子どもの世界に再び入っていく。いま一度無垢の家に住み、力に取り憑かれた大人の世界を逃れるために。陰鬱で冷たい、灰色の世界。

エドマンド・ウィルソンとまたデート。彼は言った。「初めてきみを見たのは、何年も前ゴサムでだったが、きみは小さいケープとフードをつけていた。これほどエレガントで美しい女性は見たことがないと思ったよ。すっかり夢中になって、帰ってメアリー・マッカーシーに話したんだ。ぼくは結婚については大層まじめだったし、ほかの女をあんなに褒めたことはなかったから、メアリーはおかんむりだった。ぼくらの仲が冷えて喧嘩が始まると、ほかの何より彼女が責めたのは、ぼくがきみに惚れたことだった。何とかしてまたきみに会おうとしたよ。ジャーナリストのポール・ローゼンフェルドがきみを知っていると突きとめた。彼がカクテル・パーティーを開いてくれたんだ。憶えてるかい?」

確かに、憶えていた。そこでエドマンド・ウィルソンを見たとき、オランダ絵画に出てくる市井の人みたい、まるで垢抜けないわ、と思ったことも憶えていた。ほとんど興味をもたなかった。「話らしい話はしなかったね」とエドマンド・ウィルソンは言った。「そのうち、フランシス・ステロフから『ガラスの鐘の下で』を渡されたんだ。前はきみの書くものには感心しなかった。現実離れしていて、とらえどころがないからね。だが『ガラスの鐘の下で』は気に入った。正当な評価をし損なっていたな」

きらきらした若者たちとは対照的に、ここにいるのは力強く決然として、はかなさなど無縁の、積極的な男だ。わたしの心には入ってこない。

わたしはわたしの夢の方がいい。

マヤ・デレンから新作に出てほしいと頼まれた。わたしたちはとても早くからセントラルパークへ、まさにわたしの子ども時代の遊び場に行った。マヤが建てた五月柱《メイ・ポール》のまわりで、わたしたちは踊った。パブロ、マーシャル、バレエダンサーのフランク・ウェストブルック。最初わたしに割りふられたのは、黒いケープを纏った神出鬼没の謎の女という、小さい役どころだった。だがその後、マヤはわたしにどんどんいろいろなことをやらせた。踊ったり、そのほかにもいろいろなことを。

一九四五年十一月

時間に余裕があるとき、わたしは若者たちに囲まれて過ごす。彼らはふたりの弟に似た存在だ。わたしたち、わが家の三人組は、ダイニングルームのテーブルの下に隠れる、小さなインディアンのテントに隠れるように。テーブルカバーは緑で、長い房がついている。わたしたちは、巨大な怒りの世界に放り込まれた三人だ。弟たちといると、両親に対するより強い絆を感じる。両親はわたしたちの世界を創造し、変化や崩壊をもたらすが、わたしたちはそれについて何も言うことができない。若い男とは、わたしを破壊できない者のことだ。だが、エドマンド・ウィルソンにはそれができる。破壊的なレヴューを書くことで、または無関心によって。

成熟するに従い、子どもは男または女に接合され、成人という統一体を形成する。だが、母や父から充分愛されなかった子どもは、のちに他者のなかに子どもを求め、みずから得られなかったものを彼らに与える。

ウィルソンは言ったことがある。「もしぼくがきみと結婚したら、ぼくはきみを押さえつけ、力ずくでぼくのなかに吸収しようとするだろう。そうしたらきみが成長する余地はない。きみのような女性が成長するには、自由が必要なんだと思うよ」

批評の大御所、因習的かつ伝統的な批評家は、おそらくは理解力を欠いている。わたしのことを知ってもらえば、作品を理解してもらえるとでも思ったのだろうか。

彼はわたしが破壊的でないという。たぶんそうなのだろう。でも「きみはぼくのなかの最良のものを引き出してくれる」と彼が言うとき、あなたも同じです、とは言えない。

そうしてわたしは父の、敵の住処《すみか》に入っていった。勝ち得るために？

わたしはこの日記の一冊を、「透明な子どもたち」と名づけた。

ゴア・ヴィダルが初めて部屋に来たとき、わたしたちはユーモラスなムードに包まれていた。というのも、ちょうどそのときわたしたち（フランシス、マーシャル、ジャン・ガリーグ〔一九一四—七二。アメリカの詩人〕、デュイト〔チャールズ・デュイト。一九二五—七九。フランスの作家〕、パブロ）は、マッタ〔ロベルト・マッタ。一九一一—二〇〇二。アメリカの画家〕のお通夜をとり行っている最中だったのだ。かわいそうなマッタ。

「あいつ、死んだの？」とゴア・ヴィダルは訊いた。

「いいえ」とわたし。「でも、大金持ちの女性と結婚したのよ。だから画家としてどうなってしまうんだろうって、わたしたち本気で心配してるの」

ゴア・ヴィダルは富裕家庭の出身だ。だから、こんな会話には仰天したにちがいない。

次はひとりでやってきた。いつか、アメリカ大統領になるのだという。王にして詩人だったリチャード二世に自分をなぞらえる。プライドの塊で、繊細さを隠し、硬質さと柔弱さのあいだを揺れ動いている。二重性の人だ。感じる能力はあるが、彼のヴィジョンには歪んだところがあるのに気づく。世界にあって自信に満ち、話し方も淀みなく、有名で、ひときわ目立つ存在だ。物真似も上手で、有名人の真似をする。ゆったりした足どりで歩いてくる。夢見がちな青年ではない。瞳ははしばみ色、澄んで見開かれ、からかいを含んでいる。

彼の祖父はゴア上院議員だった。母はゴアが十歳のとき父のもとを去り、別の男と結婚した。「母はラテン系の顔だちで、華があってきれいで、多くの人に愛されていた」

にもかかわらず、彼は孤独だ。アリューシャン列島では凍傷にかかったという。この経験が彼を凍りつかせてしまったようだ。彼にはどこか、いまだ信頼と情熱によって溶かされていない、凍りついた青年のようなところがある。隙がないのだ。「軍隊では坊さんみたいな生活をしていたよ。それで、小説を書いたんだ」

その小説を読ませてもらったが、静かな調子、クールで超然とした言葉に驚かされた。わたしがいいと思う書き方ではない。かつての凍りついた青年は、書くものほどに生気がないわけではない。行動はあるが、感情がない。

彼のなかに暖かさが潜んでいると考えるのは、間違いだろうか。彼の書くものは偽装、仮面なのだろうか。来るべき、もうひとりのヘミングウェイか。

エドマンド・ウィルソンとの戦闘的な友情にかかずらうのはやめにして、彼とは別れた。何度も何度も、父－娘のドラマを生きるのはいやだ。

穏やかに別れた。でも彼はかなしんだ。

ゴアは言った。「惚れるのはいやだな、絶対に。ぼくはいま自分の人生から距離を置いている。家《うち》の人間関係は軽いんだ。父は若いモデルと再婚した。軽い関係がいいね。惚れれば、傷つくからね」

父に棄てられたことでわたしのなかに生まれたのは、正反対の反応だった。わたしはいつも新しい近しさ、よりいっそうの近しさを求めた。

だが、彼は芸術家の生活を好まない。父の価値観と同じだ。高級レストランでキャビアやシャンペンをごちそうしてくれたり、シャルル・ア・ラ・ポム・スフレ〔ニューヨークにあった高級レストラン〕に連れていってくれたりする。

一九四六年一月

わたしをダットン〔アメリカの出版社〕に紹介してくれたのはゴアだったし、『炎への梯子』の執筆を見守り、励ましてくれたのもゴアだったから、あの本は彼に捧げる、とわたしは言った。

ボードレールによって男、女、子どもをあわせもつと定義され、大人になっても新鮮な子どものヴィジョンを失わない芸術家を多く知っているためだろうか。わたしがホモセクシュアルに見るのは、ほかの人たちが見るものとはちがう。それは決して倒錯ではなく、むしろ子どものような性質、幼年期での休止、または大人の世界のとば口でためらう、青年期での休止だ。同一化、双子性または「分身」、ナルシシズムに基づく関係は、男女間のそれより容易で、ややこしくない。家族・親族関係のようなもので、ほとんど近親相姦的といっていい。確かに、より男性的な特徴をもつ者とより女性的な特徴をもつ者はいる。それでバランスがとれる、または調和できるのだろう。だが、ホモセクシュアルと親しくなるたびにわたしが感じるのは、子どもっぽさだ。また、よく見られるのは両親や祖父母のパロディ、過去への愛着（アンティーク好き）であり、決まって見られるのは、性的な傾向がまだ固まらない思春期前期への固着、女性恐怖及び女性憎悪に至るトラウマ的なできごとだ。

　この女性憎悪は、アメリカに来るまで経験したことがなかった。スペインやフランスのホモセクシュアルは、男を愛しても女を憎んではいなかった。逆説的なことに、彼らは女をロマンチックに見ていた。わたしの初恋の人はホモセクシュアルだった。彼の欲望は男に向かったとしても、彼の詩、花、敬意、夢はわたしのもとに届けられた。

一九四六年二月

わたしの世界はそれは広大で、それは豊かだから、わたしはそのなかで迷子になってしまう。わたしのヴィジョンを支えるのは難しい。昨夜は、書いていて孤独を感じた。わたしが書くものには双子の片割れがいない。女には、大層な重荷だ。

一九四六年四月

書くことをめぐって。書くことはわたしにとって芸術ではない。わたしの人生とわたしの職業・仕事を切り離すことはできない。芸術《アート》の形はわたしの人生のわざ《アート》の形、わたしの人生は芸術の形と同じだ。人工的なパターンはいらない。物語は終わらない。ものの見方は日々刻々と変化する。現実は変わる。関係性のなかにあるものだ。

一九四六年六月

主観性については偏見があって、主観性とは視野狭窄だと思われている。だがそれは真実ではない。客観性が生の形を広げることにつながるというのが真実でないのと同じだ。生の形を拡大するには、内に向かっても外に向かっても、深く移動する能力をもってするしかない。重要なのは主観性でも客観性でもなく、運動性、活動性、主観性と客観性の相互関係であり、すべての関係の相互性だ。ほかの人間と関わりをもたずに生きる者は死ぬ。だが、自分自身と関わりをもたずに生きる者もまた、死ぬのだ。

一九四六年　夏

マヤから映画に出てほしいと言われたとき、わたしたちは皆、それぞれのかかえる恐怖を告白した。フランク・ウェストブルックは肌に天然痘の跡があるのを気にしていた。マヤの夫のサシャは、心に留めておくと言った。わたしは最年長だから、クローズアップがこわいと打ち明けた。誰もが欠点や傷や、ちょっとした弱点をかかえていた。太い足、太い首。サシャとマヤはみんなに、編集のとき気をつけるから大丈夫だと言った。サシャはマヤに対しては万全の注意を払っていた。マヤは映画のなかで美しく映っている。そばかすは消え、きつい顔だちは柔らかく、ワイルドなカーリーヘアにはライトが当たり、ふんわりと見える。だからわたしたちはふたりを信頼し、身をゆだねることにしたのだ。

完成した映画を見にマヤの家に行った帰り、わたしはこのことを思い出していた。上映が終わったとき、わたしたちはあまりのショックに、茫然として言葉もなかった。フランク・ウェストブルックの肌には強いライトが当たり、毛穴もかすかなあばたも、クレーターのように誇張されていた。わたしのクローズアップは実際の二倍もあるような大きさで、肌はてかり、膨張し、歪んでいた。誰もが、自分の欠点が映っているのを見た。マヤは言った。「いつもそうなのよ。初めて自分の姿を映画で見たり、自分の声を聞いたりすると、ショックを受けるものなの。だから権利放棄書にサインしてもらったのよ。じき立ち直るわ」

「マヤ、つまりこういうことなのかしら。わたしたちは友人としてあなたのために働き、ずいぶん時間も割いて、使う必要のないタクシー代を使うことも多かったけれど、あなたはわたしたちの気持ちなど考慮しないし、編集を変えるつもりもないということ？　フランクの足のショットはたくさん撮ったでしょう。

それほどクローズアップじゃない、別のショットを見つけてあげられる？」

キム・ホフマン、スティーヴ、ゴア、ビル・ハウウェル、パブロ。みんながっかりするだろう。醜いと思えたのは映像であり、カメラの視線であり、わたしたちの反応を見ても微塵も共感を示さないサシャその人だった。マヤの映像作家としての偉大さがすべてを正当化すると、わたしたちの反応など何ら重要ではないと、思っているようだった。

おもしろいことに、マヤが興味をもったわたしの友人たちのユニークな性質——パブロの陽気さと閃き、ゴアの冷静沈着さ、スティーヴの美しさ、ホフマンの機知を感じさせる顔、フランクのダンスと知性——は何ひとつ捉えられていなかった。みんな水で薄められ、気が抜けたように見えた。

人が他者のなかに見るのは、自分自身の本性が見せるものだけだ。どれだけものが見えるかは、人としての成長の度合いにかかっている。

マヤが心理学に偏見をもつのは、精神科医である父との葛藤によるものであることがわかった。彼女はあらゆる象徴的解釈を拒むが、彼女の映画が描くものは象徴的であり、リアリスティックではない。明らかにコクトーの影響がある。

マヤがパーティーのシーンで描きたかったのは、感覚の催眠状態、関係のからみあい、ぬくもりの陶酔状態にある人々、愛の個室《キャビネ・パルティクリエ・ド・ラムール》、人が魅かれあうさまだったのかもしれない。だが、彼女はそれを提示しなかったし、それは起こらなかった。現れたのは、空虚だ。

一九四六年十一月

ホモセクシュアルは集団を作って生き、ほとんど共同体的な乱交状態にあり、徹底して支えあっているということがわかった。ひとたび受け入れられたと感じると、彼らは人を友情の輪というバリアで繊細に取り囲む。わたしは最初にひとりと出逢い、次に彼の友人、またその友人たちと知りあって、いまや彼らに取り囲まれている。彼らは独特の陽気さ、はなやかさ、才能、魅力、美を携えてくる。それは魔方陣だ。微妙なやり方で、彼らは〈男〉を遠ざける——パロディやからかい、または直接的な嫉妬によって。彼らはわたしを占有してしまった。

これは、わたしが芸術家の世界を探求してきたからだろうか。わたしにとって普通の男は、たいてい粗野で、権力志向で、自分の目標に取り憑かれ、人生をなおざりにしていると思えたからだろうか。

一九四六年十二月

車を五時間走らせて、アマーストへ。二階建ての家にあるジェイムズ・メリル〔一九二六―九五。神秘主義的な詩風で知られるアメリカの詩人〕のアパートに招かれたのだ。ケンドル〔仮名〕もやってきた。ディナーを食べ、シャンペンを飲んだ。すっかり楽しくなって、にぎやかに、のびやかに語りあった。ケンドルは十九歳だそうで、二月二十日生まれだ。どうりで近しいものを感じるわけだ〔アナイス・ニンの誕生日は二月二十一日〕。長身に黒髪。顔はごつごつした感じで、眼と手にだけ繊細さが現れている。外見に女性的なところはまるでないが、ためらいがちの話し方に不安定さが滲んでいる。わたしがいると聞きつけて知らない人たちが会いにきたが、ジミーとケンドルはお気に召さなかったようで、不愛想に応対した。ケンドルは究極の小説について語り、わたしたちはそれが何かを定義づけようとした。わたしは迷宮としてのフェズについて、ニジンスキーの日記について話した。ジミー・メリルにはユーモアと遊び心があり、それがケンドルのぎこちなさと不安を和らげていた。

ジミーはクラシック音楽のレコードをかけ、詩を朗読した。ケンドルも詩を朗読した。ケンドルはわたしの作品についてエッセイを書くと言った。わたしは究極の小説とは何かについて、思うところを述べた。ごてごてした不要な細部がない小説だ。わたしたちが茶化したのは、ドアを開けたり閉じたり、煙草に火をつけたりグラスを満たしたり、冷蔵庫を開けたり閉じたりするのを、登場人物を解く鍵として使うようなやり方だ。わたしはかつてウィルソンが言ったことを紹介した。「リリアンは酒を一滴も飲まない」にもかかわらず、彼にメアリー・マッカーシーを思い出させたという。おしゃべりと高揚に酔い、言葉と詩とさまざまな計画に酩酊しているような状態だったので、ジミーが「煙くさいな」と言ったときも、わたしたちは反応しなかった。ジミーがドアをほんの少し開けただけで、煙がもうもうと部屋に入ってきた。ドアを閉めると、彼は言った。「アナイス、消防署に電話してくれ。ぼくは原稿をかき集めなきゃ」

消防署に電話した。だが、出た男はわたしのフランス語訛りと陽気な声を聞いて、学生のいたずらと思ったのだ。わたしは大声でケンドルを呼んだ。「あなたが話してちょうだい。わたしの訛りのせいで、火事だって信じてくれないの」おかしくておかしくて、わたしたちは笑いをこらえられなかった。だって本当に火事だなんて信じられなかったし、まるでばかばかしく思えたし、ジミーは原稿をかかえて立っているし、おまけにこんなことを言うのだから。「ねぇ、アナイス、これは宣伝の企画なんだよ、もちろんね。『炎への階段』の出版を記念して、家に火をつけたんだ。だからぼくらは、階段を下りていかなくちゃ」わたしたちは窓を開けた。二階しかない家だから、炎への階段がすぐに到着しなければ、草や茂みに飛び降りることになるだろう。サイレンが聞こえた。巨漢の消防士がドアを開け、わたしたちを救い出そうとした。笑いが止まらない人間たちをいかに救出するか？「宣伝なんですよ」とわたしたちは言った。シャンペンのせいだな、と彼は考えた。あたりが騒がしくなってきた。近所の人たちが見にきたのだ。消防車が二台つけていた。そして、クライマックスは消防士がこう言ったときに訪れた。「心配ありませんよ。下のご婦人でした。ケーキをオーヴンに入れっぱなしにしていて、こんなに煙が上がったのです」

ゴアが『都市と柱』を書き終えた。

ゴアへの手紙。

あなたの小説が何を破壊したかについて、お伝えしようと思います。それは、わたしの生きるよすがである神話です。わたしはロマンチックな人間で、あなたは皮肉屋です。あなたの本が強調したのはこのわたしたちの差異で、わたしが思い描いていたような相似性ではありませんでした。これは、幻想も感情も詩もない本です。非難でも批判でもありません。でもわたしにとっては、感情も魔法も詩もないところに生はありません。あなたの物語のなかで、ジムはボブを殺します。なぜなら、かつて彼らのあいだにあった性的関係を、ロマンスでなく、つまらない性的なできごとのひとつと、ボブが考えたからです。それがジムを怒らせたのです。彼は初めての性的な出逢いを理想化しますが、ボブにとってそれは何ものでもありませんでした。だからジムはボブを殺したのです。ジムが殺したのは、彼自身の伝説です。でも実は、伝説などなかったのです。ジムに現実を理想化する必要があっただけ。今回あなたの小説を読んで、あなたの無意識が明らかになったような気がします。マリアの描き方についていえば、彼女はふたつの戦争を目撃し、眼のまわりに皺があり、満足のいく関係を見つけられずにいる女でしかありません。すべての男が去ったら、あなたの言う通り、彼女はジムが差し出す母の立場をよろこんで受け入れるのでしょう。

あなたの眼のなかでは、すべてが矮小化され、醜悪になる。およそ優れたもの、美しいものは、見る者の視線によってもたらされるのです。あなたの視線のなかでは、すべてが醜い。わたしはパブロの活力と情熱が好きだから、しみや老人めいた手のことは忘れてしまう。フランクの知性が好きだから、肌の傷は忘れてしまう。でもあなたはいつも欠点に、風刺できるものに焦点を当てる。わたしはずっとあなたをかばい、あなたは深く傷ついたから、人への信頼や思いやりをを失ってしまったのだと思ってきました。でも、あなたが人を描くとき、美はひとつ残らず消え、残るのはばかばかしさと陰気さと欠点だけ。つまり、あなたはリアリストというわけなのですね。

醜いものだけを見ること、それは愛さない人のすることです。あなたが人々に感じる吐き気、あなたの眼に映る醜さは、あなたを傷つけるだけです。あなたは気づいていないけれど、欠点や弱点だけを強調し、ひたすら冷酷な書き方をするとき、敗者はあなたなのです。というのは、あなたが創るのは愛すべきものひとつない、醜い世界だからです。愛する対象をもたない恋人とは何でしょう。それをわたしは破壊性と呼ぶのです。あなたは傷ついた。だから今度はあなたが人を傷つける番！　信頼なくして生きる。そうしたら、あなたの世界は灰色で苦いものになるでしょう。すべてを黄金に変える、唯一のトランスフォーマーにして錬金術師とは、愛です。死、老い、生の凡庸さにあらがう唯一の魔法は愛です。あなたのお母さまは、わたしが知る以上にあなたを深く傷つけた。あるいは、わたしがあなたを癒してあげられると、自分の力を過信していたのでしょうか。計算違いでした。魔法は効かなかった。わたしたちが友人になってからも、あなたは変わりませんでした。魔法使いとして、失敗したと感じます。失敗した魔法使いは、荷物をまとめて退散するしかありません。あなたはボブを殺した。でもボブなんてほかにいくらでもいるから、大したことはない。それだけでなく、あなたはマリアも殺したのです。

手紙は投函しなかった。リッツのバーで、彼に読んでもらった。ショックを受けていた。だが、わたしがそれまで知らなかったゴアの一面と向きあわなければならなかったとしたら、ゴアもまた、彼の知らないアナイスと向きあわなければならなかった。それは、虚構のゴアを失うことだった。ゴアがわたしにどんな態度をとったにせよ、どんな面を見せたにせよ、それは彼の人生と作品において見せるべきゴアではなかった。彼はほんの二十歳だ。一次元的な世界、空虚なセックスについて書く。政界での彼の可能性を損なう本になるだろう。退屈で、想像力に欠けた本だ。ダットンの編集者は「ぼくは嫌いだ」と言った。ゴアは助けを求めて電話してきた。「ぼくの最高傑作だと言ってくれよ」これが、かつては優しく愛と献身に満ちていると思えた青年なのだ。役割を演じていたのだろうか。わたし自身の光を投影したのだろうか。あのゴアはわたしが想像したものなのだろうか。幸運な状況のなかで、彼のある一面が現れたということか。わたしが彼のサディズム、他者への冷酷な視線をかわしたのだろうか。この冷笑的な視線を、なぜ見抜けなかったのだろう。

アナイス、あなたはありえたかも知れない、でももはや存在しないゴアを創り上げた。わたしにとってこれは、ゴアが物理的な死を死ぬよりかなしいことだった。

レオ・ラーマンに、短い自伝的な文章を書くよう依頼された。

親愛なるレオ

その問いは、あなたに問われるのでなく、むしろあなたに答えてほしかった。わたし自身について。あなたの眼に映るわたしの肖像を、描いてほしかった。わたしの眼に、わたし自身とわたしの人生は日々ちがう姿を見せます。何と言えばいいのでしょう。事実は嘘をつきます。わたしはドンキホーテ、いつもわたしだけの世界を創り上げてきました。わたしは小説に描いたすべての女、そして、いまだ描かれざるもうひとりの女です。これまで六十冊以上の日記を費やして、わたしの人生を語ってきました。オスカー・ワイルドのように、作品に使うのはわざだけ《アート》、わたしの天分は人生につぎ込んできました。わたしの人生を語ることは不可能です。わたしは日々変わるのです。やり方や考え方、解釈を変えます。わたしはいくつもの気分や感情の連なりからできています。千の役割を演じます。その役割を人がわたしに代わって演じてくれたら、泣いてしまいます。わたしの本当の自己を知る者はいません。作品は、この広大にして深い冒険のエッセンスにすぎないのです。わたしは神話、伝説、嘘、おとぎ話、魔法の世界を創り上げます。それは日々崩れ、わたしはヴァージニア・ウルフと同じ道をたどりたくなるのです。わたしは努めて神経症的に、ロマンチックに、破壊的にならないようにしてきました。でももしかしたら、それも皆、偽装にすぎないのかもしれません。

動きをやめないわたしの肖像を描くことはできません。動きやまないわたしは、写真向き《フォトジエニック》ではありません。平和、平穏、完成は、わたしにとって未知のものです。不安なら、慣れ親しんだ風土なのですが。わたしは呼吸するように書きます――自然に、流れるように、たくまずして、溢れるままに、人生の代替物としてでなく。書くことより人間に、書くことより愛を交わすことに、書くことより生きることに興味があります。芸術作品を創造することより、芸術作品になることに関心があります。わたしはわたしが書くものより興味深いのです。わたしは何より関係の才能に恵まれています。自分にはまるで自信がなくて、他者《ひと》を圧倒的に信頼します。愛が食べ物より必要です。しくじって、間違いをしては、すぐ死にたくなります。わたしが最も透きとおって見えるのは、おそらく炎をくぐり抜けてきたときです。いつも炎に足を踏み入れては、いよいよ生気に溢れて帰還するのです。それもこれも、『ハーパーズ・バザー』向きの話ではありません。

わたしにとって人生は悲劇であり、喜劇ではありません。なぜならわたしは、ものごとから距離を置くということができないからです。わたしは理想化の罪を負い、ありとあらゆる罪を負います――距離を置くことは別にして。自分がそのなかで生きられ、他者を招いて生きてもらえる世界を創造するという罪を負います。でも、その外では呼吸できないのです。真剣でありすぎ、真摯に生きすぎ、決して軽くは生きられないという罪を負います。わたしは深く生きてきました。最初の悲劇がわたしを海底に沈めたのです。潜水艦のなかで生きて、水面に浮上することはめったにありません。わたしが愛するのは衣装、美の泡、高貴なる義務《ノブリス・オブリージュ》、そして詩的な作家です。十五のときはジャンヌ・ダルクに、そのあとはドンキホーテになりたかった。幻影との親和性からめざめたことはありません。きっと阿片窟で最後を迎えるでしょう。どれもこれも、『ハーパーズ・バザー』にふさわしい話ではありません。

一見したところ優しく、情緒不安定で、虚偽にまみれています。詩人以外の人間に殺される詩人として、わたしは死ぬでしょう。決して夢を手放さず、醜さに身をゆだねず、自分が作った世界以外の世界を受け入れないでしょう。ドンキホーテのように書き、生き、愛したわたしは、死ぬ日に言うことでしょう、「失礼します、すべて夢でした」と。でもそのころには、こう言ってくれる人を見つけているかもしれません。「そんなことはない。真実だ、まったくもって真実だ」

わたしが書くことはすべて真実です。変形されているにせよ、真実です。日記の源は、わたしの人生という作品です。わたし自身については、何もかも経験しつくしたけれど、もう一度最初からやり直す用意があります。親愛なるレオ、何も言うことはありません。自分の欠点については触れませんでしたね。わたしには、怪物や不具者、奇形、歪んだもの、いびつなもの、病んだものを見る勇気がありません。大好きなのは、マッシュルームと熱帯と黒。慢性の孤独症患者です。金星のもとに生まれたわたしは、朝が来るたび、貝殻のなかにかなしい表情で現れます。「また長い愛の一日が始まる」大好きな女性、ニノン・ド・ランクロ〔一六二〇―一七〇五。フランスの作家、高級娼婦〕のような人生を生きたかった。わたしはひとつ所に落ち着かず、家をもつこともないでしょう。わたしのシンボルは漂白する船。わたしは作家です。むしろ、高級娼婦になりたかった。残りは日記のなかにあります。

レオ・ラーマンから、返事はなかった。

一九四七年五月

わたしはアメリカに短期訪問者として来たので、半年ごとに滞在延長の申請をしなければならなかった。

もう戦争も終わり、パリには戻れないことがわかっていたので、いったんアメリカを出て、永住者として再入国する必要があった。それで、帰化の手続きを始めることになった。山のような書類と、役所の事務仕事が待ちかまえていた。

近くのカナダか、夢に見たメキシコに行こうと考えていた。カクテル・パーティーで出逢った西部出身のアメリカ人青年〔ニンの後半生のパートナーとなるルパート・ポール。一九一九―二〇〇六〕に話すと、こう言われた。「ニューヨークしか知らずにフランスへ戻るつもりだったのですか。アメリカについて知っているのはそれだけということですか。ニューヨークはアメリカじゃない。すべて御覧にならなければ。特に南部と西部を」

ヘンリーの『冷暖房装置の悪夢』を読んでも、アメリカのすべてを見たいとは思わなかったが、この西部出身の青年と、彼の国を愛する心にはその気にさせられた。この国について考え始めた。メキシコに行きがてら、見て回ることはできるだろうか。

ラスヴェガスまで車で行って離婚するという友人がいたので、費用を折半することにした。

計画を立ててみると、自分がいかに切実にニューヨークから逃げ出したいと思っているか、そこでの生活が、いかにぎすぎすして殺伐としたものかもわかった。気候と同じだ。

一九四七年　夏

車を海沿いに走らせ、モンタレーからヘンリー・ミラーの家があるビッグ・サーへ。険しく危険な山道を走るには、ポール〔前出のアメリカ人青年、ルパート・ポール〕の車は少々心もとない。だが登るにつれて、眼下に広がる海、岩、松、山々の景色が美しい。強い、北欧的な美で、わたしが好きな南国の美とはちがうけれど。冷たい美だ。

海は鉛色に重く、ヨットや船は浮かんでいない。

車を中庭に滑り込ませると、ヘンリーが外に座ってタイプを打っていた。ニューヨークにいたころより健康そうだ。いまやささやかなコテージの所有者であることを、誇りに思っている。中は質素だが、きちんと片づいている。本のぎっしり並んだ本棚。なつかしい、きれい好きのヘンリーがそこにいた。レプスカが現れた。ブロンドで、体格がよく、魅力的だが、ひどく無口な人だ。ふたりのあいだには緊張感が漂っていた。お昼をごちそうになった。ヘンリーはのびやかなぬくもりを求めていて、それが得られないようだった。レプスカはもの静かだが、内気なりに感じがいい。彼は彼女を批判した。彼は恥ずかしいと思っているのだ。なぜか？　わたしの西部・メキシコ旅行はニューヨークからの逃避だと彼は考え、何らかの形で力になりたいと思ってくれた。だが、それは彼には無理だという事実を痛感したのだ。助けてもらうには及ばない、とわたしははっきり伝えた。

わたしはレプスカのことが心配だった。ヘンリーを知っているだけに、彼女は若くて不安定だろうし、ヘンリーが女に自信を与えるすべを知るはずもないからだ。彼女の迷いや怖れ、自信のなさなど、彼の知ったことではない。おそらくわたしのことをおおげさに褒めたのだろう。気まずい雰囲気があった。ポールとわたしは失礼することにした。

コテージの前のベランダに出て、話をするヘンリーとポールから離れて立っていると、レプスカが突然、衝動的に、愛情を示すしぐさをして、強い想いを込めて言った。「アナイス、大好きよ。わたしにできることがあれば、何でも必要なものがあれば、知らせてね」わたしたちはふいに、どちらからともなく抱きあった。彼女のしぐさには悲嘆と絶望が混ざりあっていた。もし泊まっていたら、わたしたちはきっと心を打ち明けあったろう。先ほどは彼女が黙っていたから、そういうふうにならなかったけれど。

ミラーを訪ねるべきではなかった。人を親密に知る関係が終わるとたちまち、その人についての知識は外から得るようになる、窓の外から中を眺めるように。今日からわたしはヘンリーを外から眺めるだろう。それはわたしにとって、知らない人になるということだ。他者の眼、彼が書くもの、または妻を通して知る。いくつもの、ほかのヘンリー。知ることは親密さだ。親密さは信頼抜きにはありえない。それはもう、終わってしまった。

アナイス・ニンの日記　第五巻（一九四七—五五）

一九四八年二月

ブラック・マウンテン・カレッジへの訪問について、書きそびれていた。一九四七年十月のことだった。メアリー・キャロライン・リチャーズ〔一九一六―九九。アメリカの詩人〕に招かれたのだ。

大学は、自然の多く残る美しい場所に建っていた。トマス・ウルフが生まれ育った土地だ。それは、何人かの教師が起こした抵抗の果実で、教育における勇敢な実験であることは知っていた。学生数は百名ほどだが、その建学の精神に魅かれて、特別で個性的な教師が集まってきた。

学生たちは自分でスタジオを建て、あらゆる仕事を共有した――料理から子どもの世話、資金繰りから庭造りまで。理想的な共同生活だった。

わたしの訪問は、ひとりひとりの学生とそれぞれのスタジオで一時間話すという、個別の対話から始まった。一対一で、学生がいつも過ごしている環境で話せたのはよかった。書くことに興味のある学生と話す時間しかとれなかったが。

そのなかのひとりに、ジェイムズ・レオ・ハーリヒー〔一九二七―九三。アメリカの作家。映画『真夜中のカウボーイ』の原作者。睡眠薬の過剰摂取により自殺〕という若い学生がいた。笑みを湛えたアイルランド的な瞳、能弁で、一見したところ、人生をとことん活動的に生きているように見える。だが、彼が日記につけたグラフを見せてもらうと、ちがう面が顔を覗かせた。それは体温表のようだが、熱ではなく、気分の浮き沈みを記録するものだ。線は時に上昇し、時に深く沈み込む。ジムはグラフの最も低い引き潮の地点を指すと、「あそこより下にいく日が来たら、ぼくは自殺するよ」と言った。

そう言う彼の表情は、普通そんなことを口にするときの表情ではなかった。にっこり笑って、きっぱり言い放ったのだ。若さと機敏さ、おまけに陽気さの仮面を纏い、暗い潮流は表面の遥か下を流れているから、顔にも声にも痕跡を残さず、瞳に忍び込むこともないというように。それでもわたしは彼の言葉を信じて、わたしがいかに鬱状態を克服したかを話し始めた。

「自分の身に起こることを、物語作家の眼で見るの。これはいい物語になるぞってね。距離を置いて、演劇的な可能性に眼を向ける。やってごらんなさい。憂鬱は消え、あなたは冒険家になり、あらゆる困難、あらゆる敗北、あらゆる危険に立ち向かっていく。しかも、困難であればあるほど冒険気分も盛りあがるというわけ」

学生たちと話したあとは、すっかり疲れてしまった。部屋に戻ると、メアリー・キャロライン・リチャーズから御礼のメモが置かれていた。

これは、わたしが書いた詩です。朝食のときまたおめにかかりましょう。あなたは心優しく、すばらしい方です。学生たちと話して、あまりお疲れでないといいのですが。でももちろん、お疲れのことと思います。おやすみなさい。

M・C

すてきなご褒美のように、わたしはそれを枕の下に滑り込ませた。

わたしが印刷機の話をしたので、学生たちは倉庫に眠っていた古い印刷機を引っ張り出してきて、自分たちの詩を印刷し始めた。

数日後、ジム・ハーリヒーから最初の手紙と物語が届いた。

一九四八年　春

ケンス・アンガーにサンフランシスコで会った。ラテンの瞳と黒髪の、とてもハンサムな青年だ（キューバの血が入っている）。『ガラスの鐘の下で』を読み、わたしに会いたいと思ってくれたのだ。一週間分の稼ぎをつぎ込んで高価なロシアレストランに連れていってくれて、わたしたちは熱々のシシカバブを食べた。彼はそれが、『ガラスの鐘の下で』の作家にふさわしい儀式と考えたのだ。彼がひどく貧乏だと知って、本当のアナイスは高級レストランなど好きではないとわかってもらおうと、空しい努力をした。

誰かの家で、彼の映画『花火』を見た。サディズムと暴力にはぞっとしたが、力のある映画で、芸術的には完璧だ。悪夢のような性質がある。誰もが相反する感情に捕らえられた——恐怖と、ケネス・アンガーの才能の認識と。

一九四九年十月二十日

サンフランシスコ。

今朝、父がキューバで亡くなった。痛みはあまりに深く、衝撃はあまりに深く、喪失感はあまりに深くて、父と一緒にわたしも死んだような気がした。自分がばらばらになって落ちていくようだった。パリ以来父と会わなかったこと、父を赦さなかったこと、父がひとり貧しく病院で死んだとき、そばにいてあげなかったことを思って泣いた。

ホアキンが電報で知らせてくれた。涙がこぼれ、この怖ろしい、叶わなかった愛の喪失を、身の内に感じた。近しくなることも、ひとつになることも、ついになかった。人間に降りかかるかなしみのうち、呪わしい距離ほどひどいものはない。父が眠る姿が見えた。コンサートのあと、気絶した父を見たときのように。死は人の内にある。愛するものとともに、わたしたちの一部が死ぬことは確かだ。感覚ではわかっていても、信じられない。痛みがからだを襲う。父の途方もないわがままを、赦すべきだった。父が望んだように、わたしの人生を父に捧げるべきだった。父のようになるまい、人から孤絶しないようにと、わたしは闘ってきた。父同様に孤絶したすべての人とつながろうと、闘ってきた。閉鎖的で冷淡で打ちとけがたい人々と、わたしが関わりをもつ秘密がここにある。近しくなり、溶けあい、反対の極に到達することと、他者との交感のために、闘ってきた。父の死を受け入れることはできない。傷は決して癒えないだろう。なぜならそれは不完全なまま中断された、実ることのない関係だったから。死が完成であり、自然な死であるとき、人はそれを受け入れられる。でも何か、いま眼の前にあるこの失敗は、外科手術のように思えるのだ。切断であって、自然な死ではない、と。

耐えられないのは、破壊的な他者を生きのびるために、わたしたちがあらがい、攻撃し、傷つけ、背を向けることだ。聖人になれたらよかった。

一九五〇―五一年　冬

何度かのメキシコ旅行を経て、イアン・ヒューゴー〔一八九八―一九八五。ニンの夫、ヒュー・ガイラーのアーティスト・ネーム〕は版画家から映像作家へと変身を遂げた。自由連想のプロセスをなぞり、気になるもの、気に入ったものを端から撮影して、テーマが有機的に発展するに任せる。その結果生まれた作品は、人類の旅という普遍的な物語を、印象主義的に解釈したものだ。それは言葉でなく、色彩の万華鏡を通して、音と映像を通して語られる。オジー・スミスが映像を見ながら即興でドラムと詠唱《チャント》をつけた。イアン・ヒューゴーはその映画を『アイ・イー』と名づけた。

彼はまた同時期に、浜に打ちあげられた難破船、荒れた海の映像を撮影した。その後、わたしの『近親相姦の家』のプロローグと、「わたしは最初に海で生まれたときのことを憶えている」という一行に霊感を得て、編集作業を行った。『アトランティスの鐘』と呼ばれることになるその映画は、アトランティスの失われた大陸が埋没する深海のイメージを喚起する。それは誕生以前の記憶への、誕生のテーマと海からの再生への、抒情的な旅だ。

ホアキンはこのたび、全回一致の投票でバークレーの音楽学部長になった。

ニューヨーク。

テネシー・ウィリアムズに『薔薇の刺青』のチケットをもらった。モーリン・ステイプルトンがすばらしい。荒っぽく粗野なシシリア女を演じて、嵐のようなイタリア女優、アンナ・マニャーニを思わせる、迫真の演技だった。とても感動的で、滑稽で、ヒステリックなほど感情的な芝居だ。それをアメリカの観客が受け入れたのは意外だった。アメリカ人は感情の吐露を嫌うものだから。イタリア演劇のようだ。外国人が自分たちの代わりに感情を爆発させるのを見て、アメリカ人は解放感を味わうのだろうか。大勢の観客がつめかけている。詩と官能といきいきした自然さが、渾然一体となっている。

ある友人が絶望的な声で電話してきて、すっからかんなんだけど、どうしてもあの芝居が見たいというので、テネシーに口添えしてあげた。しばらくしてまた電話があったかと思うと、芝居に登場する山羊の世話を、毎晩させられているんだとか。

一九五一年六月

ボグナー博士との、初めての対話。

きちんとしていて、上品で、落ち着いた微笑みを浮かべ、彼女がそこに座っているのを見るだけで、安心できる。

そういうとき、わたしにはよくあることなのだが、初め、喉が締めつけられるような感じがあった。喉に手を当てる。言いたいことを抑圧しようとしているのだろうか。喉がきゅっと締めつけられる。言いたいことを全部ぶちまけてしまわないように、泣かないように、怒らないようにと思うのだろうか。取り返しのつかないことを言ってしまうのがこわいのだろうか。

「なぜかという説明はできませんが、自分が何を感じているかはわかります。自分の人生を生きながら、呼吸できないと感じるのです、わたしに課される要求に圧倒されて。自分の人生をコントロールできていないと感じます」

シエラ・マドレでの生活か、ニューヨークでの活動か。第三の生き方を創造しなければならない。わたしはお金を稼ぐことに専心することはできない。だから、依存することになる。わたし自身の人生を創造しなければならない。

わたしが批評に対して客観的になれるよう、ボグナー博士は働きかけてくれる。批評家のアイデンティティや資質、知識を問うてみなさい、と。そういうことを調べてみると、なぜ彼らがわたしを受け入れられないかがわかる。

だが、わたしにとって最も望ましい人生を思い浮かべてみると、それはパリのハウスボートで過ごした、ボヘミアンの生活だった。ボート代は月十ドル。月百ドルでもあそこで暮らしたかった。


今日ボグナー博士と話したのは、わたしが自分を偽らずに、わたし自身でいる勇気をもてるようになったということだ。

女が、望む世界を自分で創ろうとせず、男に築いてもらおうとするのは、まったく間違っている。女たちの反乱、無力感、依存の根底にあるのはそれだ。わたしはわたし自身の世界を創ろう、男に創ってもらうのではなくて。

ボグナー博士は言った。「あなたはいままでずっと他者《ひと》のために、他者を通して生きてきました。自分の怒りをゴンザロに投影し、ゴンザロはその怒りを行動に移して生き抜いた。引っ込み思案でシャイな自己、傷つきやすさに凍りつくところは、レナードに投影した。凍りついたり引っ込み思案だったり、怒りと反抗心に満ちているのはあなた自身だということは、いつも忘れてしまうのです。自分の感情をすべて他者に置き換える。ずっと以前、あなたは思い込んでしまったのですね。もしあなたが、あなた自身が本当に思うあなたなら、傷つく人がいる、愛してもらえないだろう、と。いまようやくあなたは、あるがままのあなたを肯定しようとしているのです」

　そのためには、女は経済的に自立しなければならない。この世界で誰かが彼女の人生を代わりに生き、行動することはできないのだから。

　ボグナー博士との対話。

　アメリカは冷たくて、ぎすぎすしていて、わたしを冷遇した。

　父が家を出たあと、スペインで過ごした日々を思い出す。すると、涙がどっと溢れた。何もかもが暖かく、愛情に満ちていた。エンリケ・グラナドス〔一八六七―一九一六。スペインの作曲家、ピアニスト〕が後ろ盾になってくれて、母は彼の音楽学校で教えた。メイドのカルメンは日がな一日歌い、尼僧たちはいつもきつく抱きしめてくれた。夜、寝る前には、夜回り《セレノ》の声が聞こえた。すべての家の鍵を預かるおじいさんで、提灯をぶらさげ、子守歌のようにクプレ〔ロンド形式の曲で主題の間に挿入される部分〕を歌う。「おやすみ、大丈夫、ぼくが見ているよ」

　わたしは彼の歌が聞こえてくるのを待って、ようやく安心して眠りについたものだった。

　ボグナー博士の考えでは、これは投影だという。スペインは父との関係の連続としてあった。わたしたちは父の近くにいたし、父の実家で暮らし、父の両親や姉や姪たちとも会っていた。喪失を喪失と感じずにすんだのかもしれない。だが、アメリカへ来ることは断絶であり、父のない子は具体的なぬくもりを求めたが、それをアメリカで得るのは容易なことではなかった。

　わたしの気持ちを説明してみよう。スペインでは誰もがみんなと繋がっているように思えた。だが、ここでは結びつきが感じられないのだ、人と人のあいだにも、内なる自己とも、他国から来た人々とも。

　個々の人から優しくしてもらった記憶はある。海軍にいたアメリカ人の叔父には助けられた。わたしが普通の箒で絨毯を掃いているのを見て、ある日、絨毯用の掃除器をもってきてくれた。かかりつけのアイルランド系の医師は、一度も治療費を請求しなかった。

一九五三年二月

　今回、ロサンジェルスからニューヨークへ向かう機内で、腰が痛くてよく眠れなかった。もう何年も、「この右の卵巣の所が痛いのです」と医師に訴えてきたが、検査しても「どこも悪くありませんよ」と言われるばかりだった。わたしは恥ずかしくなり、子どものとき盲腸の手術に向かいながらそうしたように、「気の病だ《ジュ・スイ・ユヌ・マラド・イマジネール》」と思うのだった。だが、今度ばかりは痛くて眠れず、この痛みを何とかしなければ、と自分に言い聞かせた。ジャコブソン博士の所に行くと、別の医師を紹介してくれた。オレンジ大の腫瘍が見つかった。手術は一月二十九日の金曜日に行われることになった。死を怖れる余裕もなかった。というのも、日記をどう処分するかなど、つねに念頭にある準備も、いっさいしていなかったからだ。

　木曜日に入院した。ひとりになったその夜、わたしは孤独を、ひどい屈辱と危険を感じた。ナースに体毛を剃られた。かなしかった。それでもまだわたしは知らなかった、いや、知りたくなかったのだ、メスを入れられるとは。手術は経膣的に行われるものとばかり思っていた。金曜日の早朝午前六時、味気ない白いシャツを着せられた。ニューヨーク大学付属病院は陰気だが、医学的には優秀だ。細い小窓のふたつある、小さい部屋に入院した。重病を患うと、わたしはひどく受動的に、従順に、子どものように無防備になる。人に身をゆだねる。手術台への移動はもう何度も経験しているが、いつものように夢うつつ、半ば運を天に任せていた。こんなに早起きさせてしまって、スタッフに申し訳ないと言った。最後に対面したのは「麻酔の先生」だった。わたしは血圧が低いので、注射でなく麻酔を使わざるをえないという。麻酔は嫌いだ。それでも彼女はわたしの身になって、こう言ってくれた。「あなたの気のすむように、何度でもマスクをはずしてあげますよ、気にならなくなるまでね。最初に、何でもないことだとわかってもらえるように、酸素を送りますね。それで、あなたの合図があればマスクをはずしますから」彼女の気遣い、横柄なところがないのがありがたくて、二回酸素を吸ったら降参し、彼女の手を握った。幸い、二度麻酔を嗅いだだけで意識を失った。どのくらい時間がたったのだろう……死のようなものだ。完全な非在。何時間もたったと思われるころ、名前を呼ばれた気がした。ナースだった。大変な努力をもって、帰還した。とても遠い所へ行っていたような感覚。医師の顔が見えた。「癌じゃありませんでした?」と訊いた。「まだわかりません。検査の結果が出るまでは何とも言えません」

　おなかに包帯をしていた。前にも切られたことはある。またひとつ、傷が増えた。手術ほどいやなものはない。からだを切り刻まれ、傷が残る。そのあとは、ひたすら痛い。夜勤のナースが幽霊のように見える。でも、とても親切な人だ。衰弱した日が続き、睡眠薬を飲んで眠る。点滴で栄養をとる。食べられないので、輸血やブドウ糖注射で腕がどす黒くなった。ハラキリでもした気分だ。見舞い客。見舞いの品々。極度に弱っていて、話すのもやっとだった。ジム、リラ〔リラ・ローゼンブラム。一九二五—二〇〇〇。『愛の家のスパイ』の「嘘発見器」の描写にインスピレーションを与えたとされる女性〕、ブリッチャ博士、ロレンス・マックスウェル〔グリニッジ・ヴィレッジの書店主〕、ルース・ウィト・ディアマント〔サンフランシスコ州立大学教授、同ポエトリー・センター長を経て、東京大学で英詩を講じた〕。消耗。衰弱。でもいまは、術後三日目にはゆっくり歩かされるのだ。薄汚れたマヨネーズ色の廊下をゆっくり歩いていると、ドアを開け放しにしている患者たちが見えた。いかにも学者風の老人が、ナイトテーブルに美術書を積み上げている。美しい横顔、長い白髪、美術書の山に好奇心を唆られた。ナースも行ってみましょうという。

彼はユダヤ系ドイツ人だ。少し話してから、彼はナースに席をはずしてもらうと、こう言った。「あんたを信頼するよ。わしは自分がここで何をしているのかわからん。わしは収容所にいたんだ。あいつら、わしを痛めつける気だと思うか。ここにうじゃうじゃある妙ちくりんな装置はいったい何なんだ」

幸い、彼が前立腺の手術を受けたことはナースに聞いていたから、静脈栄養の点滴の袋ですよ、と説明してあげることができた。ここは病院で、治療のために手術したのだから、間もなく良くなるでしょう、と言って安心させた。

それでも、くすんだ青い瞳に不信と恐怖が残っているのが見えた。収容所での経験が彼を深く傷つけたのだ。

美術の話をするとき、彼の精神は明晰だった。美術批評家であり、歴史家でもあった。だが、わたしは毎晩ひとりで彼の病室を訪れ、危害を加えられているわけではないと言って、安心させてあげなければならなかった。

手術のために入院する日がくると、何人かの人から、悪気なくこんなことを言われた。「さすがのあなたも、これを刺激的で魅惑的なできごとにすることはできないでしょう」わたしもついに、高めようのない野蛮な経験に捕らわれた、と思ったのだ。

だが、経験を変容し、その醜さに屈しまいとする願いはしぶとく、わたしは赤いウールのバーヌース〔アラブ人等の着るフードつきマント〕を手にとった。これをはおって車椅子でレントゲン室に行くだけで、病院に楽しい光線が走り、患者たちは驚き、元気になった。すると、時に芸術家の抵抗に耳を傾ける神々が願いを聞き入れ、悲惨なできごとをささやかな美で覆ってくれた。ジプシーの王が同じときに手術を受けることになったのだ！　ジプシーの法によれば、部族の者は皆、王のかたわらに付き添わなければならない。陰気な古い病院のそばの駐車場に、彼らはテントを張った。一日中、彼らは陰気な廊下を歩き、陰気なエレベーターに乗り、王の病室の外に座り込んだ。病院の規則などいくらもち出しても、彼らを追い払うことはできない。おおよそ六百人もいただろうか。わたしの入院生活は、ジプシーたちの顔・衣装・活気に満ちたふるまいのスペクタクルと化した。ジプシーの野営地で療養していたようなものだ。

彼らはもともとはインドからやってきたといわれるが、衣装を見ると、確かにそうかもしれないと思う。ロングドレス、サリーのような頭布、鮮やかな色彩、そして浅黒い肌。さまざまな伝説がある。何世紀もの間、彼らはカード占いや予言を行い、または盗みを働いて生きてきた。彼らは近親婚を行った。彼らの宗教が、同族以外の者との結婚を赦さなかったためだ。

彼らは毎年南フランスに集い、「泣くマリア」と呼ばれる黒いマリアを讃えた。ブレーズ・サンドラール〔一八八七―一九六七。スイス生まれのフランスの詩人〕は彼らが兄弟として受け入れた数少ない白人だ。パリを囲むように建つ門の外、屑拾いが多く住むあたりに、荷馬車をねぐらとして彼らは暮らしていた。

アメリカには五万人いるという。グリニッジ・ヴィレッジには店先を賃貸しする所があるので、絨毯を売ったり占いをしたりしている。病院で十日間彼らとともに過ごし、語りあえたのは楽しい経験だった。彼らがことに気に入ってくれたのが、廊下を歩くときわたしがはおる、赤いウールのバーヌースだ。わたしの回復がはかどったのは、彼らがいてくれたおかげだ。それから、わたしのユカタン行きの計画のおかげもあったが。

廊下の突きあたりに、小さく細長い、柵のついた窓があった。醜い中庭を臨む窓から外を眺め、わたしは精神と意志をユカタンに向けた。チチェン・イッツァ〔メキシコ、ユカタン半島にある古代マヤ文明の遺跡〕が見たいと思った。本では読んでいた。わたしの魂はすでにそこに向かっていた。からだが回復して、あとに続きさえすればよかったのだ。

肉体が物理的に癒えるとともに、わたしは再び心の病を意識するようになった。つまり、わたしが直視できない事実は、わたしが作家として失敗だということだ。出版社は本を出してくれない、書店は本を置いてくれない、批評家はわたしについて書いてくれない。わたしはすべてのアンソロジーから排除され、完全に無視されている。

『愛の家のスパイ』の再版は自費で、オランダの安い印刷会社から出さなければならなかった。

一九五三年　春

わたしは他者を見るときは自分の眼で、自分の価値観で見るし、自分の基準で評価する。だが、わたし自身を見るということになると、父の眼を通して見てしまうのだ。父の基準で自分を裁く。父の眼に、わたしは美しくない、欠点のある娘だった。父は欠点しか見ようとしなかった。父の基準は皮相で虚飾に満ちた、あくまで表面的なものだった。ヴァレーズはパリの音楽学校《スコラ・カントルム》で父と出逢った若き日を振り返り、軽蔑するようにこう言った。「あいつは美人《ル・ジョリ》に、いつも美人《ル・ジョリ》に取り憑かれていたね」

一九五三年十二月

「己の狂気のままに装う」仮装舞踏会《マスカレード》は、いつか見た夢のようだったと、ケネス・アンガーは思った。彼がその夢を描いた絵は、サムソン・ド・ブライアーの部屋に掛けられている。あれを映画にしよう、と彼は思いたった（『快楽殿の創世』）。わたしたちは仮装舞踏会でつけた衣装で行くことになっていた。ケネスは言った。「きみにはアシュタルテをやってほしい、光の女神をね。きみには魔力がある。パーティーで誰もが眼を見張った、あの輝きを捉えたいんだ。それは内から射す光だから、とても捉えがたいのだけど」

サムソンのアパートで、七時から朝の一時まで撮影した。

ある部屋は、天井は金、壁は黒のペンキで塗られていた。別の部屋は洞穴のようなしつらえで、色は金と赤だけ、玉虫色のすだれが吊されていた。背景はヴェニスの風景を思わせるように描かれた。色はほとんど強烈なものばかり、ジェル塗料から作ったものだ。投光照明《フラッドライト》を浴びたポールは、金髪の北欧神のようだった。

サムソンのアパートはあの映画にうってつけだった。衣装、布、服につける模造宝石、扇、レース、古い写真、手袋、スカーフ、ヴェール、羽などのいっぱい詰まったトランクが、いくつもあるのだから。

ケネスのやり方はマヤ・デレンと同じだった。わたしたちの個性の捉えがたい側面をつかむために、演技指導などせず、自由に、自然の流れに任せる。ルナタ〔ルナタ・ドルックス。一九二一―二〇〇七。オーストリア生まれのアメリカの画家〕は大きな帽子をかぶって背景の前に立ち、とても美しい。彼女にしかできない独特の笑い方で笑っていた。豊かでのびやかであけっぴろげな、心からの笑いだ。

王子さま役のピーターはシャイで夢見がち、おとぎの国を歩いているようだった。ピーター、心優しい夢見る少年、ほかの惑星《ほし》から来た子どもみたい。サンテグジュペリの『星の王子さま』だと思った。美しい、水のように青い瞳、愁いを帯びた顔だち、ものごしも心ここにあらずというふうで、夢中歩行者のようだ。

キャメロンは死人のように青くこわばったこわい顔、炭のように黒い眉と睫をして、黄泉の国から降臨したかのようだ。大きく貪欲な口と、細くつり上がった眼。彼女が纏う悪のオーラは、ポール、カーティス、そしてケネスを魅了する。

わたしたちは週末を丸々潰して取り組んだ。演じるためにはケネスの夢の意味を知る必要がある、と誰もが思った。でも教えてはもらえなかった。場面はばらばらに見えて、登場人物の衣装や人格もめまぐるしく変わった。テーマがわからないだけに、混沌としていた。わたしは窓から部屋に入った。ポールは長い長い青のモスリンで、わたしを繭のようにぐるぐる巻きにした。わたしの頭は仮装舞踏会のときのように、鳥籠のなか。レースのストッキングを履いた足を、ゆっくり毛皮張りのソファーに下ろすと、触れた毛皮が逆立つようだった。毛皮の感触は官能的で、毛を逆立てて足を迎えてくれるようだ。

ポールは言った。「この映画のサムソンは、多くの顔をもつ不実な男だ。だから衣装や化粧をとっかえひっかえにする。いろんな女たちが——ルナタは感じやすくロマンチックな恋人、ジョウンは麗しき乙女、キャメロンは悪魔的な女、そしてきみは光の女——彼に贈り物をするが、受けとってもらえない。カーティスは無意識の洞窟から恍惚のワインをもってくる。皆ワインを口にして変身する。でもきみは、アナイスは酒を飲もうとしない。飲む必要がないんだ。きみはアシュタルテ、月の女神だ。ロマンチックな恋人である僕は、手の届かない月を求めて空しく手を伸ばすのさ」

キャメロンは王座のような椅子に座り、つくりものの胸をとり出した。洞窟は網の目状に迷宮のように広がり、わたしはそこで赤いジェルの光を浴びて踊った。サムソンは真珠を喰らい、ポールは酒杯《ゴブレット》から酒を飲み、ケイトは狂ったクレオパトラを演じた。

フラッパー風の衣装からビーズが落ちて、わたしたちは素足を切った。わたしが箒をもって掃き出そうとすると、ケネスに止められた。

「きみはアシュタルテなんだよ」と彼は言った。

初めはアシュタルテにスポットライトが当たり、彼女が光っていたが、次第にキャメロンが、人を催眠状態に陥れる悪の存在感を増し、最後は頽廃と破壊のムードが支配した。ルナタのオーストリア的な美しさはルイーゼ・ライナーを思わせるが、より肉感的で、官能のよろこびを体現している。わたしは、夢のエクスタシーを。ポールは酒池肉林《オージー》に耽る女たちの手をふりほどき、アシュタルテに近づこうとする。

ルナタはサムソンが「偉大な獣」に見えるよう、メーキャップを施した。彼の口は塗料を塗りたくられて見えなくなり、顎に別の口が現れた。胸には偽の仮面が描かれた。段ボールにマニキュアを塗って作った爪は二十センチ以上もある。その爪を顔先で振り回す怖ろしい仕草に、みんな震えあがった。自分でもこわがっていた。みずからの宝石を喰らいつくす堕落した支配者を演じて、彼はわたしたちのなかで最高の役者だった。

カーティス・ハリントンが、エクスタシーをもたらす酒を運んできた。

ケネス・アンガーからピーターへの注文は、指を杯の酒に浸し、その指で舌に触れて、深い忘我の境地《トランス》に陥ることだった。

ルナタはふいに、息子に毒を盛られたくないと思い、このシーンに抵抗した。彼女にとっては象徴的な演技ではなく、現実の危険だったのだ。あれは象徴にすぎないし、ピーターは眠っているだけだと、ケネスは反論した。ルナタはひどく動揺し、あなたは象徴と現実を混乱していると誰が言っても、納得しなかった。

長い言い争いの末に彼女が折れて、そのシーンは撮影された。キャメロンが片方の胸をはだけて座り、ピーターが霊薬《エリクシール》を飲むのを見ていると、彼女の魔乳こそゴブレットの中味なのではないかという気がして、ぞっとした。

ルナタの解釈では、ケネスの映画は仮装舞踏会の拡大版だという。人々の狂気を描いたものだ。現実と狂気は混ざりあい、混沌と混乱を生む。どこがどう繋がっているのかわからないところが、まさに狂気そのものだ。

ねじれがあった。愛は憎しみに変わり、恍惚は悪夢と化した。官能的に魅かれあっていたはずの者たちが、最後にはたがいを貪りあった。霊薬は無意識からもたらされるとケネスは言うが、ルナタの見るところ、それは地獄の領域からやってきて、狂気を鞭打って眼も眩む高みに昇らせ、そして崩落させるのだという。すみずみにまで、バランスを欠いた感覚が染み渡っていた。

一九五四年八月

母を訪ねてオークランドに行くたび、これが最後になるかもしれないと思った。もう八十歳を過ぎていたし、病気ではなかったが、数年前、軽い卒中で倒れたこともある。別れの心づもりは、いつもできていた。いつ行くべきか、感じとれるものならそうしたかった。知りうるものなら知りたかった。でも、そうなっていたらもっとつらかったかもしれない。知りたいと思ったのは、そうしたらわたしの愛を伝えられると思ったからだ。母のなかの何かが、わたしに充分な愛情表現をさせなかった。母には（この前彼女が病気になったときのように）、おたがいをこの上なく近しく思えたときに逝ってほしかった。

だが、ことはそうは運ばなかった。予感などまるでなかった。ごく普通の訪問だった。わたしが着いたのは、ホアキンが夏の仕事を終えたばかりのときだ。着いたのは夜だった。夜中だったから、母はもう休んでいた。起きてわたしにキスして、ミルクを一杯飲んだ。翌朝はホアキンが朝食を作ってくれた。メイドはもう一週間も来ておらず、新しい人を探していた。母はお気に入りの窓際の椅子に座り、新聞を読んでいた。ソファには作りかけのボビン・レース。わたしは膝掛けを編み、ふたりでおしゃべりした。わたしが膝掛けのことでふざけて、「代わりに仕上げてくださる？　わたしはさぼっちゃって」と言うと、「膝掛けを作るのは好きじゃないんだよ」と母は答えた。

「でも、この膝掛けは気に入ってくれるといいんだけど。お母さんのために編んでるんだから」

それから、母の人生の物語を聞かせてほしい、日記に書いておきたいから、と頼んだ。すると母は笑って、そんなばかなことを、と言うので、諦めた。ホアキンが「意地悪だなあ《テュ・ネ・パ・ジャンティ》」と言った。それでも、わたしたちの楽しい気分が削がれることはなかった。ホアキンは写譜を一頁終えると、トランプでカナスタのゲームをやろうとわたしを誘った。母はカナスタは好きではない。ひとり遊び《ソリテア》の方を好んだ。母が静かにソリテアをするかたわら、わたしとホアキンは母を笑わせようとおどけたりしながら、カナスタに興じた。時おり、母は疲れたのか、瞼を閉じた。

夕食後、ホアキンとわたしは映画を観にいった。母と一緒にいてあげればよかった。でも、母はいつも八時か九時には寝てしまうから、問題ないと思ったのだ。夕食前には、ホアキンがわたしをよろこばせようと、マティーニを作ってくれた。わたしたちはひどく陽気になって、母におどけてみせた。わたしの十八番《おはこ》は、『マリウスとオリーヴ』〔一九三五年制作、ジャン・エプスタン監督のコメディ映画〕の話を本当の南フランス訛りでやることだった。母はにっこり笑ってくれたが、カクテルは気に入らなかったようだ。母の怒りの表現は、父の厳格さの表現同様、わたしたちのすることがもっぱら標的になった。笑い声や陽気さは、人さまのためにとっておかれた。わたしはその中間の気分がほしかったのだけれど――優しさとか、穏やかさとか。

カクテルの前に、ホアキンがわたしたちをドライヴに連れていってくれた。母と弟が「長いドライヴ」と称するもので、オークランドの山々を越えていった。なぜ、母がいつもよりおとなしいことに気づかなかったのだろう。なぜわたしたちは、愛するものが死にゆくとき、それを知りえないのだろう。知っていたら、彼らが求める愛情のこもった言葉をかけてあげられるのに。わたしたちは知ることに耐えられないのだ。でもそれも違う。知らないからこそ、あとで苦しむことになるのだから。わたしたちはいまだ動物と変わるところがない。思考や感情を言葉にすることができない。母はあの日、数えきれないほどの想いをかかえていたはずだ。死が近づいていることは、気づかなかったかもしれない。気づいてはいなかった。だって母は最後にこう言ったのだから。「今度来るときは、二日以上泊まっていけるのかい？」

あの日の午後は、あっという間に過ぎていった。映画から戻ると、母は眠っていた。翌朝は早起きして、一緒にミサへ行った。母はホアキンにもらった毛皮のコートと、黒いマンティラ〔スペインや中南米の女性の大きなケープ〕を着ていた。母とホアキンは聖体拝領を受けた。祭壇に歩いていくとき、ホアキンが腕を強くつかむので痛かった、と母は文句を言った。母さんのコートの袖が大きくて、腕がどこにあるかわからなかったんだよ、とホアキンは言い訳した。

昼食には、母の焼いたスポンジケーキを食べた。食べなきゃだめじゃないか、とホアキンは母を叱った。おかしいと思うべきだったのだ。でも、わたしたちは気づかなかった。また一緒に車で帰った。今度は「短いドライヴ」だ。見ると、母の小さな眼が、セピア色の野や丘を眺めていた。母にはこれが見納めになるのだと、気づくべきだった。「お母さん、大好きよ」と優しく言ってあげてもよかったのに。死んだあとになって、悔やんで泣くことになる。だが死んでしまえば、優しくさせてくれない愛するものはそこにいない。母はわたしの優しさを禁じた。母は鷹揚で、剛胆で荒削りなところがあり、明るくて負けず嫌いの、進取の気性に富む人だった。

ドライヴから帰ると、ホアキンとわたしはトランプで遊んだ。母は補聴器をつけようとしなかった。コンサートの音楽は聞けるが、映画の台詞は聞きとれなかった。いま読んでいる探偵小説は好きじゃないと言った。わたしが読んでいた本を代わりに置いてきた。わたしがボビン・レースの織り台によりかかり、ピンを曲げてしまったことを詫びた（母があのレースを編みあげることはもうない）。

そうして七時半に、わたしは出発した。

空港ではホアキンに、わたしの出発を待たずに帰ってもらった。騒音と混雑でゆっくり話もできないし、別れは実は空港に着くと同時に始まるのだから、別れを遅らせようとしがみついて、プロペラの轟音のなか、聾唖者のように話すことはない。「帰りなさい」とわたしは言い、ホアキンもうなずいた。駅や空港は、死による別れのリハーサルだ。

飛行機のなかで、マティーニと睡眠薬を飲んだ。胸騒ぎがして、夜中に眼がさめた。ホアキンが帰宅すると、母の気分がすぐれず、おなかの調子でも悪いんでしょうと言っていたとは、知らなかった。もどして、痛みを訴えたという。心臓発作だった。

ホアキンから電話があった。酸素吸入と薬のおかげで母は少し回復し、ホアキンと話もしたという。午後には自分から望んで若い司祭と話した。だが、次の日は半ば朦朧とした状態で、ホアキンの顔もわからず、呼びかけても弱々しく答えるだけだった。その夜、母は亡くなった。意識も、痛みもない状態で。ホアキンが夜中に電話をくれた。

取り返しようのない、喪失の痛み。痛みがいっそう大きく深いのは、ひとつになり、溶けあい、近しくなることを願いながら、果たせなかったからだ。近しさが叶えられないとき、喪失感はより大きく、激しい。これまでずっと、母との距離を縮めようこうともがいてきたが、母はもう帰らない。わたしをすり抜けていった。思い出すのもつらい。編みかけのレース。トランプのひとり遊びも途中のまま。あのありふれた、最後の、家族の一日、ありふれた家族の一日に、はなやぎを添えるものとてなく、幼年期以来の家庭の不協和音がある。痛み、小さくなった母のからだは老いさらばえていた。でも、母の体調がひどく悪かったとき、アルコールでからだを拭いてあげたら、背中は白くすべすべして、皺ひとつなく、はっとするほどなめらかで、死の影など微塵もなかった。痛み。母が何針か縫ってくれた水着を見ると、ナイフで刺されたような痛みを覚えずにいられなかった。そばにいて看病し、母とホアキンの力になってあげられなかった痛み。ホアキンはたったひとりで、ありとあらゆる恐怖、喪失そのもの、死にまつわるもろもろに対処しなければならなかったのだ。一度、電話したら、母の部屋を片づけているところだった。泣いていた。

「ホアキン、忘れないで。あなたは長年、お母さんの人生をとても楽しいものにしてあげたでしょう。お母さんの人生はしあわせだった。あなたほどいい息子はいないわ」

だが、わたしは後悔と罪悪感に苛まれた。なぜわたしが去った夜、それが起きたのだろう。なぜホアキンとわたしはマティーニを飲んだのだろう。母の機嫌を損ねてしまった。母が死んだというだけでなく、成就の願い、母とひとつになり、わかりあい、相手の心に届きたいという望みが絶たれたのだ。

死を受け入れることはできなかった。声を殺して泣いた。ふとしたときに、かなしみに襲われた。街で、映画を観ていて、夜明けに、時を選ばず。母に反抗したことへの罪悪感。母の人生を想うと、痛ましくて、かわいそうでならない。

母は十五歳で、六人の弟妹の母親代わりになった（母自身の母は愛人と出奔し、その後も恋多き人生を送った）。わたしたちにそうしてくれたように、弟妹を全力で守り、ありったけの勇気を与えた。叔父や叔母たちは母のことを、子どもが言うように、「黄金の心をもつ暴君」と言う。そしてたぶん、三十歳で二十二歳の父と結婚したことは、またもや母親代わりになることで、その上三人の子どもに人生を捧げたことが、彼女に強い怒りをもたらしたのだろう。母は歌うことが好きだった。すばらしい美声のもち主で、社交的で気さくで、何より明るい人だった。

だが、亡くなる前の十日間、母とのあいだに気まずさはまるでなかった。とても上機嫌で、ほがらかで、愛すべき母だった。心から打ちとけて、本当にありのまま、ゆったりくつろいだ様子だった。

わたしはいま、ホアキンを待っている。弟は母の亡骸をキューバにもっていき、母の望み通り、祖父のかたわらに埋めてきたのだ。

なぜ人は旅立つとき、わたしたちがその人について、その人の思考や感情について知っていることの、あらかたをもっていってしまうのだろう。それさえあれば、彼らをもっとよく愛せるだろうに。

わたしたちはいまだ動物と変わるところがない。直観で理解しあえると思っている。そんなことはあるはずがない。わたしが自立を求めた日、母はわたしの眼の前でぴしゃりとドアを閉めた。以来、良い娘になろうと、どれだけの努力と時間を費やしてきたことか。

罪悪感をいや増しにするのは、母に尽くされ、家事雑事をしてもらい、食べさせてもらい、働いてもらって、そうして大人になったら、自分を認めてもらえないことだ。責められることを怖れて、わたしたちは皆、感じることや考えることを口にしないのだろうか。

かつて、母が打ち明けてくれたことがある。誇らしげに打ち明けてくれたものだ。母の大好きな祖父が、肝臓癌で危篤状態だったときのこと。大変な苦しみようで、死は長く引き延ばされていた。医師から家族に打診があった。祖父はこのみじめな状態を終わらせてほしいと言った。母は一家の長として、そのときの量では効かなくなっていたモルヒネを増量するか否か、決断を迫られた。増量すれば死を早める危険がある。母は自分の責任において、増量に同意した。

物理的に子どもの世話をしながら、最終的な成長を認めないこと。これは、すべての母の墓碑銘なのだろうか。

母の勇気、母の寛容さは、測り知れなかった。

思い出すとつらいのは、わたしたちがいくら新しいドレスを買ってあげても、金持ちの妹からもらったお古を着ていたことだ。最後まで香水が嫌いで、もらった香水やコロンは皆わたしにくれた。家にあるものを褒められると、決まって「ほしい？」と言った。

母がニューヨークの家に泊まりにきたことがある。アイルランド系の大工が、本棚を作りながらアイルランドの歌を歌っていた。母も一緒に歌い、大工と笑いあって話していた。あのときの母のイメージを、わたしはずっと憶えていたい。のびやかで、楽しそうで、七十歳だというのに声は澄んで美しく、歌うことが楽しくて仕方ない様子だった。あのとき、わたしは思った。もし母が最初の情熱である歌を追いかけていたら、いつも幸福で、のびやかでいられたのだろうか。母と父を結びつけたのは音楽だった。母にはコンサート歌手になるという夢があった。初め、父は難曲の数々を指導した。母が古いイタリア歌謡を歌ったときは、ガブリエレ・ダンヌンツィオに褒められたという。母の「わたしを傷つけるのをやめるか」《オ・チェサーテ・ディ・ピアガルミ》〔スカルラッティのオペラ『ポンペオ』のアリア〕には涙がこぼれた。母がスペインに行き、エンリケ・グラナドスの口ききで、グラナドス・アカデミーで歌唱指導をするようになるまで、母の歌を聞いた記憶はあまりなかった。あのころ、母は幸福だった。

ニューヨークで、母はもう一度キャリアを築こうとした。エオリアン・ホールでコンサートを開いた。歌ったのは古いイタリア歌謡、カタルニア民謡、それに、グラナドスの小歌《トナディーリャ》だ。だが、そこからは何も生まれなかった。

これは秘かな傷だったのだろうか。わたしが十六の娘だったころ、わたしに会いにきた青年たちのために、母が歌ってくれたことがある。すっかり母が主役になってしまい、わたしは恨めしく思ったものだ。母の歌はわたしの心を打った。もし子どもがいなければ、コンサートをし、旅をし、父のようにちやほやされて、母の人生はどんなものになっていただろう。

このイメージを、わたしは大切にとっておきたい——七十歳の母が少女のように澄んだ声で、アイルランド系の大工のために、一緒に歌っていた姿を。

一九五四年　秋

「きみが愛したパリは死んでしまったんだ！」

わたしにそう言ったのは、エージェントのルネ・ド・ショショール、ニューヨークの豪華なレストランで、ランチを食べているときのことだった。わたしはそのとき、その場で泣いてしまった。彼は、かつて学生時代を過ごしたパリから戻ってきたところだった。わたしは一九四〇年代以来、パリには行っていない。

「心の準備をしておいた方がいいよ。あまりの変化にショックを受けないようにね。人は他者のイメージを心に焼きつけると、その変わらない姿のままに見続けるものだと思う。街についても同じことがいえる。ぼくはきみが愛したパリを知っている。それはもう、存在しないんだ。大学時代の友人たちも変わってしまった。アメリカが彼らを変えたんだ。きみの記憶に残るパリ、きみが描くパリを、ぼくは知っている」

彼の言葉があまりにショックだったので、パリに向かう準備をしながら、心の準備もすることにした。

彼の言葉を聞いて、最初に浮かんだイメージは墓地のそれだった。顔を背けようとしたが、その瞬間、いくつもの墓が見えた。パリでは、モンパルナス墓地を見下ろす場所に住んでいたこともある。墓が見えた。父の墓、かつてはパリのコンサート・ピアニストとしてもてはやされた父。アントナン・アルトーの、ルネ・アランディの、オットー・ランクの、コンラッド・モリカンド〔一八八七—一九五四。スイスの占星術師〕の、ハンス・ライヒェル〔一八九二—一九五八。ドイツの画家〕の、ピエール・シャロー〔一八八三—一九五〇。フランスの家具デザイナー〕の墓。すると、戦争中にいなくなった人々のリストが眼に浮かんだ。外国に移住した者、引っ越した者、強制収容所やスペインで死んだ者。すると、喪服を着て未亡人のヴェールで顔を覆いたくなり、荷造りを延期した。

それから、『ガラスの鐘の下で』に収められた物語を読み直し、わたしが描いた人物たちはどうなったのだろう、ハウスボートは、『ガラスの鐘の下で』というタイトルの由来になった一家は、ヴィラ・スーラはどうなっただろう、と思った。

そうして、憂鬱を克服し、心身をいまに向けて整えた。暖かい色の服を着て、新しいパリ、未知のパリを想った。

一九三九年、水中翼船でヨーロッパをあとにしたわたしが、ジェット機で舞い戻ってきた。混雑する貧しい地区は通らず、高速道路を走った。でも、走り過ぎながらカフェが見えた。通りに面したカフェで、ドアは開け放し、小さい丸テーブルが外に、ちょうどふたり座れるくらいの大きさで、ワイングラスがふたつ、小さい鉄の椅子が二脚、ユトリロが描く街のカフェのように小さいカフェ、おんぼろで、看板は色褪せ、窓は薄汚れ、壁は傾き、屋根もでこぼこしている。その小ささ、近しさ、人間らしい寸法、アメリカ的な傲慢さや、派手でぎらぎらしたところがないのに打たれて、わたしはいま一度優しさに心を開いた――パリに触れるたび、そうしてきたように。人はそういうカフェにならいられると感じる、たとえ髪がきちんとしていなくて、靴も磨いておらず、おまけにストッキングが伝線していても。人はそこに座り、自分らしさを感じ、世界と調和していると、あるいは調和していないと感じ、人間らしい気持ちになり、人間らしい感情に心を開いて、泣きたい気持ちになる。世界が大きすぎ、野蛮すぎると感じたら、人はそこに座り、もう一度人間的な場に身を置いて、傲慢でも派手でも強力でもない人間にふさわしい場にいると感じる。小さいカフェと優しさは、消えてなくなってはいなかった。強烈に生きることによって生まれる緑青のような趣、倦み疲れ、かなしみに沈む者たち、わたしのカフェ、わたしのパリ、そこでは魂は少し疲れていてもいい、おろしたてのような新しさや輝きに満ちていなければならないということもなく、厳格だったり冷淡だったりする必要もない。

そんなふうに、ホテル・クリヨンに急ぐわたしの眼に、小さいカフェは飛び込んできた。広場では国連の国旗がたなびき、著名な訪問者に手を振っていた。

部屋は、やはりカフェと同じで、新しくなかった。柔らかく優しい、胸を打つ不完全さがあった。それは新しくなかった。ベッドカバーも新しくないし、絨毯もシャンデリアも、ペンキも新しくなかった。だが不思議なことに、アメリカ人の眼には美しくないと映るだろう部屋には、ある輝きがあった。それがどこからやってくるものか、定かではなかったが。

　わたしはベッドに少し横になり、クリスタルのシャンデリアを見つめた。その部屋には、確かに人の気配があった。アメリカのホテルの部屋がたいてい人の気配もなく、からっぽで新しい、一点の隙もなく処女のように新しい、と思わせるのと対照的だ。アメリカのホテルの部屋には、ほかの客がいた形跡がまるでない。それがここでは、優しく黄ばんだ壁紙、かすかに色褪せた絨毯、ずっしり重いヴェルヴェットのカーテン、電話も呼び鈴も、何もかもが存在の気配を、多くの人間がそこに存在したという気配を放っていた。麻薬をやったような気分だった。部屋はエロティックな光輝と、過去にそこを訪れた人々で満ちていた。いくつもの名が口をついて出た。ニジンスキー、ディアギレフ、マダム・デュ・バリー、ニノン・ド・ランクロ、マルセル・プルースト、ジャン・ジロードゥ〔一八八二―一九四四。フランスの作家〕、コレット。恋人たち、貴族、庶民、通人、誰であれ、彼らは生きていた。言葉は表現力豊かに、明瞭に、雄弁に語られ、感情は露わにされ、身ぶりは示され、才能と霊感に満ちた愛が交わされ、ワインは飲まれ、夢は揺りかごに揺れ、ぬくもりはからだから、繊細なディナーから立ちのぼった。パリの生活という生活が、極上の酩酊のように部屋を満たし、スチームの熱や電気製品などなくても、ただ豊かに生き、過去が消し去れなかった人々でむせかえるようだった。彼らは香水のように空中に残って、生きられ、楽しまれ、愛された部屋に、霊的な官能の香気を沁み出し、漂わせていた。

　なぜわたしは、不完全さや居心地の悪さ、古びた気配にぬくもりを感じたのだろう。強烈に生きれば傷が残るものだが、アメリカではどこを探しても、そういう傷を見かけないからだ。内なる傷、和らいだ、人間的な疲れやほころび。

人間らしいくつろぎを感じた。より人間的な街に滑り込む。そこでは誰もが生きることに忙しく、覗き見する者やジャーナリスト、見物人や身なりのいい審判が、平然と身を乗り出してくることもない。

セーヌの岸を歩いていると、昔ハウスボートに住んでいたころ顔なじみだった浮浪者たちがいた。彼らはニューヨークのバワリーあたりの浮浪者のように、不機嫌でも怖ろしくもない。コミカルでユーモラスで、街角で繰り広げるいかれたスピーチも、皮肉と機知に富んでいる。

セーヌ河沿いの本屋は、かつて知っていた本屋と同じではないが、似た雰囲気がある。ユトリロが描いた家のように、土台もしっかりしておらず、小さな窓にがたのきた鎧戸、そして、ジョージ・ホイットマンがいる。栄養不足で髭ずらの、本に囲まれた聖人、本を貸し、二階に文無しの友人たちを泊め、本を売る気はあまりなく、店の奥の狭くて足の置き場もないような部屋に、机と小さいガスストーヴを置いている。本がほしくて来た者たちは、皆残って話をしていく。その傍らでジョージは手紙を書いたり、郵便物を開けたり、本を注文したりしている。小さい、信じられないような階段があり、弧を描いて彼の寝室、もしくは共同寝室へ続いていく。そこに彼はヘンリー・ミラーやほかの訪問者たちを泊めたがったのだった。トイレは三階下の地下にある。本だらけの部屋がもうひとつ、それから廊下に小さいコンロがあり、そこで彼はみんなのために料理をふるまう。

どうしてジョージはこのセーヌ河沿いの小さい本屋を開いたのだろう。何年も前に「ハウスボート」の物語を読んだのだという。パリに来て、ハウスボートを探した。そこで本屋を始めて、幸福だったが、本に黴が生えるので引っ越さざるをえなかった。できるだけ河の近くに越して、よく窓から河を眺めては、ハウスボートに住んでいるのだという幻想に浸った。

日曜日になると決まってアイスクリームを作ったのは、ホームシックのアメリカ人がよろこぶと思ったからだ。客間や居間を整えて、わたしたちを皆泊めたがった。本や作家を、通りすがりの者たちの共有に供する。活字と声が重なりあう。古きパリを知るこうした作家たちも、いまは妻や子どもや愛人、アメリカの家庭や名声、ホテルの予約があるのだということを、彼は忘れてしまう。彼らはいつも自由に自分を与えられるわけではないし、与えようにも本がないことも、本を書いていないこともあるというのを、忘れてしまうのだ。

燃やす木もないことが多い暖炉のそばに、ドアもない部屋に、なぜ彼らが泊まっていかないのか、ジョージには理解できなかった。廊下の床には穴が開き、鉄の柵越しに、下の書店で何が起きているかも見える。床に開く覗き窓、下にいる者が見上げれば、ジョージが汚いコンロで彼の亡命者たちにアメリカン・パイを焼く姿が見えたかもしれない。実は、彼らがほしいのは酒なのだけれど。

だからもはや、シルヴィア・ビーチのシェイクスピア・アンド・カンパニーに、アンドレ・ジッドやフランソワ・モーリャック、ピエール・ジャン・ジューヴ〔一八八七―一九七六。フランスの詩人〕やレオン－ポール・ファルグ〔一八七六―一九四七。フランスの詩人〕、カレス・クロスビー〔一八九一―一九七〇。失われた世代の「文学的ゴッドマザー」と呼ばれた、ブラック・サン・プレスの創始者〕やジェイムズ・ジョイスやヘンリー・ミラーが訪ねてくるのではない。ジェイムズ・ジョーンズ〔一九二一―七七。アメリカの小説家。『ここより永遠に』が有名〕やスタイロン、ギンズバーグやバローズのようなビートニク、新しいボヘミアンたちがミストラルにやってくるのだ。何がちがうかというと、かつて作家や芸術家のあいだにあった、暖かくオープンな、友情を出し惜しみしない、深い友愛関係は消え、いましばしば見られるのは、不機嫌な沈黙と無関心な態度、ソファで横になり本を読む若きボヘミアンは、別の作家が入ってきても読書をやめようとしない。彼らが孤立しているのに驚いた。ミラーのように、食事にありつくやいなや部屋に戻り、高揚して二十頁も書くようなことはしない。彼らは夢を見るのにドラッグの助けを必要とし、生への渇望も女への欲情もない。汽車を待つ人々のように本を読む。観客なのだ。コピーのアーティスト、科学の世界では時代遅れかもしれない。彼らはパリに期待をもってやってきながら、熱や好奇心、血のたぎるような興奮を提供することはない。訪れる者たちに変化が起きていた。

　ミストラル〔シルヴィア・ビーチの死後シェイクスピア・アンド・カンパニーと名を変え、現在に至る〕をあとにしたわたしは、麗しき光輪《ラ・ベル・オーリオール》と名づけたハウスボートを探す旅に出た。パリにないことはわかっていたが、わたしが置いてきたヌイィにもなかった。ブージヴァルにハウスボートの墓地があると聞いた。

　タクシーはセーヌに沿って、岸の近くを走った。ブージヴァルには廃棄処分になったハウスボートのたまり場があった。修理され、塗装し直されたのもあった。かつてのように、人――浮浪者や子だくさんの一家――が住んでいるものもあった。河岸まで引きずっていかれ、泥地に捨てられたものだ。それでも住人は窓の敷居に植木鉢を置き、貝殻や牡蠣の殻で庭を造形した。あらゆる種類の船があった。ほとんどは、セーヌを行き来して炭や煉瓦や材木の運搬に使われた、とても長い平船だ。なかにはわずかだが、かつては白く輝いていたヨットが腐食したものもあった。

　だが、ラ・ベル・オーリオールの姿はなかった。老朽化のため解体されたのだろうか。わたしが住んでいたときもすでに安全とはいいがたく、水が漏れて汲み出さなければならなかった。深く豊かな冒険《アヴアンチユール》であったものの姿をひとめ見られずに、メランコリックな気持ちになった。

　わたしはパリに戻った。かつていつもそうしていたように、街を歩いた、何時間でも。美術品の店、本屋、アンティーク・ショップ、何もかも昔のままだった。露天の古本屋も健在だった。エロティックな本はセロファンに包まれている。ポルノグラフィックな絵葉書、本好きのための稀少本。

サンジェルマン界隈の本屋で、サイン会が開かれているのに気づいた。窓越しに、ルイーズ・ド・ヴィルモラン〔一九〇二―六九。フランスの作家。サン＝テグジュペリの婚約者でもあった伝説的な女性〕の姿が見えた。『ガラスの鐘の下で』のヒロインだ。中に入って彼女の新しい本を買い、サインを待つ列に並んだ。自伝を書いたオートバイ乗りと合同のサイン会だった。彼は黒い皮ずくめの服で、ジャケットを羽織っていた。ルイーズの前に来ると、わたしに気づいた彼女の眼が、いたずらっぽく光るのがわかった。優れた者だけに許される微笑、機知を象ったようなその顔を見ていると、誇り高き貴族を描いたフランスの歴史画を思い出した。それに、彼女がオートバイ乗りの隣に立っているのを見るなんて、まるでちぐはぐでコミカルで、現代の寓話のようだった。彼女はわたしが差し出した本にサインすると、会いたかったわと言った。いつも花のようにみずみずしくてクール、時を加速する鋭敏な知性。一方、大きな手をしたオートバイ乗りは、せっせと本にサインしていた。

リチャード・ライトを訪ねた。カナダ・リーのアパートで初めて会ったときの話をした。ちょうど、カナダ・リー主演の『アメリカの息子』がブロードウェイで上演されていた。一九四〇年代のことだ。わたしたちはふたりともヴィレッジに住んでいた。彼は何度か、十三丁目の部屋にディナーを食べにきたこともある。その後、彼が苦労していると聞いたジョージ・デイヴィス〔一九〇六―五七。アメリカの編集者〕が、ブルックリンの自宅に彼を呼んで一緒に住まわせた。その驚くべき家を、わたしたちは憶えていた。家中所狭しと置かれた古いアメリカの家具、石油ランプ、真鍮のベッド、小さいコーヒー・テーブル、大きいグランドファーザー時計もあった。多くの著名人が住んでいた。オーデン、カーソン・マッカラーズ、ジプシー・ローズ・リー〔一九一一―七〇。アメリカのストリッパー、女優、執筆家〕。ジョージ・デイヴィスは二月生まれ、オーデンやカーソン・マッカラーズもそうだったから、わたしはそれを「二月の家」と呼んだ。わたしのハイチの友人たちやジョゼフィーン・プレミス〔一九二六―二〇〇一。アメリカの女優〕、ロシアの詩人と連れだっていき、アメリカを去るリチャード・ライトへの餞《はなむけ》に、ドラムを叩き、歌を歌い、ダンスを踊った。彼はさほどうれしそうではなかった。彼がわたしたちの友情を疑っていたとは、そのときは知らなかった。わたしたちの友情を信じていなかったのだ。のちにアメリカに帰国したとき、彼はそれを認め、申し訳なかったと言った。フランスで暮らしてみて、彼はそういう友情がありうることを学んだ。信じる心を取り戻したのだ。

彼はハンサムでもの静かな、誠実で率直な男だ。語り口は穏やかで抑制されているが、思考は明晰だ。

彼はフランスに来て、アメリカにいたころより幸福になった。劇場でもレストランでも、どこにでも行けるし、子どもたちはいい学校に通っている。

彼が再び語ったのは、アメリカの作家は空虚のなかで書いているということ、支えになるものも栄養になるものも何もないということ、そしてこの空虚が、黒人作家である彼にとって、いかに真の危険、強烈な脅威になったかということだ。『アメリカの息子』への反応が、いかに野球選手への声援のようなものだったか。「リチャード・ライト、大成功」というような批評家の言い方が不満だった。

「いったいどんな反応なんだ?」と忌々しそうに言った。

彼はまた、ニューヨークのマダムたちを批判した。ベストセラー作家である彼はよろこんで招待するが、黒人の友人を連れていくと嫌がるのだという。

ジョージ・デイヴィスが彼をブルックリンの自宅に住まわせたときも、いろいろと難しい問題が生じた。ボイラー係の黒人は、別の黒人のボイラーを担当するのがいやだといって辞めた。彼が白人女性のヘレンと結婚するのを認めないという意志表示のため、人々は窓に石を投げた。

彼のフランスへの第一印象がどんなものだったかというと、パンを買いにいったら、パン屋の女性に言われたという。「ミスター・ライト、あなたのことは新聞で読んで知っています。作家の方ですよね。何かわたしたちにできることがあるでしょうか」

アメリカの人種問題に取り憑かれるあまり、作家として成長できないところまできてしまった、と彼は感じた。破滅的な敵意の虜になってしまったのだ。日常生活で絶えず屈辱を受けることがなくなれば、成長し、心を開き、作家としての役割を果たせるだろうと思った。

彼は以前よりしあわせそうで、くつろいで見える。わたしたちはカフェに座り、彼の新作の話をする。作家は永遠に同じテーマを書き続けるわけにはいかない、アメリカの生活で強いられた苛立ちが自分を破壊した、と彼は思っている。

ジョージ・ホイットマンの書店で、階段の上の方に立つと、開口部があり、下の書店の様子が覗ける。ジプシーの女性が本を盗もうとしているのを見てしまった。わたしが下りていくと、手相を見るといってきかない。子どもをたくさん産むだろうというので笑ってしまったが、彼女はわたしがなぜ笑ったのかわからなかったろう。

泥棒と思われ、屈辱を味わい、赦しを請わざるをえない状況であるにもかかわらず、ジプシーのプライドはびくともしない。その火は消えることなく、なお強く残っている。まるで、わたしたちのモラルは彼らには受け入れがたいもので、彼らは別の価値観に基づいて生きており、みずからの行いを恥じていないかのようだ。

わたしが愛したパリは、死んでいなかった。恋人たちはいまも愛しあっている。セーヌはいまも、遊覧船やボートを浮かべて輝いている。噴水はいまも戯れている。ショーウィンドウはいまも、鮮やかな想像力とスタイルを見せつける。ギャラリーは人で混みあっている。本屋も混んでいる。公園は花と庭師と子どもたちでいっぱいだ。店はこぢんまりとくつろげる雰囲気で、店員はよく気がつく。カフェも混んでいる。街をぶらぶら歩き、外の椅子に座り、おたがいを好奇心いっぱいの眼で見つめる時間のある人々がいる。会話はいまも楽しく弾んでいる。タクシーの運転手はウィットに富み、浮浪者は道化師さながら、茶目っ気たっぷりに物乞いする。空は乳白色に霞み、建物はさまざまな色を刻みつける。ひとつひとつの石に歴史があり、ひとつひとつの家はよく生きられ、深く愛された人生で膨らんでいる。快楽を愛するすべての人が身に纏う、祝祭的な雰囲気がある。高度に文学的な雄弁さを通して、人生を分かちあうことから生まれる、艶めいた趣がある。パリはいまも知性と創造性の首都であり、世界中からやってくる芸術家の往来により、その豊かさをいや増しにしている。

アナイス・ニンの日記　第六巻（一九五五―六六）

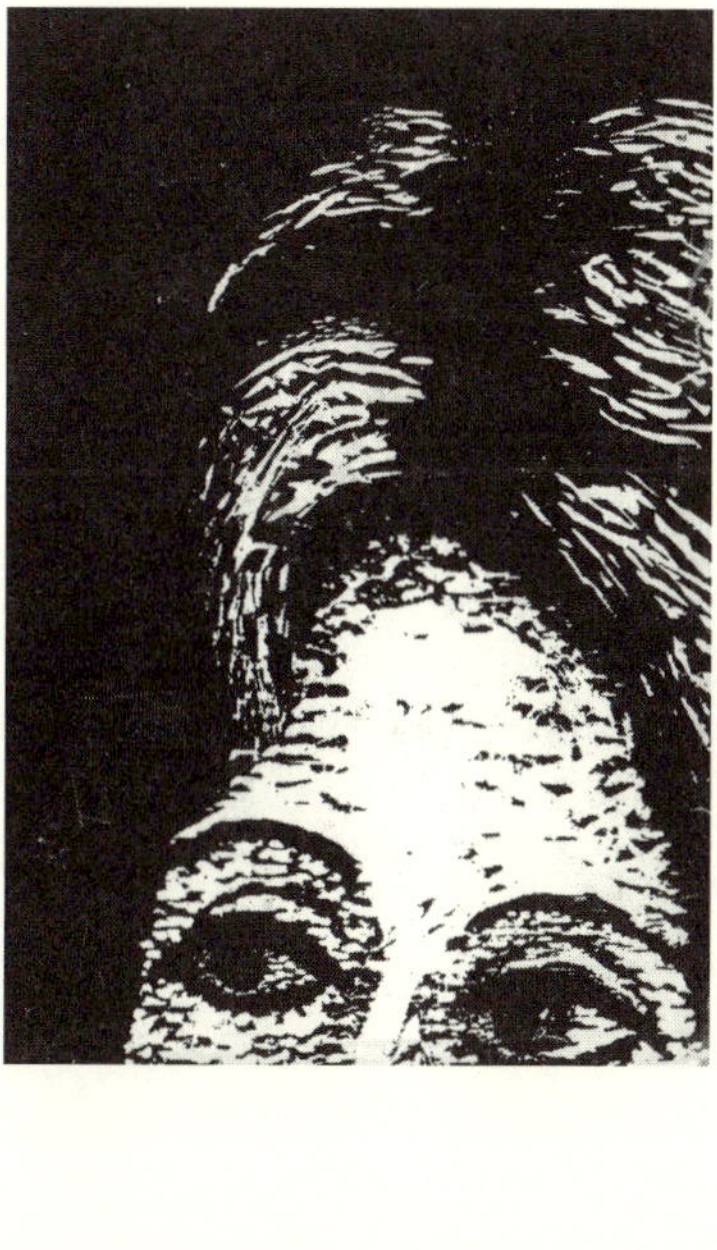

一九五五年　秋

ＬＳＤを飲んで一昼夜は、過剰な刺激を受けたせいで落ち着かず、疲労困憊した。あまりに大量の振動に曝されたからだは、感電死したも同然の状態だった。人間の許容範囲を越えている。千の夢をひとつに集約し、自分の中心から完全に切り離され、物理的肉体と調和できない環境・リズム・空間に放り出されたようだった。そう、強すぎる電流。思うに、わたしたちの夢や幻想は、有機的にゆっくり吸収されるべきもの、昼の光によって和らげられ、慎ましい仕事やつまらぬことどもに中断され、挟まれて、受容されるべきものだ。そうした大量の形而上的エネルギーは、時間をかけて吸収し、日常生活と混ぜあわされ、生きられて、少しずつ人間を変え、人間の細胞を成長させるのだ。わたしたち人間のからだに合った化学作用とは、夢を見て、めざめ、行動し、ほかの人間と交わり、大地に回帰して大地に触れ、わたしたち自身のからだに触れるというものだ。あの疲労感がわたしに思い出させたのは、アルトーがこぼしていた、「この世の終わりのような疲弊感《ユヌ・ファティーグ・ド・ファン・デュ・モンド》」だった。長いこと、空虚な倦怠感につきまとわれた。ものも書けなかった。あのとき初めて夢の探求は、美しく自然に夜と昼を織りあわせることでなくなり、宇宙に投げ出され、非人間的な軌道を描くことになった。何かがおかしかった。自分を駆りたてる装置が作動しない。無理矢理動かされている感じだ。あまりに強く激しい暴力に曝されたせいか、そこで見聞きしたことを吸収するには、何日も茫然として過ごさなければならなかった。

とっておいたメモと、鮮明な記憶と、わたしのそのときの言動をジル・ヘンダーソンに教えてもらい、ようやくあの経験について書いた。それでも、わたしたちの肉体はあれほど強烈な幻想には適応できない、という感覚は消えなかった。

(日記以外は)書くことも長く中断してしまったので、こわくなった。漏電《ショート》。燃えつきた回路と神経。燃えつきたエネルギー。

一九五五―五六年　冬

ブルジョア的な生活を断ち切り、完全に芸術家として生きないことの代価を、わたしは支払ってきた。なぜ、どうしてわたしは、断固たる勇気をもって、あらゆる法とタブーの及ぶ領域を越えて生き、わたし自身になることができなかったのだろう。ジュネはジュネその人であり、何者にも身をゆだねず、いかなる制約にも屈せず、呪われた詩人《ル・ポエト・モーディ》として、タブーをものともしない者たちと生きているというのに。それなのにわたしは、保護されることを求め、自分にふさわしくない世界に生きている。父と同じだ。保護の代償は、人生をもって支払うことになる。因習的な生活によって守られる代わりに、規則や社会体制、合法性やら何やらでがんじがらめになり、自由は完全に失うことになるのだ。

ある悪夢が、わたしの病の根っこにあるものを明らかにした。死の宣告を受けたわたしは、黒人によって頭に注射を打たれようとしていた。わたしは死刑執行人を思いやり、やりにくいようにはしないから、と約束し続けた。日記の処分についても手配を進めた。だが、注射の時間がきてしまう。効き始めて、少しずつ息が苦しくなる。母がそこにいた。ふいに、わたしが死んだら母が日記を読むだろう、と閃いた。今際《いまわ》の際《きわ》にわたしが言ったのは、「読まないと誓って。読まないと約束して」ということだった。そうしてどんどん息が苦しくなり、眼が覚めた。

日記は燃やさなければならない。

死の観念もまた、罪悪感と結びついている。罪は死によって罰せられるからだ。わたしは自分が犯した罪の何たるかを知っている。ほかの人間たちがただ夢に見ることを、わたしは行動に移した。わたしは夢に従ったのだ。だが、罪の意識からは逃れられない。ボグナー博士といえども、わたしに赦しを与える力はない。

これは人間には耐えられない真実、夢のなかでだけ明らかになる真実だ。父や弟と恋に落ちる。母に刃向かう。ライバルを殺す。人の恋人を盗む。すべての恋人を裏切る……夢のなかでは。愛を求め、恍惚を求めて、千の女になる、夢のなかでは。だがそのうちのひとつでも現実に行えば、罪人《つみびと》となる——自分の眼にも、世界の眼にも。そして、死刑を宣告される。これがわたしの悪夢の意味、すなわちわたしは頭(夢を見る場所)に注射され、死刑になるのだ。

さらに胸を突かれるのは、日記を読んではならないのが、母であるということだ。

一九五六年　秋

加齢が男と女にとってもつ意味が異なるというのは、いつの日か根絶やしにしたいものだ。男が年をとることは受け入れられる。先史時代の像のように上品に老い、ブロンズ像のように老いて、緑青がついても風格や美質となることがありうる。わたしたちは女が老いることを許さない。女の美が決して変わらないことを求める。わたしの知る魅力的で美しい女たち、彼女たちが上品に老いていかないのは、加齢が眉をひそめられるからだろうか。

イタリアの女は品よく老いる。メキシコの女も。文化がそれを受け入れるのだ。からだや顔にそぐわないドレスは着なくなる。声の魅力、笑い、いきいきしたところはなくならない。しかし、女性性は絹やサテン、レースや花やヴェールと結びついてきたから、女が石像のような美を得ることは許されていない。コーネリア・ラニヨン〔アメリカの女性彫刻家〕はそのように上品に老いた。敗北や崩壊ではなく、彫像の性質を帯びるように、石や皮に移行していった。かすかな衰えも女にとって悲劇的なのは、わたしたちがそのように仕向けるからだ。女の肌は花と競わなければならず、髪は張りを保たなければならない。加齢が新しい種類の美を、高位の、ゴシックまたは古典の美を構成することはない。絹と花と香水に囲まれ、シフォンのナイトガウンや白いネグリジェを纏った老女は、ただ不釣りあいにしか見えず、責められ、呪われるだけだ。そんな競いあいは、黒いガウンで覆って消してしまえばいい、ギリシャの女のように、または日本の女がするように。わたしたちが女と結びつける、さまざまな要素のあいだの競いあいが、別種の美への移行を妨げる。カレス・クロスビーが真っ赤なドレスで現れたときはショックだった。鮮やかなふりふりのドレスに、ひどく高いヒールの足どりもかろやかだが、顔はまるで、時に朽ちたぼろぼろの壁画のように見えた。白粉も口紅も、乾ききった肌になじむどころか、剥がれ落ちそうだった。かなしいのは、カレスのすべてが同時に老いたわけではなかったことだ。声や笑いは若々しく、「世界市民」に向ける情熱にも眼を見張るものがあった。

かなしいのは、老いた女はしわくちゃのサテンやしおれた花を思わせ、老いた男はむしろ建築を思わせること、男は人格ゆえに、女は美と呼ばれる露のようにはかない性質ゆえに愛される――そういう古い思い込みが、いまなお強いられているように思えることだった。

ローレンス・リプトン〔一八九八―一九七六。アメリカのビート詩人〕が朗読会を開いた。わたしは彼にリクエストされた人たちでなく、友人たちを連れていった。彼はわたしのワンルームの家でごろ寝したがったが、それは回避した。わたしには一晩中飲み明かしたり語り明かしたりすることはできないと、わかっていたからだ。朗読会が開かれたのは、ハリウッドのどこにでもあるような、小さな木造住宅だった。ギンズバーグとコーソは、巨大な赤ワインのボトルを置いたテーブルの両端に座り、詩を朗読した。ギンズバーグの詩のひとつは「吠える」と題されていた。それは偉大にして絶望的な長い叫び、彼の半生で知りえた、ありとあらゆる物・状況・人間から詩を作ろうとする苦闘だった。時にそれはアメリカのシュルレアリスムというべき域に達し、苦いアイロニーを帯びた。荒々しい力に満ちていた。まさに動物の咆哮のように思える場面もあった。アルトーがソルボンヌで行った、狂気の講演を思い出した。

そのとき、聴衆のある男がギンズバーグに愚かな問いを投げた。「なぜスラムのことを書くのですか。現実にあるだけでたくさんじゃないですか」

ギンズバーグは怒り狂った。ついに着ていた服を全部脱ぎ、一枚一枚聴衆に投げつけていった。友人のイングリッドは汚れたブリーフを受けとった。ギンズバーグは男をけしかけ、俺みたいに感情と真の自己をありのままさらけだしてみろ、と挑んだ。「出てきてここに立つんだ。みんなの前にすっぱだかで立ってみろ。やってみろよ！　詩人はいつも、すっぱだかで世界の前に立ってるんだ」

満員の聴衆のなかにいた男は、立ち去ろうとした。ギンズバーグは言った。「さあ、みんなの前に自分の感情を裸で差し出す男を侮辱するがいい……」やり方はかなり暴力的で直接的だが、自分をさらけだすことについて誰もがかかえる恐怖という意味で、実に意義深いことだった。男はさんざんやじられ、なじられた末に出ていった。聴衆はギンズバーグに服を投げて返し始めた。だが彼は悠然とソファに座ったまま、再び服を着る気配はない。リプトンは朗読会を続けようとして、「二階には女性や子どもたちもいるんだよ」とひどく恥ずかしそうに言うので、みんな笑ってしまった。ふたりの詩人はその後何時間も朗読を続けた。会場をあとにしながら、ブルックリンの溝《どぶ》とスーパーマーケットから生まれた、新しいシュルレアリスムのようだと思った。

一九五七年　春

ボグナーとの対話を通してわたしたちが見いだしたのは、わたしには批判への耐性がないということだった（批判がもとで仲違いしたのは、ダットン、ジェイムズ・メリル、シャロー夫人、スピワック夫妻〔サミュエル（一八九九―一九七一）とベラ（一八九九―一九九〇）の作家夫婦〕、皆同じことだ）。人を批判することも耐えられないので、わたしは矛先をほかのものに向ける。攻撃されたり批判されたりしたら、相手と縁を切る。だが、それだけではないのだ。攻撃されて縁を切るのは、自分の怒りを怖れるからでもある。真の問題は、いかに怒りと相対するかだ。

あまりに長いこと抑えてきた怒りは、ダイナマイト並に強力なものになってしまった。溜め込んできた怒りが、いまにも爆発しそうで怖ろしい。

一九五七年　夏

愛についてかなしいと思うのは、人は外見さえ美しければ愛される、というようなことを聞くときだ。自分のことを言っているのではない。だってわたしは、最初の美人コンテストで負けたのだから。父が女性たちについて、「彼女はきれい《エレ・ジョリ》だ、彼女は美しい《エレ・ベル》」と言うのをよく聞いたものだ。父の興味を引くのに必要な条件は、それだけだった。だが父は、自分の娘にはいっさい興味を示さない。つまりわたしは「きれい」でも「美しく」もないということなのだった。りんごは決してわたしには与えらえなかった。最初の美人コンテストに負けるということは、すべての美人コンテストに負けるということだ。そして結局のところどうなったかというと、美しい女性たちが父を連れ去っていった、少なくともわたしにはそう思えた。子どもの考える現実だ。実際には、父の再婚相手は美人ではなかった。それでも、わたしの最初の印象はそういうものだった。（香水をつけたシックな美女たちにコンサート会場で抱きしめられたが、彼女たちは全員わたしのライバルだった！）最初の敗北、最初の喪失は、魂に深く刻まれる。そこからはパターンに従うだけだ。だがわたしは努力してそのパターンを克服し、おしゃれする暇もない母親的な主婦ではなく、父が褒めたような女性になろうとした。内面的な成長だけでなく、なにがしか美と呼ばれるものも獲得しようとした。わたしは勝った。「アーティスト&モデルクラブ」の人気モデルになったのだ。だが、そういう勝利も不安を消し去りはしない。愛を勝ち得ても、確信したことは一度もない。何よりすばらしいアイロニーは、愛がほかの理由によって、肉体的なものでない性質によって与えられると、かなしくなることだった。

二十年前、ロレンス・ダレルがパリに現れたとき、彼は小柄で、青い瞳、柔らかいものごし、日焼けした肌、話し始めると止まらず、詩人で、ヨガ行者のようにしなやかなからだ、言葉の力は『黒い本』ですでに明らかだった。『黒い本』はアメリカで発売禁止になった。それは『黒い春』と『人工の冬』も同じで、ごく少数の限られた人にしか知られていなかった。そして今日、ビル・バーカーが『ジュスティーヌ』をもってきてくれた。何というイメージの祝祭！　何という宴、言葉と色彩の乱舞、感覚の暴動。気まぐれで捉えがたく、読む者の心に突き刺さる、官能のジャングル。

わたしを訪ねてきた青年ラリーのイメージは、あまりに鮮やかだった。柔らかい顔の輪郭。ギリシャでボートや水泳に精を出していたのに、痩せてはいなかった。丸くてユーモラスな、どっしりした鼻。わたしは彼に手紙を書いた。彼はヘンリーについて思うところを述べた。

あるばかばかしいできごとのために、わたしたちの絆は断ち切られた。『人工の冬』、『黒い春』、『黒い本』の出版費用を出してくれたのは彼だったのだ。戦争中、彼はお金に困り、ヘンリーに手紙を書いた。当時はわたしも借金まみれだった――プレス、ゴンザロとエルバ、そしてヘンリーその人のために。わたしは力になってあげられなかった。ヘンリーが友人たちからお金を借りた。恥ずかしさと後ろめたさで、わたしは身のすくむ思いだった。手紙のやりとりを途絶えさせるべきではなかった。ラリーの人生を追いかけているべきだった。彼はわたしたち三人のなかで、最良の書き手だった。

トムに訊いてみた。『ジュスティーヌ』はなぜわたしの小説よりフェアな扱いを受けるのかしら、似ているところがあるのに。

トムは答えた。「要因はいくつかある。まず、きみの作品は彼のより純度が高い。ダレルは詩と無意識を、伝統的な小説作法に則った長い描写と混ぜる。だから読者もついていける。もうひとつの要因は時代だ。きみの作品は登場するのが早すぎた。タイミングが悪かったんだ。きみは最前線にいたから、まともに攻撃された。第三の要因は、きみが女で、批評家はみんな男だということだね」

ダレル夫妻を南仏に訪ねる約束をした。寝台車でニームに着くと、早朝だというのに、ラリーは駅に迎えにきてくれた。おたがいに、すぐにわかった。十八年の時が流れても、わたしたちはほとんど変わっていなかった。「なんてあでやかなんだ、きみという人は」とラリーは言った。クロードはホテルで待っていた。ラリーより若く、フランス的というよりはアイルランド的な顔だち、元気な人で、朝の七時から笑い声を響かせる。それからわたしたちは、二日間ノン・ストップでしゃべり続けた。

夜はわたしが持参したシャンペンを一本、さらに赤ワインを何本か空けたわたしたちは、手がつけられないほどはしゃいで、ようやく眠りにつくと、正体もなく眠りこけた。翌日は午後早い時間にニームで用を足し、街で夕食をともにしてから、わたしは帰りの汽車に乗った。

わたしたちはいながらにして、何世紀もの時を旅した。ヘンリー・ミラーはなぜフランスにとどまらなかったのだろう。彼はフランスで、より愛されていたのに。ラリーはフランスが好きで、プロヴァンスとパリを行き来しながら暮らすのが夢だ。ラリーには独特の資質があり、経験に没入しながらも、その意味を掌握する手綱を決して緩めない。クロードは献身的で誠実で、ややこしいことは苦手だが、ラリーを深刻さから救うユーモアに恵まれている。南の田園の美しさと暖かさが、わたしたちを包んでいた。

一九五八—一九五九年　冬

ロンドンのアンナ・カヴァンへの手紙。

何年も前、あなたに長い手紙を書こうとして、あなたのアメリカの出版社に住所を問いあわせたことがあります。ダブルデイ社はわたしの手紙を送り返してきました。あのころわたしは、『アサイラム・ピース』にいたく感動していました。人が狂気の世界にあれほどの明晰さと共感をもって参入したのは、初めてのことだと思われました。初めて、狂気にまつわる感情のすべてが明確に表現され、人間として理解できるものになったのです。あの本を読んでもらいたくて、ずいぶんいろいろな人にあげました。あなたを知っている人が少なくて、驚いたものです。それからほかの作品も読んで、大好きになりました。とても近しいものを感じたのです。その後ピーター・オーウェンに会い（彼はわたしの出版者になりました）、あなたについて初めて知りました。でも作品を読み直すまでは、手紙を書くのをずいぶんためらいました。あんまり長いこと手紙を頭に入れてもち歩いていたので、もう書いたような気がしていたのです。あなたはそれは美しく、それは完璧に、わたしたち世代の作家の務めとわたしが思うことをなさいました。探求することが避けがたい必然である領域、不合理の世界に参入したのです。わたしたちは神経症の時代を生きており、不合理を理解する必要があることは皆わかっているはずなのに、小説家は顧みようとしませんでした――ことにアメリカでは。意識と潜在意識のあいだを出入りするわたしは忌み嫌われ、長いこと無視されてきました。でも、新しい世代は気づき始めています。無意識と向きあった世代です。誰もが月に逃げ出そうとしているわけではないのです。いまわたしを再発見しつつある彼らが、あなたを読み、再発見してくれるといいと思います。わたしの『近親相姦の家』をお送りします。あなたの『眠りの家』と重なるところがあります。あなたはとても美しい文体と、神秘的で複雑な領域をきわめて明晰に扱う手腕をおもちです。

わたしが関わっている、英語とフランス語のバイリンガル誌『二都』に寄稿なさいませんか。編集者はジャン・ファンシェットという、二十三歳の詩人兼小説家兼批評家です。原稿料はお支払いできないのですが、重要な雑誌になるものと信じています。わたしがファンシェットに会ったのは、あなたの崇拝者であるロレンス・ダレルを通してでした。何かお送りいただけたら幸いです。

アメリカでは誰もわたしの本を出してくれないので、自分で印刷してしまいました。わたしのプレスが大きくなって、ほかの作家の作品も出せるようになるといいのですが。『アサイラム・ピース』が世に出たとき、アメリカには受け入れる素地がありませんでした。でも風土は変わりつつあり、再版が待ち望まれます。ピーター・オーウェンがあなたの近著を二冊送ってくれたのですが、ド・ゴールの言葉を引用したくなりました。「月に行くって？　さほど遠くないね。われわれの内面をたどれば、もっと遠くに行けるんだ」

一九六〇年　春

シルヴィア・ビーチが、手紙と写真のコレクションをロンドンにもっていく準備をしていた。ずいぶん若いころ彼女のもとを訪ねて、ヘンリー・ミラーを売り込もうとしたのを憶えていてくれていた。彼女は言った。「もちろん、女はいつも男の芸術家の踏み台になってきたものよ」

一九六一年　秋

ハリウッド東部にある、シルヴァーレイク周辺の山並みは美しい。よく散歩したものだ。湖の東に聳える高い山々から、西を見ればグリフィス天文台のあたりまで、紫の山並みがずっと続いている。ひとつ、またひとつと、重なるように。日本の屏風を見るようだった。日沈になると夜ごと繰り広げられる光景は、ある時はあたり一面に黄金のサリーたなびくロシア・バレエ、ある時は赤一色に香《こう》の煙る京劇、またある時は南洋に浮かぶオパールと珊瑚の島々、かと思えば、炎こぼれるメキシコの夕焼けだった。どの色もどの色も、一瞬、宝石のように輝いては消える。灰色の雲、煙とたなびくスカーフを空にまき散らしたような雲さえ、虹色に染まる。いっとき、北欧、熱帯、異国風と、世界中の夕陽がシルヴァーレイクで一堂に会したかのような、壮麗なスペクタクルが展開された。

夕陽と湖に面した山の中腹に、建築中の家があった。作業員がいなくなると、壁にもたれてもの想いに耽ることがあった。砂漠の薔薇《デザート・ローズ》の咲くベランダ、植物の植えられた庭、庭には湖を臨むプール。お城にあるようなりっぱな暖炉。

建築家は、ロイド・ライトの息子でフランク・ロイド・ライトの孫、エリック・ライト〔一九二九―。ルパート・ポールの異父弟でもある〕であることがわかった。屋根ができあがっていくのを眺めた。それは、家の上にうずくまるように載るのではなくて、ガラスの高窓に支えられ、宙に浮いているようだった。典雅な屋根が伸びて日陰を作るさまは、額に手をかざしているようでもあった。次第にわたしは、自分がその家に住んでいるような気がしてきた。家をもつことは根を張ることだから、ほしいなどと思ったことはなかったが、わたしがそこに座ると、完成に近づきつつある美しい家は、植物のように繊細な触手をそろそろと伸ばしてきた。家の根にあたる堅固な梁は、朽ちることのない石でできており、大地にしっかり根をおろして、わたしに手を伸ばしてきた。砂を吹きつけて表面をざらざらにした石は、紫に煙る山々の色を帯び、木材にも砂が吹きつけられて、海辺の砂のようだった（一九三五年、パリの「装飾芸術《アール・デコラティフ》」展で、わたしが最初に買った砂吹きのテーブル・トップを思い出した）。庭を縁どるガラス窓、湖、山々、空、すべてがわたしのまわりで育っていった。根は純粋な美しさをもって植えられていた。この家に住んでみたい、と思った。

望み叶って、わたしはその家に移り住んだ。そこではすべてが独特だった。キッチンは木とヴェネチアグラスのモザイクタイルで統一され、キッチンらしくなくて、全体のなかに溶け込んでいた。家全体がひとつの大きな部屋になっていて、仕切りというものがない。日本家屋の空間感覚だ。日本の屏風絵を思わせる大空や湖とあいまって、まるで戸外に住んでいるかのようだ。だが、太い梁に支えられた屋根を見ると、守られている感覚がある。屋根と部屋を仕切る大窓が額縁になって、鳥の飛翔や雲の曳航を映した。明かり層といって、屋根の下に並ぶ小さい高窓が視線を上に引きつけるので、家に光が溢れているような印象を与えた。

その家はライトの伝統に則り、屋内と屋外の自然をともに生き、自然と炉辺を結びつけるものだった。

避難所の役割と森の自由をあわせもっていた。鳥は家のなかで餌を啄《ついば》み、羽ばたいているように見えた。その家は、夕陽を鑑賞するのにうってつけのしつらえだった。

わたしは小さな書斎をもっていた。部屋に座り、山や湖や空と向きあうと、視線がさまよう——メキシコでもそうだった。わたしは自然の風景とひとつになる。だから、壁に本が並ぶ小部屋に籠もり、空想がさまよい出ないようにする必要があった。

その家には、訪れる人を歓迎する雰囲気があった。でも、もう一軒の家に隠れて通りからは見えないので、秘密めいた趣もあった。

とても美しい家だったから、メキシコであれパリであれ、どこから帰ってきても、喪失や別離の感覚に襲われて落ち込むことはなかった。旅はなお続いた。湖に映える家々の灯りは、アカプルコや、イタリアはリヴィエラの灯りであってもおかしくなかった。

新しい人生、新しいサイクルの始まりだった。陽ざしと空気を招き入れるような家だったから、光が家中を貫き、音楽は高い天井を昇って空間に広がった。人が大勢いても、ごちゃごちゃした感じにならなかった。夜、庭を歩いて灯りのついた部屋をふり返ると、その光景、ドレス、色彩、人の姿は舞台を見るようで、アントニオーニの『夜』を思わせた。ここで映画を撮り、わたしがずっと追い求めてきた不思議な感覚を描き、家というものの秘密の生活に分け入りたいと思った。

かつては、家をもったら重荷になり、旅がしにくくなると思っていたが、決してそんなことはなかった。いつもよろこんで家の世話してくれる人がいるので、旅を終えて帰るのが残念などころか、楽しみに変わった。

プールにはトベラの花が香り、鳥たちが啄みにきた。

リアナという名のしだれ柳が叢《くさむら》で揺れた。もの音はかき消され、隣人の姿は見えない。地震が起きたときも、家はほとんど揺れることもなかった。

一九六二年　秋

ロサンジェルスのヘンリーを訪ねた。ロジャー・ブルーム〔ニン、ミラーと文通していた死刑囚〕への共通の関心をきっかけに、わたしたちは友情を新たにした。ヘンリーは贈り物として、わたし宛ての手紙の著作権をくれた。

彼はもう何年もビッグ・サーに住んでいる。彼に会うのは、一九四七年に訪問して以来だ。いま彼は自分の家をもち、子どもたちと暮らしている。体調がよくないと聞き、会っておきたいと思ったのだ。友情のよき側面を残しておきたかった。

いよいよもって仏教の僧のような風貌だが、陽気さは相変わらずだ。ブッダの絵を壁に張り、師と仰いでいるようだった。詮索好きのまなざしと柔らかい声をした、昔のままのヘンリーがそこにいた。

子どもたちのことを話してくれた。かわいくて仕方ないのだ（イヴ〔ミラーの前妻〕が書いてきた通りだ）。昨夜は一睡もしなかったという。十六歳の娘のヴァルが、朝の四時まで帰らなかったのだ。警察に電話しようとしたそのとき、彼女が居間のソファで寝ているのを見つけた――娘は父を起こしたくなかったのだ。ぼくの水彩画に気づこうともしないんだ、わざわざ眼につくところに置いておいたのに、とこぼしていた。息子はサーフボードをしていて、足を怪我したという。子どもたちふたりが入ってきた。どこにでもいる、ごく普通の十代に見えた。いかにもヘンリーの子ね、という言葉は口をついて出てこなかった。

「成功なんて、おお、アナイス、成功なんて何の意味もないよ。およそ意味のあるものといったら、年に何通かもらう特別な手紙、人から人へ投げ返される言葉だけさ」

彼は変わっていなかった。驕らず、気どらず、純朴で、エゴを見せない、聖人と思われたいヘンリーだ。体調を尋ねた。マヨルカ島でインフルエンザにかかり、医者に心臓が悪いと言われたという。だがアメリカに戻って検査を受けると、心臓には何ら問題はなかった。

「でも、ぼくは死を怖れてはいないよ。輪廻転生を信じているからね。きっとどこかほかの場所で、たっぷり時間を過ごすような気がするんだ」

ドイツで編集者の女性と恋に落ちたという。ヨーロッパに残ることも考えたが、子どもたちが恋しくなった。「あの子たちといると気持ちが若くなるんだ。彼らが話し、ゲームをし、生きる声を聞いていると、こっちまで若返る気がする。ああ、すごく刺激を受けているよ。イヴが再婚したのは知ってる？」

『奇妙な執着』という日本映画の話をした。ヘンリーがカンヌ映画祭で一票を投じた、わたしも大好きな映画だ。彼はわたしに原作（谷崎潤一郎『鍵』）をくれた。『梯子の下の微笑』はオペラになるという。

一九六二―六三年　冬

ヘンリーの母親が亡くなってニューヨークに帰ったとき、彼はジューンに会いにいったという。話を聞いて、胸を塞がれた。ジューンはからだが変形する関節炎を患っていた。ごちそうを用意してヘンリーを迎えた。ヘンリーが大食漢なのを憶えていて、おいしいワインとごちそうをたっぷり用意したのだ。彼は彼女の容姿の変化にショックを受けた。話すのは以前通り淀みなく、取り憑かれたように話した。ヘンリーはひどく動揺して、帰ろうとした。と、ジューンが泊まっていってほしいと思っているのに気づいた。

彼女はベッドを指さした。彼は泣きだし、そそくさとその場をあとにした。

ジューンの近況はわたしもよく尋ねたもので、ヘンリーが手紙で知らせてくれた。「ジューンはいつも体調が悪い。僅かばかりだが、ぼくは毎月仕送りをしている。彼女はもう長くないだろう。イヴはずいぶんまめに手紙を書いている。ジューンは肉体的にはぼろぼろだが、元気だけはいっぱいだ、コンプレックスもいっぱいだがね。ぼくらはうまくやっているよ。でも、一年前ニューヨークへ会いにいったときは、本当にショックだった」

一九六三年　夏

ティモシー・リアリー〔一九二〇―九六。アメリカの心理学者。LSDによる意識変容の研究で知られる〕とリチャード・アルパート〔一九〇三―。アメリカの心理学者。一九六七年、リアリーとともにハーヴァード大学を解雇される。その後ラム・ダスと改名、精神世界での著作を続ける〕に会ったのは、シュー夫妻のイヴニング・パーティーでのことだった。夫妻はハリウッドの山の頂上にあるガラスの家に住んでいて、以前も訪ねたことがある。もてなす芸術家と、もてなされる芸術家の集いだ。リアリーとアルパートには、よくわからない噂がつきまとっていた。ハーヴァードで、大学の微温的了解のもと麻薬を研究していたが、調査が勢いを得て学生が実験に参加するようになると、ハーヴァードは厳格になり、学部生の実験参加（LSD摂取）を禁じるという条件を出した。オルダス・ハクスリーの本（『知覚の扉』）はすでに注目されていた。すなわち、クールで科学的なインテリは麻薬を語らねばならない、ということだ。麻薬は夢や幻想や幻覚をもたらし、それまで観察されなかった現実の諸相を明らかにし、洞察力と観察力を強化し、想像力を解放するという言説は、アメリカ人にとって、ブレイクやシュルレアリストの「超‐現実」よりはるかに興味深いものだった。ハクスリーは科学者だ。こうしたヴィジョンは化学物質がもたらしたもので、コントロールされたものだ。ランボーのような存在が詩的世界からさまよい出てくる心配はない。関心は関心を呼んだ。シュルレアリスムやボードレール、ド・クィンシーの人生を知る者にとって、これは何ら眼を見張るような新しいことではなかった。リアリーが描いたのは、現実のもうひとつの姿——いわゆる「超 - 現実」、または現実の彼岸だ。それは人為的に作られた型、価値観、ペルソナからの脱却であり、わたしたちを閉じ込める教義《ドグマ》や因習を打ち破ることだった。透明性。ジャニガー博士〔オスカー・ジャニガー。一九一八—二〇〇一。芸術家と創造性の問題に焦点を当てたLSD研究で知られる精神分析医〕のもとでLSDを飲んだときわたしが経験したのは、ものを書くときの状態によく似た白日夢だった。わたしが気づかなかったのは、アメリカはその実用主義的《プラグマティック》な文化のため、この内なる世界への参入を阻まれていたということだ。それはピューリタニズムと物質主義のふたつによって遮られていた。『チベットの死者の書』を読んだという人には会ったことがない。自動筆記を試みた者もいない。およそ夢に関心を払うのは、神経症患者と精神分析医だけだ。象徴主義の作家は教えられてもいない。学生はD・L・ロレンス作品における象徴主義を理解できない。

ジャニガー博士のもと、LSDを飲んだ者たちのレポートを読んだことがある。アラン・ワッツ〔一九一五—七三。仏教思想に強い影響を受けたイギリスの哲学者〕の最初のレポートには、LSDの幻覚は宗教がもたらすそれほど神秘的ではない、と書かれていた。だが、実は古い宗教も麻薬を使っていたのだ。リアリーの言わんとすることは、わたしにはよくわかった。アルパートはよりしなやかで、感情豊かだ。

リアリーは長身で黒髪、アイルランド的な顔立ちをしていた。アルパートはブロンドで、とらえがたいところのある人だった。

わたしたちは何度かパーティーで一緒になった。たいていは、ヴァージニアとヘンリーのデヴィッドソン夫妻の家だ。彼らの家も美しい家で、ハリウッド湖と緑の谷を見おろす山腹にあった。ハクスリーもいた。アラン・ワッツと友人のジェイムズ・メイシーも。

ハクスリーと話したが、どうにもうまく噛みあわなかった。だが、アルパートとの会話には確かな暖かさと自由を感じた。『ミノタウロスの誘惑』について、彼は夢中になって語り始めた。彼が言うには、LSDを経験して初めて、あの作品のもつ測り知れない意味、果てしない全体像がわかるようになったという。最初、わたしは悲嘆に暮れた。つまり、わたしの作品が理解されるには、化学物質によってヴェールが破られ、麻薬摂取者が経験する超越的ヴィジョンが明らかにならねばならない、ということなのか。バロン夫妻〔ルイ・バロン。一九二〇―一九八九。ビービー・バロン。一九二五―二〇〇八。電子音楽のパイオニア〕も同じことを言っていた。彼らがLSDを飲むまでは、よく訊かれたものだ。「『ガラスの鐘の下で』に書いてある話って、本当のことなの？ わたしたちをからかっているの？ 信じられないような話ばかりなんだもの」その後、ふたりがわたしの家でLSDを飲んだときのこと、ビービーは「シール」の物語が載った『ヴォーグ』を手にとり、驚きとともに読み始めた。「これ、あなたが書いたの？ いままでわからなかった意味が、すみずみまでわかるわ」

最初は、がっかり！ 一冊一冊の本にLSDを注入しなければいけないのかしら？ のちに、納得。誰も彼らに夢見ることを、外的なできごとを超えた意味を読むことを教えなかったのだ。そうした魂の修練を受ける機会を、彼らはことごとく奪われてきた。科学の文化、技術の文化だ。彼らが薬《ドラッグ》、ありとあらゆる薬を信奉するのもむべなるかな――治療、鎮痛、興奮、そして（無論）夢見るための薬を。彼らがいまようやく発見しつつある『チベットの死者の書』は、三〇年代のわたしに大きな影響を与えた。当時わたしは、「バルドーの諸相」の秘教的な意味を経験するのが死後とは限らないことに気づいた。わたしの書く物語は飛躍を遂げ、わたしを愛する者たちを驚かせ、心配させた。つまり、アメリカ人は彼らなりの科学的な道をたどることで、別の現実に向かったということだ。

あるパーティーで、自身の発言を取り上げたリアリーは、LSDの経験を言葉で語り、表現することはできないと述べた。わたしは同意できなかった。詩人たちの名をあげ、ミショーの名をあげ、シュルレアリストたちの名をあげた。彼らはそのうちの誰ひとりとして知らなかった。彼らは科学者であり、詩人ではないのだった。ハクスリーの平易で明快な、体系的な報告の方が信じられるのだ。彼らは古代宗教と結びつこうとしているが、文学には興味がないと感じた。ある時期、まじめで熱心な、強力に学者タイプの人間だけが集まってくる感じがあった。少数の人間がアンドレ・ブルトンを囲んでいるようなものだ。わたしたちのパーティーは意義深く、きわめて特別なものだった。わたしたちは秘教的な経験を共有した。こういう経験は秘境的であるしかないものだ。あらゆる古代信仰も宗教も哲学も、初めは秘境的なものだった。これは優越性を表わすものではない。知と経験のある領域に参入するには、イニシエーションを必要とするということだ。

だが、これは反民主主義的な概念だ。次第にメディアが浸食してくるのがわかった。誰でも簡単にLSDを入手できた。流行になり、ゲームになり、悲惨な結果をもたらした。わたしはリアリーに、シワタネホ〔メキシコ南部の町〕に行ってコミューンを作るようなことはしないで、と懇願した。メキシコの小さい町がどんなものか、わたしは知っている。アカプルコでさえ、かつては厳格なカトリックの土地だった。彼らは観光客のふるまいに腹をたてた。牧歌的な環境で隠遁生活を送るどころか、コミューンは周囲の注目を集めてしまう。わたしも行こうと誘われたが、何かちがうと感じた。ジャーナリストが追いかけた。ビーチを裸の人間がうろつき、旅行者が麻薬に酔ってふるまうのを、村人は忌み嫌った。苦情が寄せられた。政府はコミューンを追放した。

一九六四年　秋

ノブコ〔旧姓上田信子、現在の姓はオルベリー。一九四〇―。『コラージュ』に登場するノブコのモデルとなった日本人女性〕が日本に行ったとき、日本の出版者の河出にわたしの作品を宣伝してくれた。わたしがニューヨークにいる間にふたりが会いにきた。ノブコが通訳を務めた。河出は、繊細で小さな贈り物を籠にいっぱい詰めてもってきてくれた。すてきな贈り物だった。訪問の結果、河出は『愛の家のスパイ』を出版することになった。

一九六四―六五年　冬

日記を書くことは最小限に抑えて、その代わり、大量に手紙を書いている。デイジー・アルダン〔一九一八―二〇〇一。アメリカの詩人。ニンとともに文芸誌『二都市』の編集にも関わった〕とはたくさんやりとりした。ガンサー〔ガンサー・シュトゥルマン。一九二七―二〇〇二。ニンの出版に尽力した文学エージェント〕とは出版について。出版をめぐる問題が次から次へと起こる。本がカタロニア語とスペイン語に翻訳されたり、イギリスとフランスで出版されたりするに際して、あらゆる議論が必要になる。書評者と手紙のやりとり、出版者のアラン・スワロウと、ノブコと、ルース・ウィット・ディアマントと。ルースはサンフランシスコ中の詩人を家に招いて一番人気のホステス役を果たし、教授職も終えたのち、果敢にも新たなキャリアに乗り出した。詩人の朗読テープを残らずかかえて日本に行き、アメリカ文学を教えたのだ。日本での生活について、膨大な手紙を書いた。ヘンリー・ミラーとは、彼の書簡集やわたしの日記の編集をめぐって何度も手紙を交わし、会いにもいった。わたしの作品の批評書を出したオリヴァー・エヴァンズにも何通も書き、訪問もした。外の世界での活動が増えたので、ものを書き、熟考し、できごとを分析する時間はとりにくかった。ヘンリー・ミラーからわたし宛ての書簡集が反響を呼んで、書評が相次ぎ、手紙ももらった。サンフランシスコ州立大学でのシンポジウムに参加したが、わたしはシンポに向いていないことがわかった。議論から引いてしまう。わたしはソロ・パフォーマーなのだ。完璧に編集した日記を出版したかったので、やるべきことが山ほどあった。重複を削ること。ホアキンが日記を読み、家族史の誤りを正してくれた。

人の気持ちを傷つけないという問題に、ひどく難渋した。ヘンリーの意に沿わない記述がいくつかあったのだが、以前も書いたように、わたしは彼を不当に描くつもりはない。その人となりを、彼にも納得してもらえるような形で描きたかった。話しあいは平和裏に終わり、彼はわたしにヴァルダ〔ジャン・ヴァルダ。一八九三―一九九一。トルコ出身のコラージュ・アーティスト〕のコラージュをくれた。彼自身、自分の率直さが招きうる結果を案じ始めている。最初の妻とジューンから名誉毀損で訴えられるのを怖れているのだ。ヘンリーからの手紙。「ジューンは二、三カ月、施設に入っていた。もう出てきてしばらくたつが、いまはニューヨーク市で行政関係の仕事をしている。ぼくはできるときは彼女を援助するようにしている。」

彼の貧窮の日々も終わりを告げるだろう。グローヴ・プレスが彼の本を五冊同時に出版することになっているのだ。

一九六五年　夏

キンゼイ研究所のために日記を編集していたが、研究所が存亡の危機に瀕してしまった。それでも「将来のために」編集したいという気持ちに突き動かされ、仕事を続けてきた。やがて、いまのために編集することもできるとわかった。書いたものを人に読んでもらったのは、初めはオリジナルの日記の保管場所を探すためだったが、やがて、スワロウとガンサーにゆだねることになった。ひとつの活動がもうひとつの活動につながる。いろいろな反応に励まされた。だが、ガンサーが日記を出版各社にもっていく前に、危機が訪れた。

それは、悪夢から始まった。家の正面玄関を開けると、わたしは死の放射能を浴びた。

こわくなり、不安になった。ボグナー博士に相談にいった。ひとつひとつの恐怖を取り上げて話しあった。最も怖れたのは、わたしが書いて明らかにすることで、傷つく人がいるのではないかということだ。日記を書くときは、誰にも読まれないという確信がつねにあったので、自分に検閲をかけることはなかった。思うままに書いた。唯一、人に見せたのは、特定の箇所を選んだものだ（ヘンリーには、彼とジューンについて書いた部分を見せた。わたしが何を書いているかと気にしていたので）。つまり、率直な肖像であるがゆえの問題があった。

もうひとつ、別の夢があった。（亡くなった）母が日記を読み、わたしがD・H・ロレンスの本を書いたときと同じくらいショックを受けていた。

もうひとつの恐怖。おおかたの批評家には、大変な悪意をもって小説を叩かれてきた。いったい日記はどういう扱いを受けるのだろう。

突如として、世界の悪意に身をさらそうとしているように思えた。

いや、出版するのはやめよう。

だが別の、はるかに強い力がわたしを押し出した——わたしは日記の真価を信じていた。わたしの最も自然で誠実な書きものがそこにある。秘密にしたり、ごく一部だけを見せたりするのはもうたくさんだ。

わたしの最強で最良の作品がそこにある、と思った。編集作業を進めるうち、何かしら成熟のようなものを感じた。いろいろと問題はあっても、解決できると思えた。素材は豊富にあるのだから、出版できない部分があったとしても、足りないことはないはずだ。何もない空白がいくつもあるようなことは避けられる。

強い信念がわたしを突き動かした。震えたのは、傷つきやすい人間だ。でもわたしはいつだって、怖れながらも果敢な跳躍を行ってきたではないか。『北回帰線』の序文を書いたとき、わたしはいっさいを、わたしを愛し守ってくれるすべての人を失う危険を冒した。あれは、わたしを庇護してくれた世界そのものへの、抵抗と反逆の行為だった。

やがて、恐怖は過去から生まれるということがわかり始めた――肩越しに覗き見る親、教師、分析医の視線――たとえば、アランディが分析医は価値判断を下さないということを忘れ、わたしの芸術家としての生き方に、ブルジョワとして、またマルクス主義者として価値判断を下したとき、わたしは彼に従ったわけではないが、審判はその傷跡を残した。アメリカのピューリタニズムをわたしがいくら信じないといっても、それはあらゆる文学批評に刻印されている。そして、女に適応される基準はまさに二重基準で、しかも二倍も強力なのだ！

助けてください、ボグナー博士。彼女も気づいているように、わたしはカトリックの告解に回帰しようとしている。わたしをお赦しください。そうすれば、やすらぎが得られるでしょう。

しかし、彼女は子ども時代の条件づけを再演するには賢明すぎる。彼女の役割は、罪などない、悪は行われていない、経験を描くみずからのわざに取り憑かれた芸術家がいるだけだと、わたしにわからせることだ。ヨーロッパを去り、(ヘンリーとわたしがルヴシエンヌで交わしたような)すばらしい告解的な語りあいが失なわれて、感じたことがある。アメリカ人の孤独は、隠れた自己との、(したがって無論)他者との、親密な関係を怖れる心に閉じ込められているということだ。わたしが何としても日記を出版したいと思ったのは、蛇が古い皮から脱皮し、ヤドカリがきつく小さくなった殻を必死で抜け出そうとするのに似ていた。あらゆる進化は、この衝動に突き動かされて起きたのだ。差し出そうとする衝動と隠そうとする衝動が、庭を臨むこの静かなオフィスで死闘を繰り広げた。女と創造者の死闘とでも呼ぼうか。女は守ろうとし、隠そうとし、他者の必要を自分の必要より優先させ、男が怖れる女の神秘にも順応している。一方創造者は、数々の発見、知識、経験、みずからの理性、人々の隠れた側面を夢中になって追いかけ、蓄積してきたものを抑えることはもはやできない。ボグナー博士、あなたは古いやり方でわたしを赦し、罪など犯していないと教えてくれるだけではないでしょう。あなたがわからせようとするのは、恐怖は過去が創るものであり、この作品はそんな卑小な価値判断を超え、個人的なものを超える可能性を秘めているということにちがいありません。あなたはね、アナイス、日記を書いたときと同じくらいに、いまこそ勇敢でなければいけません。書いているあなたを、後ろから覗き込む者などいなかった。母にも読まれはしなかった。あるいは、D・H・ロレンスは支離滅裂の下手な作家だと言った父にも、あなたにゾラやジッドを読むことを禁じたアイルランドの司祭にも、読まれはしなかったのです。あなたがヘンリーを讃えたのは、ブルックリンでの家族再会について、あれほど残酷な書き方をしながら、恬淡としていられるからでした。あなたの日記は、愛の作品といっていいものです。あなたは何よりもまず、愛する人でした。女がいだくちっぽけな個人的怖れなど、棄てておしまいなさい。勇気をもって、自分が創造したものを差し出し、その結果苦しむことになるなら、それもよし。結局のところ、審判を下される恐怖など、小さなものです。芸術家は誰しも、その危険を引き受けてきたのですから。

ボグナー博士はいたって冷静に、いたって静かに、いたって思慮深い様子で座っている。ちっぽけで些末な心配事など、すっかり消えうせた。重要な、機の熟した目的が明らかになる。わたしは自分が書きつけた一語一語を信じた。それはもうひとりの自己が書いたものだ。だからこの自己に、創造者に、世界と対峙させるのだ。

努力して、あらゆる恐怖を表に引きずり出した。そして、成熟した作家は挑戦を受け入れた。編集にまつわるさまざまな問題は、わたし自身の基準、わたし自身の倫理に基づいて解決した。

一九六五―六六年　冬

すべてが活発に動き始めたさなか、またしても、わたしは病院に担ぎ込まれた。今回は前より深刻だった。まだ回復もままならないとき、リンドリー夫人が『日記』第一巻の表紙を送ってくれた。もしあのとき手術から生還していなければ、わたしは自分を落伍者と信じたまま死んでいただろう。でもいまは、誰もが興味を示してくれているかのようだ。高揚と、好奇心と、善意があった。

一九六六年　春

『日記』の第一巻が、ついに出版された！

四月、五月、六月と、過去の失望を一掃するようなできごとが続いた。カール・シャピロ、『ニューヨーク・タイムズ』のジーン・ギャリグ、ハリー・ムーア、『ナショナル・オブザーバー』のマリオン・サイモン、『フリー・プレス』のディーナ・メッガーらが、すばらしい書評を書いてくれた。

バーナード・カレッジで満員の聴衆を前に講演を行った。

ゴサム・ブック・マートではサイン会。階段や一階の書店、歩道まで人が溢れた。

突然のよろこび、祝福、称賛、講演依頼、花、インタヴュー。バークレーのコディ書店では、大好きな詩人のひとり、ファーリンゲッティが、わたしの頭上に薔薇の花びらを撒いてくれた。

最も深く洞察に満ちた書評は、『ロサンジェルス・タイムズ』のロバート・カーチのものだった。ロバート・カーチはわたしの信念が間違っていなかったと教えてくれた。個人的なものの深みにまで達するなら、個人的なものを超えて、その向こうに到達することができる、と。

個人的なことにしか興味がないとさんざん言われてきたが、そんな紋切り型のもの言いをされても、もう傷つきはしない。

この巻を終えるにあたり、ずっとやり遂げたいと思ってきたことを実現できたと感じる。それは、個人的な誤ちがいかに歴史全体に影響を及ぼすか、わたしたちが真にめざすべきなのは、戦争に行かない人間を創ることだ、と明らかにすることである。

わたしたちに覆いかぶさる大きなドラマに関心がないわけではない。だが、ドラマは小宇宙であれ大宇宙であれ、同じことだ。わたしの運命はスペインや戦争の、死や断末魔の苦しみの、飢餓のドラマを生きることにはない。わたしが生きる運命にあるのは、感情と創造力の、現実と非現実の、別のドラマの下に横たわるドラマであり、銃やダイナマイトや爆発をともなわないドラマだ。それもドラマであることに変わりはない。一方のドラマからもう一方のドラマが生まれる。闘争、冷酷、復讐、嫉妬、羨望。わたしにとってはすべてがもうひとつの世界で、わたし自身のなかで起きる。芸術家として生きる一日一日が、過去の何に触れるかを日々鮮明に想起するとき、わたしのなかでドラマは起きる。わたしは戦争を超越しているわけでも、死を急かし終末を加速するドラマを超越して生きているわけでもない。救いを求める。わたしは個人のドラマを生きるが、それが大きなドラマにも責任を負うと知っているから、解決策を求める。ことによると、この生を生きる苦悩の方が勝っているかもしれない。ほかの人たちがただひとつの革命を起こすとしたら、わたしの意識のなかでは千の革命が起きるのだから。わたしの手の届く範囲は小さく見えるかもしれないが、実ははるかに大きいのだ。それは魂と肉体のあらゆる仄暗い道をたどり、真実を求め、憎悪と戦争にあらがう抗血清を探しながら、その勇気を讃えられることもなければ、メダルを授かることもない。わたしが記録しているのは、女であることの千年、千人の女だ。そうやってわたしは、みずからの人生への洞察を深めようとする。そんなことはせずに、戦争と飢餓と死からなる単純な世界に埋もれてしまった方が、たやすくて、手間も時間もかからない生き方なのかもしれないが。

アナイス・ニンの日記　第七巻（一九六六―七四）

一九六六年　夏

講演会で、わたしの名前を三度言ってほしい、と頼まれる。努めてゆっくりと、はっきり発音する。「アナイース、アナイース、アナイース。「アナ」と言って、それからイにアクセントを置いて「イース」と言うのです」

一カ月というもの、好意的な書評、ラヴレター、テレビ出演が相次いだ。狙い撃ちは本当に終わったのだろうか。前線に立ちながら、銃声がしないことに驚き、果たして戦争は終わったのだろうか、と訝る兵士のような気分だ。

このひと月で、ありとあらゆる失望、毒のペンでしたためた書評、数々の困難や屈辱が、一気に晴れた。扉が開く音で耳を塞がれて、何も聞こえない。

突如として、愛、賞賛、花、講演依頼が押し寄せる。

わたしの作品を断ったいくつもの出版社から、新刊へのコメントを求められる。

「カメラ・スリー」〔芸術専門のテレビ番組〕のリハーサル。スティーヴン・チョドロフが台本を書いた。「誕生」の物語を読んでほしいと言われたが、その勇気はなかった。ルヴシエンヌの写真を拡大したものが背景に使われた。三十分間朗読した。うまく読めたけれど、おそらくは打ち上げ花火のようなものを期待されていたのに対し、わたしの朗読は抑制された、静かなものだった。ひとつには、シャイなのもある。『日記』の売れゆきは好調だ。編集者のハイラン・ハイドンの予想では、売り上げは限られたものになるだろうとのことだった。出版社は五千部しか印刷しなかったが、一週間で売りきれた。それでも、増刷は二千五百だけだ。

『愛の家のスパイ』の出版を祝って、日本の出版社が日本に招いてくれた。

日本の美しさは、日本航空の機内から始まった。座席の前のポケットには、団扇、紙製のスリッパ、ナプキン、繊細なデザインの便箋が収められていた。ディナー・トレイの食べ物は花の形に切られ、お皿の中央には蘭が一輪。プラスチックの醤油差しは、優雅なギリシャの壺のような形をしていた。

わたしたちが東京に着いたとき、あたりはすでに暗かった。タクシーから、フランク・ロイド・ライトが設計した帝国ホテルのシルエットが見えた。アステカかマヤの寺院のようだ。日本で最も堂々たるホテルを建てるのに、なぜ日本人がライトを選んだか、わかるような気がした。貴族的な感覚、気品ある形、石とタイルと木が幾重にも重なる美しさ。それはロマンチックな空に浮かぶ宮殿で、泥に杭を浮かした上に建てられ、だから大地震にも耐えて生きのびることができた。ホテルに着くと、最初に眼に飛び込んできたのは、蓮の花で覆われた池だ。ホテルを建てた日本の男爵は、池を作る予算はないと言った。それでもライトは食い下がり、地震後の大火から建物を守るには欠かせない、と主張した。その通りに、この美しい池は地震による火事からホテルを救うことになった。東京の水の供給が止まり、従業員が池から建物までバケツリレーをして、火をくい止めたのだ。

帝国ホテルは国際的な著名人が集う神殿となった。誰もが日本に来たらそこに泊まったし、ホテルのそこここに用意された美しいくつろげる空間は、日本人にとっても格好の待ちあわせ場所になった。重厚な調度類は、簡素を尊ぶ日本人の嗜好とは相容れないが、いずれにせよ、ライトのデザインにはそれなりの全体性があった。

出版社を訪ねた。こぢんまりした居心地のいい建物のなかで、編集者たちに会った。

夜は、芸者のいる料理屋で会食があった。長く低いテーブル、わたしたちひとりひとりに芸者がついて、何くれとない心遣いを見せてくれる。小さい杯に酒を注ぎ続け、話し相手になる。箸で小魚を扱うのを、ある芸者が優しく手伝ってくれた。ぽんぽんと何度か手で魚を押さえたかと思うと、あっという間に骨をすっかり引き抜いた。しかもこれを、蝶の羽のように袖がたゆたう、繊細なドレスを着て行うのだ。西洋の女には到底まねのできない身のこなしだ。小さい舞台があり、食事のあと踊りを披露してくれた。彼女たちはえもいわれぬ魅力を醸し出す——若くても、老けていても、きれいでも、そうでなくても。顔はすべすべ、笑顔は花のように差し出される。着物はおろしたてのようにかろやかで、いままさにアイロンをかけ、糊をかけたというように、皺ひとつない。ひとつひとつの仕草や声の抑揚が、人をよろこばせ、楽しませるために行われる。踊り子たちはさながら夢から生れた精のように、心遣いを雨と降らせる。声音や顔色からいっさいの険しさを消し去り、風のように動き、気遣いと心配りのエッセンスで人を包む。それは男だけに向けられるわけではない。わたしもその恩恵にあずかったと思う。

あるとても若い芸者が、スカーフにサインしてほしいという。わたしのサインのそばにはアーネスト・ヘミングウェイのサインが。「サインしていただいたのは、わたしが十五のときでした」

男たちがこの究極の女性性を夢見るのもむべなるかな、まさに夢の似姿としか思えない。

日本の女たちは、わたしがこれまでに見たなかで最も存在感があり、かつ最も不可視で捉えがたい住人だ。彼女たちは本当にどこにでもいた――レストラン、通り、店、博物館、地下鉄、汽車、畑、ホテル、旅館――そしてなおかつ、みずからを消すすべを身につけていた。それは外国の女には驚くべきことに映る。ホテルや旅館の女性たちの気配りはすばらしく、思いやり深い。つねに気遣い守ってくれる、誰もが夢見る母が、集合的な規模で実現したかのようだ。ただ、その母はいつまでも若く、美しく装っている。まめまめしく働きながらもの静か、有能でどこにでも姿を見せながら、控えめで、押しつけがましくない。用事がすめばすっといなくなり、誰ひとり「わたしを見て、わたしはここよ」と言う者はいない。彼女たちがお盆を運び、食事を出すさまは、ぎこちなさと重さへの、奇跡的な勝利のように思えた。彼女たちは重力を征服したのだ。

女たちの優しさ、すべてを包む心配り……思えば、日本映画ではこの慎ましさが挑まれると激しさに変わり、女たちは短剣や時に刀を手にして、人を怖れさせるのだった。想いを秘めて、仮面を纏い、長く身を潜めてきた古い日本の女のなかから、どのような現代女性が現れるのだろう。日本の女の謎は、なめらかな顔に隠れて捉えがたく、その顔は、厳しい自然に晒された農婦でもない限り、ほとんど年を感じさせない。なめらかな肌は、子どもから大人になるまでずっと変わらない。

わたしは日本の小説をたくさん集めた。そうすれば、日本女性の気持ちや考え方がわかるかもしれない、と思ったのだ。紫式部という女性が史上初の小説（『源氏物語』）を書いたのは、紀元一千年ほどのことだった。入念で精妙な細部を積み重ねたプルースト的な作品で、宮廷人の感情や思考が描かれているが、作家その人は捉えがたいままだ。だが、現代日本女性作家の翻訳はきわめて少なく、また、翻訳された小説を読んでも、全体として彼女たちに近づくことはできなかった。己を消す女性という要素はやはりある。規範、型、宗教的・文化的なルールに従って生き、集合的な理想のために生きるという、強い傾向がある。逸脱する者は、悪の権化のように描かれる。

出版社の計らいで、月曜日と火曜日の予定はインタヴューで埋まった。作家としてのわたしに敬意を払っていただいた数日間のことは、ここにはとても書きつくせない。その後、わたしの翻訳者である中田耕治、新進気鋭の批評家である江藤淳、同じく新進気鋭の作家、大江健三郎と昼食をともにした。通訳を介して作家と語りあいながらの食事は、何時間にも及んだ。鼎談の様子は記録され、活字になった。通訳を介しての会話はいらいらが募る。骨が折れて大変なばかりで、すばやい反応や直接的な触れあいは、なかなか得られない。

中田はすばらしい翻訳家であり、エッセイストであり、批評家、演出家でもある。夏の着物と帯をプレゼントしてくれた。わたしは日本人のまじめさ、気配り、基本的な臆病さが好きだ。伝統と因襲に囚われているが、そのことがむしろ、人間関係に調和となめらかさをもたらしている。

大きな抑圧は二重性を生む。日本の文化が強いる自己消去のもとで、無意識が沸騰しているのを感じる。わたしが芸者のいる料理屋に編集者の青木日出夫と入れたのは、わたしが作家だったからだ。普通は女が招かれることはない。新しい世代には、ちがうふるまい方を期待していたのだが。

ヴェトナム戦争に反対する大規模なデモがあった。わたしはフルブライト上院議員の演説「権力の奢り」を日本語に訳してもらい、公の場で読んでもらった。ものすごい数の人が参加した、とてつもないイベントだった。人々の演説が英語に訳されることはなかったが、ひとりのアメリカ人が立ち上がり、戦争が終わるまですべてのアメリカ製品をボイコットしよう、と言った。別のアメリカ人は、どれだけ多くの軍人が、軍用品を生産する委員会に名を連ねているかを語った。ある企業は、火が燃えつきるまでからだにまとわりついて離れない爆弾を生産し、巨万の富を得ているという。

仏教徒だという、禁欲的な風貌の上品な老人が語った。青木日出夫が通訳してくれた。「科学者連中には、宗教も哲学もありません」それは、恐怖と向きあう苦痛に満ちた経験だった。

同じ日、青木が能を見に連れていってくれ、抽象というものを深く経験することができた。声は作り声のようで、動作は緩慢、床は磨き込まれて水のように見える。一連のタブロー、または版画を見るようだ。いっさいは仄めかされる。観客は真剣な面もちで、まるでミサにでも出席するように聴き入っている。謡い方が吟じるのに合わせて、観客は古典のテキストを眼で追う。若者の姿はもはや見られない。彼らはいきいきした躍動感のある歌舞伎の方を好むが、それはどちらかというとバレエやオペラに似ている。人々は芝居を見ながら話したり食事したりしている。にぎやかだ。芝居をそらで覚えていて、贔屓の役者やお気に入りの場面がくると、集中力を爆発させる。色鮮やかで、魔法と暴力に満ちている。

日本に滞在中、わたしは発作的に泣きだしてしまった。優しさと親切と思いやりに触れて、胸がいっぱいになったのだ。生まれて初めて、わたしがいつも人に接するように接してもらっている、と感じた。

三味線の繊細な音楽を聞きながら、眠りについた。

アメリカン・スタイルの質問をされた。本当に月光浴をしたのですか。子どものころ何をして遊びましたか。わたしはいたずらっぽく、「日本人形で」と答えた。本当は、サンフランシスコで繊細な日本人形と出逢い、それから少しずつ集め始めたのだ。父は子ども向きの本を認めない人で、『知識の本』だの

『世界旅行《ヴォヤージュ・オートゥール・デュ・モンド》』だのを与えられたという話をした。わたしのお気に入りの一巻は『日本《ル・ジャポン》』だった。実は、そのときは言わなかったことがある。反抗期には（父の躾とフランスの形式ばったところに反抗していた）、日本は好きになれないと思っていた。だが、秩序とも洗練とも無縁のアメリカで暮らしてみて、日本を好ましく思うようになった。混乱をきわめるアメリカは破壊的な世代を生み、人は所かまわずビールの空き缶を捨て、ビーチでコカコーラの瓶を割っては、子どもや動物に怪我をさせる。トイレをひどい状態にするから、使うこともできない。映画館の床はポップコーンとガムだらけ、ねばねばした物や紙コップの山をかき分けて進むことになる。地下鉄は汚れ放題、壁は猥褻な落書きだらけだ。

京都。

三島が描いた金閣寺を訪れた夜、わたしは売春街のストリップ劇場へと向かった。みすぼらしい小さい小屋だが、ステージは大きかった。観客のなかに、『鍵』に出てくる老人のような年寄りがいた。左手ではオーケストラが下手なジャズを奏でている。右手の部屋は鏡で埋めつくされ、けばけばしいカーテンがぶらさがっている。中央のステージからは花道が伸びる。女たちの衣装には羽やスパンコールがついていて、ジーグフィールド・フォリーズ〔二十世紀前半にブロードウェイで演じられたレヴュー〕のカリカチュアだ。ほかに、スペインもどきの衣装を着た女たちもいれば、着物姿の女もひとり。彼女たちは踊りは下手、ストリップも下手だが、おもむろに花道に進み出ると、大事な秘所を日本の若者たちに広げて見せた（わたし以外、観客に女はいなかった）。食い入るように見つめる青年たちの眼の前で、いわばコミカルな野蛮さをもって、みずからと戯れてみせた。日本の若者のふるまいは礼儀正しいことこの上なく、西洋人にこの状況で同じふるまいを期待するのは無理だろう。ひたすら熱心におとなしく見つめるだけで、ほとんど敬意に満ち、その反応は好色とも下品ともほど遠かった。

ある女は、美しい女仏陀のような顔をしていた。彼女はあっけらかんと、仮面のような無表情さでみずからをさらけだした。青年たちが近くに寄りすぎると、ふざけて彼らの髪をくしゃくしゃにしたりした。

その瞬間、わたしは三島の『金閣寺』を理解し、美が官能に干渉するという、醜い僧の気持ちがわかった。

女たちはみずからの性器に触れ、手にした蜜の滴を青年たちの頭にふりかけると、からかうように手招きし、いざない、男に帯をほどかせて着物をはだけ、胸を差し出したかと思うと、突然、彼女たちは金閣寺の光彩に包まれた。わたしは黄金《きん》に、光に充ち満ちて、わたしの肉体はもはや肉体として存在するのをやめた。光り輝くものが溶けていく効果によって、肉体は魂となった。

一九六六年　秋

すばらしいおとぎの旅から帰ったわたしを待っていたのは、イヴ・ミラーの死の知らせだった。美しく、才能溢れる女性だった。何があったのだろう。風邪薬の抗生物質を、ジン一瓶と一緒に飲んだのだという。死にたかったのだろうか。

過去はわたしを恨みや復讐心の虜にはしなかった。いまわたしは愛を前にして、よろこんで贈り物を受けとる。日記の出版とともに、わたしは新しい女に生まれ変わったかのようだ。この新しい女は、世界のなかにあって穏やかでいられる。何かしら過去の名残りの内気さがあったとしても、わたしが部屋や講堂に入っていくなり、人々はもうわたしのことを知っていて、駆けよってきてくれるのだから、気持ちが楽だ。人の温かさが生む環境のなかで、わたしは心を開き、のびのびと応え、愛を返すことができる。

一九六七年　春

ロバート・レイトン博士の家で、大貫博士夫妻と会う。大貫博士は癌を研究する生物学者で、夫人は日本語の作品を英語に訳したいと考えている。日本で行われたわたしのインタヴューも、彼女が訳してくれた。友人の杉崎和子を連れていた。弱々しく、いまにも消え入りそうな気配だ。あなたはどうやって自由になったのですか、とわたしに訊いた。

河出書房の編集者、青木日出夫が来て、一緒にヘンリー・ミラーに会いにいった。ヘンリーがイタリアン・レストランでごちそうしてくれて、楽しいディナーになった。ミラーは日本で大変な人気者だ。日本はあまりに抑圧的だから、ミラーに解放感を見いだすのだ。

一九六七年　秋

マコ〔出光真子。一九四〇―。画家サム・フランシス夫人として在米中ニンと出逢い、彼女の励ましを受けてビデオ作家になる〕との昼食。ノブコの物語のくり返しだ。日本の女たちは、アメリカ人と結婚すれば自由になれると思っている。それで自由になれるはずがない。アメリカ人の夫は日本の妻を求めるのだから。

解放は内面からやってくるものだ。マコが口にする非難は曖昧だ。日本の小説が曖昧であるように。サムが一晩家を空けた。彼を罰するため、彼女は長く美しい黒髪を切った。サムは美術書の山に囲まれて眠る。彼女は妊娠中だ。溺れゆく女のような声で電話してくる。妊娠でからだが変わっていくのがいやだという。「動物になったような気がするの。おなかが膨らんで、動きも鈍くなって」

一九六八年　春

『コラージュ』を翻訳中の、杉崎和子への手紙。

夏のような日が二日続きました。モッキングバードが激しく歌うのが聞こえたかと思ったら、今日はまた霧。暴動。戦争……

日本舞踊の方はいかがですか。菊の花びらの料理は大成功だったって、言いましたっけ？　自分たちと、ごく味のわかる友人にだけふるまいました。果実の味わいと夜明けの味わいについて、いつか書いた一行を思い出しました。詩を食べるように、花を食べる。わたしたちはあなたのことを思い、お会いできたらどんなにすばらしいかと思っています……

マーティン・ルーサー・キング・ジュニア博士の死に、理性を失う。そのむごたらしさと恐怖は耐えがたい。黒人たちの心にどれだけ深い傷を残すだろう。わたしはこれまで主義主張に与したことはないが、黒人たちの掲げる大儀には深く心を揺さぶられる。ロサンジェルスのパーシング・スクウェアで夜を徹して開かれた、キング博士の追悼集会に参加した。彼の死がもつ悲劇的な意味は、人間的・政治的に測り知れないものがある。それが起こりうること自体、わたしにとって、アメリカ史の暗黒の時だった。

一九六八―一九六九年　冬

UCLAは当初、カルロス・カスタネダの本（『ドン・ファンの教え』）を出版しないと言った。充分に「アカデミック」でないというのだ。わたしはガンサーの所へもっていった。彼が出版社を探してくれようとした矢先、UCLAは決定を覆した。

ディーナ〔ディーナ・メッガー。一九三六―。アメリカの作家〕がカルロスを昼食に連れてきた。とても魅力的な青年で、プリミティヴなものとアカデミックなものが同居している。人類学者だ。みずからのインディアンの血を否定する。分裂病的に引き裂かれているように感じた。

一九六九―一九七〇年　冬

そもそもの発端は、正月に少量の出血があったことだ。カイザー・クリニックへ検査に行った。次から次に検査を受けさせられ、二十三日の金曜日に、子宮に大きな腫瘍があることがわかった。選択肢は放射線治療か、からだを損なう死亡率の高い手術かだった。

からだを損なうとはどういうことだろう。

「手術後はおなかに大きな穴がふたつ開き、排泄用のバッグをつけていただくことになります」

わたしは医師を急かした。友人が迎えにくることになっていて、話を聞かれたくなかったのだ。友人とは廊下で会った。彼に全部は話さなかった（損傷――不具――人生の終わり）。でも、家に帰ってから泣いた。

ニューヨークに戻るたび、ボグナー博士に同じことをくり返す。「わたしはただひとつの人生がほしいのです」

一九七一年　夏

講演をするのは生活のためだけではなくて、はるかに大きな意味がある。わたしの読者の多くは学生で、彼らとはとてもいい関係が築ける。彼らはわたしのまわりに集まってくる。みんなで床に座り、心のままに、打ちとけて話す。教授たちには、学生は話したがらないでしょう、と警告されていたのだが。わたしは最良の学生を呼び寄せるのだ。彼らは手作りの贈り物をもってきてくれる。わたしたちは優しさと愛情を伝えあう。それはいきいきした関係で、時に手紙のやりとりが続くこともある。

女たちに応え、協力する男というのは存在する。そういう男たちを探して、親密な関係を築くすべを学ばなければならない。わたしを招いてくれた女性グループのなかには、男子学生を排除するところもあった。

一九七一—一九七二年　冬

初めてジュディ・シカゴに会ったとき、その正直さ、率直さ、大胆さに打たれた。どうぞ会いにいらしてください、と伝えた。ふたりでプールサイドに座り、足を冷やした。彼女はわたしに、もろく傷つきやすい面を見せてくれた。ペルソナは一瞬にして剥がれ落ちた。暖かく、すばらしい友情がはぐくまれた。考え方はちがっても、それはおたがいのためになる、有益な差異だった。わたしは彼女が大好きになった。ものを書くことを勧めた。そうすれば、教えることや講演に時間をとられすぎることもない。本がその算段をしてくれる。時間は作品のためにとっておかなければならない。彼女はわたしから強さを引き出してくれた。

「ウーマンハウス」〔一九七二年制作、シカゴとミリアム・シャピロによるフェミニズム・アートのインスタレーション〕はすばらしく、驚くべき偉業だと思った。だから、彼女にバークレーのイヴェント〔一九七一年、カリフォルニア州立大学バークレー校でニンのために開かれた催し〕を批判されたときはショックだった。

ジュディ・シカゴへの手紙。

あの催しを批判した女性たちに対して感じたことを、書こうと思います。わたしは二十年間というもの、非政治的であると批判されてきました。そしていま、ラディカルな女性たちからも同じ扱いを受けています。

日記を読めば、わたしが別のルートをたどって解放に至ったことがわかります。わたしはもう批判は受け入れません。それに、政治的な女性が（政治的な男性がしたように）わたしを排除するのは、得策でないとも思います。わたしは彼女たちに反応しない女性に大きな影響力をもっているし、彼女たちが決してその心をつかめないない女性たちを運動に引き入れるからです。

わたしがあなたのやり方を尊重するように、あなたにもわたしのやり方を尊重してほしいと思います。わたしは女性たちを鼓舞《インスパイア》します。プロパガンダは行いません。わたしたちがおたがいを必要としているいま、女性を分断するのは賢明ではありません。わたしは彼女たちの敵意を充分意識しています。それが、マルクス主義のドグマ的局面において、男が四十年代にやったことの模倣だ、ということもわかっています。だから、わたしにはわたしのやり方で仕事をさせてください。わたしはあなたの活動に口を挟んだりしませんでした。わたしも力になれるのです。わたしには名前がありますから。その代わり、わたしも同じ自由を求めます。ドグマ的な、狭量なやり方には屈しません。ラディカルな女性たちがわたしへの攻撃をやめなければ、彼女たちが失うものは何でしょう。男の政治的頑迷さを模倣しないことによって得られる、すべてです。

あまりにしばしば、自己について書くのはよくないと言われていたので——どうしたら日記から自己を消し去れるというのだろう——こういうことになろうとは、予想だにしなかった。わたしが自分自身をさらけだしたので、多くの女性はわたしが彼女たちを代弁し、秘密と沈黙から救い出したと感じてくれた。会社や農場で働く女性、小さな町で孤独を感じる既婚女性、ナースや司書、学生、どこかから逃げてきた、またはドロップアウトした女性、夫のいない妊婦、女医、離婚係争中の女性から手紙をもらおうとは、思ってもみなかった。突如としてわたしは、世界を発見することになった。

手紙の主なテーマは孤独と、書き手が何に携わっているにせよ、自信の欠如だった。奇跡と思えるのは、わたしの日記が彼女たちに語らせ、胸の内を打ち明けさせたということだ。わたしは彼女たちにとって、話したり質問したりする友人になったのだ。ギリシャやフランスに亡命した女性から手紙をもらった。チベットで夫の映画制作を手伝う女性からの便りもあった。それまで使ったことのない才能をもった女性を発見した。ある女性は、日記を読んで初めて描いたという絵を送ってくれた。日記は憂鬱を癒し、秘密の部屋の扉を開いたのだ。

手紙。声。女たちや男たちが、わたしの人生のなかに入ってくる。存在すら知らなかった人たちだ。わたしの日記へのお返しとして、心の手紙を書いてくれる。「わたしは十九歳です。図書館もないような、とても小さな町に住んでいます。さびしくて気が狂いそうです。でもいまは、あなたの日記が友だちです。あなたもわたしと同じように感じていたと知って、以前ほど孤独を感じなくなりました」

黒人の少女に街で呼びとめられる。「わたしは夜勤のナースです。あなたの日記がなければ、長い夜勤の夜をやり過ごすことはできなかったでしょう。日記を読んで、わたしはひとつ所にいて動けないんじゃなくて、百の生を生きているのだと感じました」

六十歳の女性。「わたしはもう死んでしまって、お迎えを待つだけの身だと思っていました。でも、あなたの日記がわたしの眼を覚まし、人生を生き直し、楽しみ、夢を見るための新たな視点をくれました。あなたのおかげで、第二の人生を手に入れたのです」

八人の子どもをもつ、農場で働く女性。「わたしは夜、日記を書きます。そうやって、ふたつの自己を保っているのです――作家になりたかった若き日のわたしと、農場に縛りつけられているわたしと」「あなたはわたしの人生をも書いているのです」

一九七二年 夏

昨夜、わたしたちはヘンリーの家に行った。足を引きずり、痛みもあるが、手術はためらっている。機嫌はよかった。ロバート・スナイダーが制作中の、わたしのドキュメンタリー映画を見たがった。ヘンリーは批判的で、彼自身のドキュメンタリーをもっとシュルレアリスム的、ダダ的なものにしたかったのだ。わたしを詩的に撮るように、とスナイダーに言った。「アナイスは伝説なんだ。そこのところを理解しなきゃだめだよ」もちろん、わたしたちはともに、過去のイメージを胸にいだいている。わたしにとって彼はいつも活動的で、永遠にパリを歩き回る、よろこびにあふれた男だ。彼の眼に映るわたしもまた、昔のままの、いきいきしたダンサーだ。もちろん、それを映画に撮ることはできない。ヘンリーの別れた日本人の妻も来ていた。彼女は決して彼を愛さなかった。だからわたしは好きになれない。壁はヘンリーの水彩画で埋めつくされている。暖炉の上にはヴァルダの最良のコラージュのひとつ。ひとつの壁の棚は、十五か二十もの言葉に訳されたヘンリーの本で埋まっている。

ジュディ・シカゴの『花もつ女』に序文を書いた。考え方は反対でも、わたしたちはいい友人であり続けてきた。わたしは彼女を芸術家として尊敬しているし、彼女の勇気、女性を解放しようとする努力を讃える。彼女はふたつの自己をもっている。ひとつの自己は好戦的で攻撃的だが、もうひとつの自己は優しく、愛情に満ちている。バークレーでのわたしの「祝典」への批判は赦した。彼女は女性たちの置かれた状況を意識させてくれた。

一九七二年　秋

アナイスはどこに?

シカゴ大学へ講演に向かう飛行機のなかで、手紙を書いている。スキッドモア・カレッジにフラスシス・ステロフと向かう車中、彼女の人生の開花、人生の物語に感銘を受けている。ダートマスではバリー・ジョーンズという黒人の学生が待っていて、いまわたしが書いている日記帳をプレゼントしてくれた。行く先々で、長く暖かい拍手に迎えられる。最近は上手に話せるようになった。即興だってする。講演が終わるとわたしの所に来てくれる女性たち、男性たちには本当に胸を打たれる。この孤独の大海のなかで、心の通じあう瞬間がある。わたしはボードレールを引用し、「わたしたちは皆、内面にひとりの男とひとりの女、そしてひとりの子どもをかかえています」と言ってから、「その子どもはいつも孤児なのです」とつけ加える。わたしは世界中の孤児を引き寄せたようだ。そばに来て、彼らは涙を流す。言葉が見つからないと、わたしたちは抱きあう。

だが、ずいぶん多くの大学を訪れたあとで、同じことをくり返しているのに気づき、絶望的な気持ちになった。不誠実というのではないが、女優の演技になってしまったのだ。

エディソン・シアターの壇上に登るわたしは、スザンヌ・ベントンが彫った金属の仮面を顔の前に掲げ、聴衆に語りかける。「何世紀ものあいだ、女は仮面を身につけ、多くの役割を演じてきました。今日、彼女は仮面を脱ぎ捨て、本当の顔を見せようとしています」そう言って仮面をはずし、日記を朗読する。この新しい局面は、居心地が悪い。

一九七三年　秋

カリフォルニアを発つ前に、ヘンリー・ミラーを訪ねた。二日間に渡り、十四時間と八時間に及ぶ大手術を受けたあとだった。かなり弱っていて、痛々しい。長時間手術台の上にいたため、右眼が見えなくなっていた。耳も遠い。ベッドにもぐって休みたいから枕をはずしてほしい、と彼が言ったときは、からだを丸めて永遠の眠りについてしまうような気がした。

年齢の暴挙、残虐、緩慢な腐食。W・H・オーデンが、病人にならずにころりと死にたいと言ったのもうなずける。オーデンは最近心臓発作で亡くなったから、年をとってからだの自由がきかなくなることはなかった。ゴンザロも、からだが不自由になる前に死んでよかった。わたしにも同じことが起きてほしい。ミラーのように足を引きずり、苦しんで、旅行にも行けず、二度も大きな手術を受けてまで生きたいとは思わない。かつてあんなに健康で、よろこびに溢れ、活力に満ちていたヘンリー。疲れを知らずに歩き回り、たらふく食べる人だった。

一九七三―一九七四年　冬

もう何カ月も、軽い月経のような出血が続き、心配になった。癌が再発した怖れがある。そこで今日、トロッター博士とパークス博士に診てもらうことにした。（ニューヨークの）長老派病院。以前、放射線治療を受けた所だ。

検査を受けた。確かによくない兆候がある。四日間通院し、つらい思いをして、ラジウムの注入を受けなければならなかった。

一九七四年　夏

日記から、バリについての覚え書き。

小さい飛行機を降りたち、まず印象的だったのは、柔らかく肌を撫でるような気候、白檀の香りと、バリの人々の圧倒的な美しさだった。長く艶のある黒髪、蜂蜜色の肌、しなやかな歩き方、およそ骨を感じさせない、柔らかいからだの線、小柄だが完璧なプロポーション。観光客をよろこばせるために、美人コンテストで選ばれた人たちとしか思えなかった。この美しさは、ポリネシアと東洋が柔らかく混ざりあったものだが、初めは信じがたく、例外的な美しさにちがいないと思う。だがやがて、それがほとんど誰にでも見られるものだとわかる。年とった女たちすら歩けば艶めかしく、男たちがあとを追う。バリの人たちは、サロン〔マレー人、ジャワ人等が着る腰布〕を色とりどりのサッシュベルトで結んで身につける。サロンには、花や葉や風景の鮮やかな柄が描かれている。女が着るサロンの丈は地面に届くくらい、男のは膝丈だ。

ディナーをとりに歩く道すがら、白檀やさまざまな香辛料、ティアラを作る木蓮やプルメリアの香りで満たされた。バリはかつてスパイス・アイランドと呼ばれた島のひとつで、ナツメグやクローヴ、シナモン、胡椒で有名だったことを思い出した。今日バリの食べ物は、つんとくる香辛料の粉、芳香性の根、葉、玉葱、にんにく、発酵させた魚のペースト、レモン汁、おろしたココナツや燃えるように辛い赤唐辛子で、香り高く味つけされている。

キャンドルの灯るなか、この上なく優しい繊細な物腰でディナーを運んでくるのは、裸足の女性たちだ。

オレンジ色の長いプリーツスカートとブラウスを着ている。カンボジアの浮き彫りを思い出した。穏やかな声、穏やかな足どり、お皿やコップを扱うにも、触れていないかのように、音もたてない。そのすばやい手の動きは、のちに舞踊で見るものと同じだ。バリの音楽家や舞踊家は、昼間は普通の人たちだ——漁師、道路工事夫、職人、畑作人、お手伝いの娘、村の若い娘など。穏やかな夜は、穏やかな音楽でいっそうすばらしいものになった。ティン・クリンという竹の木琴を音消しマレットで叩く音が、ディナーのあいだずっと聞こえてきた——ウィンド・チャイムのような柔らかい音色が、遠くから水のように流れてくる。くり返すリズムが瞑想をいざなう。

　ホテルの庭には、地元の舞踊団のための、竹でできたすてきな小劇場があった。両袖は庭と海に開かれているので、村人たちも見にこられる。その夜、舞踊が披露されると、一瞬にしてわたしは、世界で最も魔術的な舞台《スペクタクル》のひとつに引き込まれた。光り輝く音楽が空気を満たす。穏やかな優しい身ぶりで、男たちは「鍵盤打楽器《グンデル》」を小さいばちとマレットで叩く（少年たちの担当は「花びらの音楽」）。銅鑼の脇に陣どる男たちは、ずっと大きく厚い詰め物をしたノブをもっている。

　比べるものとして思い浮かぶのは、最良にして最も繊細なジャズ、ロックンロール以前のものくらいだ。ただ、ひとつちがうのは、バリの音楽にジャズのかなしさはない。それは、バリの人がほかの芸術においても好むものと同じ要素からできている——すなわち暖かさ、鮮烈な色彩、鏡、黄金、心臓の鼓動、血の脈動、自由だ。音楽は快楽のためにある。それは神々にも人間にもよろこびをもたらす。けだるさと興奮、官能的な神秘に満ちた雰囲気を醸し出す。ガムランの音色は燦然たる透明感をもって鳴り響き、コリン・マクフィーのような音楽学者ですら、それを言葉で表現することはできないと感じ、金のシャワー、銀の雨などと言うしかなかった。

音楽が、踊り手たちを迎える準備を整える。その動きはわたしたちの日常の動きとかけ離れ、崇高にしてこの世のものとも思えない。豪奢なドレスを帯のようなサッシュベルトできっちり結ぶと、からだは壺のような格好になる。ジャワのバティックに金の髪飾り、なめらかに白いプルメリア・鏡・金の葉でできたティアラをつける。スカーフとサッシュ、金の布の銅着《コースレット》が、動きに合わせていっせいに揺れる。動きがみごとに渦を巻き始めると、彼女たちは音楽の延長のように見える。手と指の動きは蜻蛉《とんぼ》か蜂鳥かイソギンチャク、かと思えば風にそよぐ木の葉のようだ。彼女たちはアザミの冠毛となり、稲妻となり、ゴムにも、鋼にもなる。

花の冠から躍動する足まで、すべてがこの世ならぬ精妙さ、完璧さを湛えている。からだの動きを追っていくと、首や眼や腰、膝、足の指に至るまで、千の複雑な動きが花開く。ひとりの踊り手が、その小さなからだに動きの交響楽団をかかえているようだ。男たちは、激しく荒ぶり怒りに燃える、過去の戦さ好きの英雄たちを舞台で物語る。みずからの傲岸な姿勢を風刺する。つま先立ちして背を高く見せ、刀や白いロングスカーフを振り回す。

最初に訪ねた寺院は、荒波の打ちつける沖あいの巨岩の上に、ドラマチックに建っていた。船のようだった。岩と海岸のあいだにロープを渡し、高波を押して供え物をもっていこうとする人が、波にさらわれないようにしていた。

女たちは頭の上に供え物を掲げてやってくる。これは芸術作品だ。平籠の上にピラミッドのように積み上げるのは、果実、花、鳥の切り抜き、ココナツ、バナナ、オレンジ、椰子の葉をレース状に切り抜いた飾り、リボン、貝殻の首飾り。どの供え物も、ひとつしかない創作品だ。ギリシャの壺に描かれた人のように、彼女たちは供え物を頭に乗せ、曲げた腕にかかえてバランスをとる。でこぼこの道をよろめくことなく、ゆったり、危なげもなく歩いていく。

どうして貧しい家の人があんなに贅沢な供え物ができるのか、と尋ねた。わたしのバリのガイド、スブディが説明してくれた。寺への供え物は特別なときだけ、神々の像の前に捧げられる。女たちはその後ヨガのポーズで瞑想し、子どもたちは遊ぶ。長い祈りのあと、彼らは再び供え物を家にもち帰り、果物や米やケーキを食べる。神々は象徴的に食べて、満ち足りたのだ。何と実際的な宗教だろう。

実用的な物、役に立つ物、日常生活に必要な物のすべてに、美しい形と質感が与えられている——籠、陶器、敷物、ござ。レインコートも椰子の葉を編んで作る。家庭で使う物の数は決して多くはないが、そのひとつひとつが、大切に扱われていた。

バリでは、生活と宗教と芸術が混然一体となっている。彼らの言語に「芸術家」や「芸術」を表す言葉はない。誰もが芸術家だ。創造性は自然に広がっている。それは神々を尊び、共同体に奉仕する手段だ。彼ら全員が、わたしたちがいうところの芸術家なのだ。その漁師は夜には音楽家になるかもしれず、日がな働くあの村娘は、洗練された踊り手のひとりかもしれない。芸術とは匠のわざであり、創造がもたらす恍惚境も、神々との交感にほかならない。

彼らが仕事をするときの身ぶりも、しなやかで優雅で、静かなリズムがある。およそ力を加えている感じがない。わたしにとって魅惑的だったのは、どんな仕事をこなすにも見られる、この整った音楽的な動きが、夜の舞踊では完璧な身ぶりとして凍りつくことだ。ほとんど版画を見ているようだ。いきいきした躍動感はありながら、抑制され、みごとに様式化されているので、日常の動作のしなやかさとはかけ離れたものに見える。そのように、人としての動作を整えることから抽象へ、信じがたく完璧な身ぶりへの移行は、わたしがこれまでに見た、もっともめざましい文化的総合体だ。

舞踊はひとつの芸術様式であることを超えて、生の解釈だ。バリの生活において達成される調和、それは生に対する姿勢の表われだ。彼らが生の暗い力を顧みないわけではない。世界が危険に満ちていることも承知している。だが、神々は美しい儀式や供物、祈り、踊りや音楽で鎮めることができる。神々もまた人間的で、美や音楽や踊りを愛するので、神々のために一万もの寺院が建てられた。バリの人々は悪と対峙するために悪を外在化させ、歪んだ怖ろしい彫刻や、威嚇するようにひきつった怒り顔の仮面を彫る。舞台で、悪の神である魔女は決して死なない。バリの人々は現実主義者だが、儀礼や儀式の表現においては芸術家だ。日本すら並びえない美のきわみに、彼らは達する。


今日わたしは、バーのスツールに腰かけ、海を眺めながら、めったに問うことのない問いをみずからに向けた。わたしは帰ってくるだろうか。内なる美と外なる美がひとつであるバリと、別れなければならないのだろうか。予感？　不安？　愛するものたちを失うことへの怖れ？　いま、癌がわたしの人生に影を落としているにもかかわらず、ここにまた帰ってくることがあるだろうか、と思ったのは、それが初めてのことだった。

そうして、わたしは願いごとをした。死を、バリの人たちが考えるように考えよう。もうひとつの生への飛翔、よろこばしい変容、あらゆるほかの生を訪ねられるように、魂を解放することだと。

エピローグ

アナイス・ニンは日記をバリで終えることを望んだ。長く苦しい闘病の末に、一九七七年一月十四日、彼女の鳩は解き放たれたが、その間の経緯を出版することは、彼女の意図するところではなかった。以下は、彼女が「痛みの本」「音楽の本」と名づけた最後の日記のなかの一節である。

カルテット〔ルパート・ポールがヴィオラを担当〕がドビュッシーを演奏した。涙が溢れてきて、止まらなかった。死にたくないと思った。この音楽は、世界からの旅立ちだ。音楽とは、つねに亡命の音楽だった。わたしが追放されたもうひとつの世界があり、音楽がよりよい世界の表現となる可能性があった。だからわたしは、ペルーのフルートに、タヒチのコンチ貝に、サティとドビュッシーの音楽に、胸を打たれる。あのふたりほど、もうひとつの世界を意識していた者はいない。サティの音楽はノスタルジアそのものだ。音楽に対するわたしの姿勢は、つねにノスタルジックなものだった。感情的なものだった。音楽について冷静を保ったり、超然としたり、知的であったりしたことはない。亡命者の気持ちを説明しようとしたことはない。わたしは涙を受け入れた。

ついに帰れる、と思ってわたしたちは泣く。この場所はよろこばしいものと思うべきだ。だから、それが死のあとに続くなら、それは美しい場所だ。心待ちにすべき麗しきもの——約束の土地だ。だからわたしは音楽のなかで、音楽のなかへ、音楽とともに、死んでいく。

人名索引

編訳者あとがき

アナイス・ニン（一九〇三―七七年）が十一歳から七十四歳で生涯を終えるまでの六十三年間、四万頁近く書き続けた日記のオリジナル原稿は、UCLA（カリフォルニア州立大学ロサンジェルス校）の図書館に保管されている。『アナイス・ニンの日記』が初めて出版されたのは一九六六年、作家も晩年のことだ。T・S・エリオットが創刊した文芸誌『クライテリオン』にヘンリー・ミラーが『日記』を讃えるエッセイ「星に憑かれた人《アン・エートル・エトワリーク》」を寄せ、文学界の地下水脈的な「噂」となり始めてから、三十年近い年月が流れていた。ニン自身、幾度も出版を試みながら、デリケートな諸事情のため、挫折を余儀なくされていた。シュルレアリスト的と評されることの多い作風のためもあってか、作家としてはやはり地下水脈的存在であり続けたニンに遅い成功をもたらした『日記』は、彼女自身、みずからの才能が最も豊かに発揮された主著と認めるものだ。

『アナイス・ニンの日記』（現在は「編集版」とも呼ばれる）は全七巻で完結したが、作家の死後、少女時代にフランス語でつけ始めた日記の英訳『リノット』から始まり、編集版第一巻に至るまでの時期をカヴァーした「初期の日記」が全四巻、さらに、フィリップ・カウフマンの映画により第二次アナイス・ニン・ブームを創ったといえる『ヘンリー&ジューン』に始まる「無削除版」シリーズが現在まで五巻、計十六巻が世に出ている。

本書の企画が最初に立ち上がったのは、今から六年以上前に遡る。当初は、編集版・初期・無削除版の三シリーズを網羅する抄訳を、杉崎和子さんとわたしの共訳で出版する予定だった。が、杉崎訳『リノット』が本書のイントロダクションのような形で先に出ることになった。本書はそれを受け、初期の日記第二巻から四巻、編集版全七巻の計十冊を一冊にまとめたものだ。ニンと公私ともに縁が深く、翻訳家としても大先輩の杉崎和子さんからバトンを受けとるように本書を上梓できることは、わたしにとって大変光栄なことである。

十冊を一冊に、とはいかにも無謀な試みと思われるかもしれない。だが、英語圏には、主要作品の「おいしいところ」だけを集めた『フォークナー・リーダー』とか『ポータブル・ハンナ・アレント』のような本がある。ニンにも日記やフィクションを合わせた「リーダー」ものはあるが、日記のみのそれは存在しない。しかし、よほどの愛読者か研究者でもない限り、十六巻の日記を読破するのは容易なことではない（しかも無削除版の出版は今後も続く予定だ）。本書は、いくつかの意味でやむを得ずこのような形になったのだが、訳し終えてみると、英語圏でもあってしかるべきもの、大げさにいえば、世界的に見ても意義のある試みと考えるようになった。

十七歳から七十四歳までの、（オリジナルの一割程度でしかないが）四千頁を越える原書を五百頁強の日本語に移し替えるにあたり、留意したことは、ニンの人と作品（またはニンという作品）の魅力や可能性と同時に矛盾や問題を含めて、作家の全体像を提示することだった。記述の重複はなるべく避けたが、自己という物語を反芻動物のように食べるニンであってみれば、ことに幼年期の記憶などは幾度か語られるだろう。結果としてできあがったものは、概ね三分の一が初期の日記、三分の一が編集版第一巻、残る三分の一が第二巻以降の編集版により構成されている。配分に偏りがあるのでは、という声が聞こえてきそうだが、今回わたしは、『アナイス・ニンの日記』第一巻の特異性を改めて認識した。長く不遇をかこっていた作家が、いわば最後の賭けとして世に問うたこの巻は、作品として突出している。冒頭から、死のシンボリズムがたちこめる向こうに新たな生の予感が兆し、何ともいえない緊迫感に満ちた描写が続く。「美しい牢獄」のなかで文学的才能と生へのエネルギーを抑圧していた銀行家の妻が、評論集『私のD・H・ロレンス論』、みずから散文詩と呼んだ『近親相姦の家』を出版し、生涯に渡り同志・恋人・友人となるヘンリー・ミラー、ニンにとっても「運命の女」であるその妻ジューン、魂の兄弟と呼んだアントナン・アルトー、精神分析医オットー・ランクらと出逢い、長く生き別れていた実父と再会し、「死産」をも経験する、人として女性としての〈生成〉の時間が、緻密な織物のように綴られている。

その第一巻以外は、すべて本邦初訳である。「初期の日記」第二、三巻でわたしたちが出逢うのは、移民母子家庭の長女として、母を助け弟たちの世話をする、内気でけなげな少女であり、よい妻の役割を懸命に演じながら揺れ動く新妻だ。内なるディーモンを「イマジー」と名づけ、日記を二重につけ始める同第三巻あたりからが、いよいよ本領発揮という感じになる。『リノット』を『アンネの日記』と並ぶ本当の児童文学と呼んだのは矢川澄子だが、弟のために自作の物語や絵を使って雑誌を手作りする彼女は『若草物語』のジョーのようであり、「美しい牢獄」で神経症の発作を起こす姿は「黄色い壁紙」（シャーロット・パーキンズ・ギルマン）を連想させ、ミラーやジューンとの出逢いからセクシュアリティの冒険に船出する彼女は『めざめ』（ケイト・ショパン）や『チャタレイ夫人の恋人』、または『ボヴァリー夫人』が二重写しになる。少女から成熟した女性へ、女にとっての老いに思いをめぐらせる時を経て、病を得、死を迎えるまでを描く『アナイス・ニンの日記』は、いくつもの物語を内にはらむ女の一生の物語である。

無削除版の出版以来、アナイス・ニンといえば嘘つき、という評価が定着してしまったようだが、それは本人があちこちで認めていることであり、『日記』の最初の訳者だった原真佐子（原麗衣、冥王まさ子）が、ニンの『日記』は自己というテーマに貫かれた壮大なフィクションである、と喝破した通りだ。英語で「嘘つき《ライアー》」と「竪琴《ライアー》」は同じ音だと、さる文学者も述べている。また、興味深いのは、隠蔽されていると思われてきた事実やその暗示が、編集版にちりばめられていることだ。第二巻では「夫」という言葉が使われているし（本書三五五頁）、再会して「結ばれるのは父と娘でなく、男と女でしかありえない」と言明し（二四八頁）、ジューンとの関係はレズビアニズムじゃない、と言いながら、ふたりは「愛してる」と囁きあい、熱いキスを交わす。自由な女のふりをして夫に養われていた、というのもニンにつきまとう批判だが、「保護の代償は、人生をもって支払」ってきた（四七〇頁）というニンは、自分を含めた女性が置かれた隷属的状況を認識している。なお、ニンの名誉のために付言すると、作家としての地位を確立した晩年は彼女が夫を養い、ヒュー・ガイラーは妻がもうひとりのパートナー、ルパート・ポールと住むシルヴァーレイクの家に電話しては、「次の印税はいつ入るの？」と催促したものだったという。

ニンが晩年に治療を受けた女性精神分析医ボグナーは、「あなたの日記は、愛の作品といっていいものです。あなたは何よりもまず、愛する人でした」と述べる（四九三頁）。そもそも日記は、失われた父への手紙として、ヨーロッパからアメリカへ渡る船の上で書き始められたという、いかにも象徴的な起源をもっている。人は愛するものの喪失に耐えかねて語りだすと、フロイトが「快楽原則の彼岸」で述べるように。ミラーにとって「絵を描くことはもう一度愛すること」だとしたら、ニンにとっては言葉を紡ぐことがもう一度愛することだった。ジューンやアルトーとパリの街を歩く描写には、肉体を抜け出して世界の上を浮遊するような高揚感、恍惚感が溢れている。自己に囚われた自己愛人間と言われることも多いニンは、実は自己を失うこと、自己の外に出ることを強烈に望む人でもあった。同時に、自他の境界を溶解させる愛は、しばしばニンに規範を逸脱させ、死や狂気の淵を覗き込ませる。生と性と愛の複数性を生き抜いたニンの人生は、その複数性に引き裂かれ続けた軌跡でもあって、だからこそ、現実を吸うきせるとしての日記を手放さなかったように、精神分析医のもとに通うこともやめなかったのだ。

わたしは関係の才能にこそ最も恵まれている、と言ったニンの日記は、まさに関係の星座《コンステレーション》群のようであり、それを眺めることは、二十世紀の芸術・文化史を読むことにも似ているのだが、ここでは、これまであまり語られてこなかったいくつかの星座に注目したい。

ひとつは、ニンが「透明な子どもたち」と呼んだゲイのアーティストたちだ。親しさの度合いに濃淡はあれど、ロバート・ダンカン、ゴア・ヴィダル、ジェイムズ・レオ・ハーリヒー、ジェイムズ・メリル、ケネス・アンガー、アレン・ギンズバーグ、テネシー・ウィリアムズといった若き友人たちは、ニンが知る人ぞ知る存在であったころから彼女の才能を見いだし、「彼らはわたしを占有してしまった」というような状況が出現していた(四一九頁)。彼女と彼らのあいだには、親和する感受性があるのだろうか。ニン自身は、弟たちとの関係の再現だろうか、と自問し、エドマンド・ウィルソンのような父的・権威的・硬直的な男性と彼らを比較する。ゲイ男性はディーヴァ型の女性に魅かれる、とどこかで読んだことがあるが、ディーヴァと弟たちのような関係だったのだろうか。なかでもゴア・ヴィダルは、作品のなかでニンを戯画的に描き続けたことで知られるが、UCLA図書館に収められたニンの日記のなかから、彼女へのプロポーズともとれる手紙が発見されている。

もうひとつは、女性たちとの関係である。ジューンとの恋は、ある意味でミラーとのそれを凌駕する強度と密度、そして死と同義であるような危険をはらむものだった。一方で、イェガーやボグナーといった女性精神分析医との関係があり（イェガーはニンに逆転位を起こしたようだが）、また、ジュディ・シカゴ、出光真子ら年若い女性アーティストとの、姉妹的ないし母娘的な関係がある。フェミニズムアートの先駆者、ジュディ・シカゴは、ニンによってものを書くことを勧められ、ニンの序文を冠した自伝『花もつ女』で書き手としてのキャリアをスタートさせたのだし、画家サム・フランシスの妻だった出光は、世界的ヴィデオ・アーティストとなる才能をニンの励ましにより開花させた。わたしは子どもではなく芸術家を産み育てる「男のための女」だと言ったニンは、「女のための女」でもあったのだ。そしてその根底にあるのは、本書でもくり返し語られる、母との深く複雑な関係である。

　わたしは女として書く、と宣言したニンの、女性（性）をめぐる考え方にも触れておく必要があるだろう。身体性と書くこと、創造《クリエイション》と再生産《プロクリエイション》を接続するニンの発想は、女性的書きもの《エクリチュール・フェミニン》を唱えたフランスのフェミニストに先駆けるものだ、とする声は多い。そして、クリステヴァやイリガライに対してなされた本質主義という批判は、ニンに対してもなされうる。だが、ニンにとって女であることは「自然」ではなく「観念」であり、女として書く、というより女になるために書くのだ、と原真佐子は指摘した。女として書く、と宣言した直後、それはランボーに近いものになるだろう、という不思議な予言をニンは書きつける。つまり、それは「自然」や「本質」としての女ではなく、未知なるものとしての女、みずからを定義する言葉として述べた「いまだ描かれざるもうひとりの女」への生成変化にほかならない。

　アナイス・ニンは旅する人でもあった。そもそも、日記の起源に旅がある。それは旅の途上で、決して投函されない手紙として書き始められたのだから。

アナイス・ニンというと、アメリカではフランス生まれと言われ、フランスではアメリカの作家と呼ばれ、というように、アングロ－フレンチの二項対立が強調されがちだ。終生フランス語訛りのｒ音を捨てなかった彼女自身、フランス生まれの女を演じていたようなところがある（『初期の日記』には、パリは不潔だしフランス人はいやらしいと夫に訴える、潔癖なヤング・アメリカン・ウーマン［！］としてのアナイスも登場するのだが）。父とのあいだでは、父方の祖先の地であるスペインを加えた、起源の三角形をめぐる議論が繰り広げられる。だが実は、スペイン系ピアニストとして紹介されることの多かったニンの父も、フランスとデンマークの混血である母も、キューバへの移民の子どもであり、ニン自身、四〇代後半までキューバ国籍を保有していた。合衆国のなかに限っても、晩年ふたつの家、ふたりの「夫」をもったニンは、東海岸と西海岸を往還し続けた。つまり、アナイス・ニンはアングロ－フレンチとか環大西洋的とかいうより、むしろ環地球的ないし惑星的といった方がいい人なのだ。根をもたず、土に落ちた所どこからでも花を咲かせる「生命の植物」に自分をたとえたニンは、わたしはただひとつの生がほしいのです、と分析医に訴え続けたというが。

旅として人生を生き、旅行記のような日記を書き続けたニンは、実際、アジア、アフリカを含む多くの地を旅行者として訪れている。本書ではそのなかから、モロッコのフェズと日本、そして最後の旅となったバリ島への訪問記を載せた。いずれもオリエンタリズムにきわどく接近しながら、す﹅ん﹅で﹅のところでニンらしい機知と洞察に回帰する、スリリングな読み物たりえている。

日本では芸者の美と気遣いを賛美しながら、日本女性の遍在性と不可視性を見抜き、日本はあんまり抑圧が強いからミラーが人気なのだ、と述べる。日本の女性作家の翻訳が少ないことを嘆いているが、もし彼女がいま、当時とは比較にならないほど英訳されている若い世代の女性作家を読んだら、どのような感想を漏らすだろう。京都のストリップ劇場で、肉体が肉体として存在するのをやめ黄金に包まれるという、神秘体験といっていい感覚を得るのも、エクスタシーの達人としての面目躍如というところだ。

バリへの旅から帰ったニンは、癌との闘病の末、一九七七年、「亡命者の音楽」と呼んだサティとドビュッシーを聞きながら、いまだ描かれざるもうひとつの国へと亡命していった。


アナイス・ニンの没後四十年となる年に本書を出版できることは、単なる偶然とは思えない。そして、あとがきを書いている今日は、彼女の誕生日である。この本が彼女への贈り物となり、彼女から日本の読者への贈り物となったらいいと思う。

さまざまな国、時代、分野の人や物やことが散りばめられた本書を訳すにあたり、さまざまな分野について確かな知識をもつ知人、友人、訳し方に迷ったときアドヴァイスをくれた友人、出版に至る長い道のりを見守り、忍耐強く待ち、励ましてくださった水声社の飛田陽子さんに、心からの感謝を捧げる。

なお、本文中に傍注のかたちで付した注は原書の編者による注、割注は訳者によるものである。イサク・ディーネセン『七つのゴシック物語』からの引用は、横山貞子訳（晶文社）を使わせていただいた。

二〇一七年二月二十一日

矢口裕子

* 本書出版にあたっては、新潟国際情報大学国際学部の出版助成を受けた。

編訳者について――

矢口裕子（やぐちゆうこ）　東京に生まれる。法政大学大学院人文科学研究科英文学専攻博士課程満期退学。現在、新潟国際情報大学国際学部教授。専攻、アメリカ文学。主な著書に、『憑依する過去――アジア系アメリカ文学におけるトラウマ・記憶・再生』（共著、金星堂、二〇一四年）、主な訳書に、アナイス・ニン『人工の冬』（水声社、二〇〇九年）などがある。

装幀——滝澤和子

アナイス・ニンの日記

二〇一七年三月二五日第一版第一刷印刷　二〇一七年三月三〇日第一版第一刷発行

著者――アナイス・ニン

編訳者――矢口裕子

発行者――鈴木宏

発行所――株式会社水声社

東京都文京区小石川二―一〇―一　いろは館内　郵便番号一一二―〇〇〇二

電話〇三―三八一八―六〇四〇　ＦＡＸ〇三―三八一八―二四三七

郵便振替〇〇一八〇―四―六五四一〇〇

URL：http://www.suiseisha.net

印刷・製本――ディグ

ISBN978-4-8010-0218-0